suhrkamp taschenbuch 1306

Howard Phillips Lovecraft wurde am 20. August 1890 in Providence, Rhode Island, geboren. Er führte das Leben eines Sonderlings, der den Kontakt mit der Außenwelt scheute und mit seinen Freunden und gleichgesinnten Autoren fast nur schriftlich verkehrte. Er starb am 15. März 1937, und sein hinterlassenes Werk ist nicht umfangreich. Zu seinen Lebzeiten erschien nur ein einziges Buch, *The Shadow over Innsmouth*, 1936. Etwa 40 Kurzgeschichten und 12 längere Erzählungen veröffentlichte er in Magazinen, vor allem in der Zeitschrift »Weird Tales« (Unheimliche Geschichten). Lovecrafts Ruhm als Meister des Makabren ist ständig gewachsen, und seine unheimlichen Geschichten wurden inzwischen in viele Sprachen übersetzt. In dem amerikanischen Verlag für phantastische Literatur, Arkham House, erschienen u. a. *The Outsider and Others* (1939), *Beyond the Wall of Sleep, The Dunwich Horror and Others* (1963), *Dagon and Other Macabre Tales* (1965).

Aus den Tiefen von Raum und Zeit und den labyrinthischen Abgründen der menschlichen Psyche kommen jene entsetzlichen Fratzen, die Lovecraft mit nahezu wissenschaftlich zu nennender Akribie zu Sinnfiguren metaphysischen Grauens zusammenfügt. Die ganze Erde ist ein gefährdeter Ort, nur mühsam erleuchtet vom schwachen Flämmchen einer Vernunft, auf die der Mensch übermäßig stolz ist; ein Eiland trügerischer Sicherheit, stets bedroht vom Hereinbrechen ungeheuerlicher Wesen, die vor Äonen über die Erde herrschten. Der Mensch erscheint als fremdes Wesen in einer Welt, die nicht für ihn geschaffen ist.

Dieses Lesebuch enthält eine Auswahl aus den besten Erzählungen Lovecrafts, dieses visionären Chronisten des Bösen, samt einem Essay über den Autor.

Lovecraft
Lesebuch

Herausgegeben
von Franz Rottensteiner
Mit einem Essay von
Barton Levi St. Armand

Phantastische Bibliothek
Band 184

Suhrkamp

Redaktion und Beratung: Franz Rottensteiner
Deutsch von H. C. Artmann, Rudolf Hermstein, Charlotte Gräfin von
Klinckowstroem und Michael Walter
Barton Levi St. Armands Essay *H. P. Lovecraft: New England Decadent*
übersetzte Franz Rottensteiner
Umschlagzeichnung: Tom Breuer

suhrkamp taschenbuch 1306
Erste Auflage 1987
© Suhrkamp Verlag Frankfurt am Main 1987
Copyrightvermerke, Originaltitel und Übersetzerhinweise
am Schluß des Bandes
Suhrkamp Taschenbuch Verlag
Alle Rechte vorbehalten, insbesondere das der Übersetzung,
des öffentlichen Vortrags sowie der Übertragung durch
Rundfunk und Fernsehen, auch einzelner Teile.
Kein Teil des Werkes darf in irgendeiner Form
(durch Fotografie, Mikrofilm oder andere Verfahren)
ohne schriftliche Genehmigung des Verlages reproduziert
oder unter Verwendung elektronischer Systeme
verarbeitet, vervielfältigt oder verbreitet werden.
Satz: IBV Satz- und Datentechnik GmbH, Berlin
Druck: Nomos Verlagsgesellschaft, Baden-Baden
Umschlag nach Entwürfen von
Willy Fleckhaus und Rolf Staudt
Printed in Germany

5 6 7 8 9 – 05 04 03 02

Inhalt

Celephais 7
Die Katzen von Ulthar 14
Das Verderben, das über Sarnath kam 18
Iranons Suche 25
Stadt ohne Namen 33
Arthur Jermyn 47
Das merkwürdige hochgelegene Haus im Nebel 58
Träume im Hexenhaus 68
Pickmans Modell 111
Die Musik des Erich Zann 128
Grauen in Red Hook 138
Der Flüsterer im Dunkeln 163
Das Grauen von Dunwich 241
Cthulhus Ruf 288
Der Schatten aus der Zeit 321
Barton Levi St. Armand
  H. P. Lovecraft: Anhänger der Dekadenz
  aus Neu-England 397

Celephais

Im Traum sah Kuranes die Stadt im Tal und die Meeresküste dahinter und den schneeigen Gipfel, der die See überschaut, und die buntbemalten Galeeren, die aus dem Hafen nach entfernten Gefilden segeln, wo sich die See dem Himmel vermählt. Im Traum auch war es, daß er seinen Namen Kuranes erlangte, denn im wachen Leben trug er einen anderen. Vielleicht war es ganz natürlich für ihn, daß er sich einen neuen Namen erträumte; denn er war der letzte Sproß seiner Familie und allein unter den gleichgültigen Millionen Londons; und also gab es nur wenige, die mit ihm sprachen und ihn an seine Herkunft erinnerten. Sein Geld und seine Ländereien hatte er verloren, und um die Leute aus der Nachbarschaft scherte er sich nicht, sondern zog es vor, zu träumen und über seine Träume zu schreiben. Die Leute, denen er seine Arbeiten zeigte, lachten darüber, so daß er nach einer Weile nur noch für sich selbst schrieb und schließlich ganz damit aufhörte. Je mehr er sich von seiner Umwelt zurückzog, desto wundervoller wurden seine Träume; und es wäre völlig nutzlos gewesen, sie zu Papier bringen zu wollen. Kuranes war nicht modern, und er dachte auch nicht wie andere Menschen, die schrieben. Während sie sich bemühten, das Leben von seinen bestickten Roben des Mythos zu entkleiden und in nackter Häßlichkeit jenes widerwärtige Ding mit Namen Realität zu zeigen, suchte Kuranes ausschließlich nach Schönheit. Wo Wahrheit und Erfahrung sie nicht zu enthüllen vermochten, suchte er sie in der Phantasie und Illusion und fand sie vor seiner eigenen Türschwelle zwischen den verschwommenen Erinnerungen an die Geschichten und Träume seiner Kindheit.

Nur wenig Leute wissen um die Wunder, die sich ihnen in den Geschichten und Träumen ihrer Jugend offenbaren; denn wenn wir als Kinder lauschen und träumen, denken wir halbbewußte Gedanken, und wenn wir uns als Männer zu erinnern versuchen, macht uns das Gift des Lebens stumpf und prosaisch. Doch einige von uns erwachen des Nachts mit sonderbaren Phantasmen von verwunschenen Hügeln und Gärten, in der Sonne singenden Fontänen, goldenen Klippen, die über murmelnden Meeren hängen, Ebenen, die sich hinuntererstrecken zu Städten aus Bronze und Stein und von schattengleichen Heldengemeinschaften, die auf geharnischten, weißen Rössern an dichten Waldsäumen entlangrei-

ten; und dann wissen wir, daß wir durch die Elfenbeintore zurück
in jene Welt des Wunders geschaut haben, die uns gehörte, ehe wir
weise und unglücklich wurden.

Kuranes stieß ganz plötzlich auf die alte Welt seiner Kindheit. Er
hatte von dem Haus geträumt, in dem er geboren wurde; das
große, efeubewachsene Steinhaus, wo dreizehn Generationen seiner Vorfahren gelebt und er zu sterben gehofft hatte. Der Mond
schien, und er hatte sich in die duftende Sommernacht hinausge-
stohlen, durch die Gärten, die Terrassen hinab, vorbei an den
mächtigen Eichen des Parks und die lange, weiße Straße zum Dorf
hinunter. Das Dorf wirkte sehr alt, der Rand angenagt wie der ab-
nehmende Mond oben, und Kuranes fragte sich, ob die spitzen
Giebel der kleinen Häuser Schlaf oder Tod deckten. Auf den Straßen standen lange Grasspeere, und die Fensterscheiben zu beiden
Seiten waren zerbrochen oder glotzten spinnwebverhangen. Kuranes hatte nicht getrödelt, sondern war unverdrossen weitermar-
schiert, so als sei er an ein Ziel befohlen. Er wagte es nicht, sich
der Aufforderung zu verweigern, aus Furcht, sie könne sich als
eine Illusion erweisen, so wie die Bedürfnisse und Hoffnungen des
wachen Lebens, die nirgendwohin führen. Dann war er eine Gasse
hinuntergezogen worden, die von der Dorfstraße zu den Kanal-
klippen abbog, und ans Ende der Dinge gekommen – zu der Steil-
klippe und dem Abgrund, wo das ganze Dorf und die ganze Welt
abrupt in die endlose Leere der Unendlichkeit fielen und wo sogar
der Himmel leer und unerleuchtet vom zerbröckelnden Mond und
den aufscheinenden Sternen war. Vertrauen hatte ihn weiter getrieben, über die Klippe und in den Schlund, den er langsam hinab-
gesunken war, hinab, hinab; vorbei an dunklen, formlosen unge-
träumten Träumen, matt schimmernden Sphären, die zum Teil
geträumte Träume gewesen sein mochten, und lachenden, geflügelten Wesen, die den Träumern aller Welten zu spotten schienen.
Dann öffnete sich in der Dunkelheit vor ihm ein Riß, und er sah
die Stadt im Tal, wie sie tief, tief unten strahlend glitzerte, vor einem Hintergrund aus See und Himmel und einem schneebekapp-
ten Berg nahe der Küste.

Kuranes war in jenem Moment erwacht, da er die Stadt schaute,
dennoch wußte er durch seinen flüchtigen Blick, daß es keine andere sein konnte, als nur Celephais im Tale von Ooth-Nargai hinter den Tanarischen Bergen, wo sein Geist die ganze Ewigkeit einer
Stunde eines lang vergangenen Sommertages geweilt hatte, als er

seinem Kindermädchen entwischt war und sich von der warmen Meeresbrise hatte in Schlaf lullen lassen, während er von dem Kliff nahe des Dorfes die Wolkenzüge betrachtete. Er hatte damals protestiert, als sie ihn gefunden, geweckt und nach Hause getragen hatten, denn gerade als sie ihn wachrüttelten, war er im Begriff gewesen, in einer goldenen Galeere zu jenen lockenden Gefilden zu segeln, wo sich die See dem Himmel vermählt. Und jetzt grollte er ebenso über sein Erwachen, denn nach vierzig beschwerlichen Jahren hatte er seine fabelhafte Stadt gefunden.

Doch drei Nächte später kam Kuranes erneut nach Celephais. Wie zuvor träumte er zuerst von dem schlafenden oder toten Dorf, und von dem Abgrund, den er still hinabtreiben mußte; dann erschien der Riß wieder, und er schaute die gleißenden Minarette der Stadt und sah die schlanken Galeeren in dem blauen Hafen vor Anker schaukeln und betrachtete die Ginkgobäume, die sich auf Mount Aran in der Seebrise wiegten. Aber diesmal wurde er nicht fortgerissen, sondern schwebte wie ein geflügeltes Wesen allmählich auf eine grasige Hügelflanke nieder, bis seine Füße sanft auf dem Rasen ruhten. Er war wahrlich und wahrhaftig in das Tal von Ooth-Nargai und zu der glänzenden Stadt Celephais zurückgekehrt.

Den Hügel hinab, durch wohlriechende Gräser und feurige Blumen schritt Kuranes, über den burrbelnden Naraxa auf der schmalen Holzbrücke, in die er vor so vielen Jahren seinen Namen geschnitzt hatte, und durch den wispernden Hain zu der großen Steinbrücke beim Stadttor. Alles war wie einst, und es hatten sich weder die Marmormauern verfärbt, noch waren die Bronzestatuen auf ihnen angelaufen. Und Kuranes merkte, daß er nicht befürchten mußte, daß die Dinge, die er kannte, verschwunden waren; denn selbst die Posten auf den Schutzwällen waren dieselben geblieben und noch genauso jung, wie er sie in Erinnerung hatte. Als er die Stadt betrat, durch die Bronzetore und über das Onyxpflaster, grüßten ihn die Kaufherren und Kameltreiber, als sei er nie fortgewesen; und so war es auch beim Türkistempel von Nath-Horthath, wo ihm die orchideenbekränzten Priester erzählten, es gebe in Ooth-Nargai keine Zeit, nur ewige Jugend. Dann ging Kuranes durch die Straße der Säulen zu der meernahen Mauer, den Treffpunkt von Händlern und Seefahrern und merkwürdigen Leuten aus Gefilden, wo sich die See dem Himmel vermählt. Dort verweilte er lange und blickte über den strahlenden

Hafen hinaus, wo die Kräuselwellen unter einer unbekannten Sonne funkelten und wo die Galeeren von fernen Plätzen flink über das Wasser zogen. Und er schaute auch zum Mount Aran, der sich königlich von der Küste erhob, und auf seinen unteren Hängen wiegten sich grüne Bäume, und sein weißer Gipfel berührte den Himmel.

Mehr denn je wünschte sich Kuranes, in einer Galeere zu den fernen Plätzen zu segeln, von denen er so viele, seltsame Geschichten vernommen hatte, und er suchte wieder nach dem Kapitän, der ihn vor so langem hatte mitnehmen wollen. Er fand den Mann, Athip, auf derselben Gewürzkiste sitzen, auf der er damals gesessen hatte, und Athib schien nicht zu merken, daß Zeit verstrichen war. Dann ruderten die beiden zu einer Galeere im Hafen, gaben der Mannschaft Befehle und segelten langsam in die wogende Cerenäische See hinaus, die in den Himmel führt. Mehrere Tage lang glitten sie schaukelnd über das Wasser, bis sie schließlich am Horizont anlangten, wo sich die See dem Himmel vermählt. Hier machte die Galeere nicht etwa halt, sondern trieb zwischen rosenfarbigen Schäfchenwolken mühelos in das Blau des Himmels. Und weit unter dem Kiel konnte Kuranes fremde Länder und Ströme und Städte von unübertrefflicher Schönheit sehen, die sich sorglos im Sonnenschein ausbreiteten, der nie nachzulassen oder zu vergehen schien. Zuletzt sagte ihm Athib, daß das Ende ihrer Reise nahe und daß sie bald in den Hafen von Serannian einlaufen würden, der nelkenfarbenen Marmorstadt der Wolken, erbaut an der ätherischen Küste, wo der Westwind in den Himmel fließt; doch als der luftigste der gemeißelten Türme der Stadt in Sicht kam, erklang irgendwo im Raum ein Geräusch, und Kuranes erwachte in seiner Londoner Mansarde.

Viele Monate lang suchte Kuranes anschließend vergeblich die wunderbare Stadt Celephais und ihre himmelwärts segelnden Galeeren, und obwohl ihn seine Träume an viele prachtvolle und unerhörte Stätten trugen, konnte ihm niemand, dem er begegnete, sagen, wie Ooth-Nargai hinter den Tanarischen Bergen zu finden sei. Eines Nachts flog er über dunklen Gebirgen dahin, wo er fahle, einsame und weitverstreute Lagerfeuer sah und seltsam zottige Herden, deren Leittiere klingende Glöckchen trugen; und in den wildesten Regionen dieses bergigen Landes, so abgelegen, daß es nur wenige Menschen jemals gesehen haben können, fand er einen gräßlichen uralten Wall oder Steindamm, der sich im Zickzack über die Kämme und Täler wand; er war zu gigantisch, um von Menschenhand errichtet zu sein, und von solcher Länge, daß man weder Anfang noch Ende entdeckte. Jenseits der Mauer gelangte er im grauen Dämmerlicht in ein Land schmucker Gärten und Kirschbäume, und als die Sonne aufging, offenbarte sich ihm eine solche Schönheit roter und weißer Blumen, grüner Laubdächer und Rasenflächen, weißer Pfade, diamantener Bäche, blauer Teiche, gemeißelter Brücken und rotgedeckter Pagoden, daß er in hellem Entzücken die Stadt Celephais für einen Augenblick vergaß. Doch er entsann sich ihrer wieder, als er einen weißen Pfad hinunter auf eine rotgedeckte Pagode zuschritt, und würde die Menschen dieses Landes nach ihr befragt haben, hätte er nicht herausgefunden, daß es dort keine Menschen gab, sondern nur Vögel und Bienen und Schmetterlinge. In einer anderen Nacht stieg Kuranes eine feuchte, steinerne Wendeltreppe endlos empor und kam zu einem Turmfenster, das eine gewaltige Ebene und einen mächtigen Strom im Licht des Vollmonds überschaute; und im Aussehen und der Anlage der stillen Stadt, die sich vom Flußufer fortzog, glaubte er etwas ihm bereits Bekanntes zu entdecken. Er wäre hinabgestiegen und hätte sich nach dem Weg nach Ooth-Nargai erkundigt, wäre nicht von einem entlegenen Ort jenseits des Horizontes eine fürchterliche Morgenröte hochgesprüht, die den Zerfall und die Altertümlichkeit der Stadt, den stockenden, verschilften Strom und den Tod enthüllt hätte, der über diesem Land lag, so wie er dort gelegen hat, seit König Kynaratholis von seinen Eroberungszügen nach Hause kehrte, um von der Rache der Götter ereilt zu werden.

So forschte Kuranes vergebens nach der wunderbaren Stadt Celephais und ihren Galeeren, die gen Serannian in den Himmel segeln, lernte unterdessen viele Wunder kennen und entkam einmal mit knapper Not dem unbeschreibbaren Hohepriester, der eine gelbe Seidenmaske vor dem Gesicht trägt und gefährtenlos in einem prähistorischen Steinmonasterium auf dem Eiswüstenplateau von Leng haust. Mit der Zeit wurde er über die öden Tagesintervalle so ungehalten, daß er begann, Drogen zu erstehen, um seine Schlafperioden zu verlängern. Haschisch leistete ihm gute Dienste und sandte ihn einmal in einen Teil des Alls, wo keine Formen existieren und wo glühende Gase die Geheimnisse des Seins ergründen. Und ein violettes Gas erklärte ihm, daß dieser Teil des Alls außerhalb dessen läge, was er Unendlichkeit nenne. Das Gas hatte vorher nie von Planeten und Organismen gehört und identifizierte Kuranes bloß als etwas aus der Unendlichkeit, wo Materie, Energie und Gravitation existieren. Kuranes bemühte sich jetzt sehr intensiv darum, ins minarettbesetzte Celephais zurückzukehren und erhöhte die Dosis der Drogen; doch schließlich besaß er kein Geld mehr, um sich Drogen zu kaufen. Eines Sommertages dann wurde er aus seinem Mansardenzimmer geworfen, und er streifte ziellos durch die Straßen und trieb über eine Brücke in eine Gegend, wo die Häuser vereinzelter standen. Und hier vollzog sich die Erfüllung, und er begegnete dem Ehrengeleit der Ritter, die aus Celephais gekommen waren, ihn auf immer dorthin zu tragen.

Stattliche Ritter waren es, auf Rotschimmeln und in glänzenden Rüstungen mit wunderlich blassonierten Wappenröcken aus goldgemustertem Zeug. So zahlreich waren sie, daß Kuranes sie beinahe mit einer Armee verwechselte, doch sie waren ihm zu Ehren gesandt; denn er hatte Ooth-Nargai in seinen Träumen erschaffen, und dafür sollte er nun für alle Zeit zu seinem obersten Gott ernannt werden. Dann gaben sie Kuranes ein Pferd und stellten ihn an die Spitze der Kavalkade, und alle ritten majestätisch durch die Niederungen von Surrey und weiter in jene Gegend, wo Kuranes und seine Vorfahren geboren wurden. Es wirkte eigentümlich, doch als die Reiter weiterstürmten, schienen sie rückwärts durch die Zeit zu galoppieren; denn jedesmal, wenn sie im Zwielicht durch ein Dorf ritten, sahen sie nur solche Häuser und Bewohner, wie sie Chaucer oder Menschen vor ihm gesehen haben mochten, und manchmal trafen sie Ritter zu Pferd, die kleine Vasallenhaufen anführten. Als es dunkelte, reisten sie geschwinder, bis sie bald wie durch die Lüfte flogen. Im trüben Morgendämmer erreichten sie jenes Dorf, das Kuranes in seiner Kindheit voller Leben gesehen hatte und schlafend oder tot in seinen Träumen. Jetzt lebte es, und frühaufgestandene Dorfbewohner verneigten sich, als die Reiter die Straße hinabklapperten und in die Gasse abbogen, die im Abgrund der Träume endet. Kuranes hatte den Abgrund bislang nur nachts aufgesucht und fragte sich, wie er wohl bei Tage aussähe; deshalb blickte er voller Neugier, als sich die Kolonne dem Rand näherte. Gerade als sie das zum Absturz hin ansteigende Land hinaufgaloppierten, stieg irgendwo aus dem Westen ein goldener Glanz und verbarg die ganze Landschaft hinter strahlenden Draperien. Der Abgrund glich einem siedenden Chaos rosenfarbener und himmelblauer Pracht, und unsichtbare Stimmen sangen frohlockend, als die ritterliche Entourage über den Rand setzte und anmutig hinabschwebte, vorbei an glitzernden Wolken und silbrigen Blitzen. Endlos hinab trieben die Reiter, und ihre Rosse trommelten im Äther, als galoppierten sie über goldene Dünen; und dann teilten sich die luminösen Dämpfe, um eine größere Herrlichkeit zu entdecken, die Herrlichkeit der Stadt Celephais und der Meeresküste dahinter und des schneeigen Gipfels, der die See überschaut, und der buntbemalten Galeeren, die aus dem Hafen nach fernen Gefilden segeln, wo sich die See dem Himmel vermählt.

Und danach regierte Kuranes über Ooth-Nargai und alle benachbarten Regionen des Traums und hielt abwechselnd Hof in Celephais und dem wolkengestaltigen Serannian. Er regiert noch immer dort und wird auf ewig glücklich regieren, obwohl am Fuße der Klippen bei Innsmouth die Kanalfluten spöttisch mit dem Körper eines Landstreichers spielten, der in der Morgendämmerung durch das halbverlassene Dorf gestolpert war; spöttisch damit spielten und ihn auf die Felsen beim efeubewachsenen Trevor Towers warfen, wo ein bemerkenswert fetter und besonders anstößiger Brauereimillionär die erkaufte Atmosphäre erloschenen Adels genießt.

Die Katzen von Ulthar

Es heißt, in Ulthar, das jenseits des Flusses Skai liegt, darf niemand eine Katze töten; und wenn ich sie betrachte, die am Feuer sitzt und schnurrt, kann ich das durchaus glauben. Denn die Katze ist kryptisch und vertraut mit seltsamen Dingen, die den Menschen verborgen sind. Sie ist die Seele des alten Aigyptos und Trägerin von Geschichten aus vergessenen Städten in Meroe und Ophir. Sie ist vom Geschlecht der Herren des Dschungels und Erbin der Geheimnisse des ehrwürdigen und sinistren Afrika. Die Sphinx ist ihre Cousine, und sie spricht ihre Sprache; aber sie ist viel älter als die Sphinx und erinnert sich an das, was jene vergessen hat.

In Ulthar lebten, bevor die Bürger das Töten von Katzen überhaupt verboten, ein alter Kätner und dessen Frau, die ihr Vergnügen daran fanden, die Katzen ihrer Nachbarn in Fallen zu fangen und umzubringen. Warum sie dies taten, ich weiß es nicht; außer, daß vielen die Stimme der Katze in der Nacht verhaßt ist und sie es übel aufnehmen, daß die Katzen im Zwielicht verstohlen über Höfe und Gärten huschen. Doch aus welchem Grund auch immer, diesem alten Mann und seiner Frau machte es Spaß, jede Katze zu fangen und umzubringen, die in die Nähe ihrer elenden Hütte kam; und wegen mancher Laute, die nach Einbruch der Dunkelheit erklangen, stellten sich viele Einwohner vor, daß die Art des Umbringens mehr als eigentümlich war. Doch die Leute sprachen mit dem alten Mann und seiner Frau nicht über solche Dinge; das lag an dem habituellen Ausdruck auf den verwelkten Gesichtern der beiden und daran, daß ihre Hütte so klein war und so dunkel verborgen unter den Eichen hinter einem vernachlässigten Hof lag. So sehr wie die Katzenbesitzer diese merkwürdigen Leute haßten, fürchteten sie sie in Wahrheit doch mehr; und anstatt sie als brutale Meuchelmörder anzugehen, besorgten sie nur, daß sich kein umhegter Liebling oder Mäusefänger zu dem abgelegenen Schuppen unter den dunklen Bäumen verirrte. Wenn wegen eines unvermeidlichen Versehens eine Katze vermißt wurde und nach Einbruch der Dunkelheit Laute erklangen, dann lamentierte der Betroffene machtlos; oder tröstete sich damit, dem Schicksal zu danken, daß es sich nicht um eines seiner Kinder handelte, das so verschwunden war. Denn die Leute von Ulthar waren einfältig und wußten nicht, woher alle Katzen ursprünglich kamen.

Eines Tages betrat eine Karawane seltsamer Wanderer aus dem Süden die engen Kopfsteinpflasterstraßen Ulthars. Dunkelhäutige Wanderer waren das und unähnlich dem anderen umherstreifenden Volk, das zweimal jedes Jahr durch die Stadt zog. Auf dem Marktplatz weissagten sie für Silber, und von den Händlern kauften sie glänzende Perlen. Aus welchem Land die Wanderer stammten, vermochte keiner zu sagen; doch zeigte sich, daß sie seltsamen Gebeten zugetan waren, und daß sie auf die Seiten ihrer Wagen merkwürdige Figuren mit menschlichen Körpern und den Köpfen von Katzen, Falken, Widdern und Löwen gemalt hatten. Und der Führer der Karawane trug einen Kopfputz mit zwei Hörnern und einer eigentümlichen Scheibe dazwischen.

Zu dieser sonderbaren Karawane gehörte ein kleiner Junge, der weder Vater noch Mutter hatte, nur ein winziges schwarzes Kätzchen zum Liebhaben. Die Pest war zu ihm nicht freundlich gewesen, hatte ihm jedoch dies kleine bepelzte Wesen zur Linderung seines Kummers gelassen; und wenn man sehr jung ist, kann man in den lebhaften Possen eines schwarzen Kätzchens viel Trost finden. So lächelte der Junge, den die dunkelhäutigen Leute Menes nannten, viel öfter als er weinte, wenn er mit seinem anmutigen Kätzchen spielend auf den Stufen eines wunderlich bemalten Wagens saß.

Am dritten Morgen des Aufenthaltes der Wanderer in Ulthar konnte Menes sein Kätzchen nicht finden; und als er auf dem Marktplatz laut schluchzte, erzählten ihm gewisse Dorfbewohner von dem alten Mann und seiner Frau von den Lauten in der Nacht. Und als er diese Dinge vernahm, wich sein Schluchzen tiefem Nachdenken und schließlich einem Gebet. Er streckte seine Arme der Sonne entgegen und betete in einer Sprache, die kein Dorfbewohner verstehen konnte; allerdings bemühten sich die Dorfbewohner auch nicht sehr darum, etwas zu verstehen, denn den größten Teil ihrer Aufmerksamkeit beanspruchten der Himmel und die unheimlichen Formen, die die Wolken annahmen. Es war sehr sonderbar, doch als der kleine Junge seine Bitte hervorbrachte, da schienen sich oben die schattenhaften, nebulösen Figuren von exotischen Wesen zu bilden; von hybriden Geschöpfen, gekrönt mit hornumrahmten Scheiben. Die Natur ist voll solcher Illusionen, die auf die Einbildungskraft wirken.

In dieser Nacht verließen die Wanderer Ulthar und wurden nie wieder gesehen. Und die Familienoberhäupter beunruhigten sich, als sie bemerkten, daß in der ganzen Stadt nicht eine Katze zu finden war. An allen Feuerstellen fehlten die vertrauten Katzen; große Katzen und kleine, schwarze, graue, getigerte, gelbe und weiße. Der alte Kranon, der Bürgermeister, schwor, daß die dunkelhäutigen Leute die Katzen mit sich fortgenommen hätten, aus Rache, weil Menes' Kätzchen umgebracht worden war; und er verfluchte die Karawane und den kleinen Jungen. Aber Nith, der dürre Notar, erklärte, der alte Kätner und seine Frau wären hierfür weitaus verdächtigere Personen; denn ihr Katzenhaß sei notorisch und würde zunehmend dreister. Indes, keiner wagte es, gegen das finstere Paar Klage zu führen; selbst dann nicht, als der kleine Atal, der Sohn des Schankwirts, beteuerte, er habe im Zwielicht alle Katzen von Ulthar auf jenem verfluchten Hof unter den Bäumen gesehen, wie sie ganz langsam und feierlich einen Kreis um die Hütte beschrieben, zwei und zwei nebeneinander, als vollführten sie irgendein unerhörtes tierisches Ritual. Die Dorfbewohner wußten nicht, wieviel sie einem so kleinen Jungen glauben sollten; und obwohl sie befürchteten, daß das böse Paar den Katzen den Tod angehext hatte, zogen sie es doch vor, den alten Kätner erst dann zu schmähen, wenn sie ihn außerhalb seines dunklen und abstoßenden Hofes träfen.

So legte sich Ulthar in unnützer Angst schlafen; und als die Leute im Morgengrauen erwachten – siehe da! jede Katze war wieder an ihren gewohnten Herd zurückgekehrt! Große und kleine, schwarze, graue, getigerte, gelbe und weiße, nicht eine fehlte. Sehr geschmeidig und fett schienen die Katzen, und sie schnurrten vernehmlich vor Wohlbehagen. Die Bürger besprachen die Angelegenheit untereinander und verwunderten sich nicht wenig. Der alte Kranon beharrte wieder darauf, es sei das dunkelhäutige Volk gewesen, das sie fortgeführt habe, denn von der Hütte des alten Mannes und seiner Frau würden keine Katzen lebendig zurückkommen. Doch alle stimmten sie in einem Punkt überein: nämlich, daß die Weigerung aller Katzen, ihre Fleischportionen zu verzehren oder ihre Milchschüsselchen zu schlabbern, höchst sonderbar sei. Und zwei volle Tage lang wollten die geschmeidigen, fetten Katzen von Ulthar keine Nahrung anrühren, sondern nur am Feuer oder in der Sonne dösen.

Es dauerte eine ganze Woche, ehe den Dorfbewohnern auffiel, daß im Abenddämmer in den Fenstern der Hütte unter den Bäumen kein Licht brannte. Dann meinte der dürre Nith, daß keiner den alten Mann oder seine Frau seit der Nacht, in der die Katzen verschwunden waren, mehr gesehen hätte. Noch eine Woche später beschloß der Bürgermeister, seine Angst zu überwinden und von Amts wegen die so befremdlich stille Behausung aufzusuchen, wobei er sich jedoch darauf bedacht zeigte, Shang, den Hufschmied, und Thul, den Steinmetz, als Zeugen mitzunehmen. Und als sie die hinfällige Tür eingedrückt hatten, fanden sie nur dies: zwei peinlich gesäuberte Skelette auf dem irdenen Fußboden und eine Anzahl eigenartiger Käfer, die in den schattigen Ecken umherkrochen.

Hernach gab es viel Gerede unter den Bürgern von Ulthar. Zath, der Leichenbeschauer, disputierte des Langen und Breiten mit Nith, dem dürren Notar; und Kranon und Shang und Thul wurden mit Fragen überhäuft. Selbst der kleine Atal, der Sohn des Schankwirts, wurde genauestens verhört und bekam ein Stück Zuckerwerk zur Belohnung. Sie redeten von dem alten Kätner und seiner Frau, von der Karawane der dunkelhäutigen Wanderer, vom kleinen Menes und seinem schwarzen Kätzchen, von Menes' Gebet und vom Himmel während dieses Gebets, von den Taten der Katzen in der Nacht als die Karawane fortzog, und von dem, was man später in der Hütte unter den dunklen Bäumen in dem abstoßenden Hof fand.

Und am Ende erließen die Bürger dies bemerkenswerte Gesetz, von dem die Händler in Hatheg erzählen und über das die Reisenden in Nir diskutieren; nämlich, daß in Ulthar niemand eine Katze töten darf.

Das Verderben, das über Sarnath kam

Es gibt im Lande Mnar einen gewaltigen, stillen See, den kein Strom speist und dem kein Strom entquillt. Vor zehntausend Jahren stand an seinem Ufer die mächtige Stadt Sarnath, doch Sarnath steht dort nicht mehr.

Man erzählt sich, daß in unvordenklichen Zeiten, als die Welt jung war, bevor die Menschen von Sarnath überhaupt in das Land Mnar kamen, eine andere Stadt an dem See stand; die graue Steinstadt Ib, die so alt war wie der See und von Wesen bevölkert, die nicht angenehm zu schauen waren. Sehr sonderbar und häßlich waren diese Wesen, wie es fürwahr die meisten Wesen einer noch roh gestalteten und rudimentären Welt sind. Es steht auf den Tonzylindern von Kadatheron geschrieben, daß diese Wesen von Ib von so grüner Färbung waren wie der See und die Nebel, die über ihm aufsteigen; daß sie hervorquellende Augen, aufgeworfene, schlaffe Lippen und merkwürdige Ohren hatten und ohne Stimme waren. Es steht auch geschrieben, daß sie eines Nachts in einem Dunst vom Mond herabstiegen; sie und der gewaltige, stille See und die graue Steinstadt Ib. Wie dem auch immer sei, gewiß ist, daß sie ein meergrünes Steinidol in Gestalt von Bokrug, dem großen Waran verehrten; vor ihm tanzten sie gräßlich, wenn der Mond höckrig war. Und es steht geschrieben in den Papyrusrollen von Ilarnek, daß sie eines Tages das Feuer entdeckten und hernach bei vielen Zeremonien Flammen entzündeten. Doch viel steht nicht geschrieben von diesen Wesen, denn sie lebten in uralter Zeit, und der Mensch ist jung und weiß nur wenig von den uralten Lebewesen.

Nach vielen Äonen kamen Menschen ins Land Mnar, ein dunkelhäutiges Hirtenvolk mit seinen wolligen Herden, das am gewundenen Fluß Ai die Städte Thraa, Ilarnek und Kadatheron erbaute. Und etliche Stämme, die kühner waren als der Rest, stießen bis ans Ufer des Sees vor und erbauten Sarnath an einem Fleck, wo man wertvolle Metalle in der Erde fand.

Unweit der grauen Stadt Ib legten die Wanderstämme die ersten Steine zu Sarnath, und über die Wesen von Ib verwunderten sie sich sehr. Aber in ihre Verwunderung war Haß gemischt, denn sie hielten es nicht für schicklich, daß Wesen von solchem Äußeren bei Dämmerung durch die Welt der Menschen gehen durften.

Auch behagten ihnen die seltsamen Skulpturen auf den grauen Monolithen von Ib nicht, denn wie es kam, daß jene Skulpturen so lange in der Welt blieben, sogar bis zur Ankunft des Menschen, vermag keiner zu sagen; es sei denn, weil das Land Mnar sehr still ist und weit entfernt von den meisten anderen Ländern, sowohl des Wachens wie des Traums.

Als die Menschen von Sarnath mehr von den Wesen von Ib zu sehen bekamen, wuchs ihr Haß, und er wurde nicht weniger, als sie merkten, daß die Wesen schwach waren und unter der Berührung von Steinen und Pfeilen weich wie Gallert. So marschierten eines Tages die jungen Krieger, die Schleuderer und die Speerwerfer und die Bogenschützen, gegen Ib und erschlugen all seine Bewohner und stießen die sonderbaren Körper mit Langspeeren in den See, denn sie mochten sie nicht berühren. Und weil ihnen die grauen, skulpturentragenden Monolithen von Ib nicht behagten, warfen sie auch diese in den See; und wegen der großen Mühsal, die ihnen dieses verursachte, fragten sie sich, wie denn diese Steine je bloß von weit her gebracht worden waren, so wie es geschehen sein mußte, denn weder im Lande Mnar noch in den angrenzenden Ländern findet sich ihresgleichen.

So blieb von der uralten Stadt Ib nichts verschont, bis auf das meergrüne Steinidol, das in der Gestalt von Bokrug, dem großen Waran, gemeißelt war. Dies führten die jungen Krieger mit sich zurück, als Symbol für den Sieg über die alten Götter und die Wesen von Ib und als Zeichen der Führerschaft in Mnar. Doch in der Nacht, nachdem es im Tempel aufgerichtet wurde, muß etwas Schreckliches passiert sein, denn man sah unheimliche Lichter über dem See, und am Morgen fanden die Leute das Idol verschwunden und den Hohenpriester Taran-Ish tot am Boden liegen, als sei er vor unsäglicher Angst gestorben. Und ehe er starb, hatte Taran-Ish auf den Altar aus Chrysolith mit rauhen, zittrigen Strichen das Zeichen VERDERBEN gekratzt.

Nach Taran-Ish gab es viele Hohepriester in Sarnath, doch nie wurde das meergrüne Steinidol gefunden. Und viele Jahrhunderte kamen und gingen, in denen Sarnath unermeßlich gedieh, so daß sich nur Priester und alte Frauen daran erinnerten, was Taran-Ish auf den Altar aus Chrysolit eingekratzt hatte. Zwischen Sarnath und der Stadt Ilarnek entstand eine Karawanenstraße, und die wertvollen Metalle aus der Erde tauschte man gegen andere Metalle und erlesene Stoffe und Juwelen und Bücher und Gerätschaften für Kunsthandwerker und alle die Luxusdinge, die die Menschen kennen, die entlang des gewundenen Flusses Ai und darüber hinaus wohnen. So wuchs Sarnath mächtig und kenntnisreich und schön heran und sandte Eroberungsheere aus, um die benachbarten Städte zu unterwerfen; und im Laufe der Zeit saßen auf einem Thron in Sarnath die Könige des ganzen Landes Mnar und vieler angrenzender Länder.

Das Wunder der Welt und der Stolz der ganzen Menschheit war Sarnath, die Herrliche. Aus poliertem, in der Wüste gebrochenen Marmor waren ihre Mauern, dreihundert Ellen in der Höhe und fünfundsiebzig in der Breite, so daß zwei Wagen einander passieren konnten, wenn sie oben entlanggefahren wurden. Volle fünfhundert Stadien weit erstreckten sie sich und waren nur auf der dem See zugewandten Seite offen, wo ein grüner Steindamm die Wellen sicher zurückhielt, die einmal im Jahr am Festtag der Zerstörung von Ib unheimlich stiegen. In Sarnath führten fünfzig Straßen vom See zu den Karawanentoren, und ebensoviele kreuzten sie. Mit Onyx waren sie gepflastert, außer jenen, auf denen die Pferde und Kamele und Elefanten trotteten, diese waren mit Granit gepflastert. Und Sarnath hatte der Tore so viele wie der landwärts gelegenen Straßenenden, jedes aus Bronze und von Löwen- und Elefantenfiguren flankiert, die aus einem Stein gemeißelt waren, der unter den Menschen nicht mehr bekannt ist. Die Häuser von Sarnath waren aus glasiertem Ziegel und Chalzedon, und ein jedes hatte seinen umwallten Garten und kristallenen Teich. Mit sonderbarer Kunst waren sie erbaut, denn keine andere Stadt hatte Häuser wie sie; und Reisende aus Thraa und Ilarnek und Kadatheron bestaunten die glänzenden Kuppeln, von denen sie überragt wurden.

Aber noch staunenswerter waren die Paläste und die Tempel und die Gärten, die der einstige König Zokkar geschaffen hatte. Es gab viele Paläste, und die geringsten von ihnen waren mächtiger als jeder in Thraa oder Ilarnek oder Kadatheron. So hoch waren sie, daß sich einer darin manchmal nur unter dem Himmelszelt wähnen mochte; doch wenn sie mit im Öl von Dother getränkten Fakkeln beleuchtet wurden, zeigten ihre Mauern gewaltige Gemälde von Königen und Armeen, von einer Pracht, die den Beschauer zugleich inspirierte und bestürzte. Zahlreich waren die Säulen der Paläste, alle aus getöntem Marmor, und zu Mustern unübertrefflicher Schönheit behauen. Und in den meisten Palästen waren die

Böden Mosaiken aus Aquamarin und Lapislazuli und Sardonyx und Karfunkel und anderem kostbaren Material, und so angeordnet, daß sich der Beschauer einbilden mochte, über Beete der rarsten Blumen zu schreiten. Und es gab ebenfalls Springbrunnen, die in gefälligen, mit sinnreicher Kunst arrangierten Strahlen parfümierte Wasser verschleuderten. Alle anderen überstrahlend war der Palast der Könige von Mnar und der angrenzenden Länder. Auf einem Paar goldener, kauernder Löwen ruhte der Thron, viele Stufen hoch über dem blitzenden Boden. Und er war gearbeitet aus einem Stück Elfenbein, wenngleich kein Lebender weiß, woher ein so riesiges Stück hätte kommen können. In jenem Palast gab es auch viele Galerien und viele Amphitheater, wo Löwen und Männer und Elefanten zum Ergötzen der Könige stritten. Manchmal wurden die Amphitheater mit vom See in mächtigen Aquädukten herangeleitetem Wasser geflutet, und dann wurden erregende Seeschlachten aufgeführt, oder Kämpfe zwischen Schwimmern und todbringendem Meeresgetier.

Himmelstürmend und wunderbar waren die siebzehn turmartigen Tempel von Sarnath und geformt aus einem hellen, vielfarbigen Stein, den man anderswo nicht kennt. Ganze tausend Ellen hoch erhob sich der größte von ihnen, in dem die Hohepriester in einem Pomp lebten, der dem der Könige kaum nachstand. Unten waren Hallen, so gewaltig und prächtig wie die der Paläste; dort versammelten sich Scharen zur Verehrung von Zo-Kalar und Tamash und Lobon, der Hauptgötter von Sarnath, deren weihrauchumhüllte Schreine wie die Throne der Könige waren. Nicht glichen die Ikonen von Zo-Kalar und Tamash und Lobon jenen anderer Götter. Denn so lebensnah waren sie, daß man schwören mochte, die anmutigen, bärtigen Götter säßen persönlich auf den Elfenbeinthronen. Und endlose Stufen aus Zirkon hinauf lag das Turmgemach, aus dem die Hohepriester bei Tage über die Stadt und die Ebenen und den See hinblickten; und bei Nacht auf den kryptischen Mond und bedeutungsvolle Sterne und Planeten und deren Widerschein im See. Hier wurde der streng geheime und uralte Ritus zu Bokrugs des Warans Schmähung vollführt, und hier ruhte der Altar aus Chrysolith, der das Verhängnis-Krakel von Taran-Ish trug.

Ebenso wundervoll waren die Gärten, die der einstige König Zokkar geschaffen hatte. In Sarnaths Mitte lagen sie und bedeckten, umringt von einer hohen Mauer, eine gewaltige Fläche. Und über ihnen wölbte sich eine mächtige Glaskuppel, durch die an klaren Tagen die Sonne und der Mond und die Planeten schienen, und von der an bedeckten Tagen schimmernde Abbilder der Sonne, des Monds und der Sterne und der Planeten hingen. Im Sommer wurden die Gärten durch frische, wohlriechende Brisen gekühlt, die Fächer kunstreich herbeiwehten, und im Winter wurden sie von verborgenen Feuern beheizt, so daß in diesen Gärten immer Frühling war. Kleine Bäche rannen dort über glitzernde Kiesel, grüne Anger und mannigfach schattierte Gärten teilend und überspannt von einer Unzahl Brücken. Zahlreich waren die Wasserfälle in ihrem Lauf und zahlreich die lilienbewachsenen Teiche, zu denen sie sich erweiterten. Über die Bäche und Teiche glitten weiße Schwäne, unterdes der Gesang seltener Vögel mit der Melodie der Wasser harmonierte. In geordneten Terrassen stiegen die grünen Raine an, hier und dort verziert mit Weinlauben und süßduftendem Blütengesträuch und Sitzen und Bänken aus Marmor und Porphyr. Und es gab viele kleine Schreine und Tempel, wo man ausruhen oder zu kleinen Göttern beten konnte.

Alljährlich beging man in Sarnath das Fest der Zerstörung von Ib, zu dieser Zeit gab es Wein, Gesang, Tanz und Lustbarkeiten aller Art im Überfluß. Große Ehren erfuhren dann die Manen jener, die die unheimlichen, uralten Wesen ausgetilgt hatten, und das Andenken dieser Wesen und das ihrer alten Götter wurde von Tänzern und Lautenspielern verhöhnt, die mit Rosen aus den Gärten Zokkars bekränzt waren. Und die Könige pflegten über den See zu blicken und die Gebeine der Toten zu verfluchen, die in ihm lagen.

Anfangs gefielen den Hohepriestern diese Festtage nicht, denn unter ihnen hatten sich merkwürdige Geschichten darüber vererbt, wie die meergrüne Ikone verschwunden und Taran-Ish vor Angst gestorben war und eine Warnung hinterließ. Und sie sagten, daß sie von ihrem hohen Turm aus manchmal Lichter unter den Wassern des Sees sähen. Doch als viele Jahre ohne Unheil verstrichen, lachten sogar die Priester und fluchten und schlossen sich den Orgien der Schwelger an. Hatten sie denn nicht selber oft in ihrem hohen Turm den uralten und geheimen Ritus zur Schmähung von Bokrug dem Waran vollführt? Und eintausend Jahre von Reichtum und Wonne gingen dahin über Sarnath, dem Wunder der Welt.

Über alle Vorstellung grandios war das Fest der Tausendjährigen Zerstörung von Ib. Eine Dekade lang hatte man im Lande Mnar davon gesprochen, und als es näherrückte, kamen nach Sarnath auf Pferden und Kamelen und Elefanten Menschen aus Thraa, Ilarnek und Kadatheron und aus allen Städten von Mnar und der Länder jenseits. Vor den Marmormauern wurden in der verabredeten Nacht die Pavillone von Prinzen und die Zelte von Reisenden aufgeschlagen. In seinem Bankettsaal lehnte Nargis-Hei, der König, trunken vom uralten Wein aus den Gewölben des eroberten Pnoth und umgeben von feiernden Edlen und hastenden Sklaven. Viele seltsame Delikatessen wurden an jenem Fest verzehrt; Pfauen aus den fernen Bergen von Implan, Kamelfärsen aus der Wüste Bnazic, Nüsse und Spezereien aus sydathrianischen Hainen und Perlen vom wellenbespülten Mtal, aufgelöst im Essig aus Thraa. Soßen gab es in ungezählter Zahl, zubereitet von den allerfeinsten Köchen ganz Mnars, und nach dem Gaumen jedes Schwelgers. Doch am höchsten gepriesen von allen Speisen wurden die großen Fische aus dem See, alle riesengroß und angerichtet auf goldenen Flachschüsseln mit eingelegten Rubinen und Diamanten.

Während der König und seine Edlen im Palast feierten und das krönende Gericht schauten, wie es sie auf goldenen Flachschüsseln erwartete, feierten andere anderswo. Im Turm des großen Tempels hielten die Priester Gelage ab, und in Pavillonen vor den Mauern belustigten sich die Prinzen benachbarter Länder. Und es war der Hohepriester Gnai-Kah, der als erster die Schatten sah, die vom höckrigen Mond in den See herabstiegen, und die fluchwürdigen grünen Nebel, die vom See aufstiegen, um den Mond zu treffen und die Türme und die Kuppeln des dem Schicksal verfallenen Sarnath in einen sinistren Dunst zu hüllen. Danach erschauten die in den Türmen und die vor den Mauern seltsame Lichter auf dem Wasser und sahen, daß der graue Felsen Akurion, der es sonst dicht am Ufer hoch überragte, beinahe versunken war. Und undeutlich, doch geschwind griff Angst um sich, so daß die Prinzen aus Ilarnek und aus dem fernen Rokol ihre Zelte und Pavillons zusammenfalteten und abbrachen und aufbrachen, obwohl sie kaum den Grund für ihren Aufbruch wußten.

Dann, kurz vor der Stunde der Mitternacht, sprangen alle Tore von Sarnath auf und spieen eine irrsinnige Schar aus, die die Ebene schwärzte, so daß all die zu Besuch gekommenen Prinzen und Reisenden in Schrecken davonflohen. Denn auf den Gesichtern dieser Schar stand ein aus unerträglichem Grauen geborener Wahnsinn geschrieben, und sie führten so entsetzliche Worte im Mund, daß kein Zuhörer auf den Beweis warten wollte. Menschen, deren Augen wild vor Angst waren, kreischten laut vom Anblick in des Königs Bankettsaal, wo man durch die Fenster nicht länger mehr die Gestalten von Nargis-Hei und seinen Edlen und Sklaven sah, sondern eine Horde unbeschreiblicher, grüner, stimmloser Dinge mit hervorquellenden Augen, aufgeworfenen, schlaffen Lippen und merkwürdigen Ohren; Dinge, die gräßlich tanzten und in ihren Pfoten goldene Flachschüsseln hielten mit eingelegten Rubinen und Diamanten und nicht geheuren Flammen darin. Und als die Prinzen und Reisenden aus der dem Verderben geweihten Stadt Sarnath auf Pferden und Kamelen und Elefanten flohen, blickten sie noch einmal auf den nebelgebärenden See und sahen, daß der graue Felsen Akurion ganz versunken war. Durch das ganze Land Mnar und das angrenzende Land verbreiteten sich die Geschichten jener, die aus Sarnath geflohen waren, und Karawanen suchten die verfluchte Stadt und ihre wertvollen Metalle nicht mehr auf. Es dauerte überhaupt lange, bis Reisende dorthin gingen, und selbst dann waren es nur die tapferen und abenteuerlustigen jungen Männer mit blondem Haar und blauen Augen, die mit den Menschen von Mnar nicht verwandt sind. Diese Männer gingen wahrhaftig zu dem See, um Sarnath zu schauen; doch wenn sie auch den gewaltigen, stillen See selbst und den grauen Felsen Akurion, der ihn nahe am Ufer hoch überragt, fanden, erblickten sie doch nicht das Wunder der Welt und den Stolz der ganzen Menschheit. Wo sich einst dreihundert Ellen hohe Mauern und noch höhere Türme erhoben hatten, erstreckte sich jetzt nur das morastige Ufer, und wo einst fünfzig Millionen Menschen gelebt hatten, kroch jetzt nur der abschauliche Waran. Nicht einmal die Minen der wertvollen Metalle blieben. VERDERBEN war über Sarnath gekommen.

Aber halb begraben in den Binsen entdeckte man ein merkwürdiges grünes Idol; ein unermeßliches altes Idol gemeißelt in Gestalt von Bokrug, dem großen Waran. Dieses Idol, aufbewahrt in einem Schrein in dem hohen Tempel von Ilarnek, wurde hernach unter dem höckrigen Mond im ganzen Lande Mnar verehrt.

Iranons Suche

In die Granitstadt Teloth wanderte der mit Weinlaub bekränzte
Jüngling, sein blondes Haar schimmerte von Myrrhe, und sein
Purpurgewand war zerrissen von den Dornbüschen des Berges
Sidrak, der jenseits der uralten Brücke aus Stein liegt. Die Männer
von Teloth sind dunkelhäutig und gestreng und wohnen in viereckigen Häusern, und mit Stirnrunzeln fragten sie den Fremdling,
von woher er gekommen wäre und was sein Name und Geschäft
sei. Also antwortete der Jüngling:
»Ich bin Iranon und komme aus Aira, einer fernen Stadt, an die
ich mich nur schwach entsinne, doch die ich wiederzufinden versuche. Ich bin ein Sänger von Gesängen, die ich in der fernen Stadt
lernte, und meine Berufung ist es, mit aus der Kindheit erinnerten
Dingen Schönheit zu schaffen. Mein Reichtum liegt in kleinen Erinnerungen und Träumen und in Hoffnungen, von denen ich in
Gärten singe, wenn der Mond zart ist und der Westwind die Lotos-
knospen regt.«
Als die Männer von Teloth dies hörten, flüsterten sie untereinander; denn obwohl es in der Granitstadt weder Lachen noch Gesang
gibt, blicken die gestrengen Männer manchmal nach den Karthianischen Bergen im Frühling und denken an die Lauten des weit ent-
fernten Oonai, von denen Reisende erzählt haben. Und mit diesen
Gedanken baten sie den Fremdling zu bleiben und auf dem freien
Platz vor dem Turm von Mlin zu singen, obwohl ihnen weder die
Farbe seines zerfetzten Gewands, noch die Myrrhe in seinem
Haar, noch sein Kranz aus Weinlaub, noch die Jugend in seiner
goldenen Stimme gefiel. Am Abend sang Iranon, und während er
sang, betete ein alter Mann, und ein Blinder sagte, er sähe einen
Nimbus über des Sängers Haupt. Doch die meisten Männer von
Teloth gähnten, und einige lachten, und einige gingen schlafen,
denn Iranon erzählte nichts Nützliches und sang nur von seinen
Erinnerungen, seinen Träumen und seinen Hoffnungen.
»Ich entsinne mich des Zwielichts, des Mondes und sanfter Gesänge und des Fensters, wo ich in den Schlaf gewiegt wurde. Und
hinter dem Fenster war die Straße, wo die goldenen Lichter angin-
gen und wo die Schatten auf Häusern aus Marmor tanzten. Ich
entsinne mich des Quadrats aus Mondlicht auf dem Fußboden,
das keinem anderen Licht glich, und der Visionen, die in den

Mondstrahlen tanzten, wenn meine Mutter mir etwas vorsang. Und auch entsinne ich mich der Sonne des Morgens, hell über den vielfarbigen Hügeln im Sommer und der Süße der Blumen, die der Südwind trug, der die Bäume singen machte.«

»O Aira, Stadt aus Marmor und Beryll, wie zahlreich sind deine Schönheiten! Wie liebte ich die warmen und wohlduftenden Haine auf dem anderen Ufer des gläsernen Nithra und die Wasserfälle des winzigen Kra, der durch das blühende Tal floß! In jenen Hainen und in dieser Niederung flochten die Kinder füreinander Blumengewinde, und im Abenddämmer träumte ich seltsame Träume unter den Yath-Bäumen auf dem Berg, während ich unter mir die Lichter der Stadt sah und den gewundenen Nithra, der ein Sternenband widerspiegelte.

Und in der Stadt waren Paläste aus geädertem und getöntem Marmor, mit goldenen Kuppeln und bemalten Wänden und grünen Gärten mit himmelblauen Teichen und kristallenen Fontänen. Oft spielte ich in den Gärten und watete in den Teichen und lag und träumte zwischen den blassen Blumen unter den Bäumen. Und manchmal bei Sonnenuntergang stieg ich dann die lange, hügelige Straße zur Zitadelle und dem offenen Platz hinauf und schaute herab auf Aira, die magische Stadt aus Marmor und Beryll, herrlich in einem goldenen Flammengewand.

Lange habe ich dich entbehrt, Aira, denn ich war noch jung, als wir ins Exil gingen; doch mein Vater war dein König, und ich werde wieder zu dir kommen, denn so ist es vom Schicksal verfügt. Durch sieben ganze Länder habe ich dich gesucht, und eines Tages werde ich über deine Haine und Gärten, deine Straßen und Paläste regieren und zu Menschen singen, die wissen werden, wovon ich singe, und die weder lachen noch sich abwenden. Denn ich bin Iranon, der ein Prinz in Aira war.«

Diese Nacht quartierten die Männer von Teloth den Fremdling in einem Stall ein, und am Morgen kam ein Archont zu ihm und sagte, er solle sich zum Laden von Athok dem Schuster begeben und bei ihm in die Lehre gehen.«

»Aber ich bin Iranon, Sänger von Gesängen,« sagte er, »und habe kein Herz für des Schusters Gewerbe.«

»Alle in Teloth müssen sich mühen«, erwiderte der Archont, »denn das ist das Gesetz.« Darauf sagte Iranon:

»Weswegen müht ihr euch; doch wohl, damit ihr leben und glücklich sein könnt? Und wenn ihr euch müht, nur damit ihr euch noch mehr mühen könnt, wann soll das Glück euch finden? Ihr müht euch, um zu leben, doch besteht das Leben nicht aus Schönheit und Gesang? Und wenn ihr keine Sänger unter euch duldet, wo sollen die Früchte eurer Mühe sein? Mühe ohne Gesang ist wie eine beschwerliche Reise ohne ein Ende. Wäre der Tod da nicht angenehmer?« Aber der Archont war mürrisch und begriff nicht und schalt den Fremdling.

»Du bist ein sonderbarer Jüngling, und mir gefällt weder dein Gesicht noch deine Stimme. Die Worte, die du sprichst, sind Blasphemie, denn die Götter von Teloth haben gesagt, daß Mühe gut ist. Unsere Götter haben uns eine Freistatt des Lichts jenseits des Todes versprochen, wo ein Ausruhen ohne Ende sein wird und kristallene Kälte, inmitten der sich keiner den Sinn mit Denken oder den Blick mit Schönheit plagen soll. Gehe du also zu Athok dem Schuster oder sei bei Sonnenuntergang aus der Stadt. Alle hier müssen dienen, und Gesang ist Narrheit.«

So ging Iranon aus dem Stall und schritt über die engen Steinstraßen zwischen den düsteren, viereckigen Häusern aus Granit und suchte etwas Grünes, denn alles war aus Stein. Die Gesichter der Männer waren finster, doch bei der Steinbrüstung des träge fließenden Flusses Zuro saß ein kleiner Junge, der mit traurigen Augen in die Wasser starrte, um grüne, knospende Zweige auszuspähen, die die Überschwemmungen von den Bergen herspülten. Und der Junge sagte zu ihm:

»Bist du nicht etwa der, von dem die Archonten reden, der, der eine ferne Stadt in einem hehren Land sucht? Ich bin Romnod und habe Teloths Blut in mir, ich bin aber nicht erfahren in der Lebensart der Granitstadt und sehne mich täglich nach den warmen Hainen und fernen Ländern der Schönheit und Gesangs. Jenseits der Karthianischen Berge liegt Oonai, die Stadt der Lauten und Tänze, von der die Männer flüstern und sagen, sie sei lieblich und schrecklich zugleich. Dorthin würde ich gehen, wäre ich alt genug, den Weg zu finden, und dorthin solltest auch du gehen, und du würdest singen und Männer haben, die dir zuhören. Wir wollen die Stadt Teloth verlassen und zusammen durch die Hügel des Frühlings streifen. Du sollst mich das Reisen lehren, und ich werde des Abends deinen Liedern lauschen, wenn einer nach dem anderen die Sterne dem Sinn von Träumern Träume bescheren. Und mag sein, daß Oonai, die Stadt der Lauten und Tänze, sogar das hehre Aira ist, das du suchst, denn es heißt, daß du Aira seit langem nicht mehr kennst, und ein Name ändert sich oft. Laß uns nach Oonai gehen, o Iranon mit dem goldenen Haupt, wo die Männer unsere Sehnsüchte kennen und uns als Brüder willkommen heißen und auch nie lachen oder die Stirn runzeln werden über das was wir sagen.« Und Iranon antwortete:

»So sei es, mein Kleiner; wenn sich einer an diesem steinigen Ort nach Schönheit sehnt, muß er in die Berge und darüber hinaus gehen, und ich würde dich nicht zurücklassen, damit du dich am trägen Zuro grämst. Aber denke nicht, daß Verstehen und Entzücken gleich hinter den Karthianischen Bergen liegen, oder an sonst einem Fleck, den du in einer Tages-, Jahres- oder einer Lustrumsreise finden kannst. Schau, als ich klein war wie du, weilte ich in dem Tal Naarthos am eisigen Xari, wo niemand meinen Träumen lauschen wollte; und ich sagte mir, daß ich, wenn ich älter wäre, nach Sinara auf dem Südhang gehen und vor lächelnden Dromedartreibern auf dem Marktplatz singen würde. Doch als ich nach Sinara ging, da fand ich die Dromedartreiber alle betrunken und liederlich, und sah, daß ihre Gesänge nicht wie meine waren, deswegen fuhr ich in einer Barke den Xari hinunter zum onyxumwallten Jaren. Und die Soldaten in Jaren lachten mich aus und vertrieben mich, so daß ich zu vielen anderen Städten wanderte. Ich habe Stethelos gesehen, das unter dem großen Katarakt liegt, und ich habe auf die Marsch geblickt, wo einst Sarnath stand. Ich bin in Thraa, Ilarnek und Kadatheron am gewundenen Fluß Ai gewesen, ich habe lange in Olathoe im Lande Lomar geweilt. Doch obwohl ich manchmal Zuhörer hatte, sind es immer sehr wenige gewesen, und ich weiß, daß mich Willkommen nur grüßen wird in Aira, der Stadt aus Marmor und Beryll, wo mein Vater einst als König herrschte. So wollen wir nach Aira suchen, obwohl es gut wäre, das ferne und lautengesegnete Oonai über den Karthianischen Bergen zu besuchen, das vielleicht wirklich Aira sein mag, obwohl ich es nicht glaube. Airas Schönheit übersteigt die Vorstellung, und keiner kann ohne Verzückung von ihr sprechen, von Oonai hingegen flüstern lüstern die Kameltreiber.«

Bei Sonnenuntergang gingen Iranon und der kleine Romnod aus Teloth fort und wanderten lange inmitten der grünen Hügel und kühlen Wälder. Der Weg war rauh und ungewiß, und nie schienen sie Oonai, der Stadt der Lauten und Tänze, näher zu sein; aber wenn in der Abenddämmerung die Sterne erschienen, pflegte Iranon von Aira und seinen Schönheiten zu singen, und Romnod hörte zu, so daß sie beide in gewisser Weise glücklich waren. Sie aßen tüchtig Früchte und rote Beeren, und bemerkten nicht, wie die Zeit verging, doch es müssen viele Jahre dahingeglitten sein. Der kleine Romnod war jetzt nicht mehr so klein, und er sprach mit tiefer statt mit schriller Stimme, wenn auch Iranon immer der gleiche war und sein goldenes Haar mit Weinlaub und duftenden, in den Wäldern gefundenen Harzen deckte. So geschah es eines Tages, daß Romnod älter als Iranon schien, obwohl er ganz klein gewesen war, als Iranon ihn dabei gefunden hatte, wie er in Teloth am trägen Zuro mit den Steinufern nach grünen, knospenden Zweigen Ausschau hielt.

Dann kamen die Reisenden eines Nachts, als der Mond voll war, auf einen Gebirgskamm und blickten hinunter auf die Myriaden Lichter von Oonai. Bauern hatten ihnen gesagt, daß sie ganz in der Nähe wären, und Iranon wußte, daß dies nicht seine Vaterstadt Aira war. Die Lichter von Oonai glichen nicht denen von Aira; denn sie waren grell und blendend, während die Lichter von Aira so weich und magisch schienen, wie das Mondlicht auf den Fußboden neben dem Fenster schien, wo Iranons Mutter ihn einst mit Gesang in den Schlaf wiegte. Doch Oonai war eine Stadt der Lauten und Tänze, deshalb gingen Iranon und Romnod den steilen Hang hinab, auf daß sie Männer fänden, denen Gesänge und Träume Vergnügen bereiten würden. Und als sie in die Stadt gelangt waren, fanden sie rosenbekränzte Schwelger, die von Haus zu Haus zogen und aus Fenstern und von Balkonen lehnten und den Gesängen Iranons lauschten und ihm Blumen zuwarfen und applaudierten, als er geendet hatte. Da glaubte Iranon für einen Augenblick, er hätte jene gefunden, die genauso dachten und fühlten wie er, obwohl die Stadt nicht ein Hundertstel so hehr wie Aira war.

Als das Morgengrauen kam, blickte sich Iranon bestürzt um, denn die Kuppeln von Oonai waren in der Sonne nicht golden, sondern grau und elend. Und die Männer von Oonai waren bleich vom Schwelgen und stumpf vom Wein und nicht wie die strahlenden Männer von Aira. Doch weil die Leute ihm Blüten zugeworfen und seine Gesänge beklatscht hatten, blieb Iranon länger, und Romnod mit ihm, dem das Gelage der Stadt gefiel und der in seinem dunklen Haar Rosen und Myrte trug. Iranon sang nachts oft vor den Feiernden, aber er war noch immer wie früher, krönte sich nur mit dem Weinlaub aus den Bergen und erinnerte sich an die marmornen Straßen von Aira und den gläsernen Nithra. In den freskengeschmückten Hallen des Monarchen sang er, auf einer kristallenen Estrade, die sich über einem Fußboden erhob, der ein Spiegel war, und während er sang, brachte er seinen Zuhörern Bilder, bis der Fußboden alte, schöne und halberinnerte Dinge widerzuspiegeln schien, anstelle der vom Wein geröteten Zecher, die ihn mit Rosen überschütteten. Und der König bat ihn, sein zerrissenes Gewand abzulegen, und kleidete ihn in Satin und goldgemustertes Zeug, mit Ringen aus grüner Jade und Armreifen aus getöntem Elfenbein und brachte ihn unter in einem vergoldeten und mit Wandteppichen ausgeschmückten Zimmer auf einem Bett aus feingeschnitztem Holz mit Baldachinen und Bettdecken aus blumenbestickter Seide. So weilte Iranon in Oonai, der Stadt der Lauten und Tänze.

Man weiß nicht, wie lange Iranon in Oonai säumte, doch eines Tages brachte der König ein paar wild wirbelnde Tänzer aus der Liranischen Wüste in den Palast und staubige Fötenspieler aus Drinen im Osten, und danach warfen die Schwelger ihre Rosen mehr den Tänzern und Flötenspielern zu als Iranon. Und Tag um Tag wurde jener Romnod, der ein kleiner Junge im granitenen Teloth gewesen war, ungeschlachter und röter vom Wein, bis er immer weniger träumte und mit weniger Entzücken den Gesängen Iranons lauschte. Aber obwohl Iranon traurig war, hörte er nicht auf zu singen und erzählte abends wieder seine Träume von Aira, der Stadt aus Marmor und Beryll. Dann schnaufte eines Nachts der rot und fett gewordene Romnod schwer zwischen den mit Mohn bestreuten Seidenstoffen seines Bankettlagers auf und starb unter Krämpfen, während Iranon, blaß und schlank, in einer entfernten Ecke für sich selber sang. Und als Iranon über dem Grab von Romnod geweint und es mit grünen, knospenden Zweigen bestreut hatte, so wie Romnod sie liebte, legte er Seidengewänder und Flitter ab und ging vergessen aus Oonai, der Stadt der Lauten und Tänze, gekleidet nur in den zerlumpten Purpur, in dem er gekommen war, und bekränzt mit frischem Weinlaub aus den Bergen.

In den Sonnenuntergang wanderte Iranon, noch immer auf der Suche nach seinem Vaterland und nach Männern, die seine Gesänge und Träume verstehen und lieben würden. In allen Städten von Cydathria und in den Ländern jenseits der Bnazie-Wüste lachten frohgesichtige Kinder über seine altmodischen Gesänge und sein zerlumptes Purpurgewand; aber Iranon blieb immer jung und trug Kränze auf seinem goldenen Haupt, während er von Aira, Wonne der Vergangenheit und Hoffnung der Zukunft, sang.

So kam er eines Nachts zu der schmutzigen Kate eines uralten Hirten, der, krumm und dreckig, auf einem steinigen Hang über einer Treibsandmarsch Herden hielt. Zu diesem Mann sprach Iranon wie zu so vielen anderen:

»Kannst du mir sagen, wo ich Aira finde, die Stadt aus Marmor und Beryll, wo der gläserne Nithra strömt und wo die Wasserfälle des winzigen Kra zu blühenden Tälern und mit Yath-Bäumen bewaldeten Hügeln singen?« Und als der Hirte dies hörte, blickte er lange und sonderbar auf Iranon, als entsinne er sich an etwas, das sehr lange in der Zeit zurücklag, und er prüfte jede Linie in des Fremden Gesicht und sein goldenes Haar und seine Krone aus Weinlaub. Aber er war alt und schüttelte den Kopf, als er erwiderte:

»O Fremder, den Namen Aira und die anderen Namen, die du genannt hast, habe ich wahrhaftig gehört, doch sie kommen zu mir durch die Wüstenei langer Jahre. Ich hörte sie in meiner Jugend von den Lippen eines Spielgefährten, von einem Bettlerjungen, der zu seltsamen Träumen neigte und der lange Garne über den Mond und die Blumen und den Westwind zu spinnen pflegte. Wir lachten ihn immer aus, denn wir wußten von seiner Herkunft, obwohl er sich für einen Königssohn hielt. Er war anmutig, genau wie du, doch voller Narretei und Absonderlichkeit; und er rannte davon, als er klein war, um die zu finden, die freudig seinen Gesängen und Träumen lauschen würden. Wie oft hat er mir von Ländern gesungen, die nie waren, und von Dingen, die nie sein können! Von Aira sprach er viel; von Aira und dem Fluß Nithra, und den Wasserfällen des winzigen Kra. Dort, so sagte er immer, lebte er einst als Prinz, obwohl wir ihn hier von Geburt an kannten. Es gab auch nie eine Marmorstadt Aira, oder jene, die sich an seltsamen Gesängen ergötzen konnten, außer in den Träumen meines alten Spielgefährten Iranon, der fortgegangen ist.«

Und im Zwielicht, als einer nach dem anderen die Sterne hervortraten und der Mond auf die Marsch einen Glanz warf, so wie ihn ein kleiner Junge auf dem Fußboden zittern sieht, während er abends in den Schlaf gewiegt wird, schritt in den tödlichen Treibsand hinein ein sehr alter Mann in zerlumptem Purpur, gekrönt mit welkem Weinlaub, und schaute dabei voraus wie auf die goldenen Kuppeln einer hehren Stadt, wo Träume verstanden werden. In dieser Nacht starb etwas an Jugend und Schönheit in der älteren Welt.

Stadt ohne Namen

Als ich mich der Stadt ohne Namen näherte, wußte ich sofort, daß sie verflucht sei. Ich reiste bei Mondschein durch ein ausgedörrtes und fürchterliches Tal und sah sie von ferne unheimlich aus dem Sand emporragen, so wie Teile eines Leichnams aus einem eilig ausgehobenen Grab emporragen mögen. Furcht sprach aus den zeitbenagten Steinen dieses altersgrauen Überbleibsels der Sintflut, dieser Urahne der ältesten Pyramide, und eine unsichtbare Ausstrahlung stieß mich ab und befahl mir, mich von den antiken und düsteren Geheimnissen zurückzuziehen, die kein Mensch zu Gesicht bekommen soll und die noch niemand zu sehen gewagt hatte.

Tief im Inneren der Arabischen Wüste liegt die Stadt ohne Namen, verfallen und stumm, ihre niederen Mauern vom Sand ungezählter Zeitalter fast verborgen. Es muß schon genauso gewesen sein, bevor Memphis gegründet wurde und als Babylons Ziegel noch nicht gebrannt waren. Es gibt keine noch so alte Sage, um ihr einen Namen zu geben oder daran zu erinnern, daß sie je mit Leben erfüllt war; aber es wird am Lagerfeuer im Flüsterton darüber gesprochen, und alte Frauen murmeln davon in den Zelten der Scheichs, so daß alle Stämme sie meiden, ohne genau zu wissen, warum. Es war dieser Ort, von dem der verrückte Dichter Abdul Alhazred in der Nacht träumte, bevor er sein unerklärbares Lied sang:

> »Das ist nicht tot, was ewig liegt,
> Bis daß die Zeit den Tod besiegt.«

Ich hätte erkennen müssen, daß die Araber guten Grund hatten, die Stadt ohne Namen zu meiden, dennoch bot ich ihnen Trotz und zog mit meinem Kamel in die unbetretene Öde hinaus. Ich allein habe sie gesehen, weshalb kein anderes Gesicht einen derartigen Ausdruck des Schreckens trägt wie das meine; warum kein anderer so gräßlich zittert, wenn der Nachtwind an den Fenstern rüttelt. Als ich in der fürchterlichen Stille des ewigen Schlafes darauf stieß, sah sie mich fröstelnd im kalten Mondschein inmitten der Wüstenhitze an. Und als ich den Blick erwiderte, vergaß ich den Triumph, sie gefunden zu haben, und hielt mit meinem Kamel an, um die Morgendämmerung abzuwarten.

Ich wartete stundenlang, bis der Osten sich grau färbte, die Sterne verblaßten, und das Grau verwandelte sich in rosiges Licht mit goldenen Rändern. Ich hörte ein Stöhnen und sah einen Sandsturm sich zwischen den uralten Steinen bewegen, obwohl der Himmel klar und der weite Wüstenraum ruhig war. Dann erschien plötzlich über dem entfernten Wüstensaum der leuchtende Rand der Sonne, den ich durch den winzigen, vorüberwehenden Sandsturm erblickte, und in meinem fiebrig erregten Zustand bildete ich mir ein, irgendwo aus der entfernten Tiefe den Lärm metallener Musikinstrumente zu vernehmen, um die aufgehende Feuerscheibe zu grüßen, wie Memnon sie von den Ufern des Nils begrüßt. Meine Ohren klangen, und meine Phantasie war im Aufruhr, als ich mein Kamel langsam zu der stummen Stätte führte, jener Stätte, die ich als einziger der Lebenden gesehen habe.

Ich wanderte zwischen den formlosen Fundamenten der Häuser und Plätze ein und aus, fand aber nirgends ein Bildwerk oder eine Inschrift, die von diesen Menschen kündete, so es Menschen waren, die diese Stadt erbauten und vor so langer Zeit bewohnten. Die Altertümlichkeit des Ortes war unerträglich, und ich sehnte mich danach, irgendein Zeichen oder eine Vorrichtung aufzufinden, um zu beweisen, daß die Stadt wirklich von menschlichen Wesen errichtet wurde. Es gab in den Ruinen gewisse *Proportionen* und *Dimensionen,* die mir nicht behagten. Ich hatte viel Werkzeug dabei und grub viel innerhalb der Mauern der verschwundenen Gebäude, aber ich kam nur langsam vorwärts, und nichts von Bedeutung kam ans Licht. Als die Nacht und der Mond wiederkehrten, fühlte ich einen kühlen Wind, der neue Furcht mit sich brachte, so daß ich mich nicht traute, in der Stadt zu verweilen. Als ich die altertümlichen Mauern verließ, um mich zur Ruhe zu begeben, entstand hinter mir ein kleiner, seufzender Sandsturm, der über die grauen Steine wehte, obwohl der Mond leuchtend schien und die Wüste größtenteils ganz still war.

Ich erwachte im Morgengrauen aus einer Folge schrecklicher Träume, und meine Ohren sangen, wie von irgendeinem metallischen Schall. Ich sah die Sonne durch die letzten Windstöße des kleinen Sandsturms, der über der Stadt ohne Namen hing, rot hindurchscheinen und nahm die Stille der übrigen Landschaft wahr. Erneut wagte ich mich in diese unheilschwangeren Ruinen, die sich unter dem Sand abhoben, wie ein Oger unter einer Decke, und grub wiederum vergeblich nach den Überresten einer verschwundenen Rasse. Mittags ruhte ich mich aus und verbrachte am Nachmittag viel Zeit damit, den Mauern und den früheren Straßen und den Umrissen nahezu verschwundener Gebäude nachzuspüren. Ich sah, daß die Stadt in der Tat mächtig gewesen war, und hätte gern den Ursprung ihrer Größe gekannt. Ich stellte mir selbst den Glanz eines Zeitalters vor, so entlegen, daß sich die Chaldäer seiner nicht erinnerten, und dachte an Sarnath die Verdammte im Lande Mnar, als die Menschheit jung war, und an Ib, das aus grauem Stein gehauen wurde, ehe die Menschheit bestand.

Plötzlich stieß ich auf einen Ort, wo das felsige Fundament sich bloß über den Sand erhob und eine niedere Klippe formte, und hier erblickte ich mit Freude, was weitere Spuren dieses vorsintflutlichen Volkes zu verheißen schien. Aus der Vorderfläche der Klippe waren unmißverständlich Fassaden verschiedener kleiner niederer Felsenhäuser oder Tempel herausgehauen, deren Inneres die Geheimnisse von Zeitaltern, zu weit zurückliegend, um sie zu berechnen, bewahren mag, obwohl Sandstürme schon vor langer Zeit alle Bildhauerarbeiten ausgelöscht hatten, die sich eventuell auf der Außenseite befunden hatten.

All die dunklen Öffnungen in meiner Nähe waren sehr niedrig und sandverstopft, ich machte eine davon mit meinem Spaten frei und kroch hinein, ich hatte eine Fackel dabei, um zu enthüllen, was für Geheimnisse sie verbergen möge. Als ich mich im Inneren befand, sah ich, daß die Höhle wirklich ein Tempel war, und erblickte einfache Symbole der Rassse, die hier gelebt und ihre Götter verehrt hatte, bevor die Wüste zur Wüste wurde. Primitive Altäre, Säulen und Nischen, merkwürdig niedrig, fehlten nicht, und obwohl ich keine Skulpturen und Fresken erblickte, gab es viele eigentümliche Steine, die mit künstlichen Mitteln zu Symbolen gestaltet worden waren. Die Niedrigkeit der ausgehauenen Kammer war äußerst merkwürdig, denn ich konnte kaum aufrecht knien, aber das ganze Gebiet war so groß, daß meine Fackel mich jeweils nur einen Teil erkennen ließ. In einigen der hintersten Winkel überkam mich ein befremdlicher Schauder, denn bestimmte Altäre und Steine suggerierten vergessene Riten schrecklicher, abstoßender und unerklärlicher Art, und ich fragte mich, was für ein Menschenschlag einen derartigen Tempel errichtet und benutzt haben mochte. Als ich alles gesehen hatte, was der Ort enthielt, kroch ich wieder hinaus, im Eifer, herauszufinden, was der Tempel erbringen möge.

Die Nacht war nah, dennoch verstärkten die greifbaren Dinge, die ich gesehen hatte, eher meine Neugier, denn meine Furcht, so daß ich die langen Schatten nicht floh, die der Mond warf und die mich zuerst erschreckt hatten, als ich die Stadt ohne Namen zum erstenmal erblickte. Ich legte im Zwielicht eine andere Öffnung frei und kroch mit einer neuen Fackel hinein, noch mehr unbestimmbare Steine und Symbole auffindend, aber nichts Bestimmteres, als der andere Tempel enthalten hatte. Der Raum war genauso niedrig, aber viel enger und endete in einem sehr schmalen Gang, der mit obskuren und rätselhaften Schreinen verstellt war. Ich erforschte gerade diese Schreine, als das Geräusch des Windes und meines Kamels draußen die Stille durchbrach und mich hinaustrieb, um nachzusehen, was das Tier erschreckt haben könnte.

Der Mond strahlte hell über den urtümlichen Ruinen und beleuchtete eine dichte Sandwolke, die vor einem starken, aber bereits abflauenden Wind von irgendeiner Stelle entlang der mir gegenüber liegenden Klippe hertrieb. Ich wußte, es war dieser kühle, sandvermischte Wind, der das Kamel erschreckt hatte, und ich war dabei, es an einen Ort zu bringen, der besseren Schutz bot, als ich zufällig nach oben blickte und wahrnahm, daß oberhalb der Klippe kein Wind herrschte. Dies erstaunte mich und ließ mich wieder ängstlich werden, aber ich entsann mich sofort der plötzlichen, lokal begrenzten Winde, die ich vor Sonnenaufgang oder -untergang gesehen und gehört hatte, und kam zu dem Schluß, daß es etwas ganz Normales sei. Ich entschied, daß er aus einer Felsenspalte kam, die zu einer Höhle führte, und beobachtete den bewegten Sand, um ihn zu seinem Ursprung zu verfolgen, und bemerkte, daß er aus der schwarzen Öffnung eines Tempels, beinah außer Sichtweite, südlich aus großer Entfernung kam. Der erstickenden Sandwolke entgegen ging ich mühsam auf den Tempel zu, der, als ich näherkam, höher als die übrigen aufragte und einen Eingang erkennen ließ, der längst nicht so stark mit verbackenem Sand verweht war. Ich wäre hineingegangen, wenn nicht die außerordentliche Stärke des eisigen Windes meine Fackel beinah zum Erlöschen gebracht hätte. Er blies wie wahnsinnig aus dem dunklen Tor heraus, unheimlich wimmernd, als er den Sand verwehte und zwischen die unheimlichen Ruinen drang. Bald wurde er schwächer, und der Sand kam immer mehr zur Ruhe, bis er sich schließlich ganz gelegt hatte; aber etwas Anwesendes schien durch die geisterhaften Steine der Stadt zu schleichen, und als ich einen Blick auf den Mond warf, schien er zu verschwimmen, als ob er sich in bewegtem Wasser spiegelte. Ich war erschrockener als ich mir erklären konnte, aber nicht genug, um meinen Durst nach dem Wunder zu vermindern, so daß ich, sobald sich der Wind ganz gelegt hatte, in den dunklen Raum hinüberging, aus dem er geweht hatte.

Dieser Tempel war, wie ich mir seiner Außenseite nach vorstellte, größer als einer von denen, die ich vorher besucht hatte, und war vermutlich eine natürliche Höhle, da er Winde von irgendwoher mitbrachte. Hier konnte ich ganz aufrecht stehen, aber ich sah, daß die Steine und Altäre so nieder waren, wie in den anderen Tempeln. An Mauern und Dach nahm ich zum erstenmal Spuren von Malerei dieser alten Rasse wahr, sich merkwürdig kräuselnde Farbstriche, die beinah verblaßt oder abgefallen waren; aber an zweien der Altäre sah ich mit steigender Erregung ein Labyrinth eingehauener Kurvenlinien. Als ich meine Fackel hochhielt, erschien mir die Form des Daches zu regelmäßig, um natürlichen Ursprungs zu sein, und ich fragte mich, was die vorgeschichtlichen Steinmetzen wohl zuerst bearbeitet hatten. Ihre Ingenieurkunst muß umfassend gewesen sein. Dann zeigte mir ein helleres Aufleuchten der launenhaften Flamme das, wonach ich gesucht hatte; eine Öffnung zu den fernen Abgründen, aus denen der plötzliche Wind geblasen hatte, und mir wurde schwach, als ich sah, daß es eine kleine, unzweifelhaft künstlich angelegte Tür war, die aus dem soliden Fels ausgehauen war; ich hielt meine Fackel hinein und erblickte einen schwarzen Tunnel mit tiefhängendem Dach und einer Flucht unebener und sehr kleiner, zahlreicher und steil abfallender Stufen. Ich werde auf ewig diese Stufen in meinen Träumen sehen, denn ich erfuhr durch sie, was sie bedeuteten. Damals wußte ich kaum, ob ich sie Stufen oder bloße Stützen für die Füße nennen sollte, die da jäh hinabführten. Mein Geist wirbelte von verrückten Ideen, und die Worte und Warnungen der arabischen Propheten schienen durch die Wüste vom Land, das den Menschen vertraut ist, zur Stadt ohne Namen, die niemand zu kennen wagt, herüberzudringen. Dennoch zögerte ich nur einen Augenblick, bevor ich das Tor durchschritt und vorsichtig den steilen Gang rückwärtsgehend, wie auf einer Leiter, hinunterzuklettern begann.

Nur in schrecklichen Wahnvorstellungen, im Drogenrausch oder Delirium, kann ein Mensch solch einen Abstieg, wie den meinen, erleben. Der schmale Gang führte endlos nach unten, wie ein geheimnisvoller, verwunschener Brunnen, und die Fackel, die ich über den Kopf hielt, vermochte nicht, die unbekannten Tiefen auszuleuchten, auf die ich zukroch. Ich verlor jeden Zeitsinn und vergaß, auf die Uhr zu sehen, obwohl es mir Angst einjagte, wenn ich an die Strecke dachte, die ich durchmessen haben mußte. Die Richtung und Steilheit wechselte, und einmal stieß ich auf einen langen, niederen, ebenen Gang, wo ich mich mit den Füßen voran über den felsigen Grund durchwinden mußte; indem ich die Fackel auf Armeslänge hinter meinen Kopf hielt. Der Ort war nicht einmal zum Knien hoch genug. Nachher folgten noch mehr steile Stufen, und ich krabbelte noch immer endlos abwärts, als meine schwach gewordene Fackel erlosch. Ich glaube, ich bemerkte es im Augenblick gar nicht, denn als es mir auffiel, hielt ich sie immer noch empor, als ob sie noch brenne. Ich war infolge meines Drangs nach dem Seltsamen und Unbekannten, der mich zum Weltenwanderer und eifrigen Besucher ferner, urtümlicher und gemiedener Orte hatte werden lassen, etwas aus dem seelischen Gleichgewicht.

Im Dunkeln blitzten Bruchstücke aus meinem sorgsam gehegten Schatz an dämonischen Kenntnissen durch meinen Geist; Sentenzen aus Alhazred, dem verrückten Araber, Abschnitte aus den apokryphischen Nachtstücken des Damascius und abscheuliche Verszeilen aus dem wahnwitzigen *Image du Monde* des Walther von Metz. Ich wiederholte merkwürdige Auszüge und murmelte von Afrasiab und den Dämonen, die mit ihm den Oxus (Amudarja) hinabtrieben, und zitierte später wieder und wieder einen Satz aus einer Erzählung des Lord Dunsany – »Die stumme Schwärze des Abgrundes«. Einmal, als der Abstieg außerordentlich steil wurde, rezitierte ich eintönig etwas aus Thomas Moore, bis ich Angst bekam, mehr davon zu zitieren:

> »Ein Reservoir der Dunkelheit, so schwarz.
> Wie Hexenkessel, die gefüllt,
> Mit Mondrausch, in der Finsternis gebraut
> Sich neigend, ob zu seh'n, ob Schritte nah'n
> Durch diesen Abgrund, den ich unten sah,
> Soweit der Blick erkunden kann
> Die Gagatseiten glatt wie Glas,
> Als seien sie erst frisch lackiert
> Mit schwarzem Pech, das Hölle wirft
> Empor zum schlamm'gen Ufer.«

Die Zeit hatte für mich zu bestehen aufgehört, als meine Füße wieder auf ebenen Boden trafen und ich mich an einem Ort befand, der etwas höher war als die Räume der beiden kleineren Tempel, die jetzt so unberechenbar hoch über mir lagen. Ich konnte nicht ganz stehen, aber aufrecht knien und rutschte im Finstern aufs Geradewohl hin und her. Ich bemerkte bald, daß ich mich in einem schmalen Gang befand, an dessen Wänden hölzerne Kisten mit Glasfronten standen. Daß ich an diesem paläozoischen und abgründigen Ort derartige Dinge wie poliertes Holz und Glas finden würde, ließ mich schaudern, wenn ich an die möglichen Schlußfolgerungen dachte. Die Kisten waren offenbar in regelmäßigen Abständen entlang den Seiten des Ganges aufgestellt, sie waren länglich und waagrecht liegend entsetzlich sargähnlich in Form und Größe. Als ich zwei oder drei für weitere Untersuchungen zu verschieben versuchte, fand ich, daß sie befestigt waren.

Ich bemerkte, daß der Gang sehr lang war, deshalb tappte ich in zusammengekauertem Lauf rasch vorwärts, der, hätte ein Auge mich in der Finsternis beobachten können, schrecklich gewirkt haben müßte, wobei ich gelegentlich von einer Seite zur anderen hinüberwechselte, um meine Umgebung zu ertasten und mich zu vergewissern, daß die Mauern und die Reihen von Kisten sich noch fortsetzten. Der Mensch ist es gewöhnt, visuell zu denken, so daß ich beinah nicht mehr an die Dunkelheit dachte und mir den endlosen Korridor aus Holz und Glas in seiner niedrigen Einförmigkeit vorstellte, als ob ich ihn sehen könnte.

Und dann, in einem Augenblick unbeschreiblicher Erregung, sah ich ihn wirklich.

Wann genau meine Vorstellungen in richtiges Sehen übergingen, vermag ich nicht zu sagen; aber nach und nach erschien vorne ein Lichtschimmer, und ich bemerkte plötzlich, daß ich die schwachen Umrisse des Korridors und der Kisten, sichtbar gemacht durch eine unbekannte, unterirdische Phosphoreszenz erkennen konnte. Kurze Zeit war alles genauso, wie ich es mir vorgestellt hatte, da der Lichtschimmer sehr schwach war, aber als ich ganz mechanisch weiter auf das merkwürdige Licht zustolperte, wurde mir klar, daß meine Vorstellungen nur sehr ungenau gewesen waren. Die Halle war kein rohes Überbleibsel, wie die Tempel in der Stadt oben, sondern ein Denkmal wunderbarster und exotischster Kunst, eindrucksvolle und kühn phantastische Entwürfe und Bilder ergab ein fortlaufendes Schema von Wandmalereien, deren

Linienführung und Farben nicht zu beschreiben waren. Die Kisten bestanden aus merkwürdig goldfarbenem Holz, mit wunderbaren Glasfronten und enthielten die mumifizierten Gestalten von Wesen, die in ihrer Groteskheit die wildesten menschlichen Träume überboten.

Von diesen Monstrositäten einen Eindruck wiederzugeben, ist unmöglich. Sie waren reptilienartig, mit Körperumrissen, die manchmal an ein Krokodil, manchmal an einen Seehund denken ließen, aber an gar nichts von den Dingen, von denen der Naturwissenschaftler oder der Paläontologe je gehört hat. In der Größe reichten sie an einen kleinen Menschen heran, und ihre Vorderbeine trugen zarte und offensichtlich menschliche ganz merkwürdige Füße, wie menschliche Hände und Finger. Aber ihre Köpfe, die einen Umriß aufwiesen, der allen bekannten biologischen Grundsätzen hohnzusprechen schien, waren das Allermerkwürdigste. Man konnte diese Geschöpfe mit nichts vergleichen – blitzartig gingen mir Vergleiche mit der Vielfältigkeit der Katzen, der Bulldoggen, dem sagenhaften Satyr und dem Menschen auf. Nicht einmal Jupiter selbst hat eine solch ungeheuer vorspringende Stirn. Dennoch stellten das Fehlen der Nase und die alligatorähnlichen Kiefer diese Wesen außerhalb jeder klassifizierten Kategorie. Ich debattierte eine Zeitlang mit mir selbst über die Echtheit der Mumien, halb in der Erwartung, daß sie künstliche Götzenbilder seien; entschied aber bald, daß sie wirklich eine vorgeschichtliche Spezies darstellten, die gelebt hatte, als die Stadt ohne Namen noch bestand. Um ihrem grotesken Aussehen die Krone aufzusetzen, waren sie in prachtvolle, kostbare Gewänder gekleidet und üppig mit Schmuckstücken aus Gold, Juwelen und einem unbekannten, glänzenden Metall überladen.

Die Bedeutung dieser Kriechtiere muß groß gewesen sein, denn sie nahmen unter den unheimlichen Darstellungen der Fresken an Mauern und Decken die erste Stelle ein. Mit unvergleichlichem Geschick hatte der Künstler sie in ihrer eigenen Welt dargestellt, in der sie sich Städte und Gärten geschaffen hatten, die ihrer Größe angepaßt waren; ich konnte nicht umhin zu denken, daß ihre bildlich dargestellte Geschichte allegorisch sei, die vielleicht die Entwicklung der Rasse zeigte, die sie verehrt hatte. Diese Geschöpfe, so sagte ich mir, waren den Menschen der Stadt ohne Namen das, was die Wölfin für Rom bedeutet oder was irgendein Totem-Tier einem Indianerstamm bedeutet. Mit Hilfe dieser Ansicht konnte ich in groben Umrissen das wundervolle Epos der Stadt ohne Namen nachzeichnen; die Geschichte einer mächtigen Küstenmetropole, die über die Welt herrschte, bevor Afrika aus den Wogen auftauchte, und von ihren Kämpfen, als die See zurückwich und die Wüste in das fruchtbare Tal eindrang, wo sie stand. Ich sah ihre Kriege und Triumphe, ihre Schwierigkeiten und Niederlagen und ihren nachfolgenden schrecklichen Kampf gegen die Wüste, als Tausende von Menschen, hier allegorisch als groteske Reptilien dargestellt – gezwungen wurden, sich mit dem Meißel in erstaunlicher Weise einen Weg durch das Felsgestein in eine andere Welt zu bahnen, von der ihre Propheten ihnen gekündet hatten. Alles war eindrucksvoll unheimlich und realistisch, und der Zusammenhang mit dem furchtbaren Abstieg, den ich bewältigt hatte, war unmißverständlich. Ich erkannte sogar die Gänge wieder. Als ich durch den Korridor dem helleren Licht zukroch, erblickte ich spätere Abschnitte des gemalten Epos – den Abschied der Rasse, die in der Stadt ohne Namen und dem sie umgebenden Tal zehn Millionen Jahre gewohnt hatte; deren Seelen davor zurückschreckten, einen Ort zu verlassen, wo ihre Körper so lange geweilt hatten und wo sie sich als Nomaden niedergelassen hatten, als die Welt jung war, und wo sie in den unberührten Fels diese natürlichen Schreine eingehauen hatten, die sie nie aufhörten zu verehren. Nun, da das Licht besser war, studierte ich die Bilder genauer, wobei ich mir ins Gedächtnis rief, daß die seltsamen Reptilien die unbekannten Menschen darstellen sollten, und dachte über die Bräuche der Stadt ohne Namen nach. Vieles war sonderbar und unerklärlich. Die Kultur, die ein geschriebenes Alphabet einschloß, war offenbar zu größerer Höhe emporgestiegen, als die unabschätzbar späteren Kulturen in Ägypten und Chaldäa, dennoch gab es merkwürdige Unterlassungen. Ich konnte z. B. keine Bilder entdecken, die den Tod oder Bestattungsbräuche darstellten, außer solchen, die sich auf Krieg, Gewalttätigkeit und Seuchen bezogen, ich wunderte mich über die Zurückhaltung, die sie dem natürlichen Tod gegenüber zeigten. Es war, als sei ein Ideal der Unsterblichkeit als aufmunternde Illusion genährt worden.

Noch näher am Ende des Ganges fanden sich gemalte Darstellungen, die außerordentlich malerisch und ungewöhnlich waren, kontrastreiche Ansichten der Stadt ohne Namen in ihrer Verlassenheit und zunehmendem Verfall und das seltsame neue Paradiesesreich, zu dem diese Rasse sich durch den Stein ihren Weg gebahnt hatte. In diesen Ansichten wurden die Stadt und das Wüstental stets bei Mondschein dargestellt, goldener Schein schwebte über den geborstenen Mauern und enthüllte halb die Vollkommenheit vergangener Zeiten, geisterhaft und unwirklich vom Künstler dargestellt. Die paradiesischen Szenen waren beinah zu ungewöhnlich, um sie für echt zu halten, sie stellten eine verborgene Welt immerwährenden Tages dar, erfüllt von wundervollen Städten und ätherischen Hügeln und Tälern. Zuallerletzt glaubte ich Zeichen eines künstlerischen Abstiegs wahrzunehmen. Die Gemälde waren längst nicht so gut ausgeführt und viel bizarrer als selbst die unwirklichsten der früheren Darstellungen. Sie schienen einen allmählichen Verfall des alten Geschlechtes widerzuspiegeln, gepaart mit einer zunehmenden Grausamkeit gegenüber der Außenwelt, aus der es durch die Wüste vertrieben worden war. Die Gestalten der Menschen – stets durch die heiligen Reptilien repräsentiert – schienen nach und nach zu verkümmern, obwohl ihr Geist, der noch über den Ruinen schwebte, im gleichen Verhältnis zunahm. Ausgemergelte Priester, als Reptilien in prächtigen Roben abgebildet, verfluchten die Luft oben und alle, die sie atmeten, und eine schreckliche Abschlußszene zeigte einen primitiv wirkenden Menschen, vielleicht einen Pionier des antiken Irem, der Stadt der Säulen, wie er von den Angehörigen der älteren Rasse in Stücke gerissen wird.

Ich dachte daran, wie sehr die Araber die Stadt ohne Namen fürchten, und war froh darüber, daß, abgesehen von dieser Stelle, die grauen Mauern und Decken blank waren.

Während ich das Schaugepränge dieser historischen Wandgemälde betrachtete, hatte ich mich dem Ende der niedrigen Halle fast genähert und bemerkte ein Tor, durch das all dieses phosphoreszierende Licht drang. Darauf zukriechend stieß ich über das, was dahinter lag, einen Ruf höchster Verwunderung aus, denn anstelle neuer und hellerer Räume lag dahinter eine endlose Leere gleichmäßig strahlenden Glanzes, wie man sie sich vorstellen könnte, wenn man vom Gipfel des Mount Everest auf ein Meer sonnenbestrahlten Nebels blickt. Hinter mir lag ein so enger Gang, daß ich darin nicht aufrecht stehen konnte, vor mir lag eine Unendlichkeit unterirdischen Glanzes. Vom Gang in den Abgrund hinabführend, befand sich der obere Teil einer Treppenflucht – kleiner, zahlreicher Stufen, wie jene in den dunklen Gängen, die ich durchmessen hatte – aber nach einigen Fuß verbargen die leuchtenden Dämpfe alles weitere. Gegen die linke Wand zu geöffnet, befand sich eine massive Messingtür, unglaublich dick und mit phantastischen Flachreliefs geschmückt, die, wenn geschlossen, die ganze innere Lichtwelt von den Gewölben und Felsgängen abschließen konnte. Ich sah mir die Stufen an und wagte im Augenblick nicht, sie zu betreten. Ich berührte die offene Messingtür, konnte sie jedoch nicht bewegen. Dann sank ich flach auf den Steinboden nieder, mein Geist entflammt von wunderbaren Erwägungen, die selbst meine todesähnliche Erschöpfung nicht zu bannen vermochte.

Als ich mit geschlossenen Augen ruhig dalag, ganz meinen Gedanken hingegeben, fiel mir manches, das ich auf den Fresken nur beiläufig wahrgenommen hatte, in neuer und schrecklicher Bedeutung wieder ein – Darstellungen, die die Stadt ohne Namen in ihrer Glanzzeit zeigten – die Vegetation des umgebenden Tales und die entfernten Länder, mit denen ihre Kaufleute Handel trieben. Die Allegorie dieser kriechenden Kreaturen gab mir durch ihr allgemeines Vorherrschen Rätsel auf, und ich fragte mich, warum man ihr in dieser so wichtigen gemalten Historie so genau folgte. In den Fresken war die Stadt ohne Namen in Größenverhältnissen dargestellt, die denen der Reptile entsprachen. Ich fragte mich, wie ihre wirklichen Ausmaße und ihre Großartigkeit gewesen sein mochten, und dachte einen Augenblick über gewisse Ungereimtheiten nach, die mir in den Ruinen aufgefallen waren.

Ich fand die Niedrigkeit der urtümlichen Tempel und unterirdischen Korridore merkwürdig, die zweifellos aus Rücksichtnahme auf die dort verehrten Reptil-Gottheiten so ausgehauen worden waren, obwohl sie zwangsweise die Anbeter zum Kriechen nötigten. Vielleicht erforderten die dazugehörigen Riten das Kriechen, um diese Geschöpfe nachzuahmen. Keine religiöse Theorie konnte indessen einigermaßen erklären, warum die waagrechten Gänge in diesen schrecklichen Abstiegen so niedrig sein mußten wie die Tempel, oder niedriger, da man darin nicht einmal knien konnte. Als ich dieser kriechenden Geschöpfe gedachte, deren schreckliche, mumifizierte Körper mir so nahe waren, überkam mich erneutes Angstbeben. Gedankenzusammenhänge sind etwas Merkwürdiges, und ich schrak vor dem Gedanken zurück, daß vielleicht mit Ausnahme des armen Primitiven, der auf dem letzten Bild in Stücke gerissen wurde, ich das einzige Wesen in Menschengestalt unter all den Überbleibseln und Symbolen urtümlichen Lebens sei.

Aber wie noch stets während meines ungewöhnlichen Wanderlebens, vertrieb Verwunderung alsbald die Furcht; denn der lichterfüllte Abgrund und was er enthalten möge, stellten eine Aufgabe dar, die des größten Forschers würdig war. Daß eine unheimliche Welt des Geheimnisses weit unterhalb der Flucht so merkwürdig kleiner Stufen liegen würde, bezweifelte ich nicht, und ich hoffte, Andenken an die Menschen zu finden, die die Malereien des Korridors nicht enthalten hatten. Die Fresken hatten unglaubhafte Städte und Täler dieses unterirdischen Reiches wiedergegeben, und meine Phantasie weilte bei den reichen und mächtigen Ruinen, die meiner harrten.

Meine Ängste bezogen sich in Wirklichkeit mehr auf die Vergangenheit, denn auf die Zukunft. Nicht einmal das physische Unbehagen meiner Körperhaltung in dem engen Korridor toter Reptilien und vorsintflutlicher Fresken, Meilen unterhalb der mir bekannten Welt und einer anderen Welt unheimlichen Lichtes und Nebels mich gegenüber sehend, konnten sich mit der tödlichen Bedrohung messen, als ich die abgrundtiefe Altertümlichkeit des Schauplatzes und dessen Wesen erfühlte. Ein Altertum, so ungeheuer, daß es nur wenig Schätzungsmöglichkeiten bietet, schien von den urtümlichen Steinen und aus dem Fels gehauenen Tempeln der Stadt ohne Namen auf mich herunterzuschielen, während die letzte der erstaunlichen Karten auf den Fresken Meere und Kontinente zeigte, von denen der Mensch nicht mehr weiß, lediglich hier und dort sah man eine vertraute Kontur. Was in den geologischen Zeitaltern geschehen sein mochte, seitdem die Malerei aufgehört und die dem Tod abgeneigte Rasse sich widerwillig dem Verfall beugte, vermag niemand zu sagen. Diese alten Höhlen und das leuchtende Reich darunter hatten einst von Leben gewimmelt, jetzt war ich mit den beredten Überresten allein, und ich zitterte bei dem Gedanken an die unendlichen Zeitalter, in deren Verlauf diese Überbleibsel stumm und verlassen Wacht gehalten hatten.

Plötzlich überkam mich erneut ein Anfall akuten Angstgefühls, das mich in Abständen überwältigte, seit ich zum erstenmal das schreckliche Tal und die Stadt ohne Namen im kalten Mondlicht erblickt hatte, und trotz meiner Erschöpfung richtete ich mich ungestüm zu einer sitzenden Stellung auf und starrte den finsteren Korridor entlang in Richtung des Tunnels, der zur Außenwelt emporführt. Meine Empfindungen waren die gleichen wie die, die mich die Stadt ohne Namen zu nächtlicher Stunde hatten meiden lassen, und waren ebenso unerklärlich wie ausgeprägt. Im nächsten Augenblick bekam ich indessen noch einen Schock in Form eines bestimmten Tones – des ersten, der die völlige Stille dieser Grabestiefen unterbrach. Es war ein tiefes, leises Klagen, wie von einer entfernten Schar verdammter Geister, und er kam aus der Richtung, in die ich starrte. Seine Lautstärke nahm rapide zu, bis es bald schrecklich durch den niederen Gang widerhallte, und gleichzeitig wurde ich mir eines zunehmenden kalten Luftzuges bewußt, der gleichermaßen aus dem Tunnel und der Stadt oben herkam. Die Berührung dieser Luft schien mein Gleichgewicht wiederherzustellen, denn ich entsann mich augenblicklich der plötzlichen Windstöße, die sich am Eingang des Abgrundes bei jedem Sonnenuntergang und -aufgang erhoben, deren einer mir den verborgenen Tunnel angezeigt hatte. Ich schaute auf die Uhr und sah, daß der Sonnenaufgang nah war, weshalb ich mich zusammennahm und dem Sturm widerstand, der in seine Höhlenheimat hinabfegte, wie er am Abend aufwärts gefegt war. Meine Furcht schwand wieder, denn eine Naturerscheinung hat die Tendenz, die Grübeleien über das Unbekannte zu zerstreuen.

Immer rasender ergoß sich der kreischende, klagende Nachtwind in den Abgrund des Erdinnern. Ich legte mich wieder hin und versuchte vergebens, mich in den Boden einzukrallen, aus Furcht, durch das offene Tor in den leuchtenden Abgrund gefegt zu werden. Eine derartige Wucht hatte ich nicht erwartet, und als ich bemerkte, daß mein Körper wirklich auf den Abgrund zurutschte, erfaßten mich tausend neue Schrecken von Befürchtungen und Phantasien. Die Bösartigkeit des Sturmes erweckte unglaubliche Vorstellungen, ich verglich mich erneut schaudernd mit dem einzigen Menschenabbild in diesem schrecklichen Korridor, dem Mann, der von der namenlosen Rasse in Stücke gerissen wurde, denn in dem teuflischen Griff des wirbelnden Luftzuges schien eine vergeltungslüsterne Wut zu liegen, um so stärker, als sie größtenteils machtlos war. Ich glaube, ich schrie am Ende wie wahnsinnig – ich verlor beinah den Verstand – aber wenn ich ihn verlöre, würden sich meine Schreie in diesem Höllen-Babel heulender Windgeister verlieren. Ich versuchte, gegen den mörderischen, unsichtbaren Strom anzugehen, aber ich war völlig machtlos, als ich langsam und unerbittlich auf die unsichtbare Welt zugedrückt wurde. Ich muß endlich völlig übergeschnappt sein, denn ich plapperte

eins ums andere Mal das unverständliche Lied des verrückten Arabers Alhazred, der von der Stadt ohne Namen ahnte:

>>Das ist nicht tot, was ewig liegt,
Bis daß die Zeit den Tod besiegt.<<

Lediglich die grimmig brütenden Wüstengötter wissen, was sich
wirklich ereignete, was für unbeschreibliche Kämpfe und Widrig-
keiten ich im Dunkeln erduldete und welcher Höllenengel mich ins
Leben zurückführte, wo ich mich stets erinnere und im Nachtwind
beben muß, bis die Vergessenheit – oder Schlimmeres mich for-
dert. Grauenhaft unnatürlich und riesig war die Geschichte – zu
weit von menschlichen Vorstellungen entfernt, um geglaubt zu
werden, außer in den stillen, verdammten frühen Morgenstunden,
wenn man keinen Schlaf findet.

Ich sagte, die Wut des tobenden Windes sei infernalisch gewesen
– kakodämonisch – und daß seine Stimmen fürchterlich klangen
von der angestauten Bösartigkeit trostloser Ewigkeiten. Plötzlich
schienen diese Stimmen, während sie von vorn noch chaotisch
klangen, hinter mir meinem pulsierenden Gehirn sprachliche Formen anzunehmen und tief unten im Grab ungezählter, seit Äonen
vergangener Altertümer, Meilen unterhalb der von Morgendämmerung erhellten Menschenwelt, hörte ich gräßliches Fluchen und
Knurren fremdzüngiger Unholde. Als ich mich umwandte, erkannte ich, sich gegen den leuchtenden Äther des Abgrundes abhe-
bend, was gegen den dunklen Hintergrund des Korridors nicht
sichtbar gewesen war – eine alpdruckähnliche Horde heranrasen-
der Teufel; haßverzerrt, grotesk herausgeputzt, halb durchsichtige
Teufel einer Rasse, die niemand verwechseln kann – die kriechenden Reptilien der Stadt ohne Namen.

Und als der Wind abflaute, wurde ich in die von Geistern erfüllte
Finsternis des Erdinnern getaucht, denn hinter dem letzten der Geschöpfe schlug die bronzene Tür mit einem betäubenden, metallischen Klang zu, dessen Widerhall in die Welt hinausdrang, um die
aufgehende Sonne zu begrüßen, wie Memnon sie von den Ufern
des Nils begrüßt.

Arthur Jermyn

Das Leben ist eine häßliche Angelegenheit und aus dem Hintergrund dessen, was wir darüber wissen, kommen dämonische Andeutungen der Wahrheit zum Vorschein, die es manchmal noch tausendfach häßlicher machen. Die Wissenschaft, schon niederdrückend genug mit ihren schockierenden Enthüllungen, wird vielleicht zur endgültigen Vernichterin der Spezies Mensch – so wir eine Spezies für sich sind –, denn ihre Reserven ungeahnten Grauens könnten von keinem sterblichen Gehirn ertragen werden, so man sie auf die Welt losließe. Wenn wir wüßten, was wir sind, wir würden handeln, wie Arthur Jermyn es tat; Arthur Jermyn durchtränkte sich mit Öl und zündete eines Nachts seine Kleider an. Niemand tat die verkohlten Reste in eine Urne oder setzte ihm, der er gewesen war, ein Denkmal, denn gewisse Papiere und ein gewisser Gegenstand in einer Kiste wurden gefunden, die in den Menschen den Wunsch erweckten zu vergessen. Manche, die ihn kannten, geben nicht mehr zu, daß er je existierte.

Arthur Jermyn ging aufs Moor hinaus und verbrannte sich, nachdem er den Gegenstand in der Kiste, die aus Afrika eingetroffen war, gesehen hatte. Es war dieser Gegenstand und nicht seine merkwürdige äußere Erscheinung, der ihn veranlaßte, seinem Leben ein Ende zu machen. Manch einer hätte nicht leben mögen, wenn er Arthur Jermyns merkwüdige Züge besessen hätte, aber er war ein Dichter und Gelehrter gewesen, und es hatte ihm nichts ausgemacht. Gelehrsamkeit lag ihm im Blut, denn sein Urgroßvater, Sir Robert Jermyn, war ein berühmter Anthropologe gewesen, während sein Urururgroßvater, Sir Wade Jermyn, einer der ersten Erforscher des Kongogebietes war, und er hatte gelehrt über seine Stämme, Tiere und mutmaßlichen Altertümer geschrieben. Der alte Sir Wade hatte in der Tat einen intellektuellen Eifer besessen, der beinah an Manie grenzte; seine bizarren Vermutungen über eine prähistorische weiße Kongokultur brachten ihm viel Spott ein, als sein Buch »Beobachtungen in verschiedenen Teilen Afrikas« veröffentlicht wurde. 1765 steckte man den furchtlosen Forscher in ein Irrenhaus in Huntingdon.

Wahnsinn fand sich bei allen Jermyns, und die Leute waren froh, daß es nicht zu viele von ihnen gab. Die Linie brachte keine Seitenlinien hervor, und Arthur war ihr Letzter. Die Jermyns sahen nie ganz normal aus, irgend etwas war verkehrt, obwohl Arthur der Schlimmste war, und die alten Familienbilder in Jermyn House zeigten vor der Zeit Sir Wades genug gut aussehende Gesichter. Sicher, der Wahnsinn begann mit Sir Wade, dessen unglaubliche Erzählungen aus Afrika gleichzeitig das Entzücken und den Schrecken seiner wenigen Freunde bildeten. Es trat in seiner Sammlung von Trophäen und Musterstücken zutage, die nicht von der Art waren, wie ein normaler Mensch sie anhäufen und aufbewahren würde, und zeigte sich am auffälligsten in der orientalischen Abgeschlossenheit, in der er seine Frau hielt. Letztere, hatte er erzählt, sei die Tochter eines portugiesischen Händlers, den er in Afrika getroffen hatte, und sie liebe die englische Lebensweise nicht. Sie hatte ihn, zusammen mit ihrem in Afrika geborenen kleinen Sohn, auf dem Hin- und Rückweg von seiner zweiten und längsten Reise begleitet und war mit ihm auf die dritte und letzte gegangen, von der sie nie zurückkehrte. Niemand hatte sie je aus der Nähe gesehen, nicht einmal die Bediensteten, denn sie war von heftiger und seltsamer Gemütsart. Während ihres kurzen Aufenthaltes in Jermyn House hatte sie einen abgelegenen Flügel bewohnt und wurde nur von ihrem Mann betreut. Sir Wade war tatsächlich in seiner Besorgnis um seine Familie äußerst sonderbar, denn als er nach Afrika zurückkehrte, erlaubte er niemand, seinen kleinen Sohn zu pflegen, mit Ausnahme einer abstoßenden Negerin aus Guinea. Als er nach Lady Jermyns Tod zurückkehrte, übernahm er selbst völlig die Betreuung des Knaben.

Aber es waren Sir Wades Reden, besonders dann, wenn er einen gehoben hatte, die hauptsächlich dazu führten, daß seine Freunde ihn für verrückt hielten. In einem Vernunftzeitalter, wie dem achtzehnten Jahrhundert war es für einen Gelehrten unklug, von unheimlichen Gesichten und seltsamen Szenen unter dem Mond des Kongo zu erzählen; von den riesigen Mauern und Säulen einer vergessenen Stadt, verfallen und von Ranken überwachsen und von feuchten, schweigenden Steinstufen, die endlos in die Dunkelheit abgrundtiefer Schatzkammern und unvorstellbarer Katakomben führen. Besonders unklug war es, von Lebewesen zu reden, die dort möglicherweise umgehen, Kreaturen, halb dem Dschungel zugehörig und halb der gottverlassenen alten Stadt – Fabelwesen, die selbst Plinius mit Skepsis schildern würde; Wesen, die aufgetaucht sein mögen, nachdem die großen Affen die sterbende Stadt mit ihren Mauern und Säulen, mit ihren Gewölben und unheimlichen Schnitzereien überrannt hatten. Dennoch sprach Sir Wade, nachdem er das letzte Mal zurückgekehrt war, mit schauerlich-unheimlichem Behagen über diese Dinge, meistens nach dem dritten Glas im »Knights Head«; sich dessen rühmend, was er im Dschungel gefunden hatte, und wie er in den schrecklichen Ruinen, die nur ihm bekannt waren, gewohnt hatte. Und schließlich sprach er von den Lebewesen auf eine Weise, daß man ihn ins Irrenhaus steckte. Er zeigte wenig Bedauern. Seitdem sein Sohn aus dem Babyalter heraus war, liebte er sein Heim immer weniger, bis er es zuletzt zu fürchten schien. Der »Knights Head« war sein Hauptquartier gewesen, und als man ihn einsperrte, drückte er so etwas wie Dankbarkeit für den Schutz aus. Drei Jahre später starb er.

Wade Jermyns Sohn Philipp war ein höchst merkwürdiger Mensch. Trotz starker körperlicher Ähnlichkeit mit seinem Vater waren seine Erscheinung und sein Benehmen in vieler Hinsicht so roh, daß er allgemein gemieden wurde. Obwohl er die Verrücktheit nicht geerbt hatte, was manche befürchteten, war er entsetzlich dumm und zu kurzzeitigen Intervallen unkontrollierbarer Gewalttätigkeit geneigt. Von Wuchs war er klein, aber sehr kräftig und von unglaublicher Gelenkigkeit. Zwölf Jahre, nachdem ihm der Titel zugefallen war, heiratete er die Tochter seines Wildhüters, eine Person mit Zigeunerblut, wie man sagte, aber bevor sein Sohn geboren wurde, ging er als einfacher Matrose zur Marine und machte das Maß des allgemeinen Abscheus voll, das seine Gewohnheiten und seine Mesalliance begonnen hatten. Nach dem Ende des amerikanischen Krieges hörte man, er sei Matrose auf einem Handelsschiff des Afrikahandels, er genoß eine Art Ruf für seine Kraft- und Kletterleistungen, verschwand aber eines Nachts für immer, als sein Schiff vor der Küste des Kongo lag.

In Sir Philipp Jermyns Sohn nahm die von allen akzeptierte Familieneigentümlichkeit eine seltsame, verhängnisvolle Wendung. Groß und leidlich gut aussehend, mit einer Art von unheimlicher orientalischer Anmut, trotz leichter Unregelmäßigkeit der Proportionen, begann Robert Jermyn sein Leben als Gelehrter und Forscher. Er war es, der als erster die große Sammlung wissenschaftlicher Funde, die sein verrückter Großvater aus Afrika mitgebracht hatte, wissenschaftlich erfaßte und der den Familiennamen sowohl in der Forschung, als in der Ethnologie berühmt machte. 1815 heiratete Sir Robert eine Tochter des siebten Viscount Brightholme und wurde in der Folgezeit mit drei Kindern gesegnet, deren ältestes und jüngstes wegen geistiger und körperlicher Defekte nie in der Öffentlichkeit zu sehen waren. Niedergedrückt durch das familiäre Mißgeschick, suchte der Wissenschaftler Trost in der Arbeit und unternahm zwei lange Expeditionen ins Innere von Afrika. 1849 brannte der zweite Sohn Nevil, eine ausgesprochen abstoßende Persönlichkeit, der das schroffe Wesen Philipp Jermyns mit dem Hochmut der Brightholmes in sich vereinigte, mit einer gewöhnlichen Tänzerin durch, man verzieh ihm aber, als er im folgenden Jahr zurückkehrte. Er kehrte nach Jermyn House als Witwer mit einem kleinen Sohn, Alfred, zurück, der eines Tages Arthur Jermyns Vater werden sollte.

Freunde sagten, es sei eine Reihe von Kümmernissen gewesen, die Sir Roberts Geist verwirrten, dennoch war es vielleicht nur ein bißchen afrikanische Folklore, die das Unglück verursachte. Der ältere Gelehrte hatte Sagen des Ongastammes nahe dem Arbeitsfeld seines Großvaters und seiner eigenen Forschungen gesammelt, in der Hoffnung, eine Bestätigung für Sir Wades unglaubliche Erzählungen von einer verlorenen Stadt, bevölkert mit seltsamen Bastardwesen zu finden. Eine gewisse Folgerichtigkeit in den merkwürdigen Papieren seines Ahnen deutete darauf hin, daß die Phantasie des Verrückten durch Mythen der Eingeborenen angeregt worden war. Am 19. Oktober 1852 sprach der Forscher Samuel Seaton mit einem Manuskript und Notizen, die er bei den Onga gesammelt hatte, in Jermyn House vor, in der Annahme, daß gewisse Sagen von einer grauen Stadt mit weißen Affen, die von einem weißen Gott beherrscht wurden, für den Ethnologen von Wert sein könnten. In seiner Unterhaltung fügte er viele zusätzliche Einzelheiten hinzu; deren Inhalt wohl nie bekannt werden wird, da eine Reihe gräßlicher Tragödien plötzlich ausbrach. Als Sir Robert Jermyn aus seiner Bibliothek trat, hinterließ er dort den erwürgten Leichnam des Forschers und ehe man ihn daran hindern konnte, hatte er seine drei Kinder umgebracht, die beiden, die man nie zu sehen bekam und den Sohn, der durchgebrannt war. Nevil Jermyn starb bei dem erfolgreichen Versuch, seinen eigenen, zwei Jahre alten Sohn zu retten, der offensichtlich in die Mordpläne des alten Mannes miteinbezogen werden sollte. Sir Robert selbst starb nach wiederholten Selbstmordversuchen und der eigensinnigen Weigerung, einen Ton zu äußern, im zweiten Jahr seiner Isolierung an einem Schlaganfall.

Sir Alfred Jermyn war bereits vor seinem vierten Geburtstag Baronet, aber seine Neigungen entsprachen nicht seinem Titel. Mit zwanzig hatte er sich einer Schar Tingeltangelkünstler angeschlossen, und mit sechsunddreißig hatte er Weib und Kind verlassen, um mit einem amerikanischen Wanderzirkus herumzuziehen. Sein Ende war äußerst abstoßend. Unter den Tieren der Schau, mit der er reiste, befand sich ein riesiges Gorillamännchen von hellerer Farbe als der Durchschnitt, ein überraschend gutmütiges Tier, das bei den Künstlern sehr beliebt war. Von diesem war Alfred Jermyn außerordentlich fasziniert, und gelegentlich sahen sich die beiden lange Zeit durch die dazwischenliegenden Stäbe an. Eines Morgens in Chicago, als der Gorilla und Alfred Jermyn einen äußerst geschickten Boxkampf probten, versetzte ihm der erstere einen stärkeren Schlag als gewöhnlich, was den Körper und die Würde des Amateurtrainers verletzte. Was darauf folgte, davon sprachen die Mitglieder »Der Größten Schau der Welt« nicht gern. Sie waren nicht darauf vorbereitet, Alfred Jermyn einen schrillen, unmenschlichen Schrei ausstoßen zu hören oder zuzusehen, wie er seinen tapsigen Gegner mit beiden Händen ergriff, ihn auf den Boden des Käfigs schleuderte und ihn wütend in die haarige Kehle biß. Der Gorilla war nicht auf der Hut gewesen, aber nicht für lange, denn bevor der reguläre Trainer eingreifen konnte, war der Körper, der einem Baronet gehört hatte, nicht mehr zu erkennen.

II

Arthur Jermyn war der Sohn Sir Alfred Jermyns und einer Tingeltangelsängerin unbekannter Herkunft. Als der Ehemann und Vater seine Familie im Stich ließ, nahm die Mutter das Kind mit nach Jermyn House, wo niemand mehr war, der gegen ihre Anwesenheit hätte Einwände erheben können. Sie hatte durchaus eine Vorstellung davon, was zur Würde eines Edelmannes gehört, und sorgte dafür, daß ihr Sohn die beste Erziehung bekam, die die beschränkten Mittel ermöglichten. Die Familieneinkünfte waren nun trostlos dürftig, und Jermyn House war jämmerlich verfallen, aber der junge Arthur liebte das alte Gebäude und alles, was darinnen war. Er glich keinem der Jermyns, die je gelebt hatten, denn er war ein Dichter und Träumer. Einige der Nachbarfamilien, die Geschichten über die unsichtbare portugiesische Ehefrau des alten Sir Wade Jermyn gehört hatten, erklärten, daß ihr romanisches

Blut wohl wieder durchgebrochen sei, aber die meisten Menschen lächelten höhnisch über seine Empfänglichkeit für das Schöne und schrieben sie seiner Tingeltangelmutter zu, die gesellschaftlich nicht anerkannt wurde. Die poetische Empfindsamkeit Arthur Jermyns war wegen seiner sonderbaren persönlichen Erscheinung um so bemerkenswerter. Die meisten Jermyns hatten irgendwie merkwürdige oder abstoßende Züge besessen, aber in Arthur Jermyns Fall war das besonders auffällig. Es ist schwer zu sagen, wem er gerade ähnelte, aber sein Ausdruck, seine Gesichtszüge und die Länge seiner Arme vermittelten denen, die ihn zum erstenmal sahen, einen Schauer des Widerwillens.

Es war der Geist und Charakter Arthur Jermyns, der einen mit diesem Anblick versöhnte. Begabt und gelehrt, heimste er in Oxford die höchsten Ehren ein, und es schien wahrscheinlich, daß er den geistigen Ruf der Familie wiederherstellen würde. Obwohl mehr von poetischer denn von wissenschaftlicher Veranlagung, plante er, die Arbeiten seiner Vorväter über afrikanische Völkerkunde und Altertümer fortzusetzen, wozu er sich die wirklich wunderbare, wenn auch seltsame Sammlung Sir Wades nutzbar machte. Mit seinem schwärmerischen Geist gedachte er oft der vorgeschichtlichen Kultur, an die der verrückte Forscher so unerschütterlich geglaubt hatte, und pflegte über die schweigende Stadt im Dschungel Geschichte um Geschichte zu weben, die letzterer in seinen phantastischen Notizen und Aufsätzen erwähnt hatte. Für die nebelhaften Äußerungen, die eine namenlose Rasse von Dschungelbastarden betrafen, hegte er ein seltsames Gefühl, gemischt aus Grauen und Anziehung; er überdachte die möglichen Grundmotive einer solchen Vorstellung und versuchte, Licht in die neueren Daten zu bringen, die sein Urgroßvater und Samuel Seaton bei den Onga gesammelt hatten.

Im Jahre 1911, nach dem Tode seiner Mutter, entschloß sich Sir Arthur Jermyn, seine Untersuchungen bis zur Grenze des Möglichen voranzutreiben. Er verkaufte einen Teil seines Besitzes, um das nötige Geld aufzubringen, stattete eine Expedition aus und reiste per Schiff zum Kongo. Er verständigte sich mit den belgischen Behörden wegen einer Anzahl Führer, er verbrachte ein Jahr im Land der Onga und Kaliri, wo er wissenschaftliche Daten fand, die seine höchsten Erwartungen überstiegen. Unter den Kaliri war ein alter Häuptling namens Mwanu, der nicht nur ein gutes Erinnerungsvermögen, sondern auch einen hohen Intelligenzgrad und Interesse an alten Sagen besaß. Dieser Alte bestätigte alle Erzählungen, die Jermyn zu Ohren gekommen waren, er fügte seinen eigenen Bericht von der steinernen Stadt und den weißen Affen hinzu, wie man ihn berichtet hatte.

Nach Mwanus Angaben existierten die graue Stadt und die Bastardwesen nicht mehr, sie waren von den kriegerischen N'bangu vor vielen Jahren ausgerottet worden. Nachdem dieser Stamm die meisten Gebäude zerstört und die Lebewesen umgebracht hatte, nahmen sie die ausgestopfte Göttin mit sich, die der Gegenstand ihrer Suche gewesen war; die weiße Affengöttin, welche die seltsamen Geschöpfe verehrt hatten und von der die Kongo-Tradition behauptete, der Körper einer Frau zu sein, die als Prinzessin diese Wesen regiert hatte. Mwanu hatte keine Ahnung, wer diese weißen, affenähnlichen Geschöpfe gewesen sein könnten, aber er glaubte, sie seien die Erbauer der Ruinenstadt gewesen. Jermyn konnte keine Vermutungen anstellen, aber durch die eindringliche Befragung erfuhr er die bilderreiche Legende der ausgestopften Göttin.

Die Affenprinzessin, so hieß es, wurde die Gemahlin eines großen weißen Gottes, der aus dem Westen gekommen war. Lange Zeit hatten sie gemeinsam über die Stadt geherrscht, aber als sie einen Sohn bekamen, zogen alle drei fort. Später waren der Gott und die Prinzessin zurückgekehrt, und nach dem Tode der Prinzessin ließ ihr göttlicher Gemahl den Körper mumifizieren und schloß ihn in einem großen Hause ein, wo er verehrt wurde. Dann reiste er allein ab. Die Legende scheint hier drei Varianten zu bieten. Gemäß der einen Geschichte ereignete sich weiter nichts mehr, außer daß die ausgestopfte Göttin zum Symbol der Vorherrschaft wurde, welcher Stamm sie auch jeweils besitzen möge. Aus diesem Grunde schleppten die N'bangu sie fort. Die zweite Geschichte erzählte von der Wiederkehr des Gottes und seinem Tod zu Füßen seines im Schrein eingeschlossenen Weibes. Eine dritte berichtete von der Rückkehr des Sohnes, der zum Mann oder Affen oder Gott herangewachsen war, wie man es nimmt – ohne sich seiner Identität bewußt zu sein. Sicher hatten die einfallsreichen Schwarzen das meiste aus den Ereignissen gemacht, die hinter den ungewöhnlichen Sagen liegen mögen.

Über das wirkliche Vorhandensein der Dschungelstadt, wie sie der alte Sir Wade beschrieben hatte, war sich Arthur Jermyn nicht mehr im Zweifel, und es wunderte ihn kaum, als er am Anfang des

Jahres 1912 auf deren Reste stieß. Ihre Größe war wohl übertrieben worden, dennoch bewiesen die herumliegenden Steine, daß es nicht nur ein Negerdorf gewesen war. Unglücklicherweise fand man keinerlei Bildhauerarbeit, und der geringe Umfang der Expedition verhinderte das Unternehmen, den einzig sichtbaren Eingang freizulegen, der in das Gewölbesystem hinunterzuführen schien, das Sir Wade erwähnt hatte. Die weißen Affen und die ausgestopfte Göttin wurden mit allen Eingeborenenhäuptlingen der Gegend erörtert, aber es blieb einem Europäer überlassen, die Angaben des alten Mwanu zu ergänzen. M. Verhaeren, belgischer Agent eines Handelsplatzes am Kongo, glaubte, er könne die ausgestopfte Göttin nicht nur auffinden, sondern auch erwerben; da die einst mächtigen N'bangu nun Untertanen der Regierung König Alberts seien, und mit etwas Überredungskunst veranlaßt werden könnten, sich von der grausigen Gottheit zu trennen, die sie weggeschleppt hatten. Als Jermyn per Schiff nach England zurückkehrte, geschah dies in der erregenden Erwartung, daß er in wenigen Monaten einen unschätzbaren ethnologischen Fund erhalten würde, der die phantastischsten Erzählungen seines Ururgroßvaters bestätigen würde – das heißt, die phantastischste, die er je gehört hatte. Landleute in der Nähe von Jermyn House hatten vielleicht unwahrscheinlichere Geschichten gehört, die ihnen von ihren Ahnen überliefert worden waren, die Sir Wade am Tisch des »Knights Head« zugehört hatten.

Arthur Jermyn wartete sehr geduldig auf die angekündigte Kiste von M. Verhaeren, während er in der Zwischenzeit mit vermehrtem Fleiß die Manuskripte studierte, die sein verrückter Vorfahre ihm hinterlassen hatte. Er begann, sich mit Sir Wade stark geistesverwandt zu fühlen und Andenken an dessen Privatleben in England und an dessen afrikanische Abenteuer zu suchen. Mündliche Überlieferungen von der geheimnisvollen, abgeschlossen lebenden Ehefrau waren zahlreich, aber kein greifbares Andenken an ihren Aufenthalt in Jermyn House war verblieben. Jermyn fragte sich, welcher Umstand eine derartige Austilgung bewirkt und möglich gemacht hatte, und er entschied, daß die Geisteskrankheit des Ehemannes der Hauptgrund gewesen war. Seine Ururgroßmutter, entsann er sich, soll die Tochter eines portugiesischen Händlers in Afrika gewesen sein. Sicherlich hatten ihr praktisches Erbe und eine oberflächliche Kenntnis des dunklen Kontinents sie veranlaßt, sich über Sir Wades Berichte aus dem Landesinnern lustig zu machen, etwas, das solch ein Mann wahrscheinlich nie vergeben würde. Sie war in Afrika gestorben, vielleicht von ihrem Ehemann dorthin geschleppt, der entschlossen war, für das, was er erzählt hatte, den Beweis zu liefern. Aber wenn Jermyn sich diesen Überlegungen hingab, konnte er nur ob ihrer Nutzlosigkeit lächeln, angestellt anderthalb Jahrhunderte nach dem Tod seiner seltsamen Vorfahren.

Im Juni des Jahres 1913 traf ein Brief von M. Verhaeren ein, der ihm vom Auffinden der ausgestopften Göttin berichtete. Es sei, behauptete der Belgier, ein ungewöhnliches Objekt, ein Objekt, dessen Einstufung über die Fähigkeiten eines Laien hinausging. Ob es den Menschen oder Affen zugehöre, könne nur ein Wissenschaftler bestimmen und die Bestimmung würde durch den schlechten Erhaltungszustand sehr erschwert. Zeit und das Klima im Kongo sind Mumien nicht zuträglich, besonders wenn ihre Präparation derart laienhaft war, wie es hier der Fall zu sein schien. Um den Hals des Geschöpfes befand sich eine Goldkette, die eine leere Anhängerkapsel trug, auf dem die Muster eines Wappens zu sehen waren, zweifellos das Amulett eines unglücklichen Reisenden, das die N'bangu weggenommen und ihrer Göttin als Glücksbringer umgehängt hatten. Auf die Konturen des Gesichts der Mumie anspielend, schlug M. Verhaeren einen launigen Vergleich vor; oder er drückte vielmehr humorvoll seine Verwunderung aus, was es auf seinen Korrespondenten für einen Eindruck machen würde, aber er sei zu stark wissenschaftlich interessiert, um viele Worte an leichte Scherze zu verschwenden. Die ausgestopfte Göttin, schrieb er, würde gut verpackt ungefähr einen Monat nach Erhalt des Briefes eintreffen.

Der Gegenstand in der Kiste wurde am Nachmittag des 5. August in Jermyn House abgeliefert, wo er sofort in den großen Raum gebracht wurde, der die Sammlung afrikanischer Funde beherbergte, wie sie von Sir Robert und Arthur geordnet worden war. Was dann folgte, kann man am besten den Erzählungen der Bediensteten und den später untersuchten Gegenständen und Papieren entnehmen. Von den verschiedenen Berichten ist der des alten Familien-Butlers Soames am ausführlichsten und zusammenhängendsten. Diesem vertrauenswürdigen Mann zufolge, schickte Sir Arthur Jermyn alle aus dem Zimmer, bevor er die Kiste öffnete, aber der gleich darauf folgende Lärm von Hammer und Meißel zeigte, daß er das Unternehmen nicht aufschob. Einige Zeit war nichts zu hören, wie lange, konnte Soames nicht genau beurteilen, aber es war sicher keine Viertelstunde später, daß ein gräßlicher Schrei, zweifellos in Jermyns Stimme, gehört wurde. Unmittelbar danach tauchte Jermyn aus dem Zimmer auf und raste wie wahnsinnig zur Vorderseite des Hauses, als ob ihm ein gräßlicher Feind auf den Fersen sei. Der Ausdruck seines Gesichts, eines Gesichts, das auch im Ruhezustand häßlich genug war, spottete jeder Beschreibung. Als er die Eingangstür beinah erreicht hatte, schien ihm etwas einzufallen, er machte in seiner Flucht kehrt und verschwand schließlich die Kellertreppe hinunter. Die Bediensteten waren aufs äußerste verblüfft und warteten oben am Treppenabsatz, aber ihr Herr kam nicht wieder. Ein Ölgeruch war alles, was von unten heraufdrang. Nach Einbruch der Dunkelheit war an der vom Keller in den Hof führenden Tür ein Klappern zu vernehmen, und ein Stallbursche sah Arthur Jermyn, von Kopf bis Fuß von Öl glänzend, und nach dieser Flüssigkeit stinkend, sich heimlich hinwegstehlen und im Torfmoor, das das Haus umgibt, verschwinden. Dann erlebten alle in einer Übersteigerung äußersten Grauens das Ende mit. Ein Funken erschien auf dem Moor, eine Flamme schoß empor, und eine menschliche Feuersäule hob die Arme zum Himmel. Das Haus Jermyn existierte nicht mehr.

Der Grund, warum Sir Arthur Jermyns verkohlte Reste nicht eingesammelt und beigesetzt wurden, liegt an dem, was man danach auffand, besonders das Ding in der Kiste. Die ausgestopfte Göttin bot einen Übelkeit erregenden Anblick, zusammengeschrumpft und zerfressen, aber sie war unverkennbar ein mumifizierter weißer Affe einer unbekannten Spezies, nicht so behaart, wie die bekannten Spielarten und entschieden dem Menschen näherstehend – in schockierender Weise. Eine genaue Schilderung wäre wenig erfreulich, aber zwei ins Auge springende Besonderheiten müssen berichtet werden, denn sie decken sich in unerhörter Weise mit gewissen Aufzeichnungen von Sir Wades afrikanischen Expeditionen und mit den kongolesischen Sagen vom weißen Gott und der Affenprinzessin. Die beiden in Frage stehenden Besonderheiten sind diese: das Wappen auf dem goldenen Anhänger am Hals des Geschöpfes war das Wappen der Jermyns und die scherzhafte Andeutung M. Verhaerens, daß eine gewisse Ähnlichkeit in Verbindung mit dem eingeschrumpften Gesicht mit lebendigem, scheußlichem Grauen auf niemand anderen als den empfindsamen Sir Arthur Jermyn, Urururenkel des Sir Wade Jermyn und einer unbekannten Ehefrau zutraf. Mitglieder des Königlich Anthropologischen Instituts verbrannten das Ding, warfen die Anhänger in einen Brunnen, und einige von ihnen geben nicht einmal zu, daß Arthur Jermyn je existierte.

Das merkwürdige hochgelegene Haus im Nebel

In der Frühe steigt Nebel von der See bei den Klippen hinter Kingsport auf. Weiß und federig steigt er aus der Tiefe zu seinen Brüdern, den Wolken empor, voller Träume von saftigen Weiden und den Höhlen des Leviathan. Und später verstreuen die Wolken in sanften Sommerregen Teile dieser Träume über die steilen Dächer von Poeten, daß die Menschen nicht ohne Ahnung von alten, seltsamen Geheimnissen und Wundern leben sollen, die die Planeten anderen Planeten nur des Nachts erzählen. Wenn Geschichten dicht in den Grotten der Tritonen herumschwärmen und Muschelhörner in Seetang-Städten wilde Melodien blasen, die sie von den Ältesten gelernt haben, dann steigen dicke, eifrige Nebel beladen mit Kunde gen Himmel, und Augen, die auf den Felsen seewärts blicken, sehen nichts als mystische Weiße, als ob der Rand der Klippe der Rand der ganzen Welt sei und als ob die feierlichen Glocken der Bojen freischwebend im Feenland des Äthers ertönten.

Nun steigen nördlich des alten Kingsport die Felsen hoch und merkwürdig empor, Terrasse auf Terrasse, bis die nördlichste wie eine erstarrte, graue Windwolke am Himmel hängt. Sie ist völlig allein, eine trostlose Spitze, die in den endlosen Raum vorstößt, denn an der Stelle, wo der Miskatonic sich aus den Ebenen von Arkham vorbei ergießt, macht die Küste eine scharfe Biegung und bringt Waldlegenden und kleine, seltsame Erinnerungen an New England mit. Die Seefahrer in Kingsport schauen zu dieser Klippe empor, wie andere Seefahrer zum Polarstern und stimmen ihre Nachtwachen nach der Art ab, in der sie dem Großen Bären, die Kassiopeia und den Drachen entweder verbirgt oder sichtbar werden läßt. Unter ihnen ist sie eins mit dem Firmament, und sie wird wirklich davon abgeschnitten, wenn der Nebel die Sterne oder die Sonne verhüllt. Einige dieser Klippen lieben sie, wie jene, deren groteskes Profil sie Vater Neptun nennen, oder die, deren pfeilerumsäumte Stufen sie den »Dammweg« nennen, aber sie fürchten sie, weil sie dem Himmel so nah ist. Die portugiesischen Matrosen, die von einer Reise den Hafen anlaufen, bekreuzigen sich, wenn sie sie das erste Mal erblicken, und die alten Yankees glauben, es würde viel Schwerwiegenderes als den Tod bedeuten, sie zu erklimmen, so dies überhaupt möglich wäre. Trotzdem steht ein altes Haus auf der Klippe, und abends sehen die Menschen Licht in den Fenstern mit den kleinen Scheiben.

Das alte Haus ist immer dagewesen, und die Leute sagen, darin wohne einer, der sich mit den Morgennebeln unterhält, die aus der Tiefe emporsteigen, und vielleicht erblickt er in Richtung Ozean seltsame Dinge, zu Zeiten, wenn der Rand der Klippe zum Rand der ganzen Erde wird und feierliche Bojen freischwebend im weißen Äther des Feenlandes ertönen. Sie berichten dies vom Hörensagen, denn die abweisende Klippe wird nie besucht, und die Einheimischen richten nicht gern ihre Fernrohre dorthin. Sommergäste haben sie wirklich mit sorglosen Ferngläsern betrachtet, haben jedoch nie mehr gesehen als das graue, urtümliche Dach, spitz und schindelgedeckt, dessen überhängende Dachkanten beinah bis zu dem grauen Fundament hinabreichen, und das gedämpfte gelbe Licht der kleinen Fenster, die unter den Dachkanten im Dämmer hervorlugen. Diese Sommergäste glauben nicht, daß derselbe Eine seit Hunderten von Jahren in dem alten Haus wohnt, können aber ihre häretischen Ideen einem echten Kingsporter nicht begreiflich machen. Selbst der schreckliche alte Mann, der sich mit bleiernen Pendeln in Flaschen unterhält, seine Lebensmittel mit jahrhundertealtem spanischem Gold kauft und der steinerne Götzenbilder im Hof seines vorsintflutlichen Häuschens in der Water Street stehen hat, kann nichts weiter sagen, als daß die Dinge schon genauso waren, als sein Großvater ein Bub war, und das muß vor urdenklichen Zeiten gewesen sein, als noch Belcher oder Shirley oder Pownall oder Bernard Gouverneure der Provinz seiner Majestät an der Massachusetts-Bay waren.

Dann kam eines Sommers ein Philosoph nach Kingsport. Sein Name war Thomas Olney, und er lehrte gewichtige Dinge an einem College an der Narragansett-Bay. Er kam mit einer dicken Frau und lebhaften Kindern, und seine Augen waren etwas müde davon, jahraus, jahrein dasselbe zu sehen und die selben wohlgeordneten Gedanken zu denken. Er blickte auf den Nebel von Vater Neptuns Diadem und versuchte, über die riesigen Stufen des Dammweges in ihre geheimnisvolle, weiße Welt hineinzuwandern. Morgen auf Morgen pflegte er auf den Klippen zu liegen und über den Rand der Welt in den rätselhaften Äther dahinter zu blicken, während er Geisterglocken und den wilden Schreien lauschte, die möglicherweise von Seemöwen stammten. Dann, wenn sich der Nebel hob und die See prosaisch mit dem Rauch von Damp-

fern erkennbar wurde, seufzte er und stieg zur Stadt hinab, wo er
sich gerne durch die schmalen, alten Gassen hügelauf und hügelab
hindurchschlängelte und die verrückten, schiefstehenden Giebel
und Eingänge mit merkwürdigen Pfeilern studierte, die so viele
Generationen kräftiger Seefahrer beherbergt hatten. Er unterhielt
sich sogar mit dem schrecklichen alten Mann, der sich nichts aus
Fremden machte, und wurde in das fürchterlich alte Haus eingeladen, wo niedere Zimmerdecken und wurmstichige Täfelungen in
den dunklen frühen Morgenstunden das Echo beunruhigender
Monologe vernehmen.

Es war natürlich unvermeidlich, daß Olney das graue unbesuchte
Haus am Himmel, an dieser düsteren, nordwärts gelegenen
Klippe, die eins ist mit dem Nebel und dem Firmament, bemerken
würde. Auf ewig hing sie über Kingsport und immer wieder flüsterte man sich in den krummen Gassen Kingsports ihre Geheimnisse zu. Der schreckliche alte Mann krächzte eine Geschichte
hervor, die sein Vater ihm erzählt hatte, von einem Blitz, der eines
Nachts von dem spitzgiebeligen Haus zu den Wolken des höheren
Himmels emporzuckte und Oma Orne, deren winzige Giebeldach-
behausung in der Ship Street ganz von Moos und Efeu überzogen
ist, krächzte etwas hervor, das ihre Großmutter aus zweiter Hand
erfahren hatte, von Gestalten, die aus dem östlichen Nebel direkt
in die schmale, einzige Tür des unerreichbaren Ortes hineingeflat-
tert seien – denn die Türe ist nahe am Rande des Felsens nach der
See zu angebracht, und sie kann nur von Schiffen auf See gesehen
werden.

Schließlich faßte Olney, da er auf neue, seltsame Dinge erpicht
war und sich weder durch die Ängste der Kingsporter noch durch
die übliche Gleichgültigkeit der Sommergäste zurückhalten ließ,
einen schrecklichen Entschluß. Trotz seiner konservativen Erziehung – oder vielleicht gerade deswegen, da ein eintöniges Leben
nachdenkliche Sehnsüchte nach dem Unbekannten hervorbringt –
schwor er einen großen Eid, die gemiedene Nordklippe zu erklettern und das übernatürlich alte Haus am Himmel zu besuchen.
Sein vernünftigeres Selbst argumentierte einleuchtend, daß das
Haus von Leuten bewohnt sein müsse, die es von der Festlandseite
her am leichter begehbaren Grat neben der Mündung des Miskatonic erreichten. Vielleicht kauften sie in Arkham ein, da sie wußten, wie wenig Kingsport ihren Wohnsitz schätzte, oder vielleicht,
weil es unmöglich war, auf der nach Kingsport zu gelegenen Seite

der Klippe hinunterzuklettern. Olney wanderte die kleinen Klippen entlang dorthin, wo die große Klippe herausfordernd emporragt, um sich mit himmlischen Dingen zu verbinden, und es wurde ihm völlig klar, daß keines Menschen Fuß diesen vorspringenden Südabhang erklettern oder hinabsteigen könne. Nach Osten und Norden stieg sie Tausende von Fuß senkrecht aus dem Wasser empor, deshalb blieb nur die westliche, nach Arkham zu gelegene Inlandseite.

An einem frühen Morgen im August brach Olney auf, um einen Weg zu dem unzugänglichen Gipfel zu finden. Er arbeitete sich nordwestlich durch freundliche Hintergassen, am Hoopers Pond und an dem alten, aus Ziegeln gebrannten Pulverturm vorbei zu der Stelle, wo Weiden sich die Abhänge über dem Miskatonic hinaufziehen und einen lieblichen Ausblick auf Arkhams weiße georgianische Kirchtürme über Meilen von Fluß und Wiesen hinweg bieten. Hier fand er eine schattige Straße nach Arkham, aber nicht die geringste Spur in Richtung See, die er suchte. Wälder und Felder drängten sich ans hohe Ufer der Flußmündung und trugen keine Spur menschlicher Anwesenheit; nicht einmal eine Steinmauer oder eine verirrte Küh, sondern hohes Gras und riesige Bäume und Massen von Heidekraut, das vielleicht schon die ersten Indianer gesehen haben mochten. Als er langsam östlich weiterkletterte, höher über der Flußmündung zur Linken und näher und näher zur See, fand er den Weg zunehmend schwieriger, bis er sich fragte, wie die Bewohner des unbeliebten Ortes es fertigbrächten, die Außenwelt zu erreichen, und ob sie oft zum Einkaufen nach Arkham kämen.

Dann wurden die Bäume spärlicher und weit unter ihm zur Rechten sah er die Hügel und die alten Dächer und Türme von Kingsport. Sogar Central Hill sah aus dieser Höhe wie ein Zwerg aus, und er konnte gerade den alten Friedhof beim Gemeinde-Hospital ausmachen, unter dem, wie das Gerücht besagte, einige schreckliche Höhlen und Gänge lauerten. Vor ihm lag dürftiges Gras und verkrüppelte Blaubeerbüsche und dahinter der nackte Fels der Klippe und die dünne Spitze des gefürchteten grauen Hauses. Der Grat wurde jetzt schmäler, und Olney schwindelte ob seiner Einsamkeit am Himmel, südlich von ihm lag der fürchterliche Steilabhang über Kingsport, nördlich von ihm ein senkrechter Absturz von nahezu einer Meile bis zur Flußmündung. Plötzlich tat sich eine große Spalte, zehn Fuß tief, vor ihm auf, so daß er sich mit den Händen hinunterarbeiten mußte, auf einen abschüssigen Boden fiel und dann gefährlich einen natürlichen Hohlweg an der entgegengesetzten Wand hinaufklettern mußte. So, dies war der Weg, auf dem die Bewohner des unheimlichen Hauses zwischen Himmel und Erde gehen mußten!

Als er aus der Spalte herauskletterte, zog sich ein Morgennebel zusammen, aber er sah deutlich das hochragende, unheilige Haus vor sich; die Wände so grau wie der Fels und der hohe Giebel gegen die milchweißen Dämpfe von der Seeseite. Und er bemerkte, daß an der Landseite sich keine Tür befand, sondern nur einige kleine Gitterfenster mit blinden Butzenscheiben, die nach der Art des siebzehnten Jahrhunderts mit Blei gefaßt waren. Um ihn herum war nichts als Wolken und Chaos, und er konnte hinter der Weiße des unbegrenzten Raumes nichts erkennen. Er war mit diesem merkwürdigen und beunruhigenden Haus am Himmel allein, und als er sich zur Vorderseite schlich und sah, daß die Mauer mit dem Klippenrand eine Senkrechte bildete, so daß die einzige schmale Tür nur vom leeren Raum aus erreichbar war, empfand er einen deutlichen Schrecken, den die Höhe allein nicht ganz erklärlich machte. Es war äußerst sonderbar, wie derart wurmzerfressene Schindeln noch halten oder derart zerbröckelnde Ziegel noch einen aufrechtstehenden Kamin bilden konnten.

Als der Nebel sich verdichtete, schlich Olney an die Fenster an der Nord-, West- und Südseite und probierte sie, fand sie aber alle verschlossen. Er war fast froh, daß sie verschlossen waren, denn je mehr er von dem Haus sah, um so weniger hatte er den Wunsch, ins Innere zu gelangen. Dann ließ ein Ton ihn aufmerksam werden. Er hörte das Klappern eines Schlosses und das Öffnen eines Riegels, und ein langes Knarren folgte, als ob eine schwere Tür langsam und vorsichtig geöffnet würde. Das alles geschah an der dem Ozean zugekehrten Seite, die er nicht sehen konnte, wo das schmale Portal sich in den leeren Raum hinaus Tausende von Fuß im nebligen Himmel über den Wolken öffnete.

Dann folgte ein schweres, bedächtiges Herumtrampeln im Haus und Olney hörte, wie die Fenster geöffnet wurden, erst die an der Nordseite ihm gegenüber, dann die an der Westseite gerade ums Eck herum. Als nächstes würden die Südfenster drankommen, die unter dem tiefgezogenen Dach, wo er stand, und man muß betonen, daß er sich bei dem Gedanken an das abscheuliche Haus auf der einen und den leeren Raum der oberen Atmosphäre mehr als

unbehaglich fühlte. Als jemand an den nächstgelegenen Fenster-
flügeln herumtastete, kroch er wieder zur Westseite hinüber und
drückte sich neben dem nunmehr offenen Fenster gegen die
Mauer. Es war klar, daß der Besitzer heimgekommen war, aber
er war nicht von der Landseite her gekommen und auch nicht mit
einem Ballon oder Luftschiff, das man sich vorstellen könnte. Wieder ertönten Schritte, und Olney drückte sich zur Nordseite
herum, aber bevor er einen sicheren Hafen finden konnte, rief eine
Stimme leise nach ihm, und er wußte, daß er nun seinem Gastgeber
gegenübertreten müsse.

Aus dem Westfenster schaute ein großes, schwarzbärtiges Gesicht heraus, dessen Augen mit einem Ausdruck leuchteten, der
von unerhörten Anblicken sprach. Aber die Stimme war sanft und
von seltsam altfränkischer Art, so daß Olney nicht zurück-
schreckte, als eine braune Hand sich herausstreckte, um ihm über
den Sims in das niedrige Zimmer mit schwarzen Eichentäfelungen
und geschnitzten Tudormöbeln hineinzuhelfen. Der Mann war
sehr altmodisch gekleidet und hatte einen unbestimmten Nimbus
von Seesagen und Träumen von alten Galeonen um sich. Olney erinnert sich nicht mehr an all die Wunder, die er erzählte, oder auch
wer er war; aber er sagt, daß er fremdartig und gütig war und erfüllt vom Zauber unergründlicher Weiten von Zeit und Raum.
Das kleine Zimmer erschien in einem wäßrig-grünen Licht, und
Olney sah, daß die nach Osten gelegenen Fenster nicht offen, sondern gegen die neblige Luft mit dunklen, dicken Scheiben wie die
Böden von alten Flaschen geschlossen waren.

Sein bärtiger Gastgeber schien jung zu sein, dennoch blickten
seine Augen wie von alten Geheimnissen durchdrungen, und nach
den Geschichten von alten Wunderdingen, die er erzählte, muß
man annehmen, daß die Leute im Ort recht hatten, wenn sie behaupteten, er habe sich mit den Nebeln der See und den Wolken
des Himmels unterhalten, seitdem es einen Ort gab, der sein
schweigendes Wohnen von der Ebene unten beobachten konnte.
Und der Tag ging weiter, und Olney lauschte noch immer den Geschichten aus alter Zeit und von fernen Gegenden und vernahm,
wie die Könige von Atlantis mit schlüpfrigen, gotteslästerlichen
Geschöpfen kämpften, die aus Spalten im Meeresboden empor-
krochen, und wie die mit Pfeilern versehenen, tangbehangenen
Tempel Poseidons von verlorenen Schiffen immer noch zu mitter-
nächtlicher Stunde erspäht werden können, die bei ihrem Anblick

wissen, daß sie verloren sind. Die Jahre der Titanen wurden heraufbeschworen, aber sein Gastgeber wurde zurückhaltend, als er vom dunklen Uralter des Chaos sprach, ehe die Götter oder die Ältesten geboren wurden und als *die anderen Götter* kamen, um auf dem Gipfel des Hathey-Kla in der steinigen Wüste bei Ulthar, hinter dem Flusse Skai zu tanzen.

An dieser Stelle klopfte es an der Tür, dieser alten Tür aus nägelbeschlagener Eiche, unter der nur der Abgrund der weißen Wolken lag. Olney fuhr erschreckt in die Höhe, aber der bärtige Mann machte ihm ein Zeichen, still zu sein und ging auf Zehenspitzen zur Tür, um durch ein winziges Guckloch hinauszuspähen. Was er sah, gefiel ihm nicht, weshalb er den Finger an die Lippen legte und auf Zehenspitzen herumging, um die Fenster zu schließen und zu versperren, bevor er zu der alten Sitzbank neben seinem Gast zurückkehrte. Dann sah Olney vor den durchsichtigen Vierecken der kleinen Fenster nacheinander einen seltsamen schwarzen Umriß auftauchen, als der Besucher sich neugierig herumbewegte, ehe er wieder fortging, und er war froh, daß sein Gastgeber auf das Klopfen hin nicht geöffnet hatte. Denn es gibt Merkwürdiges im großen Abgrund, und der Traumsucher muß aufpassen, daß er nicht das Falsche aufstöbert oder ihm begegnet.

Dann begannen die Schatten dichter zu werden, zuerst kleine, verstohlene unter dem Tisch, dann etwas frechere in den dunklen, getäfelten Ecken. Der bärtige Mann machte rätselhafte Gebetsgesten und entzündete große Kerzen in merkwürdig gearbeiteten Messingleuchtern. Er warf häufig Blicke zur Tür, als ob er jemand erwarte, und schließlich schien sein Blick durch ein einzigartiges Klopfen beantwortet zu werden, das offenbar einem alten Geheimcode folgte. Diesmal schaute er nicht einmal durchs Guckloch, sondern drehte den großen Eichenbalken herum, schob den Riegel zurück, schloß die schwere Tür auf und öffnete sie weit den Sternen und dem Nebel.

Dann schwebten beim Ton dunkler Harmonien aus der Tiefe all die Träume und Erinnerungen an die versunkenen Mächtigen der Erde in den Raum. Goldene Flammen tanzten über tangbehangenen Locken, so daß Olney wie geblendet war, als er ihnen Ehrerbietung erwies. Neptun mit dem Dreizack war da, muntere Tritonen und phantastische Nereiden, und auf dem Rücken von Delphinen thronte eine riesige, gerippte Muschelschale, in der die graue, schreckliche Gestalt des uralten Nodens, des Herrn der großen

Tiefe, saß. Und die Muschelhörner der Tritonen erschollen unheimlich, und die Nereiden produzierten seltsame Töne, indem sie auf die grotesken, widerhallenden Schalen unbekannter lauernder Bewohner aus schwarzen Höhlen des Meeres schlugen. Dann streckte der silberhaarige Nodens seine dünne Hand aus und half Olney und dessen Gastgeber in die riesige Muschel, worauf die Muschelhörner und Gongs mit wildem und fürchterlichem Lärm einsetzten. Hinaus in den endlosen Äther wirbelte der mythische Zug, und der Lärm seiner Schreie verlor sich im Echo des Donners.

Die ganze Nacht beobachtete man in Kingsport die hohe Klippe, wenn Sturm und Nebel den Blick darauf freigaben, und als gegen die frühen Morgenstunden sich die kleinen, düsteren Fenster verdunkelten, wisperte man von Bedrohung und Unglück. Und Olneys Kinder und seine dicke Frau beteten zum gütigen, regulären Gott der Baptisten und hofften, daß der Reisende sich einen Schirm und Gummizeug ausleihen würde, wenn nicht der Regen in der Frühe aufgehört hätte. Dann schwamm die Morgendämmerung tropfend und nebelbeladen aus der See, und die Bojen erklangen feierlich in Tiefen weißen Äthers. Und mittags erklangen elfische Hörner über dem Ozean, als Olney, trocken und leichtfüßig, die Klippen hinab zum alten Kingsport kletterte, mit einem Ausdruck ferner Weiten im Auge. Er konnte sich nicht erinnern, was er in der Hütte des noch immer namenlosen Eremiten unter dem Himmel geträumt habe, oder sagen, wie er diesen Felsen hintergeklettert sei, der noch nie von einem anderen Fuß durchquert worden war. Noch konnte er über die Sache sprechen, außer mit dem schrecklichen alten Mann, der danach merkwürdige Dinge in seinen langen, weißen Bart murmelte und schwor, daß der Mann, der von dem Felsen herabgestiegen war, nicht mehr ganz der Mann sei, der hinaufgestiegen war, und daß irgendwo unter dem grauen Spitzdach oder inmitten unfaßbarer Bereiche des unheimlichen weißen Nebels immer noch der verlorene Geist dessen verweilte, der Thomas Olney war.

Und seit jener Stunde hat der Philosoph sich durch die sich eintönig dahinschleppenden Jahre des grauen Alltags und der Mühseligkeit abgearbeitet, gegessen und geschlafen und ohne Murren die einem Staatsbürger zukommenden Pflichten erfüllt. Er sehnt sich nicht mehr nach dem Zauber ferner Hügel oder seufzt nach Geheimnissen, die wie grüne Riffe aus der bodenlosen See hervorlugen. Das Gleichmaß seiner Tage macht ihm keinen Kummer mehr, und wohlgeordnete Gedanken genügen seiner Einbildungskraft. Sein gutes Weib wird immer dicker und die Kinder älter, prosaischer und nützlicher, und er unterläßt es nie, zur gegebenen Zeit stolz und korrekt zu lächeln. In seinem Auge ist kein ruheloses Leuchten mehr, und wenn er je nach feierlichen Glocken oder fernen, elfischen Hörnern lauscht, dann nur des Nachts, wenn alte Träume herumwandern. Er ist nie mehr nach Kingsport zurückgekehrt, denn seine Familie mochte die komischen alten Häuser nicht und beklagte sich, daß das Abflußsystem schlecht und unmöglich sei. Sie besitzen jetzt einen schmucken Bungalow in den Bristol Highlands, wo keine hohen Felsen sich auftürmen und die Nachbarn städtisch und modern sind.

Aber in Kingsport gehen seltsame Geschichten um, und selbst der schreckliche alte Mann gibt etwas zu, das ihm sein Großvater nicht erzählt hat. Denn nun, wenn der Wind ungestüm von Norden her am hochgelegenen alten Haus vorbeifegt, das eins ist mit dem Firmament, ist nun endlich das bedeutungsvolle, brütende Schweigen gebrochen, welches die Bewohner der kleinen Hütten am Meer unruhig machte. Alte Leute berichten von lieblichen Stimmen, die sie dort singen hören, und von Gelächter, das von überirdischer Freude überquillt, und sie sagen, daß des Abends die kleinen, niederen Fenster heller erleuchtet seien als früher. Sie sagen auch noch, daß eine kräftige Morgenröte öfter dort erscheint, die im Norden blau mit Visionen erstarrter Welten erstrahlt, während die Klippe und das Haus schwarz und phantastisch sich gegen das wilde Aufleuchten abheben. Und die Nebel der Morgendämmerung sind dicker, und die Matrosen sind sich nicht völlig sicher, ob all das gedämpfte Läuten in Richtung See das der feierlichen Bojen ist.

Sie wünschen nicht, daß die Seelen ihrer jungen Leute den heimischen Herd und die Tavernen mit Giebeldächern des alten Kingsport verlassen, aber sie wünschen auch nicht, daß das Lachen und Singen in diesem hochgelegenen Felsenhort lauter werde. Denn da die Stimme, die neu erschienen ist, neue Nebel von der See und aus dem Norden neues Licht gebracht hat, so meinen sie, daß noch mehr Stimmen noch mehr Nebel und mehr Licht bringen werden, bis vielleicht die alten Götter (deren Existenz sie nur flüsternd andeuten, aus Angst, der Gemeindepfarrer könnte es hören) aus der Tiefe aus dem unbekannten Kadath in der kalten Wildnis kommen und sich auf diesem so übel geeigneten Felsen zwischen den sanften Hügeln und Tälern voll ruhiger, einfacher Fischersleute einnisten könnten. Dies wünschen sie nun gar nicht, denn einfachen Leuten sind Dinge, die nicht von dieser Welt sind, unwillkommen, und nebenbei, der schreckliche alte Mann erinnert sich oft daran, was Olney ihm über ein Klopfen erzählte, das der einsame Bewohner fürchtete und von einem Schatten, der sich schwarz und neugierig gegen den Nebel durch diese merkwürdigen durchscheinenden Butzenscheibenfenster erkennen ließ.

All dies können indessen nur die Ältesten entscheiden, und in der Zwischenzeit zieht der Nebel noch immer zu dem einsamen, schwindelnden Gipfel mit dem alten Haus hoch oben empor, diesem grauen Haus mit dem herabgezogenen Dach, wo niemand zu sehen ist, aber wo der Abend verstohlene Lichter hervorbringt, während der Nordwind von seltsamem Jubel erzählt. Weiß und federig steigt er aus der Tiefe zu seinen Brüdern, den Wolken, empor, voller Träume von saftigen Weiden und den Höhlen des Leviathan. Und wenn Geschichten dicht in den Grotten der Tritonen herumschwärmen und Muschelhörner in Seetang-Städten wilde Melodien blasen, die sie von den Ältesten gelernt haben, dann steigen dicke, eifrige Nebel, beladen mit Kunde zum Himmel, und Kingsport, das sich unbehaglich an die niederen Klippen unter dieser schrecklichen, ragenden Felsschildwache duckt, sieht in Richtung Ozean nichts als eine mystische Weiße, als ob der Rand der Klippe der Rand der ganzen Erde sei und die feierlichen Glocken der Bojen freischwebend im Feenland des Äthers ertönten.

Träume im Hexenhaus

Ob die Träume das Fieber brachten oder das Fieber die Träume, wußte Walter Gilman nicht. Hinter allem lauerte das bedrückende, schwelende Grauen vor dieser uralten Stadt und dem modrigen, unheimlichen Zimmer unter dem Dachgiebel, in dem er schrieb, studierte und mit Zahlen und Formeln rang, wenn er sich nicht gerade auf dem dürren Eisenbett herumwälzte. Die Empfindlichkeit seines Gehörs steigerte sich in einem übernatürlichen und unerträglichen Ausmaß, und er hatte längst die billige Uhr auf dem Kaminsims angehalten, deren Ticken ihm allmählich wie Kanonendonner vorgekommen war. In der Nacht trugen die gedämpften Geräusche, die aus der schwarzen Stadt zu ihm heraufdrangen, das unheimliche Getrippel der Ratten in den wurmstichigen Trennwänden und das Knarrren unsichtbarer Balken in dem jahrhundertealten Haus dazu bei, ihm das Gefühl zu geben, er sei ringsum von unerträglichem Höllenlärm umgeben. Die Dunkelheit war immer von einem Durcheinander unerklärlicher Geräusche erfüllt, und doch zitterte er manchmal vor Furcht, die Geräusche, die er hörte, könnten verstummen und bestimmte andere, schwächere Geräusche an sein Ohr bringen, die er hinter dem Lärm verborgen wähnte.

Er war in der zeitlosen, verwunschenen Stadt Arkham mit ihren dichtgedrängten Walmdächern, die sich ausladend über Dachstuben wölbten, wo sich Hexen vor den Häschern des Königs verborgen hatten in längstvergangenen, dunklen Epochen der Geschichte dieser Provinz. Überdies gab es in der ganzen Stadt keinen Ort, der so sehr von makabren Erinnerungen durchdrungen gewesen wäre, wie die Dachstube, in der er hauste – denn es waren dieses Haus und dieses Zimmer gewesen, in denen auch die alte Keziah Mason gehaust hatte, deren Flucht aus dem Gefängnis von Salem bis zum heutigen Tage nicht aufgeklärt ist. Das war im Jahre 1692 gewesen – der Gefängniswärter hatte den Verstand verloren und von einem zottigen, kleinen Ding mit weißen Zähnen gefaselt, das aus Keziahs Zelle getrippelt kam, und nicht einmal Cotton Mather konnte die Kurven und Winkel erklären, die mit einer roten, stinkenden Flüssigkeit an die grauen Steinwände geschmiert worden waren.

Vielleicht hätte Gilman nicht so angestrengt studieren sollen.

Nicht-euklidische Geometrie und Quantenphysik reichen schon aus, um ein Gehirn zu strapazieren; wenn man sie aber noch mit Volkskunde vermischt und versucht, einen seltsamen Hintergrund mehrdimensionaler Realität hinter den greulichen Andeutungen der gotischen Sagen und den abenteuerlichen Geschichten aus der Ofenecke aufzuspüren, kann man kaum erwarten, ganz von seelischen Spannungen verschont zu bleiben. Gilman stammte aus Haverhill, aber er begann erst nach seinem Eintritt in das College von Arkham seine Mathematikstudien mit den phantastischen Legenden uralter Magie zu verknüpfen. Irgend etwas in der Atmosphäre dieser altersgrauen Stadt übte einen seltsamen Einfluß auf seine Vorstellungswelt aus. Die Professoren an der Miskatonic-Universität hatten ihn gedrängt, sich ein wenig Erholung zu gönnen, und von sich aus sein Pensum in manchen Fächern gekürzt. Außerdem hatten sie ihn daran gehindert, weiter in den mysteriösen alten Büchern über verbotene Dinge herumzustöbern, die in einem Gewölbe der Universitätsbibliothek unter Verschluß lagen. Aber all diese Vorsichtsmaßnahmen kamen ein wenig spät, da er bereits aus dem gefürchteten *Necronomicon* von Abdul Alhazred, dem fragmentarischen *Buch von Eibon* und aus von Junzts *Unaussprechlichen Kulten* einige unheimliche Andeutungen entnommen hatte, die er zu seinen abstrakten Formeln über die Eigenschaften des Raums und die Verbindung bekannter und unbekannter Dimensionen in Beziehung setzen konnte.

Er wußte, daß sein Zimmer in einem alten Hexenhaus war – das war sogar der Grund gewesen, weshalb er es genommen hatte. Im Archiv der Grafschaft Essex gab es umfangreiches Material über Keziah Masons Prozeß, und was sie unter der Folter dem Gericht von Oyer und Terminer gestanden hatte, faszinierte Gilman über alle Maßen. Sie hatte dem Richter Hathorne von Linien und Kurven erzählt, die einem den Weg über die Grenzen des Raums in andere Raumsysteme zeigen konnten, und hatte behauptet, daß solche Kurven und Linien oft bei mitternächtlichen Treffen im dunklen Tal des weißen Steins jenseits von Meadow Hill und auf der unbewohnten Insel im Fluß verwendet wurden. Sie hatte auch von dem Schwarzen Mann, ihrem Eid und ihrem neuen Geheimnamen Nahab gesprochen. Dann hatte sie die Zeichen auf die Wand ihrer Zelle gemalt und war verschwunden.

Gilman glaubte an die seltsamen Geschichten über Keziah und hatte eine sonderbare Erregung verspürt, als er erfuhr, daß ihr

Haus nach mehr als zweihundertfünfunddreißig Jahren noch immer stand. Als er hörte, wie man in Arkham über Keziahs beharrliches Spuken in dem alten Haus und in den engen Straßen tuschelte, über die unregelmäßigen Bißspuren von menschlichen Zähnen an Leuten, die in diesem oder in anderen Häusern schliefen, über die kindlichen Schreie, die um den Ersten Mai und um Allerheiligen gehört wurden, über den Gestank, der oft kurz nach diesen gefürchteten Tagen im Dachgeschoß des Hauses bemerkt wurde, und über das kleine, zottige, scharfzähnige Ding, das das modernde Gemäuer heimsuchte und komischerweise die Leute in den dunklen Stunden vor Tagesanbruch mit der Schnauze stieß, beschloß er, in diesem Haus zu wohnen, koste es, was es wolle. Ein Zimmer war leicht zu bekommen, denn das Haus war unbeliebt und schwer zu vermieten und wurde schon seit längerer Zeit als billige Unterkunft verwendet. Gilman hätte nicht sagen können, was er dort erwartete, aber er wollte in dem Gebäude wohnen, in dem irgendein Umstand einer ganz gewöhnlichen alten Frau mehr oder weniger unerwartete mathematische Einsichten verschafft hatte, die vielleicht tiefer waren als die modernen Errungenschaften von Planck, Heisenberg, Einstein und de Sitter.

Er untersuchte die Holz- und Gipswände an jeder zugänglichen Stelle, wo die Tapete abgeblättert war, auf Spuren von kryptischen Zeichnungen, und innerhalb einer Woche gelang es ihm, die östliche Dachkammer zu bekommen, in der nach landläufiger Meinung Keziah ihre Zauberkunststücke vollbracht hatte. Sie stand leer – denn niemand hatte jemals längere Zeit darin wohnen wollen –, aber der polnische Besitzer des Hauses war vorsichtig geworden und wollte sie nicht vermieten. Doch Gilman geschah rein gar nichts – bis sich das Fieber einstellte. Keine geisterhafte Keziah flatterte durch die düsteren Gänge und Zimmer, kein kleines, zottiges Ding kroch in seine triste Behausung unterm Dach, um ihn mit der Schnauze zu stoßen, und seine ständige Suche wurde durch keine Überbleibsel von den Zauberformeln der Hexe belohnt. Manchmal ging er durch die dunklen Labyrinthe der ungepflasterten, modrig riechenden Gassen, in denen unheimliche, braune Häuser von unbestimmbarem Alter sich windschief aneinanderlehnten und ihn aus winzigen, schmalen Fenstern hämisch anglotzten. Er wußte, daß hier früher einmal seltsame Dinge passiert waren, und er hatte die dunkle Ahnung, daß vielleicht noch nicht alles von dieser ungeheuerlichen Vergangenheit spurlos verschwunden war – zumindest nicht in der dunkelsten, engsten und winkligsten dieser Gassen. Er ruderte auch zweimal zu der berüchtigten Insel im Fluß hinaus und skizzierte die einzigartigen Winkel der bemoosten Reihen grauer, aufgestellter Steine, deren Ursprung sich in dunklen, unvordenklichen Zeiten verliert.

Gilmans Zimmer war geräumig, hatte aber eine seltsam unregelmäßige Form; die Nordwand verlief von der Ecke aus schräg nach innen, während die niedrige Decke in derselben Richtung abfiel. Außer einem klar erkennbaren Rattenloch und weiteren Löchern, die jedoch zugestopft worden waren, gab es keinen Zugang – und auch keinerlei Anzeichen für einen früheren Zugangsweg – zu dem Hohlraum, der sich zwischen der schrägen Wand und der nördlichen Außenseite des Hauses befinden mußte, obwohl von außen zu sehen war, daß an dieser Wand vor langer Zeit einmal ein Fenster zugemauert worden war. Der Dachboden über der Decke – der einen abschüssigen Fußboden haben mußte – war ebenso unzugänglich. Als Gilman auf einer Leiter in den waagerechten Dachboden über dem übrigen Dachgeschoß hinaufstieg, entdeckte er hinter vielen Spinnweben eine Stelle, wo früher ein Durchgang gewesen sein mußte, der aber jetzt mit schweren, alten Bohlen und den für die koloniale Zimmermannsarbeit typischen klobigen Holzpflöcken verschlossen war. Und obwohl er mit Engelszungen auf den phlegmatischen Hauswirt einredete, erlaubte er ihm nicht, diese Hohlräume zu untersuchen. Mit der Zeit beschäftigten ihn die Wand und die Decke seines Zimmers, die beide so unregelmäßig verliefen, immer mehr; denn er las allmählich in diese seltsamen Winkel eine mathematische Bedeutung hinein, die ihm vage Hinweise auf ihren Zweck zu geben schien. Die alte Keziah, so überlegte er, mochte gute Gründe dafür gehabt haben, in einem Raum mit ungewöhnlichen Winkeln zu leben; denn hatte sie nicht behauptet, sie könne durch bestimmte Winkel die Grenzen der uns bekannten räumlichen Welt überschreiten? Nach und nach wandte sich jedoch sein Interesse von den unergründeten Hohlräumen hinter den schrägen Wänden ab, weil es jetzt so schien, als läge der Sinn dieser geneigten Flächen auf der Seite, auf der er sich befand.

Die leichten Anfälle von Gehirnfieber und die Träume traten zum erstenmal im Februar auf. Eine Zeitlang hatten offensichtlich die seltsamen Winkel des Zimmers einen merkwürdigen, beinahe hypnotischen Einfluß auf ihn ausgeübt; und als der rauhe Winter kam, hatte er sich immer öfter dabei ertappt, daß er angestrengt in die Ecke starrte, in der die schräge Wand und die abfallende Decke sich trafen. Zu dieser Zeit machte ihm seine Unfähigkeit, sich auf seine eigentlichen Studienfächer zu konzentrieren, sehr zu schaffen Und seine Befürchtungen im Hinblick auf die Zwischen-Examina wurden immer schlimmer. Aber kaum weniger lästig war die Überempfindlichkeit seines Gehörs. Das Leben war zu einer andauernden, fast unerträglichen Kakophonie geworden, begleitet von der beunruhigenden Vorstellung, daß *andere* Töne – vielleicht aus Gegenden außerhalb des Lebens – fast unhörbar in allen Geräuschen mitschwangen. Was die konkreten Geräusche betraf, so waren die Ratten in den alten Trennwänden am schlimmsten. Manchmal schien ihr Gekratze nicht nur heimlich, sondern auch geradezu mutwillig. Wenn es hinter der schrägen Nordwand hervorkam, war es von einem trockenen Geklapper begleitet; kam es aber aus dem seit Jahrhunderten verschlossenen Hohlraum über der geneigten Decke, dann nahm Gilman seine ganze Kraft zusammen, so als ob er ein Ungeheuer erwarte, das nur noch den richtigen Augenblick abpassen mußte, um herabzusteigen und ihn zu überwältigen.

Die Träume waren jenseits aller Vernunft, und Gilman meinte, sie seien eine Folge der Verbindung seines Mathematikstudiums mit dem der Volkskunde. Er hatte zu viel nachgedacht über die unbekannten Regionen jenseits der uns bekannten drei Dimensionen, deren Existenz er aus seinen Formeln herauslas, und über die Möglichkeit, daß die alte Keziah Mason – von irgendeiner rätselhaften Macht geleitet – tatsächlich den Zugang zu diesen Regionen gefunden hatte. Die vergilbten Grafschafts-Archive, in denen ihre Aussage und die ihrer Ankläger festgehalten waren, enthielten so dunkle Andeutungen von Dingen jenseits aller menschlichen Erfahrung – und die Beschreibungen des umherflitzenden, zottigen kleinen Dings, das in ihrer Begleitung erschien, waren trotz der unglaubwürdigen Einzelheiten so quälend realistisch.

Dieses Ding – nicht größer als eine ausgewachsene Ratte und von den Leuten in der Stadt kurioserweise »Brown Jenkin« genannt – schien die Ausgeburt eines bemerkenswerten Falles von Massensuggestion gewesen zu sein, denn im Jahre 1692 hatten nicht weniger als elf Personen bezeugt, es gesehen zu haben. Es gab auch neuere Gerüchte, die einen verblüffenden Grad von Übereinstimmung aufwiesen. Die Augenzeugen sagten, es habe lange Haare und den Körper einer Ratte, aber sein bärtiges Gesicht, in dem es spitze Zähne trage, sei bösartig menschlich und seine Pfoten sähen aus wie kleine Menschenhände. Es fungiere als Nachrichtenüberbringer zwishen der alten Keziah und dem Teufel und nähre sich von dem Blut der Hexe, das es wie ein Vampir einsauge. Seine Stimme sei ein widerwärtiges Gekicher, und es beherrsche sämtliche Sprachen. Von all den monströsen Ungeheuerlicheiten in Gilmans Träumen erfüllte ihn nichts mit mehr Entsetzen und Ekel, als dieser gotteslästerliche Bastard, dessen Abbild in tausendfach schlimmerer Form durch seine Träume geisterte, als er es sich mit wachem Verstand jemals nach den alten Zeugnissen und den neueren Gerüchten ausgemalt hätte.

Gilmans Träume bestanden großenteils darin, daß er in unendliche Abgründe von seltsam gefärbtem Zwielicht und chaotischen Tönen eintauchte; Abgründe, deren materielle und gravitationsmäßige Eigenschaften und deren Beziehung zu seiner eigenen Existenz er sich nicht im geringsten erklären konnte. Er ging nicht und kletterte nicht, er schwamm, kroch und schlängelte sich nicht; doch er erlebte immer das Gefühl einer teils freiwilligen, teils unfreiwilligen Bewegung. Aus seiner Körperhaltung konnte er kaum Schlüsse ziehen, denn durch eine sonderbare Verzerrung der Perspektive war ihm immer die Sicht auf seine Arme, Beine und seinen Körper genommen; aber er spürte, daß seine physischen Anlagen und Fähigkeiten auf eine wunderbare Art verwandelt und verschoben waren – wenn auch nicht ohne eine gewisse groteske Beziehung zu seinen normalen Proportionen und Eigenschaften.

Die Abgründe waren keineswegs leer, sondern wimmelten von unbeschreiblich winkligen Massen seltsam gefärbter Substanz, von denen manche organisch, andere dagegen anorganisch zu sein schienen. Einige der organischen Objekte weckten undeutliche Erinnerungen in seinem Unterbewußtsein, aber er konnte sich keine bewußte Vorstellung davon machen, worin diese irritierende Ähnlichkeit bestand. In den späteren Träumen begann er verschiedene Kategorien zu unterscheiden, in welche die organischen Objekte anscheinend unterteilt waren, und deren jede von einer grundlegend anderen Art von Verhalten und Antrieb gekennzeichnet schien. Eine dieser Kategorien schien Objekte einzuschließen, deren Bewegungen etwas weniger unlogisch und beziehungslos schienen als die der anderen Objekte.

Alle Objekte – ob organisch oder anorganisch – entzogen sich jeder Beschreibung und erst recht jedem Verständnis. Gilman verglich manchmal die anorganischen Objekte mit Prismen, Labyrinthen, Ansammlungen von Würfeln und Flächen und mit zyklopischen Bauwerken; und die organischen Dinge erschienen ihm als Gruppen von Blasen, Oktopoden, Hundertfüßern, lebenden Hindu-Symbolen und Arabesken, die zu einem schlangenhaften Leben erweckt worden waren. Alles, was er sah, war unsagbar bedrohlich und furchterregend; und immer wenn er aus den Bewegungen eines der organischen Wesen schließen konnte, es habe ihn bemerkt, überfiel ihn nacktes Entsetzen, das ihn gewöhnlich schlagartig erwachen ließ. Darüber, wie die organischen Wesen sich bewegten, konnte er genauso wenig sagen wie über seine eigenen Bewegungen. Nach einiger Zeit bemerkte er eine weitere geheimnisvolle Besonderheit – die Neigung mancher Wesen, plötzlich aus dem leeren Raum aufzutauchen oder mit gleicher Unvermitteltheit spurlos zu verschwinden. Das kreischende, dröhnende Durcheinander von Geräuschen auf Tonhöhe, Klangfarbe oder Rhythmus hin zu untersuchen, war völlig unmöglich; es schien aber mit sichtbaren Veränderungen in allen Objekten, organischen wie anorganischen, synchronisiert zu sein. Gilman schwebte ständig in der Angst, es könnte bei einer seiner unerklärlichen, grausam unausweichlichen Schwankungen einmal zu einer Lautstärke anschwellen, die er nicht mehr ertragen würde.

Aber nicht in diesen Strudeln tiefsten Entsetzens sah er Brown Jenkin. Dieses schreckliche kleine Ungeheuer blieb bestimmten leichteren, schärferen Träumen vorbehalten, die ihn kurz vor dem Abgleiten in den tiefsten Schlaf überfielen. Wenn er so im Dunkeln lag und gegen den Schlaf ankämpfte, schien es ihm dann plötzlich, als erhellte ein züngelnder Lichtschein das jahrhundertealte Zimmer und tauche die Stelle, an der die beiden schiefen Ebenen sich trafen, in einen violetten Lichtschimmer. Und dann erschien ihm das Ungeheuer, es schlüpfte aus dem Rattenloch in der Ecke und trippelte über die breiten, durchgetretenen Dielen auf ihn zu, mit dem Ausdruck bösartiger Erwartung auf seinem kleinen, bärtigen menschlichen Gesicht; doch zum Glück löste sich dieser Traum immer auf, bevor das Ding nahe genug war, um ihn mit der Schnauze zu berühren. Es hatte teuflisch lange, spitze, hundeartige Zähne. Gilman versuchte jeden Tag, das Rattenloch zu verstopfen, aber jede Nacht zernagten die wirklichen Bewohner der Trennwände wieder das Hindernis, was immer es auch war. Einmal ließ er vom Hauswirt das Loch mit einem Zinndeckel zunageln, aber in der folgenden Nacht nagten die Ratten ein neues Loch durch die Wand, wobei sie einen merkwürdigen kleinen Knochensplitter hinaussschoben oder -zogen.

Gilman berichtete dem Arzt nicht von seinem Fieber, denn er wußte, daß er die Prüfung nicht bestehen würde, wenn er jetzt in das College-Krankenhaus eingewiesen worden wäre, da er jede Minute zum Pauken verwenden mußte. So aber fiel er nur in der D-Klasse in Mathematik sowie in Fortgeschrittener Allgemeiner Psychologie durch, wobei man hoffen konnte, daß er die fehlenden Kenntnisse bis zum Ende des Semesters nachgeholt haben würde.

Es war März, als in seine leichten einleitenden Träume ein neues Element eintrat und die Spukgestalt von Brown Jenkin zum erstenmal von einem verschwommenen Schatten begleitet war, der dann immer mehr den Umrissen einer gebeugten alten Frau zu ähneln begann. Diese neue Figur konnte er nicht deuten, aber schließlich stellte er fest, daß sie wie das alte Weib aussah, dem er schon mehrmals in dem dunklen Labyrinth der Gassen in der Nähe der stillgelegten Kais begegnet war. Dabei hatte ihn jedesmal der böse, zynische und scheinbar unbegründete Blick dieser Hexe erschauern lassen – besonders das erste Maal, als eine übergroße Ratte, die quer über die Einmündung einer Seitenstraße gehuscht war, ihn unwillkürlich an Brown Jenkin hatte denken lassen. Jetzt, so überlegte er, spiegelten sich diese nervösen Angstzustände in seinen wirren Träumen wider.

Er mußte sich eingestehen, daß der Einfluß des alten Hauses ihm nicht gerade zuträglich war, aber Reste seines anfänglichen übersteigerten Interesses hielten ihn noch immer dort. Er redete sich ein, daß das Fieber allein für seine nächtlichen Phantasievorstellungen verantwortlich sei und er von den unheimlichen Visionen befreit sein würde, sobald die Anfälle nachließen. Aber diese Visionen waren von packender Intensität und Überzeugungskraft, und wenn er erwachte, hatte er immer das dumpfe Gefühl, viel mehr ausgestanden zu haben als er behalten hatte. Ahnungsvolle Gewißheit erfüllte ihn, daß er in vergessenen Träumen sowohl mit Brown Jenkin als auch mit dem alten Weib gesprochen hatte und daß sie ihn gedrängt hatten, mit ihnen an irgendeinen Ort zu gehen und dort mit einem mächtigeren Wesen zusammenzutreffen.

Gegen Ende März hatte er seinen Rückstand in Mathematik aufgeholt, obwohl andere Studien ihn immer mehr beanspruchten.

Gefühlsmäßig hatte er sich eine gewisse Geschicklichkeit im Lösen Riemannscher Gleichungen erworben, und er überraschte Professor Upham durch seine Einsicht in vierdimensionale und andere Probleme, mit der er alle seine Kollegen in den Schatten stellte. Eines Nachmittags wurde über mögliche außergewöhnliche Krümmungen des Raumes diskutiert sowie über theoretische Punkte der Annäherung oder sogar des Kontaktes zwischen unserem Teil des Kosmos und verschiedenen anderen Zonen, so weit entfernt wie die fernsten Sterne oder die transgalaktischen Tiefen selbst – oder sogar so weit wie die theoretisch denkbaren kosmischen Einheiten jenseits des ganzen Einsteinschen Raum-Zeit-Kontinuums. Gilmans Behandlung dieses Themas erregte allgemeine Bewunderung, wenn auch einige seiner hypothetischen Illustrationen das ohnehin schon verbreitete Getuschel über seine nervöse, einzelgängerische Überspanntheit noch verstärkten. Was die Studenten den Kopf schütteln ließ, war seine nüchtern vorgetragene Theorie, daß ein Mensch – ausgestattet mit einem mathematischen Wissen, das zugegebenermaßen beinahe nicht menschenmöglich sei – sich absichtlich von der Erde auf einen beliebigen anderen Himmelskörper versetzen könne, der an einem von unendlich vielen Punkten innerhalb des kosmischen Systems liegen könne.

Ein solcher Schritt, so sagte er, könne sich in nur zwei Abschnitten vollziehen; erstens der Austritt aus der dreidimensionalen Sphäre, die uns bekannt ist, und zweitens der Wiedereintritt in die dreidimensionale Sphäre an einem anderen, vielleicht weit entfernten Ort. Daß man dies bewerkstelligen könne, ohne dabei das Leben zu verlieren, sei in mancherlei Hinsicht denkbar. Jedes beliebige Wesen aus irgendeinem Teil des dreidimensionalen Raums könne wahrscheinlich in der vierten Dimension überleben; und ob es den zweiten Abschnitt überleben würde, hinge davon ab, welchen fernen Teil des dreidimensionalen Raums es für seinen Wiedereintritt aussuchen würde. Die Bewohner bestimmter Planeten könnten wahrscheinlich auch auf manchen anderen existieren – sogar auf Planeten, die anderen Milchstraßensystemen oder ähnlichen dreidimensionalen Phasen anderer Raum-Zeit-Kontinuen angehörten – obwohl es zweifellos eine große Anzahl wechselseitig unbewohnbarer, wenn auch mathematisch nebeneinanderliegender Körper oder Zonen oder Räume geben müsse.

Es sei auch möglich, daß die Bewohner einer Sphäre mit einer bestimmten Anzahl von Dimensionen den Eintritt in viele unbekannte und unbegreifliche Sphären mit zusätzlichen oder unendlich vervielfachten Dimensionen überleben könnten – innerhalb oder außerhalb des angenommenen Raum-Zeit-Kontinuums –, und daß die Umkehrung dieser Behauptung ebenfalls wahr sei. Darüber könne man natürlich nur Vermutungen anstellen, obgleich es ziemlich sicher sei, daß die Mutation, die für das Überwechseln von einer beliebigen dimensionalen Ebene auf die nächsthöhere erforderlich wäre, nicht das uns bekannte biologische Gefüge zerstören würde. Gilman konnte über die Gründe für diese letzte Annahme keine klaren Angaben machen, aber seine Unsicherheit in diesem Punkt wurde durch seine einleuchtenden Darlegungen zu anderen komplizierten Themen mehr als ausgeglichen. Professor Upham war besonders angetan von seiner Darstellung der Verwandtschaft zwischen der höheren Mathematik und bestimmten Phasen magischer Geheimlehren, die durch die Jahrtausende aus einer – menschlichen oder vormenschlichen – Urzeit überliefert worden seien, einer Zeit, in der das Wissen vom Kosmos und seinen Gesetzen größer gewesen sei als heute.

Gegen Anfang April war Gilman ernsthaft besorgt, weil sein schleichendes Fieber nicht nachließ. Außerdem war er beunruhigt über das, was einige der anderen Hausbewohner über sein Nachtwandeln sagten. Es schien, daß er oft nicht in seinem Bett blieb und der Mann unter ihm zu bestimmten Nachtstunden seinen Fußboden knarren hörte. Dieser Bursche sprach auch davon, nachts Tritte von Schuhen gehört zu haben; Gilman war jedoch sicher, daß er sich in diesem Punkt irrte, denn seine Schuhe waren, ebenso wie seine übrige Kleidung, morgens immer genau an ihrem Platz. In diesem Hause erlag man den seltsamsten Hörfehlern – denn war Gilman selbst jetzt nicht sogar bei Tageslicht sicher, daß außer dem Gekratze der Ratten noch andere Geräusche aus den dunklen Hohlräumen hinter der schrägen Wand und über der abfallenden Decke zu hören waren? Seine krankhaft empfindlichen Ohren fingen an, auf schwache Fußtritte in dem seit Urzeiten verschlossenen Dachboden zu horchen, und manchmal waren diese Geräusche qualvoll deutlich zu hören.

Er wußte jedoch, daß er tatsächlich ein Schlafwandler geworden war; denn zweimal war sein Zimmer nachts leer gewesen, während all seine Kleider an ihrem Platze lagen. Das hatte ihm Frank Elwood versichert, der Kommilitone, der wegen seiner Armut gezwungen war, in diesem schmuddeligen, verrufenen Haus zu wohnen. Elwood hatte in den Morgenstunden gelernt und war zu ihm hinaufgegangen, um sich bei der Lösung einer Differentialgleichung helfen zu lassen; er hatte aber bemerkt, daß Gilman nicht im Zimmer war. Es sei ziemlich unhöflich von ihm gewesen, die unverschlossene Tür zu öffnen, nachdem sein Klopfen ohne Antwort geblieben war, aber er habe sehr dringend seine Hilfe gebraucht und sich gedacht, daß es ihm nichts ausmachen würde, wenn er ihn vorsichtig wachrüttelte. Aber beide Male war Gilman nicht dagewesen; und als er dies erfuhr, fragte er sich, wo er – barfuß und im Schlafanzug – herumgewandert sein mochte. Er beschloß, der Sache auf den Grund zu gehen, falls die Berichte von seinem Nachtwandeln sich wiederholten, und dachte daran, den Fußboden im Gang mit Mehl zu bestreuen, um zu sehen, wohin seine Fußspuren führten. Die Tür war der einzige mögliche Ausgang, denn draußen unter dem Fenster gab es keinen Mauervorsprung, auf dem man hätte stehen können.

Im Laufe des April wurden Gilmans vom Fieber geschärfte Ohren durch die weinerlichen Gebete eines abergläubischen Webers namens Joe Mazurewicz belästigt, der ein Zimmer im Erdgeschoß hatte. Mazurewicz hatte lange, weitschweifige Geschichten über den Geist der alten Keziah und über das kleine, zottige Ding mit den scharfen Zähnen erzählt und behauptet, er würde manchmal so sehr von ihnen heimgesucht, daß nur sein silbernes Kruzifix – das er eigens für diesen Zweck von Pater Iwanicki von der St.-Stanislaus-Kirche bekommen habe – ihm Erleichterung bringen könne. Jetzt bete er, weil der Hexensabbat näherrücke. Der Vorabend des Ersten Mai sei die Walpurgisnacht, in der die schwärzesten bösen Geister der Hölle auf der Erde umherstreiften und alle Untertanen des Satans sich zu unsagbaren Riten und Untaten versammelten. Das sei immer eine schlimme Zeit in Arkham, obwohl die feinen Leute oben in der Miskatonic Avenue und der High Street und der Staltonstall Street vorgäben, nichts davon zu wissen. Es würden böse Dinge geschehen, und ein oder zwei Kinder würden wahrscheinlich vermißt werden. Er wisse Bescheid über diese Dinge, weil seine Großmutter auf dem Land Geschichten von ihrer Großmutter gehört habe. Es sei klug, zu dieser Zeit zu beten und seine Perlen zu zählen. Drei Monate seien Keziah und Brown Jenkin nun schon nicht mehr aufgetaucht, weder in seinem Zimmer, noch in dem von Paul Chonyski noch sonstwo, und es bedeute nichts Gutes, wenn sie sich so zurückhielten. Sie müßten irgend etwas im Schilde führen.

Am sechzehnten des Monats ging Gilman zum Arzt, und er war überrascht, daß seine Temperatur nicht so hoch war, wie er befürchtet hatte. Der Doktor stellte ihm sehr energische Fragen und riet ihm, einen Nervenspezialisten aufzusuchen. Hinterher war er froh, daß er nicht zu dem noch strengeren College-Doktor gegangen war. Der alte Waldron, der ihm schon früher einmal einige seiner Beschäftigungen untersagt hatte, würde ihm Ruhe verordnet haben – und das wäre jetzt, da er so kurz vor der großartigen Lösung seiner Gleichungen stand, völlig unmöglich gewesen. Er stand zweifellos an der Grenze zwischen dem bekannten Universum und der vierten Dimension, und wer konnte sagen, wieviel weiter er noch kommen würde?

Aber selbst während ihm diese Gedanken kamen, wunderte er sich über seine seltsame Gewißheit. Kam diese unheilvolle Ahnung einer bevorstehenden Gefahr nur von den Formeln, mit denen er Tag für Tag sein Schreibpapier bedeckte? Die leisen, heimlichen, imaginären Schritte in dem verschlossenen Hohlraum über der Decke zermürbten ihn. Und jetzt hatte er auch noch das immer stärker werdende Gefühl, irgend jemand versuche unablässig, ihn zu etwas zu überreden, was er nicht tun konnte. Und was war mit seiner Nachtwandlerei? Wohin ging er manchmal mitten in der Nacht? Und was war diese schwache Andeutung von Tönen, die hin und wieder sogar am hellichten Tage, wenn er völlig wach war, durch das Gewirr bekannter Geräusche zu sickern schien? Der Rhythmus dieser Töne ließ sich mit nichts vergleichen, außer ein paar Hexen-Gesängen, und bisweilen befürchtete er, sie glichen in mancher Hinsicht dem seltsamen Gekreisch und Gebrüll in seinen widerwärtigen Alpträumen.

Die Träume wurden währenddessen immer schrecklicher. In der leichteren, anfänglichen Phase war die böse alte Frau jetzt grausam deutlich zu erkennen, und Gilman wußte, daß es tatsächlich das alte Weib war, das ihn in der Altstadt erschreckt hatte. Ihr krummer Rücken, ihre lange Nase und ihr verschrumpeltes Kinn waren unverwechselbar, und sie trug genau dieselben schäbigen braunen Kleider. Ihr Gesichtsausdruck war erschreckend bösartig und triumphierend, und wenn er erwachte, konnte er sich an eine krächzende Stimme erinnern, die auf ihn einredete und ihm drohte. Er müsse mit dem Schwarzen Mann zusammentreffen und mit ihnen allen zu Azathoth in das innerste Zentrum des Chaos gehen. Das sagte sie. Er müsse seinen Namen mit seinem eigenen Blut in Azathoths Buch schreiben und einen neuen geheimen Namen annehmen, da seine eigenmächtigen Nachforschungen jetzt zu weit gegangen seien. Was ihn davon abhielt, mit ihr und Brown Jenkin und dem anderen zu dem Thron des Chaos zu gehen, wo unbeseelt die dünnen Flöten pfeifen, war die Tatsache, daß er den Namen »Azathoth« im *Necronomicon* gesehen hatte und wußte, daß er für eine böse Macht stand, die jeder Beschreibung spottete.

Die alte Frau erschien immer aus der dünnen Luft in der Ecke, in der die abwärts und die einwärts geneigte Fläche zusammenstießen. Sie schien an einem Punkt Gestalt anzunehmen, der näher an der Decke als am Boden lag, und jede Nacht kam sie wieder ein Stückchen näher und wurde wieder ein wenig deutlicher, bevor der Traum verschwand. Auch Brown Jenkin war am Schluß immer ein bißchen näher, und seine gelblich-weißen Fangzähne blitzten gräßlich in dem violett phosphoreszierenden Lichtschein. Sein widerliches, schrilles Gekicher setzte sich immer mehr in Gilmans Kopf fest, und er konnte sich am Morgen daran erinnern, wie das Ding die Worte »Azathoth« und »Nyarlathotep« ausgesprochen hatte.

Auch in den tieferen Träumen wurde alles immer deutlicher, und Gilman ahnte, daß die zwielichtigen Abgründe rings um ihn die der vierten Dimension waren. Die organischen Gebilde, deren Bewegungen weniger beziehungslos und unmotiviert schienen, waren wahrscheinlich Projektionen von Lebensformen unseres Planeten, einschließlich menschlicher Wesen. Was die anderen in ihrer eigenen dimensionalen Sphäre waren, wagte er sich nicht vorzustellen. Zwei der weniger beziehungslos sich bewegenden Dinge – eine ziemlich große Ansammlung schillernder, gestreckt sphäroidischer Blasen und ein sehr viel kleineres Polyeder von ungewohnter Färbung und mit schnell wechselnden Oberflächenwinkeln – schienen ihn zu bemerken und ihm ständig zu folgen oder vor ihm herzuschweben, während er seine Stellung inmitten der titanischen Prismen, Labyrinthe, Ansammlungen von Kuben und Flächen und Quasi-Bauwerken veränderte; und währenddessen schwoll das unbestimmbare Gekreisch und Gebrüll an, wurde lauter und lauter, als nähere es sich einem fürchterlichen Höhepunkt von absolut unerträglicher Intensität.

In der Nacht vom neunzehnten auf den zwanzigsten April begann eine neue Entwicklung. Gilman bewegte sich halb ungewollt durch die zwielichtigen Abgründe, während die Blasenmasse und das kleine Polyeder vor ihm herschwebten, als er die merkwürdig regelmäßigen Winkel bemerkte, die von den Kanten einiger naher Prismengruppen gebildet wurden. In der nächsten Sekunde war er außerhalb des Abgrundes und stand zitternd auf einem felsigen Bergabhang, der in helles, diffuses, grünes Licht getaucht war. Er war barfuß und im Schlafanzug, und als er zu gehen versuchte, merkte er, daß er seine Füße kaum heben konnte. Brodelnder Dampf verbarg alles außer dem abschüssigen Gelände unmittelbar vor ihm, und er schauderte zurück vor dem Gedanken an die Geräusche, die aus diesem Dampf emporsteigen könnten.

Dann sah er die zwei Gestalten, die mühsam auf ihn zukrochen – die alte Frau und das kleine, zottige Ding. Das Weib richtete sich unter Aufbietung aller Kräfte in eine kniende Stellung auf und verschränkte die Arme auf merkwürdige Weise, während Brown Jenkin mit einer schrecklich anthropoiden Pfote, die er mit offensichtlicher Anstrengung hob, in eine bestimmte Richtung deutete. Von einem unerklärlichen Impuls getrieben, schleppte sich Gilbert ein paar Schritte vorwärts in der von den verschränkten Armen des alten Weibes und der Pfote des kleinen Ungeheuers angedeuteten Richtung, und bevor er drei Schritte getan hatte, befand er sich wieder in den zwielichtigen Abgründen. Geometrische Figuren tanzten um ihn herum, und er fiel in schwindelnde, unendliche Tiefen. Schließlich erwachte er in seinem Bett in dem seltsam winkligen Dachzimmer des unheimlichen Hauses.

An diesem Vormittag war er zu nichts zu gebrauchen und versäumte seine Vorlesungen. Irgendeine unbekannte Kraft zog seine Augen in eine scheinbar belanglose Richtung, denn er mußte ständig auf einen bestimmten leeren Fleck auf dem Fußboden starren Während die Stunden verrannen, richteten sich seine blicklosen Augen nach und nach woandershin, und gegen Mittag hatte er den Zwang, ins Leere zu starren, überwunden. Gegen zwei Uhr ging er zum Mittagessen, und während er sich durch die engen Gassen der Innenstadt schlängelte, merkte er, daß es ihn ständig in südöstliche Richtung zog. Nur mit Mühe gelang es ihm, vor einer Cafeteria in der Church Street stehenzubleiben, und nach dem Essen fühlte er die geheimnisvolle Kraft noch stärker.

Er würde schließlich doch noch einen Nervenspezialisten aufsuchen müssen – vielleicht bestand ein Zusammenhang mit seiner Nachtwandlerei –, aber vorerst konnte er genausogut versuchen, den unnatürlichen Zauber aus eigener Kraft zu brechen. Zweifellos vermochte er sich noch gegen das Ziehen zu behaupten; also setzte er sich mit eisernem Willen dagegen zur Wehr und kämpfte sich die Garrison Street in nördlicher Richtung entlang. Als er die Brücke über den Miskatonic erreicht hatte, war er in kaltem Schweiß gebadet und umklammerte das Eisengitter, während er stromaufwärts zu der berüchtigten Insel hinüberschaute, deren regelmäßige Reihen aufgestellter uralter Steine düster in der Nachmittagssonne dahindämmerten.

Dann fuhr er zusammen. Denn auf der einsamen Insel war deutlich eine lebendige Gestalt zu erkennen, und ein zweiter Blick sagte ihm, daß es zweifellos die sonderbare alte Frau war, deren unheimlicher Anblick sich so verhängnisvoll in seine Träume eingeschlichen hatte. Auch das hohe Gras in ihrer Nähe bewegte sich, als ob ein anderes Lebewesen dicht über dem Boden umherkröche. Als die alte Frau sich ganz langsam ihm zuwandte, floh er Hals über Kopf von der Brücke und in das schützende Labyrinth der Uferstraßen. So fern die Insel auch sein mochte, er fühlte, daß ein schreckliches, unaussprechliches Unheil aus dem bösen Blick dieser buckligen, steinalten Frau in Braun erwachsen konnte.

Das Ziehen nach Südosten hielt noch immer an, und nur mit äußerster Willenskraft konnte sich Gilman in das alte Haus und die wackligen Treppen hinauf schleppen. Stundenlang saß er ruhig und entschlußlos herum, während seine Blicke langsam westwärts wanderten. Ungefähr um sechs Uhr vernahmen seine geschärften Ohren die weinerlichen Gebete von Joe Mazurewicz zwei Stockwerke weiter unten, und in seiner Verzweiflung packte er seinen Hut, ging hinaus in die von der Abendsonne vergoldeten Straßen und ließ sich von der jetzt direkt aus Südosten kommenden Kraft ziehen, wohin sie wollte. Eine Stunde später fand ihn die Dunkelheit auf dem offenen Feld jenseits der Henkerbrücke, und über ihm blinkten die Frühjahrssterne. Der Drang zu gehen verwandelte sich allmählich in einen mystischen Drang, hoch in die Luft zu springen, und plötzlich wußte er, wo die Kraft herkam, die ihn anzog.

Sie kam vom Himmel. Ein bestimmter Punkt zwischen den Sternen erhob Anspruch auf ihn und rief nach ihm. Offensichtlich war es ein Punkt irgendwo zwischen Hydra und Schiff Argo, und er wußte, daß dieser Punkt ihn ständig angezogen hatte, seit er kurz nach Tagesanbruch aufgewacht war. Am Morgen war er ungefähr unter ihm gewesen, und jetzt lag er etwa südlich, stahl sich aber langsam nach Westen davon. Was hatte das nun wieder zu bedeuten? War er dabei, den Verstand zu verlieren? Wie lange würde es dauern? Gilman nahm wieder alle Kraft zusammen, wandte sich um und kämpfte sich zurück zu dem finsteren alten Haus.

Mazurewicz wartete an der Tür auf ihn und schien gleichzeitig darauf zu brennen und davor zurückzuscheuen, ihm wieder eine seiner abergläubischen Geschichten aufzutischen. Joe hatte die letzte Nacht gefeiert – es war Heldengedenktag in Massachusetts gewesen – und war erst nach Mitternacht nach Hause gekommen. Als er außen an dem Haus hinaufgeschaut hatte, hatte er zunächst gedacht, daß Gilmans Fenster dunkel sei, aber dann war ihm der schwache violette Schimmer hinter den Scheiben aufgefallen. Er wolle den jungen Herrn vor diesem Schimmer warnen, denn jedermann in Arkham wisse, daß dies Keziahs Hexenlicht sei, das Brown Jenkin und die alte Hexe umspiele. Er habe das bis jetzt nicht erwähnt, aber nun müsse er ihn darüber aufklären, denn es bedeute, daß Keziah und ihr langzähniger Begleiter den jungen Herrn heimsuchten. Manchmal dächten er und Paul Choynski und der Hauswirt Dombrowski, sie sähen dieses Licht durch die Ritzen in dem Hohlraum über dem Zimmer des jungen Herrn hindurchsickern, aber sie hätten alle miteinander vereinbart, nicht darüber zu sprechen. Es sei aber besser für den jungen Herrn, sich ein anderes Zimmer zu besorgen und sich von einem guten Priester wie Pater Iwanicki ein Kruzifix geben zu lassen.

Während der Kerl weiterschwafelte, fühlte Gilman, wie ihm namenlose Furcht den Hals zuschnürte. Er wußte, daß Joe ziemlich betrunken gewesen sein mußte, als er in der Nacht zuvor nach Hause gekommen war; aber die Erwähnung eines violetten Lichtscheins in dem Giebelfenster war von schrecklicher Bedeutung. Denn genau dieser züngelnde Lichtschein umspielte immer die alte Frau und das kleine zottige Ding in jenen leichteren, schärferen Träumen, die seinem Sturz in unbekannte Abgründe vorausgingen, und der Gedanke, daß ein anderer Mensch im Wachen dieses Traumlicht sehen konnte, war unfaßlich für einen normalen Verstand. Aber wie hatte der Bursche Wind davon bekommen? War vielleicht er selbst im Schlaf um das Haus gegangen und hatte etwas davon erzählt? Nein, das habe er nicht getan, sagte Joe – aber er müsse sich dessen noch vergewissern. Vielleicht würde ihm Frank Elwood etwas darüber sagen, aber ihm wäre es unange-

83

nehm, ihn danach zu fragen.

Fieber – wilde Träume – Schlafwandeln – Geräusch-Halluzinationen – eine Anziehungskraft von einem Punkt im Himmel – und jetzt der Verdacht, daß er im Schlaf wirres Zeug faselte! Er mußte aufhören zu studieren, einen Nervenspezialisten aufsuchen und sich zusammenreißen. Als er in das zweite Stockwerk hinaufstieg, blieb er vor Elwoods Tür stehen, sah aber, daß der junge Mann nicht zu Hause war. Wiederstrebend ging er weiter zu seinem Dachzimmer hinauf und setzte sich hin, ohne Licht zu machen. Sein Blick wurde noch immer nach Südosten gezogen, aber er bemerkte auch, daß er seltsamen Geräuschen in dem Hohlraum über der Decke lauschte und bildete sich ein, daß ein bösartiges violettes Licht durch eine winzige Ritze in der niedrigen, abfallenden Decke herabdrang.

Als Gilman in dieser Nacht eingeschlafen war, brach das violette Licht mit verstärkter Wucht über ihn herein, und die alte Hexe und das kleine zottige Ding, die näher als je zuvor an ihn herankamen, quälten ihn mit unmenschlichen Schreien und diabolischen Gebärden. Er war froh, als er in die dumpf dröhnenden zwielichtigen Abgründe hinabsank, obwohl die schillernde Blasenmasse und das kaleidoskopische kleine Polyeder ihn auf bedrohliche und irritierende Weise verfolgten. Und dann kam der Wechsel, als riesige, konvergierende Flächen einer schlüpfrig aussehenden Substanz über und unter ihm schwebten – ein Wechsel, der in einem betäubenden Blitzstrahl und dem Aufflammen eines unbekannten, fremdartigen Lichtes endete, in dem sich Gelb, Karmin und Indigo in geistesverwirrender Weise untrennbar miteinander vermischten.

Er befand sich, halb liegend, auf einer von einer phantastischen Balustrade umgebenden Terrasse über einem grenzenlosen Meer von fremdartigen Berggipfeln, gleichmäßigen Ebenen, Kuppeln, Minaretten, waagrechten Scheiben auf spitzigen Zinnen und zahllosen noch bizarreren Formen – manche aus Stein und manche aus Metall –, die prächtig in dem grellen, beinahe schmerzhaften Licht aus einem vielfarbigen Himmel glänzten. Als er hinaufschaute, sah er drei ungeheuere Feuerscheiben, jede von einer anderen Farbe, und jede in einer anderen Höhe über einem unendlich weit entfernten Horizont niedriger Berge. Hinter ihm türmten sich zahllose weitere Terrassen übereinander, so hoch sein Auge reichte. Die Stadt unter ihm erstreckte sich in unsichtbare Fernen, und er hoffte, daß keine Geräusche aus ihr heraufdringen würden.

Das Pflaster, von dem er sich ohne Anstrengung erheben konnte, bestand aus geädertem poliertem Stein, wie er ihn nie zuvor gesehen hatte, und die einzelnen Platten hatten bizarre, vielwinklige Formen, die nicht eigentlich asymmetrisch waren, sondern eher einer überirdischen Symmetrie zu gehorchen schienen, deren Gesetze ihm unverständlich waren. Die Balustrade war brusthoch, filigranartig und phantastisch gearbeitet, während längs dem Geländer in kurzen Abständen kleine Figuren von grotesker Gestalt und höchst kunstvoller Ausführung aufgereiht waren. Diese Figuren, wie auch die ganze Balustrade, schienen aus irgendeinem glänzenden Metall geschmiedet, dessen Farbe in dem Chaos der unterschiedlichen Lichtstrahlen nicht festzustellen war, und ihre Bedeutung war völlig rätselhaft. Sie glichen einem wulstigen, tonnenförmigen Objekt mit dünnen, waagrechten Armen, die speichenartig von einem zentralen Knoten oder Birnen, die aus der Ober- und der Unterseite der Tonne herausragten. Jeder dieser Knoten bildete die Basis für ein System von fünf langen, flachen, dreieckförmig sich verjüngenden Armen, die wie die Arme eines Seesterns angeordnet waren – fast waagrecht, aber etwas von der zentralen Tonne weggebogen. Der unterste Knoten war nur an einem einzigen, so winzigen Punkt mit dem langen Geländer verbunden, daß mehrere der Figuren abgebrochen waren und fehlten. Die Figuren waren ungefähr viereinhalb Zoll hoch, während die strahlenförmigen Arme ihnen einen Maximaldurchmesser von etwa zweieinhalb Zoll verliehen.

Als Gilman aufstand, fühlten sich die Platten unter seinen bloßen Füßen heiß an. Er war mutterseelenallein, und als erstes ging er an die Balustrade und schaute geblendet auf die endlose, zyklopische Stadt fast zweitausend Fuß unter ihm hinab. Als er lauschte, glaubte er ein rhythmisches Durcheinander von schwachen Flötentönen sehr unterschiedlicher Tonhöhe wahrzunehmen, das aus den engen Straßen zu ihm heraufdrang, und er wünschte, er hätte die Bewohner dieser Stadt erkennen können. Nach einer Weile wurde ihm von dem Anblick schwindlig, so daß er auf die Steinplatten gefallen wäre, hätte er nicht instinktiv die glänzende Balustrade umklammert. Dabei fiel seine rechte Hand auf eine der überstehenden Figuren, und durch die Berührung schien er ein wenig Halt zu finden. Das war aber zuviel für das exotische, kunstvoll geschmiedete Gebilde, und die stachlige Figur knickte unter

85

seinem Griff ab. Immer noch halb benommen, hielt er sich weiter fest, indem er mit seiner anderen Hand nach einer leeren Stelle auf dem glatten Geländer griff.

Aber jetzt hörte er mit seinen überempfindlichen Ohren ein Geräusch hinter sich und blickte über die ebene Terrasse zurück. Leise, wenn auch ohne eine erkennbare Absicht, sich anzuschleichen, kamen fünf Gestalten auf ihn zu, von denen er zwei als das finstere alte Weib und das kleine zottige Tier mit den Fangzähnen erkannte. Die anderen drei waren es, die seine Sinne schwinden ließen; denn es waren lebende Wesen von etwa acht Fuß Größe, die genau wie die stachligen Figuren auf der Balustrade gebaut waren und sich spinnenartig auf den untersten fünf ihrer Seestern-Arme fortbewegten.

Gilman erwachte in seinem Bett in kaltem Schweiß gebadet und mit einem stechenden Schmerz in Gesicht, Händen und Füßen. Er sprang aus dem Bett, wusch sich und kleidete sich in wilder Hast an, als müßte er unbedingt so schnell wie möglich aus dem Haus kommen. Er wußte nicht, wohin er gehen wollte, aber er fühlte, daß er wieder seine Vorlesungen würde versäumen müssen. Die seltsame Anziehungskraft von dem Punkt am Himmel zwischen Hydra und Schiff Argo hatte nachgelassen, aber an ihrer Stelle spürte er eine andere, die noch stärker war. Jetzt fühlte er, daß er nach Norden gehen mußte – unendlich weit nach Norden. Er hatte Angst davor, die Brücke zu betreten, von der aus die einsame Insel im Miskatonic zu sehen war, und ging deshalb über die Peabody-Brücke. Er stolperte sehr oft, denn seine Augen und Ohren waren an einen unendlich hohen Punkt in dem klaren, blauen Himmel geheftet.

Nach ungefähr einer Stunde hatte er sich besser in der Gewalt und sah, daß er sich weit von der Stadt entfernt hatte. Rings um ihn breitete sich die trostlose Leere von Salzsümpfen aus, während die schmale Straße vor ihm nach Innsmouth führte – jener alten, halbverlassenen Stadt, welche die Leute von Arkham so merkwürdig ungern besuchen. Obwohl der Zug nach Norden sich nicht abgeschwächt hatte, widerstand er ihm ebenso wie er dem anderen Zug widerstanden hatte, und fand schließlich heraus, daß er den einen gegen den anderen ausbalancieren konnte. Nachdem er mühsam den Rückweg zur Stadt hinter sich gebracht und in einer Eisbar eine Tasse Kaffee getrunken hatte, schleppte er sich in die Stadtbibliothek und stöberte ziellos in den Unterhaltungszeitschriften herum. Ein paar Freunde, die ihn begrüßten, sagten ihm, er sehe so komisch sonnenverbrannt aus, aber er erzählte ihnen nichts von seiner Wanderung. Um drei Uhr aß er in einem Restaurant zu Mittag; inzwischen hatte er bemerkt, daß die Anziehungskraft sich entweder vermindert oder geteilt hatte. Danach schlug er in einem billigen Kino die Zeit tot, indem er sich die stumpfsinnigen Filme immer wieder ansah, ohne ihnen die geringste Aufmerksamkeit zu schenken.

Ungefähr um neun Uhr abends trottete er heim und schleppte sich in das alte Haus. Joe Mazurewicz leierte seine weinerlichen, unverständlichen Gebete herunter, und Gilman ging rasch in sein eigenes Dachzimmer hinauf, ohne nachzusehen, ob Elwood zu Hause war. In dem Augenblick, als er das schwache elektrische Licht einschaltete, erschrak er zutiefst. Er sah sofort, daß etwas auf dem Tisch lag, was nicht dorthin gehörte, und ein zweiter Blick beseitigte jeden Zweifel. Auf der Seite – denn stehen konnte sie nicht von alleine – lag dort eine exotische, stachlige Figur, die er in seinem fürchterlichen Traum von der phantastischen Balustrade abgebrochen hatte. Kein Teil fehlte. Das wulstige, tonnenförmige Objekt in der Mitte, die dünnen, strahlenförmigen Arme, die Knoten an den beiden Enden und die flachen, leicht auswärts gebogenen Seestern-Arme, die von diesen Knoten abstanden – alles war da. Unter der elektrischen Beleuchtung schien die Farbe eine Art schillerndes, von grünen Äderchen durchzogenes Grau zu sein; und in seinem Schrecken und seiner Verwirrung sah Gilman, daß einer der Knoten eine zackige Bruchstelle aufwies, genau dort, wo die Figur in seinem Traum am Geländer befestigt gewesen war.

Nur seine dumpfe Benommenheit hielt ihn davon ab, laut aufzuschreien. Diese Verschmelzung von Traum und Wirklichkeit war mehr als er ertragen konnte. Immer noch benommen, packte er das stachelige Ding und stolperte die Treppe hinunter in die Wohnung des Hauswirts. Die weinerlichen Gebete des abergläubischen Webers hallten noch immer durch den muffigen Hausflur, aber Gilman kümmerte sich jetzt nicht um sie. Der Hauswirt war da und begrüßte ihn freundlich. Nein, er habe das Ding nie gesehen und wisse nichts darüber. Aber seine Frau habe ihm erzählt, daß sie ein komisches Ding aus Zinn in einem der Betten gefunden habe, als sie am Morgen die Zimmer aufgeräumt hatte, und vielleicht war es dies. Dombrowski rief nach ihr, und sie kam hereingewatschelt. Ja, das sei das Ding. Sie habe es im Bett des jungen

Herrn gefunden – auf der Wandseite. Es sei ihr sehr seltsam vorgekommen, aber natürlich habe der junge Herr eine Menge seltsamer Dinge in seinem Zimmer – Bücher und Raritäten und Zeichen auf Papier. Sie wisse wirklich nichts darüber.

Zutiefst verwirrt kletterte Gilman wieder die Treppe hinauf; er war überzeugt, daß er entweder immer noch träumte, oder daß sein Schlafwandeln sich so verschlimmert hatte, daß er dabei an unbekannten Orten Dinge stahl. Woher hatte er dieses haarsträubende Ding? Er konnte sich nicht erinnern, es in irgendeinem Museum in Arkham gesehen zu haben. Aber es mußte schon vorher dagewesen sein, und sein Anblick, als er es im Schlaf anfaßte, mußte das seltsame Traumbild von der mit der Balustrade umgebenen Terrasse ausgelöst haben. Am nächsten Tag würde er einige sehr vorsichtige Nachforschungen anstellen – und vielleicht den Nervenarzt aufsuchen.

Inzwischen würde er versuchen, seiner Schlafwandlerei auf die Spur zu kommen. Als er die Trepope hinauf und über den Vorraum im Dachgeschoß ging, streute er ein wenig Mehl aus, das er sich – ohne den Verwendungszweck zu verheimlichen – vom Hauswirt geborgt hatte. Unterwegs war er vor Elwoods Tür stehengeblieben, aber dahinter war es dunkel gewesen. Wieder in seinem Zimmer, legte er das stachlige Ding auf den Tisch und warf sich – geistig und körperlich völlig erschöpft – angezogen auf das Bett. Aus dem Hohlraum über der schrägen Decke glaubte er, ein schwaches Kratzen und Tappen zu vernehmen, aber er war zu erschlagen, um sich noch irgendwelche Gedanken darüber zu machen.

In dem blendenden, violetten Licht des Traumes erschienen ihm wieder die alte Frau und das zottige Ding mit den Fangzähnen, abermals deutlicher als je zuvor. Diesmal erreichten sie ihn wirklich, und er fühlte, wie die dürren Klauen der Hexe nach ihm griffen. Er wurde aus dem Bett und in einen leeren Raum gezogen, und für einen Augenblick hörte er ein rhythmisches Dröhnen und sah rings um sich die zwielichtigen formlosen Abgründe brodeln. Aber dieser Augenblick war sehr kurz, denn gleich darauf befand er sich in einem rohen, fensterlosen kleinen Raum mit ungehobelten Balken und Bohlen, die knapp über seinem Kopf spitz zusammenliefen, und mit einem sonderbar abschüssigen Fußboden. Waagrecht aufgebockt standen auf diesem Fußboden niedrige Kisten voller Bücher, die von jedem erdenklichen Alter und in jedem Stadium des Zerfalls waren, und in der Mitte standen ein Tisch und eine Bank, offenbar beide an ihrem Platz befestigt. Kleine Objekte von unbekannter Form und Bestimmung waren auf der Oberseite der Kisten aufgereiht, und in dem züngelnden violetten Licht glaubte Gilman ein Gegenstück des stachligen Bildwerks zu erkennen, das ihn so furchtbar verwirrt hatte. Auf der linken Seite brach der Fußboden abrupt ab und ließ ein schwarzes, dreieckiges Loch frei, aus dem nach einem sekundenlangen trockenen Klappern behend das scheußliche zottige Ding mit den gelben Fangzähnen und dem bärtigen menschlichen Gesicht herausgekrochen kam.

Die bösartig grinsende Hexe umklammerte ihn noch immer mit ihren Klauen, und hinter dem Tisch stand eine Gestalt, die er nie zuvor gesehen hatte – ein großer, schlanker Mann von pechschwarzer Hautfarbe, aber ohne die geringsten negroiden Züge; er hatte keine Haare und keinen Bart und trug als einzige Bekleidung eine formlose Robe aus einem schweren, schwarzen Material. Seine Füße waren nicht zu sehen, weil sie von dem Tisch und der Bank verdeckt wurden, aber er mußte Schuhe anhaben, denn es knackte jedesmal, wenn er seine Stellung veränderte. Der Mann sprach nicht, und seine kleinen regelmäßigen Züge verrieten keinerlei Regung. Er zeigte lediglich auf ein Buch von gewaltiger Größe, das aufgeschlagen auf dem Tisch lag, während die Hexe einen riesigen grauen Federkiel Gilman in die rechte Hand drückte. Über allem lastete eine unheimliche, sinnverwirrende Furcht, und der Höhepunkt des Entsetzens kam, als das zottige Ding an den Kleidern des Träumenden bis zu seiner Schulter hinauf- und dann seinen linken Arm hinabbrannte und ihn schließlich knapp unterhalb der Manschette schmerzhaft in das Handgelenk biß. Als Blut aus der Wunde spritzte, fiel Gilman in Ohnmacht.

Er erwachte am Morgen des einundzwanzigsten April mit einem Schmerz im linken Handgelenk und sah, daß an seinem Ärmel braune Flecken von getrocknetem Blut waren. Seine Erinnerungen waren sehr verschwommen, aber die Szene mit dem schwarzen Mann in dem unbekannten Raum stand ihm deutlich vor Augen. Die Ratten mußten ihn gebissen haben, während er schlief, und damit den Höhepunkt dieses schrecklichen Traumes ausgelöst haben. Als er die Tür öffnete, sah er, daß Mehl auf dem Fußboden im Korridor außer den riesigen Fußspuren des ziemlich lauten Burschen, der am anderen Ende des Dachgeschosses wohnte, keine Abdrücke aufwies. Er war also diesmal nicht im Schlaf herumgewandelt. Aber irgend etwas würde er gegen diese Ratten unternehmen müssen. Er würde darüber einmal mit dem Hauswirt sprechen. Abermals versuchte er, das Loch am Fuß der schrägen Wand zu verstopfen, indem er einen Kerzenhalter hineinpreßte, der ungefähr die richtige Größe zu haben schien. Seine Ohren dröhnten fürchterlich, wie vom Widerhall irgendwelcher schrecklicher Geräusche, die er im Traum gehört hatte.

Während er badete und die Kleider wechselte, versuchte er sich zu erinnern, was er nach der Szene in dem violett erleuchteten Raum geträumt hatte, aber es wollte sich kein bestimmtes Bild einstellen. Der Schauplatz dieser Szene mußte dem Hohlraum über der Decke entsprochen haben, der seine Einbildung seit einiger Zeit so sehr beschäftigte, aber die darauffolgenden Eindrücke waren schwach und verschwommen. Schemenhaft tauchten Erinnerungen an die düsteren, zwielichtigen Abgründe und an noch gewaltigere, schwärzere Abgründe auf – Abgründe, in denen es keinerlei konkrete Anhaltspunkte mehr gab. Er war von der Blasenmasse und dem kleinen Polyeder, die ihn ständig verfolgten, dorthin getragen worden; aber diese Gebilde hatten sich, wie er selbst, in der noch weiter entfernten Leere dieser endgültigen Finsternis in Nebelstreifen aufgelöst. Irgend etwas anderes war dann vor ihm hergezogen – ein größerer Nebelschwaden, der sich hin und wieder zu der unbeschreiblichen Andeutung einer festen Form verdichtet hatte – und er ahnte, daß er, als er diesem Nebelschwaden folgte, sich nicht in einer geraden Linie bewegte, sondern in fremdartigen Kurven und Spiralen eines ätherischen Strudels, dessen Gesetze nicht der Physik und Mathematik irgendeines vorstellbaren Kosmos entlehnt zu sein schienen. Außerdem hatte er riesige, springende Schatten, ein ungeheueres, halb akustisches Pulsieren und das dünne, eintönige Pfeifen einer unsichtbaren Flöte verschwommen wahrgenommen – aber das war alles. Gilman kam zu dem Schluß, daß diese letzte Vorstellung auf das zurückzuführen war, was er im *Necronomicon* über die geistlose Existenz des Azathoth gelesen hatte, der von einem schwarzen Thron im Mittelpunkt des Chaos aus über alle Zeiten und Räume herrscht.

Als er die Blutkruste abgewaschen hatte, erwies sich die Wunde am Handgelenk als recht harmlos, und Gilman rätselte, was die Anordnung der beiden winzigen Löcher zu bedeuten hatte. Es fiel ihm ein, daß auf dem Bettuch, wo er gelegen hatte, keine Blutspuren gewesen waren – was in Anbetracht der großen Flecken auf seiner Haut und der Manschette sehr merkwürdig war. War er im Schlaf in seinem Zimmer herumgewandelt und hatte ihn die Ratte gebissen, als er in einem Stuhl saß oder sich in einer weniger normalen Stellung ausruhte? Er durchsuchte jeden Winkel des Zimmers nach bräunlichen Tropfen oder Flecken, konnte aber keine finden. Er hätte besser, so überlegte er, das Mehl auch im Zimmer ausstreuen sollen – obwohl da letzten Endes kein Beweis mehr für sein Schlafwandeln gebraucht wurde. Er wußte, daß er schlafwandelte – und jetzt kam es darauf an, etwas dagegen zu tun. Er mußte Frank Elwood um Hilfe bitten. Diesen Morgen schienen die Anziehungskräfte aus dem Weltraum schwächer zu sein, aber an ihre Stelle war ein noch unbegreiflicheres Gefühl getreten. Es war ein undeutlicher, aber anhaltender Wunsch, aus seiner jetzigen Lage herauszufliegen, jedoch ohne einen Hinweis darauf, wohin er fliegen wollte. Als er das stachlige Ding auf dem Tisch aufhob, glaubte er zu spüren, daß der Zug nach Norden etwas stärker wurde, aber trotzdem behielt der neue, noch verwirrendere Antrieb eindeutig die Oberhand.

Er trug das stachlige Gebilde zu Elwoods Zimmer hinunter, wobei er sich gegen das Geleier des Webers wappnete, das aus dem Erdgeschoß heraufdrang. Elwood war gottlob zu Hause und schien auch schon aufgestanden zu sein. Es blieb ihnen noch ein wenig Zeit, bevor sie das Haus verlassen mußten, um zum Frühstücken und danach in die Vorlesungen zu gehen; so konnte Gilman einen hastigen Bericht über seine neuesten Träume und Ängste abgeben. Sein Gastgeber war sehr mitfühlend und meinte auch, daß man etwas unternehmen müsse. Er war über Gilmans hageres, ausgezehrtes Aussehen erschrocken und bemerkte den seltsamen, unnatürlichen Sonnenbrand, über den sich andere schon in der vergangenen Woche geäußert hatten. Allerdings konnte auch er nicht viel sagen. Er hatte Gilman bei keinem seiner nachtwandlerischen Ausflüge beobachtet und hatte keine Ahnung, worum es sich bei dem komischen Gebilde handeln konnte. Er hatte aber einmal zugehört, als sich der Franko-Kanadier, der genau unter Gilman wohnte, eines Abends mit Mazurewicz unterhielt. Sie hatten sich gegenseitig versichert, wie sehr sie sich vor der bevorstehenden Walpurgisnacht fürchteten, bis zu der es jetzt nur noch ein paar Tage seien; und sie hätten mitleidige Bemerkungen über den armen, verhexten jungen Herrn ausgetauscht. Desrochers, der Bursche unter Gilmans Zimmer, habe von nächtlichen Tritten, von beschuhten und nackten Füßen, gesprochen, sowie von dem violetten Licht, das er eines Nachts gesehen habe, als er sich ängstlich nach oben geschlichen habe, um durch Gilmans Schlüsselloch zu gucken. Er habe sich aber nicht getraut hineinzuschauen, nachdem er dieses Licht durch den Spalt unter der Tür habe schimmern sehen. Er habe auch gedämpftes Sprechen gehört – und als er anfing, es zu beschreiben, sei, so schloß Elwood seinen Bericht, seine Stimme zu einem Flüstern abgesunken.

Elwood konnte sich nicht vorstellen, was die beiden abergläubischen Gestalten zu ihrem Getratsche angeregt habe, er vermutete aber, daß ihre Phantasie einerseits von Gilmans langem Aufbleiben, seinem Schlafwandeln und seinem Sprechen im Schlaf, und andererseits von dem bevorstehenden, traditionell gefürchteten Vorabend des Ersten Mai beflügelt worden sei. Daß Gilman im Schlaf sprach, sei bekannt, und die Schauermärchen von dem violetten Traumlicht seien sicher durch Desrochers Horchen an Gilmans Schlüsselloch in Umlauf gesetzt worden. Diese einfachen Leute seien immer bereit, sich einzubilden, sie hätten etwas Seltsames gesehen, wovon sie nur einmal gehört hätten. Was die notwendige Abhilfe betraf, so sei es wohl besser, wenn Gilmann in Elwoods Zimmer umzog und nicht mehr allein schliefe. Er, Elwood, würde ihn, falls er selbst wach sei, sofort aufwecken, sobald er anfangen würde, im Schlaf herumzuwandeln oder zu sprechen. Er müsse aber auch schleunigst einen Facharzt aufsuchen. Inzwischen würden sie das stachlige Ding in den verschiedenen Museen und bei einigen Professoren vorzeigen; dabei könnten sie behaupten, sie hätten, sie hätten es in einem Abfallkorb gefunden, und die verschiedenen Leute um eine Erklärung bitten. Außerdem müsse Dombrowski sich darum kümmern, daß die Ratten in den Trennwänden vergiftet würden.

Von Elwoods kameradschaftlicher Haltung ermutigt, besuchte Gilman an diesem Tage seine Vorlesungen. Seltsame Kräfte zerrten noch immer an ihm, aber er konnte sie mit beträchtlichem Erfolg überwinden. Während einer Pause zeigte er die seltsame Figur mehreren Professoren, die alle äußerst interessiert waren, jedoch keinerlei Hinweise auf ihre Herkunft und ihre Bedeutung geben konnten. Diese Nacht schlief er auf einer Couch, die Elwood vom Hauswirt in sein Zimmer im zweiten Stock hatte stellen lassen, und war zum erstenmal seit Wochen völlig frei von beunruhigenden Träumen. Er fieberte jedoch noch immer, und die weinerlichen Gebete des Webers brachten ihn noch immer aus der Fassung.

Während der nächsten Tage genoß Gilman das Gefühl, fast überhaupt nicht von übernatürlichen Erscheinungen belästigt zu sein. Elwood sagte, er habe nicht bemerkt, daß er im Schlaf herumwandelte oder zu sprechen anfing, und in der Zwischenzeit streue der Hauswirt überall Rattengift. Das einzige beunruhigende Element war noch das Gerede der abergläubischen Ausländer, deren Phantasie jetzt aufs höchste erregt war. Mazurewicz wollte ihn andauernd überreden, sich ein Kruzifix zu besorgen, und drängte ihm schließlich selbst eines auf, von dem er behauptete, es sei von dem guten Pater Iwanicki gesegnet worden. Auch Desrochers hatte etwas beizusteuern; er behauptete, in dem nunmehr leeren Zimmer über sich in der ersten und zweiten Nacht nach Gilmans Auszug vorsichtige Schritte gehört zu haben. Paul Choynski hatte angeblich auf dem Korridor und im Treppenhaus Geräusche vernommen und behauptete, jemand habe vorsichtig seine Tür zu öffnen versucht, während Mrs. Dombrowski schwor, sie habe zum erstenmal seit Allerheiligen Brown Jenkin gesehen. Aber diese einfältigen Berichte brauchte man nicht ernst zu nehmen, und Gilman ließ das billige Metallkruzifix unbeachtet an einem Haken in Elwoods Zimmer hängen.

Drei Tage lang klapperten Gilman und Elwood sämtliche Museen der Stadt ab, um eine Auskunft über die Bedeutung des seltsamen, stachligen Objektes zu bekommen, aber ohne jeden Erfolg. Überall war das Interesse groß, denn die außerordentliche Fremdartigkeit der Figur reizte die wissenschaftliche Neugier. Einer der kleinen, strahlenförmig angeordneten Arme wurde abgebrochen und einer chemischen Analyse unterworfen. Professor Ellery fand Platin, Eisen und Tellur in der sonderbaren Legierung; aber außerdem enthielt sie mindestens drei verschiedene andere Elemente von hohem Atomgewicht, die beim besten Willen nicht chemisch zu bestimmen waren. Sie entsprachen nicht nur keinem bekannten Element, sondern paßten noch nicht einmal in die Lücken im Periodensystem der Elemente, die für wahrscheinlich existierende Elemente vorgesehen waren. Das Geheimnis ist bis zum heutigen Tage nicht gelüftet worden, obwohl das Objekt seither im Museum der Miskatonic-Universität ausgestellt wird.

Am Morgen des siebenundzwanzigsten April war ein frisches

Rattenloch in der Wand des Zimmers, in dem Gilman zu Gast war, aber Dombrowski nagelte im Laufe des Tages eine Zinnplatte darüber. Das Gift schien nicht sonderlich wirksam zu sein, denn das Gekratze und Getrippel in den Trennwänden hielt praktisch unvermindert an.

Elwood blieb an diesem Abend lange weg, und Gilman blieb wach und wartete auf ihn. Er wollte nicht alleine schlafen gehen – besonders da er glaubte, in der Abenddämmerung das abstoßende alte Weib gesehen zu haben, deren Bild so schrecklich in seine Träume eingedrungen war. Er fragte sich, wer sie wohl sein konnte und was neben ihr in den Blechdosen auf einem Abfallhaufen am Eingang eines schmutzigen Hinterhofes herumgeklappert hatte. Die Hexe hatte ihn anscheinend bemerkt und böse zu ihm herübergeschielt – aber vielleicht hatte er sich das auch nur eingebildet.

Am folgenden Tag fühlten sich beide sehr müde und wußten, daß sie in der folgenden Nacht wie Murmeltiere schlafen würden. Am Abend unterhielten sie sich schläfrig über die Mathematikstudien, die Gilman so vollständig – und womöglich zu seinem Schaden – beansprucht hatten, und stellten Vermutungen über die Verbindungen zur alten Magie und Folklore an, die auf so dunkle Weise wahrscheinlich schienen. Sie sprachen von der alten Keziah Mason, und Elwood gab zu, daß Gilman gute wissenschaftliche Gründe für die Annahme hatte, daß sie auf seltsame und wesentliche Informationen gestoßen war. Die geheimen Kulte, zu denen diese Hexen gehörten, hüteten oft überraschende Geheimnisse aus alten, vergessenen Zeiten und gaben sie an die nachfolgenden Generationen weiter; und es war keineswegs unmöglich, daß Keziah tatsächlich die Kunst beherrscht hatte, sich in andere Dimensionen zu versetzen. Aus den überlieferten Sagen wußte man, wie wenig materielle Hindernisse dazu taugen, die Bewegungen einer Hexe aufzuhalten, und wer vermochte zu sagen, was den alten Geschichten zugrunde liegt, in denen Hexen auf Besenstielen durch nächtliche Lüfte reiten?

Ob ein moderner Student sich jemals allein durch mathematische Forschungen ähnliche Fähigkeiten aneignen konnte, das würde man erst noch sehen müssen. Ein Erfolg, so fügte Gilman hinzu, könnte zu gefährlichen und unausdenkbaren Situationen führen; denn wer könne vorhersagen, welche Bedingungen in einer benachbarten, aber normalerweise unzugänglichen Dimension herrschten? Andererseits eröffneten sich enorme phantastische Möglichkeiten. Es könnte sein, daß in bestimmten Gegenden des Weltraums die Zeit nicht existierte und daß man sein Leben und sein Alter auf ewig erhalten konnte, indem man sich in diese Gegenden versetzte und dort blieb; daß man nie einen organischen Metabolismus oder Verfall durchmachen mußte, abgesehen von unbedeutenden Veränderungen bei Besuchen auf dem eigenen oder ähnlichen Planeten. Man könnte sich zum Beispiel in eine zeitlose Dimension versetzen und in irgendeiner zukünftigen Periode der Erdgeschichte zurückkehren, um keinen Tag gealtert.

Ob dies jemals irgendeinem Menschen gelungen war, darüber könne man kaum Vermutungen mit irgendeinem Grad von Wahrscheinlichkeit anstellen. Die alten Legenden sind dunkel und vieldeutig, und alle geschichtlichen Versuche, verbotene Grenzen zu überschreiten, scheinen mit seltsamen und schrecklichen Bündnissen mit Wesen und Abgesandten aus anderen Welten zusammenzuhängen. Da gab es jene uralte Figur des Abgesandten geheimer, fürchterlicher Mächte – der »Schwarze Mann« des Hexenkults und der »Nyarlathotep« des *Necronomicon*. Da war außerdem das verwirrende Problem der niedrigen Boten oder Vermittler – der tierähnlichen Wesen und kuriosen Mischgestalten, die in der Legende als die Verwandten der Hexen geschildert werden. Als Gilman und Elwood zu Bett gingen, zu müde, um weiter zu diskutieren, hörten sie Joe Mazurewicz halb betrunken ins Haus torkeln und schauderten bei der verzweifelten Wildheit seiner eintönigen Gebete.

In dieser Nacht sah Gilman wieder das violette Licht. Im Traum hörte er ein Kratzen und Nagen in den Trennwänden und dachte, jemand mache sich heimlich am Türschloß zu schaffen. Dann sah er die alte Frau und das kleine zottige Ding, die über den mit einem Teppich belegten Boden auf ihn zukamen. Das Gesicht der Hexe strahlte in unmenschlichem Triumph, und das kleine Ungeheuer mit den gelben Fangzähnen kicherte höhnisch, während es auf die schlafende Gestalt Elwoods auf der Couch am anderen Ende des Zimmers zeigte. Vor Entsetzen gelähmt, brachte Gilman keinen Ton hervor. Auch diesmal packte das gräßliche alte Weib Gilman an den Schultern und riß ihn aus dem Bett und in den leeren Raum. Wieder zog die Unendlichkeit dröhnender Abgründe rasend schnell an ihm vorbei, aber im nächsten Augenblick befand er sich in einer unbekannten Gasse, in der widerliche Gerüche hingen und zu beiden Seiten vermodernde Wände uralter Häuser aufragten.

Vorne stand der schwarze Mann mit der Robe, den er in dem anderen Traum in dem engen Raum gesehen hatte, während ihn die alte Frau aus geringerer Entfernung gebieterisch und mit drohenden Grimassen heranwinkte. Brown Jenkin rieb sich mit einer Art liebevoller Verspieltheit an den Knöcheln des schwarzen Mannes, die fast ganz in dem tiefen Schlamm verborgen waren. Auf der rechten Seite war ein dunkles, offenes Tor, auf das der schwarze Mann schweigend deutete. Dorthinein ging die grinsende Alte und zerrte Gilman an den Ärmeln seines Schlafanzugs hinter sich her. Sie gingen übelriechende, mysteriös knarrende Treppen hinauf, wobei die alte Frau einen schwachen violetten Lichtschein zu verbreiten schien; und schließlich gelangten sie an eine Tür, die von einem Treppenabsatz hinabführte. Die Alte fummelte an dem Schloß herum, stieß die Tür auf, bedeutete Gilman zu warten und verschwand in dem schwarzen Loch.

Die überempfindlichen Ohren des jungen Mannes vernahmen einen fürchterlichen, erstickten Schrei, und gleich darauf kam die Hexe aus dem Raum und trug eine kleine, leblose Gestalt, die sie dem Träumer hinwarf, als wollte sie ihm befehlen, sie zu tragen. Der Anblick dieser Gestalt und des Ausdrucks auf ihrem Gesicht löste den Bann. Immer noch zu benommen, um zu schreien, raste er die ekelerregende Treppe hinab und hinaus in den Schlamm; er kam erst zum Stehen, als der wartende schwarze Mann ihn packte und würgte. Während seine Sinne schwanden, hörte er das leise, schrille Gekicher des rattenhaften Scheusals mit den fürchterlichen Fangzähnen.

Am Morgen des neunundzwanzigsten April hatte Gilman kaum die Augen aufgeschlagen, als nacktes Entsetzen ihn überfiel. Vom ersten Augenblick an wußte er, daß irgend etwas Schreckliches passiert sein mußte, denn er lag wieder in seinem alten Dachzimmer mit der schrägen Wand und der abfallenden Decke, auf dem ungemachten Bett. Sein Hals schmerzte fürchterlich, und als er sich zum Sitzen aufrappelte, sah er mit wachsendem Grauen, daß seine Füße und die Beine seines Schlafanzuges voll braunem, angetrocknetem Dreck waren. Im Moment konnte er sich nur ganz dunkel an etwas erinnern, aber er wußte, daß er im Schlaf herumgeirrt sein mußte. Elwood hatte sicher zu tief geschlafen, um ihn zu hören und zurückzuhalten. Auf dem Fußboden waren verworrene Schmutzspuren, aber merkwürdigerweise erstreckten sie sich nicht bis zur Tür. Je länger Gilman sie betrachtete, um so sonderbarer kamen sie ihm vor; denn außer denen, die er als seine eigenen erkannte, waren da noch kleinere, fast runde Abdrücke – wie sie die Beine eines großen Stuhls oder eines Tisches hinterlassen mochten, nur daß die meisten in der Mitte unterteilt waren. Außerdem fand er einige seltsame, schmutzige Rattenspuren, die aus einem frischen Loch heraus- und wieder hineinführten. Äußerste Bestürzung und die Angst, den Verstand zu verlieren, peinigten Gilman, als er zur Tür taumelte und sah, daß draußen keine Schmutzspuren waren. Je mehr ihm von seinem Traum wieder einfiel, um so stärker wurde sein Entsetzen, und seine Verzweiflung wuchs noch, als er von unten Joe Mazurewicz' Trauergesänge hörte.

Er ging hinunter in Elwoods Zimmer, weckte ihn auf und begann ihm zu erzählen, wie er sich wiedergefunden hatte, aber Elwood konnte sich nicht vorstellen, was sich wirklich abgespielt hatte. Wo Gilman gewesen sein konnte, wie er in sein Zimmer zurückkam, ohne Spuren im Korridor zu hinterlassen, und wie es kam, daß die schmutzigen, möbelartigen Spuren mit den seinen auf dem Fußboden des Dachzimmers vermischt waren, das alles war völlig unbegreiflich. Und dann diese dunklen, bläulichen Male an seinem Hals – als hätte er versucht, sich selbst zu erdrosseln. Gilman legte seine Hände darauf, aber die Finger paßten nicht annähernd zu den Malen. Während sie miteinander sprachen, kam Desrochers herein, um zu berichten, daß er in den Stunden vor Tagesanbruch ein furchtbares Geklapper über sich gehört habe. Nein, es sei nach Mitternacht niemand über die Treppe gegangen, aber kurz vor Mitternacht habe er schwache Tritte in der Dachstube und danach vorsichtige Schritte die Treppe herunterkommen gehört, die ihm gar nicht gefallen hätten. Es sei, fügte er hinzu, eine sehr schlimme Jahreszeit für Arkham. Der junge Herr solle sich unbedingt das Kruzifix umhängen, das Joe Mazurewicz ihm gegeben habe. Selbst tagsüber könne man nicht sicher sein, denn auch nach Tagesanbruch seien noch seltsame Geräusche im Haus gewesen – insbesondere ein dünnes, kindliches Jammern, das dann schnell erstickt sei.

Gilman ging an diesem Vormittag mechanisch in seine Vorlesungen, war aber völlig außerstande, sich auf den Lehrstoff zu konzentrieren. Ein grauenhaftes Gefühl der Vorahnung hatte ihn gepackt, und er schien auf irgendeinen vernichtenden Schlag zu

warten. Zu Mittag aß er in der Universität, und während er auf
das Dessert wartete, nahm er sich eine Zeitung, die auf dem Stuhl
neben ihm lag. Aber das Dessert aß er nicht mehr; denn als er eine
bestimmte Meldung auf der ersten Seite der Zeitung gelesen hatte,
konnte er nur noch mit gehetztem Blick die Zeche bezahlen und
sich unter Aufbietung seiner letzten Kräfte in Elwoods Zimmer zu-
rückschleppen.

In der Nacht hatte sich in einem Durchgang in der Altstadt ein
merkwürdiger Fall von Kindesentführung ereignet; das zwei Jahre
alte Kind einer schlampigen Wäscherin namens Anastasia Wolejko war spurlos verschwunden. Die Mutter hatte, wie es schien,
das Unglück schon seit einiger Zeit kommen sehen; aber die
Gründe, die sie für diese Befürchtung anführte, waren so grotesk,
daß niemand sie ernst nahm. Sie behauptete, sie habe seit Anfang
März Brown Jenkin hin und wieder in der Nähe ihrer Wohnung
gesehen und aufgrund seiner Grimassen und seines Gekichers gewußt, daß der kleine Ladislas als Opfer für den grausigen Hexensabbat in der Walpurgisnacht ausersehen sei. Sie habe ihre Nach-
barin Mary Czanek gebeten, in dem Zimmer zu schlafen und das
Kind zu bewachen, aber Mary habe sich nicht getraut. Sie habe
nicht zur Polizei gehen können, weil man ihr dort solche Dinge
nicht geglaubt hätte. Solange sie sich erinnern könne, seien jedes
Jahr Kinder auf diese Weise verschwunden. Und ihr Freund, Pete
Stowacki, habe ihr nicht geholfen, weil ihm das Kind im Weg gewesen sei.

Was aber Gilman in kalten Schweiß versetzte, war der Bericht
zweier Nachtschwärmer, die kurz nach Mitternacht am Tor des
Durchgangs vorbeigekommen waren. Sie gaben zu, daß sie betrunken gewesen waren, aber beide beschworen, daß sie gesehen
hätten, wie ein verrückt gekleidetes Trio verstohlen in der dunklen
Öffnung verschwunden sei. Es seien, so sagten sie, ein riesiger Neger mit einer Robe, eine kleine, alte Frau in Lumpen und ein junger
Weißer im Schlafanzug gewesen. Die alte Frau habe den jungen
Mann hinter sich hergezerrt, während um die Füße des Negers eine
zahme Ratte sich im Schlamm gewälzt und herumgeschlängelt
habe.

Gilman saß den ganzen Nachmittag benommen da, und Elwood,
der inzwischen die Zeitungen gesehen und fürchterliche Vermutungen angestellt hatte, fand ihn noch so vor, als er nach Hause
kam. Diesmal konnte keiner von beiden daran zweifeln, daß ir-

gendein furchtbares Unheil sich über ihnen zusammenbraute. Zwischen den Phantasmagorien der Alpträume und den Realitäten der sichtbaren Welt bahnte sich ein ungeheuerlicher, unfaßbarer Zusammenhang an, und nur äußerste Wachsamkeit konnte noch Schlimmeres verhüten. Gilman müsse früher oder später einen Facharzt aufsuchen, aber natürlich nicht gerade jetzt, da alle Zeitungen voll von Nachrichten über den Kindesraub waren.

Was sich wirklich zugetragen hatte, blieb völlig rätselhaft, und eine Weile tauschten Gilman und Elwood im Flüsterton die wildesten Theorien aus. Hatte Gilman unbewußt mit seinen Studien über den Raum mehr Erfolg gehabt, als er selbst erkannt hatte? Hatte er tatsächlich unsere Sphäre verlassen und sich an ungeahnte und unvorstellbare Orte versetzt? Wo – wenn überhaupt irgendwo – war er in jenen Nächten dämonischer Entfremdung gewesen? Die dröhnenden, zwielichtigen Abgründe – der grüne Bergabhang – die blendende Terrasse – die Anziehungskräfte von den Sternen – der entlegenste schwarze Strudel – der schwarze Mann – die dreckige Gasse und die Treppen – die alte Hexe und das zottige Ungeheuer mit den Fangzähnen – die Blasenmasse und das kleine Polyeder – der merkwürdige Sonnenbrand – die Wunde am Handgelenk – die unerklärliche Figur – die schmutzigen Füße – die Male am Hals – die Erzählungen und Befürchtungen der abergläubischen Ausländer – was hatte all dies zu bedeuten? Konnte ein solcher Fall überhaupt nach den Gesetzen des gesunden Menschenverstandes beurteilt werden?

In dieser Nacht fanden sie keinen Schlaf, und am folgenden Tag schwänzten sie beide ihre Vorlesungen und dösten vor sich hin. Es war der dreißigste April, und mit der Abenddämmerung würde der teuflische Hexensabbat losbrechen, den alle Ausländer und abergläubischen alten Leute fürchteten. Mazurewicz kam um sechs nach Hause und berichtete, die Leute in der Fabrik hätten gemunkelt, daß der Hexensabbat in der dunklen Schlucht jenseits von Meadow Hill abgehalten würde, dort wo der alte weiße Stein an einer Stelle steht, auf der seltsamerweise keine Pflanzen wachsen. Einige von ihnen hatten sogar die Polizei benachrichtigt und ihr empfohlen, dort nach dem vermißten Kind der Wolejko zu suchen, aber sie glaubten nicht, daß irgend etwas unternommen werden würde. Joe bestand darauf, daß der junge Herr sein Kruzifix mit der vernickelten Kette umhängen solle, und um ihm einen Gefallen zu tun, hängte Gilman es sich um den Hals und verbarg es unter seinem Hemd.

Spät in der Nacht saßen die beiden jungen Männer vor sich hindösend in ihren Stühlen, eingelullt von den Gebeten des Webers im Stockwerk unter ihnen. Im Halbschlaf lauschte Gilman, und seine übernatürlich geschärften Ohren schienen ein feines, unheimliches Gemurmel hinter den Geräuschen in dem alten Haus wahrzunehmen. Unangenehme Erinnerungen an Dinge aus dem *Necronomicon* und dem *Schwarzen Buch* stiegen in ihm auf, und er bemerkte, daß er sich in sonderbaren Rhythmen wiegte, die zu den finstersten Zeremonien des Hexensabbats gehörten und ihren Ursprung außerhalb des uns vertrauten Systems von Raum und Zeit haben sollten.

Plötzlich kam ihm zu Bewußtsein, worauf er lauschte – die teuflischen Gesänge der Zelebranten in dem fernen, schwarzen Tal. Woher wußte er so viel über ihre Riten? Wie konnte er wissen, in welchem Augenblick Nahab und ihr Akoluth die bis zum Rand gefüllte Schale herbeitragen würden, die dem schwarzen Hahn und der schwarzen Ziege folgten? Er sah, daß Elwood eingeschlafen war, und versuchte, ihn wachzurufen. Aber irgend etwas verschloß seinen Kehlkopf. Er war nicht Herr seiner selbst. Hatte er etwa doch seinen Namen in das Buch des schwarzen Mannes geschrieben?

Dann vernahm sein fiebriges, übernatürliches Gehör die fernen, vom Wind herübergetragenen Töne. Meilenweit über Berge und Felder und Gassen kamen sie, aber er erkannte sie trotzdem. Das Feuer mußte angezündet sein, und der Tanz mußte begonnen haben. Wie konnte er sich davon abhalten, auch hinzugehen? In welche Geheimnisse war er verstrickt? Mathematik – Volkskunde – die alte Keziah – Brown Jenkin... und jetzt sah er, daß in der Wand neben seiner Couch ein frisches Rattenloch war. In die fernen Gesänge und die näheren Gebete von Joe Mazurewicz mischte sich ein anderes Geräusch – ein verstohlenes, zielbewußtes Kratzen in den Trennwänden. Er hoffte, das elektrische Licht würde nicht ausgehen. Dann sah er das bärtige kleine Gesicht mit den Fangzähnen in dem Rattenloch auftauchen – dieses gräßliche kleine Gesicht, das, wie er nun endlich feststellte, eine so erschreckende, spöttische Ähnlichkeit mit dem der alten Keziah aufwies – und hörte, wie sich jemand leise am Türschloß zu schaffen machte.

Die dröhnenden, zwielichtigen Abgründe flammten vor ihm auf, und er fühlte, wie er wehrlos dem formlosen Zugriff der schillernden Blasenmasse ausgeliefert war. Vor ihm her tanzte wie irrsinnig das kleine, kaleidoskopische Polyeder, und die undeutlichen Töne verstärkten und beschleunigten sich in der ganzen brodelnden Leere auf eine Weise, die einen unvorstellbaren, unerträglichen Höhepunkt ahnen ließ. Er glaubte zu wissen, was jetzt kommen würde – der schreckliche Ausbruch des Walpurgis-Tanzes, in dessen kosmischem Rhythmus sich das ganze ursprüngliche, ewige Brodeln von Raum und Zeit verwirklichen würde, das hinter den geballten Sphären der Materie liegt und manchmal in rhythmischen Erschütterungen hervorbricht, die fast unmerklich alle Schichten des Seins durchdringen und in allen Welten gewissen gefürchteten Perioden eine schreckliche Bedeutung verleihen.

Aber all das verschwand innerhalb einer Sekunde. Er war wieder in dem engen, violett erleuchteten und nach oben spitz zulaufenden Raum mit dem schrägen Fußboden, den niedrigen Kisten mit alten Büchern, der Bank und dem Tisch und dem dreiecksförmigen Loch auf einer Seite. Auf dem Tisch lag eine kleine, weiße Gestalt – ein kleiner Junge, unbekleidet und reglos –, während auf der anderen Seite die gräßliche, lüsterne Alte stand, mit einem blitzenden Messer, das ein grotekes Heft hatte, in der rechten und einer seltsam geformten, hellen Metallschale, die mit sonderbar ziselierten Ornamenten bedeckt war und dünne seitliche Henkel hatte, in der linken Hand. Sie rezitierte ein krächzendes Ritual in einer Sprache, die Gilman nicht verstand, die aber wie eine Sprache klang, die im *Necronomicon* andeutungsweise beschrieben war.

Während die Szene immer deutlicher wurde, sah er, wie die Alte sich vorbeugte und ihm über den Tisch die leere Schale hinhielt – und unfähig, seine eigenen Bewegungen zu beherrschen, streckte er seine Arme aus und nahm sie in beide Hände, wobei ihm auffiel, daß sie verhältnismäßig leicht war. Im selben Augenblick kam die ekle Gestalt von Brown Jenkin über den Rand des dreieckigen, schwarzen Lochs links von ihm gekrochen. Die Alte bedeutete ihm jetzt, die Schale in einer bestimmten Stellung zu halten, während sie mit der rechten Hand das riesige, groteske Messer so hoch sie konnte über das kleine weiße Opfer erhob. Das kleine zottige Ungeheuer begann, mit kichernder Stimme das Ritual fortzusetzen, während die Hexe mit abscheulich krächzender Stimme antwortete. Obwohl ihm Verstand und Sinne gelähmt waren, fühlte Gilman, wie ihn brennender Abscheu durchschoß, und die leichte

Metallschale bebte in seinen Händen. Eine Sekunde später brach das herabfahrende Messer vollends den Bann; er ließ die Schale mit widerhallendem, glockenartigem Gedröhn fallen und griff blitzschnell mit beiden Händen zu, um die abscheuliche Untat zu verhindern.

Im nächsten Augenblick stürzte er über den ansteigenden Fußboden um das Tischende herum auf die Hexe zu und entriß ihr das Messer; klirrend fiel es in den engen, dreieckigen Abgrund. Aber gleich darauf hatte sich das Blatt gewendet; denn diese mörderischen Klauen hatten sich mit eisernem Griff um seinen Hals geschlossen, während das runzlige Gesicht sich in irrsinniger Wut verzerrte. Er fühlte, wie die Kette des billigen Kruzifixes in seinen Nacken einschnitt, und fragte sich in seiner Bedrängnis, wie die böse Kreatur auf den Anblick des Kreuzes reagieren würde. Ihre Kraft war absolut übermenschlich, aber während sie ihn weiter würgte, griff er schwächer werdend in sein Hemd, holte das metallene Symbol heraus und riß es mitsamt der Kette vom Hals.

Beim Anblick des Kreuzes fuhr die Hexe entsetzt zusammen, und ihr Griff lockerte sich so weit, daß Gilman sich befreien konnte. Er riß die stählernen Klauen von seinem Hals und hätte die Alte über den Rand des Abgrundes gezerrt, wenn ihre Klauen nicht neue Kraft bekommen und sich wieder um seinen Hals geschlossen hätten. Aber diesmal entschloß er sich, Gleiches mit Gleichem zu vergelten und faßte mit seinen eigenen Händen nach ihrem Hals. Bevor sie bemerkte, was er tat, hatte er die Kette des Kruzifixes um ihren Hals gewickelt und einen Augenblick später so fest zugezogen, daß ihr der Atem abgeschnürt war. Während ihrer letzten Zuckungen spürte er einen Biß an seinem Knöchel und sah, daß Brown Jenkin ihr zu Hilfe gekommen war. Mit einem einzigen wütenden Tritt schleuderte er das Scheusal über den Rand des Abgrunds und hörte es irgendwo weit unten winseln.

Ob er die gräßliche Alte getötet hatte, wußte er nicht, aber er ließ sie an der Stelle liegen, wo sie zusammengebrochen war. Dann, als er sich umdrehte, bot sich ihm auf dem Tisch ein Anblick, der ihm beinahe den Rest seines Verstandes geraubt hätte. Brown Jenkin, zäh und sehnig und mit vier winzigen Händen von dämonischer Geschicklichkeit ausgerüstet, war nicht untätig gewesen, während die Hexe ihn zu erdrosseln versucht hatte, und Gilmans Anstrengungen waren vergeblich gewesen. Was das Messer der Brust des Opfers nicht hatte antun können, das hatten die gelben Fangzähne des zottigen Ungeheuers an einem Handgelenk besorgt – und die Schale, die eben noch am Boden gelegen hatte, stand randvoll neben dem leblosen kleinen Körper.

In seinem Delirium hörte Gilman den höllischen, fremdartigen Rhythmus der Sabbat-Gesänge aus unendlicher Entfernung, und er wußte, daß der schwarze Mann dort sein mußte. Wirre Erinnerungen mischten sich mit seinen Mathematik-Kenntnissen, und er glaubte, im Unterbewußtsein die *Winkel* zu kennen, die er benötigte, um zum erstenmal ohne fremdes Zutun in die normale Welt zurückkehren zu können. Er war sicher, daß er sich in dem seit Urzeiten verschlossenen Hohlraum über seinem eigenen Zimmer befand, aber ob er jemals durch den schrägen Fußboden oder den vor langer Zeit zugemauerten Ausgang entkommen würde, schien ihm sehr zweifelhaft. Überdies, würde ihn die Flucht aus diesem Traum-Hohlraum nicht bloß in ein Traum-Haus zurückbringen – eine unnatürliche Projektion des Ortes, den er suchte? Völlig rätselhaft schien ihm die Beziehung zwischen Traum und Wirklichkeit bei all seinen Erlebnissen.

Der Weg durch die verschwommenen Abgründe würde furchtbar sein, denn der Walpurgis-Rhythmus würde dort vibrieren, und er würde schließlich doch noch das bisher verschwommene kosmische Pulsieren hören, vor dem er so tödliche Angst hatte. Sogar jetzt schon konnte er ein tiefes, unnatürliches Beben entdecken, dessen Rhythmus ihm nur allzu gut bekannt war. Zur Zeit des Hexensabbats stieg es immer an und drang zu den Welten durch, um die Eingeweihten zu den namenlosen Riten zu rufen. Den meisten der Gesänge des Hexensabbats lag dieser schwach wahrnehmbare pulsierende Rhythmus zugrunde, den kein irdisches Ohr in seiner ungedämpften, das All durchdringenden Lautstärke ertragen konnte. Gilman fragte sich auch, ob er seinen Instinkten zutrauen konnte , daß sie ihn in die richtige Gegend des Weltraums zurückbringen würden. Konnte er sicher sein, daß er nicht auf jenem grün erleuchteten Berg auf einem fernen Planeten landen würde oder auf der mit Mosaikplatten ausgelegten Terrasse oberhalb der Stadt der spinnenarmigen Ungeheuer irgendwo jenseits der Galaxie oder in den spiralenförmigen schwarzen Strudeln dieser entferntesten chaotischen Leere, in welcher der geistlose, dämonische Sultan Azathoth herrscht?

Gerade als er sich ins Nichts stürzen wollte, ging das violette Licht aus und ließ ihn in rabenschwarzer Nacht zurück. Die Hexe

– die alte Keziah – Nahab – das mußte ihr Ende bedeutet haben. Und in die fernen Gesänge des Hexensabbats und das Gewinsel von Brown Jenkin unten in dem Abgrund schien sich ein anderes, wilderes Geheul aus unbekannten Tiefen zu mischen. Joe Mazurewicz – die Gebete gegen das wimmelnde Chaos verwandelten sich jetzt in ein unbeschreiblich triumphierendes Geheul – Welten von grimmiger Wirklichkeit stießen mit den Abgründen fiebriger Träume zusammen – Iä! Schab-Niggurath! Die Ziege mit den tausend Jungen...

Man fand Gilman lange vor Tagesanbruch auf dem Boden seines seltsam winkligen, alten Dachzimmers, denn auf einen gellenden Schrei hin waren Desrochers und Choynski und Dombrowski und Mazurewicz gleichzeitig nach oben gerannt, und sogar der in seinem Stuhl fest schlafende Elwood war davon aufgewacht. Er lebte, und seine Augen waren starr geöffnet, er schien jedoch fast bewußtlos zu sein. An seinem Hals waren Male von mörderischen Händen, und an seinem linken Knöchel fand sich ein beunruhigender Rattenbiß. Seine Kleider waren stark zerknittert, und Joes Kruzifix fehlte. Elwood zitterte vor Angst, auch nur Vermutungen darüber anzustellen, welche neuen schrecklichen Formen die Schlafwandlerei seines Freundes angenommen hatte. Mazurewicz schien halb betäubt von einem »Zeichen«, das ihm angeblich als Antwort auf seine Gebete zuteil geworden war, und bekreuzigte sich wild, als das Quietschen und Winseln einer Ratte hinter der schrägen Wand zu hören war.

Als der Träumer auf seine Couch in Elwoods Zimmer gebettet war, wurde Doktor Malkowski geholt – ein in der Nähe praktizierender Arzt, der nie etwas weitererzählte, wenn es den Betroffenen unangenehm gewesen wäre –, und er gab Gilman zwei Spritzen, die ihn in eine Art natürlichen Halbschlaf versinken ließen. Im Verlauf des Tages kam der Patient hin und wieder zu Bewußtsein und berichtete Elwood flüsternd und unzusammenhängend über seinen neuesten Traum. Es war eine qualvolle Prozedur, die gleich zu Anfang eine beunruhigende neue Tatsache zutage brachte.

Gilman – dessen Ohren noch vor kurzem so unnatürlich empfindlich gewesen waren – war jetzt stocktaub. Doktor Malkowski, der unverzüglich noch einmal gerufen wurde, sagte Elwood, daß beide Trommelfelle geplatzt waren, so als ob sie einem unvorstellbar lauten, für Menschen unerträglichen Knall ausgesetzt gewesen wären. Wie Gilman in den letzten Stunden einen solchen Knall gehört haben konnte, der das ganze Miskatonic-Tal aufgeweckt haben würde, das sei mehr, als ein rechtschaffener Doktor erklären könne.

Elwood schrieb seinen Beitrag zu dem Gespräch auf, so daß die beiden sich gut verständigen konnten. Keiner von ihnen konnte sich das ganze chaotische Geschehen erklären, und sie kamen überein, daß es das beste sein würde, so wenig wie möglich darüber nachzudenken. Sie waren sich aber auch darüber einig, daß sie dieses alte, unter einem Fluch stehende Haus so bald wie möglich verlassen mußten. Die Abendzeitungen berichteten über eine Polizeiaktion gegen einige sonderbare Herumtreiber kurz vor Tagesanbruch in der Schlucht jenseits von Meadow Hill und erwähnten, daß der weiße Stein in dieser Schlucht ein Objekt uralten Aberglaubens sei. Niemand war verhaftet worden, aber unter den auseinanderstiebenden Gestalten sei ein hünenhafter Neger gesehen worden. In einem anderen Bericht war zu lesen, daß von dem vermißten Kind Ladislas Wolejko keine Spur zu finden sei.

Der Höhepunkt des Schreckens kam in dieser Nacht. Elwood wird ihn nie vergessen und war gezwungen, für den Rest des Semesters der Universität fernzubleiben, denn er hatte einen schweren Nervenzusammenbruch erlitten. Er hatte den ganzen Abend geglaubt, er höre Ratten in den Trennwänden, hatte sich aber nicht weiter darum gekümmert. Dann, lange nachdem er und Gilman eingeschlafen waren, hatte das entsetzliche Geschrei begonnen. Elwood sprang auf, machte das Licht an und stürzte zu Gilmans Couch hinüber. Gilman stieß wahrhaft unmenschliche Schreie aus, als würde er von unvorstellbaren Schmerzen gepeinigt. Er wand sich unter den Bettüchern, und dann breitete sich ein roter Fleck auf der Decke aus.

Elwood wagte nicht, ihn anzurühren, aber allmählich ließen das Geschrei und die Zuckungen nach. Zu diesem Zeitpunkt drängten sich auch bereits Dombrowski, Choynski, Desrochers, Mazurewicz und der Mieter aus dem obersten Stockwerk in der Tür, und der Hauswirt hatte bereits seine Frau weggeschickt, um Doktor Malkowski anzurufen. Sie alle schrien auf, als plötzlich ein großes, rattenähnliches Tier unter den blutdurchtränkten Bettüchern hervorsprang und über den Fußboden in ein frisches Rattenloch neben dem Bett rannte. Als der Arzt eintraf und die Bettücher zurückzog, war Walter Gilman tot.

Es wäre barbarisch, wollte ich mehr tun als andeutungsweise

schildern, wie Walter Gilman umkam. Durch seinen Körper war ein Gang genagt worden – sein Herz war buchstäblich herausgefressen. Dombrowski, wütend über seinen Mißerfolg bei seinen Versuchen, die Ratten zu vergiften, schob jeden Gedanken an seine Mieteinnahmen beiseite und zog innerhalb einer Woche mit all seinen bisherigen Mietern in ein düsteres, aber nicht so altes Haus in der Walnut Street um. Für eine Zeitlang war das größte Problem, wie man Joe Mazurewicz zum Schweigen bringen konnte; denn der grüblerische Weber war ständig betrunken und faselte andauernd weinerlich von geisterhaften, schrecklichen Dingen.

Wie es schien, hatte sich Joe in jener fürchterlichen letzten Nacht zu den blutigen Rattenspuren hinabgebeugt, die von Gilmans Couch zu dem Loch führten. Auf dem Teppich waren sie sehr undeutlich, aber zwischen dem Teppichrand und der Scheuerleiste lag ein Streifen blanken Fußbodens. Und dort hatte Mazurewicz – so glaubte jedenfalls er, denn trotz der unleugbar merkwürdigen Form der Spuren teilte niemand seine Meinung – eine unheimliche Entdeckung gemacht. Gewiß hatten die Spuren auf dem Fußboden wahrhaftig nicht die Form normaler Rattenspuren, aber nicht einmal Choynski und Desrochers wollten zugeben, daß sie wie die Abdrücke von vier winzigen menschlichen Händen aussahen.

Das Haus wurde nie mehr vermietet. Sobald Dombrowski es verlassen hatte, begann es endgültig in Vergessenheit zu geraten, denn die Leute mieden es, sowohl wegen seiner Verrufenheit als auch wegen des Gestanks, den es neuerdings verbreitete. Vielleicht hatte das Rattengift des ehemaligen Hausbesitzers schließlich doch noch gewirkt, denn nicht lange nach dessen Auszug wurde das Haus zu einer Belästigung für die ganze Nachbarschaft. Beamte des Gesundheitsamtes stellten fest, daß der Gestank aus den unzugänglichen Hohlräumen über und neben dem östlichen Dachzimmer kam, und waren einhellig der Ansicht, daß die Anzahl der getöteten Ratten ungeheuer sein mußte. Sie entschieden aber, daß es nicht der Mühe wert sei, die seit langem verschlossenen Hohlräume freizulegen und zu desinfizieren; denn der Gestank würde bald vorbei sein und allzu strenge Maßstäbe seien in diesem Stadtviertel nicht angebracht. Tatsächlich gab es in der näheren Umgebung immer wieder Gerede über unerklärliche Gerüche in den oberen Stockwerken des Hexenhauses, besonders kurz nach dem Ersten Mai und nach Allerheiligen. Die Nachbarn fanden sich mit der Untätigkeit der Behörden ab – aber der Gestank machte natürlich das Haus noch unbeliebter. Schließlich wurde es von der Bauaufsichtsbehörde für unbewohnbar erklärt.

Gilmans Träume und ihre Begleitumstände sind nie aufgeklärt worden. Elwood, dem seine Gedanken an die ganze Episode manchmal fast den Verstand rauben, kehrte im folgenden Herbst an die Universität zurück und machte im darauffolgenden Juni sein Examen. Er fand, daß man jetzt viel weniger Spukgeschichten in der Stadt hörte, und es ist tatsächlich erwiesen, daß – abgesehen von gewissen Berichten über ein gespenstisches Gekicher in dem verlassenen Haus, das fast so lange dauerte, wie das Haus stand – seit Gilmans Tod niemand mehr über ein neuerliches Erscheinen der alten Keziah oder des zottigen Brown Jenkin getuschelt hat. Es war ein glücklicher Zufall, daß Elwood nicht mehr in Arkham war, als bestimmte Ereignisse plötzlich die alten Spukgeschichten wieder aufleben ließen. Natürlich erfuhr er nachträglich davon und stand Höllenqualen aus, weil er die finstersten und verwirrendsten Vermutungen anstellte; aber selbst so war es weniger schlimm als wenn er wirklich dabeigewesen und womöglich das eine oder andere mit eigenen Augen gesehen hätte.

Im Mai 1931 zerstörte ein Sturm das Dach und den großen Kamin des leerstehenden Hexenhauses, so daß in wildem Durcheinander zerbröckelnde Ziegel, geschwärzte, bemooste Dachschindeln und verfaulende Bohlen und Balken in den Hohlraum hinabstürzten und den Fußboden darunter durchbrachen. Das ganze Dachgeschoß lag voller Trümmer, aber niemand machte sich die Mühe, sie wegzuräumen, da das baufällige Gemäuer ohnehin bald geschleift werden sollte. Dieser letzte Schritt wurde im Dezember desselben Jahres vollzogen, und das Gerede begann, als Gilmans altes Zimmer von widerwilligen, furchtsamen Arbeitern ausgeräumt wurde.

Unter den Trümmern, die durch die alte, schräge Decke herabgestürzt waren, fanden die Arbeiter so sonderbare Dinge, daß sie ihre Arbeit unterbrachen und die Polizei holten. Die Polizei ließ später ihrerseits den Leichenbeschauer und einige Professoren der Universität holen. Man hatte Knochen gefunden – arg zerquetscht und zersplittert, aber eindeutig als Menschenknochen zu erkennen –, deren offenbar geringes Alter in rätselhaftem Widerspruch zu dem vermutlich längst verflossenen Zeitpunkt stand, an dem der einzige Raum, in dem sie gelegen haben konnten, nämlich der niedrige, schräge Hohlraum unter dem Dach, ein für allemal zugemauert worden war. Der Gerichtsarzt stellte fest, daß manche der Knochen von einem kleinen Kind stammten, während bestimmte andere – die in verfaulten, bräunlichen Lumpen gefunden worden waren – von einer ziemlich kleinen, buckligen alten Frau stammten. Als der Schutt sorgfältig gesiebt wurde, fand man außerdem viele kleine Knochen von Ratten, die bei dem Einsturz erschlagen worden waren, sowie ältere Rattenknochen, die von kleinen Zähnen so merkwürdig benagt worden waren, daß sie zu manchen Streitgesprächen und Überlegungen Anlaß gaben.

Unter den anderen Dingen, die gefunden wurden, waren auch die brüchigen Überreste vieler Bücher und Papiere sowie gelblicher Staub, der von der totalen Auflösung noch älterer Bücher und Papiere herrührte. Soweit man sie noch lesen konnte, befaßten sich offenbar all diese Schriften mit schwarzer Magie in ihrer fortgeschrittensten und fürchterlichsten Form; und das offensichtlich neuere Datum einiger Gegenstände ist ein Geheimnis, das ebensowenig gelüftet werden konnte wie das der verhältnismäßig frischen menschlichen Knochen. Ein noch größeres Rätsel ist die vollständige Übereinstimmung der verkrampften, altmodischen Schriftzüge auf einer großen Anzahl von Papieren, deren Zustand und Wasserzeichen auf einen Altersunterschied von mindestens hundertfünfzig bis zweihundert Jahren schließen lassen. Für manche liegt das größte Geheimnis jedoch in der Ansammlung unerklärlicher Gegenstände – Gegenstände, deren Form, Materialien und Herstellungsverfahren jedem Erklärungsversuch widerstehen –, die unter den Trümmern gefunden wurden und unterschiedlich stark beschädigt waren. Einer dieser Gegenstände, der einige Miskatonic-Professoren in tiefste Bestürzung versetzte, ist ein stark beschädigtes, absurdes Gebilde, das der merkwürdigen Figur, die Gilman dem College-Museum geschenkt hat, verblüffend ähnlich sieht, nur daß es nicht aus Metall, sondern aus einem ganz besonderen bläulichen Stein gemacht ist und auf einem eigenartig winkligen Sockel steht, in den nicht zu entziffernde Hieroglyphen eingeritzt sind.

Archäologen und Anthropologen versuchen noch immer, die bizarren Zeichnungen zu enträtseln, die in eine zerbrochene Schale aus leichtem Metall graviert sind, auf deren Innenseite ominöse braune Flecken waren, als man sie fand. Ausländer und alte Weiber überbieten sich gegenseitig in ihrem Tratsch über ein modernes

Nickel-Kruzifix mit einer zerrissenen Kette, das ebenfalls unter den Trümmern lag und das Joe Mazurewicz schaudernd als dasjenige erkannte, das er vor vielen Jahren Gilman geschenkt hatte. Manche glauben, dieses Kruzifix sei von den Ratten in den Hohlraum geschleppt worden, während andere der Meinung sind, es müsse die ganze Zeit in einer Ecke von Gilmans altem Zimmer gelegen habe. Wieder andere, darunter auch Joe selbst, haben Theorien, die für einen nüchternen Betrachter viel zu abenteuerlich und phantastisch sind.

Als die schräge Wand von Gilmans Zimmer herausgerissen wurde, stellte sich heraus, daß der ehemals unzugängliche, dreieckige Zwischenraum zwischen der Trennwand und der nördlichen Außenwand des Hauses viel weniger Trümmer – auch im Verhältnis zu seiner Größe – enthielt als das Zimmer selbst; aber dafür lag in ihm eine grausige Schicht älteren Materials, das die Abbrucharbeiter vor Entsetzen erschauern ließ. Um es kurz zu machen – es war ein regelrechtes Beinhaus mit den Knochen kleiner Kinder, von denen manche neueren Datums waren, während die anderen in unendlich feinen Abstufungen bis in längst verflossene Zeit zurückreichten; die ältesten waren fast völlig zerfallen. Auf diesem Knochenhaufen lag ein großes, offensichtlich sehr altes, mit grotesken, exotischen Ornamenten verziertes Messer – und darüber hatte der Schutt gelegen.

Inmitten dieser Trümmer, eingekeilt zwischen einer heruntergebrochenen Bohle und einem Brocken aus zusammenhängenden Ziegeln vom Kamin des Hauses, wurde ein Objekt gefunden, das in Arkham mehr Verwirrung, heimliche Furcht und unverhohlen abergläubisches Gerede verursachen sollte als irgendeines der anderen in dem von Gespenstern heimgesuchten, fluchbeladenen Haus gefundenen Dinge. Dieses Objekt war das teilweise zermalmte Skelett einer riesigen, kranken Ratte, dessen abnorme Merkmale noch immer ein strittiges Thema und der Grund für außerordentliche Zurückhaltung bei den Mitgliedern der Abteilung für vergleichende Anatomie an der Miskatonic-Universität sind. Über dieses Skelett ist nur sehr wenig durchgesickert, und die Arbeiter, die es entdeckten, erzählten nur ungern und flüsternd von den braunen Haaren, die an ihm hingen.

Die Knochen der winzigen Pfoten, so geht das Gerücht, weisen Greifwerkzeuge auf, die eher für einen Zwergaffen als für eine Ratte charakteristisch sind, während der kleine Schädel mit seinen bösartig gelben Fangzähnen völlig anomal ausgebildet ist, denn aus bestimmten Blickwinkeln betrachtet gleicht er einer verkleinerten, ungeheuerlich mißgestalteten Travestie eines menschlichen Schädels. Die Arbeiter bekreuzigten sich erschrocken, als sie auf die Reste dieser gotteslästerlichen Kreatur stießen, aber später zündeten sie aus Dankbarkeit Opferkerzen in der Kirche des St. Stanislaus an, denn sie waren überzeugt, daß sie von nun an nie mehr dieses schrille, geisterhafte Gekicher hören würden.

Pickmans Modell

»Glaub du bloß nicht, ich sei verrückt, Eliot, es gibt 'ne Menge anderer Leute, die mit weit merkwürdigeren Abneigungen herumlaufen. Nimm doch mal Olivers Großvater, der um keinen Preis in ein Auto steigen würde – warum lachst du nicht über ihn? Und wenn ich persönlich diese verdammte Untergrundbahn nicht ausstehen kann, so ist das meine Sache; und außerdem sind wir ja mit dem Taxi schneller hergekommen. Wenn wir mit der Untergrundbahn gekommen wären, hätten wir den ganzen Hügel von Park Street hinaufgehen müssen.

Ich weiß, ich bin seit meinem letzten Besuch im Vorjahr eher nervöser geworden, aber halte mir jetzt um Himmels willen keine psychiatrischen Vorlesungen. Ich habe weiß Gott mehr als einen Grund dafür und muß mich außerdem noch glücklich schätzen, nach all diesen Erlebnissen nicht den Verstand verloren zu haben.

Gut, wenn du es unbedingt hören willst, warum sollte ich dir nicht alles erzählen? Vielleicht ist das sogar notwendig, sonst schreibst du mir am Ende wieder besorgte Briefe, weshalb ich nicht mehr im Künstlerclub erscheine und Pickman meide. Jetzt, da er verschwunden ist, gehe ich sogar ab und zu wieder hin, aber dennoch – meine Nerven sind einfach nicht mehr das, was sie waren.

Nein, ich habe nicht die geringste Ahnung, was aus Pickman geworden ist und will auch nicht darüber nachdenken. Wahrscheinlich vermutest du, daß ich ihn aus einer inneren Eingebung heraus fallengelassen habe. Und damit hast du nicht unrecht. Was aus ihm geworden ist – darüber will ich lieber gar nicht nachdenken. Nach ihm zu forschen ist Sache der Polizei, mag sein, daß sie Glück haben. Bisher haben sie noch nicht einmal herausbekommen, daß er unter dem Namen Peters irgendwo in North End eine Bude gemietet hatte. Ich bin nicht besonders sicher, daß ich sie selbst wiederfände – ganz abgesehen davon, daß ich das niemals versuchen würde, nicht einmal am hellen Tag! Ja, ich weiß, oder fürchte zu wissen, wozu er sie gebraucht hatte. Ich werde dir das gleich erklären. Und dann wirst du auch verstehen, warum ich der Polizei davon nichts erzähle. Die würden glatt verlangen, daß ich ihnen den Weg dahin zeige. Das aber brächte ich, selbst wenn ich es könnte, nicht über mich. Es war irgendein *Ding* dort – und seitdem ich *das* gesehen habe, wage ich mich in keine Untergrundbahn mehr oder, von mir aus lach drüber, in Keller oder sonstige Räume, die unter der Erde liegen.

Ich hoffe sehr, daß du nicht angenommen hast, ich hätte Pickman aus denselben Gründen fallengelassen, wie sie diese Waschweiber von Dr. Reid, Joe Minot oder Rosworth gegen ihn vorbrachten. Das Morbide in der Kunst schockiert mich keineswegs, und wenn ein Mensch so genial veranlagt ist, wie Pickman es war, fühle ich mich durch seine Bekanntschaft nur geehrt, ganz gleich in welcher Richtung sich sein Werk bewegt. Boston hat niemals einen größeren Maler als Richard Upton Pickman besessen. Das war schon immer meine Überzeugung, ich habe sie nie geändert, bin keinen Zoll breit von ihr abgewichen, selbst nicht dann, als er mir sein Gemäle ›Ghoule beim Fraß‹ zeigte. Das war damals, du erinnerst dich sicher noch daran, als Minot erklärte, er wolle mit ihm nichts mehr zu schaffen haben.

Du weißt, es bedarf einer großen, wirklichen Begabung und einer profunden Einsicht in die Natur vieler Dinge, um *solche* Themen wie ein Pickman malen zu können. Ist doch heutzutage jeder lausige Titelillustrator imstande, Farbe auf die Leinwand zu klatschen, um dann das Ganze meinetwegen ›Nachtmahr‹, ›Hexenritt‹ oder gar ›Portrait des Satans‹ zu nennen; aber nur ein Genie vermag so zu malen, daß das Bild wirklich Furcht erregt und einfach stimmt. Denn nur der wahre Künstler kennt die tatsächliche Anatomie des Grauens oder die Psychologie der würgenden Furcht, deren genaue Linien und entsprechende Farbkontraste und Lichtwirkungen unserem Unterbewußten eine unerklärliche Angst einflößen. Ich brauche dir wohl nicht zu sagen, warum uns ein Füßli zutiefst erschauern läßt, während die billige Titelillustration zu einer Geistergeschichte bloß lächerlich wirkt. Es gibt da irgendwas, was diese Burschen einfangen, etwas aus einer anderen Sphäre, das uns, wenn auch vielleicht nur für einen Augenblick, Einsicht in eben diese andere Sphäre vermittelt. Doré besaß diese Gabe, und heute haben wir Sime, und Angarola in Chicago. Aber Pickman hatte sie in einem so hohen Maße wie kein anderer zuvor – und ich hoffe, er wird der letzte gewesen sein. Frage mich bitte nicht, *was* sie sehen; du weißt, in der Kunst ist es normalerweise so: Der ganze Unterschied, der gemacht wird, ist der zwischen den belebten, atmenden Dingen, die nach der Natur oder nach Modellen gezeichnet werden auf der einen Seite, und andrerseits der artifizielle Plunder, den geschäftstüchtige Möchtegerns nach akademischen

Regeln in einem kahlen Atelier auf die geduldige Leinwand hinhauen. Tja, ich würde sagen, der wahre Maler des Makabren besitzt eine Art Sehergabe, die Modelle anzufertigen, in denen er die gespenstische Welt, in der er lebt, nachvollzieht. Weiß Gott, er versteht es, Bilder hervorzubringen, neben denen sich die Pfefferkuchenträume mancher Kleckser ausnehmen wie die Bilder eines begabten Portraitisten neben den Machwerken eines Fernkursusteilnehmers. Hätte ich jemals Pickmans Visionen gehabt – aber nein! Komm, laß uns einen Schluck trinken, bevor ich weitererzähle.

Mein Gott, ich wäre wohl nicht mehr am Leben, oder bei gesundem Verstand, hätte ich je das gesehen, was dieser Mensch – wenn er überhaupt ein Mensch war! – gesehen hat.

Du weißt, Portraits waren Pickmans Stärke. Ich meine, es hat seit Goya wohl keinen anderen Maler gegeben, der es vermocht hätte, in ein Antlitz den Ausdruck der schieren Hölle zu setzen. Und vor Goya mußt du schon weit ins Mittelalter zurückgehen – da haben sie die Wasserspeier und Höllenfratzen von Notre-Dame und Mont Saint-Michel aus den Steinen gehauen. Sie glaubten an eine Menge Dinge, diese Burschen – und vielleicht sahen sie sogar tatsächlich alles mögliche; das Mittelalter hatte da einige sehr merkwürdige Perioden. Ich entsinne mich, wie du selbst einmal Pickman fragtest, von wo zum Kuckuck er all diese Ideen und Gesichte herhabe. Erinnerst du dich noch an das böse Lachen, das er dir zur Antwort gab? Dieses Lachen dürfte auch der Grund gewesen sein, weshalb der gute Reid nichts mehr mit ihm zu tun haben wollte. Reid begann damals, wie du weißt, sich mit vergleichender Pathologie zu beschäftigen und war mit allerlei prächtigem Zeug wie »biologische oder evolutionäre Bedeutung mentaler und physikalischer Symptome« zum Brechen voll. Er behauptete, daß Pickman ihn von Tag zu Tag mehr abstoße, daß sein Gesichtsausdruck sich in einer solch abscheulichen Weise verändere, daß es nicht mehr menschlich zu nennen sei; ja, er habe einen förmlichen Horror in seiner Gegenwart. Pickman war seiner Meinung nach anomal und höchstgradig pervertiert veranlagt. Du hast, glaube ich, sogar selbst einmal Reid in einem Brief geschrieben, daß nicht Pickman es sei, der ihn nervlich zermürbe und aufwühle, sondern dessen Bilder. Ich selbst sagte ihm damals Ähnliches.

Du darfst aber von mir nicht denken, ich habe Pickman etwa wegen solcher Dinge gemieden, ganz im Gegenteil, meine Bewunderung für ihn wuchs sogar, denn dieses ›Ghoule beim Fraß‹ bedeutete einen immensen Fortschritt in seiner Kunst. Trotzdem fand sich, wie du weißt, nicht eine Galerie, die dieses Bild ausgehängt hätte, und das ›Museum of Fine Arts‹ weigerte sich, es als Geschenk anzunehmen. Kein Mensch wollte es kaufen, das versteht sich wohl von selbst, und Pickman hatte es bis zu seinem Verschwinden im Atelier hängen. Jetzt ist es bei seinem Vater in Salem – Pickman stammte, wie du weißt, von dort her, und eine seiner weiblichen Vorfahren wurde 1692 als Hexe hingerichtet.

Ich hatte es mir angewöhnt, Pickman immer häufiger zu besuchen, besonders, nachdem ich mit Vorstudien zu einer Abhandlung über makabre Kunst begonnen hatte. Es ist wahrscheinlich, daß mich seine Bilder auf diese Idee gebracht haben; es erwies sich auch bald, daß er mir für meine Arbeit sehr wertvolle Ratschläge und Hinweise zu geben vermochte. Er zeigte mir seine ganzen Gemälde und Zeichnungen einschließlich einiger Federskizzen, welche letzteren, wären sie bekannt geworden, ihn zweifellos die Mitgliedschaft im Club gekostet hätten. Es dauerte auch nicht lange, so war ich einer seiner eifrigsten Bewunderer geworden und konnte ihm stundenlang wie ein Schuljunge bei seinen Theorien und philosophischen Spekulationen zuhören, die bizarr genug waren, um ihn für das Irrenhaus von Denver zu qualifizieren. Meine Verehrung für ihn, die sich mit der Tatsache verband, daß ihn die Leute immer mehr mieden, bestärkte sein Vertrauen zu mir. Und eines Abends sagte er, er wolle mir einige seiner Bilder zeigen, die alles bisher Gezeigte in den Schatten stellen würden.

›Wissen Sie‹, sagte er, ›da existieren einige Dinge, die in Newbury Street unmöglich sind, Dinge, die dort fehl am Platze wären und ohnedies nur an anderen Orten entstehen können. Ich betrachte es als meine Aufgabe, die Nuancen der menschlichen Psyche sichtbar zu machen, ihre ungeheuerlichen Abgründe zu offenbaren – aber unter den Snobs, die da in ihren neuen Villen sitzen, werde ich diese kaum finden. Back Bay ist noch lange nicht Boston; ja, es ist vorläufig noch gar nichts, ist viel zu jung, um seine eigenen Traditionen, Erinnerungen oder gar Geister zu besitzen. Und sollten dort Geister umgehen, so sind es jämmerlich zahme Erscheinungen, Gespenster aus einer seichten Bucht, Vogelscheuchen aus den salzigen Nebelmarschen vor der Stadt. Was ich aber brauche, das sind Geister von menschlichen Wesen, die die Hölle erlebt haben und die auch verstanden haben, was sie in ihr sahen.

Der einzige Ort, wo ein Maler leben kann, ist North End. Und würde es einer von diesen Ästheten wirklich ernst meinen, so müßte er auf der Stelle in die Slums ziehen – schon der Traditionen wegen, denen man dort auf Schritt und Tritt begegnet. Herrgott, Mann! haben Sie sich einmal überlegt, daß dieses Viertel nicht gebaut wurde, sondern gewachsen ist, richtig gewachsen? Ganze Generationen lebten, fühlten und starben dort! Und das alles zu Zeiten, wo die Leute noch keinerlei Angst hatten zu leben, zu fühlen, zu sterben. Wußten Sie eigentlich, daß 1632 auf Coppshill eine Windmühle stand und daß die Hälfte der Straßen dieser Stadt bereits vor 1650 angelegt wurde? Ich kann Ihnen Häuser zeigen, die vor zweihundertfünfzig Jahren und mehr errichtet wurden, die vieles gesehen haben, Dinge, darüber moderne Häuser längst in Staub und Asche zerfallen wären. Was weiß man heutzutage vom Leben und dem, was dahinter ist? Sie halten die Hexenprozesse von Salem für Wahnwitz und Aberglauben, aber ich möchte wetten, meine Ururahnin hätte Ihnen da allerhand hübsche Stücklein vorzaubern können. Man henkte sie auf Gallows Hill, und der werte Cotton Mather stand mit salbungsvoller Miene dabei und sah zu. Aber Mather – der Teufel hol ihn! – hatte im Grunde genommen nur Angst, es könne sich jemand aus dem monotonen Käfig jener Zeit losreißen. Daß ihn doch einer verflucht oder allnächtlich sein Blut gesogen hätte!

Ich kann Ihnen ein Haus zeigen, in dem er wohnte, aber auch ein anderes, das er nie betreten hätte, obwohl er immer so kühne Reden schwang. Ja, er wußte von einigen Dingen, die er nie in seinen albernen *Magnalia* oder in den hirnrissigen *Wundern der Unsichtbaren Welt* zu erwähnen gewagt hätte. Wußten Sie eigentlich, daß das ganze North End von unzähligen Gängen durchzogen war, in denen gewisse Leute von einem Haus zum andern, zum Friedhof oder ans Meer gelangen konnten, ohne von einer Menschenseele gesehen zu werden? Mochten sie auch oben ihre hündischen Streifzüge halten, jeden Winkel absuchen – unter der Erde ging das lichtscheue Treiben ungestört vor sich, und in den Nächten hörte man Gelächter, aber man wußte nie, woher es kam.

Mann, ich möchte mit Ihnen wetten, daß in acht von zehn Häusern, die noch vor 1700 gebaut wurden, allerlei merkwürdige Dinge in den Kellern zu entdecken wären! Es vergeht kaum ein Monat, daß nicht bei Ausschachtungsarbeiten neue Funde gemacht werden – die Arbeiter stoßen auf zugemauerte Gänge, verschüttete Durchlässe, bodenlose, abgrundtiefe Brunnen. Im letzten Jahr wurde ein solcher Brunnen in Henchman Street freigelegt, hier gleich in der Nähe. Früher hausten dort Hexen und die Geister, die sie heraufbeschworen; Piraten mit ihrer maritimen Beute; Schmuggler; Straßenräuber; die Leute verstanden damals zu leben und die Grenzen ihrer eher beengten Zeit zu durchbrechen, das kann ich Ihnen sagen! Und es war nichts weniger als nur eine Welt, die damals ein kühner unternehmungslustiger Mann für sich beanspruchen durfte, ha! Er konnte in eine Menge anderer vordringen. Und heutzutage fallen die Herren Künstler bereits in Ohnmacht, wenn sie ein Bild sehen, das die Horizonte eines Teestundenplausches in Beacon Street überschreitet.

O diese zartrosa Lämmerhirne! Das einzige trostreiche an unserer gegenwärtigen Zeit ist tatsächlich das Faktum, daß der Durchschnittsmensch viel zu beschränkt ist, um sich mit den Fragen der Vergangenheit näher zu befassen. Was sagt einem denn schon ein Stadtplan oder ein Führer über das North End? Bah, ich garantiere Ihnen, daß ich Sie durch dreißig oder vierzig schmale Gassen und Straßen führen kann, die alle nördlich von Prince Street liegen und kaum von einem Menschen betreten worden sind, ausgenommen die Italiener, die in dieser Gegend wohnen. Aber was wissen diese Dagoes schon darüber? Nein, Thurber, diese uralten Gegenden sind voll der traumhaftesten Wunder und Schrecken, voll der Flucht aus dem Banalen, was aber nützt es, wenn keine Menschenseele daraus Gewinn zu ziehen versteht? Oder besser gesagt, eine gibt es doch – nicht umsonst habe ich in der Vergangenheit herumgegraben!

Sehen Sie, Sie interessieren sich doch für dergleichen. Was würden Sie sagen, wenn ich mir dort oben ein zweites Atelier eingerichtet hätte? Ein geheimes Atelier, wo ich die Nachtmahre und uralten Schreckgespenster auf mich einwirken lasse, wo ich Dinge zu malen vermag, die mir hier in Newbury Street nicht einmal im Traume einfielen. Es versteht sich natürlich von selbst, daß ich darüber nie etwas im Club erzählen würde – mir genügt es schon, wenn Mr. Reid hinter meinem Rücken verbreitet, ich befände mich mitten in einem Prozeß, der eine Umkehrung der menschlichen Evolution bedeute. Und da ich nun mal der Auffassung bin, daß ein Künstler nicht bloß das Erbauliche, Schöne, sondern auch das Schreckliche, Grausenerregende darstellen soll, habe ich mich an verschiedenen Orten umgesehen, wo ich es zu finden hoffen konnte.

Ich habe in einem Viertel, das Fremde höchstens einmal im Jahr, und dann auch nur aus purem Zufall, zu Gesicht bekommen, eine kleine Wohnung gemietet. Sie liegt ganz in der Nähe der Untergrundbahn, geistig aber und seelisch trennen sie Jahrhunderte von unserer Gegenwart. Ich habe sie vor allem wegen des alten Brunnens, der sich im Keller befindet, genommen – einem jener unsäglichen Schächte, wie ich sie vorher erwähnte. Es macht mir nicht viel aus, wenn mir die alte Bruchbude fast über dem Kopf zusammenstürzt, die Summe, die ich dafür bezahle, ist ja lächerlich. Es gibt kein Fenster, das nicht mit alten Brettern vernagelt wäre, ein Umstand, der meinen Absichten jedoch nur entgegenkommt, weil ich für meine Arbeit kein Tageslicht brauche, noch gebrauchen kann. Ich male im Keller, dort ist die Atmosphäre am dichtesten, habe mir aber im Erdgeschoß ein paar Räume möblieren lassen. Das Haus gehört einem Sizilianer, und ich habe es unter dem Namen Peters gemietet.

Wenn Sie mitmachen wollen und Lust haben, lade ich Sie heute abend ein, mit mir dorthin zu gehen. Ich bin überzeugt, daß Ihnen die Bilder gefallen werden. Ich habe mich in Ihnen, sagen wir, ein wenig ausgetobt. Es ist gar nicht so weit – hin und wieder lege ich sogar den Weg zu Fuß zurück; ich möchte kein Aufsehen mit einem Taxi erregen. Und wenn wir mit der Untergrundbahn bis zur Battery Street fahren, haben wir nicht mehr viel zu laufen.‹

Du kannst dir vorstellen, Eliot, wie begeistert ich über seine Einladungen war. Für mich gab es nach diesem Gespräch nicht viel mehr zu tun als in das nächstbeste Taxi zu springen. Wir stiegen an der South Station in die Untergrundbahn um und erreichten gegen Mitternacht die uralten, ausgetretenen Steintreppen, die von Battery Street den Hafen entlang in Richtung Constitution Wharf führen. Dort in dem zitternden Halbdunkel verlor ich bald völlig die Orientierung, und ich kann mich unmöglich mehr daran erinnern, die wievielte Seitengasse es war, in die wir schließlich einbogen. Greenough Lane war es jedenfalls nicht.

Wir stiegen die verfallenste und schmutzigste Gasse, die ich je in meinem Leben gesehen habe, hoch – vermodernde Giebel, eingeschlagene uralte Fensterscheiben und rußdunkle, unwirklich hohe Schornsteine, die im hellen Mondlicht wie Kirchhofsgespenster wankten. Die Häuser müssen unwahrscheinlich alt gewesen sein, denn es waren mindestens zwei unter ihnen, die eine Art Walmdach besaßen, wie sie zu Cotton Mathers Zeit üblich waren, obwohl dir jeder Historiker versichern wird, daß diese architektonische Seltenheit in ganz Boston nicht mehr anzutreffen ist. Von dieser Gasse aus bogen wir in eine noch dunklere ab, dann ging es einige Minuten geradeaus weiter, bis wir schließlich vor einem veritablen Labyrinth aus finsteren Hinterhöfen und engen Durchlässen standen. Pickman, der mich am Arm genommen hatte, brachte eine Taschenlampe zum Vorschein, in deren kreisrundem Lichtkegel ich eine wurmzerfressene Tür erblickte, die nahezu aus den Angeln fiel. Er schloß auf und schob mich in einen kahlen Korridor, der eine Täfelung aufwies, die sicher einst sehr prachtvoll gewesen war. Sie bestand aus dunklem Eichenholz, war zwar einfach gearbeitet, gemahnte aber bestürzend an Andros, Phipps und die Hexenzeit. Dann bat er mich durch eine Tür, die sich links neben dem Eingang befand, entzündete eine Petroleumlampe und bot mir einen Stuhl an.

Du weißt, Eliot, ich bin, wie man so schön sagt, ein hartgesottener Bursche. Aber ich muß dir gestehen, daß mir das, was mir dort von den Wänden entgegenblickte, kalte Schauer über den Rücken jagte. O ja, das waren in der Tat die Bilder, die er unmöglich in Newbury Street hätte malen können, und er hatte nur zu recht, als er zuvor meinte, er habe sich in ihnen *ausgetobt*. Komm, nimm noch einen Schluck – ich zumindest brauche einen.

Es wäre zwecklos, wenn ich dir jetzt die Gestalten auf seinen Bildern beschriebe, denn dieser grausenhaft tropfende Horror, diese ungeheure Abscheulichkeit, dieser namenlos seelenzermürbende Leichengestank, den diese alles Irdischen baren Geschöpfe und Wesen ausstrahlten, diese krankhafte pervertierte Phantasie ist mit menschlichen Worten nicht zu schildern. Nicht daß du glaubst, Pickman habe sich der eher ausgefallenen Technik von Sidney Sime bedient oder meinetwegen der Effekte, wie sie Clark Ashton Smith bei seinen transsaturnischen Paysagen oder den lunaren Pilzwucherungen anwendet, die uns das Blut unserer Adern vereisen. Die Hintergründe waren fast immer alte Begräbnisstätten, tiefe schwarzverschleimte Wälder; Klippen, die sich eklig und unheilig grün in das vermoderte Herz einer fahlen See hinausschoben; düstere getäfelte Säle oder einfach das Mauerwerk von Grüften, deren Anblick einem die Seele hätte abwürgen können. Der Friedhof von Copps Hill, der von dort aus keine drei Häuserblöcke entfernt liegen dürfte, war eine seiner liebsten Szenerien.

Der grauenhafte Wahnsinn und die Monstrosität ging größtenteils von den nokturnen Gestalten im Vordergrunde aus – denn
Pickmans morbides Genie erstreckte sich vor allem auf die Darstellung infernalischer Porträts. Diese Wesen, obgleich sie alles andere als menschlich genannt werden konnten, zeigten dennoch
mehr oder minder menschliche Züge. Dem Körperbau nach waren
sie zwar als Zweibeiner zu erkennen, allein ihre vorgebeugte Haltung hatte etwas Canines, Hündisches. Die Bizarrerie ihrer Extre-
mitäten hatte die Beschaffenheit von zähem Schleim und grauem,
warm zerfließendem Gummi – puh! ich habe sie noch förmlich vor
Augen.

Über ihre Beschäftigung will ich mich lieber nicht auslassen – die
meisten waren fressend und schmatzend dargestellt – aber frage
mich nicht, woran sie schmatzten und fraßen! Einige dieser Gemälde zeigten ganze Rudel von abscheulichen, außerweltlichen
Kreaturen auf nebelzerkauten Friedhöfen oder in unterirdischen
Gängen, und oft schien es, als rissen sie sich wie Hyänen und Scha-
kale um ihre grausige Beute – oder, dieser Ausdruck wäre hier besser angebracht, um ihre ausgegrabenen Leichenschätze. Und welchen unglaublichen Ausdruck dieser infernalische Pickman
manchmal den Gesichtern jener bereits halb zu Aas gewordenen
menschlichen Beute zu geben vermochte! Häufig kamen diese
grauenhaften Wesen des Nachts durch offene Fenster gesprungen,
ja, kauerten grinsend auf der Brust schlafender Menschen, zermarterten mit abscheulichen grünen Gebissen deren Kehlen, saugten
sich in lebenden Augen fest. Ein Bild zeigte sie in unaussprechlich
grausem Gehopse um eine gehängte Hexe, und das Antlitz der sich
langsam Entfleischenden schien mir mit den Tänzern eine verdammte Ähnlichkeit aufzuweisen. Bilde dir aber jetzt bloß nicht
ein, es sei die Morbidität seiner Szenerie und Thematik gewesen,
die mich vor Übelkeit fast an den Rand einer Ohnmacht brachte,
nein, Eliot, das hätte ich alles noch ertragen, schließlich bin ich
kein dreijähriger Junge und habe in dieser Welt schon allerlei gesehen. Es waren die Gesichter, Eliot, diese verfluchten unheiligen
Gesichter, die mich mit der Schmierigkeit des tiefsten Höllen-
sumpfes anstarrten und die gleich einem mephitisch stinkenden
Morast aus der Leinwand wider mich hervorzustürzen drohten!
Und wie die lebten! O Gott, Mann, Eliot! Ich glaube tatsächlich,
ich bin in diesem Augenblick zum Leben erwacht. Dieser geniale
wie ekle Zauberer hatte die Flammen der untersten Hölle be-

schworen, sein Pinsel war ein magischer Stab gewesen, der diese Nachtmahre förmlich gelaicht hatte. Komm, Eliot, gib mir mal die Karaffe herüber.

Ein Bild trug den Titel ›Die Lektion‹ – dem Himmel sei es geklagt, daß ich es jemals erblickte! Hör zu: Kannst du dir vorstellen, wie es aussieht, wenn so ein Haufen unaussprechlich widerlicher, hundehafter Wesen rund um ein zartes Kind hockt, um ihm beizubringen, wie es sich nach ihrer eigenen schauderhaften Weise zu ernähren habe? Gegen einen Wechselbalg eingetauscht! Du kennst doch diese alten Geschichten, in denen die Unter- oder Unirdischen ihre höllische Brut in den Wiegen der Säuglinge, die sie gestohlen haben, zurücklassen? Und Pickman stellte hier in meisterhafter Art dar, was aus solchen unglücklichen Kindern wird, wie es ihnen ergeht, wie sie aufwachsen – und durch diese Darstellung wurde mir zum erstenmal die abstoßende Ähnlichkeit zwischen jenen menschlichen und nichtmenschlichen Geschöpfen klar. Pickman zeigte in grausiger Eindringlichkeit den sukzessiven Übergang von der niedrigsten und verkommensten Stufe menschlichen Lebens zu diesen nicht mehr menschlichen Bestialwesen auf. Ich fragte mich gerade, was wohl aus diesen Wechselbälgern werden mochte, die man den Bestohlenen ins Nest gelegt hatte, als mein Auge auf ein anderes Gemälde fiel, das diesen Vorgang verkörperte. Es zeigte ein altertümliches puritanisches Interieur, die Familie war zu einer Andacht versammelt, der Vater las aus der Heiligen Schrift. Auf allen Gesichtern lag ein Ausdruck von edler Frömmigkeit und religiöser Hingebung – nur eines trug einen abgründigen Hohn. Es gehörte einem jungen Mann, offenbar dem ältesten Sohn des Vorlesenden, denn eine gewisse Ähnlichkeit mit diesem war keinesfalls zu verkennen; aber der innere Ausdruck seines Wesens war dennoch der, den eine dieser unreinen Kreaturen bei ähnlicher Gelegenheit empfunden haben würde. Es war der Wechselbalg – und Pickman hatte ihm in einer Stimmung von raffinierter Ironie seine eigenen Züge gegeben.

Währenddessen hatte mein Gastgeber im Nebenzimmer Licht gemacht und hielt mir nun lauernd zuvorkommend die Tür auf. Ob ich nichts von seinen modernen Studien sehen wolle?

Ich war bislang noch nicht dazugekommen, ihm meine Meinung über das Gesehene zu sagen – ich war zu sprachlos vor Ekel und Furcht –, glaubte aber dennoch, daß er sich über meine Sprachlosigkeit höchlich geschmeichelt fühlte. Du weißt, Eliot, ich bin kein

Hasenfuß, der, weicht etwas vom Üblichen ein wenig ab, in Ohnmacht fällt, aber bei dem, was sich mir jetzt bot, stieß ich einen erstickten Schrei des Grauens aus; ich schwöre dir, mir versagten die Knie, und ich mußte mich an den Türrahmen klammern, um nicht der Länge nach hinzustürzen. Wohl hatten die Bilder im ersten Zimmer alle möglichen Hexen und Monstren gezeigt, grausenhaftes Gelichter, das in der Welt unserer Altvorderen sein Unwesen trieb, allein die Gemälde in diesem Raum versetzten jene Höllenvisionen in unsere Gegenwart.

Herrgott, wie dieser Mensch malen konnte! Eine dieser Studien hieß ›Unfall in der Untergrundbahn‹ und zeigte ein Rudel dieser Ungeheuer, das eben aus einer Spalte im Erdreich nach oben kroch, ein ekliges graues Gewühle, das sich madenhaft blaß aus einer unbekannten Katakombe kommend über den Bahnsteig der Boston Street Station ergoß, um die wartenden Fahrgäste anzufallen. Ein anderer Versuch wieder stellte ein schreckliches Reigengewoge zwischen den modrigen grasüberwucherten Grabmälern von Copps Hill dar. Der dazugehörige Hintergrund war jedoch ohne weiteres als das neue Boston zu erkennen. Dann folgte eine Reihe von Kelleransichten, in denen grauenvolles Unwesen durch geborstenes Mauerwerk und verschimmelte Löcher kroch, satanisch grinsend in dunklen Ecken hockte oder sich hinter Fässern und alten Öfen verbarg, um dort dem ersten besten, der die Treppe herunterkommen sollte, aufzulauern.

Eines dieser wahnsinnserregenden Gemälde zeigte mir ein ungeheures Katakombensystem auf Beacon Hill, in dem sich ganze Heerscharen dieser mephitischen Monstren ameisengleich auf- und abtummelten. Tänze in den modernen Friedhöfen der Stadt waren schonungslos dargestellt, und es war einer dieser unaussprechlichen Entwürfe, der mich fast um die Besinnung brachte: ein namenlos grauenhaftes Gezücht wimmelte um einen Menschen, der einen wohlbekannten Reiseführer von Boston in der Hand hielt und offensichtlich laut daraus vorlas. Jedes der Dinge deutete nach einer gewissen Stelle, jede ihrer Fratzen war zu einer dämonischen, epileptisch verzerrten Karikatur verzogen, ja, man meinte förmlich, ihr schreckliches Gelächter zu hören. Das Bild trug folgenden Titel: *Holmes, Lowell und Longfellow liegen auf dem Mount Auburn beerdigt.*

Nachdem ich mich wieder ein wenig gefaßt und an dieses zweite Schreckenskabinett gewöhnt hatte, betrachtete ich dessen einzelne

Stücke mit größerer Ruhe, um die Ursachen jener abgrundtiefen Abscheulichkeit genauer zu analysieren, die mich bei ihrem Anblick überfallen hatte. Ich sagte mir, daß wohl vor allem die Tatsache schuld daran war, daß sie Pickman in seiner exzessiven Unmenschlichkeit zeigten. Er mußte ein gnadenloser Feind aller Menschheit sein, daß ihn die Folter des Hirns und des Fleisches und die Erniedrigungen der sterblichen Hülle so entzückten. Dazu gesellte sich freilich auch die meisterhafte Manier, in der die Bilder gemalt worden waren. Es war vor allem die ihnen innewohnende Überzeugungskraft – denn, stand man vor diesen Werken, so sah man die Dämonen unmittelbar. Seltsamerweise aber erzielte Pickman diese Effekte nicht etwa durch grobe Kontraste oder überspitzte Bizarrerien. Nichts an seinen Studien war diffus, verzerrt oder abgemildert, die Umrisse traten scharf und lebensecht auf, sämtliche Details waren mit peinlichster Genauigkeit ausgeführt. Und diese Gesichter!!

Hier war nicht ein Künstler am Werk gewesen, der das von ihm Gesehene in ihm gemäße Formen übertragen hatte, es war ein schieres Pandämonium, objektiv klar wie Kristall. Bei Gott, das war es! Dieser Mann war weder ein Phantast noch ein Romantiker – er versuchte keineswegs, uns die schäumenden, prismatischen Ephemera des Traums zu oktroyieren, nein, er schilderte mit eiskalter Überlegung eine wohlfundierte Welt des Horrors, die er ohne Beschönigungsversuche oder barmherzige Abstriche in klaren Formen ausdrückte. Weiß der Teufel, wo diese Welt gelegen oder wo er diese heillosen, verdammten Wesen, die da schlurften, hopsten, madenhaft krochen, erschaut haben mag! Eine Tatsache war jedenfalls evident: Pickman war – gemessen an Beobachtung und Ausführung – in jeder Beziehung ein durch und durch genauer, ja fast wissenschaftlich vorgehender *Realist*.

Mein Gastgeber ging jetzt voraus, um mir sein eigentliches Atelier in den Kellerräumen zu zeigen, und ich bereitete mich im stillen auf einige abominable Szenen bei den noch unvollendeten Studien vor. Als wir an der untersten Stufe der Kellertreppe angelangt waren, schaltete er seine Taschenlampe ein und richtete sie gegen ein kreisrundes Gebilde, das aus Backstein ausgeführt war, und augenscheinlich die Einfassung eines Brunnens darstellte. Als ich näher herantrat, sah ich, daß mich meine Vermutung nicht getäuscht hatte. Der Brunnen besaß einen Durchmesser von etwa fünf Fuß, die Wandung war gut einen Fuß dick und erhob sich nahezu sechs

Zoll über dem feuchten, modernden Fliesenboden – solide Mauerarbeit aus dem 17. Jahrhundert, wenn ich mich nicht irre. Pickman zeigte darauf und erklärte mir, daß dieser Brunnen ein Teil jenes unterirdischen Systems von Gängen und Gewölben sei, über das er mir berichtet habe. Im Vorbeigehen stellte ich fest, daß die Öffnung nicht zugemauert, sondern bloß mit einem schweren, dunklen Holzdeckel verschlossen war. Einen Augenblick entsann ich mich wieder Pickmans Schilderungen jener grausigen Vorgänge, welche sich vor Zeiten hier abgespielt haben mochten, und fuhr erschreckt zusammen. Schaudernd folgte ich ihm durch eine enge Türe in einen Raum mittlerer Größe, der als Malatelier eingerichtet war. Eine große Acetylenlampe versorgte ihn mit dem nötigen Licht für seine Arbeit.

Die noch unfertigen Bilder entlang der feuchten Wände oder auf den Staffeleien waren nicht minder entsetzenerregend als die im Erdgeschoß hängenden. Aber an ihnen konnte man die peinlich genauen Methoden des Malers besser verfolgen. Die einzelnen Szenen waren sorgfältig mit Kohle ausgeführt und mit feinen Strichen in quadratische Felder eingeteilt, damit Pickman später Perspektive und Proportion entsprechend übertragen konnte. Der Mann war großartig! Ich ändere auch jetzt, nachdem ich all das über ihn erfahren habe, nicht mein Urteil. Eine große Fotokamera, die auf einem Tisch lag, erregte mein Interesse. Ich fragte mich, wozu sie dienen möge, und erfuhr, daß er damit Szenen fotografierte, die er als Hintergrund für seine Gemälde verwendete, anstatt sie nach der Natur zu malen, es wäre ihm zu mühsam, seine gesamte Malausrüstung wegen dieser oder jener Ansicht durch die ganze Stadt zu schleppen. Er meinte, eine fotografische Aufnahme würde vollauf genügen, und verriet mir auch, daß er den Apparat regelmäßig verwende.

Es lag etwas ungeheuer Bedrückendes in all diesen Skizzen und unvollendeten Monstrositäten, die aus allen Ecken und Enden dieses Raumes lauerten und drohten, so daß ich vollends die Beherrschung verlor und laut aufschrie, als Pickman unversehens eine riesige Leinwand enthüllte, die bisher mit einem Tuch verhängt gewesen war. Mein Schrei – der zweite in dieser Nacht – echote von den schimmelpilzigen Wänden dieses alten Gewölbes, und es war, als wolle er kein Ende nehmen. Nur mit Mühe konnte ich ein hysterisches Gelächter unterdrücken, das sich in meiner Kehle qualvoll breitmachte...

Allmächtiger Gott, Eliot, ich weiß wahrhaftig nicht mehr, was daran Wirklichkeit und was Fiebertraum war, aber noch heute erscheint es mir undenkbar, daß unsere Erde eine solch höllische Vision beherbergen könnte!

Es war eine kolossale und grausenhafte Blasphemie, ein unsäglich verbotenes Ungeheuer mit infernalisch glühenden roten Augen, das in seinen skeletthaften Krallen einen lebenden Menschen umklammert hielt, dessen Kopf es, wie ein Kind, das sich an einer Zuckerstange gütlich tut, abknabberte. Es schien sprungbereit niedergekauert zu sein, so daß man den Eindruck gewann, es könne jeden Augenblick seine grausige Beute fallenlassen, um nach einer saftigeren Beute zu fassen. Aber, verdammt noch mal, es war ja nicht einmal gar so sehr dieses höllische Hundewesen, das mir diesen panischen Schock versetzte, es waren nicht diese Hundeschnauze, die zottigen Fledermausohren, die blutunterlaufenen Augen, die breitgedrückte Nase, die zurückgezogenen Lefzen, aber auch nicht die schuppigen Krallen, der lehmüberkrustete Rumpf oder die halbhufigen Satansfüße – obgleich schon allein dieser Anblick genügt hätte, einen weniger stabilen Menschen in den ausweglosesten Wahnsinn zu treiben.

Es war diese ausgeklügelte Technik, Eliot – diese verdammte, unheilige, gottlose, perverse Technik! So wahr ich hier vor dir stehe, ich habe noch nie ein Bild gesehen, das wie dieses von Leben erfüllt zu sein schien. Das Monster existierte – es starrte und nagte und nagte und nagte – und ich erkannte in diesem schrecklichen Augenblick, daß es nicht aus dieser Welt stammen konnte, sondern aus einer anderen, die nur denen offensteht, die ihre Seele verkauft haben. Dieses Bild konnte nur einer gemalt haben, für den die Gesetze der Natur nicht mehr gültig waren.

In einer Ecke der riesigen Leinwand hing ein zerknautschtes Stück Papier, vermutlich das Foto, dachte ich, nach dem Pickman den Hintergrund malen wollte. Ich griff danach, um es zu glätten, doch in diesem Augenblick zuckte Pickman wie von einer Natter gestochen zusammen. Seit mein Entsetzensschrei die Stille dieser Gewölbe zerbrochen hatte, lauschte er mit einer eigentümlichen Intensität, und es war, als empfände er jetzt irgendwie Angst, eine Angst, die man zwar nicht mit der meinen vergleichen konnte, und die mehr körperlich als geistig zu sein schien. Er zog einen Revolver aus der Tasche, bedeutete mir durch eine Geste zu schweigen, schlich in den Hauptkeller hinaus und zog hinter sich die Tür zu.

Ich glaube, ich war in diesem Augenblick wie gelähmt. Dann lauschte ich aufmerksam, wie Pickman zuvor, und bildete mir kurz darauf ein, aus einer nicht näher zu bestimmenden Richtung Quieken und undeutliches Gescharre zu hören. Ich dachte an riesenhafte Ratten und schauderte bei dieser Vorstellung. Bald darauf drang aus dem andern Raum ein eigenartiges Geklapper herüber, das mich noch mehr in Schrecken versetzte. Es klang wie Holz, das auf Stein oder Ziegel aufschlägt. Holz auf Ziegel – woran mußte ich dabei denken?

Dann kam dieses Geräusch abermals, nur war es jetzt lauter, als sei das Holz aus größerer Höhe auf die Ziegel gefallen, dann erklang ein Knirschen, dem ein unverständlicher Wortschwall aus Pickmans Mund folgte, und gleich darauf hörte ich, wie er alle sechs Schüsse aus seinem Revolver abfeuerte – wahrscheinlich in die Luft wie ein Dompteur, der seine Löwen einzuschüchtern sucht. Es folgte ein ersticktes Quieken und ein dumpfer Knall. Nach einem kurzen Schweigen öffnete Pickman, wodurch ich heftig zusammenfuhr, wieder die Tür. Er hielt die noch rauchende Waffe in der Hand und fluchte über aufgedunsene Ratten, die hier den ganzen Brunnen heimsuchten! ›Weiß der Teufel, von was die da drunten leben, Thurber‹, sagte er seltsam grinsend, ›diese alten Gänge führten einmal nach den Friedhöfen, Hexenhöhlen und ans Meer. Ist ja auch gleich, es wird ihnen wahrscheinlich der Proviant ausgegangen sein, denn anders hätten sie sicher nicht so verzweifelt nach einem Ausweg gesucht. Mag sein, daß sie Ihr Geschrei aufgescheucht hat. In diesen alten Gebäuden muß man etwas vorsichtig sein – unsere knabbernden Freunde sind hier der einzige Nachteil, obgleich ich manchmal glaube, daß sie für Atmosphäre und Kolorit im Grunde genommen unerläßlich sind.‹

Und damit, Eliot, ging dieses nokturne Abenteuer zu Ende. Pickman hatte mir versprochen, er würde mir seine Wohnung zeigen – und das hat er, bei Gott, getan! Er führte mich auf einem anderen Weg in bekanntere Gegenden zurück, wir kamen durch eine lange Reihe von Mietshäusern und alten Gebäuden, im Scheine einer Straßenlaterne las ich auf einem Schild ›Charter Street‹, ich war aber viel zu verwirrt gewesen, um zu bemerken, wie wir eigentlich dorthin gelangt waren. Die Untergrundbahn fuhr nicht um diese Zeit, und wir gingen durch die Hanover Street stadteinwärts. Ich weiß das noch genau. Von Tremont bogen wir nach Beacon ein, und Ecke Joy verabschiedete sich Pickman von mir. Ich habe seither nie wieder mit ihm gesprochen.

Weshalb ich das getan habe, fragst du mich? Sei bitte nicht ungeduldig, warte einen Augenblick, ich will vorher noch nach Kaffee klingeln. Alhohol haben wir schon genug in uns, aber irgend etwas brauche ich doch noch. Nein, nicht wegen der Bilder, die ich dort gesehen habe – obgleich ich dir schwören kann, daß er ihretwegen, hätte jemand von ihnen erfahren, aus neun von zehn guten Häusern und Clubs ausgestoßen worden wäre. Ich will dir das erklären, damit du dich nicht mehr wundern mußt, weshalb ich vor allen Kellern und Untergrundbahnen ein solch unaussprechliches Grauen empfinde. Es war wegen dieser zerknitterten Fotografie, die ich am nächsten Morgen in meiner Manteltasche fand. Ich muß sie unwillkürlich abgerissen und eingesteckt haben, vielleicht wollte ich mir eben den zukünftigen Hintergrund für das Ungeheuer ansehen, als ich so erschreckt wurde... Aha, hier ist der Kaffee, Eliot, trink ihn schwarz, Mann, du wirst es brauchen können!

Ja, dieses Stückchen Papier war tatsächlich der Grund, daß ich mit Pickman brach – mit Richard Upton Pickman, dem genialsten Maler, den ich je zu Gesicht bekommen habe und der zur gleichen Zeit das widerwärtigste Subjekt war, das je seinen Fuß über jene ungewisse Grenzlinie zwischen unserem diesseitigen Leben und dem Höllenpfuhl aus Mythos und Wahnsinn gesetzt hat. Eliot, der gute alte Reid hatte recht! Pickman hatte aufgehört, ein Mensch in unserem Sinne zu sein. War er unter dem Schatten eines seltsamen Sternes geboren worden, oder hatte er Mittel und Wege gefunden, mit deren Hilfe er die Verbotene Pforte zu öffnen vermochte? – Aber wie es auch sei, er ist in die fürchterliche Dunkelheit zurückgekehrt, mit der er so leichtfertig gespielt hat.

Frage mich nicht, was ich an diesem Morgen nach dem Besuch bei Pickman verbrannt habe. Frage mich auch nicht nach jenen seltsamen Geräuschen, die, nach seiner Erklärung, von den Ratten herrühren sollten. Wie du weißt, gibt es Geheimnisse, die uns seit den Tagen von Salem überliefert sind – und Cotton Mather erzählt noch weitaus merkwürdigere Dinge. Du weißt doch, wie verdammt lebensecht Pickmans Bilder waren, wie wir uns alle wunderten, von woher er nur diese Gesichter haben mochte.

Nun, dieses Stückchen Papier zeigte eben nicht die Fotografie eines x-beliebigen Hintergrundes, sondern schlicht und einfach das grauenvolle Wesen, das auf jenem entsetzlichen Bild zu sehen gewesen war. Es war sein Modell – und als Hintergrund war nur eine der Wände seines Kellerateliers zu erkennen. Aber bei Gott, Eliot, *es war eine Blitzlichtaufnahme nach dem Leben*...

Die Musik des Erich Zann

Mit größter Sorgfalt studierte ich Pläne und Karten der Stadt, fand jedoch nie wieder jene Rue d'Auseil. Und es waren nicht nur moderne Pläne, die ich untersuchte; ich weiß, daß Straßennamen häufig Veränderungen unterworfen sind. Ich ließ es mir, im Gegenteil, nicht entgehen, die seltensten und ältesten Karten dieser bizarren Stadt durchzuforschen, ich unterließ nichts, in dieser immerwährenden Dämmerung eine wenn auch noch so bescheidene Spur zu verfolgen, die mich vielleicht doch nach dieser verschollenen, traumversponnenen Straße hätte führen können; allein, was ich auch tat, meine Unternehmungen waren von Anfang an zum Mißlingen verurteilt, und es blieb mir nichts als die demütige Erkenntnis, daß es für mich in aller Zukunft ein Ding der Unmöglichkeit sein würde, jemals dieses Haus, diese Straße, ja selbst die weitere Umgebung wiederzufinden, in der ich in den letzten Monaten meines Hungerlebens als Student der Metaphysik Erich Zanns Musik vernahm.

Es wundert mich keinesfalls, daß meine Erinnerung zerstört ist, denn meine Gesundheit, körperlich wie geistig, hatte während meines Aufenthaltes in der Rue d'Orsay schwer gelitten; auch entsinne ich mich nicht, jemals einen von den wenigen Bekannten, die ich hatte, dorthin mitgenommen zu haben. Daß ich jedoch diesen Ort nicht mehr aufzufinden vermag, erscheint mir einzig dastehend und verwirrend – war er doch keine halbe Stunde Wegs von der Universität entfernt, und außerdem gab es da einige besondere Einzelheiten, die einer, der die Gegend gesehen hatte, kaum mehr hätte vergessen können. Ich bin allerdings noch mit keinem Menschen zusammengetroffen, der die Rue d'Auseil gekannt hätte.

Die Rue d'Auseil lag jenseits eines finsteren, von uralten Lagerhäusern und Speichern begleiteten Flusses, der träge in ein nebeliges Nichts zog. Irgendwo überspannte eine wuchtige Brücke aus schwarzem Stein seine Wässer. Diese Gegend um den Fluß lag fast immerwährend in einem Gedämmer aus Schatten und dem Rauch trauriger Ausdünstungen. Die vielen Fabriken, die seine Nachbarschaft ausmachten, schienen die Sonne schon von vornherein ausgeschlossen zu haben. Der Fluß selbst war voll von übelriechendem Dunst, einem eigenartigen Gestank, der mir sonst noch nirgendwo begegnet ist – und vielleicht wird mir dieser Umstand einmal dienlich sein, die verlorene Straße wiederzufinden, da ich diesen eklen Geruch aus hundert anderen herauserkennen würde. Auf der anderen Seite der Brücke befanden sich enge, bucklig gepflasterte Straßen mit Eisengeländern; und bald darauf erreichte man einen Anstieg, der sich zuerst gemächlich hochzog, dann aber, kurz bevor man in die Rue d'Auseil kam, unglaublich steil wurde. Ich habe in meinem Leben noch keine so enge Straße gesehen! Sie war nahezu für alle Fahrzeuge gesperrt, eine Klippe, die aus mehreren durch Stufen verbundenen Plätzchen oder Etagen bestand, und sie wurde an ihrer höchsten Stelle von einer riesigen, mit grauem Efeu überwucherten Mauer abgeschlossen. Das Pflaster war unterschiedlich: hier breite Steinplatten, dort katzbuckeliges, festgefügtes Geröll, manchmal auch nur die bloße, von fahlgrünen, namenlosen Moosen und Gräsern bedeckte Erde. Die Häuser waren hoch, spitzgiebelig und unglaublich alt, hin und wieder beugten sie sich weit vor; man hätte meinen können, die Dachtraufen berührten einander, und man konnte den Himmel nicht mehr erkennen. Ja, man hatte sogar häufig das Gefühl, durch langgestreckte Torbögen zu gehen, ein Umstand, der das Licht nahezu verbannte, und wenn ich mich recht entsinne, so war diese traurige Region aus Dunkelheit und Schemen an verschiedenen Stellen von kleinen Brücken, die Haus mit Haus verbanden, überspannt.

Auch die Bewohner dieser Straße übten auf mich einen sonderbaren Eindruck aus. Zuerst glaubte ich, sie seien nur schweigsam und verschlossen; später aber kam ich darauf, daß ich es mit sehr, sehr alten Menschen zu tun hatte. Was mich ursprünglich bewogen hatte, in einer solchen Straße zu wohnen, habe ich vergessen; aber ich war, als ich dorthinzog, kaum mehr Herr meiner selbst. Ich hatte bereits in vielen, höchst elenden Vierteln gelebt, mein ständiger Geldmangel ließ mir keine andere Wahl, bis ich schließlich in diesem zerfallenden Haus in der Rue d'Auseil landete, das von Monsieur Blandot, einem halbgelähmten Greis, unterhalten wurde. Es war das dritte Haus von oben und bei weitem das höchste von allen.

Mein Zimmer lag im fünften Stock. Es war dort der einzige bewohnte Raum, das übrige Haus stand fast leer. In jener Nacht, in der ich einzog, vernahm ich vom Dachboden aus über mir seltsame Melodien und erkundigte mich am nächsten Morgen bei Blandot nach ihrer Bedeutung. Er sagte mir, daß über mir ein alter Violinspieler wohne, ein Deutscher namens Erich Zann, der Abend für Abend im Orchester eines drittklassigen Tingeltangels sein Brot verdiene. Die so hochgelegene Behausung habe er nur deshalb gemietet, weil er stets nach Beendigung der Vorstellung für sich selbst musiziere und dabei möglichst ungestört sein wolle. Das eine Giebelfenster, welches sein Raum besaß, war die einzige Stelle in dieser Gegend, von der aus man über die Mauer hinweg auf das dahinterliegende Panorama blicken konnte.

In der Folge hörte ich Zann jede Nacht spielen, und obgleich ich deshalb oft keinen Schlaf finden konnte, war ich von der Unheimlichkeit seiner Melodien begeistert. Ich verstehe kaum etwas von Musik, aber dennoch wurde mir bald bewußt, daß Zanns Musik auch nicht im geringsten mit den Kompositionen, die ich bisher gehört hatte, in Verbindung gebracht werden konnte. Dieses war der Grund, weshalb ich zu der Erkenntnis gelangte, daß Erich Zann ein Komponist von höchster Genialität sein müsse. Und je länger ich seinem Spiel lauschte, desto mehr war ich davon bezaubert. Nach einer Woche war ich so weit, daß ich mich entschloß, die Bekanntschaft des alten Mannes zu suchen.

Als er eines Nachts heimkehrte, hielt ich ihn im Treppenhaus an, sagte ihm, daß ich ihn gern kennenlernen wolle und bat ihn auch, einmal seinem Spiel zuhören zu dürfen. Er war ein kleiner, magerer, vornübergebeugter Mann, in schäbigen Kleidern, hatte blaue Augen, ein wunderliches Satyrsgesicht und war nahezu kahl. Anfangs schienen ihn meine Worte zu verärgern und zu erschrecken, aber schließlich brach meine offensichtliche Freundlichkeit das Eis, und er bedeutete mir brummend, ihm über die knarrenden, quietschenden Dachbodentreppen zu folgen. Sein Zimmer – es gab deren nur zwei unter dem hochgiebeligen Dach des Hauses – lag an der Westseite, also jener hohen Mauer gegenüber, die das obere Ende der steilen Straße bildete. Es war äußerst geräumig und schien durch seine große Kahlheit und Verwahrlosung noch größer zu wirken. Die spärliche Einrichtung bestand aus einer schmalen, eisernen Bettstatt, einem verschmutzten Waschständer, einem Tischchen, einem hohen Bücherregal, einem Notenpult und drei altmodischen Stühlen. Stöße von Notenblättern waren über die Dielen verstreut, gestapelt, die Wände hatten wahrscheinlich nie einen Verputz gesehen, und die Unmenge von Spinnweben, die überall staubschwer herunterhingen, ließen diese Räumlichkeit eher verlassen als bewohnt erscheinen. Offensichtlich lag Zanns ästhetische Welt in irgendeinem unendlich fernen Kosmos seiner Imagination.

Der stumme Alte verschloß mit einem großen Holzriegel die Tür und gab mir ein Zeichen, mich zu setzen. Dann entzündete er ein Wachslicht, um genauer sehen zu können, wen er da mitgebracht hatte. Er nahm sein Instrument aus einem mottenzernagten Tuch, setzte es ans Kinn und ließ sich auf dem Stuhl nieder, der ihm von den dreien am wenigsten unbequem schien. Er spielte ohne Noten, fragte mich auch nicht nach meinen Wünschen, sondern improvisierte frei drauflos und unterhielt mich über eine Stunde lang mit der wunderseltsamsten Musik; Melodien, die er sich gerade ausgedacht haben mußte. Für den unerfahrenen Zuhörer, wie ich einer bin, ist die Eigenart dieser Harmonien nicht zu beschreiben. Es war eine Art Fuge, deren stets wiederkehrendes Thema durch seine unglaubliche Vollendung die Seele fesselte; allein, in den Nächten zuvor, von meinem Zimmer aus, hatte ich noch ganz andere Klänge gehört – ich vermißte jetzt diese vollends unirdischen, unheimlichen Klänge, die der alte Mann in seiner Einsamkeit für sich selbst hervorzubringen pflegte.

Als nun der Geiger sein Instrument absetzte, bat ich ihn, mir doch eines jener Stücke vorzuspielen, aus denen ich bereits seit Tagen Stellen vor mich hinpfiff oder ganz unbewußt summte. Bei diesen Worten verlor das runzlige Satyrsgesicht mit einem Male die dumpfe Gelassenheit, die ihm während des Spieles wie eine Maske angelegen hatte, um einer ähnlichen Mischung aus Furcht und Ärger Platz zu machen, wie ich sie zuvor im Treppenhaus an ihm beobachtet hatte. Ich dachte zuerst daran, ihm gut zuzureden; alte Leute, so schien es mir, sind ziemlich leicht umzustimmen; auch überlegte ich, ob es nicht angebracht sei, einige Fetzen dieser merkwürdigen Musik zu pfeifen. Das allerdings gab ich sogleich wieder auf, denn das Gesicht des stummen Musikers verzerrte sich plötzlich zu einer unmöglich zu beschreibenden Grimasse; seine lange, kalte, knochige Hand fuchtelte mir vor dem Mund herum, um meine plumpe Imitation zu ersticken. Gleichzeitig warf er einen angsterfüllten Blick nach dem verhängten Fenster, als fürchte er irgendeinen Eindringling – ein Blick, der mir doppelt absurd erschien, da doch dieses Fenster so hoch und unerreichbar über all den andern Giebeln und Dächern lag und, wie mir der Hausmeister erzählt hatte, selbst die ungeheure Mauer überragte.

Der verstohlene Blick des Alten rief mir wieder Blandots Bemerkung ins Gedächtnis zurück, und in mir wurde der Wunsch wach, selbst einmal über die mondüberglänzten Dächer zu schauen. Ich trat auf das Fenster zu und hätte den Vorhang weggezogen, wäre mir nicht Erich Zann mit noch größerem Zorn als zuvor in den Arm gefallen. Und während er sich mühte, mich mit beiden Händen vom Fenster wegzuzerren, deutete er mit dem Kopf nach der Tür. Nun vollends angewidert vom Betragen meines Gastgebers, befahl ich ihm, mich loszulassen, da ich auf der Stelle gehen wolle. Sein knochiger Griff, der meine Handgelenke umspannte, ließ nach, und da er meines Ekels und meiner Betroffenheit gewahr wurde, verminderte sich sein eigener Zorn. Gleich darauf verstärkte er aber wieder seinen Griff, diesmal jedoch in einer herzlichen Art, und nötigte mich zum Sitzen; dann, mit einem Ausdruck leiser Traurigkeit, begab er sich an den unaufgeräumten Tisch, nahm einen Bleistift und schrieb in der ungelenken Art, wie sie Ausländern eigen ist, Sätze in Französisch auf ein Blatt Papier.

Die Mitteilung, die er mir schließlich hinschob, war eine Bitte um Nachsicht und Verzeihung. Zann brachte darin zum Ausdruck, daß er alt und einsam sei, von seltsamen Ängsten, Nervositäten befallen, die mit seiner Musik und gewissen anderen Dingen zusammenhingen. Er habe sich über mein Zuhören gefreut und sähe gerne, daß ich wiederkäme, wenn ich mich nicht zu sehr an seinem exzentrischen Benehmen störte. Die unheimlichen Melodien könne er jedoch unmöglich für einen anderen spielen, er könne es nicht ertragen, daß sie ein zweiter höre, noch litte er es, daß ein Fremder etwas in seinem Zimmer berühre. Zann hatte bis zu unserem Gespräch im Treppenhaus keine Ahnung davon gehabt, daß man sein Musizieren vernehmen könne, und fragte mich nun, ob mir Blandot nicht ein tiefergelegenes Zimmer beschaffen könne; er habe es nicht gerne, wenn man ihn bei seinem Spiel belausche. Für die Differenz der Miete, so schrieb er in seiner Mitteilung, würde er ohne weiteres aufkommen.

Als ich so dasaß und das jämmerliche Französisch zu entziffern versuchte, fühlte ich mich dem alten Manne gegenüber schon erheblich milder gestimmt. War er doch, wie ich, Opfer physischer Leiden und nervöser Bedrückungen; und meine metaphysischen Studien hatten mich gelehrt, tolerant zu sein. Vom Fenster her drang ein schwacher Laut durch die Stille – wahrscheinlich hatte sich ein Fensterladen im Nachtwind bewegt, und aus irgendeinem Grund fuhr ich fast ebenso heftig zusammen wie Erich Zann.

Nachdem ich fertig gelesen hatte, schüttelte ich meinem Gastgeber die Hand und schied als Freund.

Tags darauf gab mir Blandot ein besseres Zimmer im dritten Stock. Es befand sich zwischen den Wohnungen eines Geldverleihers und eines achtbaren Tapezierers. Der vierte Stock war unbewohnt.

Es dauerte nicht lange, und ich fand heraus, daß Erich Zann gar nicht so sehr an meiner Gesellschaft gelegen war, wie es zuerst den Anschein gehabt hatte, als er mich überredete, aus dem fünften Stock auszuziehen. Er bat mich nicht mehr um meinen Besuch, und als ich dann doch zu ihm ging, spielte er unaufmerksam und eher verdrossen. Diese Besuche waren stets nur zur Nacht möglich – tagsüber schlief er und ließ niemanden zu sich. Dadurch wuchs meine Zuneigung zu ihm nicht gerade, aber dieses Dachzimmer und die unheimliche Musik übten immer noch eine seltsame Faszination auf mich aus. Ich hatte große Lust, einmal durch dieses Fenster zu blicken, über die hohe Mauer hinweg, hinter der, wie ich dachte, die Türme und Dächer der Stadt schimmern müßten. Einmal schlich ich mich hinauf – Zann war gerade im Theater –, aber ich fand die Türe abgeschlossen vor.

Mehr Glück hatte ich beim Belauschen des nokturnen Spiels. Auf Zehenspitzen tappte ich durch die zitternde Dunkelheit zu meiner früheren Wohnung hinauf, wurde aber bald kühn genug, über die knarrenden Treppen bis vor das Zimmer des Alten zu steigen. Dort, in dem engen Vorraum, stand ich an der verriegelten, schlüssellochverhangenen Tür und lauschte den Klängen, die mich manchmal mit einer bizarren, unerklärlichen Furcht durchdrangen – mit einer Furcht aus nebelhaften Wundern und brütenden Geheimnissen. Nicht, daß die Musik an sich furcherregend gewesen wäre, das kann man wirklich nicht behaupten – aber irgend etwas lag in ihren Schwingungen, das nicht aus dieser Welt sein konnte. Ja, hin und wieder erreichte das Spiel symphonische Qualität, von der man sich nur schwer vorstellen konnte, daß sie von einem einzigen Musiker hervorgebracht wurde. Eines stand jedenfalls fest: Erich Zann war ein Genius von wilder Kraft. Im Laufe der folgenden Wochen wurde sein Spiel immer ungebärdiger, während er selbst in zunehmendem Maße körperlich verfiel, so daß es ein Jammer war, ihn anzusehen. Er wollte mich erst überhaupt nicht mehr zu sich lassen und wich mir aus, wenn wir einander auf der Treppe begegneten.

Als ich eines Nachts wieder an seiner Tür lauschte, türmten sich die Klänge der schrillenden Violine zu einem chaotischen Babel von Harmonien; an mein Ohr drang ein wahnwitziges Pandämonium, das mich an meinem eigenen Verstand hätte zweifeln machen können, hätte nicht plötzlich ein Schrei aus dem Zimmer des Alten bewiesen, daß dieser Horror kein Traum war – ein ungeheuerlicher Schrei in höchster Furcht und grausigstem Schrecken, unartikuliert, wie ihn nur ein Stummer hervorbringen kann. Ich trommelte mit den Fäusten gegen die Türfüllung, erhielt aber keine Antwort. Vor Grauen und Kälte zitternd wartete ich, ich weiß nicht wie lange, in der Dunkelheit des Vorraumes, bis ich endlich vernahm, wie sich drinnen der arme Musiker mit schwachen Kräften an einem Stuhl hochzuziehen versuchte. Da ich vermutete, daß er gerade aus einer Ohnmacht erwacht sei, pochte ich abermals und rief ihn beim Namen. Ich vernahm, wie Zann ans Fenster taumelte und es verschloß. Dann kam er an die Tür, um mich einzulassen. Diesmal war seine Freude, mich bei sich zu haben, aufrichtig; denn ein Ausdruck der Erleichterung leuchtete aus seinen verzerrten Gesichtszügen, und er klammerte sich wie ein Kind an meine Kleider.

Heftig zitternd drückte er mich auf einen Stuhl, setzte sich selbst auf einen anderen, neben dem achtlos hingeworfen Violine und Bogen lagen. Er verharrte untätig eine Zeitlang, es war mir aber dennoch, als lausche er bang in die Stille hinein. Nach und nach schien er sich zu fassen, schließlich wandte er sich zum Tisch und schrieb etwas auf einen Zettel. Seine kurze Notiz beschwor mich, um Gottes willen so lange zu warten– und sei es nur, um meine Neugier zu befriedigen –, bis er mir einen vollständigen Bericht über die Wunder und Schrecken, von denen er besessen sei, in deutscher Sprache abgefaßt habe. Ich wartete, und der Bleistift des Stummen flog über das Papier. Es war etwa eine Stunde später, und die fieberhaft bekritzelten Blätter des alten Musikers waren allmählich zu einem Stapel angewachsen, als ich bemerkte, wie Zann plötzlich hochfuhr, von eisigem Schreck durchzuckt. Seine Augen waren starr auf das Fenster gerichtet, er wand sich förmlich vor Schauder; dann war mir, als hörte ich ein feines Klingen, fand es aber keineswegs furchterregend – es war eher eine Harmonie, die mir unglaublich zart und endlos ferne schien. Ich hielt es für Geigenspiel in einem benachbarten Haus oder in irgendeiner Wohnung, die hinter dieser Mauer lag, über die ich noch niemals hatte blicken können. Auf Zann aber hatte es eine schreckliche Wirkung; er ließ seinen Bleistift fallen, erhob sich mit einem Ruck, griff nach Violine und Bogen und spielte die ganze Nacht so besessen und wild, daß ich diese Musik nur mit der von mir heimlich belauschten vergleichen konnte.

Es wäre ein vergebliches Unterfangen, das Spiel Erich Zanns in jener schrecklichen Nacht beschreiben zu wollen. Es war grauenvoller als alles, was ich je in meinem Leben gehört habe, und ich sah zum erstenmal den Ausdruck seines Gesichts während des Spiels, ein Antlitz, aus dem ich lesen konnte, daß diesmal blanke Furcht das Motiv war. Er versuchte etwas zu übertönen, das von draußen her einzudringen drohte – was es aber war, konnte ich mir nicht erklären, doch fühlte ich instinktiv seine Schrecklichkeit. Das Spiel wurde immer phantastischer, fiebriger und hysterischer, drückte aber bis ins kleinste Detail das Genie des alten Mannes aus. Nun erkannte ich auch die Melodie – es war eine wilde ungarische Zigeunerweise, und mir wurde für einen Augenblick bewußt, daß ich zum erstenmal Zann das Werk eines anderen Komponisten spielen hörte.

Lauter und immer toller stieg das Schreien und Wimmern des vom Wahnsinn ergriffenen Instrumentes. Sein Spieler schien sich in unheimlichem Schweiße aufzulösen, verrenkte sich wie ein Affe und starrte in sich steigernder Panik nach dem verhängten Fenster. Ich sah in seinen irrsinnsnahen Klangfetzen förmlich bacchanalisch tanzende Satyrn, die in einem delirischen Reigen durch brodelnde, kochende Schlünde und Wolkenschluchten, durch Blitze infernalische Dämpfe wirbelten. Und dann war mir, als hörte ich dazwischen einen fremden, schrilleren Ton – langgezogen schwoll er an: ein ruhiger, wohlüberlegter, zweckbedingter, spöttischer Klang von fernher aus dem Westen.

In diesem Augenblick begannen die Fensterläden in einem heulenden Nachtsturm, der draußen unvermittelt eingesetzt hatte, wie irrsinnig zu rütteln, als wollten sie dem Geigenden damit antworten. Zanns Violine brachte nun Töne hervor, wie ich sie in einem solchen Instrument niemals vermutet hätte. Die Fensterläden klapperten immer lauter und wilder, rissen sich endlich los und schlugen mit aller Gewalt gegen die Scheiben. Dann zerbarst das Glas, und der frostige Sturm stieß in das Zimmer, brachte die Kerzenflamme fast zum Verlöschen und fuhr jaulend in die Blätter, auf die Zann sein furchtbares Geheimnis zu schreiben begonnen hatte. Ich blickte zu ihm hinüber und sah, daß er bereits die Grenzen des klaren Bewußtseins überschritten hatte. Seine wasserblauen Augen traten unnatürlich hervor, sie starrten glasig und trübe wie verfaulte Holzäpfel, sein aberwitziges Geigenspiel aber war in eine blinde, unkontrollierte mechanische Orgie übergegangen, die keine Feder wiederzugeben vermag.

Ein jäher Luftstrom, der alle vorhergegangenen übertraf, erfaßte die beschriebenen Blätter und trieb sie dem Fenster zu. Ich griff verzweifelt nach ihnen, aber noch ehe ich sie fassen konnte, waren sie durch die zerbrochenen Scheiben ins Freie gerissen. Wieder stieg in mir ein alter Wunsch hoch, einmal durch dieses Fenster zu spähen, durch das einzige Fenster, das von hier aus den Blick auf den Abhang hinter der Mauer, auf die sich ausbreitende Stadt freigeben mußte. Es war sehr dunkel draußen, aber die Lichter der Stadt würden immerhin brennen, jedenfalls hoffte ich sie durch Wind und Regen zu sehen. Als ich aber durch dieses höchste aller Giebelfenster blickte, bot sich mir kein freundlich schimmerndes Licht, ich sah keine Stadt, die sich unter mir ausbreitete, sondern die Lichtlosigkeit eines unermeßlichen Alls, ein schwarzes unvorstellbares Chaos, das von einer völlig außerirdischen Musik erfüllt war. Ich stand da und blickte in namenlosem Grauen in die Nacht hinaus. Der Wind hatte nun die beiden Kerzen gelöscht, ich befand mich in einer tobenden, undurchdringlichen Finsternis: vor mir das dämonische Chaos, hinter mir der infernalische Wahnsinn der rasend gewordenen Violine. Ich tappte in die Dunkelheit zurück, Streichholz hatte ich keines, stieß gegen den Tisch, warf einen der Stühle um und erreichte schließlich die Stelle, wo die schreckliche Musik ertönte. Wenigstens mich und Zann aus dieser ungeheuren Bedrohung zu retten, wollte ich nicht unversucht lassen! Plötzlich fühlte ich, wie mich eine schauerliche Kälte überrieselte, und ich schrie entsetzt auf, aber mein Schrei ging in diesem Pandämonium der irrsinnigen Geige unter. Da traf mich unversehens der wie toll sägende Geigenbogen aus der Dunkelheit. Ich wußte nun, daß ich neben dem Alten stand; ich griff aufs Geratewohl ins Ungewisse, berührte die Lehne von Zanns Stuhl, bekam ihn selbst an der Schulter zu fassen und schüttelte ihn, um ihn wieder zur Besinnung zu bringen.

Er aber reagierte nicht, seine Violine schrillte unvermindert weiter. Ich hielt mit der Hand das mechanische Nicken seines kahlen Schädels an, dann schrie ich ihm ins Ohr, daß wir vor diesen unbekannten Dingen der Nacht fliehen müßten. Er aber antwortete nicht, ließ auch nicht im mindesten von seinem unaussprechlichen Musizieren ab, während durch das offene Fenster seltsame Windströme fuhren und in diesem Tohuwabohu aus Dunkelheit und Grauen zu tanzen schienen. Als meine Hand zufällig sein Ohr berührte, durchzuckte mich ein kalter Schauer, obgleich ich nicht wußte, warum – bis ich endlich sein eisiges, nicht atmendes Gesicht berührte, dessen hervorquellendes Augenpaar in ein sinnloses Nichts starrte.

Und dann, wie durch ein Wunder, fand ich die Türe und den großen Holzriegel. Von einer wilden Panik gejagt, floh ich dieses glasäugige Etwas in der Dunkelheit, floh ich das ghoulische Geheule jener verfluchten Violine, deren Wüten noch zunahm, als ich in das finstere Treppenhaus hinausstürzte.

Ich rannte, sprang, flog diese nicht endenwollenden Stufen hinunter, durchquerte das verruchte Haus, raste wie besinnungslos auf die enge Straße hinaus; stolperte über das verkommene, buckelige Pflaster, lief den stinkenden Hafenkai entlang, hastete keuchend über die große, finstere Steinbrücke – bis ich endlich die breiteren, gesünderen Straßen und Boulevards der Stadt erreichte, die wir alle kennen.

Das sind die grauenhaften Eindrücke, die noch immer meine Seele verfolgen und bedrängen. Und ich entsinne mich, daß es windstill war, ein schöner Mond stand am Himmel, und die hellen Lichter der Stadt flimmerten wie eh und je.

Trotz der sorgfältigsten Nachforschungen und Untersuchungen ist es mir nie wieder gelungen, jene Rue d'Auseil wiederzufinden. Aber ich bin darüber nicht so sehr betrübt; auch nicht darüber, daß jene engbeschriebenen Blätter, die allein Erich Zanns Musik hätten erklären können, von den unträumbaren Abgründen des schwärzesten Nichts verschlungen wurden.

Grauen in Red Hook

> Es gibt um uns Mysterien des Guten wie des Bösen, und wir leben und bewegen uns nach meiner Ansicht in einer unbekannten Welt, einem Ort, wo es Höhlen und Schatten und Bewohner im Zwielicht gibt. Es ist möglich, daß der Mensch manchmal den Weg der Entwicklung zurückgeht, und es ist meine Meinung, daß ein schreckliches überliefertes Wissen noch nicht tot ist.
>
> Arthur Machen

I

Erst vor einigen Wochen lieferte ein großer, kräftig gebauter, gesund aussehender Fußgänger an einer Straßenecke der Gemeinde Pascoag durch eine sonderbare Fehlreaktion viel Grund zum Nachdenken. Es schien, als sei er den Hügel neben der Straße nach Chepachet heruntergekommen und war, als er auf ein dichtbewohntes Viertel stieß, nach links in die Hauptstraße eingebogen, wo einige bescheidene Blocks von Geschäftshäusern den Eindruck des Städtischen hervorrufen. An dieser Stelle beging er ohne sichtbaren Anlaß seinen erstaunlichen Lapsus, er starrte für eine Sekunde das größte Gebäude vor ihm komisch an und begann dann mit einer Anzahl hysterischer, verschreckter Schreie wie wild davonzurennen, stolperte schließlich und fiel an der nächsten Kreuzung hin. Nachdem hilfreiche Hände ihn aufgehoben und abgestaubt hatten, fand man, daß er wieder bei Vernunft, körperlich unverletzt und offensichtlich von seinem plötzlichen Nervenanfall geheilt war. Er murmelte einige verlegene Erklärungen von einer großen Überanstrengung, die er durchgemacht habe, dann ging er mit niedergeschlagenen Augen wieder die Chepachet Street hinauf, er ging langsam weiter, ohne sich noch einmal umzusehen. Es war seltsam, daß solch einem großen, robusten, normal und tüchtig wirkenden Mann so etwas passieren konnte, und das Seltsame daran wurde durch die Bemerkung eines Zuschauers nicht gemildert, der in ihm den Mieter eines wohlbekannten Meiereibesitzers aus der Umgebung von Chepachet erkannte.

Er war, so stellte sich heraus, ein Polizei-Detektiv aus New York namens Thomas F. Malone, der jetzt bei medizinischer Behandlung nach einem übermenschlich anstrengenden Auftrag an einem schrecklichen lokalen Kriminalfall, den ein Unglück hatte dramatisch werden lassen, einen langen Krankheitsurlaub machte. Während einer Polizeirazzia, an der er teilnahm, waren einige alte Ziegelbauten eingestürzt und die ungeheueren Menschenverluste, sowohl unter den Gefangenen wie unter seinen Kameraden, hatten ihn außerordentlich entsetzt. Er hatte daraufhin einen akuten und unnatürlichen Abscheu vor Gebäuden bekommen, die auch nur im entferntesten an die erinnerten, welche eingestürzt waren, so daß schließlich Spezialisten für Geisteskrankheiten ihm den Anblick derartiger Dinge auf unbestimmte Zeit untersagten. Ein Polizeichirurg, der in Chepachet Verwandte hatte, schlug den malerischen Weiler aus hölzernen Kolonialstil-Häusern als idealen Ort für seelische Erholung vor; der Leidende hatte sich dorthin verfügt, nachdem er versprochen hatte, sich nie in die mit Ziegelhäusern bestandenen Straßen größerer Gemeinden zu begeben, bis es ihm der Spezialist in Woonsocket, mit dem er sich in Verbindung gesetzt hatte, erlauben würde. Sein Spaziergang nach Pascoag, um Zeitschriften zu holen, war ein Fehler gewesen, und der Patient hatte für seinen Ungehorsam mit Angst, Abschürfungen und Demütigungen bezahlt.

Soviel war dem Klatsch von Chepachet und Pascoag bekannt, und soviel glaubten auch die gelehrten Spezialisten. Aber Malone hatte zuerst den Spezialisten viel mehr erzählt, und er hörte nur damit auf, als er merkte, daß ihm lediglich völlige Ungläubigkeit zuteil wurde. Danach hielt er den Mund und protestierte überhaupt nicht, als man allgemein übereinkam, daß der Einsturz gewisser unsauberer Ziegelhäuser im Red-Hook-Viertel von Brooklyn und der daraus resultierende Tod so vieler tapferer Polizeibeamter sein nervöses Gleichgewicht erschüttert hatte. Alle sagten, er habe zu angestrengt gearbeitet, als er versuchte, diese Brutstätten der Unruhe und Gewalt auszukehren; manche Einzelheiten waren gewiß schockierend genug, und die unerwartete Tragödie hatte ihm den Rest gegeben. Dies war die einfache Erklärung, die jedermann verstehen konnte, und da Malone nicht dumm war, bemerkte er, daß er es dabei solle bewenden lassen. Würde er phantasielosen Leuten gegenüber Andeutungen über Schreckliches jenseits des menschlichen Begriffsvermögens machen – des Grauen der Häuser und Häuserblocks und der Städte, die vom Übel, das aus einer früheren Welt stammt, zerfressen und krebsig sind –, man würde ihn in eine gepolsterte Zelle stecken, anstatt ihn einen ruhigen Landurlaub machen zu lassen, und Malone war trotz seines Hanges zum Mystischen ein vernünftiger Mann. Er besaß den Weitblick des Kelten für das Unheimliche und Verborgene, aber das aufmerksame Auge des Logikers für das nach außen hin Unwahrscheinliche, eine Verbindung, die ihn in den zweiundzwanzig Jahren seines Lebens weit vom Weg abgebracht hatte und die ihn für einen Mann der Dublin-Universität, der in einer georgianischen Villa beim Phoenix-Park geboren wurde, in eine fremde Welt versetzt hatte.

Und nun, da er die Dinge überdachte, die er gesehen, empfunden und wahrgenommen hatte, begnügte sich Malone damit, ein Geheimnis für sich zu behalten, das einen furchtlosen Kämpfer in ein zitterndes Nervenbündel verwandeln könnte, das aus alten Slums mit Ziegelhäusern und einem Meer dunkler, schwer deutbarer Gesichter einen Alptraum von geisterhafter Vorbedeutung machen könnte. Es wäre nicht das erste Mal, daß er seine Gefühle für sich behalten mußte – war nicht schon das Untertauchen im Abgrund der Vielsprachigkeit der New Yorker Unterwelt ein Einfall jenseits jeder vernünftigen Erklärung? Was konnte er den Prosaischen von alten Hexenkünsten und unglaublichen Wundern erzählen, die nur dem empfänglichen Auge inmitten des Giftkessels sichtbar werden, wo der mannigfaltige Abschaum verderbter Zeitalter sein Gift mischt und seinen abstoßenden Terror fortsetzt? Er hatte die grüne Flamme geheimer Wunder in diesem lärmenden Tumult äußerlicher Gier und innerlicher Gotteslästerlichkeit gesehen, und er hatte sanft gelächelt, als alle New Yorker, die er kannte, ihn wegen seiner Experimente in der Polizeiarbeit verspottet hatten. Sie waren witzig und zynisch gewesen, hatten seine phantastische Suche nach unbekannten Geheimnissen verlacht und ihm versichert, daß New York heutzutage nichts als Wertloses und Gewöhnliches bietet. Einer von ihnen hatte eine große Summe mit ihm gewettet, daß er nicht einmal – trotz vieler prickelnder Dinge in der *Dublin Review,* die ihm Ehre machten – eine wirklich interessante Geschichte über das Leben der New Yorker Unterwelt schreiben könne, und jetzt stellte er rückblickend fest, daß eine ungeheure Ironie die Worte des Propheten rechtfertigte, während sie gleichzeitig im geheimen ihre leichtfertige Bedeutung widerlegte. Das Grauen, auf das er endlich einen Blick geworfen hatte, reichte nicht für eine Geschichte – denn wie das Buch, das ein deutscher Poe-Kenner zitiert, »es läßt sich nicht lesen – es erlaubt es nicht, gelesen zu werden«.

II

Bei Malone war der Sinn für die verborgenen Geheimnisse, die es gibt, stets gegenwärtig. In der Jugend hatte er die verborgene Schönheit und Verzückung der Dinge empfunden und war Dichter geworden, aber Armut, Sorgen und Exil hatten seinen Blick auf dunkle Regionen gerichtet, und es hatte ihn angesichts des Anteils des Bösen in der Welt um uns geschaudert. Das tägliche Leben war für ihn ein Blendwerk makabrer Schatten-Studien geworden, das jetzt in verborgener Vollkommenheit glitzerte und nach bester Beardsley-Manier höhnisch blickte, und dann wieder auf Schreckliches hinter den gewöhnlichsten Formen und Gegenständen wie in den subtileren und nicht so offenkundigen Arbeiten eines Gustave Doré hindeutete. Er betrachtete es häufig als Gnade Gottes, daß die meisten Menschen von großer Intelligenz sich über die innersten Geheimnisse lustig machen; denn, so erklärte er, wenn überlegene Geister wirklich mit den Geheimnissen in vollen Kontakt kämen, den alte und niedere Kultrichtungen sich erhalten haben, dann würden die daraus entstehenden Unnatürlichkeiten nicht nur die Welt vernichten, sondern die Lauterkeit des Universums selbst bedrohen. Alle diese Überlegungen waren zweifellos krankhaft, aber scharfe Logik und ein eingewurzelter Sinn für Humor glichen es gut wieder aus. Malone gab sich damit zufrieden, seine Ahnungen, halberspähte und verbotene Gesichte bleiben zu lassen, mit denen man oberflächlich spielt, und die Hysterie überkam ihn erst, als die Pflicht ihn zu plötzlich und heimtückisch, ohne Möglichkeit, daraus zu entrinnen, in eine Hölle der Offenbarungen schleuderte. Er war vor einiger Zeit der Butler-Street-Polizeistation in Brooklyn zugeteilt worden, als er von der Red-Hook-Angelegenheit erfuhr. Red Hook ist ein Irrgarten vermischten Unrats nahe am alten Uferbezirk gegenüber von Governors Island, mit schmutzigen öffentlichen Straßen, die den Hügel von den Werften aus zu höher gelegenem Grund erklimmen, wo die verfallenen Strecken der Clinton und Court Street nach Borough Hall abgehen. Die Häuser sind meist aus Ziegeln und stammen aus dem ersten Viertel oder der Mitte des neunzehnten Jahrhunderts und einige der dunkleren Gassen und Seitenwege haben eine anziehende, alte Atmosphäre, die die Literatur gewöhnlich »Dickenssch« nennt. Die Bevölkerung ist ein hoffnungsloses Durcheinander und Rätsel, syrische, spanische, italienische und negroide Bestandteile treffen aufeinander, und Fragmente skandinavischer und amerikanischer Viertel liegen nicht weit davon. Es ist ein Babel der Geräusche und des Schmutzes und sendet als Antwort auf das Schwappen der öligen Wogen an seinen schmutzigen Piers und die ungeheueren Orgellitaneien der Dampfpfeifen im Hafen seltsame Schreie aus. Hier war vor langer Zeit das Bild noch heiterer, da waren die kläräugigen Seeleute in den unteren Straßen und Heimstätten von Geschmack und Gehalt, wo die größeren Häuser den Hügel entlang stehen. Man kann den Überbleibseln dieser glücklichen Zeit in der sauberen Linienführung der Gebäude, hier und dort einer anmutigen Kirche und den Zeugnissen echter Kunst und einem Hintergrund von Einzelheiten hier und dort, nachgehen, eine abgenützte Treppenflucht, ein beschädigter Torbogen, ein wurmstichiges Paar alter Pfeilersäulen, oder die Überreste eines einstigen Rasenstückes, mit verbogenem und verrostetem Eisengeländer. Die Häuser bestehen für gewöhnlich aus soliden Steinblöcken, und da und dort erhebt sich eine Kuppel mit vielen Fenstern, die von Zeiten berichtet, als die Haushaltsmitglieder von Kapitänen und Schiffseignern die See beobachteten.

Aus diesem Durcheinander gegenständlicher und geistiger Fäulnis steigen die Gotteslästerungen von Hunderten von Dialekten gen Himmel. Scharen von Herumtreibern wanken schreiend und singend die Wege und Hauptstraßen entlang, gelegentlich löschen Hände verstohlen und unvermittelt das Licht und ziehen den Vorhang herunter, und dunkelhäutige, von Sünden zerfressene Gesichter verschwinden von Fenstern, wenn Besucher des Weges kommen. Polizisten verzweifeln ob der Ordnung oder der Reformen und versuchen lieber, nach außen hin Schranken zu errichten, um die Außenwelt vor Ansteckung zu bewahren. Der Klang der Patrouille wird mit einer Art von geisterhaftem Schweigen beantwortet, und die Gefangenen, die gemacht werden, sind nie sehr mitteilsam. Die sichtbaren Vergehen sind so verschieden wie die Dialekte der Gegend und durchlaufen die Skala vom Rumschmuggel zu unterwünschten Ausländern, durch die verschiedenen Stadien von Gesetzlosigkeit und heimlichem Laster zu Mord und

Verstümmelung in ihren abstoßendsten Formen. Daß diese sichtbaren Affären nicht häufiger sind, ist nicht das Verdienst der Umgebung, wenn die Kunst des Verschleierns nicht eine Kunst ist, der Verdienst gebührt. Es kommen mehr Leute nach Red Hook, als es verlassen – oder, die es zum mindesten auf dem Landwege verlassen – und die, welche nicht geschwätzig sind, haben die größte Aussicht, es wieder zu verlassen. Malone entdeckte in diesem Stand der Dinge den kaum merklichen Gestank von Geheimnissen, die schrecklicher sind als einige der Sünden, die von den Bürgern gebrandmarkt und von Priestern und Philanthropen bejammert werden. Er war sich, wie jemand, der Phantasie mit wissenschaftlichen Kenntnissen verbindet, bewußt, daß moderne Menschen unter gesetzlosen Bedingungen unweigerlich dazu neigen, die dunkelsten Instinktvorbilder primitiver Halbaffenwildheit in ihrem täglichen Leben und ihren rituellen Feiern zu wiederholen, und er hatte oft mit dem Abscheu des Anthropologen den singenden, fluchenden Prozessionen triefäugiger und pockennarbiger junger Männer zugesehen, die sich in den dunklen frühen Morgenstunden dahinschlängelten. Man sah ständig Gruppen dieser jungen Leute, manchmal standen sie lauernd an Straßenecken Wache, ein andermal in Torbögen, wo sie seltsam auf billigen Musikinstrumenten spielten, manchmal dumpf vor sich hindösend oder unanständige Zwiegespräche rund um den Tisch eines Selbstbedienungsrestaurants in der Nähe von Borough Hall führend und manchmal in geflüsterter Unterhaltung um schäbige Taxis herum, die an den hohen Freitreppen verfallener alter Häuser mit geschlossenen Fensterläden vorgefahren waren. Sie erschreckten und faszinierten ihn mehr, als er gegenüber seinen Mitarbeitern bei der Polizei sich zuzugeben getraute, denn er schien in ihnen den riesigen Faden geheimer Unendlichkeit zu sehen, irgendein bösartiges, geheimnisvolles, uraltes Vorbild, das völlig jenseits und unter der Menge unerfreulicher Tatsachen sowie den Gewohnheiten und Aufenthaltsorten lag, die mit solch gewissenhafter technischer Sorgfalt von der Polizei notiert werden. Sie müssen, so fühlte er innerlich, Erben irgendeiner schrecklichen und urzeitlichen Tradition sein; die Teilhaber entarteter und zerbrochener Reste von Kulten und Zeremonien, die älter sind als die Menschheit. Ihr Zusammenhalten und ihre Eindeutigkeit ließen daran denken, und es zeigte sich in der einzigartigen Andeutung von Ordnung, die sich unter ihrer schmutzigen Unordnung verbarg. Er hatte nicht umsonst Abhandlungen wie Miß Murrays *Witch Cult in Western Europe* (Hexenkult in Westeuropa) gelesen, und er wußte, daß bis in die letzte Zeit unter den Bauern und dem heimlichen Volk ein schreckliches und geheimes System von Versammlungen und Orgien überlebt hatte, das auf dunkle Religionen vor der Zeit der Indogermanen zurückgeht, die in volkstümlichen Legenden als schwarze Messe und Hexensabbat auftauchen. Daß diese höllischen Wurzeln alter turanisch-asiatischer Magie und Fruchtbarkeitskulte jetzt völlig tot seien, nahm er nicht einen Augenblick an, und er wunderte sich häufig, wieviel älter und schwärzer als die schlimmsten der gesammelten Erzählungen manche von ihnen sein könnten.

III

Es war der Fall Robert Suydam, der Malone mitten in die Dinge in Red Hook hineinversetzte. Suydam war ein gelehrter Eigenbrötler aus alter holländischer Familie, die ursprünglich kaum genügend Mittel besessen hatte, er war der Bewohner eines zwar geräumigen, aber schlecht erhaltenen Wohnsitzes, den sein Großvater in Flatbush errichtet hatte, als diese Siedlung wenig mehr als eine gefällige Gruppe Kolonialhäuser war, die sich um die efeubewachsene reformierte Kirche mit ihrem eisengeländerumgebenen Hof und niederländischen Grabsteinen drängten. In seinem einsamen Haus, das ein wenig von der Martense Street zurück inmitten eines Hofes mit ehrwürdigen Bäumen stand, hatte Suydam seit über sechzig Jahren gelesen und gegrübelt, mit Ausnahme einer Zeit, die eine Generation zurücklag, als er sich per Schiff in die Alte Welt begeben hatte und dort acht Jahre verschwunden blieb. Er konnte sich keine Dienstboten leisten und sah in seiner völligen Einsamkeit nur wenige Besucher, indem er alte Freunde mied und seine wenigen Bekannten in einem der drei Parterrezimmer empfing, die er in Ordnung hielt – eine riesige Bibliothek mit hoher Decke, deren Wände mit beschädigten Büchern von gewichtigem, altem und etwas abstoßendem Aussehen vollgepackt waren. Das Wachstum der Stadt und schließlich ihre Einbeziehung in den Brooklyn-Distrikt hatte Suydam nichts bedeutet, und er wurde in der Stadt immer weniger bekannt. Ältere Leute pflegten noch auf der Straße auf ihn hinzuweisen, aber für den größten Teil der neueren Bevölkerung war er lediglich ein merkwürdiger, beleibter alter Knabe, dessen ungepflegtes weißes Haar, Stoppelbart, speckige schwarze Kleidung und Stock mit Goldknauf ihm amüsierte Blicke einbrachten, aber nicht mehr. Malone hatte ihn nicht einmal vom Sehen gekannt, bis die Pflicht ihn in den Fall verwickelte, aber er hatte indirekt von ihm als einem ausgezeichneten Kenner mittelalterlichen Aberglaubens gehört, und er hatte so nebenbei daran gedacht, ein vergriffenes Pamphlet über die Kabbala und die Faustsage bei ihm einzusehen, aus dem ein Freund nach dem Gedächtnis zitiert hatte.

Suydam wurde zum »Fall«, als entfernte einzige Verwandte eine gerichtliche Entscheidung bezüglich seines Geisteszustandes zu erreichen suchten. Der Außenwelt erschien ihre Handlungsweise unerwartet, war aber wirklich erst nach langer Beobachtung und bekümmerten Debatten eingeleitet worden. Sie fußte auf bestimmten merkwürdigen Veränderungen seiner Redeweise und seiner Gewohnheiten, gefährlichen Andeutungen auf bevorstehende Wunder und unerklärliche häufige Besuche in einer verrufenen Gegend Brooklyns. Er war mit den Jahren immer schäbiger geworden und schlich nun wie ein wahrhaftiger Bettler herum; wurde gelegentlich von beschämten Freunden in Untergrundbahnstationen gesehen oder wie er sich auf den Bänken um Borough Hall herumdrückte und sich mit Gruppen dunkelhäutiger, übelaussehender Fremder unterhielt. Wenn er sprach, dann schwatzte er von unbegrenzten Mächten, die beinah in seiner Reichweite lägen, und wiederholte mit wissendem Seitenblick solch mystische Worte oder Namen wie »Sephiroth«, »Ashmodai« und »Samaël«. Der Prozeß enthüllte, daß er sein Einkommen aufbrauche und sein Kapital verschleudere, um merkwürdige Bücher zu kaufen, die er aus London und Paris kommen ließ, und für den Unterhalt einer schmutzigen Parterrewohnung im Red-Hook-Distrikt, wo er fast jede Nacht verbrachte und merkwürdige Abordnungen, gemischt aus Radaubrüdern und Ausländern, empfing und wo er offensichtlich hinter den grünen Läden seiner geheimnisvollen Fenster eine Art feierlicher Handlung vollzog. Detektive, die den Auftrag hatten, ihn zu beschatten, berichteten von merkwürdigen Schreien, Gesang und tanzenden Füßen, Geräuschen dieser mitternächtlichen Riten, die auf die Straße drangen, und sie schauderten ob der merkwürdigen Ekstase und Hingabe, trotz der Alltäglichkeit unheimlicher Orgien in dieser verkommenen Gegend. Als die

Sache indessen zur Verhandlung kam, brachte Suydam es fertig, in Freiheit zu bleiben. Vor dem Richter waren seine Manieren gewandt und vernünftig, und er gab sein merkwürdiges Benehmen und die extravagante Ausdrucksweise, die er sich durch außerordentliche Hingabe an seine Studien und Untersuchungen angewöhnt hatte, offen zu. Er sei, so sagte er, mit der Untersuchung gewisser Einzelheiten europäischer Tradition beschäftigt, die engen Kontakt mit Ausländergruppen und ihren Liedern und Volkstänzen notwendig mache. Der Gedanke, daß irgendeine niedere Geheimgesellschaft ihn ausnütze, wie seine Verwandten angedeutet hatten, sei offenbar absurd und zeige, wie wenig Verständnis sie für ihn und seine Arbeit hätten. Nachdem er mit seinen ruhigen Erklärungen gesiegt hatte, durfte er ungehindert gehen, und die von den Suydams, Corlears und van Brunts bezahlten Detektive wurden mit resigniertem Abscheu zurückgezogen.

An diesem Punkt traten Bundesinspektoren gemeinsam mit der Polizei, unter ihnen Malone, in den Fall ein. Das Gesetz hatte die Suydam-Angelegenheit mit Interesse beobachtet und war in vielen Fällen gebeten worden, den Privatdetektiven zu helfen. Während dieser Arbeit stellte sich heraus, daß Suydams neue Verbündete zu den schwärzesten und lasterhaftesten Verbrechern in Red Hooks abseits gelegenen Gassen gehörten und daß mindestens ein Drittel davon bekannte Wiederholungstäter in Sachen wie Dieberei, Ruhestörung und Einschmuggeln illegaler Emigranten waren. Es wäre tatsächlich nicht übertrieben zu sagen, daß der besondere Personenkreis um den alten Gelehrten fast völlig mit der schlimmsten der organisierten Cliquen übereinstimmte, die gewissen namenlosen Abschaum aus Asien an Land schmuggelten, der von Ellis Island klugerweise abgewiesen worden war. In den wimmelnden Elendsquartieren von Parker Place – der seitdem umbenannt wurde –, wo Suydam seine Parterrewohnung hatte, war eine ungewöhnliche Kolonie unbestimmbarer schlitzäugiger Leute entstanden, die sich des arabischen Alphabets bedienten, die aber von der großen Masse der Syrer in und um die Atlantic Avenue lautstark abgelehnt wurden. Sie hätten alle aus Mangel an Papieren ausgewiesen werden können, aber das Gesetz arbeitet langsam, und man beunruhigt Red Hook nicht, wenn nicht die Öffentlichkeit dazu zwingt, es zu tun. Diese Kreaturen besuchten eine heruntergekommene Steinkirche, die an jedem Mittwoch als Tanzsaal benutzt wurde und die ihre gotischen Strebepfeiler nahe dem verkommensten Teil des Uferbezirkes emporreckte. Sie war dem Namen nach katholisch; aber Priester in ganz Brooklyn sprachen dem Ort jeden Rang und jede Rechtsgültigkeit ab, und Polizisten stimmten ihnen zu, wenn sie den Geräuschen lauschten, die nachts aus ihr drangen. Malone pflegte sich einzubilden, gräßliche, verstimmte Baßtöne von einer Orgel, die sich weit unter der Erde befand, zu hören, wenn die Kirche leer und unbeleuchtet dastand, während alle Zuschauer das Schreien und Trommeln fürchteten, das den offen abgehaltenen Gottesdienst begleitete. Als man Suydam befragte, sagte er, er glaube, das Ritual sei ein Überbleibsel nestorianischen Christentums, gefärbt mit tibetischem Schamaismus. Die meisten der Leute, so mutmaßte er, seien mongolischer Rasse und stammten irgendwo aus der Nähe von Kurdistan – und Malone konnte nicht umhin, sich zu erinnern, daß Kurdistan das Land der Yezidis, der letzten Überlebenden der persischen Teufelsanbeter, ist. Wie immer es auch gewesen sein mag, die Unruhe der Suydam-Untersuchung machte es zur Gewißheit, daß diese ungebetenen Neuankömmlinge Red Hook in immer größerer Zahl überschwemmten, indem sie durch ein Komplott unter den Seeleuten, an das die Zollbeamten und die Hafenpolizei nicht herankamen, an Land gelangten, sie überrannten Parker Place, breiteten sich rasch über den Hügel aus und wurden mit merkwürdiger Brüderlichkeit von den anderen zusammengewürfelten Bürgern dieser Region willkommen geheißen. Ihre untersetzten Gestalten und charakteristischen Physiognomien mit den zugekniffenen Augen, die sich mit der auffallenden amerikanischen Kleidung zu komischer Wirkung verbanden, tauchten immer zahlreicher unter den Müßiggängern und herumziehenden Gangstern der Borough-Hill-Gegend auf, bis man es schließlich für notwendig hielt, ihre Zahl zu erfassen, ihre Hilfsquellen und Beschäftigungen festzustellen und eine Möglichkeit zu finden, sie zusammenzutreiben und bei den zuständigen Einwanderungsbehörden abzuliefern. Malone wurde mit dieser Aufgabe in Übereinkunft der Bundes- und städtischen Polizei betraut, und als er seine Untersuchungen in Red Hook begann, fühlte er sich am Rande namenlosen Schreckens, mit der schäbigen, ungepflegten Gestalt Robert Suydams als Erzfeind und Gegner.

IV

Polizeimethoden sind vielseitig und durchdacht. Durch unauffälliges Herumschweifen, sorgfältig zwanglose Unterhaltungen, zeitlich gut abgestimmte Angebote von Schnaps aus der Hüfttasche und wohldurchdachte Unterhaltungen mit verschreckten Gefangenen erfuhr Malone viele Einzeltatsachen über die Bewegung, die ein solch bedrohliches Aussehen angenommen hatte. Die Neuankömmlinge waren tatsächlich Kurden, sie sprachen einen unbekannten Dialekt, der die exakten Philologen vor ein Rätsel stellte. Diejenigen von ihnen, die einer Arbeit nachgingen, waren meist Dockarbeiter oder Hausierer ohne Lizenz, sie bedienten indessen häufig in griechischen Restaurants und betrieben Zeitungskioske an Straßenecken. Die meisten von ihnen hatten jedoch keine erkennbaren Unterhaltsmittel und waren offenbar mit Unterwelt-Beschäftigungen, von denen Schmuggel, vor allem Alkoholschmuggel, noch die am wenigsten unbeschreiblichen waren, beschäftigt. Sie waren mit Dampfern, wahrscheinlich Trampfrachtern, angekommen und in mondlosen Nächten heimlich in Ruderboote verfrachtet worden, die sich unter einer bestimmten Werft hindurchstahlen und einem verborgenen Kanal bis zu einem unterirdischen Teich folgten, der sich unter einem Hause befand. Es gelang Malone nicht, diese Werft, den Kanal und das Haus zu lokalisieren, denn das Gedächtnis seiner Informanten war äußerst verwirrt, während ihre Sprechweise größtenteils auch für den fähigsten Dolmetscher unverständlich war; auch konnte er keine wirklichen Angaben über ihren systematischen Zuzug bekommen. Sie waren bezüglich ihres genauen Herkunftsortes sehr zurückhaltend und ließen nie genügend die Vorsicht außer acht, um die Agenturen zu nennen, die sie ausgewählt und ihren Weg bestimmt hatten. Sie zeigten tatsächlich plötzlich so etwas wie Angst, wenn man sie nach dem Grund ihrer Anwesenheit fragte. Gangster anderer Herkunft waren genauso schweigsam, und alles, was man sich zusammenreimen konnte, war, daß irgendein Gott oder eine große Priesterschaft ihnen unerhörte Macht, überirdischen Ruhm und Herrschaft in einem fremden Land versprochen hatte. Sowohl die Neuankömmlinge, wie die alten Gangster nahmen regelmäßig an den scharf überwachten nächtlichen Zusammenkünften bei Suydam teil, und die Polizei erfuhr sehr bald, daß der ehemalige Sonderling zusätzliche Wohnungen gemietet hatte, um Gäste unterbringen zu können, die sein Losungswort kannten, diese nahmen mindestens drei ganze Häuser ein und beherbergten viele seiner seltsamen Begleiter als Dauermieter. Er verbrachte nur noch wenig Zeit in seinem Heim in Flatbush, offenbar ging er nur noch dorthin, um Bücher zu holen oder zurückzubringen, und sein Gesicht und Benehmen hatten den Ausdruck erschreckender Wildheit angenommen. Malone befragte ihn zweimal, wurde aber jedesmal schroff abgewiesen. Er wisse nichts von geheimnisvollen Verschwörungen oder Bewegungen, sagte er, und er habe keine Ahnung, warum die Kurden eingewandert seien und was sie wollten. Es sei seine Aufgabe, ungestört die Folklore aller Einwanderer des Distrikts zu studieren, eine Angelegenheit, die die Polizei nichts angehe. Malone sprach von seiner Bewunderung für Suydams alte Broschüre über die Kabbala und andere Mythen, aber der alte Mann taute nur vorübergehend auf. Er glaubte, man wolle sich ihm aufdrängen, und ließ den Besucher in einer Weise abfahren, daß Malone sich voll Abscheu zurückzog und sich anderen Informationsquellen zuwandte.

Was Malone ans Licht gezogen, wenn er an dem Fall hätte weiterarbeiten können, wird man nie erfahren. Ein alberner Konflikt, der sich plötzlich zwischen den städtischen und den Bundesbehörden entwickelte, hob die Untersuchungen für mehrere Monate auf, während dieser Zeit war der Detektiv mit anderen Aufgaben beschäftigt. Aber er verlor zu keiner Zeit das Interesse daran, noch konnte er umhin, sich zu wundern, was mit Robert Suydam vor sich ging. Genau zu einer Zeit, als eine Welle von Entführungen und Verschwinden Erregung in New York verbreitete, begann der ungepflegte Gelehrte mit einer Metamorphose, die ebenso erstaunlich wie widersinnig war. Eines schönen Tages sah man ihn nahe Borough Hall mit glattrasiertem Gesicht, gut geschnittenem Haar und geschmackvoller, untadeliger Kleidung, und an jedem darauffolgenden Tag stellte man irgendeine unmerkliche Verbesserung bei ihm fest. Er erhielt seine neuerworbene Makellosigkeit ununterbrochen aufrecht, fügte noch einen ungewöhnlich strahlenden Blick und eine Schlagfertigkeit der Rede hinzu und begann nach und nach seine Beleibtheit zu verlieren, die ihn so lang entstellt hatte. Er wurde jetzt häufig für jünger gehalten, und er gewöhnte sich einen elastischen Gang und eine Lebhaftigkeit des Benehmens an, die zur neuen Tradition paßte, und man sah sein Haar dunkler werden, ohne daß man dabei an Färbung dachte. Als die Monate vergingen, begann er sich immer weniger konservativ zu kleiden und setzte schließlich seine neuen Freunde in Erstaunen, als er seinen Wohnsitz in Flatbush renovieren und neu ausstatten ließ, den er mit einer Reihe von Empfängen eröffnete. Er lud dazu alle Bekannten ein, deren er sich erinnerte, und hieß seine Verwandten, denen er inzwischen völlig vergeben hatte, besonders herzlich willkommen, die ihn erst unlängst hatten einsperren lassen wollen. Einige nahmen aus Neugier teil, andere aus Verpflichtung; aber alle waren plötzlich bezaubert von dem neuerworbenen Charme und der Weltgewandtheit des früheren Einsiedlers. Er habe, versicherte er, seine geplante Arbeit größtenteils vollendet, und da er soeben von einem beinah vergessenen europäischen Freund einen Besitz geerbt habe, wolle er darangehen, die ihm verbleibenden Jahre in einer strahlenderen zweiten Jugend zu verbringen, die Ausgeglichenheit, Sorgfalt und Diät ihm geschenkt hatten. Man sah ihn immer seltener in Red Hook, und er bewegte sich mehr und mehr in der Gesellschaft, in der er geboren war. Polizisten bemerkten, daß die Gangster jetzt mehr dazu neigten, in der alten Steinkirche und im Tanzsaal, anstatt in der Parterrewohnung in Parker Place zusammenzutreffen, obwohl die letztere mitsamt ihren Anbauten noch immer von ungesundem Leben überquoll.

Dann traten zwei Ereignisse ein – weit voneinander entfernt, aber in Malones Augen beide von großem Interesse für den Fall. Eines war die unauffällige Ankündigung im *Eagle* von Robert Suydams Verlobung mit Miß Cornelia Gerritsen aus Bayside, einer jungen Dame in hervorragender Lebensstellung und mit dem ältlichen Bräutigam entfernt verwandt, während das andere von einer Polizeirazzia auf die Tanzsaalkirche berichtete, die auf eine Meldung hin erfolgt war, man habe flüchtig das Gesicht eines entführten Kindes an einem Parterrefenster gesehen. Malone hatte an dieser Razzia teilgenommen, und er studierte den Ort sehr sorgfältig, als er darinnen war. Nichts wurde gefunden – das Gebäude war tatsächlich völlig verlassen, als man es aufsuchte – aber der sensible Kelte war durch viele Dinge im Innern leise beunruhigt. Da waren primitiv bemalte Tafeln, die die Gesichter von Heiligen mit merkwürdig weltlichem und höhnischem Ausdruck darstellten und die sich manchmal Freiheiten herausnahmen, die selbst das Anstandsgefühl eines Laien nicht hingehen lassen konnte. Dann war auch die griechische Inschrift an der Wand über der Kanzel nicht nach seinem Geschmack, eine alte Zauberformel, auf die er einmal in seiner Zeit am Dublin College gestoßen war und die, wörtlich übersetzt, so lautete,

»O Freund und Gefährte der Nacht, du, den das Bellen des Hundes und das vergossene Blut erfreut, der inmitten der Schatten zwischen den Gräbern wandelt, der nach Blut lechzt und den Sterblichen Schrecken bringt, Gorgo, Mormo, Mond mit tausend Gesichtern, schau gnädig auf unser Opfer!«

Ihn schauderte, während er dies las, und er dachte nebenbei an die verstimmten Baßorgeltöne, die er unterhalb der Kirche in gewissen Nächten zu hören geglaubt hatte. Ihn schauderte erneut beim Anblick des Rostes am Rande eines Metallbeckens, das auf dem Altar stand, und blieb unruhig stehen, als seine Nase irgendwo in der Nachbarschaft einen sonderbaren und schrecklichen Gestank wahrnahm. Diese Erinnerung an die Orgel verfolgte ihn, und er durchforschte den Keller mit besonderer Gründlichkeit, bevor er ging. Der Ort war ihm zuwider, und dennoch, waren die gotteslästerlichen Tafeln und Inschriften mehr als Geschmacklosigkeiten, ausgeführt von Unwissenden?

Als Suydams Hochzeit herannahte, war die Entführungsepidemie ein öffentlicher Zeitungsskandal geworden. Die meisten Opfer waren Kinder der untersten Klasse, aber die steigende Zahl der Entführungen hatte ein Gefühl größten Zornes ausgelöst. Journalisten riefen die Polizei zum Handeln auf, und das Butler-Street-Polizeirevier ließ erneut seine Leute über Red Hook nach Indizien, Entdeckungen und Verbrechern ausschwärmen. Malone war glücklich, wieder auf der Spur zu sein, und war stolz darauf, in einem von Suydams Parker-Place-Häusern eine Razzia durchführen zu dürfen. Man fand dort tatsächlich keines der gestohlenen Kinder, trotz der Berichte von Schreien und einer roten Schärpe, die man in der Hintergasse gefunden hatte, aber die Malereien und rohen Inschriften an den abblätternden Wänden der meisten Zimmer und das einfache chemische Labor im Speicher, alles trug dazu bei, den Detektiv zu überzeugen, daß er auf der Spur von etwas Ungeheuerlichem sei. Die Malereien waren abscheulich – schreckliche Ungeheuer jeder Form und Größe und Parodien menschlicher Umrisse, die nicht geschildert werden können. Die Schrift war rot und wechselte zwischen arabischen, griechischen, römischen und hebräischen Buchstaben. Malone konnte das meiste davon nicht lesen, aber was er entzifferte, war unheimlich und kabbalistisch genug. Ein häufig wiederholtes Motto war in einer Art hebraisiertem Griechisch und ließ auf schreckliche Teufelsbeschwörungen der alexandrinischen Dekadenz schließen.

»HEL. HELOYM. EMMANVEL. SABAOTH. AGLA. TETRAGRAMMATON. AGYROS. OTHEOS. ISCHYROS ATHANATOS. JEHOVA. VA. ADONAI. SADAY. HOMOVSION. MESSIAS. ESCHEREHEYE.«

Kreise und Pentagramme waren überall zu sehen und berichteten zweifellos von dem merkwürdigen Glauben und Trachten derer, die hier in diesem Schmutz hausten. Das Merkwürdigste fand man indessen im Keller – einen Haufen echter Goldbarren, nachlässig, mit Sackleinwand zugedeckt, die auf ihrer glänzenden Oberfläche dieselben seltsamen Hieroglyphen trugen, die auch die Wände schmückten. Die Polizisten stießen während der Razzia von seiten der schmaläugigen Orientalen, die aus jeder Tür herausströmten, lediglich auf passiven Widerstand. Da sie nichts Wichtiges fanden, ließen sie alles, wie es war, aber der Hauptmann des Polizeireviers schrieb an Suydam einige Zeilen, den Charakter seiner Mieter und Schützlinge im Hinblick auf den wachsenden öffentlichen Unmut genauer zu prüfen.

V

Dann kam die Junihochzeit und die große Sensation. Flatbush war zur Mittagszeit in fröhlicher Stimmung, und bewimpelte Autos drängten sich in den Straßen bei der alten holländischen Kirche, wo eine Markise sich von der Kirchentür bis zur Fahrbahn erstreckte. Kein örtliches Ereignis hat je die Suydam-Gerritsen-Hochzeit an Kolorit und Niveau übertroffen, und die Menge, die Braut und Bräutigam zum Cunard Pier geleitete, war wenn auch nicht die eleganteste, so doch mindestens eine gedrängte Seite aus dem Handbuch der Gesellschaft. Um fünf Uhr winkte man Abschied, und der riesige Dampfer glitt von dem langen Pier hinweg, wandte die Nase langsam seewärts, entließ den Schlepper und machte sich auf den Weg zu den großen Wasserflächen, die einen zu den Wundern der Alten Welt bringen. Bis zum Abend hatte man den Außenhafen hinter sich, und Passagiere, die noch auf Deck waren, sahen, wie die Sterne über dem unverschmutzten Ozean zwinkerten.

Ob es der Trampdampfer oder der Schrei war, was zuerst Aufmerksamkeit erregte, vermag niemand zu sagen. Vielleicht geschah beides gleichzeitig, aber es hat nicht viel Sinn, darüber nachzudenken. Der Schrei kam aus der Kabine der Suydams, und der Matrose, der die Tür aufbrach, hätte vielleicht Schreckliches erzählen können, wenn er nicht sofort völlig übergeschnappt wäre, statt dessen schrie er lauter als die beiden Opfer und rannte danach dümmlich lächelnd durchs Schiff, bis man ihn einfing und in Eisen legte. Der Schiffsarzt, der die Kabine betrat und einen Moment später Licht machte, wurde zwar nicht verrückt, aber er erzählte niemandem, was er gesehen hatte, erst später, als er mit Malone in Chepachet korrespondierte. Es war Mord durch Erwürgen, aber man braucht nicht extra zu betonen, daß der Klauenabdruck an Mrs. Suydams Hals weder von ihrem Mann, noch von einer anderen Menschenhand stammen konnte oder daß auf der weißen Wand für einen Augenblick eine scheußliche rote Inschrift aufblitzte, die, als sie später nach dem Gedächtnis niedergeschrieben wurde, nichts weniger bedeutete als die furchtbaren chaldäischen Buchstaben des Wortes »LILITH!«. Man braucht diese Dinge nicht zu erwähnen, weil sie schnell wieder verschwanden – was Suydam betraf, so konnte man wenigstens andere von dem Raum fernhalten, bis man wußte, wie man selbst darüber dachte. Der Doktor hat Malone ausdrücklich versichert, daß er ES nicht gesehen hat. Das offene Bullauge war, kurz bevor er das Licht anknipste, für eine Sekunde durch ein schwaches Leuchten verschleiert, und einen Moment schien in der Nacht draußen die Andeutung eines schwachen, teuflischen Gekichers widerzuhallen, aber das Auge nahm nichts Greifbares wahr. Als Beweis deutet der Doktor auf seine ungebrochene geistige Gesundheit hin. Dann zog der Trampdampfer die ganze Aufmerksamkeit auf sich. Ein Boot wurde ausgesetzt, und eine Horde dunkelhäutiger, unverschämter Schurken in Offizierskleidung ergoß sich an Bord des vorübergehend angehaltenen Cunard-Dampfers. Sie wollten Suydam oder seine Leiche haben – sie hatten von seiner Reise gewußt und waren aus bestimmten Gründen sicher, daß er sterben werde. Das Kapitänsdeck war beinah ein Chaos, denn in der Zeit zwischen dem Bericht des Doktors über die Vorgänge in der Kabine

und der Forderung der Leute vom Trampdampfer, wußte selbst
der klügste und gesetzteste Seemann nicht recht, was er tun solle.
Plötzlich zog der Anführer der anwesenden Seeleute, ein Araber
mit scheußlich negroidem Mund ein schmutziges, zerknittertes Papier hervor und übergab es dem Kapitän. Es war von Robert Suydam unterschrieben und trug folgende Botschaft:

Für den Fall eines plötzlichen oder unerklärlichen Unfalls oder Todes meinerseits händigen Sie bitte mich selbst oder meine Leiche dem Überbringer oder seinen Gefährten aus, ohne Fragen zu stellen. Für mich oder vielleicht auch für Sie hängt alles von Ihrer bedingungslosen Willfährigkeit ab. Erklärungen folgen später – lassen Sie mich jetzt nicht im Stich

Robert Suydam

Der Kapitän und der Doktor sahen einander an, dann flüsterte
letzterer dem ersteren etwas zu. Schließlich nickte er ziemlich hilflos und führte sie zur Kabine der Suydams. Der Doktor lenkte den
Blick des Kapitäns in eine andere Richtung, als er die Tür aufschloß und die fremden Seeleute einließ, und er atmete erleichtert
auf, als sie mit ihrer Last nach einer ungewöhnlich langen Vorbereitungszeit wieder herauskamen. Sie war in Bettzeug von den
Schlafkojen eingewickelt, und der Doktor war froh darüber, daß
der Umriß nicht viel erahnen ließ. Irgendwie brachten die Leute
das Ding über die Seite des Schiffes und zu ihrem Trampdampfer
hinüber, ohne den Inhalt bloßzulegen. Der Cunard-Dampfer
setzte seine Fahrt fort, und der Doktor sowie der Leichenbestatter
des Schiffes suchten die Suydamkabine auf, um das Letzte zu tun,
was sie noch tun konnten. Noch einmal war der Arzt zur Zurückhaltung und sogar Lügenhaftigkeit gezwungen, denn etwas Höllisches war passiert. Als der Leichenbestatter ihn fragte, warum er
bei Mrs. Suydam das ganze Blut abgezapft habe, unterließ er es zu
sagen, daß er es nicht getan habe; noch wies er auf den leeren Platz
im Regal hin, wo Flaschen gestanden hatten, oder auf den Geruch
im Ausguß, der die rasche Entleerung des ursprünglichen Flascheninhalts verriet. Die Taschen dieser Menschen – falls es wirklich Menschen gewesen waren – waren verdammt ausgebeult
gewesen, als sie das Schiff verließen. Zwei Stunden später, und die
Welt erfuhr über den Rundfunk alles, was sie von der schrecklichen Angelegenheit erfahren durfte.

VI

Am gleichen Juniabend war Malone, ohne daß er das geringste von den Ereignissen auf See erfahren hatte, verzweifelt in den Gassen von Red Hook tätig. Eine plötzliche Erregung schien den Ort zu durchdringen, und als seien sie durch Flüsterpropagandatelegraphie verständigt worden, drängten sich die Bürger erwartungsvoll um die Tanzsaalkirche und die Häuser am Parker Place. Drei Kinder waren gerade wieder verschwunden – blauäugige Norweger aus den Straßen nach Gowanus zu –, und es liefen Gerüchte um, daß sich aus den kräftigen Wikingern der Gegend eine Menge zusammenrotte. Malone hatte seine Kollegen seit Wochen gedrängt, eine durchgreifende Säuberungsaktion zu unternehmen, und sie hatten endlich, aufgeschreckt durch Zustände, die ihrem gesunden Menschenverstand offenkundiger erschienen als die Mutmaßungen des Träumers aus Dublin, zugestimmt, zum letzten Schlag auszuholen. Die Unruhe und Bedrohung des Abends hatten den Ausschlag gegeben, und ungefähr um Mitternacht brach ein Razzienkommando, aus drei Polizeibezirken zusammengezogen, über Parker Place und dessen Umgebung herein. Türen wurden eingeschlagen, Herumtreiber verhaftet und kerzenbeleuchtete Zimmer wurden gezwungen, unglaubliche Mengen der verschiedensten Ausländer in verzierten Roben, Mitra und anderen unerklärlichen Geräten auszuspeien. In dem Durcheinander ging vieles verloren, denn Gegenstände wurden hastig in nicht vermutete Schächte geworfen und verräterische Gerüche wurden durch schnelles Anzünden von beißendem Weihrauch unterdrückt. Aber überall fand sich verspritztes Blut, und Malone schauderte, wann immer er ein Kohlenbecken oder einen Altar erblickte, von dem noch Rauch aufstieg. Er hätte an vielen Stellen gleichzeitig sein mögen und entschied sich für Suydams Parterrewohnung erst dann, als ein Bote berichtet hatte, daß die verfallene Tanzsaalkirche völlig leer sei. Die Wohnung, nahm er an, müsse irgendeinen Hinweis auf den Kult enthalten, dessen Mittelpunkt und Führer der okkulte Gelehrte offenbar geworden war; und er durchsuchte die muffig riechenden Zimmer mit wirklicher Erwartung, bemerkte ihren vagen Leichenhausgeruch und untersuchte die merkwürdigen Bücher, Instrumente, Goldbarren, die Flaschen mit Glasstöpseln, die nachlässig überall herumgestreut waren. Einmal lief ihm eine magere, schwarzweiße Katze zwischen die Füße und ließ ihn stolpern, gleichzeitig warf sie einen Becher um, der zur Hälfte mit einer roten Flüssigkeit gefüllt war. Der Schock war ungeheuer, und Malone weiß bis heute nicht recht, was er sah, aber er sieht die Katze noch immer in seinen Träumen, wie sie davonrannte, während sie sich schrecklich und sonderbar veränderte. Dann kam die versperrte Kellertür und die Suche nach etwas, um sie einzuschlagen. Ein schwerer Hocker stand in der Nähe, und eine solide Sitzfläche war mehr als genug für die alten Türfüllungen, es bildete sich ein Sprung, dann gab die ganze Tür nach – aber von der *anderen Seite,* von wo ein heulender Tumult eiskalten Windes mit all dem Gestank unergründlicher Tiefen heraufdrang und als er eine Saugkraft erreichte, die weder irdischen noch himmlischen Ursprungs war, die sich gefühlvoll um den wie gelähmten Detektiv wickelte, ihn durch die Öffnung hinunter in unergründliche Räume zerrte, die mit Flüstern und Wehklagen und Ausbrüchen von Spottgelächter erfüllt waren. Natürlich war es nur ein Traum. Alle Spezialisten hatten es ihm gesagt, und er hatte nichts, um das Gegenteil zu beweisen. Es wäre ihm in der Tat sogar lieber, denn der Anblick alter Ziegelslums und dunkler, ausländischer Gesichter würde sich nicht so tief in seine Seele einfressen. Aber damals war alles schreckliche Wirklichkeit, und nichts kann je die Erinnerung an diese nachtschwarzen Krypten, die riesigen Bogengänge und diese halberschaffenen Höllengestalten, die schweigsam und riesig vorbeigingen, halb Aufgegessenes festhaltend, dessen noch lebende Teile um Gnade baten oder im Wahnsinn lachten. Gerüche von Weihrauch und Fäulnis mischten sich zu einem ekelerregenden Zusammenklang, und die schwarze Luft war mit der nebelhaften, halb sichtbaren Masse formloser Elementargeister mit Augen belebt. Irgendwo schwappte dunkles, klebriges Wasser gegen einen Pier aus Onyxmarmor, und einmal erklang das zitternde Klingeln heiserer Glöckchen, um das Wahnsinnskichern eines nackten, phosphoreszierenden Geschöpfes zu begrüßen, das schwimmend auftauchte, ans Ufer kletterte und ein goldenes Piedestal im Hintergrund erklomm, auf dem es höhnisch grinsend saß.

Breite Strahlen unendlicher Nacht schienen nach allen Seiten abzuzweigen, bis man sich hätte vorstellen können, daß hier die Wurzel der Ansteckung lag, dazu bestimmt, Städte krank zu machen und zu verschlingen und ganze Völker mit dem Gestank der Mischlingspest zu umgeben. Hier ist die allumfassende Sünde eingeflossen und hat, zerfressen von unheiligen Riten, ihren grinsenden Todesmarsch begonnen, die uns alle zu schwammartigen Abnormitäten verrotten lassen wird, die zu schrecklich sind, als daß das Grab sie halten könnte. Hier hielt Satan hof, wie in Babylon, und im Blut fleckenloser Kindheit wurden die aussätzigen Glieder Liliths gebadet. Incubi und Succubae heulen Hekate Lob, und kopflose Mondkälber blöken die große Mutter an. Ziegen hüpften beim Klang dünner verfluchter Flöten, und Aegypane jagten mißgestaltete Faune über Felsen, verformt wie geschwollene Kröten. Moloch und Ashtaroth fehlten nicht; denn in dieser Quintessenz der Verdammung sind die Bewußtseinsgrenzen aufgehoben, und der menschlichen Einbildungskraft liegen Ausblicke auf jedes Reich des Schreckens und jeder verbotenen Dimension offen, die das Üble zu formen vermag. Welt und Natur waren hilflos gegen solche Angriffe aus den aufgebrochenen Brunnen der Nacht, auch konnte kein Zeichen oder Gebet den Walpurgisaufstand des Grauen aufhalten, der eintrat, als ein Weiser mit dem abscheulichen Schlüssel zufällig auf die Horde mit dem versperrten und randvollen Kasten überlieferter Dämonenlehre stieß.

Plötzlich schoß ein Strahl wirklichen Lichtes durch diese Phantastereien, und Malone hörte inmitten der Gotteslästerlichkeit der Dinge, die eigentlich tot sein sollten, das Geräusch von Rudern. Ein Boot mit einer Laterne am Heck schoß in sein Blickfeld, machte an einem Eisenring an dem schlammigen Steinpier fest und spie eine Anzahl dunkler Männer aus, die eine langgestreckte, in Bettzeug gehüllte Last trugen. Sie trugen sie zu dem nackten, phosphoreszierenden Geschöpf auf dem geschnitzten goldenen Piedestal, das Geschöpf kicherte und tätschelte das Bettzeug. Dann wickelten sie sie aus und setzten vor das Piedestal die brandige Leiche eines dicken Mannes mit ungepflegtem weißen Haar hin. Das phosphoreszierende Wesen kicherte erneut, und die Männer zogen Flaschen aus ihren Taschen und rieben seine Füße rot ein, während sie danach die Flaschen dem Wesen gaben, damit es davon trinke. Plötzlich drang aus dem Bogengang, der ins Endlose führte, das dämonische Klappern und Keuchen einer gotteslästerlichen Orgel, die in höhnischem, verstimmtem Baß allen Spott der Hölle herauswürgte und polterte. Augenblicklich war jedes sich bewegende Geisterwesen wie elektrisiert, und indem sie sich zu einer zeremoniellen Prozession aufstellte, glitt die Alptraumhorde hinweg, um dem Ton nachzugehen – Geiß, Satyr und Aegypan, In-

cubus, Succubus und Lemur, verbildete Kröte und der formlose
Elementargeist, der hundsgesichtige Heuler und der schweigsam
in der Dunkelheit Einherstolzierende – alle angeführt von dem
scheußlichen, nackten, phosphoreszierenden Wesen, das auf dem
geschnitzten goldenen Thron gesessen hatte und das nun frech da-
hinschritt und in seinen Armen den Leichnam des dicken alten
Mannes mit den glasigen Augen trug. Die fremden, dunklen Männer tanzten als Nachhut, und die ganze Kolonne sprang und
hüpfte mit dionysischer Raserei, Malone stolperte ihnen, delirie-
rend und benommen, ein paar Schritte nach, ohne sich seines Plat-
zes in dieser Welt oder einer anderen sicher zu sein. Dann wandte
er sich um, taumelte und sank auf den kalten, feuchten Stein nieder, nach Luft schnappend und zitternd, während die Teufelsorgel
fortkrächzte, und das Heulen und Trommeln und Klirren der verrückten Prozession wurde schwächer und schwächer.

Vage war er sich im Chor gesungener Scheußlichkeiten und
schrecklichen Krächzens weit weg bewußt. Ab und zu drang ein
Klagen oder Wimmern zeremonieller Andacht durch den schwarzen Bogengang zu ihm durch, während manchmal die schreckliche
griechische Beschwörung erklang, deren Text er über der Kanzel
der Tanzsaalkirche gelesen hatte. *»O Freund und Gefährte der
Nacht, du, den das Bellen des Hundes* (hier brach schreckliches
Geheul aus) *und das vergossene Blut erfreut* (hier wetteiferten namenlose Töne mit schrecklichem Gekreisch), *der inmitten der
Schatten zwischen den Gräbern wandelt* (hier wurde ein pfeifen-
der Seufzer hörbar), *der nach Blut lechzt und den Sterblichen
Schrecken bringt* (kurze, scharfe Schreie aus unzähligen Kehlen),
Gorgo (als Antwort wiederholt), *Mormo* (ekstatische Wiederho-
lung), *Mond mit tausend Gesichtern* (Seufzer und Flötentöne),
schaut gnädig auf unser Opfer!«

Als der Chorgesang zu Ende war, erhob sich ein vielfältiger
Schrei, und zischende Laute übertönten beinah das Krächzen der
verstimmten Baßorgel. Dann kam ein Keuchen aus vielen Kehlen
und ein Babel gebellter und geblökter Worte – »Lilith, große Lilith, sieh hier den Bräutigam an!« Mehr Schreie, der Lärm eines
Aufruhrs und die scharfen, klickenden Schritte einer laufenden
Gestalt. Die Schritte kamen näher, und Malone stützte sich auf
den Ellbogen, um etwas zu sehen.

Das Leuchten der Krypta, das erst nachgelassen hatte, hatte wieder leicht zugenommen, und in diesem Teufelslicht tauchte eine

flüchtende Gestalt auf, die eigentlich weder fliehen noch fühlen, noch atmen sollte – der glasäugige, brandige Leichnam des dicken alten Mannes, der nun keiner Stütze mehr bedurfte, sondern der durch irgendeine Höllenzauberei des soeben beendeten Ritus wiederbelebt worden war. Hinter ihm raste das nackte, kichernde, phosphoreszierende Geschöpf, das auf das geschnitzte Piedestal gehörte, und noch weiter hinten keuchten die dunklen Männer und die ganze Schreckensschar belebter Widerlichkeit.

Der Leichnam lief seinen Verfolgern davon und schien auf ein bestimmtes Ziel loszurennen, er strebte mit jedem verrotteten Muskel auf das geschnitzte goldene Piedestal zu, dessen nekromantische Bedeutung offenbar sehr groß war. Noch einen Augenblick, und er hatte sein Ziel erreicht, während die ihm folgende Menge sich zu verzweifelter Geschwindigkeit aufraffte. Aber sie waren zu spät daran, denn in einer letzten Kraftanstrengung, die Sehne von Sehne riß und seine scheußliche Masse in einem Zustand gallertartiger Auflösung zu Boden warf, hatte der starrende Leichnam, der Robert Suydam gewesen war, sein Ziel erreicht und seinen Triumph vollendet. Der Stoß war ungeheuerlich gewesen, aber seine Kraft hatte standgehalten, und während der Stoßende zu einem schmutzigen Verwesungsfleck zusammensank, hatte das Piedestal, das er umgestoßen hatte, geschwankt, war umgekippt und war schließlich von seiner Onyxbasis in die trüben Wasser unten gestürzt, es sandte zum Abschied einen Schimmer geschnitzten Goldes nach oben, ehe es schwer in der unvorstellbaren Tiefe des unteren Tartarus verschwand. In diesem Augenblick verblaßte auch das ganze Grauen vor Malones Augen zu nichts, und er wurde inmitten eines donnernden Krachens, das das ganze üble Universum auszulöschen schien, ohnmächtig.

VII

Malones Traum, den er in voller Länge erlebt hatte, bevor er von Suydams Tod und seiner Übernahme auf See gehört hatte, wurde merkwürdig durch einige seltsame Wirklichkeiten des Falles ergänzt, obwohl dies kein Grund ist, daß jemand ihn glauben solle. Die drei alten Häuser am Parker Place, zweifellos schon lang vom Verfall in seiner heimtückischsten Form angenagt, stürzten ohne sichtbare Ursache in sich zusammen, während die Hälfte der an der Razzia Beteiligten und die meisten der Gefangenen sich darin befanden, und von beiden Gruppen wurde der größte Teil augenblicklich getötet. Nur im Parterre und den Kellerräumen konnte man viele Lebende retten, und Malone hatte Glück, daß er sich tief unter Robert Suydams Haus befand. Denn er war wirklich dort, und niemand hat die Absicht, dies zu leugnen. Sie fanden ihn bewußtlos am Rande des nachtschwarzen Teiches, inmitten eines grotesken, grauenhaften Haufens von Verfall und Knochen, den man nur an Hand des Zahnersatzes, der ein paar Fuß entfernt danebenlag, als den Körper von Suydam identifizierte. Der Fall war sonnenklar, denn hierher führte der unterirdische Schmugglerkanal, und hierher hatten ihn die Männer heimgebracht, die Suydam vom Schiff heruntergeholt hatten. Sie selbst wurden nie gefunden, oder mindestens nie identifiziert, und der Schiffsarzt ist mit der einfachen Überzeugung der Polizei noch nicht zufriedengestellt.

Suydam war offensichtlich der Anführer eines ausgedehnten Menschenschmuggelunternehmens, denn der Kanal zu seinem Haus war nur einer von verschiedenen unterirdischen Wasserläufen und Tunnels in der Gegend. Es gab einen Tunnel von seinem Haus zur Krypta unter der Tanzsaalkirche, eine Krypta, die von der Kirche aus nur durch einen engen Geheimgang in der Nordwand zu erreichen war und in deren Kammern seltsame und schreckliche Dinge entdeckt wurden. Dort befand sich auch die krächzende Orgel, ebenso wie eine große, gewölbte Kapelle mit Holzbänken und einem merkwürdig geformten Altar. An den Wänden fanden sich in einer Reihe kleine Zellen, in siebzehn davon wurden – schrecklich zu sagen – Einzelgefangene in einem Zustand völliger Verblödung angekettet gefunden, darunter vier Mütter mit kleinen Kindern von beunruhigend seltsamem Aussehen. Die kleinen Kinder starben bald, nachdem man sie ans Licht gebracht hatte; ein Umstand, den die Ärzte als Gnade des Schicksals betrachteten. Unter denen, die sie untersuchten, erinnerte sich nur Malone der düsteren Frage des alten Deltio: *»An sint unquam daemones incubi et succubae et an ex tali congressu proles nascia queat?«*

Bevor man die Kanäle zuschüttete, wurden sie gründlich abgefischt, und sie erbrachten eine sensationelle Anzahl zersägter und aufgespaltener Knochen aller Größen. Man hatte die Entführungsepidemie unzweifelhaft zu ihrem Ursprung verfolgt, obwohl nur zwei der überlebenden Gefangenen vom Gesetz in Verbindung damit gebracht werden konnten. Diese Männer sind jetzt im Gefängnis, da sie nicht als Helfershelfer bei den eigentlichen Morden verurteilt werden konnten. Das geschnitzte goldene Piedestal oder der Thron, das von Malone so häufig als von hervorragender okkulter Bedeutung erwähnt wurde, wurde nie gefunden, obwohl man an einer Stelle unter dem Suydamhaus fand, daß der Kanal in einen Brunnen überging, der zu tief war, ihn abzufischen. Seine Mündung wurde verstopft und mit Zement verstrichen, als die Keller für die neuen Häuser angelegt wurden, aber Malone denkt oft darüber nach, was sich wohl darunter befindet. Die Polizei, zufrieden damit, eine gefährliche Bande von Verrückten und Menschenschmugglern zerschlagen zu haben, lieferte die noch nicht verurteilten Kurden an die Bundespolizei aus, man stellte vor ihrer Ausweisung einwandfrei fest, daß sie zu dem Yezidi-Clan von Teufelsanbetern gehörten. Der Trampdampfer und seine Mannschaft blieben ein unlösbares Rätsel, obwohl verbitterte Detektive wieder bereit sind, ihre Schmuggel- und Rumschmuggel-Unternehmungen zu bekämpfen. Malone findet, daß diese Detektive wegen ihres Mangels an Verwunderung ob der vielen unerklärbaren Einzelheiten und der vielsagenden Unverständlichkeit des ganzen Falles einen beklagenswert engen Gesichtskreis beweisen, obwohl er den Zeitungen genauso kritisch gegenübersteht, die nur eine krankhafte Sensation sahen und sich an einem unwichtigen sadistischen Kult weiden, den sie zum Grauen aus dem Innern des Universums abgestempelt haben. Aber er ist es zufrieden, still in Chepachet der Ruhe zu pflegen, sein Nervensystem zu beruhigen und zu beten, daß die Zeit seine schrecklichen Erlebnisse aus dem Reich der gegenwärtigen Realität in malerische und halbmythische Entrücktheit verwandelt.

Robert Suydam ruht neben seiner Frau auf dem Greenwoodfriedhof. Für die auf so merkwürdige Weise zurückgegebenen Gebeine wurde keine Leichenfeier abgehalten, und die Verwandten sind dankbar, daß der Fall als Ganzes so schnell der Vergessenheit anheimfiel. Die Verbindung des Gelehrten mit dem Grauen in Red Hook wurde nie durch legale Beweise ausposaunt, da sein Tod die Verhandlung verhinderte, der er sich sonst hätte stellen müssen. Man spricht nicht viel über sein Ende, und die Suydams hoffen, daß die Nachwelt sich seiner nur als des liebenswürdigen Sonderlings erinnert, der sich harmlos mit Magie und Folklore beschäftigte.

Was Red Hook betrifft – es ist immer das gleiche. Suydam kam und ging, ein Schrecken kam auf und entschwand; aber der böse Geist der Dunkelheit und des Schmutzes brütet unter den Bastarden in den alten Ziegelhäusern weiter, und herumschweifende Banden ziehen mit unbekanntem Ziel an Fenstern vorbei, wo Lichter und verzerrte Gesichter unerklärlich auftauchen und verschwinden. Uraltes Grauen ist wie eine Hydra mit tausend Köpfen, und die Kulte der Finsternis sind in Gottlosigkeiten verwurzelt, tiefer als der Brunnen des Demokritus. Die Seele des Tieres ist allgegenwärtig und siegreich, und Red Hooks Scharen einfältiger, pockennarbiger junger Leute singen noch immer im Chor und fluchen und heulen, wenn sie von Abgrund zu Abgrund ziehen, kein Mensch weiß, warum und wohin, von blinden Lebensgesetzen vorwärts getrieben, die sie selbst nie verstehen werden. Ganz wie früher kommen mehr Leute nach Red Hook, als es auf dem Landwege wieder verlassen, und es existieren schon Gerüchte von neuen Kanälen, die unterirdisch zu gewissen Zentren des Handels mit Schnaps und weniger erwähnenswerten Dingen führen.

Die Tanzsaalkirche ist jetzt hauptsächlich Tanzsaal, und merkwürdige Gesichter sind nachts an ihren Fenstern aufgetaucht. Unlängst äußerte ein Polizist die Ansicht, man habe die aufgefüllte Krypta wieder ausgeschaufelt, und für keinen recht erkennbaren Zweck. Wer sind wir, Gifte bekämpfen zu wollen, die älter sind als Geschichte und Menschheit? Affen tanzten in Asien nach diesem Grauen, und der Krebsschaden lauert aus sicherem Hintergrund und breitet sich aus, wo sich das Verstohlene in Reihen verfallener Ziegelhäuser verbirgt.

Malone schaudert nicht ohne Ursache – denn erst vor wenigen Tagen hörte ein Polizist, wie eine dunkle, schielende Hexe einem kleinen Kind im Schatten eines Durchganges eine geflüsterte Formel beibrachte. Er lauschte und fand es merkwürdig, daß sie immer noch einmal wiederholte.

»O Freund und Gefährte der Nacht, du, den das Bellen des Hundes und das vergossene Blut erfreut, der inmitten der Schatten zwischen den Gräbern wandelt, der nach Blut lechzt und den Sterblichen Schrecken bringt, Gorgo, Mormo, Mond mit tausend Gesichtern, schaut gnädig auf unser Opfer!«

Der Flüsterer im Dunkeln

I

Zugegeben, ich habe bis zum Schluß nichts unmittelbar Schreckliches gesehen. Zu behaupten, ein seelischer Schock sei die Ursache meiner Schlußfolgerung gewesen – aus jener letzten Wahrnehmung, nach der ich aus dem einsamen Akeley-Haus floh und mitten in der Nacht in einem fremden Wagen durch die kuppelförmigen Berge von Vermont raste –, hieße jedoch, offenkundige Tatsachen im Zusammenhang mit diesem letzten Erlebnis zu ignorieren. Trotz der geheimnisvollen Dinge, die ich sah und hörte, trotz des zugegebenermaßen lebhaften Eindrucks, den sie bei mir hinterließen, kann ich auch jetzt noch nicht beweisen, ob meine fürchterliche Schlußfolgerung berechtigt war oder nicht. Denn Akeleys Verschwinden beweist schließlich gar nichts. Die Leute stellten in dem Haus keine auffallenden Veränderungen fest, trotz der Kugelspuren drinnen und draußen. Es war, als hätte er nur mal eben einen Ausflug in die Berge gemacht und sei noch nicht zurückgekehrt. Nicht das geringste Anzeichen verriet, daß ein Gast dagewesen war oder daß diese schrecklichen Zylinder und Maschinen im Arbeitszimmer aufbewahrt worden waren. Daß er tödliche Angst vor den dichtgedrängten grünen Bergen und dem endlosen Gluckern der Bäche gehabt hatte, inmitten derer er geboren und aufgewachsen war, besagt auch nichts, denn Tausende leiden unter solchen krankhaften Angstzuständen. Und seine exzentrische Veranlagung kann ohne weiteres als Erklärung für seine sonderbaren Handlungen – und die damit zusammenhängenden Befürchtungen – dienen.

Die Sache begann, soweit es mich betrifft, mit den historischen Überschwemmungen in Vermont am 3. November 1927. Ich war damals, genau wie heute, Lehrbeauftragter für Literatur an der Miskatonic-Universität in Arkham, Massachusetts, und studierte nebenbei begeistert die Volkskunde von Neu-England. Kurz nach der Überschwemmung tauchten neben den zahlreichen Zeitungsberichten über die Notlage der Bevölkerung und die angeordneten Hilfsmaßnahmen auch Geschichten von sonderbaren Objekten auf, die man angeblich in den angeschwollenen Flüssen hatte treiben sehen; viele meiner Freunde wurden daraufhin neugierig, führten lange Gespräche und baten mich, aufgrund meiner Kenntnisse Licht in die Angelegenheit zu bringen. Ich fühlte mich geschmeichelt, weil man meine Volkskunde-Studien so ernst nahm, und erklärte so oft wie möglich, daß ich diesen abenteuerlichen, verworrenen Geschichten keine Bedeutung beimesse, da sie mir zu sehr nach Auswüchsen eines alten bäuerlichen Aberglaubens aussähen. Es belustigte mich, daß ich mehrere gebildete Leute traf, die darauf bestanden, irgendein Körnchen obskurer, verdrehter Wahrheit könne den Gerüchten ja doch zugrunde liegen.

Die Geschichten, von denen ich auf diese Weise erfuhr, standen größtenteils in den Zeitungen; eines der Schauermärchen entstammte allerdings einem mündlichen Bericht, den die Mutter eines meiner Freunde, die in Hardwick, Vermont, lebte, in einem Brief an ihn wiedergegeben hatte. Die beschriebenen Objekte waren in allen Fällen annähernd gleichartig, obwohl sie anscheinend bei mindestens drei verschiedenen Gelegenheiten beobachtet worden waren – im Winooski River in der Nähe von Montpelier, im West River in der Grafschaft Windham, jenseits von Newfane, und schließlich im Passumpsic in der Grafschaft Caledonia, oberhalb von Lyndonville. Natürlich wurden in vielen der verstreuten Berichte noch weitere Orte genannt, aber bei genauerer Untersuchung schien sich doch alles auf diese drei Fälle zu konzentrieren. In jedem Fall berichteten die Einheimischen, sie hätten eines oder auch mehrere unheimliche, verwirrende Objekte in den Wassermassen gesehen, die aus den unwegsamen Bergen zu Tal schossen, und man war fast überall geneigt, diese Beobachtungen mit einem primitiven, halbvergessenen Sagenkreis in Verbindung zu bringen, der bei dieser Gelegenheit von alten Leuten neu belebt wurde.

Was die Leute zu sehen glaubten, waren organische Gestalten, wie sie nie zuvor jemand gesehen hatte. Natürlich wurden in dieser tragischen Zeit auch viele menschliche Leichen in den Flüssen mitgeschwemmt; aber diejenigen, die diese seltsamen Gestalten beschrieben, waren ganz sicher, daß es sich dabei nicht um tote Menschen gehandelt hatte, trotz gewisser oberflächlicher Ähnlichkeiten in Größe und allgemeinen Aussehen. Und, so beteuerten die Augenzeugen, es seien auch keine Tiere gewesen, jedenfalls keine, wie sie in Vermont vorkommen. Sie seien rosa und etwa fünf Fuß lang, hätten krustenartige Körper mit zwei riesigen Rückenflossen oder membranartigen Flügeln und mehreren Paaren gelenkiger Gliedmaßen sowie ein ellipsenartig zusammengerolltes

Gebilde, bedeckt von zahllosen, sehr kurzen Fühlern, an der Stelle, wo normalerweise ein Kopf hätte sein müssen. Es war wirklich auffallend, wie genau die Berichte aus verschiedenen Quellen übereinstimmten; allerdings war es nicht mehr ganz so erstaunlich, wenn man bedachte, daß die alten Sagen, die man sich früher im ganzen Bergland erzählt hatte, gruselig-anschauliche Beschreibungen enthielten, die durchaus die Phantasie all dieser Gewährsleute angeregt haben konnten. Ich kam zu dem Schluß, daß die Augenzeugen – alles primitive, einfältige Hinterwäldler – die zerschundenen und aufgedunsenen Leichen von Menschen oder Haustieren in den reißenden Fluten gesehen hatten und daß sie an diesen erbarmungswürdigen Kreaturen Merkmale zu beobachten meinten, die ihnen in Wirklichkeit nur aus den Legenden dunkel vertraut waren.

Die alten Volkssagen – mochten sie noch so nebelhaft und schwer zu deuten und bei der jetzigen Generation noch so sehr in Vergessenheit geraten sein – waren in ihrer Art einmalig und offensichtlich beeinflußt von noch älteren Legenden der Indianer. Ich wußte gut darüber Bescheid, obwohl ich nie in Vermont gewesen war, weil ich die äußerst seltene Monographie von Eli Davenport gelesen hatte, die auf einem Material aufbaut, das vor 1839 aus mündlichen Erzählungen einiger der ältesten Leute dieses Staates gewonnen wurde. Dieses Material stimmte überdies weitgehend mit den Geschichten überein, die ich selbst von alten Bauern in den Bergen von New Hampshire gehört hatte. Kurz zusammengefaßt drehten sich diese Geschichten um eine verborgen lebende Rasse von Monstren, die sich irgendwo in den hintersten Bergen versteckten – in den tiefen Wäldern der höchsten Gipfel und den dunklen Tälern, in denen Flüsse aus unbekannten Quellen hervorsprudeln. Diese Wesen wurden nur selten gesehen, aber es gab Berichte über Anzeichen für ihre Existenz, von Leuten, die sich weiter als alle anderen auf bestimmte Berge hinaufgewagt hatten oder in jene tiefe Schluchten eingedrungen waren, die sogar von Wölfen gemieden werden.

Es gab seltsame Abdrücke von Füßen oder Klauen im Schlamm der Bachufer und auf nicht bewachsenen Flecken und sonderbare Gruppen kreisförmig angeordneter Steine, in deren Umgebung kein Gras wuchs und die nicht von der Natur geformt und aufgestellt sein konnten. Auch gab es in den Felswänden Höhlen von rätselhafter Tiefe, deren Eingänge durch große Steinblöcke auf eine Art verschlossen waren, die man kaum als zufällig ansehen konnte: zu diesen Eingängen – und von ihnen weg – führten überdurchschnittlich viele Spuren – wenn die Richtung dieser Abdrücke überhaupt festzustellen war. Und am schlimmsten waren die Dinge, die abenteuerlustige Leute ganz selten im Zwielicht der hintersten Täler und dichten, steil abfallenden Wälder oberhalb der Grenze gesehen hatten, über die sich normalerweise kein Bergsteiger hinauswagte.

All das wäre weniger beunruhigend gewesen, hätten nicht die verstreuten Berichte so genau übereingestimmt. Tatsächlich hatten aber all diese Gerüchte mehrere Einzelheiten gemeinsam; einhellig wurde berichtet, diese Wesen sähen wie riesige, hellrote Krebse aus und hätten zahlreiche Beinpaare sowie zwei fledermausartige Schwingen in der Mitte des Rückens. Manchmal gingen sie auf allen Beinen, manchmal aber nur auf dem hintersten Paar, wobei sie dann die übrigen Beine dazu benutzten, große Gegenstände von undefinierbarem Aussehen herumzuschleppen. Einmal war eine beträchtliche Anzahl dieser Wesen beobachtet worden, und eine Gruppe von ihnen war durch einen seichten Wasserlauf im Wald gewatet, und zwar offensichtlich in disziplinierter Formation, denn es waren immer drei nebeneinander gegangen. Ein andermal hatte man ein Exemplar fliegen gesehen – es hatte sich in der Nacht von dem kahlen, einsamen Gipfel eines Berges erhoben und war am Himmel entschwunden, nachdem seine großen, flatternden Schwingen sich einen Augenblick lang als Silhouette vor dem vollen Mond abgezeichnet hatten.

Diese Wesen schienen im allgemeinen bereit, die Menschen in Frieden zu lassen; sie wurden jedoch von Zeit zu Zeit für das Verschwinden wagemutiger Einzelgänger verantwortlich gemacht – besonders solcher Leute, die zu nahe an bestimmten Tälern oder zu hoch auf bestimmten Bergen ein Haus gebaut hatten. Viele Gegenden kamen in den Ruf, für eine Ansiedlung ungeeignet zu sein, wobei dieses Gefühl auch weiterlebte, wenn der Grund dafür längst vergessen war. Zu manchen Felswänden der umstehenden Berge pflegten die Leute nur mit einem Schaudern aufzublicken, auch wenn sie nicht mehr wußten, wie viele Siedler verschwunden und wie viele Bauernhäuser eingeäschert worden waren auf den unteren Hängen dieser abweisenden, grünen Wächter.

Aber während in den frühesten Legenden diese Wesen offenbar nur dann einem Menschen etwas angetan hatten, wenn er in ihr

Gebiet eingedrungen war, berichteten spätere Geschichten von ihrer Neugier gegenüber den Menschen und von ihren Versuchen, sich geheime Vorposten in der Welt der Menschen zu schaffen. Man erzählte sich von sonderbaren Klauenabdrücken, die am Morgen unter den Fenstern von Bauernhäusern gesehen worden waren, und gelegentlich auch von dem Verschwinden einer Person in einer Gegend außerhalb der bekanntermaßen heimgesuchten Gebiete. Weiterhin gab es Geschichten von summenden Stimmen, die in imitierter menschlicher Sprache einsamen Wanderern auf Straßen und Transportwegen in den tiefen Wäldern erstaunliche Angebote gemacht hatten, und von Kindern, die vor Schreck den Verstand verloren hatten, weil sie etwas Fürchterliches gesehen oder gehört hatten, dort wo gleich hinter dem Garten der Urwald anfängt. In der letzten Phase von Legenden – jener Phase, die dem Niedergang des Aberglaubens und dem Verzicht auf die unmittelbare Nachbarschaft zu den gefürchteten Gegenden vorausging – finden sich erschrockene Berichte über Einsiedler und Einödbauern, die an irgendeinem Punkt ihres Lebens eine abstoßende geistig-seelische Veränderung durchgemacht zu haben schienen, denen man aus dem Wege ging und von denen hinter vorgehaltener Hand erzählt wurde, sie hätten sich an irgendwelche seltsamen Wesen verkauft. In einer der nordöstlichen Grafschaften scheint es um 1800 Mode gewesen zu sein, verschrobene, unbeliebte Sonderlinge zu bezichtigen, sie seien Verbündete oder Beauftragte der verabscheuten Kreaturen.

Darüber, was das für Wesen waren, gingen die Meinungen natürlich auseinander. Der gebräuchliche Name für sie war »die anderen« oder »die Alten«, doch gab es auch andere Bezeichnungen, die aber nur lokale und zeitlich begrenzte Bedeutung erlangten. Die meisten der puritanischen Siedler sahen in ihnen wahrscheinlich schlichtweg Verwandte des Teufels und machten sie zur Grundlage ehrfurchtsvoller theologischer Spekulationen. Diejenigen, die von ihrer Abstammung her mit der keltischen Sagenwelt vertraut waren – hauptsächlich die schottisch-irischen Bewohner New Hampshires und ihre Landsleute, die sich im Zuge der Landzuweisungen des Gouverneurs Wentworth in Vermont angesiedelt hatten – brachten sie vage mit den bösen Feen und Kobolden ihrer Sümpfe und Hügelfestungen in Verbindung und schützten sich mit den Resten alter Beschwörungsformeln, die seit unvordenklichen Zeiten von Generation zu Generation weitergegeben wurden.

Aber die Indianer hatten eine ganz besonders phantastische Theorie. Obwohl auch bei ihnen die Legenden von Stamm zu Stamm variierten, herrschte bemerkenswerte Übereinstimmung in gewissen entscheidenden Einzelheiten; so waren sie einhellig der Ansicht, daß die Kreaturen nicht von dieser Erde waren.

Die Mythen des Pennacook-Stammes, folgerichtiger und bildhafter als alle anderen, besagten, daß die Beflügelten vom Großen Bär am Himmel kämen und in unseren irdischen Bergen Minen hätten, aus denen sie sich eine bestimmte Gesteinsart holten, die auf keiner anderen Welt zu finden sei. Sie lebten nicht hier, so wollte es die Legende, sondern unterhielten nur Außenstellen und flögen mit ungeheueren Ladungen Gestein zurück zu ihren eigenen, nördlichen Sternen. Sie täten nur denjenigen Erdenmenschen etwas, die ihnen zu nahe kämen oder sie heimlich beobachteten. Tiere wichen ihnen mit instinktivem Abscheu aus und nicht etwa deshalb, weil sie von ihnen gejagt würden. Sie könnten sich nicht von irdischen Pflanzen und Tieren ernähren, sondern brachten ihr eigenes Essen von ihren Sternen mit. Es sei von Übel, ihnen nahezukommen, und manchmal seien junge Jäger, die in die von ihnen heimgesuchten Berge gegangen seien, nie mehr zurückgekehrt. Es sei auch nicht ratsam, sie zu belauschen, wenn sie des Nachts im Wald miteinander flüsterten, mit Stimmen, die dem Summen der Bienen ähnelten, aber wie menschliche Stimmen klingen sollten. Sie kannten die Sprache aller Menschen – der Pennacooks, der Huronen, der Menschen der Fünf Nationen –, schienen aber selbst keine eigene Sprache zu besitzen oder zu brauchen. Sie sprächen mit ihren Köpfen, deren Farben sich je nachdem, was sie ausdrücken wollten, veränderten. Alle diese Legenden, die der Weißen wie auch der Indianer, gerieten natürlich im neunzehnten Jahrhundert in Vergessenheit, abgesehen von einem gelegentlichen atavistischen Aufflackern. Die Bewohner Vermonts wurden seßhaft, und als erst einmal ihre Wege und Wohnungen nach einem bestimmten Plan festgelegt waren, erinnerten sie sich immer weniger daran, welche Ängste und Rücksichten diesen Plan beeinflußt hatten, ja sie vergaßen sogar, daß es überhaupt solche Ängste und Rücksichten gegeben hatte. Die meisten Leute wußten lediglich, daß bestimmte Gegenden in den Bergen als äußerst ungesund, unrentabel und allgemein ungünstig für eine Ansiedlung galten und daß man in aller Regel um so besser daran war, je weiter man sich von ihnen fernhielt. Mit der Zeit hatten sich die bequemen Geleise der Gewohnheit und des wirtschaftlichen Interesses so tief in den Boden der anerkannten Gegenden gegraben, daß man keine Veranlassung mehr hatte, woandershin zu ziehen, so daß die heimgesuchten Berggebenden mehr aus Zufall als aus Berechnung menschenleer blieben. Abgesehen von seltenen Schauergeschichten, die hier oder dort auftauchen mochten, erzählten nur noch wundergläubige Großmütter und zurückblickende Neunzigjährige im Flüsterton von irgendwelchen Wesen, die angeblich in den Bergen wohnten; und sogar diese Flüsterer gaben zu, daß nicht mehr viel von diesen Wesen zu fürchten sei, da sie sich nun an das Vorhandensein von Häusern und Siedlungen gewöhnt hätten und die Menschen sie jetzt auf dem Territorium, daß sie sich ausgesucht hatten, ein für allemal in Ruhe ließen.

All dies wußte ich seit langem aus meiner Lektüre und aus Volkssagen, die ich in New Hampshire gehört hatte; als deshalb die Gerüchte während der Überschwemmung auftauchten, konnte ich mir gleich denken, welchen phantastischen Vorstellungen sie entsprungen waren. Ich machte mir große Mühe, dies meinen Freunden zu erklären, und war entsprechend amüsiert, als einige Querköpfe sich darauf versteiften, daß doch etwas Wahres an den Berichten sein könne. Sie führten an, daß die frühen Legenden bemerkenswert dauerhaft und gleichlautend gewesen seien und daß die tatsächlich noch unerforschte Natur der Vermonter Berge es unklug erscheinen ließe, eine apodiktische Meinung darüber zu verkünden, was in diesen Bergen wohne oder nicht wohne. Ich konnte sie auch nicht dadurch zum Schweigen bringen, daß ich ihnen versicherte, alle diese Mythen folgten einem wohlbekannten Muster, das dem Großteil der Menschheit gemeinsam und von frühen Phasen in der Entwicklung der Vorstellungskraft bestimmt sei, die immer dieselbe Art von Einbildung hervorbringe.

Es war sinnlos, meinen Widersachern klarzumachen, daß diese Vermonter Legenden sich im wesentlichen kaum von jenen universellen Mythen der Naturvermenschlichung unterschieden, welche im Altertum die Welt mit Faunen und Dryaden bevölkert und im modernen Griechenland die *kallikanzarai* hervorgebracht hatten und denen Irland und das wilde Wales ihre düsteren Geschichten von sonderbaren, zwergenhaften, verborgenen Geschlechtern von Troglodyten und Unterweltbewohnern verdankten. Zwecklos war es auch, ihnen die noch auffälligere Ähnlichkeit zu den Mythen der nepalesischen Bergstämme vor Augen zu führen, die an den gefürchteten »Mi-Go« oder »Schneemenschen« glauben, der inmitten der Fels- und Eisspitzen der Himalaya-Gipfel sein fürchterliches Unwesen treibt. Sooft ich diesen Beweis anführte, drehten meine Widersacher den Spieß um und behaupteten, gerade dies deute darauf hin, daß die alten Sagen einen historisch wahren Kern haben müßten; gerade dies sei ein Anzeichen für die tatsächliche Existenz irgendeiner unbekannten älteren Rasse von Erdenbewohnern, die sich vor der aufkommenden Vorherrschaft der Menschen in Verstecke zurückziehen mußte und dort in kleinerer Zahl womöglich bis vor kurzem oder sogar bis in die heutige Zeit überlebt habe.

Je mehr ich über solche Theorien lachte, um so hartnäckiger wurden sie von meinen Freunden verteidigt; und sie fügten hinzu, daß auch ohne die überlieferten Legenden die jüngsten Berichte zu klar, logisch, detailliert und in der ganzen Diktion auf vernünftige Art prosaisch seien, um einfach ignoriert zu werden. Zwei oder drei Fanatiker gingen sogar so weit anzudeuten, daß etwas Wahres an den alten Geschichten der Indianer sein könnte, die den verborgenen Wesen eine außerirdische Herkunft zuschrieben, wobei sie die überspannten Bücher von Charles Fort zitierten, in denen die Behauptung aufgestellt wird, daß schon oft Lebewesen aus dem Weltraum die Erde besucht hätten. Die meisten meiner Widersacher waren jedoch bloße Romantiker und wollten unbedingt die phantastischen Geschichten von den im Verborgenen lebenden Zwergen, die durch die hervorragenden Horrorgeschichten von Arthur Machen bekannt geworden sind, ins wirkliche Leben übertragen.

II

Wie unter den gegebenen Umständen nicht anders zu erwarten, schlug sich diese reizvolle Kontroverse schließlich auch in den Spalten der Presse nieder, und zwar in Form von Leserbriefen an den *Arkham Advertiser;* manche dieser Briefe wurden in den Zeitungen derjenigen Gegenden Vermonts nachgedruckt, von denen die Geschichten im Zusammenhang mit der Überschwemmung ausgegangen waren. Der *Rutland Herald* brachte eine halbe Seite mit Auszügen aus Briefen beider Seiten, während der *Brattleboro Reformer* einen meiner langen historisch-mythologischen Aufsätze ungekürzt abdruckte, mit einem begleitenden Kommentar des geistreichen Kolumnisten »Pendrifter«, der meine skeptische Haltung teilte und guthieß. Im Frühjahr 1928 war ich fast schon eine bekannte Persönlichkeit in Vermont, obwohl ich noch nie in diesem Staat gewesen war. Und dann kamen die herausfordernden Briefe des Henry Akeley, die mich so tief beeindruckten und mich zum ersten und letzten Mal in das faszinierende Reich der ungezählten grünen Schluchten und murmelnden Waldbäche brachten.

Das meiste, was ich über Henry Wentworth Akeley weiß, habe ich aus dem Briefwechsel mit seinen Nachbarn und seinem in Kalifornien lebenden einzigen Sohn erfahren, und zwar nach meinem Erlebnis in seinem verlassenen Bauernhaus. Er war, so entdeckte ich, der letzte auf dem angestammten Grund und Boden lebende Vertreter eines alten, in der Gegend hochgeachteten Geschlechts von Juristen, Beamten und Gutsherren. In seiner Person war jedoch die Familientradition den praktischen Berufen untreu geworden und hatte sich der reinen Wissenschaft zugewandt; er war ein begabter Student der Mathematik, Astronomie, Biologie, Anthropologie und Volkskunde an der Universität von Vermont gewesen. Ich hatte nie zuvor von ihm gehört, und seine Mitteilungen enthielten kaum autobiographische Einzelheiten; aber von Anfang an sah ich, daß er ein Mann von Charakter, Bildung und scharfem Verstand war, wenn auch ein Sonderling, dem weltmännische Gewandtheit des Auftretens fehlte.

Wie phantastisch seine Behauptungen auch klangen, ich konnte nicht umhin, Akeley von Anfang an ernster zu nehmen, als ich es mit irgendeinem meiner anderen Herausforderer getan hatte. Denn zum einen hatte er die Phänomene, über die er seine so absurden Spekulationen anstellte, zum Greifen nahe – er konnte sie sehen und fühlen; und zum anderen war er in erstaunlichem Ausmaß bereit, seine Schlußfolgerungen wie ein echter Mann der Wissenschaft immer wieder in Frage zu stellen. Er hatte keine persönlichen Vorurteile und ließ sich nur von dem leiten, was er als eindeutigen Beweis gelten lassen konnte. Natürlich dachte ich zunächst, er irre sich, hielt ihm aber zugute, daß er in einem intelligenten Irrtum befangen war; und zu keinem Zeitpunkt stimmte ich mit seinen Freunden überein, die seine Ideen und seine Furcht vor den einsamen grünen Bergen seinem gestörten Geisteszustand zuschrieben. Ich erkannte, daß er ein äußerst fähiger Mann war und seine Berichte auf seltsamen Umständen beruhen mußten, die eine Untersuchung wert waren, wie wenig sie auch mit den phantastischen Ursachen zu tun haben mochten, auf die er seine Beobachtungen zurückführte. Später erhielt ich von ihm Beweismaterial, das die Sache in ein anderes, beunruhigend bizarres Licht rückte.

Ich könnte nichts Besseres tun, als so ausführlich wie möglich den Inhalt jenes Briefes wiederzugeben, mit dem Akeley sich bei mir einführte und der ein so wichtiger Meilenstein in meiner eigenen geistigen Entwicklung war. Ich besitze ihn nicht mehr, aber ich erinnere mich fast an jedes einzelne Wort seiner ungeheuerlichen Botschaft; und ich möchte nochmals versichern, daß ich von dem klaren Verstand dessen, der ihn schrieb, überzeugt bin. Hier ist der Text – ein Text, der in der verkrampften, altmodischen Schrift eines Menschen geschrieben war, der offensichtlich im Laufe seines seßhaften Gelehrtenlebens nicht viel unter die Leute gekommen war.

Albert N. Wilmarth, Esq.,	R.F.D.2,
118 Saltonstall St.,	Townshend,
Arkham, Mass.	Windham Co., Vermont
	5. Mai 1928

Sehr geehrter Herr!

Mit großem Interesse las ich im Brattleboro Reformer vom 23. 4. 28 den Nachdruck Ihres Briefes über die in der letzten Zeit aufgetauchten Geschichten von seltsamen Körpern, die man im vergangenen Herbst in unseren über die Ufer getretenen Flüssen treiben sah, und über die sonderbar anmutenden Volkssagen, mit denen diese Geschichten so erstaunlich genau übereinstimmen. Es ist nicht schwer zu erkennen, warum ein Nicht-Einheimischer wie Sie eine Meinung vertritt, wie Sie sie vertreten, und warum sogar der »Pendrifter« Ihnen zustimmt. Es ist dies der Standpunkt, der allgemein von gebildeten Menschen diesseits und jenseits der Staatsgrenzen von Vermont bezogen wird, und es war auch mein Standpunkt, als ich ein junger Mann war (ich bin jetzt 57), bevor meine Studien, sowohl allgemeiner Art als auch anhand von Davenports Buch, mich veranlaßten, ein paar Nachforschungen in den Bergen der Umgebung anzustellen, die sonst nie von Menschen aufgesucht werden.

Zu diesen Studien hatten mich sonderbare alte Geschichten geführt, die mir ältere und recht ungebildete Bauern erzählt hatten, aber heute wäre es mir lieber, ich hätte mich nie auf diese Dinge eingelassen. Ich kann in aller Bescheidenheit von mir behaupten, daß das Gebiet der Anthropologie und der Volkskunde mir keineswegs fremd ist. Ich habe mich am College sehr eingehend damit befaßt und kenne fast alle anerkannten Autoritäten, wie zum Beispiel Tylor, Lubbock, Frazer, Quatrefages, Murray, Osborn, Keith, Boule, G. Elliott Smith und so weiter. Es ist für mich nichts Neues, daß Geschichten von geheimnisvollen Lebewesen so alt sind wie die Menschheit. Ich habe die Briefe von Ihnen und von anderen Leuten, die ebenfalls Ihrer Meinung sind, im *Rutland Herald* gelesen, und ich glaube zu wissen, an welchem Punkt Ihre Kontroverse im Augenblick angelangt ist.

So leid es mir tut, ich muß Ihnen jetzt sagen, daß Ihre Gegner der Wahrheit näherkommen als Sie, obwohl alle Vernunft auf Ihrer Seite zu sein scheint. Diese Leute kommen mit ihrer Meinung den Tatsachen näher, als sie selbst bemerken – denn sie stellen natürlich nur theoretische Überlegungen an und können nicht wissen, was ich weiß. Wüßte ich so wenig wie sie, ich würde mich nicht berechtigt fühlen zu glauben, was sie glauben. Ich wäre ganz auf Ihrer Seite.

Sie werden bemerkt haben, daß es mir Schwierigkeiten macht, zur Sache zu kommen, wahrscheinlich weil ich wirklich Angst davor habe, zur Sache zu kommen; aber der springende Punkt ist, daß ich Beweise dafür habe, *daß tatsächlich irgendwelche Monstren in den Wäldern der hohen Berge leben, die nie von Menschen betreten werden.* Ich habe keines der Objekte gesehen, die angeblich in den Flüssen trieben, *aber ich habe ähnliche Gestalten gesehen,* unter so seltsamen Umständen, daß ich mich scheue, darüber zu berichten. Ich habe Fußspuren gesehen, und zwar so nahe an meinem Haus (ich wohne in dem alten Akeley-Haus südlich von Townshend Village, am Fluß des Dunklen Berges), daß ich es Ihnen lieber nicht im einzelnen schildern will. Und ich habe an bestimmten Stellen im Wald Stimmen gehört, die auf dem Papier zu beschreiben ich erst gar nicht versuchen möchte.

An einer Stelle hörte ich sie so oft, daß ich einmal einen Photographen mitnahm – mit einem dazugehörigen Diktaphon und einer leeren Wachswalze –, und ich werde Ihnen die Möglichkeit geben, die so entstandene Aufnahme anzuhören. Ich habe die Geräusche ein paar alten Leuten hier vorgespielt, und eine der Stimmen hat sie fast zu Tode erschreckt, denn sie glich jener Stimme (das Summen im Wald, das Davenport erwähnt), die ihre Großmütter ihnen beschrieben und für sie imitiert hatten. Ich weiß, was die meisten Leute von einem Mann halten, der angeblich »Stimmen gehört« hat, aber bevor Sie ein Urteil fällen, hören Sie sich erst einmal diese Aufnahme an und fragen Sie ein paar alte Hinterwäldler, was sie davon halten. Wenn Sie eine normale Erklärung dafür finden, soll es mir recht sein; aber irgend etwas muß dahinter stecken. *Ex nihilo nihil fit,* wie Sie wissen.

Nun, der Zweck meines Briefes ist nicht, mit Ihnen Streit anzufangen, sondern ich möchte Sie über Dinge informieren, die für einen Mann mit Ihren Neigungen hochinteressant sein müssen. *Das sage ich Ihnen privat. In der Öffentlichkeit bin ich auf Ihrer Seite,* denn bestimmte Beobachtungen ließen mich zu dem Schluß kommen, daß es für die Leute nicht gut ist, zu viel über diese Dinge zu wissen. Meine eigenen Studien betreibe ich jetzt völlig privat, und ich würde nie daran denken, etwas verlautbaren zu lassen, was die Neugier der Leute wecken und sie dazu bringen würde, die Orte aufzusuchen, die ich erforscht habe. Es ist wahr – nur allzu wahr – daß es *nichtmenschliche Wesen gibt, die uns ständig beobachten;* und es gibt unter uns Spione, die ihnen von uns berichten. Viele meiner Anhaltspunkte zur Aufdeckung dieses Geheimnisses habe ich von einem unglücklichen alten Mann bekommen, der – wenn er nicht verrückt war, was ich aber nicht glaube – einer dieser Spione gewesen ist. Er hat sich später umgebracht, aber ich habe Grund anzunehmen, daß es auch noch andere gibt.

Die Wesen kommen von anderen Planeten, können im interstallaren Raum leben und in ihm mit Hilfe plumper, kräftiger Schwingen umherfliegen; diese Flügel widerstehen dem Äther, taugen aber zu wenig zum Lenken, um ihnen auf der Erde weiterzuhelfen. Ich werde Ihnen später mehr davon erzählen, wenn Sie mich nicht jetzt schon als Verrückten abtun. Diese Wesen kommen hierher, um sich Metall aus Stollen zu holen, die tief in die Berge hineingetrieben sind, *und ich glaube zu wissen, woher sie kommen.* Sie werden uns nichts tun, wenn wir sie in Ruhe lassen, aber niemand kann vorhersagen, was geschehen wird, wenn wir zu neugierig werden. Natürlich könnte man mit einem ordentlichen Aufgebot von Männern ihre Bergwerkskolonie zerstören. Das ist es, was sie befürchten. Wenn es aber geschähe, würden noch mehr dieser Wesen von draußen kommen – in unbegrenzter Anzahl. Sie könnten leicht die ganze Erde erobern, haben es aber bisher nicht versucht, weil es nicht nötig war. Es ist ihnen lieber, alles beim alten zu lassen und Scherereien zu vermeiden.

Ich glaube, sie wollen mich beseitigen, wegen der Dinge, die ich entdeckt habe. Es gibt einen schwarzen Stein mit halb abgewetzten, unbekannten Hieroglyphen, den ich in den Wäldern auf dem Runden Berg östlich von hier gefunden habe; und seit ich ihn mit nach Hause genommen habe, ist alles anders geworden. Wenn sie glauben, daß ich zuviel herausgefunden habe, werden sie mich entweder töten oder mich von der Erde wegbringen, dorthin, woher sie kommen. Sie holen sich ab und zu gerne einen gebildeten Menschen, um über den Stand der Dinge in der Welt der Menschen auf dem laufenden zu bleiben.

Das bringt mich zu dem zweiten Anlaß für meinen Brief – ich möchte Sie bitten, die Diskussion nicht weiter an die große Glocke zu hängen – *die Leute müssen von diesen Bergen ferngehalten werden,* und um dies zu erreichen, darf ihre Neugier nicht noch mehr angestachelt werden. Die Gefahr ist weiß Gott ohnehin schon groß genug, weil Reklameleute und Grundstücksmakler Vermont mit Scharen von Sommerurlaubern überschwemmen, die sich in der unberührten Natur breitmachen und die Berge mit billigen Bungalows übersäen.

Ich würde gerne weiterhin mit Ihnen in Verbindung bleiben und werde versuchen, Ihnen die Grammophon-Aufnahme und den schwarzen Stein (der so abgewetzt ist, daß auf einer Photographie nicht viel zu erkennen wäre) per Expreß zu schicken, wenn Sie einverstanden sind. Ich sage »versuchen«, denn ich glaube, diese Kreaturen haben hier in unserer Gegend Mittel und Wege gefunden, in bestimmte Vorgänge einzugreifen. Da gibt es einen verschlagenen, mürrischen Kerl namens Brown, auf einer Farm nahe beim Dorf, von dem ich annehme, daß er ihr Spion ist. Ganz allmählich versuchen sie, mich von meiner Welt abzuschneiden, weil ich zuviel über ihre Welt weiß.

Sie sind erstaunlich gut informiert über alles, was ich tue. Es kann sogar sein, daß Sie diesen Brief nicht bekommen. Ich glaube, ich werde diese Gegend verlassen und zu meinem Sohn nach San Diego, Cal., ziehen müssen, sollte sich die Lage noch verschlimmern, aber es ist nicht leicht, das Fleckchen Erde aufzugeben, auf dem man geboren wurde und auf dem die eigene Familie seit sechs Generationen gelebt hat. Überdies würde ich es kaum wagen, das Haus zu verkaufen, jetzt da diese Kreaturen darauf aufmerksam geworden sind. Es scheint, als versuchten sie, den schwarzen Stein zurückzubekommen und die phonographische Aufnahme zu vernichten, aber wenn es irgend geht, werde ich sie daran hindern. Bis jetzt halten sie immer noch meine großen Polizeihunde ab, denn es sind nur wenige von ihnen hier, und sie bewegen sich sehr ungeschickt. Wie schon erwähnt, taugen ihre Schwingen nicht viel für kurze Flüge auf der Erde. Ich bin drauf und dran, die Inschrift auf diesem Stein zu entziffern – sie ist ungeheuerlich – und mit Ihrem Volkskundewissen könnten Sie vielleicht die fehlenden Stellen so weit ergänzen, daß mir damit geholfen wäre. Ich nehme an, Sie wissen alles über die schrecklichen Mythen aus der Zeit vor dem Erscheinen des Menschen auf der Erde – der Yog-Sothoth- und der Cthulhu-Zyklus –, die im Necronomicon erwähnt werden. Ich hatte einmal Zugang zu einem Exemplar und höre, daß Sie eines in Ihrer College-Bibliothek unter Verschluß haben.

Um zum Schluß zu kommen, Mr. Wilmarth, ich glaube, wir können uns mit unseren Kenntnissen gegenseitig sehr viel nützen. Ich möchte Sie auf keinen Fall in Gefahr bringen und glaube, Sie darauf hinweisen zu müssen, daß der Besitz des Steines und der phonographischen Aufnahme nicht ganz ungefährlich sein wird; aber ich bin überzeugt, Sie werden im Interesse der Wissenschaft jedes Risiko auf sich nehmen. Ich würde nach Newfane oder Brattleboro hinunterfahren, um Ihnen zu schicken, was immer ich mit Ihrer Zustimmung schicken darf, denn die Expreßbüros in diesen Orten sind zuverlässiger. Ich möchte noch anführen, daß ich jetzt ganz allein lebe, weil ich keine bezahlten Hilfskräfte mehr im Haus halten kann. Sie wollen nicht bleiben, wegen der Gestalten, die nachts um das Haus schleichen, so daß unaufhörlich die Hunde bellen. Ich bin froh, daß ich mich mit diesen Dingen zu Lebzeiten meiner Frau noch nicht so intensiv beschäftigt habe, denn ich weiß, sie hätte darüber den Verstand verloren.

Ich hoffe, daß ich Sie nicht allzu sehr belästigt habe und daß Sie sich dazu entschließen werden, mit mir in Verbindung zu treten, anstatt den Brief als das Geschreibsel eines Irrsinnigen in den Papierkorb zu werfen.

Ihr sehr ergebener
Henry W. Akeley

PS. Ich werde noch Abzüge von einigen von mir aufgenommenen Photographien machen lassen, von denen ich glaube, daß sie manche der von mir erwähnten Punkte beweisen können. Die alten Leute sind der Meinung, sie seien auf fürchterliche Weise echt. Wenn Sie interessiert sind, kann ich Ihnen diese Bilder schon bald schicken.

H. W. A.

Es wäre schwierig, die Gefühle zu beschreiben, die ich hatte, als ich dieses seltsame Dokument zum erstenmal gelesen hatte. Genaugenommen hätte ich über diese Phantasieprodukte lauter lachen müssen als über die bekannten, viel gemäßigteren Theorien, die bisher meine Heiterkeit erregt hatten; aber irgend etwas am Ton dieses Briefes veranlaßte mich, ihn ungewollt als ernsthaft anzusehen. Nicht daß ich auch nur einen Augenblick lang an die geheimnisvollen Sternenbewohner geglaubt hätte, von denen der Briefschreiber sprach; aber nach anfänglichen, schweren Zweifeln kam ich zu der merkwürdig festen Überzeugung, daß dieser Mann aufrichtig und bei klarem Verstand war und es mit irgendeinem realen, wenn auch einzigartigen und unnatürlichen Phänomen zu tun hatte, für das er keine andere als diese phantastische Erklärung finden konnte. Es konnte nicht so sein, so überlegte ich, wie er es sich vorstellte, aber auf alle Fälle würde sich eine Untersuchung lohnen. Der Mann schien übertrieben erregt und bestürzt, aber es war kaum anzunehmen, daß er keinerlei Grund dafür hatte. In mancher Hinsicht war er äußerst genau und logisch – schließlich und endlich fügte sich seine Gruselgeschichte so überraschend gut in die alten Mythen ein – sogar in die abenteuerlichsten Indianerlegenden. Daß er tatsächlich unheimliche Stimmen in den Bergen gehört und tatsächlich den Stein gefunden hatte, von dem er sprach, war durchaus möglich, trotz der verrückten Folgerungen, die er daraus zog – Folgerungen, die ihm wahrscheinlich von dem Mann suggeriert worden waren, der sich als Spion der fremden Wesen ausgegeben und sich dann später umgebracht hatte. Es lag auf der Hand, daß dieser Mensch völlig verrückt gewesen sein mußte, daß er sich aber eine Spur perverser, oberflächlicher Vernünftigkeit bewahrt hatte, die dem naiven Akeley – der durch seine Volkstumsforschungen für solche Dinge bereits empfänglich war – seine Erzählung glaubhaft machte. Was die jüngsten Ereignisse betraf, so schienen Akeleys einfachere, ländliche Nachbarn genauso überzeugt wie er, daß sein Haus bei Nacht von unheimlichen Wesen belagert wurde. Auch bellten die Hunde wirklich.

Und dann war da die Sache mit der phonographischen Aufnahme, von der ich nicht glauben konnte, daß er sie in der geschilderten Weise gemacht hatte. Es mußte irgendeine Erklärung dafür geben, ob es sich nun um täuschend menschenähnliche Tierstimmen gehandelt hatte oder um die Stimme eines im Verborgenen lebenden menschlichen Wesens, das auf die Stufe niederer Tiere herabgesunken war. Von da aus kehrten meine Gedanken wieder zurück zu dem schwarzen, mit Hieroglyphen bedeckten Stein und der Frage, was er wohl bedeuten mochte. Und was sollte ich außerdem von den Photographien halten, die Akeley mir zu schicken versprochen hatte und die den alten Leuten so unheimlich echt erschienen waren?

Als ich die verkrampfte Handschrift zum zweiten Mal las, fühlte ich deutlicher als je zuvor, daß meine leichtgläubigen Gegner vielleicht gar nicht so im Unrecht waren, wie ich immer behauptet hatte. Denn schließlich konnten ja tatsächlich irgendwelche sonderbaren und vielleicht mit erheblichen Mißbildungen belasteten, von der menschlichen Gesellschaft ausgestoßenen Wesen in jenen gefürchteten Bergen hausen – wenn auch nicht eine Rasse auf den Sternen geborener Monstren, wie es die Legende wollte. Und wenn das zutraf, so waren auch die Berichte von den in den Flüssen treibenden Körpern nicht mehr ganz so unglaubwürdig. War es wirklich so vermessen anzunehmen, daß dies der reale Hintergrund sowohl für die Legenden als auch für die Berichte der letzten Monate war? Aber sogar während dieser skeptischen Überlegungen schämte ich mich, daß eine so phantastische Bizarrerie wie Henry Akeleys erregter Brief meine Phantasie überhaupt in Gang gesetzt hatte. Schließlich beantwortete ich Akeleys Brief in einem freundlichen, interessierten Ton und bat ihn um weitere Einzelheiten. Seine Antwort traf beinahe postwendend ein und enthielt wie versprochen eine Reihe von Kodak-Bildern von Szenen und Objekten, die das illustrierten, was er zu sagen hatte. Als ich diese Bilder ansah, während ich sie aus dem Umschlag nahm, hatte ich ein sonderbares Gefühl der Angst und der Nähe zu verbotenen Dingen; denn obwohl die meisten ziemlich unscharf waren, hatten sie eine unfreundliche, suggestive Ausstrahlung, die noch durch die Tatsache verstärkt wurde, daß es echte Photographien waren – optische Verbindungsglieder zu den Objekten, die sie darstellten, und Produkte eines unpersönlichen Übertragungsvorgangs ohne Vorurteil, Fehlbarkeit oder Falschheit.

Je länger ich sie ansah, um so klarer wurde mir, daß ich Akeley und seine Geschichte nicht zu Unrecht ernst genommen hatte. Diese Photographien bewiesen unbestreitbar und schlüssig, daß es in den Bergen von Vermont etwas gab, das zumindest weit über die Grenzen normalen menschlichen Wissens und Glaubens hinausging. Das Schlimmste war der Fußabdruck – die Aufnahme war an einem sonnenbeschienenen Schlammloch irgendwo auf einer einsamen Hochebene gemacht worden. Daß dies keine billige Fälschung war, konnte ich auf den ersten Blick erkennen; denn die scharf abgebildeten Kieselsteine und Grashalme, die im Blickfeld lagen, waren ein guter Anhaltspunkt für den Abbildungsmaßstab und schlossen die Möglichkeit einer Doppelbelichtung aus. Ich habe das Ding einen »Fußabdruck« genannt, aber »Klauenabdruck« wäre treffender. Selbst jetzt kann ich ihn nicht richtig beschreiben, sondern nur sagen, daß er sonderbar krabbenartig aussah und man seine Richtung nicht genau bestimmen konnte. Es war kein besonders großer oder frischer Abdruck, sondern er schien ungefähr die Größe eines normalen Männerfußes zu haben. In der Mitte war ein Ballen, von dem gezähnte, einander gegenüberliegende Scherenpaare ausgingen – man konnte sich die Funktion dieses Körperteils nicht recht vorstellen, sofern er überhaupt ausschließlich zur Fortbewegung gedacht war.

Eine andere Photographie – offensichtlich eine Zeitbelichtung in tiefem Schatten – zeigte die Öffnung einer Waldhöhle, die von einem regelmäßig abgerundeten Felsen versperrt war. Auf dem kahlen Boden davor konnte man gerade noch ein dichtes Gewirr von seltsamen Spuren wahrnehmen, und als ich das Bild unter einem Vergrößerungsglas betrachtete, hatte ich das beunruhigende Gefühl, daß diese Spuren dem Abdruck auf dem anderen Bild glichen. Ein drittes Bild zeigte einen druidenartigen Ring von aufgestellten Steinen auf dem Gipfel eines unwegsamen Berges. Rings um den geheimnisträchtigen Kreis war das Gras sehr stark niedergetrampelt und von kahlen Flecken durchsetzt, aber ich konnte auch mit Hilfe der Lupe keinerlei Fußspuren erkennen. Wie ungeheuer einsam der Ort war, konnte man daraus ersehen, daß sich im Hintergrund ein wahres Meer unbewohnter Berggipfel bis zu dem dunstigen Horizont erstreckte.

Aber während die beunruhigendste Aufnahme die von dem Fußabdruck war, war die merkwürdigste und suggestivste diejenige, auf der der große schwarze Stein zu sehen war, den Akeley in den

Wäldern des »Runden Berges« gefunden hatte. Er hatte ihn anscheinend auf seinem Arbeitstisch photographiert, denn im Hintergrund sah ich eine Reihe Bücher und eine Büste von Milton. Das Ding hatte, soweit man das beurteilen konnte, mit einer etwas unregelmäßig gewölbten Oberfläche von ungefähr ein mal zwei Fuß senkrecht zur Kamera gestanden; aber irgend etwas Genaues über diese Oberfläche oder über die allgemeine Form dieses Gebildes sagen zu wollen, hieße, die Möglichkeiten der Sprache zu überschätzen. Nach welchen fremdartigen geometrischen Prinzipien es geformt war – und es war mit Sicherheit künstlich geformt –, konnte ich auch nicht annähernd feststellen; nie zuvor hatte ich etwas gesehen, das mir auf so seltsame und eindeutige Weise als nicht zu dieser Welt gehörig erschienen wäre. Von den Hieroglyphen auf der Oberfläche konnte ich kaum welche erkennen, aber die wenigen, die ich entzifferte, erschreckten mich. Natürlich konnten sie nachgemacht sein, denn außer mir hatten auch noch andere das monströse, abscheuliche *Necronomicon* des wahnsinnigen Arabers Abdul Alhazred gelesen; dennoch schauderte ich, als ich bestimmte Ideogramme erkannte, die ich seit meinem Studium mit dem haarsträubendsten und gotteslästerlichsten Schattenwesen in Verbindung brachte, das in einer Art wahnsinniger Halb-Existenz dahingedämmert hatte, bevor die Erde und die anderen inneren Welten des Sonnensystems geschaffen worden waren.

Drei der übrigen fünf Bilder zeigten Ausschnitte aus sumpfigen und bergigen Gegenden, auf denen man Spuren unheimlicher, unnatürlicher Bewohner zu erkennen glaubte. Auf einem anderen Bild war ein merkwürdiger Abdruck in der Erde ganz nahe bei Akeleys Haus zu sehen, den er angeblich am Morgen nach einer Nacht photographiert hatte, in der die Hunde heftiger als sonst gebellt hatten. Der Abdruck war nur sehr schwach zu erkennen, und man konnte wirklich keine genauen Schlüsse daraus ziehen; trotzdem sah er auf teuflische Weise jenem Klauenabdruck ähnlich, den Akeley auf dem einsamen Hochland photographiert hatte. Das letzte Bild zeigte Akeleys Anwesen selbst, ein schmuckes weißes Haus mit zwei Stockwerken und einem Dachgeschoß, etwa hundertzwanzig Jahre alt, mit einem gepflegten Garten und einem mit Steinen eingesäumten Weg, der zu einem geschmackvoll gemeißelten georgianischen Portal führte. Auf dem Rasen sah man mehrere riesige Polizeihunde um einen sympathisch aussehenden Mann

mit knapp gestutztem, grauem Bart herumhocken; das war wohl
Akeley selbst, und der kleine, mit einem Schlauch verbundene
Gummiballon in seiner Hand deutete darauf hin, daß er die Auf-
nahme selbst gemacht hatte.

Nach den Bildern wandte ich mich dem umfangreichen, eng beschriebenen Brief zu; und für die nächsten drei Stunden versank
ich in einem Abgrund unsagbaren Grauens. Wo Akeley zunächst
nur Andeutungen gemacht hatte, lieferte er jetzt minuziöse Einzelheiten; der Brief enthielt die umfangreiche Wiedergabe von Worten, die er nachts im Walde mit angehört hatte, lange Berichte über
monströse, rosafarbene Gestalten, die er im Zwielicht im dichten
Gebüsch erspäht hatte, und eine fürchterliche, kosmische Erzählung, die aus der Synthese gründlicher und vielseitiger wissenschaftlicher Kenntnisse mit den endlosen Gesprächen mit dem
verrückten selbsternannten Spion, der sich dann umgebracht
hatte, entstanden war. Ich fand mich Namen und Begriffen gegen-
übergestellt, die ich bereits früher in schauderhaftesten Zusam-
menhängen kennengelernt hatte – Yuggoth, Großer Cthulhu,
Tsathoggua, Yog-Sothoth, R'lyeh, Nyarlathotep, Azathoth, Hastur, Yian, Leng, der See von Hali, Bethmoora, das Gelbe Zeichen,
L'mur-Kathulos, Bran und das Magnum Innominandum – und
wurde durch namenlose Äonen und unermeßliche Dimensionen in
Welten von älterer, weit entfernter Existenz zurückversetzt, von
denen der verrückte Verfasser des *Necronomicon* nur eine ganz
vage Ahnung gehabt hatte. Ich las von den Höhlen des Urlebens
und den Wassern, die aus ihnen gesickert waren; und schließlich
von dem winzigen Seitenbächlein eines dieser Flüsse, das in die Ge-
schicke unserer eigenen Erde verstrickt worden war.

Meine Gedanken überschlugen sich, und wo ich früher versucht
hatte, die Dinge wegzudiskutieren, begann ich jetzt, an die ab-
normsten und unglaublichsten Wunderdinge zu glauben. Das Aufgebot an grundlegendem Beweismaterial war überwältigend; und
die kühle, wissenschaftliche Haltung von Akeley – eine Haltung,
die so weit als irgend denkbar von Wahnsinn, Fanatismus, Hysterie oder gar ausschweifender Spekulation entfernt war – hinterließ
einen gewaltigen Eindruck auf mein Denken und mein Urteilsver-
mögen. Als ich den fürchterlichen Brief beiseite legte, verstand ich
die Befürchtungen, die er hegte, und war bereit, alles in meiner
Macht Stehende zu tun, um die Menschen von diesen wilden,
heimgesuchten Bergen zurückzuhalten. Sogar heute – obgleich die

Zeit die Eindrücke verwischt hat, so daß ich meine eigenen Erfahrungen und fürchterlichen Zweifel selbst mehr oder weniger in Frage stelle – sogar heute gibt es noch Dinge in Akeleys Brief, die ich niemals zitieren oder gar zu Papier bringen würde. Ich bin beinahe froh, daß der Brief, die phonographische Aufnahme und die Photos verschwunden sind – und ich wünschte, aus Gründen die ich bald erläutern werde, daß der neue Planet hinter Neptun nie entdeckt worden wäre.

Nachdem ich diesen Brief gelesen hatte, zog ich mich sofort und endgültig aus der öffentlichen Diskussion über die Monstren von Vermont zurück. Diskussionsgegner, die neue Argumente vorbrachten, erhielten keine oder eine vertröstende Antwort von mir, und schließlich geriet die ganze Kontroverse in Vergessenheit. Ende Mai und den ganzen Juni führte ich einen regen Briefwechsel mit Akeley, obgleich hin und wieder ein Brief verlorenging und wir dann unser Gespräch zurückverfolgen und mühevoll Kopien anfertigen mußten. Als Ganzes gesehen, war es unser Ziel, unsere Aufzeichnungen auf dem Gebiet unbekannter Mythologie zu vergleichen und mehr Licht in die Wechselbeziehung zwischen den Schauergeschichten von Vermont und den wichtigsten Mythen der Welt zu bringen.

So kamen wir schon bald zu dem Schluß, daß diese unheimlichen Wesen und der teuflische Mi-Go aus dem Himalaya zu ein und derselben Sorte verkörperter Angstvorstellungen gehörten. Wir stießen auch auf äußerst interessante zoologische Zusammenhänge, über die ich gerne Professor Dexter an meinem eigenen College informiert hätte, wenn dem nicht Akeleys strikte Anweisung entgegengestanden hätte, niemandem etwas von unseren Untersuchungen zu sagen. Wenn ich diese Anweisung jetzt anscheinend nicht mehr beachte, so nur deshalb, weil ich glaube, daß bei diesem Stand der Dinge durch eine Warnung vor jenen einsamen Bergen in Vermont – und vor jenen Himalaya-Gipfeln, die zu ersteigen kühne Forscher mehr und mehr entschlossen sind – der Öffentlichkeit mehr gedient ist, als wenn ich weiter mein Schweigen bewahre. Ein besonderes Ziel, auf das wir hinarbeiteten, war die Entzifferung der Hieroglyphen auf jenem mysteriösen schwarzen Stein – eine Entzifferung, die uns durchaus in den Besitz von Geheimnissen bringen konnte, die tiefer und verwirrender sein würden als alles, was dem Menschen bis dahin bekannt war.

III

Gegen Ende Juni traf die phonographische Aufnahme ein – aufgegeben in Brattleboro, weil Akeley sich nicht auf die Zweigstelle im Norden verlassen wollte. Er fühlte sich seit einiger Zeit immer stärker beobachtet, worin er noch durch das Verschwinden einiger unserer Briefe bestärkt wurde; und er sprach viel von den hinterhältigen Machenschaften gewisser Männer, in denen er Spione und Verbündete der unheimlichen Wesen sah. Am stärksten von allen verdächtigte er den mürrischen Farmer Walter Brown, der alleine auf einem heruntergekommenen Berghof am Rande tiefer Wälder wohnte und den man oft an allen möglichen Ecken in Brattleboro, Bellows Falls, Newfane und South Londonderry scheinbar ohne besonderen Grund herumlungern sah. Browns Stimme, dessen war er sicher, gehörte zu jenen, die er einmal bei einem schrecklichen Gespräch belauscht hatte; und er hatte einmal in der Nähe von Browns Haus einen Fuß- oder Klauenabdruck gesehen, der von ominösester Bedeutung sein konnte. Er war merkwürdig dicht neben Browns eigenen Fußspuren gewesen, Fußspuren, die auf diesen Abdruck ausgerichtet waren.

So wurde also die Aufnahme von Brattleboro aus abgeschickt, wohin Akeley in seinem Ford auf einsamen Vermonter Nebenstraßen gefahren war. In einer beigelegten Notiz gestand er, daß er sich allmählich vor diesen Straßen zu fürchten begann und auch nur noch am hellichten Tag nach Townshend zum Einkaufen ging. Es zahle sich nicht aus, das sagte er immer wieder, wenn man zuviel wisse, es sei denn, man wohne sehr weit entfernt von diesen einsamen, rätselhaften Bergen. Er würde bald zu seinem Sohn nach Kalifornien ziehen, obwohl es ihm schwerfalle, den Ort zu verlassen, an den er sich durch alle seine eigenen Erinnerungen und die Ehrfurcht gegenüber seinen Vorfahren gebunden fühle.

Bevor ich versuchte, die Phonographenwalze auf einem Apparat abzuspielen, den ich mir im Verwaltungsgebäude des Colleges ausgeliehen hatte, sichtete ich das ganze erklärende Material in Akeleys verschiedenen Briefen. Die Aufnahme, so hatte er mir geschrieben, war ungefähr um 1 Uhr nachts am 1. Mai 1915 gemacht worden, in der Nähe des verschlossenen Eingangs einer Höhle, dort, wo der bewaldete Westabhang des Dunklen Berges aus dem Sumpf von Lee aufsteigt. Diese Stelle sei schon immer für unheimliche Stimmen berüchtigt gewesen, was auch der Grund dafür gewesen sei, daß er in der Hoffnung auf Resultate den Phonographen, das Diktaphon und die leere Walze dorthin mitgenommen habe. Frühere Erfahrungen hätten ihn gelehrt, daß der Vorabend des Ersten Mai – die Nacht des fürchterlichen Hexensabbats in den europäischen Geheimlehren – wahrscheinlich ergiebiger sein würde als irgendein anderes Datum, und er sei nicht enttäuscht worden. Es sei jedoch bemerkenswert, daß er an dieser bestimmten Stelle nie wieder Stimmen gehört habe.

Anders als bei den meisten der belauschten Waldstimmen hatten die Worte dieser Aufnahme einen gleichsam rituellen Charakter, und es war eine eindeutig menschliche Stimme dabei, die Akeley jedoch nicht einordnen konnte. Es war nicht die Stimme von Brown, sondern sie schien einem Mann von höherer Bildung zu gehören. Das eigentliche Problem war jedoch die zweite Stimme – denn das war jenes unheimliche Summen, das nichts Menschliches an sich hatte, trotz der menschlichen Worte, die es in grammatisch richtigem Englisch mit einem gelehrten Akzent hervorbrachte.

Die Aufnahme-Apparatur hatte nicht gleichmäßig gut funktioniert; überdies waren natürlich die Voraussetzungen überhaupt recht ungünstig gewesen, wenn man bedenkt, daß das belauschte Ritual sich mit gedämpfter Lautstärke und in ziemlicher Entfernung vollzogen hatte; die tatsächlich konservierte Sprache war deshalb sehr bruchstückhaft. Akeley hatte mir eine Aufzeichnung der Worte, so wie er sie verstanden hatte, geschickt, die ich noch einmal durchsah, während ich den Apparat zum Abspielen fertigmachte. Der Text war eher undeutlich geheimnisvoll als unverhohlen schrecklich, obwohl das Wissen um seine Herkunft und die Umstände, unter denen er festgehalten worden war, ihn mit all dem ahnungsvollen Schrecken erfüllten, den Worte überhaupt verbreiten können. Ich gebe ihn hier aus der Erinnerung vollständig wieder – und ich bin ziemlich sicher, daß ich ihn einigermaßen genau auswendig kenne, nicht nur vom Lesen des Manuskripts, sondern auch, weil ich die Aufnahme selbst immer und immer wieder abgespielt habe. So etwas vergißt man nicht so leicht!

(Undefinierbare Geräusche)

(Eine kultivierte männliche Menschenstimme)

...ist der Herrscher des Waldes, sogar zu... und die Gaben der Menschen von Leng... also von den Quellen der Nacht bis zu den Abgründen des Raumes, und von den Abgründen des Raumes bis zu den Quellen der Nacht, auf ewig die Lobpreisung des Großen Cthulhu, des Tsathoggua, und von Ihm, dessen Name nie genannt sein soll. Auf ewig Ihre Lobpreisung, und Überfluß der Schwarzen Ziege der Wälder. Iä! Schab-Niggurath! Die Ziege mit den tausend Jungen!

(Eine summende Imitation menschlicher Sprache)

Iä! Schab-Niggurath! Die Schwarze Ziege der Wälder mit den tausend Jungen!

(Menschliche Stimme)

Und es geschah, daß der Herrscher der Wälder, der... sieben und neun, die Onyxstufen hinab... (Tri)but Ihm in dem Abgrund, Azathoth, Ihm, von dem Ihr uns Wunder gelehrt ha(bt)... auf den Schwingen der Nacht über den Raum hinaus, über d... zu Dem, dessen jüngstes Kind Yuggoth ist, einsam rollend am Rande des Schwarzen Äthers...

(Summende Stimme)

...gehe hinaus unter die Menschen und finde ihre Wege, damit Er in dem Abgrund es wisse. Nyarlathotep, dem Mächtigen Boten, müssen alle Dinge gesagt werden. Und Er wird sich bekleiden mit der Gestalt der Menschen, der wächsernen Maske und dem Gewand, das verbirgt, und herabkommen aus der Welt der Sieben Sonnen, um Spott...

(Menschliche Stimme)

...(Nyarl)athotep, Großer Bote, der du Yuggoth große Freude bringst durch die Leere, Vater der Millionen Bevorzugter, Einherschreitender unter...

(Ende der Aufnahme)

Das waren die Worte, die ich hören sollte, als ich den Phonographen in Tätigkeit setzte. Widerstrebend und mit einem Anflug wirklicher Angst drückte ich den Hebel und hörte das einleitende Kratzen der Saphirnadel, und ich war froh, daß die ersten, bruchstückhaften Worte mit menschlicher Stimme gesprochen wurden – einer weichen, kultivierten Stimme, die einen leichten Boston-Akzent hatte und sicher nicht einem Einheimischen aus den Vermonter Bergen gehörte. Während ich der ärgerlich schwach vernehmlichen Wiedergabe lauschte, schien mir, daß die Worte mit denen in Akeleys sorgfältig erarbeiteter Aufzeichnung übereinstimmten. Unbeirrbar tönte es in jener weichen, singenden Bostoner Sprache... »Iä! Schab-Niggurath! Die Ziege mit den tausend Jungen!...«

Und dann hörte ich *die andere Stimme*. Noch heute schaudere ich nachträglich, wenn ich daran denke, was für einen Schlag sie mir versetzte, obwohl ich durch Akeleys Berichte vorbereitet war. Alle, denen ich seitdem die Aufnahme beschrieben habe, gestanden, sie sähen darin nichts anderes als einen billigen Schwindel oder schieren Wahnsinn; aber hätten sie diese Ungeheuerlichkeit selbst gehört oder Akeleys zahlreiche Briefe gelesen (besonders jenen furchtbaren, enzyklopädischen zweiten Bericht), ich bin überzeugt, sie würden anders denken. Wenn ich es recht überlege, ist es doch ein Jammer, daß ich nicht entgegen Akeleys Verbot die Aufnahme auch anderen Leuten vorgespielt habe – ein Jammer auch, daß all seine Briefe verlorengegangen sind. Für mich, der ich die Geräusche selbst unmittelbar hören konnte und ihren Hintergrund und die Nebenumstände kannte, war die Stimme eine monströse Ungeheuerlichkeit. Sie folgte der menschlichen Stimme schnell als rituelle Antwort, aber in meiner Vorstellung war sie ein übernatürliches Echo, das von unvorstellbaren äußeren Höllen durch unvorstellbare Abgründe sich fortpflanzend die Erde erreicht hatte. Es ist jetzt mehr als zwei Jahre her, daß ich diesen Wachszylinder zum letzten Mal abgespielt habe. Aber in diesem Augenblick, und in jedem anderen Augenblick, kann ich noch immer jenes schwache, unnatürliche Summen hören, wie es das erstemal mein Ohr erreichte.

»Iä! Schab-Niggurath! Die Schwarze Ziege der Wälder mit den tausend Jungen!«

Aber obwohl mir diese Stimme ständig in den Ohren klingt, ist es mir bis heute nicht gelungen, sie so zu analysieren, daß ich sie anschaulich beschreiben könnte. Sie glich dem Gebrumm irgendeines widerwärtigen, gigantischen Insekts, das sich schwerfällig der Sprache einer fremden Gattung angepaßt hat, und ich bin völlig sicher, daß die Organe, die es hervorbrachten, keine Ähnlichkeit mit den Stimmbändern des Menschen hatten, ja nicht einmal denen irgendeines der Säugetiere. Stimmlage, Färbung und Obertöne wiesen einzigartige Merkmale auf, die das Phänomen eindeutig in Sphären außerhalb des menschlichen und irdischen Lebens verwiesen. Das unverhoffte Einsetzen dieser Stimme hätte mich jenes erste Mal beinahe betäubt, und ich hörte den Rest der Aufnahme nur in einer Art abstrakter Benommenheit. Als der längere mit dieser summenden Stimme gesprochene Abschnitt kam, bemerkte ich eine deutliche Verstärkung dieses Gefühls gotteslästerlicher Unendlichkeit, das mich schon bei der kürzeren ersten Passage ergriffen hatte. Schließlich brach die Aufnahme unvermittelt ab, als die menschliche Stimme mit dem Boston-Akzent gerade ungewöhnlich gut zu verstehen war; aber ich saß noch lange da, nachdem der Apparat sich automatisch abgeschaltet hatte, und starrte benommen vor mich hin.

Ich brauche wohl kaum zu sagen, daß ich diese erschreckende Aufnahme noch oft abspielte und ihren Inhalt gründlich zu analysieren und zu interpretieren versuchte, indem ich meine Aufzeichnungen mit denen Akeleys verglich. Es wäre ebenso unnütz wie verwirrend, wollte ich hier alle Schlußfolgerungen wiedergeben, zu denen wir dabei kamen; immerhin möchte ich andeuten, daß wir übereinstimmend glaubten, den Ursprung einiger der abscheulichsten primitiven Riten kryptischer Frühreligionen der Menschheit enträtselt zu haben. Auch schien es uns klar, daß es seit Urzeiten enge Beziehungen zwischen den geheimnisvollen Wesen aus anderen Welten und bestimmten Angehörigen der menschlichen Rasse gegeben haben mußte. Wie verbreitet diese Beziehungen gewesen waren und wie sich ihr heutiger Stand zu dem Stand in früheren Zeitaltern verhalten mochte, dafür hatten wir keinerlei Anhaltspunkte; bestenfalls konnten wir hierüber endlose, grauenerregende Spekulationen anstellen. Wie es schien, gab es zwischen dem Menschen und der namenlosen Unendlichkeit eine uralte Verkettung mit ganz bestimmten Entwicklungsabschnitten. Die gotteslästerlichen Schreckgestalten, die auf der Erde in Erscheinung traten, kamen, so ahnten wir, von dem düsteren Planeten Yuggoth am Rande des Sonnensystems; aber dieser war selbst nur der dichtbesiedelte Vorposten einer schrecklichen interstellaren Rasse, deren eigentlicher Ursprung sogar weit außerhalb des Einsteinschen Raum-Zeit-Kontinuums, des größten bekannten Kosmos, liegen mußte.

Währenddessen berieten wir weiter über den schwarzen Stein und darüber, wie er am besten nach Arkham gebracht werden konnte – denn Akeley hielt es nicht für ratsam, daß ich ihn am Schauplatz seiner alptraumhaften Studien besuchte. Aus irgendwelchen Gründen hatte Akeley Angst davor, das Objekt auf einem der normalen, wahrscheinlichen Versandwege zu befördern. Schließlich kam er auf die Idee, den Stein auf Umwegen selbst nach Bellows Falls zu bringen und ihn durch das Boston-und-Main-System über Keene, Winchendon und Fitchburg transportieren zu lassen, obwohl er zu diesem Zweck Straßen befahren mußte, die einsamer waren und öfter durch Wälder führten als die Hauptstraße nach Brattleboro. Er sagte, er habe in der Nähe des Expreßbüros in Brattleboro, als er die Phonographenwalze aufgab, einen Mann bemerkt, dessen Betragen und Aussehen alles andere als vertrauenerweckend gewesen seien. Der Mann habe sich zu auffällig bemüht, mit den Angestellten zu sprechen, und sei in den Zug eingestiegen, mit dem die Aufnahme befördert worden war. Akeley gestand, er habe wegen der Aufnahme kein gutes Gefühl gehabt, bis er von mir gehört habe, daß sie wohlbehalten eingetroffen war.

Ungefähr zu dieser Zeit ging wieder einer meiner Briefe verloren, wie ich aus einer aufgeregten Mitteilung Akeleys erfuhr. Von da an trug er mir auf, ihm nicht mehr nach Townshend zu schreiben, sondern alle Sendungen postlagernd an das Hauptpostamt in Brattleboro zu adressieren, wo er dann öfters hinfahren würde, entweder mit seinem eigenen Wagen oder mit dem Omnibus, der seit einiger Zeit die langsame Nebenstrecken-Eisenbahn abgelöst hatte. Ich bemerkte, daß er immer ängstlicher wurde, denn er berichtete in allen Einzelheiten über verstärktes Hundegebell in mondlosen Nächten und über die frischen Klauenspuren, die er manchmal gegen Morgen auf der Straße und in der feuchten Erde in seinem Hof fand. Einmal erzählte er von einem regelrechten Heer solcher Abdrücke, die alle auf einer Linie gelegen hätten, und ihnen gegenüber eine ebenso dichte und entschlossene Reihe von Hundespuren; als Beweis schickte er mir eine äußerst beunruhigende Photographie. Das war nach einer Nacht gewesen, in der die Hunde gebellt und geheult hatten wie nie zuvor.

Am Morgen des 18. Juli, eines mittwochs, erhielt ich ein Telegramm aus Bellows Falls, in dem mir Akeley mitteilte, er schicke mir den schwarzen Stein über B. & M., mit dem Zug Nr. 5508, Abfahrt in Bellows Falls um 12 Uhr 15 Standardzeit, Ankunft in Boston um 16 Uhr 12. Er hätte also, so rechnete ich mir aus, spätestens gegen Mittag des folgenden Tages in Arkham eintreffen müssen; demgemäß blieb ich den ganzen Donnerstagvormittag zu Hause, um ihn in Empfang nehmen zu können. Aber es wurde Mittag und Nachmittag, ohne daß er angekommen wäre, und als ich das Expreßbüro anrief, sagte man mir, für mich sei keine Sendung eingetroffen. Als nächstes führte ich, jetzt schon mit wachsender Beunruhigung, ein Ferngespräch mit der Exportgutabferti-

gung im Bostoner Nordbahnhof; ich war nicht sonderlich überrascht von der Mitteilung, daß die für mich bestimmte Sendung
nicht aufgetaucht war. Der Zug Nr. 5508 sei am Tag zuvor mit
nur 35 Minuten Verspätung eingelaufen, habe aber keine an mich
adressierte Kiste enthalten. Der Agent versprach mir aber, Nachforschungen über den Verbleib der Sendung anzustellen. Ich beendete den Tag damit, daß ich Akeley in einem Brieftelegramm die
Situation schilderte.

Erfreulich rasch traf schon am folgenden Nachmittag ein Bericht
aus Boston ein, wo der Agent, mit dem ich gesprochen hatte, sich
sofort telefonisch um die Klärung der Angelegenheit bemüht
hatte. Es sah so aus, als habe sich der für das Expreßgut im Zug
Nr. 5508 verantwortliche Eisenbahnangestellte an einen Zwi-
schenfall erinnern können, der für meinen Verlust von einiger Bedeutung sein könnte – einen Streit mit einem offenbar vom Lande
stammenden, mageren, rotblonden Mann mit einer seltsamen
Stimme, während eines Aufenthalts im Bahnhof Keene, N. H.,
kurz nach zwei Uhr Standardzeit.

Der Mann, so berichtete er, sei fürchterlich aufgeregt gewesen
wegen einer schweren Kiste, die er angeblich erwartete, die aber
weder im Zug noch in den Unterlagen der Gesellschaft zu finden
war. Er habe behauptet, er hieße Stanley Adams, und habe eine
so sonderbar belegte, dröhnende Stimme gehabt, daß der Eisenbahnangestellte unnatürlich benommen und schläfrig wurde,
während er ihm zuhörte. Er konnte sich nicht genau erinnern, wie
das Gespräch ausgegangen war, entsann sich aber, daß er wieder
richtig wach geworden war, als der Zug sich in Bewegung setzte.
Der Bostoner Agent fügte noch hinzu, daß dieser Angestellte ein
junger Mann von unzweifelhafter Aufrichtigkeit und Verläßlich-
keit sei, aus guten Verhältnissen stamme und schon lange bei der
Gesellschaft arbeite.

An diesem Abend fuhr ich nach Boston, um selbst mit diesem Angestellten zu sprechen, nachdem ich mir in dem Büro seinen Namen und seine Adresse hatte geben lassen. Er war ein freimütiger,
sympathischer Junge, aber ich stellte fest, daß er seinem ursprünglichen Bericht nichts hinzufügen konnte. Merkwürdigerweise war
er kaum davon überzeugt, daß er den sonderbaren Fragesteller
wiedererkennen würde. Ich mußte mich damit abfinden, daß er
nicht mehr zu sagen hatte, fuhr nach Arkham zurück und blieb die
ganze Nacht wach, um Briefe an Akeley, die Expreßgesellschaft

sowie an die Polizei und den Stationsvorsteher von Keene zu schreiben. Ich argwöhnte, daß der Mann mit der seltsamen Stimme, der den Angestellten auf so merkwürdige Weise beeinflußt hatte, eine entscheidende Rolle in der ominösen Angelegenheit spielen mußte, und ich hoffte, von den Bahnhofsangestellten und aus den Unterlagen des Telegrammbüros in Keene etwas über ihn und darüber, weshalb er gerade dort und zu dieser Zeit seine Reklamation vorgebracht hatte, zu erfahren.

Ich muß jedoch zugeben, daß alle meine Nachforschungen zu keinem Ergebnis führten. Der Mann mit der seltsamen Stimme war tatsächlich am frühen Nachmittag des 18. Juli in der Nähe des Bahnhofs Keene gesehen worden, und ein Herumtreiber brachte ihn verschwommen mit einer schweren Kiste in Verbindung; aber er war völlig unbekannt und nie zuvor oder danach gesehen worden. Er war nicht im Telegrammbüro gewesen und hatte keinerlei Nachricht empfangen, soweit sich diese feststellen ließ, noch war irgendeine Nachricht, die als Hinweis auf den Transport des schwarzen Steines im Zug Nr. 5508 hätte ausgelegt werden können, über das Büro an irgend jemanden durchgegeben worden. Akeley half mir natürlich bei diesen Nachforschungen und fuhr sogar selbst nach Keene, um die Leute in der Bahnhofsgegend zu befragen; aber seine Einstellung zu der Sache war fatalistischer als meine. Anscheinend empfand er den Verlust der Kiste als den unheilverkündenden Beweis einer unausweichlichen Entwicklung und hegte in Wirklichkeit nicht die geringste Hoffnung, sie wiederzubekommen. Er sprach von den unbezweifelbaren telepathischen und hypnotischen Kräften der Kreaturen in den Bergen und ihrer Helfershelfer, und in einem Brief deutete er an, er glaube nicht, daß der Stein sich noch auf dieser Erde befinde. Was mich betraf, so war ich ehrlich wütend, denn es hätte zumindest die Aussicht bestanden, aus den alten, verwaschenen Hieroglyphen tiefgründige, erstaunliche Dinge herauszulesen. Die Sache wäre mir sehr nachgegangen, hätten nicht Akeleys unmittelbar darauffolgende Briefe das furchtbare Problem mit den Bergungeheuern in eine neue Phase eintreten lassen, die sofort meine ganze Aufmerksamkeit beanspruchte.

IV

Die unbekannten Wesen hätten, so schrieb Akeley in einer Handschrift, die bedauernswert zittrig geworden war, begonnen, ihn mit bisher nicht erlebter Hartnäckigkeit zu bedrängen. Das nächtliche Gebell der Hunde sei jetzt schauderhaft, sooft der Mond nur schwach oder überhaupt nicht schien, und sie versuchten jetzt, ihn am hellichten Tage auf einsamen Straßen zu belästigen. Am zweiten August habe er, als er mit seinem Wagen ins Dorf fuhr, einen Baumstamm quer über dem Weg vorgefunden, an einer Stelle, wo die Straße durch ein dichtes Waldstück führte; gleichzeitig habe ihm das wütende Gebell der Hunde nur allzu deutlich angezeigt, welch schreckliche Dinge sich ganz in der Nähe verbargen. Was geschehen wäre, hätte er die Hunde nicht dabeigehabt, wagte er sich nicht auszumalen – aber er verlasse jetzt niemals sein Haus, ohne mindestens zwei dieser treuen, starken Tiere mitzunehmen. Weitere Vorfälle auf der Straße hätten sich am fünften und sechsten August ereignet; bei dem einen habe ein Schuß seinen Wagen gestreift, und bei dem anderen habe ihm das Gebell der Hunde die Anwesenheit unheimlicher Waldgeister angezeigt.

Am fünfzehnten August bekam ich einen verzweifelten Brief, der mich wünschen ließ, Akeley würde seine einsame Zurückhaltung aufgeben und sich unter den Schutz des Gesetzes stellen. In der Nacht vom Zwölften auf den Dreizehnten hatten sich furchtbare Dinge ereignet – rings um das Haus hatten Schüsse geknallt, und drei der zwölf großen Hunde hatte Akeley am Morgen erschossen aufgefunden. Myriaden von Klauenspuren waren auf der Straße, und dazwischen die Fußspuren von Walter Brown. Als Akeley gerade in Brattleboro anrief, um neue Hunde anzufordern, war die Leitung plötzlich tot, bevor er viel hatte sagen können. Später fuhr er mit seinem Wagen nach Brattleboro, wo man ihm sagte, Streckenarbeiter hätten entdeckt, daß das Hauptkabel an einer Stelle, wo es durch die einsamen Berge nördlich von Newfane verlief, sauber durchgeschnitten war. Akeley schrieb aber, er sei jetzt dabei, mit vier prächtigen neuen Hunden und mehreren Kisten Munition für seine Hochwild-Repetierbüchse den Heimweg anzutreten. Der Brief war im Postamt Brattleboro geschrieben und erreichte mich ohne Verzögerung.

Meine Einstellung zu der Sache wechselte in diesen Tagen schnell von abstraktem wissenschaftlichem Interesse zu beunruhigender persönlicher Betroffenheit. Ich hatte Angst – um Akeley in seinem abgelegenen, einsamen Landhaus, und ein wenig auch um mich selbst, der ich jetzt endgültig in die grauenhafte Geschichte verwickelt war. Die Sache griff also um sich. Würde sie mich in ihren Bann ziehen und mich verschlingen? In meiner Antwort auf diesen Brief drängte ich ihn, Hilfe zu suchen, und deutete an, daß ich selbst zur Tat schreiten würde, wenn er nichts unternahm. Ich sprach davon, daß ich notfalls gegen seinen Willen persönlich nach Vermont kommen und ihm helfen würde, den maßgebenden Behörden die Situation zu erklären. Als Antwort erhielt ich jedoch nur ein Telegramm aus Bellows Falls mit folgendem Text:

Verstehe ihre Besorgnis, kann aber nichts tun. Unternehmen sie nichts eigenmächtig, denn das könnte beiden nur schaden. Warten sie Erklärung ab.

Henry Akeley

Aber die Sache wurde immer schlimmer. Auf meine Antwort auf das Telegramm erhielt ich eine fahrig hingekritzelte Mitteilung von Akeley mit der haarsträubenden Nachricht, daß er nicht nur das Telegramm nie abgeschickt, sondern auch meinen Brief, auf den es sich offensichtlich bezog, nicht bekommen hatte. Sofortige Nachfragen in Bellows Falls hätten ergeben, daß der Text des Telegramms von einem sonderbaren rotblonden Mann mit einer merkwürdig belegten, dröhnenden Stimme aufgegeben worden war, aber mehr habe er nicht erfahren können. Der Angestellte zeigte ihm den von dem Absender mit Bleistift hingekritzelten Originaltext, aber die Handschrift war ihm völlig unbekannt. Bemerkenswert war, daß die Unterschrift einen Fehler enthielt – A-K-E-L-Y, ohne das zweite »E«. Bestimmte Vermutungen drängten sich auf, aber mitten in dieser offensichtlichen Krise wollte er sich nicht damit aufhalten, sich darüber näher zu äußern.

Er sprach vom Tod weiterer und dem Kauf abermals neuer Hunde sowie von den Schießereien, die zu einer festen Begleiterscheinung jeder mondlosen Nacht geworden seien. Browns Fußspuren sowie die Schuhabdrücke von mindestens zwei anderen menschlichen Wesen waren jetzt regelmäßig inmitten der Klauenabdrücke auf der Straße und im Hinterhof zu finden. Es war, so gab Akeley zu, eine recht böse Geschichte; und er würde über kurz oder lang zu seinem Sohn nach Kalifornien ziehen, gleichgültig, ob er das alte Anwesen verkaufen konnte oder nicht. Aber es sei nicht leicht, das einzige Fleckchen Erde, das man wirklich als sein Zuhause betrachten könne, zu verlassen. Er müsse versuchen, sich noch eine Weile zu halten; vielleicht könne er die Eindringlinge verjagen – besonders wenn er deutlich erkennen ließ, daß er alle weiteren Versuche, in ihre Geheimnisse einzudringen, aufgeben wollte.

Ich schrieb Akeley sofort, erneuerte mein Hilfsangebot und sprach wieder davon, daß ich ihn besuchen und ihm helfen wollte, die Behörden von der tödlichen Gefahr zu überzeugen, in der er schwebte. In seiner Antwort schien er diesem Plan weniger abgeneigt, als man nach seiner früheren Einstellung hätte vermuten können, sagte aber, er wolle damit noch ein wenig warten – gerade so lange, um seine Angelegenheiten ordnen und sich an den Gedanken gewöhnen zu können, daß er sein Geburtshaus, an dem er auf beinahe krankhafte Art hing, verlassen mußte. Die Leute betrachteten seine Studien und seine Vermutungen mit Mißtrauen, und es würde besser sein, unbemerkt wegzuziehen, ohne die ganze Gegend in Aufruhr zu versetzen und verbreitete Zweifel an seinem Verstand aufkommen zu lassen. Er gebe sich geschlagen, wolle sich aber einen möglichst würdigen Abgang verschaffen.

Dieser Brief traf am 28. August bei mir ein, und in meiner Antwort versuchte ich ihn zu beruhigen, so gut ich konnte. Offensichtlich tat diese Ermutigung ihre Wirkung, denn Akeley hatte nicht mehr über so viele schreckliche Vorkommnisse zu berichten, als er den Empfang meiner Nachricht bestätigte. Er war jedoch nicht sonderlich optimistisch und äußerte die Vermutung, daß wohl nur der Vollmond die Schreckgestalten abhalte. Er hoffte, es würde nicht zu viele dichtbewölkte Nächte geben, und sprach davon, sich in Brattleboro einzuquartieren, sobald der Mond abnahm. Wieder schrieb ich ihm einen aufmunternden Brief, aber am 5. September erhielt ich neue Nachrichten von ihm, die sich offensichtlich auf dem Postweg mit meinem Brief gekreuzt hatten; und darauf konnte ich beim besten Willen nicht mehr hoffnungsvoll antworten. In Anbetracht seiner Bedeutung halte ich es für richtig, diesen Brief hier vollständig wiederzugeben, so gut ich mich der in fahriger Handschrift verfaßten Zeilen noch entsinnen kann. Im wesentlichen enthielt er folgendes:

Montag

Lieber Wilmarth,

hier eine ziemlich entmutigende Nachschrift zu meinem letzten
Brief. Letzte Nacht war der Himmel dicht bewölkt – obwohl es
nicht regnete –, und vom Mond war kein Schimmer zu sehen. Es
war ziemlich schlimm, und ich glaube, das Ende nähert sich, trotz
all unserer Hoffnungen. Nach Mitternacht landete etwas auf dem
Hausdach, und die Hunde sprangen alle auf, um zu sehen, was es
war. Ich konnte hören, wie sie knurrend umhersprangen, und
schließlich gelang es einem, auf das Dach zu kommen, indem er
von dem niedrigen Flügel aus hinaufsprang. Daraufhin spielte sich
dort oben ein schrecklicher Kampf ab, und ich hörte ein schauder-
haftes Summen, das ich nie vergessen werde. Dann verbreitete sich
ein widerwärtiger Gestank. Fast im selben Augenblick durch-
schlugen Kugeln die Fenster und streiften mich fast. Ich glaube, der
größte Haufen der unheimlichen Wesen war bis nahe an das Haus
vorgedrungen, als die Hunde durch die Geschichte auf dem Dach
abgelenkt wurden. Was sich dort oben abgespielt hat, weiß ich
noch nicht, aber ich fürchte, diese Kreaturen haben gelernt, besser
mit ihren Schwingen zu lenken. Ich löschte das Licht, benutzte die
Fenster als Schießscharten und bestrich die ganze Umgebung des
Hauses mit Gewehrfeuer, wobei ich gerade so hoch zielte, daß ich
nicht die Hunde traf. Das machte dem Spuk ein Ende, aber am
Morgen fand ich große Blutlachen im Hof und außerdem Pfützen
einer zähen, grünen Flüssigkeit, die den widerlichsten Gestank
ausströmten, den ich jemals gerochen habe. Ich kletterte aufs Dach
und fand auch dort Spuren von diesem Zeug. Fünf meiner Hunde
waren tot – leider hatte ich einen davon selbst erschossen, indem
ich zu tief gezielt hatte, denn er war in den Rücken getroffen. Jetzt
setze ich die Fensterscheiben wieder ein, die bei der Schießerei zu
Bruch gegangen sind, und fahre dann nach Brattleboro, um mir
neue Hunde zu besorgen. Ich glaube, die Leute in den Hundezwin-
gern halten mich für verrückt. Schreibe Ihnen später noch mal.
Hoffe in ein oder zwei Wochen zum Umzug bereit zu sein, obwohl
mich der Gedanke daran fast umbringt.

In Eile – Akeley

Aber das war nicht der einzige Brief von Akeley, der sich mit meinem kreuzte. Am nächsten Morgen – dem 6. September – kam
noch einer; diesmal ein wahnwitziges Gekritzel, das mich völlig

aus der Fassung brachte, so daß ich nicht wußte, was ich als nächstes sagen oder tun sollte. Wieder kann ich nichts Besseres tun, als den Text so wortgetreu zu zitieren, wie mein Gedächtnis es mir erlaubt.

Dienstag

Die Wolken rissen nicht auf, also wieder kein Mondschein – er nimmt ohnehin schon ab. Ich würde elektrischen Strom ins Haus legen und einen Suchscheinwerfer einbauen lassen, wenn ich nicht wüßte, daß sie die Kabel schneller durchschneiden würden, als sie wieder geflickt werden könnten.

Ich glaube, ich verliere den Verstand. Es kann sein, daß alles, was ich Ihnen je geschrieben habe, Traum oder Wahnsinn ist. Es war vorher schon schlimm genug, aber jetzt geht's wirklich zu weit. *Sie haben letzte Nacht mit mir gesprochen* – in dieser entsetzlichen summenden Stimme – und mir Dinge gesagt, die ich Ihnen nicht zu wiederholen wage. Ich verstand sie gut, trotz des Hundegebells, und als sie einmal übertönt wurden, *kam ihnen eine menschliche Stimme zu Hilfe.* Halten Sie sich aus der Geschichte heraus, Wilmarth – es ist schlimmer, als Sie oder ich je befürchtet haben. *Sie wollen mich jetzt nicht mehr nach Kalifornien ziehen lassen – sie wollen mich lebendig fortbringen, oder was man in einem theoretischen oder geistigen Sinne lebendig nennen kann* – nicht nur zu Yuggoth, sondern darüber hinaus – an einen Ort außerhalb unserer Galaxie *und womöglich an den äußersten gewölbten Rand des Weltraums.* Ich habe ihnen gesagt, daß ich nicht dorthin gehen werde, wohin sie mich bringen wollen, schon gar nicht auf dem furchtbaren Weg, den sie mir zugedacht haben, aber ich fürchte, es ist vergebens. Mein Haus liegt so weit abseits, daß sie über kurz oder lang bei Tage ebenso wie in der Nacht kommen werden. Sie haben weitere sechs Hunde getötet, und ich spürte ihre Nähe auf allen Waldstrecken der Straße, als ich heute nach Brattleboro fuhr. Es war ein Fehler von mir zu versuchen, Ihnen die Phonographenaufnahme und den schwarzen Stein zu schicken. Vernichten Sie lieber die Aufnahme, bevor es zu spät ist. Ich werde Ihnen morgen wieder ein paar Zeilen schreiben, falls ich dann noch hier bin. Ich wollte, ich könnte mich dazu aufraffen, meine Bücher und meine anderen Sachen nach Brattleboro zu schaffen und mich dort einzuquartieren. Ich würde ohne weiteres davonlaufen, wenn ich könnte, aber irgend etwas in mir hält mich zurück. Ich könnte nach Brattleboro entkommen, wo ich in Sicherheit sein müßte, aber ich fühle mich dort ebensosehr als Gefangener wie in meinem Haus. Und es scheint mir, als könnte ich kaum etwas ändern, selbst wenn ich alles im Stich ließe. Es ist schrecklich – lassen Sie sich nicht auch noch hineinziehen.

Grüße – Akeley

Nachdem ich diese fürchterliche Nachricht bekommen hatte, konnte ich die ganze Nacht nicht schlafen, und ich war mir völlig im unklaren über Akeleys Geisteszustand. Der Inhalt der Mitteilung war völlig verrückt, aber seine Ausdrucksweise war – in Anbetracht all der Dinge, die schon passiert waren – von grimmiger Überzeugungskraft. Ich machte keinen Versuch, ihm darauf zu antworten, weil ich es für besser hielt zu warten, bis er Zeit fand, meinen letzten Brief zu beantworten. Dieser Antwortbrief traf tatsächlich am folgenden Tag ein, jedoch überschatten die neuen Nachrichten, die er enthielt, all das, was in meinem Brief gestanden hatte und worauf er eigentlich hätte eingehen müssen. Hier ist, was mir aus diesem Brief im Gedächtnis geblieben ist, der – fast unleserlich und mit Tintenklecksen verunziert – offensichtlich in höchster Bedrängnis verfaßt worden war.

Mittwoch

Ihr Brief kam, aber es hat keinen Zweck, noch irgend etwas zu besprechen. Ich habe endgültig aufgegeben. Ich wundere mich, daß ich noch genug Willenskraft habe, um sie abzuwehren. Kann nicht mehr entkommen, selbst wenn ich bereit wäre, alles aufzugeben und davonzurennen. Sie werden mich kriegen. *Gestern bekam ich einen Brief von ihnen* – der Postbote brachte ihn, während ich in Brattleboro war. Abgestempelt in Bellows Falls. Darin steht, was sie mit mir vorhaben – kann es nicht wiedergeben. Passen Sie auf sich auf! Vernichten Sie die Aufnahme! Die Nächte sind noch immer bewölkt, und der Mond nimmt immer mehr ab. Wollte, ich könnte mich aufraffen, Hilfe zu holen – das könnte meine Willenskraft stärken –, aber jeder, der es überhaupt wagen würde zu kommen, müßte mich für verrückt halten, es sei denn, ich hätte einen Beweis. Unmöglich, die Leute ohne jeden Grund herkommen zu lassen – ich kenne niemanden mehr, schon seit Jahren.

Aber das Schlimmste habe ich Ihnen noch gar nicht erzählt, Wilmarth. Halten Sie sich fest, bevor Sie es lesen, es wird Ihnen einen

Schlag versetzen. Aber ich sage die Wahrheit. Es ist folgendes – *ich habe eines dieser Dinger gesehen und berührt, oder jedenfalls einen Teil eines dieser Dinger.* Bei Gott, es ist grauenhaft! Es war tot, natürlich. Einer der Hunde hatte es zu fassen gekriegt, und ich fand es heute morgen in der Nähe des Zwingers. Ich habe versucht, es im Holzschuppen aufzubewahren, um die Leute von der ganzen Sache überzeugen zu können, aber es hatte sich in ein paar Stunden vollständig aufgelöst. Nichts ist geblieben. Sie wissen, daß all diese Dinger in den Flüssen nur am ersten Morgen nach der Überschwemmung gesehen wurden. Und jetzt kommt das Ärgste: Ich habe versucht, es für Sie zu photographieren, aber als ich den Film entwickelte, *war nichts zu sehen außer* dem Schuppen. Woraus kann das Ding bestanden haben? Ich sah es und fühlte es, und sie alle hinterlassen Fußspuren. Es war bestimmt aus irgendeinem Stoff gemacht, aber aus was für einem? Die Form ist nicht zu beschreiben. Es war eine große Krabbe, die anstelle eines Kopfes eine Menge pyramidenartig angeordneter Fleischringe oder Knoten aus dicker, klebriger Masse mit Fühlern daran hatte. Diese grüne, zähe Flüssigkeit ist ihr Blut oder Saft. Jede Minute können noch mehr von ihnen auf der Erde eintreffen.

Walter Brown ist verschwunden – man hat ihn in den umliegenden Dörfern an keiner seiner gewöhnlichen Ecken herumlungern sehen. Ich muß ihn mit einem meiner Schüsse getroffen haben, aber die Kreaturen nehmen anscheinend ihre Toten und Verwundeten immer mit.

Kam heute Nachmittag ohne Schwierigkeiten in die Stadt, befürchtete aber, sie halten sich zurück, weil sie meiner sicher sind. Schreibe diesen Brief im Postamt Brattleboro. Dies kann der Abschied sein – wenn ja, schreiben sie meinem Sohn George Goodenough Akeley, 176 Pleasant St., San Diego, Cal., *aber kommen sie nicht hierher.* Schreiben Sie dem Jungen, falls Sie innerhalb einer Woche nichts von mir hören, und achten Sie auf Meldungen in den Zeitungen.

Ich werde jetzt meine letzten Karten ausspielen – wenn meine Willenskraft noch ausreicht. Erst werde ich versuchen, die Dinger mit Giftgas umzubringen (ich habe die nötigen Chemikalien und habe Gasmasken für mich und die Hunde besorgt), und dann, wenn das nichts nützt, werde ich den Sheriff informieren. Wenn sie wollen, können sie mich ins Irrenhaus sperren – das wäre besser als das, was die anderen Kreaturen tun würden. Vielleicht gelingt es mir, sie auf die Spuren rings um das Haus aufmerksam zu machen – sie sind nur schwach, aber ich finde jeden Morgen welche. Nehme aber an, die Polizei würde behaupten, ich hätte sie irgendwie selber gemacht; denn sie denken alle, ich sei ein Wirrkopf.

Ich muß versuchen, einen Mann von der staatlichen Polizei zu bekommen, der eine Nacht hier verbringen und sich selbst überzeugen könnte – aber es würde diesen Kreaturen ähnlich sehen, daß sie sich, wenn sie Wind davon bekämen, in dieser Nacht zurückhalten würden. Sie schneiden mir die Leitung durch, sooft ich in der Nacht zu telefonieren versuche – die Streckenarbeiter finden das sehr merkwürdig und könnten als Zeugen für mich auftreten, wenn sie nicht gar meinen, ich zerschneide sie selbst. Seit über einer Woche versuche ich jetzt, sie reparieren zu lassen.

Ich könnte einige der ungebildeten Leute dazu bringen, die tatsächliche Existenz der Schreckgestalten zu bezeugen, aber jedermann lacht, sobald sie den Mund auftun, und außerdem meiden sie mein Grundstück schon sei so langer Zeit, daß sie über keines der neueren Ereignisse Bescheid wissen. Nicht für Geld und gute Worte könnte man einen dieser heruntergekommenen Farmer dazu bringen, sich näher als eine Meile an mein Haus heranzuwagen. Der Briefträger hört natürlich, was sie sich erzählen, und zieht mich damit auf – mein Gott! Wenn ich es nur über mich brächte, ihm zu sagen, wie wahr es ist! Ich glaube, ich werde versuchen, ihn auf die Spuren aufmerksam zu machen, aber er kommt am Nachmittag, und um diese Zeit sind sie meistens schon verschwunden. Wenn ich eine konservieren würde, indem ich eine Schachtel oder eine Pfanne darüberstelle, würde er sicher denken, es sei ein Schwindel oder ein Scherz. Wäre ich nur nicht ein solcher Einsiedler geworden, dann kämen heute noch die Leute bei mir vorbei, wie sie es früher getan haben. Ich habe nur den ungebildeten Leuten den schwarzen Stein und die Kodak-Bilder gezeigt, nur ihnen die Aufnahme vorgespielt. Die anderen würden sagen, das Ganze sei ein Schwindel von mir, und mich bloß auslachen. Aber noch kann ich versuchen, die Bilder herzuzeigen. Sie zeigen die Fußspuren deutlich, wenn auch die Dinger, von denen sie stammen, nicht photographiert werden können. Welch ein Jammer, daß niemand dieses *Ding* heute morgen sah, bevor es sich in Nichts auflöste.

Aber ich weiß gar nicht, wovor ich mich noch fürchten sollte. Nach all dem, was ich durchgemacht habe, kann mir das Irrenhaus genauso recht sein wie jeder andere Aufenthaltsort. Die Ärzte können mir helfen, mich zum Verlassen meines Hauses durchzuringen, und das allein wird mich retten.

Schreiben Sie meinem Sohn George, wenn Sie nicht bald wieder von mir hören. Leben Sie wohl, vernichten Sie die Aufnahme und lassen Sie sich nicht mit hineinziehen.

Gruß Akeley

Dieser Brief stürzte mich in blankes Entsetzen. Ich wußte nicht, was ich ihm als Antwort schreiben sollte, sondern warf nur ein paar unzusammenhängende Worte der Ermutigung und des Rates hin und schickte sie ihm per Einschreiben. Ich entsinne mich, daß ich Akeley beschwor, augenblicklich nach Brattleboro zu ziehen und sich unter den Schutz der Behörden zu stellen; außerdem schrieb ich, daß ich in diese Stadt kommen und die Aufnahme mitbringen würde, um ihm zu helfen, die Gerichte von seinem gesunden Verstand zu überzeugen. Wenn ich mich recht erinnere, schrieb ich, es sei jetzt auch Zeit, die ganze Bevölkerung vor diesen Greueln in ihrer Mitte zu warnen. Man wird bemerkt haben, daß ich in diesem Augenblick der Belastung wirklich uneingeschränkt an alles glaubte, was Akeley getan und behauptet hatte, obgleich ich der Meinung war, daß das Mißlingen der Aufnahme von dem toten Monster nicht auf eine Laune der Natur, sondern auf irgendeinen Fehler zurückzuführen war, der ihm in der Aufregung unterlaufen war.

V

Und dann kam jener seltsam gegensätzliche, beschwichtigende Brief – er mußte sich mit meiner Mitteilung gekreuzt haben und erreichte mich am Samstag, dem 8. September, nachmittags – sauber auf einer neuen Schreibmaschine getippt; dieser merkwürdige Brief – er enthielt beruhigende Worte sowie eine Einladung – muß eine höchst wundersame Wendung in dem ganzen alptraumhaften Drama der einsamen Berge markiert haben. Wieder zitiere ich aus der Erinnerung – wobei ich aus bestimmten Gründen versuchen werde, den charakteristischen Stil, in dem er abgefaßt war, möglichst getreu wiederzugeben. Er war in Bellows Falls abgestempelt, und die Unterschrift war wie der ganze Brief mit der Maschine geschrieben, was bei Anfängern auf der Schreibmaschine häufig vorkommt. Der Text war jedoch für einen Neuling erstaunlich fehlerfrei; ich schloß daraus, daß Akeley schon irgendwann einmal eine Schreibmaschine benutzt hatte – vielleicht auf dem College. Es ist nur recht und billig, wenn ich gestehe, daß der Brief mich erleichterte, doch in meine Erleichterung mischte sich ein vages Gefühl der Beunruhigung. Wenn Akeley inmitten des Terrors bei Verstand gewesen war, war er es dann jetzt, da er von ihm erlöst war, auch noch? Und die angeblichen »verbesserten Beziehungen« – worin bestanden sie? Der ganze Brief ließ eine so diametrale Umkehrung von Akeleys bisheriger Haltung erkennen! Aber hier nun der Text, gewissenhaft aus der Erinnerung wiedergegeben, eine Gedächtnisleistung, auf die ich ein wenig stolz bin.

Townshend, Vermont
Donnerstag, 6. Sept. 1928

Mein lieber Mr. Wilmarth,

es ist mir ein großes Vergnügen, Sie im Hinblick auf all die törichten Dinge, die ich Ihnen geschrieben habe, beruhigen zu können. Ich sage »töricht«, möchte aber damit mehr meine furchtsame Einstellung als meine Beschreibung bestimmter Phänomene kennzeichnen. Diese Phänomene sind nur allzu wirklich und bedeutend; mein Fehler ist es gewesen, eine anormale Haltung ihnen gegenüber einzunehmen.

Ich glaube, ich habe erwähnt, daß meine sonderbaren Besucher angefangen hatten, mit mir Verbindung aufzunehmen, und mit mir zu sprechen versuchten. Letzte Nacht nun fand ein solches Gespräch wirklich statt. Auf bestimmte Zeichen hin ließ ich einen Boten derer, die draußen waren, ins Haus – einen Menschen wie Sie und ich, beeile ich mich zu versichern. Er erzählte mir vieles, was weder Sie noch ich auch nur in Ansätzen vermutet hätten, und bewies mir klipp und klar, wie völlig falsch wir die Absichten der Außerirdischen, die sie mit ihrem Stützpunkt auf diesem Planeten verfolgen, beurteilt und ausgelegt haben.

Es scheint, daß die üblen Schauermärchen darüber, was sie den Menschen angeboten haben und welches ihre Wünsche im Zusammenhang mit der Erde sind, ausschließlich das Ergebnis eines auf Unwissen beruhenden Mißverstehens allegorischer Sprache sind – einer Sprache zwar, die von kulturellen Erscheinungen und von Denkgewohnheiten geformt ist, welche sich grundlegend von allem unterscheiden, wovon wir uns träumen lassen. Meine eigenen Schlußfolgerungen, das gebe ich offen zu, lagen genauso weit daneben, wie die Mutmaßungen irgendwelcher analphabetischer Bauern oder wilder Indianer. Was ich für unheimlich, böse und abscheulich gehalten hatte, ist in Wirklichkeit ehrfurchteinflößend, erleuchtend und sogar glorreich; meine frühere Einstellung war nichts weiter als eine Erscheinungsform der tiefverwurzelten Neigung des Menschen, etwas *völlig Andersartiges* zu fürchten und davor zurückzuschrecken.

Jetzt tut es mir leid, diese fremden und unbegreiflichen Wesen im Verlauf unserer nächtlichen Geplänkel verletzt zu haben. Hätte ich mich nur dazu bereitgefunden, zunächst einmal ruhig und vernünftig mit ihnen zu reden! Aber sie tragen mir nichts nach, denn ihre Regungen sind ganz anders geartet als die unsrigen. Es war ihr Pech, daß sie in Vermont einige äußerst minderwertige Subjekte als menschliche Verbindungsleute hatten – den verstorbenen Walter Brown zum Beispiel. Er nahm mich sehr gegen sie ein. Tatsächlich haben sie nie wissentlich Menschen verletzt, aber sie wurden oft grausam von unseren Artgenossen gequält und bespitzelt. Es gibt einen ganzen Geheimkult böser Menschen (ein Mann von Ihrer mythischen Bildung wird mich verstehen, wenn ich sie mit Hastur und dem Gelben Zeichen in Verbindung bringe), der es sich zur Aufgabe gemacht hat, sie im Auftrag monströser Mächte aus anderen Dimensionen aufzuspüren und zu bekämpfen. Nur gegen diese Angreifer – und nicht gegen die Menschheit allgemein – wenden sich die drastischen Abwehrmaßnahmen der Außerirdischen. Ich habe übrigens erfahren, daß viele unserer Briefe nicht von den Außerirdischen, sondern von den Abgesandten dieses bösartigen Kultes entwendet wurden. Alles, was die Außerirdischen sich von den Menschen wünschen, sind Frieden, Sicherheit vor Belästigungen und wachsende intellektuelle Beziehungen. Dies letztere ist jetzt absolut notwendig, da unsere Erfindungen und Vorrichtungen unser Wissen und unsere Bewegungsfreiheit erweitern und es für die Außerirdischen immer schwieriger machen, ihre notwendigen Außenposten auf diesem Planeten *unbemerkt* zu halten. Die fremden Wesen haben den Wunsch, die Menschheit genauer kennenzulernen, und möchten, daß einige unserer führenden Philosophen und Wissenschaftler mehr über sie erfahren. Mit einem solchen Wissensaustausch werden alle Risiken verschwinden, und ein zufriedenstellender *modus vivendi* wird erreicht werden.

Der bloße Gedanke an irgendeinen Versuch, die Menschheit zu *versklaven* oder zu *erniedrigen,* ist lächerlich.

Um einen Anfang mit diesen verbesserten Beziehungen zu machen, haben die Außerirdischen naturgemäß mich – der ich bereits so viel von ihnen weiß – als ihren führenden Vertreter auf der Erde ausgewählt. Vieles habe ich letzte Nacht erfahren – höchst erstaunliche und enthüllende Tatsachen –, und man wird mir in der nächsten Zeit noch mehr mitteilen, sowohl mündlich als auch schriftlich. Man wird zunächst noch nicht von mir verlangen, eine Reise *nach draußen* zu machen, obwohl ich es mir wahrscheinlich später einmal *wünschen* werde – ich würde dabei besondere Mittel anwenden und alles überschreiten, was wir als den Bereich menschlicher Erfahrung anzusehen gewöhnt sind. Mein Haus wird nicht mehr belagert werden. Alles ist wieder normal, und die Hunde werden nichts mehr zu tun bekommen. Anstelle von Furcht und Schrecken ist mir ein Überfluß an Wissen und intellektuellem Abenteuer zuteil geworden, wie er wenigen anderen Menschen je beschert wurde.

Die äußeren Wesen sind vielleicht die wunderbarsten organischen Gebilde in oder jenseits allen Raums und aller Zeit – Angehörige einer kosmosweiten Rasse, von der alle anderen Lebensformen bloß degenerierte Varianten sind. Sie sind eher Pflanzen als Tiere, wenn diese Begriffe auf die Art Stoff angewandt werden können, aus der sie bestehen, und haben einen annähernd schwammartigen Aufbau; allerdings unterscheidet sie eine chlorophyllartige Substanz in ihrem Körper sowie ein höchst einmaliges Nahrungssystem grundlegend von den normalen Kormophyten. Tatsächlich ist diese Gattung aus einem Stoff zusammengesetzt, der in unserem Teil des Weltraums völlig unbekannt ist – die Elektronen haben eine völlig andere Vibrationsrate. Dies ist der Grund, weshalb diese Wesen nicht mit den *normalen* Photofilmen und -platten unserer Welt photographiert werden können, wenn auch unsere Augen sie sehen können. Mit dem nötigen Wissen ausgestattet, könnte jedoch jeder gute Chemiker eine photographische Emulsion herstellen, auf der man ihr Abbild festhalten könnte.

Diese Gattung ist einzigartig in ihrer Fähigkeit, den hitze- und luftleeren interstellaren Raum in voller Körperlichkeit zu durchqueren, allerdings können einige ihrer Varianten dies nur mit einem mechanischen Hilfsmittel oder nach absonderlichen chirurgischen Verpflanzungen bewerkstelligen. Nur einige wenige Arten haben die ätherbeständigen Schwingen, die für die Vermonter Variante typisch sind. Diejenigen, die bestimmte einsame Gipfel der Alten Welt bewohnen, sind auf anderem Wege dorthin gebracht worden. Ihre äußerliche Ähnlichkeit mit tierischem Leben und mit der Art von Struktur, die wir als stofflich ansehen, ist eher ein Ergebnis einer parallelen Entwicklung als einer engen Verwandtschaft. Ihre Gehirnkapazität übertrifft die aller noch existierenden Lebewesen, obwohl die geflügelten Arten unseres Berglandes keinesfalls die am höchsten entwickelten sind. Telepathie ist ihr normales Verständigungsmittel, obgleich sie verkümmerte Sprechorgane haben, die nach einer einfachen Operation (die Chirurgie, in der sie es zu wahrer Meisterschaft gebracht haben, ist bei ihnen eine alltägliche Angelegenheit) in der Lage sind, die Sprache solcher Organismen, die sich noch der Sprache bedienen, grob nachzuahmen.

Ihr wichtigster Aufenthaltsort ist *zur Zeit* ein noch unentdeckter und fast lichtloser Planet am äußersten Rand unseres Sonnensystems – jenseits von Neptun und neunmal so weit entfernt wie die Sonne. Es ist, wie wir schon vermutet hatten, jener Himmelskörper, der in gewissen uralten Geheimschriften unter dem Namen »Yuggoth« erwähnt wird; und er wird bald der Schauplatz einer seltsamen Konzentration von Geisteskräften auf unseren Planeten sein, die dazu dienen soll, geistige Beziehungen zu erleichtern. Es würde mich nicht überraschen, wenn die Astronomen diese Denkströme so deutlich spüren würden, daß sie Yuggoth entdeckten, sobald die Außerirdischen dies wünschen. Aber Yuggoth ist natürlich nur das Sprungbrett. Die Mehrzahl dieser Wesen bewohnt seltsam beschaffene Abgründe, die völlig außerhalb der kühnsten menschlichen Vorstellungen liegen. Das Raum-Zeit-System, das wir als Totalität aller kosmischen Existenz begreifen, ist nur ein Atom in der wirklichen Unendlichkeit, wie sie ihnen bekannt ist. *Und soviel von dieser Unendlichkeit, wie ein menschliches Gehirn nur aufnehmen kann, soll mir schließlich offenbart werden, und das ist seit Anbeginn der Menschheit nicht mehr als fünfzig Menschen widerfahren.*

Sie werden das zunächst vielleicht Raserei nennen, Wilmarth, aber mit der Zeit werden Sie die gigantische Gelegenheit zu würdigen wissen, die sich mir ohne mein Zutun eröffnet hat. Ich möchte, daß Sie einen möglichst großen Anteil daran haben, und zu diesem

Zweck muß ich Ihnen tausend Dinge sagen, die man nicht dem Papier anvertrauen kann. In der Vergangenheit habe ich Sie davor gewarnt, mich zu besuchen. Jetzt, da alle Gefahr vorüber ist, ist es mir ein Vergnügen, diese Warnung zu widerrufen und Sie einzuladen.

Können Sie nicht eine Reise hier herauf machen, bevor Ihr Semester beginnt? Ich würde mich sehr freuen, wenn Sie es ermöglichen könnten. Bringen Sie die Phonographen-Aufnahme und all meine Briefe als Unterlagen mit – wir werden sie brauchen, um die ganze furchtbare Geschichte Stück für Stück zusammenzusetzen. Auch die Kodak-Bilder könnten sie mitbringen, denn ich habe offenbar die Negative und meine eigenen Abzüge in der Aufregung der letzten Tage verlegt. Aber welch eine Fülle von Tatsachen habe ich all diesem unsicheren, vorläufigen Material hinzuzufügen – *und welch wunderbare Vorrichtung besitze ich, um diese neuen Angaben zu ergänzen!*

Zögern Sie nicht – ich werde nicht mehr bespitzelt, und Sie werden nichts Unnatürliches oder Verwirrendes vorfinden. Kommen Sie einfach her, ich werde Sie mit dem Wagen am Bahnhof in Brattleboro abholen – bereiten Sie sich darauf vor, so lange zu bleiben, wie Sie können, und erwarten Sie manch einen Abend mit Gesprächen über Dinge, die alles menschliche Vorstellungsvermögen übersteigen. Sagen Sie niemandem etwas davon – denn diese Sache ist nichts für die breite Öffentlichkeit.

Die Zugverbindungen nach Brattleboro sind nicht schlecht – Sie können sich in Boston einen Fahrplan beschaffen. Nehmen Sie den B. & M. nach Greenfield, und steigen Sie dann für das letzte, kurze Stück um. Ich würde vorschlagen, Sie nehmen den bequemen Eilzug, der um 4 Uhr 10 nachmittags in Boston abfährt. Er kommt in Greenfield um 7 Uhr 35 an, und um 9 Uhr 19 fährt dort ein Zug ab, der um 10 Uhr 01 in Brattleboro ist. Das gilt für Werktage. Lassen Sie mich wissen, an welchem Tag Sie kommen, und mein Wagen wird am Bahnhof sein.

Entschuldigen Sie, daß ich diesen Brief mit Maschine schreibe, aber meine Handschrift ist in letzter Zeit etwas zittrig geworden, wie Sie sicher bemerkt haben, und mir ist nicht danach zumute, längere Sachen mit der Hand zu schreiben. Ich habe mir diese neue Corona gestern in Brattleboro gekauft – sie scheint ausgezeichnet zu funktionieren.

In der Erwartung Ihrer Nachricht, und der Hoffnung, Sie bald

hier begrüßen zu können, mit der Phonographen-Aufnahme und
allen meinen Briefen – und den Kodak-Abzügen – bin ich

Ihr

Henry W. Akeley

Herrn Albert N. Wilmarth, Esq.,
Miskatonic-Universität,
Arkham, Mass.

Die Vielfalt meiner Gefühle, nachdem ich diesen Brief gelesen
hatte und als ich ihn wieder las und über ihn nachdachte, läßt sich
kaum beschreiben. Ich habe gesagt, ich sei gleichzeitig erleichtert
und beunruhigt gewesen, aber darin kommt nur unzulänglich der
Beiklang zwiespältiger und großenteils unbewußter Gefühle zum
Ausdruck, der sowohl in meiner Erleichterung als auch in meinem
Unbehagen mitschwang. Zunächst stand die Sache so eindeutig im
Widerspruch zu der ganzen Kette schrecklicher Ereignisse, die ihr
vorausgegangen war. Der Stimmungswechsel von nacktem Entsetzen zu kühler Selbstgefälligkeit, ja sogar überschäumender Freude,
kam so unverhofft, fast wie ein Blitz aus heiterem Himmel, und
schien so endgültig. Ich konnte es kaum fassen, daß ein einziger
Tag die seelische Verfassung des Mannes so einschneidend verändert haben sollte, der diese letzte, vom Entsetzen gekennzeichnete
Nachricht vom Mittwoch abgeschickt hatte, ganz gleich, welche
beschwichtigenden Offenbarungen dieser Tag gebracht haben
mochte. Mehrmals überkam mich ein Gefühl für das Unwirkliche
dieser Situation, und dann fragte ich mich, ob nicht dieses erregende, aus der Ferne miterlebte Spiel phantastischer Mächte ein
trügerischer Traum war, der zum größten Teil meiner eigenen Einbildung entstammte. Aber dann dachte ich an die Phonographen-
Aufnahme und überließ mich noch tieferer Verwirrung.

Der Brief war so völlig anders als alles, was man hätte erwarten
können. Als ich den Eindruck, den er in mir hinterlassen hatte, näher untersuchte, fand ich, daß er zwei getrennte Aspekte enthielt.
Einmal war da die Tatsache, daß die Wandlung viel zu plötzlich
und unerklärlich war, wollte man Akeley zugestehen, daß er vorher wie nachher bei vollem Verstand war. Zweitens war die Veränderung in Akeleys Ausdruck, seiner Haltung und seiner Sprache
so jenseits alles Normalen und Vorhersehbaren. Seine ganze Persönlichkeit hatte anscheinend eine unerklärliche Mutation durch-

gemacht – eine so tiefgreifende Mutation, daß man kaum glauben konnte, daß seine beiden Gesichter ein gleiches Maß an Verstandesklarheit ausdrückten. Wortwahl, Rechtschreibung – alles war fast unmerklich verändert. Mit meinem an der Universität erworbenen Gefühl für stilistische Feinheiten konnte ich deutliche Abweichungen zu seinem bisherigen Sprachrhythmus feststellen. Es lag auf der Hand, daß eine emotionale Umwälzung der Offenbarung, die eine solche Veränderung herbeiführen konnte, wahrhaft tiefgreifend sein mußte! Doch in anderer Hinsicht schien der Brief wieder sehr charakteristisch für Akeley. Die gleiche alte Leidenschaft für die Unendlichkeit – die gleiche gelehrtenhafte Neugier. Keinen Augenblick lang – oder jedenfalls nicht länger als einen Augenblick – spielte ich mit dem Gedanken, der Brief könnte gefälscht oder mit böser Absicht untergeschoben sein. Bewies nicht die Einladung – also die Aufforderung, mich persönlich von der Wahrheit des Briefes zu überzeugen – seine Echtheit?

Ich begab mich in dieser Nacht nicht zur Ruhe, sondern saß wach und sann über die dunklen Rätsel nach, die dieser Brief mir aufgab. Mein Kopf schmerzte von den ungeheuerlichen Eindrücken, denen er während der letzten vier Monate in schnellem Wechsel ausgesetzt gewesen war, und meine Gedanken kreisten ständig um diese bestürzenden neuen Nachrichten, wobei ich, zwischen Zweifel und Überzeugung schwankend, fast alle Stationen wieder durchlief, die meine wechselnde Einstellung zu den früheren Wunderdingen markiert hatten; bis schließlich noch lange vor Tagesanbruch der Sturm verwirrender und beunruhigender Gefühle einer brennenden Neugier gewichen war. Mochte er verrückt oder bei Sinnen, verwandelt oder bloß erleichtert sein, alles deutete darauf hin, daß Akeley bei seinen gewagten Nachforschungen tatsächlich auf höchst erstaunliche neue Perspektiven gestoßen war und daß diese Entdeckung ihn schlagartig aus seiner bedrohlichen Lage – mochte sie nun real oder nur eingebildet sein – befreit und ihm schwindelerregende neue Ausblicke auf kosmisches, übermenschliches Wissen eröffnet hatte. Mein eigenes brennendes Interesse für das Unbekannte flammte auf, um sich mit dem seinen zu verbinden, und seine krankhafte Neigung zur Überschreitung aller Grenzen steckte mich an. All diese ärgerlichen und ermüdenden Beschränkungen von Raum, Zeit und Naturgesetz abschütteln zu können – mit der unendlichen *Außenwelt* verbunden zu sein – den dunklen, unergründlichen Geheimnissen des Unendli-

chen und Endgültigen nahezukommen – wahrhaftig, das war eine
Aussicht, für die man sein Leben, seinen Verstand und seine Seele
aufs Spiel setzen konnte! Und Akeley hatte gesagt, es bestünde
keine Gefahr mehr – er hatte mich eingeladen, anstatt mich wie
früher von einem Besuch abzuhalten. Ich bebte bei dem Gedanken
an das, was er mir jetzt wohl zu erzählen hatte – und war fast bis
zur Ohnmacht fasziniert von der Vorstellung, in diesem einsamen
und noch bis vor kurzem belagerten Haus zu sitzen, neben einem
Mann, der mit wirklichen Sendboten des äußeren Weltraums gesprochen hatte; dort zu sitzen mit der fürchterlichen Aufnahme
und dem Stapel von Briefen, in denen Akeley seine früheren Beobachtungen und Erkenntnisse zusammengefaßt hatte.

Am späten Sonntagvormittag telegraphierte ich also Akeley, daß
ich mich mit ihm am nächsten Mittwoch – dem 12. September –
treffen wollte, falls dieser Termin ihm paßte. Nur in einem Punkt
hielt ich mich nicht an seinen Vorschlag, und der betraf die Wahl
des Zuges. Offen gestanden war ich nicht davon begeistert, in dieser gespenstischen Gegend Vermonts zu so später Abendstunde
einzutreffen; anstatt seinem Vorschlag zu folgen, rief ich deshalb
den Bahnhof an und ließ mir eine andere Verbindung geben. Wenn
ich zeitig aufstand und den Eilzug um 8 Uhr 07 nach Boston nahm,
würde ich den Anschluß um 9 Uhr 25 nach Greenfield erreichen
und dort um 12 Uhr 22 ankommen. Dort konnte ich ohne Aufenthalt in einen Zug umsteigen, der um 1 Uhr 08 in Brattleboro eintraf – eine sehr viel angenehmere Zeit, um mich mit Akeley zu
treffen und mit ihm in die geheimnisträchtigen, beengenden Berge
zu fahren.

Ich erwähnte diesen Entschluß in meinem Telegramm, und war
erfreut, aus der gegen Abend eintreffenden Antwort zu entnehmen, daß mein zukünftiger Gastgeber damit einverstanden war.
Sein Telegramm lautete wie folgt:

*Bin einverstanden. Werde zum Einuhracht-Zug Mittwoch kom-
men. Vergessen Sie nicht Aufnahme und Briefe und Bilder. Halten
Sie Reiseziel geheim. Erwarten Sie große Enthüllungen.*

Akeley

Der Eingang dieser Nachricht als Antwort auf die kurz zuvor an
Akeley abgeschickte Mitteilung – die ihm mit Sicherheit vom Postamt Townshend ins Haus zugestellt worden war, entweder vom

Telegrammboten oder über das reparierte Telefon – beseitigte die letzten Zweifel, die ich noch im Zusammenhang mit dem Verfasser des verwirrenden Briefes gehegt haben mochte. Ich war sehr erleichtert – vielleicht war diese Erleichterung größer, als ich mir damals klarmachte, denn all diese Zweifel waren ziemlich tief verborgen gewesen. Aber ich schlief fest und lange in dieser Nacht und bereitete mich während der nächsten zwei Tage ungeduldig auf die Reise vor.

VI

Am Mittwoch fuhr ich wie vereinbart los, mit einem Koffer, der vollgepackt war mit dem notwendigen Alltagskram sowie mit wissenschaftlichen Unterlagen, darunter auch die fürchterliche Aufnahme, die Kodak-Bilder und ein ganzer Ordner mit Akeleys Briefen. Wie gewünscht, hatte ich niemandem gesagt, wohin ich fuhr; denn ich sah ein, daß die Sache äußerste Verschwiegenheit erforderte, mochte sie auch eine noch so günstige Wendung genommen haben. Der Gedanke an einen wirklichen geistigen Kontakt mit fremden, außerirdischen Wesen war schon für meinen geübten und schon ein bißchen vorbereiteten Geist erregend genug; wie sollte man sich dann erst seine Auswirkungen auf die große Masse der unwissenden Laien vorstellen? Ich weiß nicht, ob Furcht oder hochgespannte Erwartung in mir die Oberhand hatte, als ich in Boston umstieg und die lange Fahrt nach Westen antrat, aus den vertrauten Gegenden in solche, die ich weniger gut kannte. Waltham – Concord – Ayer – Fitchburg – Gardner – Athol.

Mein Zug kam in Greenfield mit sieben Minuten Verspätung an, aber der Anschlußexpreß nach Norden hatte warten müssen. Nachdem ich eilig umgestiegen war, fühlte ich eine seltsame Beklemmung, als die Wagen durch das frühe Nachmittagslicht dahinratterten, in Gebiete, von denen ich viel gelesen, die ich aber nie zuvor gesehen hatte. Ich wußte, daß ich in ein altmodischeres und primitiveres Neu-England fuhr als es die technisierten, verstädterten Gegenden an der Küste und im Süden waren, in denen ich mein ganzes Leben verbracht hatte; ein unverdorbenes, altväterliches Neu-England, ohne die Ausländer und den Qualm aus Fabrikschornsteinen, ohne die Anschlagtafeln und Betonstraßen der von der Modernisierung erreichten Gebiete. Ich würde hier seltsame Überreste jenes stetigen, bodenständigen Lebens finden, dessen tiefe Wurzeln es zu einem echten, natürlichen Gewächs der Landschaft werden lassen – das stetige, bodenständige Leben, das merkwürdige, alte Erinnerungen wachhält und den Boden befruchtet, so daß der Glaube an schattenhafte, wunderbare und selten erwähnte Dinge darauf wachsen kann.

Ab und zu sah ich den blauen Connecticut-River in der Sonne glänzen, und nachdem wir durch Northfield gekommen waren, überquerten wir ihn. Vor uns erhoben sich geheimnisvolle grüne Berge, und als der Schaffner kam, erfuhr ich, daß ich endlich in Vermont war. Er sagte mir, ich solle meine Uhr eine Stunde zurückstellen, weil das nördliche Bergland sich nicht auf diese neumodischen Experimente mit der Sommerzeit einlassen würde. Als ich es tat, war mir, als drehte ich auch den Kalender um ein Jahrhundert zurück.

Der Zug fuhr an dem Fluß entlang, und drüben in New Hampshire konnte ich die Umrisse des steilen Wantastiquet näherkommen sehen, um den sich einzigartige alte Legenden ranken. Dann tauchten zur Linken Straßen auf, und auf der rechten Seite sah man eine grüne Insel im Fluß. Die Leute standen auf und drängten zum Ausgang, und ich schloß mich ihnen an. Der Zug hielt, und ich stieg unter dem langen Bahnsteigdach des Bahnhofs Brattleboro aus.

Als ich die Reihe der wartenden Autos sah, blieb ich einen Moment stehen, um zu sehen, welcher sich als Akeleys Ford herausstellen würde, aber ich wurde erkannt, bevor ich die Initiative ergreifen konnte. Und doch war es eindeutig nicht Akeley selbst, der mit ausgestreckter Hand auf mich zukam und mich mit weicher Stimme fragte, ob ich Mr. Albert N. Wilmarth aus Arkham sei. Der Mann ähnelte in keiner Weise dem bärtigen, ergrauten Akeley, den ich von dem Schnappschuß her kannte; es war ein jüngerer, urbaner Mann, modisch gekleidet und nur mit einem kleinen, dunklen Schnurrbart. Seine kultivierte Stimme kam mir auf seltsame und beinahe verwirrende Art bekannt vor, obwohl ich sie nirgends unterbringen konnte.

Während ich ihn musterte, hörte ich ihn erklären, er sei ein Freund meines Gastgebers und an dessen Stelle von Townshend hergefahren. Akeley, so sagte er, habe einen plötzliche Asthma-Anfall bekommen und sich nicht in der Lage gefühlt, eine Fahrt an der frischen Luft zu machen. Es sei jedoch nichts Ernstes, und im Hinblick auf meinen Besuch würde sich nichts ändern. Ich konnte nicht erkennen, wieviel dieser Mr. Noyes – so hatte er sich vorgestellt – über Akeleys Forschungen und Entdeckungen wußte, obwohl seine lässige Haltung ihn eher zu einem Außenseiter zu stempeln schien. Ich dachte daran, was für ein Einsiedler Akeley gewesen war, und wunderte mich ein bißchen, daß er so schnell einen Freund zur Hand hatte; aber ich ließ mich durch meine Überraschung nicht davon abhalten, in den Wagen zu steigen, zu dem er mich geleitete. Es war nicht das kleine uralte Auto, das ich nach Akeleys Schilderungen erwartet hatte, sondern ein großes, makelloses Exemplar neuerer Bauart – anscheinend Noyes eigener Wagen, mit einem Nummernschild aus Massachusetts. Mein Begleiter, so schloß ich, mußte sich vorübergehend als Sommergast in der Gegend von Townshend aufhalten.

Noyes setzte sich neben mich in das Auto und fuhr sofort los. Ich war froh, daß er nicht gerade übermäßig gesprächig war, denn ich war merkwürdig gespannt und verspürte keine große Lust, mich zu unterhalten. Die Stadt sah in der Nachmittagssonne sehr hübsch aus, als wir eine Steigung hinaufbrausten und nach rechts in die Hauptstraße einbogen. Sie döste vor sich hin wie die älteren Städte Neu-Englands, an die man sich aus seiner Kindheit erinnert, und die Dächer und Türmchen und Schornsteine und Ziegelmauern ließen mit ihrer Anordnung und ihren Umrissen tiefe Saiten vorväterlicher Gefühle anklingen. Ich bemerkte, daß ich mich am Tor zu einer Gegend befand, die durch die Anhäufung ungebrochener Zeitläufe verzaubert worden war; in einer Gegend, in der seltsame alte Dinge hatten wachsen und fortleben können, weil sie nie aufgestört worden waren.

Als wir aus Brattleboro hinausfuhren, verstärkte sich mein Gefühl der Beklemmung und Vorahnung, denn der eigenartige Charakter dieser bergigen Gegend mit ihren aufragenden, bedrohlichen, bedrückenden grünen und granitenen Abhängen beschwor dunkle Geheimnisse und Überbleibsel aus unvordenklichen Zeiten, von denen man nicht wußte, ob sie der Menschheit feindselig gegenüberstanden oder nicht. Eine Weile folgte unsere Route einem breiten, seichten Fluß, der aus den unbekannten Bergen im Norden kam, und ich schauderte, als mein Begleiter mir sagte, dies sei der West River. Denn in diesem Fluß, das hatte ich mir aus den Zeitungsberichten gemerkt, war eines der grausigen, krabbenartigen Wesen geschwommen, die man nach der

Überschwemmung gesehen hatte.

Nach und nach wurde die uns umgebende Landschaft wilder und einsamer. Altertümliche, überdachte Brücken schauten unter überhängenden Felsen hervor wie aus einer düsteren Vergangenheit, und die halb stillgelegten Eisenbahngleise, die am Fluß entlangliefen, verbreiteten eine fast greifbare Atmosphäre der Trostlosigkeit. Wir fuhren durch ehrfurchterweckende, lebhaft grünende Täler, aus denen gewaltige Wände aufragten; grau und streng zeigte sich Neu-Englands jungfräulicher Granit zwischen der Vegetation, die sich bis zu den Gipfeln hinaufzog. Es gab Schluchten, in denen unbezähmte Wildbäche schäumten und mit ihren Wassern die ungeahnten Geheimnisse tausend unwegsamer Gipfel in den Fluß spülten. Hin und wieder zweigten schmale, halb verborgene Straßen ab, die sich ihren Weg durch dichte, üppige Wälder bahnten, unter deren Urweltbäumen sich wohl ganze Heere von Naturgeistern verbergen mochten. Als ich das sah, dachte ich daran, wie Akeley auf seinen Fahrten durch diese Gegend von unsichtbaren Mächten belästigt worden war, und wunderte mich nicht mehr, daß dies hatte geschehen können.

Das malerische, stattliche Dorf Newfane, das wir in knapp einer Stunde erreicht hatten, war unsere letzte Verbindung mit jener Welt, die der Mensch kraft Eroberung und vollständiger Besitzergreifung unwiderruflich sein eigen nennen darf. Danach brachen wir alle Brücken zu den unmittelbaren, greifbaren und zeitlichen Dingen ab und tauchten in eine phantastische Welt unwirklicher Ruhe ein, in der das schmale Band der Straße mit fast spürbar mutwilliger Launenhaftigkeit inmitten der unbewohnbaren grünen Gipfel und halbverlassenen Täler abwechselnd stieg und fiel. Abgesehen von dem Summen des Motors und den schwachen Geräuschen aus den wenigen einsamen Bauernhöfen, an denen wir in längeren Abständen vorbeikamen, war das einzige, was mein Ohr vernahm, das gurgelnde, geheimnisvolle Gluckern der Bäche, die aus unzähligen in den schattigen Wäldern verborgenen Quellen sprudelten.

Die unheimliche Nähe der jetzt niedriger erscheinenden Bergkuppen wurde wahrhaft atemberaubend. Sie waren steiler und zerklüfteter, als ich mir nach den Erzählungen vorgestellt hatte, und hatten nichts mit der nüchternen, sachlichen Welt, die uns vertraut ist, gemeinsam. Die dichten, undurchdringlichen Wälder auf diesen unzugänglichen Abhängen schienen fremdartige, nie geahnte Dinge zu bergen, und ich spürte, daß schon die bloßen Umrisse dieser Berge eine seltsame, längst vergessene Bedeutung hatten, so als wären sie riesige Hieroglyphen, zurückgelassen von einer sagenhaften Titanenrasse, die nur noch in seltenen, tiefen Träumen weiterlebte. Alle Sagen der Vergangenheit, und all die bestürzenden Andeutungen in Henry Akeleys Briefen und Beweisstücken, stiegen aus meinem Gedächtnis auf und verstärkten noch das Gefühl wachsender Spannung und Bedrohung. Der Zweck meines Besuches, und all die fürchterlichen Abnormitäten, die er forderte, kamen mir plötzlich mit einer Eiseskälte zum Bewußtsein, die meine Begeisterung für das Herumstöbern in geheimnisvollen Dingen fast erstarren ließ.

Mein Begleiter mußte gespürt haben, wie verwirrt ich war; denn als die Straße wilder und unregelmäßiger und unsere Fahrt langsamer und holpriger wurde, entwickelte sich aus seinen gelegentlichen freundlichen Bemerkungen ein zusammenhängender Vortrag. Er sprach von der unheimlichen Schönheit dieses Landes und ließ eine gewisse Vertrautheit mit den Volkskunde-Studien meines Gastgebers erkennen. Seinen höflichen Fragen konnte ich entnehmen, daß er den wissenschaftlichen Zweck meines Besuches kannte und erfahren hatte, daß ich Unterlagen von einiger Bedeutung mitbrachte; aber er ließ in keiner Weise erkennen, daß ihm die Tiefe und Schrecklichkeit des Wissens bewußt war, zu dem Akeley schließlich gelangt war. Er gab sich so gutgelaunt, normal und weltmännisch, daß seine Ausführungen mich hätten beruhigen und ermutigen müssen; aber seltsamerweise wuchs mein Unbehagen nur noch mehr, während wir rumpelnd und in ständig wechselnden Richtungen weiter in die unerforschte Wildnis der Berge und Wälder hineinfuhren. Ab und zu hatte ich den Eindruck, daß er mich darüber aushorchen wollte, was ich von den monströsen Geheimnissen dieser Gegend wußte, und mit jeder seiner Äußerungen verstärkte sich diese undeutliche, irritierende Bekanntheit seiner Stimme. Es war keine normale, gesunde Vertrautheit, trotz des durchaus natürlichen und kultivierten Klanges seiner Stimme. Irgendwie brachte sich sie mit vergessenen Alpträumen in Verbindung, und ich fühlte, daß ich meinen Verstand verlieren könnte, sobald ich sie wiedererkannte. Hätte ich irgendeine plausible Erklärung gefunden, ich glaube, ich hätte auf meinen Besuch verzichtet. Aber wie die Dinge lagen, konnte ich das kaum tun – und ich tröstete mich damit, daß eine sachliche, wissenschaftliche Unterhaltung mit Akeley selbst mir nach meiner Auskunft sehr helfen würde, meine Selbstsicherheit wiederzugewinnen.

Überdies war ein seltsam beruhigendes Element kosmischer Schönheit in der hypnotischen Landschaft, durch die wir uns in phantastischem Auf und Ab bewegten. Die Zeit war in den Labyrinthen, die hinter uns lagen, verlorengegangen, und rings um uns breiteten sich nur die blühenden Wellen wunderbaren Feenzaubers und die wiedergewonnene Lieblichkeit entschwundener Jahrhunderte aus. Die ehrwürdigen Haine, die makellosen Weiden, eingefaßt von leuchtenden Herbstblüten, und in weiten Abständen die kleinen braunen Gehöfte, die sich inmitten riesiger Bäume an den Boden schmiegten, unter steilen Abhängen voll duftenden Dornbüschen und saftigem Wiesengras. Sogar das Sonnenlicht nahm einen überirdischen Glanz an, als ob eine besondere Atmosphäre oder Strahlung die ganze Gegend einhüllte. Ich hatte dergleichen nie zuvor gesehen, außer in den magischen Veduten, die manchmal bei frühen italienischen Meistern im Bildhintergrund zu sehen sind. Sodoma und Leonardo erdachten solche weiträumigen Landschaften, die man jedoch nur in der Ferne und durch geschwungene Renaissance-Arkaden sieht. Wir dagegen bahnten uns jetzt leibhaftig unseren Weg mitten durch das Bild, und ich glaubte, in seinem beschwörenden Zauber etwas zu entdecken, daß ich von Geburt an gekannt oder ererbt und wonach ich immer vergeblich gesucht hatte.

Unvermittelt, nachdem wir am Ende eines steilen Abstiegs eine leichte Biegung durchfahren hatten, kam der Wagen zum Stillstand. Zu meiner Linken erhob sich hinter einem gepflegten Rasen, der sich bis an die Straße erstreckte und mit einer weißgetünchten Mauer prunkte, ein zweieinhalbstöckiges Haus von für diese Gegend ungewöhnlicher Größe und Eleganz. Nach hinten und rechts schloß sich eine Reihe von angebauten oder durch Bogengänge verbundenen Scheunen und Schuppen sowie eine Windmühle an. Ich erkannte das Haus sofort nach dem Schnappschuß, den ich bekommen hatte, und war nicht überrascht, den Namen Henry Akeley auf dem Briefkasten aus galvanisiertem Eisen vorne an der Straße zu lesen. Hinter dem Haus erstreckte sich ein ziemlich großes, sumpfiges und kaum bewaldetes Grundstück, an dessen jenseitigem Rand ein steiler, dichtbewaldeter Abhang aufstieg, der in einem zerklüfteten Kamm endete. Das, so wußte ich, war der Gipfel des Dunklen Berges, und wir mußten die Hälfte des Weges dorthin schon überwunden haben. Noyes stieg aus, nahm meinen Koffer und bat mich zu warten, während er hineingehen und Akeley von meiner Ankunft unterrichten würde. Er selbst, so fügte er hinzu, müsse dringend geschäftlich fort und könne sich nur einen Moment lang aufhalten. Während er rasch auf das Haus zuging, stieg ich auch aus, um mir ein wenig die Beine zu vertreten, bevor ich mich zu einer längeren Unterhaltung wieder hinsetzen würde. Das Gefühl der Nervosität und der Spannung hatte wieder einen Höhepunkt erreicht, jetzt da ich auf dem tatsächlichen Schauplatz der fürchterlichen Belagerung war, die Akeley in seinen Briefen so eindringlich beschrieben hatte, und ich fürchtete mich regelrecht vor den bevorstehenden Gesprächen, die mich mit so fremdartigen und verbotenen Welten bekanntmachen sollten. Enge Berührung mit dem absolut Phantastischen ist oft eher furchterregend als begeisternd, und es heiterte mich nicht auf, wenn ich daran dachte, daß genau dieses Stück staubiger Straße die Stelle war, wo diese unheimlichen Spuren und dieser stinkende grüne Saft nach mondlosen Nächten der Angst und des Todes gefunden worden waren. Nebenbei fiel mir auf, daß offenbar keiner von Akeleys Hunden in der Nähe war. Hatte er sie gleich alle verkauft, als die Außerirdischen mit ihm Frieden geschlossen hatten? Sosehr ich mich auch bemühte, ich konnte nicht dasselbe Vertrauen in die Echtheit und Aufrichtigkeit dieses Friedens setzen, das aus Akeleys letztem, so seltsam andersartigen Brief gesprochen hatte. Letzten Endes war er ein recht einfacher und wenig welterfahrener Mann. Gab es vielleicht irgendeine tiefe, unheilvolle Unterströmung unter der Oberfläche dieses neuen Paktes?

Meinen Gedanken folgend, senkte sich mein Blick zu der staubigen Straßenoberfläche hinab, auf der Akeley so schreckliche Zeichen entdeckt hatte. Die letzten Tage war trockenes Wetter gewesen, und alle Arten von Spuren durchzogen die ausgefahrene, holprige Straße, die sich doch in einer so abgelegenen Gegend befand. Mit leichter Neugier begann ich die Umrisse einiger der verschiedenartigen Abdrücke zu studieren, während ich versuchte, die verschwommen gruseligen Vorstellungen zu unterdrücken, die dieser Ort und alles, was ich von ihm wußte, in mir weckten. Es war etwas Bedrohendes und Beunruhigendes in dieser Grabesstille, in dem gedämpften, fast unhörbaren Murmeln ferner Bäche und den dichten grünen Gipfeln und dunkel bewaldeten Abstürzen, die den Horizont einengten. Und dann kam mir schlagartig die Erinnerung an ein Bild, die diese verschwommenen Vorstellungen tatsächlich harmlos und unbedeutend erscheinen ließ. Ich sagte, ich hätte mir die unterschiedlichen Abdrücke auf der Straße mit beiläufiger Neugier angesehen – aber mit einem Schlag wurde diese Neugier in einem plötzlichen, lähmenden Ansturm tiefsten Entsetzens erstickt. Denn obgleich die Spuren im Staub undeutlich waren und sich überschnitten, so daß sie kaum die Aufmerksamkeit eines uninteressierten Betrachters auf sich gezogen hätten, hatte mein rastloser Blick bestimmte Einzelheiten an der Stelle entdeckt, wo der Weg, der zum Haus führte, von der Straße abzweigte; und ich hatte jenseits aller Zweifel und Hoffnungen die fürchterliche Bedeutung dieser Einzelheiten erkannt. So war es leider nicht vergeblich gewesen, daß ich mich stundenlang in die Betrachtung der Kodak-Bilder von den Klauenabdrücken der Außerirdischen vertieft hatte, die Akeley mir geschickt hatte. Allzu gut kannte ich die Spuren dieser widerwärtigen Scheren und die unbestimmbare Richtung dieser Abdrücke, die jene Schreckgestalten als Kreaturen kennzeichneten, die nicht auf diesem Planeten zu Hause sind. Es gab keine Hoffnung, daß das Ganze sich erlösend als ein Irrtum herausstellen würde. Hier vor meinen Augen, unbezweifelbar wirklich und höchstens ein paar Stunden alt, waren mindestens drei Abdrücke, die sich auf gräßliche Art von der überraschenden Fülle anderer Fußspuren abhoben, die zu Akeleys Bauernhaus und von ihm weg führten. *Es waren die teuflischen Spuren der lebenden Schwämme vom Planeten Yuggoth.*

Es gelang mir gerade noch rechtzeitig, einen Schrei zu unterdrükken. Was konnte ich schließlich anderes erwarten, wenn ich Akeleys Briefen wirklich Glauben geschenkt hatte? Er hatte davon gesprochen, mit diesem Wesen Frieden schließen zu wollen. Warum war es dann seltsam, daß einige von ihnen in seinem Haus gewesen waren? Aber der Schreck war stärker als diese Versuche, mich selbst zu beruhigen. Kann man von irgendeinem Menschen erwarten, daß er ungerührt bleibt, wenn er zum ersten Mal die Klauenspuren lebendiger Wesen aus fernen Tiefen des Alls zu Gesicht bekommt? In diesem Augenblick sah ich Noyes in der Tür auftauchen und rasch auf mich zukommen. Ich mußte, so überlegte ich, mich wieder in die Gewalt bekommen, denn wahrscheinlich wußte dieser liebenswürdige Freund nichts von Akeleys tiefsten und erstaunlichsten Vorstößen in verbotene Gebiete.

Akeley, so beeilte sich Noyes mir mitzuteilen, sei sehr erfreut und bereit, mich zu empfangen; allerdings würde sein plötzlicher Asthma-Anfall ihn für ein oder zwei Tage daran hindern, ein vorbildlicher Gastgeber zu sein. Diese Anfälle machten ihm sehr zu schaffen, sooft er sie bekäme, und seien stets von auszehrendem Fieber und allgemeiner Schwäche begleitet. Es sei nicht viel mit ihm anzufangen, solange sie anhielten – er könne nur flüsternd sprechen und sich nur unbeholfen und zittrig bewegen. Auch schwöllen seine Füße und seine Knöchel an, so daß er sie wie ein gichtkranker alter Palastwächter mit Bandagen umwickeln müsse. Heute gehe es ihm ziemlich schlecht, so daß ich mich weitgehend selbst zurechtfinden müsse; er lege aber trotzdem großen Wert darauf, sich mit mir zu unterhalten. Ich würde ihn im Arbeitszimmer von der Eingangsdiele aus links finden – in dem Zimmer, dessen Fensterläden geschlossen waren. Er müsse sich, wenn er krank sei, vor Sonnenlicht schützen, denn seine Augen seien sehr empfindlich. Als Noyes mir Lebewohl gesagt und mit seinem Wagen in nördlicher Richtung davongefahren war, ging ich langsam auf das Haus zu. Die Tür stand einladend offen; aber bevor ich hineinging, ließ ich meinen suchenden Blick über das ganze Anwesen gleiten und versuchte herauszubekommen, was mir an ihm als so ganz ungewöhnlich aufgefallen war. Die Scheunen und Schuppen sahen ordentlich und völlig normal aus, und ich bemerkte Akeleys klapprigen Ford in einem geräumigen, offenen Unterstand. Und dann fand ich des Rätsels Lösung. Es war die vollkommene Stille. Normalerweise bemerkt man auf jedem Bauernhof zumindest eine gedämpfte Geräuschkulisse aus den Stimmen der Tiere, die dort gehalten werden, aber hier fehlte jedes Lebenszeichen. Was war mit den Hühnern und den Schweinen? Die Kühe, deren Akeley, wie er mir geschrieben hatte, einige besaß, mochten auf der Weide sein, und die Hunde konnten verkauft worden sein; aber daß keinerlei Gegrunze oder Gegacker zu hören war, überraschte mich wirklich.

Ich blieb nicht lange auf dem Weg stehen, sondern ging entschlossen durch die offene Haustür und zog sie hinter mir zu. Es hatte mich eine ausgesprochene Willensanstrengung gekostet, das zu tun, und als ich jetzt drinnen stand, hatte ich einen Augenblick lang den Wunsch, Hals über Kopf den Rückzug anzutreten. Dabei sah der Raum, in dem ich mich befand, keineswegs unheimlich aus; im Gegenteil, ich fand die elegante, spätkoloniale Diele sehr einladend und geschmackvoll und bewunderte den Lebensstil des Mannes, der sie eingerichtet hatte. Was mich beinahe zur Flucht getrieben hätte, war ein schwaches, undefinierbares Gefühl. Vielleicht war es der seltsame Geruch, den ich wahrzunehmen meinte – obgleich ich genau wußte, wie häufig modrige Gerüche sogar in den besten alten Bauernhäusern anzutreffen sind.

VII

Ich ließ mich nicht von diesen undeutlichen Anwandlungen übermannen, sondern erinnerte mich an Noyes' Schilderung und öffnete die in sechs Felder eingeteilte, messingbeschlagene weiße Tür zu meiner Linken. Das Zimmer dahinter war verdunkelt, was ich ja schon vorher gewußt hatte; und als ich eintrat, fiel mir auf, daß der seltsame Geruch hier noch stärker war. Ebenso schien die Luft von schwachen, kaum wahrnehmbaren rhythmischen Schwingungen erfüllt. Einen Augenblick lang sah ich wegen der geschlossenen Fensterläden fast nichts, aber dann lenkte ein entschuldigendes Hüsteln oder Flüstern meine Aufmerksamkeit auf einen großen Sessel in der äußersten, dunkelsten Ecke des Zimmers. Inmitten der tiefen Schatten sah ich als helle Flecken Gesicht und Hände eines Mannes; und im nächsten Augenblick war ich hinübergegangen, um die Gestalt zu begrüßen, die zu sprechen versucht hatte. Obwohl das Licht sehr schwach war, erkannte ich, daß dies tatsächlich mein Gastgeber war. Ich hatte das Photo mehrmals genau betrachtet, und es konnte keinen Zweifel über dieses feste, vom Wetter gegerbte Gesicht mit dem gestutzten, ergrauten Bart geben.

Aber als ich genauer hinsah, mischten sich Trauer und Besorgnis in meine Freude; denn dieses Gesicht war zweifellos das eines kranken Mannes. Ich spürte, daß nicht nur der Asthma schuld sein konnte an diesem gequälten, starren, unbeweglichen Ausdruck und dem unverwandt glasigen Blick; und ich erkannte, wie verhängnisvoll der Druck seiner schrecklichen Erlebnisse sich auf ihn ausgewirkt haben mußte. War er nicht stark genug gewesen, um jeden Menschen zu brechen – sogar einen jüngeren als diesen unerschrockenen Erforscher des Geheimnisvollen? Die seltsame und plötzliche Erleichterung, so fürchtete ich, war zu spät gekommen, um ihn vor einem allgemeinen Zusammenbruch zu bewahren. Es war erbarmungswürdig anzusehen, wie schlaff und leblos seine

Hände in seinem Schoß ruhten. Er trug einen lockeren Morgenrock, und seinen Kopf und seinen Hals umhüllte kapuzenartig ein gelbes Halstuch. Und dann sah ich, daß er mit mir in jenem hüstelnden Flüstern zu sprechen versuchte, mit dem er mich begrüßt hatte. Dieses Flüstern war anfangs kaum zu verstehen, weil der graue Schnurrbart die Bewegungen der Lippen nicht erkennen ließ und irgend etwas an seinem Klang mich zutiefst verwirrte; aber indem ich meine ganze Aufmerksamkeit darauf konzentrierte, konnte ich es bald erstaunlich gut verstehen. Der Akzent war keineswegs ländlich, und die Sprache war sogar noch gepflegter, als ich nach den Briefen erwartet hatte.

»Mr. Wilmarth, nehme ich an? Sie müssen entschuldigen, daß ich nicht aufstehe. Ich bin ziemlich krank, wie Mr. Noyes Ihnen sicher schon gesagt hat; ich wollte aber trotzdem nicht darauf verzichten, Sie kommen zu lassen. Sie wissen, was ich in meinem Brief geschrieben habe – ich muß Ihnen soviel erzählen, morgen, wenn es mir wieder besser geht. Ich kann Ihnen nicht sagen, wie ich mich freue, Sie persönlich zu sehen, nach all unseren vielen Briefen. Sie haben den Ordner natürlich bei sich? Und die Kodak-Bilder und die Aufnahme? Noyes hat ihren Koffer in die Diele gestellt – ich nehme an, Sie haben es bemerkt. Es tut mir leid, aber heute Nacht werden Sie sich weitgehend alleine behelfen müssen. Ihr Zimmer ist oben – genau über diesem hier – und Sie werden die Badezimmertür am oberen Ende der Treppe offen finden. Im Speisezimmer ist eine Mahlzeit für Sie angerichtet, die Sie zu sich nehmen können, wann immer Sie Lust dazu verspüren. Morgen werde ich ein besserer Gastgeber sein – aber im Augenblick bin ich völlig hilflos vor Schwäche.

Fühlen Sie sich wie zu Hause – Sie könnten die Briefe, die Bilder und die Aufnahme herausholen und hier auf den Tisch legen, bevor Sie mit Ihrem Koffer hinaufgehen. Wir werden hier darüber sprechen – Sie sehen meinen Phonographen dort auf dem Ecktischchen.

Nein danke – Sie können nichts für mich tun. Ich habe diese Anfälle schon seit Jahren. Kommen Sie einfach zu einem kurzen, stillen Besuch wieder, bevor es Nacht wird, und gehen Sie dann zu Bett, sobald Sie möchten. Ich werde mich hier ausruhen – vielleicht auch die ganze Nacht hier schlafen, was ich oft tue. Am Morgen werde ich weitaus besser imstande sein, mich den Dingen zu widmen, denen wir uns widmen müssen. Sie sind sich natürlich darüber im klaren, wie einzigartig und erstaunlich unser Thema ist. Wie nur ganz wenigen anderen Menschen dieser Erde werden sich uns Abgründe der Zeit, des Raums und des Wissens auftun, die völlig außerhalb menschlicher Wissenschaft oder Philosophie liegen.

Wußten Sie, daß Einstein nicht recht hat, und daß bestimmte Objekte und Kräfte sich *doch* mit einer Geschwindigkeit bewegen können, die größer ist als die Lichtgeschwindigkeit? Mit der nötigen Hilfe hoffe ich, allmählich in der Zeit vorwärts und rückwärts gehen und die Erde wirklich *sehen und fühlen* zu können, so wie sie vor langer Zeit war und wie sie in ferner Zukunft sein wird. Sie können sich nicht vorstellen, bis zu welchem Stand diese Wesen die Wissenschaft vorangetrieben haben. Es gibt nichts, was sie nicht mit dem Geist und dem Körper lebendiger Organismen machen könnten. Ich erwarte, andere Planeten und sogar andere Sterne und Milchstraßen besuchen zu können. Die erste Reise wird mich auf den Yuggoth bringen, die nächste ganz von Lebewesen bewohnte Welt. Er ist eine seltsame, dunkle Kugel am äußersten Rand unseres Sonnensystems – den irdischen Astronomen bis jetzt noch unbekannt. Aber das habe ich Ihnen sicherlich schon geschrieben. Zu gegebener Zeit werden die Wesen dort Denkströme in unsere Richtung lenken und damit die Endeckung Yuggoths herbeiführen – oder vielleicht werden sie einen ihrer menschlichen Verbündeten beauftragen, den Wissenschaftlern einen Wink zu geben.

Es gibt gewaltige Städte auf dem Yuggoth – lange Reihen terrassenförmig aufsteigender Türme aus schwarzen Steinen, genau wie der, den ich Ihnen schicken wollte. Dieser Stein kam von Yuggoth. Die Sonne scheint dort nicht heller als ein Stern, aber diese Wesen brauchen kein Licht. Sie haben andere, feine Sinnesorgane und bauen in ihre Häuser und Tempel keine Fenster ein. Das Licht verletzt, behindert und verwirrt sie sogar, denn es existiert überhaupt nicht in dem schwarzen Kosmos jenseits von Raum und Zeit, aus dem sie ursprünglich stammen. Yuggoth zu besuchen, würde jeden schwächeren Mann um seinen Verstand bringen, aber ich werde hingehen. Die schwarzen Flüsse voller Pech, die unter geheimnisvollen, zyklopischen Brücken durchfließen – Bauwerke einer älteren Rasse, die ausgestorben und vergessen war, bevor die Wesen aus den äußersten leeren Räumen auf den Yuggoth kamen, müßten allein schon aus jedem beliebigen Menschen einen Dante oder Poe machen, wenn er lange genug bei Verstand bliebe, um zu berichten, was er sah.

Aber wohlgemerkt, diese dunkle Welt schwammiger Gärten und fensterloser Städte hat in Wirklichkeit nichts Schreckliches. Nur uns will es so scheinen. Wahrscheinlich kam unsere Welt diesen Wesen genauso schrecklich vor, als sie sie vor Urzeiten zum erstenmal erforschten. Wie Sie wissen, waren sie schon hier, lange bevor die mythische Epoche des Cthulhu zu Ende war, und sie wissen noch alles über das versunkene R'lyeh, als es noch über den Wassern lag. Sie sind auch schon im Erdinnern gewesen – es gibt Öffnungen, von denen menschliche Wesen nichts wissen, einige davon genau hier in diesen Vermonter Bergen, und dort unten sind große Welten unbekannten Lebens; das blauerleuchtete K'nyan, das roterleuchtete Yoth und das schwarze, lichtlose N'kai. Und aus N'kai kam jener fürchterliche Tsathoggua – Sie erinnern sich, die formlose, krötenartige Gottheit, die in den *Pnakotischen Manuskripten* und im *Necronomicon* und im Mythenkreis Commoriom erwähnt wird, den der atlantische Hohepriester Klarkash-Ton hütet. Aber wir werden über all das später noch sprechen. Es muß schon vier oder fünf Uhr sein. Bringen Sie jetzt lieber die Sachen aus Ihrem Koffer, essen Sie einen Happen und kommen Sie dann auf einen gemütlichen Schwatz zurück.«

Sehr langsam wandte ich mich um und tat, wie mein Gastgeber mir geheißen hatte; ich holte meinen Koffer, nahm die gewünschten Sachen heraus und legte sie hin und ging schließlich in das Zimmer hinauf, das mir zugewiesen worden war. Mit der Erinnerung an die Klauenabdrücke auf der Straße noch frisch im Gedächtnis, hatten mich Akeleys geflüsterte Ausführungen sonderbar berührt; und die Hinweise auf die Vertrautheit mit dieser unbekannten Welt schwammigen Lebens – auf dem verbotenen Yuggoth – ließen mich stärker schaudern, als mir lieb war. Es tat mir unendlich leid, daß Akeley so krank war, aber ich mußte mir gestehen, daß sein krächzendes Geflüster ebenso abstoßend wie mitleiderregend war. Wenn er nur nicht mit so übertriebener Verehrung von Yuggoth und seinen schwarzen Geheimnissen gesprochen hätte!

Mein Zimmer erwies sich als sehr gemütlich und gut eingerichtet, und ich konnte hier weder den modrigen Geruch noch die Luftschwingungen wahrnehmen; ich ließ den Koffer im Zimmer und ging hinunter, um mich bei Akeley zu bedanken und das Mahl einzunehmen, das er für mich vorbereitet hatte. Das Speisezimmer lag dem Arbeitszimmer genau gegenüber, und ich sah, daß die Wirtschaftsräume sich noch weiter in derselben Richtung erstreckten. Auf dem Eßtisch erwartete mich ein reichliches Aufgebot an Sandwiches, Kuchen und Käse, und eine Thermosflasche neben einer Tasse auf einer Untertasse ließ darauf schließen, daß auch heißer Kaffee nicht vergessen worden war. Ich ließ es mir schmecken, und als ich satt war, goß ich mir eine ordentliche Tasse Kaffee ein, mußte jedoch feststellen, daß die kulinarische Qualität in diesem einen Punkt zu wünschen übrigließ. Beim ersten Schluck bemerkte ich einen leicht scharfen, unangenehmen Beigeschmack, so daß ich es vorzog, nicht weiterzutrinken. Während des Essens dachte ich ständig an Akeley, der still in seinem Sessel in dem verdunkelten Zimmer gegenüber saß. Einmal ging ich hinüber, um ihn zu bitten, das Mahl mit mir zu teilen, aber er sagte flüsternd, er könne vorerst noch nichts essen. Später, kurz vor dem Einschlafen, würde er ein wenig Malzmilch trinken – das sei alles, was er an diesem Tag zu sich nehmen könne.

Nach dem Essen bestand ich darauf, das Geschirr abzuräumen und im Spülstein in der Küche abzuwaschen – wobei ich auch den Kaffee wegschüttete, der mir nicht geschmeckt hatte. Dann kehrte ich in das verdunkelte Arbeitszimmer zurück, zog mir einen Stuhl in die Ecke meines Gastgebers und bereitete mich darauf vor, mit ihm über alle Themen zu diskutieren, die er sich vorgenommen hatte. Die Briefe, die Bilder und die Aufnahme lagen noch auf dem großen Mitteltisch, aber fürs erste brauchten wir nicht darauf zurückzugreifen. Schon bald vergaß ich den unangenehmen Geruch und die seltsamen Vibrationen.

Ich habe gesagt, daß in einigen von Akeleys Briefen – besonders in dem zweiten, umfangreichsten – Dinge standen, die ich nicht zu zitieren oder gar schriftlich niederzulegen wagen würde. Noch viel berechtigter sind diese Bedenken im Hinblick auf die Dinge, die ich an jenem Abend in dem abgedunkelten Zimmer inmitten der einsamen, verwunschenen Berge von einem flüsternden Erzähler erfuhr. Das wahre Ausmaß der Schrecknisse, die diese krächzende Stimme vor mir ausbreitete, kann ich nicht einmal andeuten. Er hatte schon vorher schreckliche Dinge gewußt, aber was er dazugelernt hatte, seit er den Pakt mit den außerirdischen Wesen geschlossen hatte, konnte man kaum ertragen, ohne den Verstand zu verlieren. Auch heute weigere ich mich noch entschieden, an das zu glauben, was er über die Beschaffenheit der letzten Unendlichkeit durchblicken ließ, über die Juxtaposition der Dimensionen, über die erschreckende Position unseres bekannten Kosmos von Zeit und Raum innerhalb der endlosen Kette miteinander verbundener Kosmos-Atome, die den unmittelbaren Super-Kosmos von Kurven, Winkeln und von materieller und halb-materieller, elektronischer Beschaffenheit bilden.

Nie zuvor war ein geistig gesunder Mensch den innersten Geheimnissen des Seins an sich so gefährlich nahegekommen – nie war ein organisches Gehirn der absoluten Vernichtung in dem Chaos, das Form und Kraft und Symmetrie transzendiert, näher gewesen. Ich erfuhr, woher Cthulhu *ursprünglich* gekommen war und warum die Hälfte der großen, vergänglichen Sterne der Geschichte aufgeflammt waren. Ich erahnte – aus Andeutungen, bei denen sogar mein Lehrmeister furchtsam zögerte – das Geheimnis der Magellanschen Wolken und der Globulen und die finstere Wahrheit, die sich hinter den uralten Allegorien des Tao verbirgt. Die Natur der Doelen wurde offenbar, und ich erfuhr die Bedeutung (wenn auch nicht den Ursprung) der Hunde des Tindalos. Die Legende von Yig, dem Vater der Schlangen, war mir kein Rätsel mehr, und Schaudern ergriff mich, als ich von dem nuklearen Chaos jenseits des geordneten Alls erfuhr, welches das Necronomicon verharmlosend in den Namen Azathoth gekleidet hat. Es war erschreckend, die abscheulichsten Greuel geheimer Mythen in konkreten Begriffen erklärt zu sehen, deren unverhohlene morbide Abscheulichkeit selbst die schlimmsten Andeutungen antiker und mittelalterlicher Mystik übertraf. Unausweichlich mußte ich zu dem Glauben kommen, daß die ersten, die diese verdammenswerten Geschichten flüsternd weitererzählt hatten, Verbindung mit Akeleys Außerirdischen gehabt und vielleicht sogar ferne kosmische Reiche besucht haben mußten, wie sie Akeley jetzt besuchen wollte.

Ich erfuhr von dem Schwarzen Stein und seiner Bedeutung und war froh, daß er nicht bei mir eingetroffen war. Meine Vermutungen über die Hieroglyphen waren nur allzu richtig gewesen! Und doch schien Akeley jetzt mit dem ganzen höllischen System einverstanden, auf das er gestoßen war; einverstanden und begierig, weiter in diesen scheußlichen Abgrund vorzudringen. Ich fragte mich, mit was für Wesen er gesprochen hatte seit seinem letzten Brief, und ob viele von ihnen so menschlich gewesen waren wie jener erste Abgesandte, den er erwähnt hatte. Der Druck in meinem Kopf wurde unerträglich, und ich hegte die abstrusesten Vermutungen über diesen seltsamen, hartnäckigen Geruch und die irritierenden Schwingungen in dem abgedunkelten Raum.

Es wurde allmählich Nacht, und als mir einfiel, was Akeley mir über die früheren Nächte geschrieben hatte, schauderte ich bei dem Gedanken, daß der Mond nicht scheinen würde. Auch gefiel es mir gar nicht, wie das Haus sich an diesen gewaltigen, bewaldeten Abhang schmiegte, der zu dem nie von Menschen betretenen Gipfel des Dunklen Berges hinaufführte. Mit Akeleys Zustimmung zündete ich eine kleine Petroleumlampe an, drehte die Flamme klein und stellte sie in ein Bücherregal mit der geisterhaften Büste Miltons auf der anderen Seite des Zimmers; aber gleich darauf tat es mir leid, denn das fahle Licht ließ das überanstrengte, unbewegliche Gesicht und die schlaffen Hände meines Gastgebers erschreckend unnatürlich und leichenblaß erscheinen. Er schien praktisch bewegungsunfähig zu sein, obwohl ich ihn ab und zu steif nicken sah.

Nach allem, was er erzählt hatte, konnte ich mir kaum vorstellen, welche noch tieferen Geheimnisse er sich für den nächsten Tag aufsparte; aber es stellte sich schließlich heraus, daß seine Reise zum Planeten Yuggoth und darüber hinaus – *und meine eventuelle Teilnahme an dieser Reise* – das Thema für den nächsten Tag sein würde. Es muß ihn belustigt haben, wie entsetzt ich abwehrte, als er mir eine solche kosmische Reise vorschlug, denn sein Kopf wackelte heftig, als ich meine Furcht bekannte. Danach sprach er sehr freundlich davon, wie es Menschen gelingen könne – und mehrmals gelungen sei –, den scheinbar unmöglichen Flug durch den interstellaren Raum zu bewerkstelligen. *Es schien, daß unversehrte menschliche Körper die Reise tatsächlich nicht machen könnten,* daß aber die Außerirdischen mit ihren phantastischen chirurgischen, biologischen, chemischen und mechanischen Fertigkeiten einen Weg gefunden hatten, menschliche Gehirne ohne die dazugehörige körperliche Hülle fortzubringen.

Es gebe eine unschädliche Methode, ein Gehirn herauszulösen und den übrigen Körper währenddessen am Leben zu erhalten. Die reine, kompakte Gehirnmasse würde dann in eine gelegentlich erneuerte Flüssigkeit in einen luftdicht verschlossenen Behälter aus einem Metall gelegt, das auf dem Yuggoth gewonnen würde, wobei mit Hilfe bestimmter Arten von Elektroden das Gehirn an komplizierte Instrumente angeschlossen werden könne, mit denen die drei entscheidenden Fähigkeiten des Sehens, Hörens und Sprechens reproduziert werden könnten. Für die geflügelten Schwammwesen sei es ein leichtes, die Gehirnbehälter unversehrt durch das All zu transportieren. Weiter hätten sie auf jedem von ihrer Zivilisation erschlossenen Planeten genügend Reproduktions-Instrumente, die an die konservierten Gehirne angeschlossen werden könnten, so daß nach geringfügigen Anpassungen diese beweglichen Gehirne auf allen Stationen ihrer Reise durch das Raum-Zeit-Kontinuum – und darüber hinaus – zu einem mit allen Sinnen und mit vollem Sprechvermögen ausgestatteten – wenn auch körperlosen, mechanischen – Leben erweckt werden könnten. Es sei so einfach, wie wenn man eine phonographische Aufnahme mit sich herumtrage und überall abspiele, wo ein dazu passendes Abspielgerät vorhanden sei. Über den Erfolg gebe es keine Zweifel. Er selbst habe keine Angst. Sei es nicht immer wieder erfolgreich praktiziert worden?

Zum ersten Mal hob sich eine der schlaffen, unbenützten Hände und zeigte steif auf ein hohes Bord am anderen Ende des Zimmers. Dort standen fein säuberlich aufgereiht über ein Dutzend Zylinder aus einem Metall, das ich nie zuvor gesehen hatte – jeder von ihnen ungefähr einen Fuß hoch und mit einem etwas kleineren Durchmesser, mit drei sonderbaren Steckdosen, die in Form eines gleichseitigen Dreiecks auf der konvexen Vorderseite angeordnet waren. Einer dieser Zylinder war mit zweien seiner Steckdosen an zwei merkwürdige Maschinen angeschlossen, die im Hintergrund standen. Über ihren Zweck brauchte ich jetzt nicht mehr aufgeklärt zu werden, und ich schauderte wie im Fieber. Dann sah ich die Hand auf eine viel nähere Ecke zeigen, wo ein paar komplizierte, mit Kabeln und Steckern versehene Instrumente beisammenstanden, von denen manche fast genauso aussahen wie die zwei Apparate im Hintergrund.

»Sie sehen hier vier Arten von Instrumenten, Wilmarth«, flüsterte die Stimme. »Vier Arten, jede mit drei Funktionen, macht insgesamt zwölf Einheiten. Sehen Sie, in den Zylindern dort oben sind vier verschiedene Arten von Lebewesen vertreten. Drei Menschen, sechs Schwammwesen, die nicht körperlich durch das All fliegen können, zwei Wesen vom Neptun (Gott, wenn Sie sehen könnten, welche Art Körper sie auf ihrem eigenen Planeten haben!), der Rest Wesen aus den zentralen Höhlen eines hochinteressanten dunklen Sterns jenseits der Milchstraße. In dem Hauptstützpunkt im Innern des Runden Berges befinden sich bisweilen noch andere Zylinder und Maschinen – Zylinder mit außerkosmischen Gehirnen, die mit ganz anderen Sinnen als wir ausgestattet sind – Verbündete und Forscher aus dem fernsten All – und besondere Maschinen, mit deren Hilfe sie Eindrücke empfangen und sich ausdrücken können, und zwar so, wie es sowohl ihnen selbst als auch dem Auffassungsvermögen verschiedener Arten von Zuhörern entspricht. Der Runde Berg ist, wie die meisten Vorposten der Außerirdischen überall in den verschiedenen Universen, ein sehr kosmopolitischer Ort. Natürlich wurden mir nur die häufigsten Arten für meine Experimente zur Verfügung gestellt.

Hier, nehmen Sie die drei Maschinen, auf die ich zeige, und stellen Sie sie auf den Tisch. Diese große mit den zwei gläsernen Linsen auf der Vorderseite – dann die Schachtel mit den Vakuumröhren und dem Tonbrett – und jetzt noch die mit der Metallscheibe oben drauf. Jetzt zu dem Zylinder mit dem aufgeklebten Schild »B-67«. Stellen Sie sich ruhig auf diesen Windsor-Stuhl, um das Bord zu erreichen. Schwer? Machen Sie sich nichts draus! Aber vergewissern Sie sich, daß die Nummer stimmt – B-67. Kümmern Sie sich nicht um den neuen, glänzenden Zylinder, der an die zwei Testinstrumente angeschlossen ist und meinen Namen trägt. Stellen Sie B-67 auf den Tisch neben die Maschinen – und sehen nach, ob bei allen drei Maschinen der Wählhebel ganz nach links gedrückt ist.

Verbinden Sie jetzt das Kabel der Linsenmaschine mit der oberen Steckdose an dem Zylinder – ja, dort! Schließen Sie die Röhrenmaschine an die linke untere Steckdose und den Scheiben-Apparat an die äußere Steckdose an. Stellen Sie jetzt die Wählhebel bei allen drei Maschinen ganz nach rechts – erst die mit der Linse, dann die mit der Scheibe und dann die mit den Röhren. So ist es richtig. Ich könnte Ihnen jetzt ebensogut sagen, dies sei ein menschliches Wesen – geradeso wie einer von uns. Ich werde Ihnen morgen eine Kostprobe von einigen der anderen geben.«

Bis heute verstehe ich nicht, warum ich diesen geflüsterten Befehlen so sklavisch gehorchte und ob ich dachte, Akeley sei verrückt oder bei Sinnen. Nach dem, was vorausgegangen war, hätte ich auf alles gefaßt sein müssen, aber dieser technische Hokuspokus glich so vollkommen den Hirngespinsten verrückter Erfinder und Wissenschaftler, daß er Zweifel in mir erregte, die mir nicht einmal während des vorhergegangenen Gesprächs gekommen waren. Was der Flüsterer behauptete, war für einen Menschen völlig unglaublich – aber schienen nicht die anderen Dinge nur deshalb noch weiter hergeholt und noch absurder, weil sie noch weiter von der Möglichkeit sichtbarer, konkreter Beweisführung entfernt waren?

Während sich mir von all dem chaotischen Zeug die Sinne verwirrten, vernahm ich ein Durcheinander von kratzenden und surrenden Geräuschen – ein Kratzen und Surren, das bald leiser wurde und praktisch nicht mehr zu hören war. Was würde geschehen? Würde ich eine Stimme hören? Und wenn ja, welchen Beweis würde ich dafür haben, daß es nicht irgendein raffiniert erdachter Radioapparat war, in den ein versteckter, aber aufmerksamer Sprecher hineinsprach? Auch jetzt bin ich noch nicht bereit, zu beschwören, was ich eigentlich hörte oder was für ein Phänomen sich eigentlich vor meinen Augen vollzog. Aber irgend etwas schien sich tatsächlich zu vollziehen.

Um es kurz zu machen, die Maschine mit den Röhren und der Tonschachtel begann zu sprechen, mit einer Präzision und Verständlichkeit, die keinen Zweifel darüber aufkommen ließen, daß der Sprecher tatsächlich anwesend war und uns sehen konnte. Die Stimme war laut, metallisch, leblos und in jeder Einzelheit eindeutig mechanisch hervorgebracht. Sie war keiner Modulation und keines Ausdrucks fähig, sondern kratzte und rasselte mit tödlicher Präzision und Unbeirrbarkeit dahin.

»Mr. Wilmarth«, sagte sie, »ich hoffe, ich erschrecke sie nicht. Ich bin ein menschliches Wesen wie Sie, obwohl mein Körper jetzt bei der gebührenden Vitalisierungs-Behandlung im Innern des Runden Berges ruht, ungefähr anderthalb Meilen östlich von hier. Ich selbst bin hier bei Ihnen – mein Gehirn ist in diesem Zylinder und ich sehe, höre und spreche durch diese elektronischen Vibratoren. In einer Woche werde ich wie schon oft zuvor eine Reise durch das All machen, und ich hoffe, Mr. Akeley wird mir die Freude machen, mich zu begleiten. Ich wünschte, Sie würden auch mitkommen; denn ich kenne Sie vom Sehen und vom Hörensagen und habe Ihre Korrespondenz mit Ihrem Freund aufmerksam verfolgt. Ich bin natürlich einer der Männer, die sich mit den außerirdischen Wesen verbündet haben, die auf unserem Planet zu Gast sind. Ich traf sie das erste Mal im Himalaya und habe ihnen auf manche Art geholfen. Als Gegenleistung verschafften Sie mir Erlebnisse, wie sie nur wenige Menschen je gekannt haben.

Verstehen Sie, was ich meine, wenn ich sage, ich sei auf siebenunddreißig verschiedenen Himmelskörpern gewesen – Planeten, dunklen Sternen und schwerer zu definierenden Objekten –, darunter acht außerhalb unseres Milchstraßensystems und zwei außerhalb des gewölbten Kosmos von Raum und Zeit? All das hat mir nicht im geringsten geschadet. Mein Gehirn wurde aus meinem Körper herausgelöst, durch so geschickte Abspaltung, daß es taktlos wäre, die Operation chirurgisch zu nennen. Die Wesen, die hier zu Gast sind, haben Verfahren entwickelt, die diese Herauslösung leicht und beinahe normal erscheinen lassen – und der Körper altert nie, solange das Gehirn draußen ist. Lassen Sie mich hinzufügen, daß das Gehirn mit seinen mechanischen Funktionen bei sparsamer Ernährung durch die gelegentliche Erneuerung der Konservierungsflüssigkeit praktisch unsterblich ist.

Alles in allem hoffe ich von ganzem Herzen, daß Sie sich Mr. Akeley und mir anschließen werden. Die Gäste auf diesem Planeten sind sehr daran interessiert, Menschen von Ihrem Wissensstand kennenzulernen und ihnen die großen Abgründe zu zeigen, von denen die meisten von uns nur in kurioser Unwissenheit träumen können. Es mag anfangs seltsam erscheinen, mit ihnen zusammenzukommen, aber ich weiß, daß Sie über solch kleinlichen Bedenken stehen. Ich glaube, Mr. Noyes wird auch mitkommen – der Mann, der Sie zweifellos hierher gebracht hat. Er ist seit Jahren einer der Unsrigen – ich nehme an, Sie haben seine Stimme als eine von denen erkannt, die auf der Aufnahme zu hören sind, die Mr. Akeley Ihnen geschickt hatte.«

Als er bemerkte, daß ich entsetzt zusammenfuhr, schwieg der Sprecher einen Moment lang, bevor er weiterfuhr.

»Nun, Mr. Wilmarth, die Entscheidung liegt bei Ihnen; ich möchte nur noch hinzufügen, daß ein Mann mit Ihrer Vorliebe für das Okkulte und die Volkskunde eine Chance wie diese nicht verpassen sollte. Sie haben nichts zu befürchten. Alle Übergänge vollziehen sich schmerzlos, und es gibt in diesem mechanisierten Zustand der Empfindung viel, worüber man sich freuen kann. Wenn die Elektroden nicht angeschlossen sind, verfällt man einfach in einen von besonders lebhaften und phantastischen Träumen erfüllten Schlaf.

Und jetzt können wir, wenn es Ihnen nichts ausmacht, unsere Unterhaltung auf morgen vertagen. Gute Nacht – drehen Sie einfach alle Hebel wieder nach links; die Reihenfolge ist praktisch gleichgültig, aber Sie können vielleicht als letzte die Linsenmaschine ausschalten. Gute Nacht, Mr. Akeley, seien Sie nett zu unserem Gast! Sind Sie jetzt soweit mit den Hebeln?«

Das war alles. Ich gehorchte mechanisch und schaltete alle drei Hebel aus, obwohl ich von allem, was passiert war, ganz benommen war. Der Kopf drehte sich mir immer noch, als ich hörte, wie Akeleys krächzende Stimme mir sagte, ich könne alle Apparate auf dem Tisch stehenlassen. Er versuchte nicht, irgendeine Erklärung abzugeben, und meine überanstrengten Sinne wären auch nicht in der Lage gewesen, eine solche Erklärung aufzunehmen. Ich hörte ihn sagen, ich könne die Lampe mit auf mein Zimmer nehmen, und schloß daraus, daß er alleine im Dunkeln schlafen wollte. Es war wirklich höchste Zeit für ihn, sich auszuruhen, denn seine Erläuterungen am Nachmittag und am Abend waren so umfangreich gewesen, daß sie auch einen gesunden Mann erschöpft hätten. Immer noch benommen, wünschte ich meinem Gastgeber gute Nacht und ging mit der Lampe die Treppe hinauf, obwohl ich eine ausgezeichnete Taschenlampe bei mir hatte. Ich war froh, diesem Arbeitszimmer mit dem seltsamen Geruch und den feinen Vibrationen entronnen zu sein, konnte mich aber trotzdem nicht eines grauenhaften Gefühls von Angst, Bedrohung und kosmischer Absurdität erwehren, als ich über diesen Ort und die Kräfte, denen ich begegnet war, nachdachte. Die wilde, einsame Gegend, der schwarze, geheimnisvoll bewaldete Berg, der so dicht hinter dem Haus aufragte, die Fußspuren auf der Straße, der kranke, unbewegliche Flüsterer im Dunkeln, die diabolischen Zylinder und Maschinen und vor allem die Einladung zu seltsamen chirurgischen Operationen und noch seltsameren Reisen – diese Dinge, alle so neu und so unerwartet, brachen mit vereinter Kraft über mich herein, schwächten meinen Willen und unterhöhlten meine physische Kraft.

Die Enthüllung, daß Noyes der menschliche Zelebrant in jenem monströsen Sabbat-Ritual auf der Phonographenaufnahme gewesen war, hatte mich besonders arg aus der Fassung gebracht, obwohl mir seine Stimme schon vorher auf unbestimmbare, abstoßende Weise bekannt vorgekommen war. Erschrocken war ich auch über meine eigene Einstellung gegenüber meinem Gastgeber, sooft ich mich aufraffte, darüber nachzudenken; denn sosehr ich Akeley instinktiv gemocht hatte, wie ich ihn aus seinen Briefen kannte, so sehr erfüllte er mich jetzt mit entschiedenem Abscheu. Seine Krankheit hätte mein Mitgefühl erregen müssen, aber statt dessen ließ sie mich schaudern. Er war so starr, so träge und so leichenhaft – und dieses unaufhörliche Flüstern war so abstoßend und un-menschlich!

Es war mir aufgefallen, daß sein Flüstern ganz anders klang als bei irgendwelchen anderen Menschen, da es trotz der merkwürdigen Unbeweglichkeit der vom Schnurrbart verdeckten Lippen für einen keuchenden Asthmatiker bemerkenswert kräftig und ausdauernd war. Ich hatte den Sprecher quer durch den ganzen Raum verstehen können, und ein- oder zweimal hatte ich den Eindruck gehabt, daß die schwachen, aber durchdringenden Töne weniger auf Schwäche, als auf eine absichtliche Dämpfung der Lautstärke zurückzuführen waren – zu welchem Zweck, konnte ich mir nicht vorstellen. Von Anfang an hatte ich in diesen Flüstertönen etwas Beunruhigendes gespürt. Als ich jetzt darüber nachdachte, kam ich zu dem Ergebnis, daß dieser Eindruck von dem unbewußten Gefühl herrührte, die Stimme schon einmal gehört zu haben, demselben Gefühl, das mir Noyes' Stimme so verschwommen unheimlich erscheinen ließ. Aber wann oder wo ich das, woran die Stimme mich undeutlich erinnerte, schon einmal angetroffen hatte, konnte ich nicht sagen.

Eines stand fest – ich würde keine zweite Nacht hier verbringen. Mein wissenschaftlicher Eifer hatte sich in Angst und Abscheu aufgelöst, und meine einzige Gefühlsregung war jetzt der Wunsch, diesen Ort makabrer, übernatürlicher Enthüllungen fluchtartig zu verlassen. Ich wußte jetzt genug. Es mußte tatsächlich stimmen, daß seltsame kosmische Bindungen existierten – aber diese Dinge waren sicherlich nicht dafür geschaffen, daß normale Menschen sich darauf einließen.

Gotteslästerliche Einflüsse schienen mich zu umgeben und meine Sinne zu betäuben. Schlafen, so beschloß ich, kam nicht in Frage; deshalb löschte ich nur die Lampe aus und warf mich angezogen aufs Bett. Es war natürlich absurd, aber ich hielt mich für irgendeinen unvorhersehbaren Notfall bereit, indem ich mit meiner rechten Hand den Revolver umklammerte, den ich mitgenommen hatte, und in der linken die Taschenlampe hielt. Kein Ton drang von unten herauf, und ich konnte mir vorstellen, wie mein Gastgeber still wie ein Toter dort unten im Dunkeln saß.

Irgendwo hörte ich eine Uhr ticken und war insgeheim dankbar für die Vertrautheit dieses Geräusches. Es erinnerte mich sehr an eine andere verwirrende Besonderheit dieser Gegend – das völlige

Fehlen von Tierstimmen. Es waren zweifellos keinerlei Haustiere in der Nähe, und jetzt fiel mir auf, daß auch die gewohnten Nachtrufe wilder Tiere nicht zu hören waren. Abgesehen von dem ständigen Murmeln unbekannter, ferner Rinnsale herrschte eine völlig unnormale – interplanetarische – Stille, und ich fragte mich, was für ein von den Sternen herabgewehter Pesthauch sich unmerklich über die ganze Gegend ausgebreitet hatte. Ich wußte aus alten Legenden, daß Hunde und andere Tiere angeblich immer die außerirdischen Wesen gehaßt haben, und grübelte darüber nach, was wohl die Spuren auf der Straße zu bedeuten hatten.

VIII

Fragen Sie mich nicht, wie lange mich der Schlaf gefangenhielt, der mich unverhofft übermannt hatte, oder wieviel von dem, was folgte, ich geträumt habe. Wenn ich Ihnen sage, daß ich plötzlich aufwachte und bestimmte Dinge sah und hörte, werden Sie antworten, ich sei eben doch nicht wach gewesen und hätte alles nur geträumt, bis zu dem Moment, als ich aus dem Haus und zu dem Schuppen hinüberrannte, in dem ich Akeleys alten Ford gesehen hatte; ich hatte mir das altersschwache Vehikel für eine wahnwitzige, ziellose, rasende Fahrt durch die verwunschenen Berge angeeignet, die mich schließlich – nach stundenlanger holpriger Fahrt auf gewundenen Wegen durch waldbedrohte Labyrinthe – in ein Dorf gebracht hatte, das sich als Townshend herausstellte.

Sie werden natürlich auch alles andere in meinem Bericht mit der gleichen Skepsis aufnehmen und erklären, daß alle Bilder, Tonaufnahmen, Zylinder- und Maschinentöne und ähnlichen Beweisstücke Teile eines Schwindels seien, den der vermißte Henry Akeley inszeniert habe und dem ich zum Opfer gefallen sei. Sie werden sogar andeuten, daß er sich mit anderen Exzentrikern verschworen habe, um mir einen albernen, ausgekochten Schabernack zu spielen – daß er die Expreßsendung in Keene ausladen und sich von Noyes die schreckliche Wachs-Walze besprechen ließ. Es ist jedoch seltsam, daß Noyes bis heute nicht identifiziert wurde, daß er in den Dörfern ringsum unbekannt war, obwohl er sich oft in der Gegend aufgehalten haben muß. Ich wollte, ich hätte mir seine Autonummer gemerkt – aber vielleicht ist es letzten Endes besser, daß ich es nicht getan habe. Denn trotz allem, was ich mir immer wieder selbst einzureden versuche, weiß ich, daß furchtbare außerirdische Mächte in den fast unerschlossenen Bergen lauern – und daß diese Mächte Spione und Helfershelfer in der Welt der Menschen haben. Mich möglichst weit von diesen Mächten und ihren Abgesandten fernzuhalten, ist mein einziger Wunsch für die Zukunft.

Als auf meinen atemlosen Bericht hin der Sheriff mit ein paar Leuten zu dem Bauernhaus hinausfuhr, war Akeley spurlos verschwunden. Sein Morgenmantel, sein gelbes Halstuch und seine Fußbandagen lagen auf dem Boden des Arbeitszimmers in der Nähe seines Sessels, und ob er seine Apparaturen mitgenommen hatte, war nicht festzustellen. Die Hunde und die Haustiere waren tatsächlich verschwunden, und man fand einige seltsame Kugeleinschläge, sowohl an der Außenseite des Hauses als auch in manchen Zimmerwänden; aber sonst wurde nichts Ungewöhnliches entdeckt. Keine Zylinder oder Maschinen, keines der Beweisstücke, die ich in meinem Koffer mitgebracht hatte, kein sonderbarer Geruch und keine Schwingungen in der Luft, keine Spuren auf der Straße und keines der rätselhaften Dinge, die ich zuletzt beobachtet hatte.

Ich blieb nach meiner Flucht eine Woche in Brattleboro und befragte alle möglichen Leute, die Akeley gekannt hatten; und die Ergebnisse haben mich davon überzeugt, daß die Sache nicht auf einem Traum oder auf Wahnvorstellungen beruht. Es ist erwiesen, daß Akeley die vielen Hunde, die Munition und die Chemikalien gekauft hat, es ist erwiesen, daß seine Telefonleitung durchschnitten wurde; außerdem bestätigten alle, die ihn kannten, darunter auch sein Sohn in Kalifornien, daß seine gelegentlichen Bemerkungen über okkulte Studien eine gewisse Beständigkeit aufgewiesen hatten. Die ehrsamen Bürger glauben, er sei verrückt gewesen und erklären ohne Zögern, alle bekanntgewordenen Beweise seien mit der Schlauheit eines Irrsinnigen ersonnener Hokuspokus, bei dessen Ausführung irgendwelche Exzentriker Akeley noch geholfen hätten; aber das ungebildete Landvolk bestätigt Akeleys Behauptungen in jedem Punkt. Er hatte einigen dieser Bauern die Photos und den schwarzen Stein gezeigt und ihnen die schreckliche Aufnahme vorgespielt; und sie alle sagten, die Fußspuren und die summenden Stimmen seien genauso, wie sie in den überlieferten Legenden beschrieben wurden.

Sie sagten auch, daß immer mehr verdächtige Dinge in der Nähe von Akeleys Haus gesehen und gehört worden waren, nachdem er den schwarzen Stein gefunden hatte, und daß der Ort jetzt von allen außer dem Postboten und gelegentlich ein paar beherzten Besuchern gemieden wurde. Der Dunkle Berg und der Runde Berg standen beide in dem Ruf, verhext zu sein, und ich fand keinen Menschen, der jemals einen davon genau erforscht hätte. Daß immer wieder in der Geschichte des Distrikts Einheimische verschwunden waren, wurde glaubhaft bezeugt, und der jüngste Fall war jener Herumtreiber Walter Brown, den Akeley in seinen Briefen erwähnt hatte. Ich machte sogar einen Bauern ausfindig, der glaubte, selbst einen dieser seltsamen Körper während der Überschwemmung in dem über die Ufer getretenen West River gesehen zu haben, aber seine Erzählung war zu verworren, um wirklich von Nutzen zu sein.

Als ich Brattleboro verließ, beschloß ich, nie mehr nach Vermont zurückzukehren, und ich bin ziemlich sicher, daß ich diesem Vorsatz treu bleiben werde. Diese wilden Berge sind sicherlich Vorposten einer schrecklichen kosmischen Rasse – was ich um so weniger bezweifle, seit ich gelesen habe, daß ein neunter Planet hinter Neptun entdeckt worden ist – wie es diese Wesen vorausgesagt hatten. Die Astronomen haben ihm – ohne sich dessen bewußt zu sein – einen fürchterlich zutreffenden Namen gegeben: »Pluto«. Für mich steht außer Zweifel, daß es kein anderer als der dunkle Yuggoth ist, der hier entdeckt wurde – und mich schaudert, wenn ich mir auszumalen versuche, *warum* seine monströsen Bewohner so daran interessiert sind, daß er auf diese Weise und gerade zu dieser Zeit bekannt wird. Vergebens versuche ich mir einzureden, daß diese dämonischen Kreaturen sich nicht auf eine neue, für die Erde und ihre normalen Bewohner schädliche Politik umstellen wollen.

Aber ich muß noch vom Ende dieser schrecklichen Nacht in dem Bauernhaus erzählen. Wie ich schon sagte, fiel ich schließlich in einen unruhigen Halbschlaf, einen Halbschlaf, der von Traumfetzen erfüllt war, in denen monströse Landschaften auftauchten. Wovon ich eigentlich aufwachte, kann ich nicht sagen, aber daß ich tatsächlich zu diesem bestimmten Zeitpunkt aufwachte, dessen bin ich ganz sicher. Mein erster, undeutlicher Eindruck war, daß die Dielen auf dem Korridor vor meinem Zimmer leise knarrten und jemand sich umständlich und vorsichtig am Türschloß zu schaffen machte. Das hörte jedoch sofort wieder auf; meine klaren

Eindrücke begannen deshalb, als ich Stimmen aus dem Arbeitszimmer unter mir hörte. Es schien, als seien mehrere Sprecher dort unten versammelt und als stritten sie miteinander.

Nachdem ich ein paar Sekunden zugehört hatte, war ich hellwach, denn die Art der Stimmen ließ jeden Gedanken an Schlaf absurd erscheinen. Sie waren sonderbar unterschiedlich, und niemand, der jemals die verwünschte Aufnahme gehört hatte, konnte sich über die Herkunft von zumindest zweien dieser Stimmen im unklaren sein. So fürchterlich der Gedanke auch war, ich wußte, daß ich mit namenlosen Wesen aus kosmischen Tiefen unter einem Dach war; denn diese zwei Stimmen waren unverkennbar das blasphemische Summen, dessen sich die außerirdischen Wesen bedienen, um sich mit den Menschen zu verständigen. Die beiden Stimmen unterschieden sich in der Tonlage, dem Akzent und dem Sprechtempo, gehörten aber beide zu der Art von Stimme, die mir so verhaßt war.

Eine dritte Stimme kam zweifellos aus der Sprechmaschine, die an eins der herausgelösten Gehirne in den Zylindern angeschlossen sein mußte. Daran war genauso wenig zu zweifeln wie an den summenden Stimmen; denn die laute, metallische, leblose Stimme vom Abend mit ihrem monotonen, ausdruckslosen Kratzen und Rasseln und ihrer unpersönlichen Präzision und Unbeirrbarkeit war mir absolut unvergeßlich. Zunächst hielt ich mich damit auf herauszufinden, ob das Gehirn, das dieses Kratzen hervorbrachte, dasselbe war wie das, welches am Abend mit mir gesprochen hatte; aber gleich darauf überlegte ich mir, daß *jedes* Gehirn dieselbe Art von Lauten von sich geben müsse, wenn es an denselben Sprechapparat angeschlossen war; die möglichen Unterschiede konnten nur die Wortwahl, den Rhythmus, die Sprechgeschwindigkeit und die Aussprache betreffen. Um das geisterhafte Gespräch zu vervollständigen, waren da noch zwei echte menschliche Stimmen – die eine gehörte einem unbekannten Mann, der ziemlich ungeschliffen sprach und offensichtlich vom Lande stammte, und die andere hatte den kultivierten Boston-Akzent meines Begleiters Noyes.

Als ich versuchte, die Worte zu verstehen, die durch den solide gebauten Fußboden ziemlich stark gedämpft wurden, hörte ich auch eine Menge kratzender, scharrender und schlurfender Geräusche aus dem Arbeitszimmer; ich konnte mich deshalb des Eindrucks nicht erwehren, daß der Raum voll von Lebewesen war –

es mußten viel mehr sein, als die wenigen, deren Stimmen ich unterscheiden konnte. Die Art dieser scharrenden Geräusche genau zu beschreiben ist sehr schwierig, weil es kaum Vergleichsmöglichkeiten gibt. Manchmal schienen sich die Wesen sehr bewußt durch den Raum zu bewegen; das Geräusch ihrer Tritte glich einem lockeren, harten Klappern – wie von aneinanderschlagenden, unregelmäßigen Horn- oder Hartgummiflächen. Es war, um einen konkreten, aber ungenaueren Vergleich zu wählen, als ob Menschen mit offenen, zersplitternden Holzschuhen über den polierten Parkettboden watschelten und schlurften. Von der Natur und dem Aussehen der Wesen, die diese Geräusche verursachten, wagte ich mir keine Vorstellung zu machen.

Ich sah bald ein, daß es unmöglich sein würde, zusammenhängende Sätze zu verstehen. Einzelne Wörter – darunter Akeleys und mein eigener Name – drangen hin und wieder herauf, besonders dann, wenn sie von dem mechanischen Sprechapparat geäußert wurden; aber ihre Bedeutung ging mir verloren, weil der Zusammenhang fehlte. Heute weigere ich mich, irgendwelche bestimmten Schlüsse daraus zu ziehen, und sogar damals war der schreckliche Eindruck, den sie in mir hervorriefen, eher eine *Ahnung* als eine *Offenbarung*. Ein furchtbares, unnatürliches Konklave fand, dessen war ich sicher, in dem Zimmer unter mir statt; aber über welche grauenvollen Dinge beraten wurde, konnte ich nicht ausmachen. Es war seltsam, aber ich hatte das deutliche Gefühl, bösartigen und blasphemischen Erscheinungen gegenüberzustehen, trotz Akeleys Beteuerung der freundlichen Absichten der außerirdischen Wesen.

Nach angestrengtem Lauschen konnte ich allmählich die einzelnen Stimmen klar unterscheiden, obgleich ich nicht viel von dem verstand, was diese Stimmen sagten. Ich bildete mir aber ein, bestimmte Tendenzen bei den einzelnen Sprechern zu erkennen. So hatte zum Beispiel eine der summenden Stimmen einen unverkennbaren Beiklang von Autorität, während die mechanische Stimme, trotz ihrer künstlichen Lautstärke und Regelmäßigkeit, eher unterwürfig und flehentlich klang. Noyes' Stimme verbreitete eine gewisse versöhnliche Atmosphäre. Die anderen konnte ich nicht näher bestimmen. Akeleys vertrautes Geflüster konnte ich nicht hören, aber es war mir völlig klar, daß ein solches Geräusch auf keinen Fall durch die solide Decke zu mir dringen konnte.

Ich will versuchen, einige der zusammenhanglosen Wörter und

anderen Geräusche, die ich auffing, hier wiederzugeben, wobei ich
die Herkunft der Worte nach bestem Wissen kennzeichne. Die ersten verständlichen Satzteile kamen von der Sprechmaschine.
  (Die Sprechmaschine)
  »...ich selbst hergebracht... schickte die Briefe und die Aufnahme zurück... damit enden... hereingelegt... sehen und hören... seid verflucht... unpersönliche Macht, letzten Endes...
neuer, glänzender Zylinder... großer Gott...«
  (Die erste summende Stimme)
  »...Zeit, daß wir Schluß machen... klein und menschlich...
Akeley... Gehirn... sagen...«
  (Die zweite summende Stimme)
  »...Nyarlathotep... Wilmarth... Aufnahme und Briefe... billi-
ger Schwindel...«
  (Noyes)
  »...(ein unaussprechliches Wort oder ein Name, möglicherweise
N'gah-Kthun)... harmlos... Frieden... vierzehn Tage... theatra-
lisch... Ihnen schon vorher gesagt...«
  (Erste summende Stimme)
  »...kein Grund... ursprüngliche Plan... Auswirkungen...
Noyes kann aufpassen... der Runde Berg... neuen Zylinder...
Noyes' Wagen...«
  (Noyes)
  »...gut... alles Ihnen... hier unten... Ruhe... Ort...«
  (Mehrere Stimmen zugleich in unverständlicher Sprache)
  (Getrappel von zahlreichen Füßen, darunter auch die seltsamen
scharrenden, klapperden Geräusche)
  (Ein merkwürdiges, flatterndes Geräusch)
  (Das Geräusch eines startenden und sich entfernenden Autos)
  (Stille)
Das ist es, was ich hörte und verstand, als ich unbeweglich auf
dem Bett im ersten Stock des verwunschenen Bauernhauses inmit-
ten der dämonischen Berge lag – vollständig angezogen auf dem
Bett lag, mit einem Revolver in meiner verkrampften rechten
Hand und einer Taschenlampe fest in der linken. Ich war wie gesagt hellwach geworden, aber eine unerklärliche Lähmung ließ
mich unbeweglich verharren, noch lange nachdem die letzten Geräusche verklungen waren. Ich hörte das hölzerne, regelmäßige
Ticken der antiken Connecticut-Uhr irgendwo weit unten und vernahm schließlich das unregelmäßige Schnarchen eines Schlafen-

den. Akeley mußte nach der seltsamen Versammlung eingenickt sein, und ich konnte mir gut vorstellen, daß er es nötig hatte.

Ich war völlig unschlüssig, was ich denken oder tun sollte. Hatte ich denn etwas anderes gehört, als ich nach den früheren Informationen erwarten konnte? Hatte ich nicht gewußt, daß die namenlosen Außerirdischen jetzt freien Zugang zu dem Haus hatten? Kein Zweifel, Akeley hatte einen unangemeldeten Besuch von ihnen bekommen. Und doch hatte irgend etwas in dieser bruchstückhaften Unterhaltung mich unendlich erschreckt, die absurdesten und fürchterlichsten Zweifel in mir geweckt und mir den verzweifelten Wunsch eingegeben, ich sollte aufwachen und alles als einen Traum erkennen. Ich glaube, mein Unterbewußtsein hatte schon etwas wahrgenommen, was mir noch nicht voll zum Bewußtsein gekommen war. Aber was war mit Akeley? War er nicht mein Freund, und hätte er nicht protestiert, wenn mir irgendein Leid geschehen sollte? Das friedliche Schnarchen schien all meinen so plötzlich verstärkten Befürchtungen Hohn zu sprechen.

War es möglich, daß Akeley getäuscht und als Köder mißbraucht worden war, um mich mit seinen Briefen, seinen Bildern und seiner Aufnahme in die Berge zu locken? Hatten diese Wesen die Absicht, uns beide gemeinsam in den Abgrund der Vernichtung zu stürzen, weil wir zuviel wußten? Wieder dachte ich daran, wie abrupt und unnatürlich der Umschwung gewesen war, der sich zwischen Akeleys vorletztem und letztem Brief vollzogen haben mußte. Irgend etwas, das spürte ich instinktiv, war auf grauenhafte Weise schiefgegangen. Alles war anders, als es schien. Der scharf schmeckende Kaffee, den ich nicht getrunken hatte – konnte nicht irgendein verstecktes, unbekanntes Wesen versucht haben, ihn zu vergiften? Ich mußte sofort mit Akeley sprechen und ihm das Gefühl für das rechte Maß wiedergeben. Sie hatten ihn mit dem Versprechen kosmischer Offenbarungen hypnotisiert, aber jetzt mußte er der Stimme der Vernunft gehorchen. Wir mußten hier rauskommen, bevor es zu spät war. Wenn er nicht genug Willenskraft besaß, den Ausbruch in die Freiheit zu vollziehen, so würde ich ihm meinen Willen aufzwingen. Oder wenn ich ihn wirklich nicht dazu bringen konnte zu gehen, würde ich zumindest allein gehen. Sicher würde er mir seinen Ford leihen, wenn ich ihm versprach, ihn in einer Garage in Brattleboro abzuliefern. Ich hatte ihn in dem Schuppen stehen sehen – die Schuppentür stand offen, da die Gefahr jetzt vorüber war –, und ich hielt es für sehr wahrscheinlich, daß er sofort fahrbereit sein würde. Die momentane Abneigung gegen Akeley, die ich während der abendlichen Unterhaltung gespürt hatte, war jetzt ganz verschwunden. Er war fast in der gleichen Lage wie ich, und wir mußten zusammenhalten. Da ich wußte, wie schlecht es ihm ging, tat es mir leid, ihn um diese Zeit wecken zu müssen, aber ich mußte es tun. So wie die Dinge lagen, konnte ich nicht bis zum Morgen in diesem Haus bleiben.

Endlich fühlte ich mich in der Lage, etwas zu unternehmen, und streckte mich kräftig, um die Kontrolle über meine Muskeln zurückzuerlangen. Ich stand mit eher impulsiver als überlegter Vorsicht auf, fand meinen Hut und setzte ihn auf, packte meinen Koffer und machte mich im Licht der Taschenlampe auf den Weg nach unten. In meiner Nervosität behielt ich den Revolver fest in der rechten Hand, während ich in der linken sowohl den Koffer als auch die Taschenlampe trug. Warum ich diese Vorsichtsmaßnahme beibehielt, weiß ich nicht, denn ich wollte ja nur den einzigen anderen Bewohner des Hauses aufwecken.

Während ich halb auf den Zehenspitzen die knarrenden Treppenstufen hinabstieg, konnte ich das Schnarchen deutlicher hören und bemerkte, daß der Schlafende in dem Zimmer auf der linken Seite liegen mußte – dem Wohnzimmer, das ich nicht betreten hatte. Zu meiner Rechten gähnte finster das Arbeitszimmer, aus dem ich die Stimmen gehört hatte. Ich stieß die angelehnte Tür des Wohnzimmers auf und leuchtete mit der Taschenlampe in die Richtung, aus der das Schnarchen kam, bis der Lichtkegel das Gesicht des Schlafenden erfaßt hatte. Aber im nächsten Augenblick drehte ich die Lampe weg und zog mich so lautlos wie möglich in den Vorraum zurück, wobei meine Vorsicht diesmal instinktiv und begründet zugleich war. Denn der schlafende Mann auf der Couch war keineswegs Akeley, sondern mein früherer Begleiter Noyes.

Was das alles zu bedeuten hatte, war mir unerklärlich; aber der gesunde Menschenverstand sagte mir, daß es am sichersten sein würde, mir einen möglichst genauen Überblick zu verschaffen, bevor ich jemanden aufweckte. Als ich wieder draußen im Vorraum war, schloß ich die Wohnzimmertür hinter mir, wodurch sich die Gefahr verringerte, daß ich Noyes doch noch aufweckte. Ich betrat jetzt vorsichtig das dunkle Arbeitszimmer, wo ich Akeley schlafend oder wachend in seinem großen Sessel zu finden hoffte, der offensichtlich sein Lieblingsplatz war. Während ich ein paar

Schritte machte, erfaßte der Strahl meiner Taschenlampe den großen Mitteltisch, auf dem einer der diabolischen Zylinder stand; er war an die Seh- und an die Hörmaschine angeschlossen, während die Sprechmaschine anschlußfertig dicht daneben stand. Dies, so überlegte ich, mußte das konservierte Gehirn sein, das ich während der schrecklichen Konferenz hatte sprechen hören; und eine Sekunde lang spürte ich das perverse Verlangen, die Sprechmaschine anzuschließen und zu sehen, was sie von sich geben würde.

Das Gehirn mußte, so überlegte ich, sogar jetzt meine Anwesenheit wahrnehmen; denn der Seh- und Hörapparat mußten ja auf alle Fälle das Licht meiner Taschenlampe und das leichte Knarren der Dielen unter meinen Füßen registrieren. Aber schließlich wagte ich doch nicht, an dem Ding herumzuhantieren. Nebenbei fiel mir auf, daß es der neue, glänzende Zylinder war, den ich am Abend zuvor auf dem Bord hatte stehen sehen und den anzufassen mein Gastgeber mir verboten hatte. Wenn ich heute an diesen Augenblick zurückdenke, kann ich meine Furchtsamkeit nur bedauern und wünschen, ich hätte damals den Mut gehabt, den Apparat zum Sprechen zu bringen. Gott allein weiß, welche Geheimnisse und fürchterlichen Zweifel und Fragen der Identität er aufgeklärt hätte. Aber nun, vielleicht war es eine Gnade, daß ich ihn in Ruhe ließ.

Vor dem Tisch richtete ich meine Lampe in die Ecke, in der ich Akeley vermutete, bemerkte aber zu meinem Erstaunen, daß der große Sessel leer war – weder ein schlafender noch ein wachender Mensch saß darin. Auf dem Sitz lag unordentlich hingeworfen der bewußte Morgenmantel und daneben auf dem Boden das gelbe Halstuch und die riesigen Fußwickel, die mir so sonderbar vorgekommen waren. Während ich zögerte und zu erraten suchte, wo Akeley sein konnte und warum er so plötzlich seine Krankenzimmer-Kleidung abgeworfen hatte, bemerkte ich, daß der seltsame Geruch und die Schwingungen nicht mehr das Zimmer erfüllten. Was war ihre Ursache gewesen? Es fiel mir ein, daß ich sie nur in Akeleys Nähe gespürt hatte. Sie waren dort, wo er gesessen hatte, am stärksten gewesen, während ich sie sonst nirgends festgestellt hatte außer in dem Arbeitszimmer und unmittelbar vor der Tür. Ich hielt inne, ließ den Lichtstrahl der Taschenlampe durch das dunkle Arbeitszimmer wandern und zermarterte mein Gehirn nach einer Erklärung für diese neuerliche Wende.

Wünschte Gott, ich hätte das Zimmer leise verlassen, bevor der

Lichtstrahl auf den leeren Stuhl fiel. So aber verließ ich das Zimmer nicht ruhig, sondern mit einem unterdrückten Aufschrei, der den schlafenden Wächter auf der anderen Seite des Vorraums gestört haben muß, ihn aber nicht gänzlich aufweckte. Dieser Schrei und Noyes' immer noch unbeirrtes Schnarchen waren die letzten Geräusche, die ich in diesem makabren Bauernhaus unter dem dunkel bewaldeten Gipfel des verzauberten Berges wahrnahm – diesem Brennpunkt transkosmischer Schrecken inmitten der einsamen grünen Berge und der beschwörend murmelnden Bäche eines geisterhaften Landstrichs.

Es ist ein Wunder, daß ich in meiner Panik nicht Taschenlampe, Koffer und Revolver fallen ließ, aber irgendwie blieb mir ein solcher Verlust erspart. Es gelang mir tatsächlich, geräuschlos aus dem Zimmer und dem Haus hinauszukommen, mich selbst und meine Sachen unversehrt in den alten Ford zu verfrachten und das uralte Vehikel in Richtung auf irgendeinen unbekannten, sicheren Ort in der schwarzen, mondlosen Nacht in Bewegung zu setzen. Die folgende Fahrt war ein Wahnbild aus den Dichtungen von Poe oder Rimbaud oder den Zeichnungen von Doré, aber schließlich erreichte ich Townshend. Das ist alles. Wenn ich noch bei Verstand bin, so habe ich Glück gehabt. Manchmal fürchte ich mich davor, was die nächsten Jahre bringen werden, besonders da der neue Planet Pluto zu einem so merkwürdigen Zeitpunkt entdeckt wurde.

Wie ich bereits angedeutet habe, lenkte ich den Strahl meiner Taschenlampe, nachdem ich das ganze Zimmer abgeleuchtet hatte, wieder auf den leeren Sessel. Da erst bemerkte ich, daß auf dem Sitz einige Gegenstände lagen, die von den losen Falten des danebenliegenden Morgenrocks fast verdeckt wurden. Das waren die Gegenstände, drei an der Zahl, die die Leute von der Polizei nicht mehr vorfanden, als sie etliche Stunden später eintrafen. Wie ich am Anfang meiner Erzählung gesagt habe, war an diesen Gegenständen nichts unmittelbar Schreckliches festzustellen. Das Schlimme waren die Schlußfolgerungen, die man daraus ziehen mußte. Selbst heute kommen mir ab und zu Zweifel – dann bin ich fast geneigt, die Skepsis derer zu teilen, die mein ganzes Erlebnis auf einen Traum, auf überreizte Nerven und Wahnvorstellungen zurückführen.

Die drei Gegenstände waren in ihrer Art äußerst geschickt konstruiert und hatten sinnreiche Klammern aus Metall, mit denen sie an Körperteilen befestigt werden konnten, über deren Bau ich lieber keine Vermutungen anstellen möchte. Ich hoffe – hoffe inständig –, daß diese Gegenstände die wächsernen Produkte eines großen Künstlers waren, obwohl meine tiefsten Befürchtungen mir etwas anderes einreden wollen. Großer Gott! Dieser Flüsterer im Dunkeln, mit seinem widerlichen Geruch und den Schwingungen! Zauberer, Abgesandter, Wechselbalg, Außenseiter... dieses fürchterliche, unterdrückte Summen... und während der ganzen Zeit in diesem neuen, glänzenden Zylinder auf dem Bord... armer Teufel... »Erstaunliche chirurgische, biologische, chemische und mechanische Fertigkeiten...« Denn die Gegenstände in dem Sessel waren, perfekt bis zum letzten, feinsten Detail mikroskopischer Ähnlichkeit – oder Identität – das Gesicht und die Hände von Henry Wentworth Akeley.

Das Grauen von Dunwich

*Gorgonen und Hydras und Chimären –
schlimme Geschichten von Celaeno und
den Harpyen – können sich im abergläubischen Gehirn reproduzieren – aber sie waren vorher da. Sie sind Transkripte, Typen
– die Archetypen sind in uns, und ewig. Wie
könnte uns sonst die Erzählung von etwas,
von dem wir bei wachem Bewußtsein wissen, daß es nicht stimmt, überhaupt berühren? Kommt das daher, daß wir ganz selbstverständlich von derlei Gegenständen
Schrecken gewärtigen, indem wir sie für fähig halten, uns körperlichen Schmerz zuzu-
fügen? O durchaus nicht! Diese Schrecken
sind anderer Herkunft. Sie gehen über den
Körper hinaus – denn ohne Körper wären
sie dieselben gewesen... Daß die Art von
Angst, von der hier die Rede ist, rein geistiger Natur ist – daß sie, je gegenstandsloser
sie auf Erden ist, um so stärker ist, daß sie
in der Zeit unserer sündelosen Kindheit do-
miniert – sind Schwierigkeiten, deren Lösung uns einen probablen Einblick in un-
sern vor-mundanen Zustand zu geben und
wenigstens ein Guckloch ins Schattenreich
der Präexistenz zu eröffnen vermag.*
Charles Lamb: Wiches and Other Night-
Fears

I

Der Reisende, der durch Massachusetts kommt und an dem
Kreuzweg unterhalb der Aylesbury-Ranges die falsche Abzwei-
gung einschlägt, gerät in eine merkwürdige verlassene Gegend.
Das Gelände steigt an, und die mit wilden Rosen bewachsenen
Steinwälle am Rand der staubigen, gewundenen Landstraße rük-
ken immer näher zusammen. Die Bäume in den dichten Waldgür-
teln erscheinen übernatürlich hoch, und die verhext wirkenden
Sträucher, Büsche und Gräser wuchern in einer Üppigkeit, wie
man sie nur höchst selten in von Menschen besiedelten Gegenden
findet. Gleichzeitig aber sieht man kaum bebaute Felder, und die
wenigen scheinen unfruchtbar und dürr zu sein; einzelne verstreute Gebäude sind alle gleichermaßen von Alter, Schmutz und

Verfall gezeichnet. Ohne zu wissen, warum, scheut man sich, eine dieser knorrigen einsiedlerischen Gestalten nach dem Weg zu fragen, die man hier und da auf einer halbzerfallenen Türschwelle oder auf einer der abschüssigen, mit Felsgeröll besäten Wiesen erblickt. Die Leute hier haben etwas so Verschlossenes, ja Verstohlenes, daß man sich unbewußt verbotenen Dingen gegenüber fühlt, mit denen man lieber nichts zu tun hat. Wenn die Straße noch mehr ansteigt und die Berge über den dichten Wäldern in den Blick kommen, verstärkt sich das ungute Gefühl. Die Gipfel sind zu rund und symmetrisch, als daß sie beruhigend und natürlich wirken könnten, und dann und wann zeichnen sich am Himmel mit überdeutlicher Klarheit die sonderbaren Umrisse der großen Felssäulen ab, von denen die meisten gekrönt sind.

Schluchten und Felsspalten von gefährlicher Tiefe durchschneiden den Weg, und die rohgezimmerten Holzstege scheinen von nur fragwürdiger Sicherheit. Senkt sich die Straße wieder, so gelangt man in eine weite Sumpflandschaft, gegen die man instinktiv Widerwillen empfindet; der man beinahe mit Furcht begegnet, wenn gegen Abend Ziegenmelker – dem Auge verborgen – schreien und Feuerfliegen in ganz unnatürlichen Schwärmen hervorschwirren, um zu den heiseren, seltsam eindringlichen Rhythmen der hohlknarrenden Ochsenfrösche zu tanzen. Das schmale, glänzende Band des Miscatonic läßt in unheimlicher Weise an eine nasse Natter denken, wie es sich nicht am Fuße der Berge entlangwindet, in denen es entspringt.

Wenn die Hügel näherrücken, richtet man seinen Blick unwillkürlich auf die dunkel bewaldeten Hänge, nicht mehr auf die steingekrönten Gipfel. Diese Wälder sind so finster und drohend, daß man wünschte, sie blieben in der Entfernung; aber es gibt keine Straße, auf der man vor ihnen fliehen könnte. Hinter einer überdachten Brücke entdeckt man ein kleines Dorf, eingezwängt zwischen den Fluß und die senkrechte Wand des Round Mountain, und man sieht mit Verwunderung den Haufen verfaulender Walmdächer, der auf eine frühere architektonische Periode schließen läßt als die der benachbarten Gegenden. Es ist nicht gerade beruhigend, wenn man beim näheren Hinsehen merkt, daß die meisten Häuser verlassen und halbverfallen sind und daß die Kirche mit dem eingestürzten Turm die einzige merkantile Niederlassung in diesem gottfernen Flecken beherbergt. Man mißtraut dem finsteren Tunnel der Brücke, aber es führt kein Weg daran vorbei.

Hat man sie im Rücken, so kann man sich kaum des Eindrucks erwehren, ein kaum spürbarer, unheilvoller Geruch wie von aufgetürmten Moder und der Verwesung von Jahrhunderten liege über der Dorfstraße. Auf jeden Fall ist man erleichtert, wenn man diesen Ort hinter sich läßt und der schmalen Straße um den Fuß der Hügel herum in die Ebene folgt, bis sie wieder auf die Aylesbury-Ranges stößt. Hinterher erfährt man dann, man sei in Dunwich gewesen.

Fremde besuchen Dunwich so selten wie möglich, und seit einer gewissen Zeit des Grauens sind alle Wegweiser entfernt worden. Die Landschaft, an normalen ästhetischen Maßstäben gemessen, ist überaus schön; und doch wird sie kaum von Künstlern oder Touristen besucht. Zweihundert Jahre zuvor, da man noch nicht mit Hexenblut, Satansverehrung und seltsamen Waldwesen Spott trieb, wußte man noch die Gründe, warum man diesen Ort mied. In unserem rationalistischen Jahrhundert – seit das Grauen von Dunwich von denen vertuscht wurde, denen das Wohl der Ortschaft und der Welt am Herzen lag – weichen die Leute ihm aus, ohne genau zu wissen, warum. Vielleicht mag ein Grund der sein – obwohl er nicht für uneingeweihte Fremde gelten kann –, daß die Einheimischen heute in widerwärtiger Weise dekadent und weit den Weg des Rückschritts gegangen sind, wie man das so häufig in den Brackwässern Neuenglands findet. So hat sich schließlich eine eigene Rasse mit allen charakteristischen, geistigen und physischen Merkmalen von Degeneration und Inzucht herausgebildet. Ihre durchschnittliche Intelligenz ist kläglich gering, und ihre Annalen sind voll der offensten Bösartigkeiten halb verheimlichter Morde, Inzeste und Handlungen von nahezu unnennbarer Gewalttätigkeit und Perversität. Ein wenig über dem üblichen Grad des Verfalls hielten sich die zwei oder drei wappenführenden Familien von niederem Adel, die 1692 aus Salem hierhergekommen waren; obwohl auch der größere Teil von ihnen tief im Schmutz versunken ist und nur noch der Name an ihre Herkunft erinnert, die sie so schändlich entehrt haben. Einige der Whateleys und Bishops schicken auch heute noch ihre ältesten Söhne nach Harvard oder Miscatonic, obwohl diese kaum wieder zu den geschnitzten Walmdächern zurückkehren, darunter ihre Vorfahren einst geboren wurden.

Niemand, auch nicht, der Näheres über das grauenhafte Geschehen weiß, könnte sagen, was es eigentlich mit Dunwich auf sich hat, obgleich alte Sagen von unheiligen Riten und geheimnisvollen Zusammenkünften der Indianer berichten, während der sie verbotene dunkelschattige Gestalten aus den gewaltigen Hügelkuppen beschworen und wilde orgiastische Gebete ausstießen, die durch lautes Poltern und Rumpeln aus dem Erdinneren beantwortet wurden. Im Jahre 1747 hielt der Reverend Abijah Hoadley, der seit kurzem an der Congregational Church in Dunwich wirkte, eine denkwürdige Predigt über die nahe Gegenwart Satans und seiner Mitwesen; in ihr sagte er:

Man muß zugeben, daß dieses Heraufbeschwören und Verehren einer höllischen Gefolgschaft grausiger Dämonen ein Ding von zu gemeinem Wissen sind, als daß es einfach geleugnet werden könnte; die fluchbeladenen Stimmen von *Azazel* und *Buzrael*, von *Beelzebub* und *Belial* in der Finsternis der Tiefe sind hier oben von einer Anzahl glaubwürdiger Zeugen gehört worden. Ich selbst belauschte vor nicht weniger als zwei Wochen mit eigenen Ohren einen Disput der Unterirdischen vom Hügel hinter meinem Haus, der von solchem Röcheln und Brausen, Seufzen, Kreischen, Knistern und Zischen begleitet war, wie es nicht von dieser Welt sein konnte und zweifelsohne aus diesen Höhlen stammte, die nur schwarze Magie auffinden kann und der Satan allein öffnet.

Mr. Hoadley verschwand kurz nachdem er diese Predigt gehalten hatte; aber ihr Wortlaut, der in Springfield gedruckt wurde, ist noch erhalten. Von Jahr zu Jahr wird über fortgesetztes Rumoren in den Hügeln berichtet, und weder Geologen noch Geomorphologen haben das Rätsel lösen können.

Andere Überlieferungen erzählen von fauligen Gerüchen um die Felssäulen oben auf den Hügeln und von rauschenden Luftwesen, die zu gewissen Stunden an bestimmten Stellen auf dem Grund der tiefen Schluchten schwach zu vernehmen seien; während wieder andere von dem »Tanzplatz des Teufels« reden – einem öden, versengten Hang, darauf weder Baum, Strauch noch Grashalm wächst. Überdies haben die Einheimischen auch tödliche Furcht vor den Ziegenmelkern, die ihren Ruf an lauen Abenden hören lassen. Man schwört, sie lägen auf der Lauer und warteten auf die Seelen der Sterbenden, und sie stießen ihre schauerlichen Schreie in Einklang mit dem keuchenden Atem des Dahinscheidenden aus. Glückte es ihnen, die fliehende Seele im Augenblick einzufangen, da sie den Körper verläßt, so flatterten sie auf der Stelle unter dämonischem Gekreische davon; mißlänge es, verblaßten ihre

Stimmen vor Enttäuschung.

Diese Geschichten klingen natürlich heutzutage lächerlich; immerhin sind sie aus uralten Zeiten überliefert. Dunwich ist tatsächlich erstaunlich alt – viel älter als irgendeine der Gemeinden im Umkreis von dreißig Meilen. Südlich des Dorfes kann man noch die Kellermauern und den Kamin des alten Pfarrhauses sehen, das vor 1700 errichtet wurde; und die Ruinen der Mühle am Hang, die 1806 gebaut wurde, sind das modernste, was Dunwich aufzuweisen hat. Industrie hat es hier kaum gegeben, und Ansätze dazu im 19. Jahrhundert erwiesen sich als kurzlebig. Am ältesten von allem sind die großen Kreise grobbehauener Steinsäulen oben auf den Bergen, aber sie werden eher den Indianern als den weißen Ansiedlern zugeschrieben. Schädel- und Knochenfunde innerhalb dieser Kreise und um den mächtigen tafelähnlichen Felsen auf Sentinel Hill bestärken den Volksglauben, diese Plätze seien einst die Begräbnisstätten der Pocumtucks gewesen; Ethnologen aber halten diese Auslegung für absurd und bleiben bei ihrer Überzeugung, die Reste seien kaukasischen Ursprungs.

II

In der Gemeinde Dunwich, in einer großen, nur zum Teil bewohnten Farm unterhalb eines Hügels, von wo aus es zum Dorf vier Meilen waren und zum nächsten Hof eine und eine halbe Meile, wurde Wilbur Whateley am 2. Februar 1913 an einem Sonntag um fünf Uhr in der Frühe geboren. Man erinnerte sich an dieses Datum, weil Lichtmeß war – was die Bewohner von Dunwich aber sonderbarerweise mit einem anderen Namen benennen – und weil die Geräusche in den Bergen erklungen waren und alle Hunde der Umgebung die Nacht davor ununterbrochen gebellt hatten. Weniger erwähnenswert war die Tatsache, daß die Mutter eine der dekadenten Whateleys war, eine irgendwie entstellt wirkende, wenig anziehende Frau von albinohaftem Aussehen, 35 Jahre alt, die mit ihrem alten halbverrückten Vater zusammenlebte, über den in seiner Jugend die schrecklichsten Geschichten von Hexenkunst und Zauberei gemunkelt wurden. Niemand wußte, wer der Vater des Kindes war, aber Lavinia Whateley machte, da das in dieser Gegend nicht als Schande galt, keinen Versuch, das Kind zu verleugnen; im Gegenteil, sie schien merkwürdig stolz auf den dunklen,

245

ziegenbockähnlichen Säugling zu sein, der zu ihrem eigenen widerwärtigen rosaäugigen Albinotyp so einen Kontrast bildete, und man hörte sie lauter rätselhafte Prophezeiungen über seine ungewöhnlichen Kräfte und seine ungeheuerliche Zukunft verkünden.

Es sah Lavinia ähnlich, solche Andeutungen zu machen; denn sie war ein einsames Geschöpf, das dazu neigte, bei Stürmen in den Bergen umherzuwandern, und versuchte, in den großen pfeffrig riechenden Büchern zu lesen, die seit zwei Jahrhunderten im Besitz der Whateleys waren und die ihr Vater geerbt hatte; die beinahe vor Alter und Wurmstich zerfielen. Sie hatte niemals eine Schule besucht, aber sie war angefüllt mit unzusammenhängenden Brokken uralten überlieferten Wissens, das sie der alte Whateley gelehrt hatte. Die einsam gelegene Farm war immer gemieden worden, da der alte Whateley im Rufe schwarzer Hexenkünste stand; und der unaufgeklärte gewaltsame Tod von Mrs. Whateley zu der Zeit, da Lavinia zwölf Jahre alt war, hatte auch nicht gerade dazu beigetragen, den Ort populär zu machen. Von der Umwelt isoliert, liebte Lavinia wilde und grandiose Tagträume und ungewöhnliche Beschäftigungen; und ihre Muße wurde auch nicht im geringsten durch Pflichten in einem Hause eingeschränkt, in dem seit langem Ordnung oder Sauberkeit unbekannt waren.

Das schauderhafte Gekreische in der Nacht, als Wilbur geboren wurde, übertönte sogar das Lärmen in den Bergen und das Heulen der Hunde. Niemand wußte von einem Arzt oder einer Hebamme, die seiner Geburt assistiert hätten. Nachbarn erfuhren erst eine Woche später von ihm, als der alte Whateley seinen Schlitten durch den Schnee nach Dunwich zog und unvermittelt ein paar Leute ansprach, die vor Osborns Store herumlungerten.

Mit dem alten Mann schien eine Veränderung vorgegangen zu sein – eine plötzliche Spur von Verschlagenheit hinter der umwölkten Stirn, die ihn fast unbemerkt von einem Objekt in ein Subjekt der Furcht verwandelten – obwohl er nicht von der Sorte war, die sich durch ein ganz gewöhnliches Familienereignis aus der Ruhe bringen läßt. Vor allem zeigte er denselben Stolz, den man später bei seiner Tochter bemerkte, und was er über die Vaterschaft des Kindes äußerte, das wußten einige der Zuhörer noch Jahre danach.

»Ich scher' mich nicht drum, was die Leute sagen – wenn Lavinnys Junge wie sein Vater ausschauen würde, dann würde er gewiß nicht so ausschauen, wie ihr euch das erwartet. Ihr braucht gar nicht glauben, daß ihr die einzigen Leute in dieser Gegend da seid. Lavinny hat allerhand gelesen und gesehen, wovon andere nur mit der Hand vor dem Mund reden. Ich schätze, ihr Mann ist genauso gut wie irgendeiner auf dieser Seite von Aylesbury; und wenn ihr so viel über die Berge wüßtet wie ich, dann würdet ihr drauf kommen, daß ihre Hochzeit mindestens so gut wie eine in der Kirche war. Laßt euch was sagen – *eines Tages werdet Ihr Leute hören, wie 'n Kind von meiner Lavinny den Namen seines Vaters von Sentinel Hill herunterruft*!«

Die einzige Person, die Wilbur während seines ersten Lebensmonats erblickte, waren der alte Zechariah Whateley, von den nicht dekadenten Whateleys, und Earl Sawyers Lebensgefährtin Mamie Bishop. Der Grund für Mamies Besuch war, ganz unverhüllt, reine Neugierde; Zechariah aber kam mit einem Paar von Alderney-Kühen, die der alte Whateley seinem Sohn Curtis abgekauft hatte. Das war der Beginn einer Reihe von Viehkäufen der Familie des kleinen Wilbur, die erst im Jahre 1928 endete, als das Grauen von Dunwich kam und wieder verschwand; und doch schien der baufällige Stall der Whateleys zu keiner Zeit mit Vieh überfüllt zu sein. Es gab eine Zeit, in der die Leute sich aus Neugier die Herde zählten, die an dem gefährlichen steilen Abhang über dem alten Farmgebäude graste, und nie konnten sie mehr als zehn oder zwölf anämische, blutleer aussehende Tiere ausmachen. Seltsame Verletzungen, Wunden, die beinahe wie Einschnitte aussahen, schienen das Vieh zu quälen; und ein- oder zweimal innerhalb der ersten Monate glaubten manche Besucher, ähnliche Wunden am Hals des grauhaarigen, unrasierten alten Mannes und seiner schlampigen, kräuselhaarigen Albinotochter zu entdecken.

Im Frühling nach Wilburs Geburt nahm Lavinia ihre üblichen Streifzüge durch die Berge wieder auf, und in ihren mißproportionierten Armen schleppte sie dabei das dunkelhäutige Kind mit herum. Das Interesse der Öffentlichkeit an den Whateleys nahm ab, als die meisten der Landbewohner das Kind gesehen hatten, und niemand schenkte der schnellen Entwicklung Aufmerksamkeit, die der Neuankömmling von Tag zu Tag durchmachte. Wilburs Wachstum war in der Tat phänomenal; innerhalb der drei Monate nach seiner Geburt entwickelte er eine Größe und Muskelkraft, wie man sie für gewöhnlich nicht bei Kindern unter einem Jahr findet. Seine Bewegungen und selbst seine Laute zeigten eine derartige Beherrschung und Bedachtsamkeit, die bei einem

Kleinkind höchst merkwürdig erscheint, und eigentlich war niemand unvorbereitet, als er mit sieben Monaten ohne jede Hilfe mit stolpernden Schritten zu laufen begann und nach einem weiteren Monat imstande war, sich fortzubewegen.

Ein wenig später – am Abend vor Allerheiligen – wurde ein großer Lichtschein um Mitternacht auf dem Gipfel des Sentinel Hill gesehen, wo der tafelähnliche Stein inmitten der Begräbnisstätte mit den uralten Knochen steht. Erhebliches Gerede begann, als Silas Bishop – von den nicht dekadenten Bishops – erzählte, er habe den Jungen zielsicher vor seiner Mutter her den Berg hinauflaufen sehen, etwa eine Stunde, bevor das Leuchten bemerkt worden sei. Silas war gerade dabei, seine herumirrenden Färsen zusammenzutreiben, aber er hätte beinahe sein Vorhaben vergessen, als er schemenhaft die beiden Gestalten im trüben Licht ihrer Laternen erblickte. Sie glitten fast geräuschlos durch das Unterholz, und der erstaunte Beobachter vermeinte zu sehen, daß sie völlig unbekleidet waren. Später war er nicht mehr ganz sicher, was den Jungen anging; es war auch möglich, daß er einen ausgefransten Gürtel und ein Paar dunkle halblange oder lange Hosen getragen hatte. Wilbur wurde in der Folge niemals lebend oder bei Bewußtsein angetroffen, ohne daß sein Anzug bis zum Halse zugeknöpft war, und es versetzte ihn in Angst und Aufregung, wenn er glaubte, irgend etwas daran sei in Unordnung. In diesem Punkt unterschied er sich ganz beträchtlich von seiner schlampigen Mutter und seinem schmutzigen Großvater, wie man glaubte – bis das Grauen im Jahre 1928 eine nur zu plausible Erklärung ergab.

Der Klatsch im nächsten Januar war nur wenig daran interessiert, daß »Lavinnys schwarze Brut« nun, im Alter von nur elf Monaten, zu sprechen begonnen hatte. Seine Art zu reden war darum interessant, weil sie zum einen nicht den üblichen Akzent der Gegend hatte und zum anderen das kindliche Gestammel vermissen ließ, das man doch normalerweise bei Drei- bis Vierjährigen antrifft. Der Junge war nicht gerade redselig; wenn er jedoch sprach, so zeigte er irgendein unbestimmbares Element, das Dunwich und seinen Bewohnern völlig fremd war. Das Befremdliche lag nicht darin, was er sagte noch in den einfachen Ausdrücken, die er verwendete; schien aber mit seiner Intonation zusammenzuhängen oder mit den inneren Organen, die den gesprochenen Laut hervorbrachten. Auch sein Gesichtsausdruck war wegen seiner Reife bemerkenswert; aber obwohl er von seiner Mutter und seinem

Großvater das fliehende Kinn hatte, gaben ihm seine gerade und ausgeprägte Nase zusammen mit dem Ausdruck der großen, dunklen, fast römischen Augen eine Miene von Quasi-Erwachsen-sein und frühreifer Klugheit. Er war jedoch trotz seiner intelligenten Züge außerordentlich häßlich; es lag etwas Bocksähnliches, auf jeden Fall Animalisches um seine wulstigen Lippen, in seiner großporigen, gelblichen Haut, dem borstigen Kräuselhaar und den seltsam lang herunterhängenden Ohren. Er wurde bald entschieden mehr gehaßt als seine Mutter und sein Großvater, und Mutmaßungen über ihn wurden mit Anspielungen auf die Zauberkünste des alten Whateley gewürzt; damit, wie die Berge einst erbebten, als er den fürchterlichen Namen *Yog-Sothoth* inmitten eines Kreises aus Steinen in die Nacht schrie, mit einem großen geöffneten Buch vor sich in den Händen. Hunde verabscheuten den Jungen, und er war gezwungen, stets auf der Hut zu sein, um sich gegen ihre kläffende Bedrohung zu verteidigen.

III

In der Zwischenzeit kaufte der alte Whateley weiterhin Vieh, ohne daß sich jedoch seine Herde sichtbar vergrößerte. Auch schlug er Holz und begann, die bisher unbenutzten Teile des Hauses zu reparieren – Räume unter dem Spitzdach, dessen hinteres Ende direkt auf den felsigen Abhang stieß, dessen drei am wenigsten zerstörte Räume zu ebener Erde bis jetzt für ihn und seine Tochter ausgereicht hatten. Erstaunliche Kraftreserven müssen in dem alten Mann gesteckt haben, die es ihm ermöglichten, so schwere Arbeit auszuführen; und obwohl er, wie immer, wirres Zeug daherredete, so zeigte doch seine Zimmerei kluge Überlegung. Er hatte schon damit begonnen, kurz nachdem Wilbur zur Welt gekommen war; damals hatte er einen der vielen Werkzeugschuppen plötzlich zusammengeflickt, mit Schindeln gedeckt und ihm ein solides, neues Aussehen gegeben. Nun, da er das vernachlässigte obere Stockwerk des Hauses in Angriff nahm, bewies er sich als nicht weniger gründlicher Handwerker. Seine Besessenheit zeigte sich, als er alle Fenster in dem verbesserungswürdigen Teil des Hauses mit Brettern vernagelte – obwohl viele erklärten, daß die ganze Renovierung überhaupt ein Wahnsinnsunternehmen sei. Weniger unerklärlich war, daß er noch einen weiteren Raum im

Parterre für seinen Enkel ausbaute – dieses Zimmer sahen einige Beobachter, niemand jedoch durfte je einen Blick in das festverschlossene obere Stockwerk werfen. Diese Kammer stellte er mit hohen, schweren Regalen voll, in denen er mit der Zeit, allem Anschein nach sorgsam geordnet, die modrigen alten Bücher aufstellte, die vorher in wilder Unordnung in irgendwelchen Ecken in den verschiedenen Räumen aufgestapelt waren.

»Ich hab' sie gebraucht«, murmelte er vor sich hin, als er ein zerrissenes schwarzes Blatt mit einem Brei zu kleben versuchte, den er auf dem rostigen Küchenherd angerührt hatte, »aber der Junge wird sie jetzt besser brauchen können. Er muß sie um sich haben, denn aus ihnen soll er lernen.«

Als Wilbur – im September 1914 – ein Jahr und sieben Monate alt war, waren seine Größe und seine Fähigkeiten fast alarmierend. Er war nun so groß wie normalerweise ein vierjähriges Kind, und er sprach fließend und unglaublich klug. Er trieb sich auf den Feldern und Hügeln umher und begleitete seine Mutter auf all ihren Streifzügen. Zu Hause brütete er über den merkwürdigen Bildern und Karten in den Büchern seines Großvaters, und der alte Whateley unterrichtete ihn lange, geheimnisvolle Abende hindurch. Zu dieser Zeit war die Restaurierung des Hauses abgeschlossen, und wer daran vorbeikam, sah mit Erstaunen, daß eines der oberen Fenster in eine solide Plankentür verwandelt worden war. Das Fenster lag am hintersten Ende des östlichen Giebels und führte direkt auf den Hügel; und niemand konnte sich vorstellen, wozu in aller Welt ein hölzerner Steg daran angebaut war, der zum Boden führte. Als diese Arbeit erledigt war, bemerkten die Leute, daß der alte Geräteschuppen, der seit Wilburs Geburt fest verschlossen war, wieder vernachlässigt wurde. Die Tür schwang hin und her, und als Earl Sawyer einmal aus Zufall hineingeriet – nachdem er den alten Whateley wegen eines Viehverkaufs aufgesucht hatte –, war er ganz fassungslos über den Geruch, den er dort antraf – einen Gestank, so behauptete er, wie er ihn nur ein einziges Mal in seinem Leben kennengelernt hatte, und zwar in der Nähe der indianischen Kreise oben auf den Hügeln, und der nicht von dieser Welt oder von irgend etwas Gesundem, Heilen stammen könnte. Aber schließlich haben die Häuser und Schuppen der Bewohner von Dunwich noch nie als besonders wohlriechend gegolten.

In den nächsten Monaten geschah nichts Ungewöhnliches, außer daß jeder beschwor, daß die rätselhaften Geräusche in den Bergen langsam, aber beständig zunahmen. Im Mai 1915 waren es Erschütterungen, die selbst die Bewohner in Aylesbury bemerkten, und am Abend vor Allerheiligen darauf vernahm man ein unterirdisches Grollen, das in merkwürdiger Weise mit Flammenerscheinungen – »das Treiben dieser Hexen-Whateleys« – auf dem Gipfel des Sentinel Hill parallellief. Wilbur wuchs weiterhin so ungeheuerlich, daß er zu Beginn seines vierten Jahres das Aussehen eines Zehnjährigen hatte. Er las begierig, jetzt ohne jede Hilfe; sprach aber immer weniger. Er war in Schweigen gehüllt, und zum erstenmal begannen die Leute, den dämmernden Ausdruck von Bösem in seinem bocksähnlichen Gesicht festzustellen. Zuweilen stieß er Worte in unverständlichem Kauderwelsch hervor oder sang in bizarren Rhythmen, die den Zuhörer mit unerklärlichem Grauen erfüllten. Die Abneigung der Hunde ihm gegenüber hatte so weit geführt, daß er gezwungen war, eine Pistole bei sich zu tragen, wenn er ungeschoren die Gegend durchqueren wollte. Sein gelegentlicher Gebrauch der Waffe vergrößerte nicht gerade seine Beliebtheit bei den Besitzern von Wachhunden.

Die wenigen Besucher des Hauses fanden meist Lavinia alleine im Erdgeschoß, während aus dem vernagelten ersten Stock seltsame Schreie und Fußtritte zu hören waren. Sie wollte nie verraten, was ihr Vater und der Junge dort oben eigentlich taten, und einmal wurde sie blaß und zeigte unnatürliche Angst, als ein Fischhändler aus Spaß an der verschlossenen Tür rüttelte, die zum Treppenhaus führte. Dieser Händler erzählte im Ort, er glaubte, er habe ein Pferd über der Decke trampeln gehört. Die anderen überlegten, dachten an die Tür und den hölzernen Steg und an das Vieh, das so schnell verschwand; und sie schauderten, als sie sich an Geschichten aus der Jugend des alten Whateley erinnerten und an die merkwürdigen Dinge, die aus dem Erdinneren hervorgerufen werden, wenn ein Ochse zum richtigen Zeitpunkt gewissen heidnischen Göttern geopfert wird. Seit kurzem hatte man beobachtet, daß die Hunde jetzt die ganze Whateley-Farm genauso haßten und fürchteten wie sie zuerst nur die Person des jungen Wilbur gehaßt und gefürchtet hatten.

Der Krieg im Jahre 1917 kam, und Squire Sawyer Whateley hatte Schwierigkeiten, eine Anzahl junger Burschen in Dunwich zu sammeln, die für eine militärische Ausbildung geeignet gewesen wären. Die Regierung, die über diese Dekadenz einer ganzen Region entsetzt war, entsandte etliche Offiziere und Psychologen, um den Fall näher zu untersuchen; es folgte ein Gutachten, an das sich die Leser der Neu-England-Zeitungen vielleicht noch erinnern werden. Das Aufsehen, das diese Untersuchung verursachte, führte die Reporter auf die Spur der Whateleys und veranlaßte den *Boston Globe* und den *Arkham Advertiser,* großaufgemachte Sensationsartikel über die Frühreife des jungen Wilbur zu schreiben; über die schwarze Magie des alten Whateley; über die Regale voll der seltsamen Bücher, das verriegelte Obergeschoß des Farmgebäudes und das Unheimliche der ganzen Gegend und der Geräusche in den Bergen. Wilbur war nun viereinhalb Jahre alt, sah aber aus wie ein Junge von fünfzehn. Seine Lippen und Wangen waren von dunklem Flaum bedeckt, und er befand sich gerade im Stimmbruch.

Earl Sawyer führte die Reporter und Kameraleute hinaus zur Whateley-Farm und lenkte ihre Aufmerksamkeit auf den schauerlichen Gestank, der jetzt von dem verschlossenen oberen Stockwerk herabzusickern schien. Es war derselbe Geruch, sagte er, den er in dem verlassenen Geräteschuppen festgestellt habe, und er gleiche den schwachen Dünsten, die er schon manches Mal im Bereich der Steinkreise auf den Bergen wahrgenommen habe. Die Bewohner von Dunwich lasen diese Berichte, sobald sie erschienen, und machten sich über offensichtliche Fehler lustig. Sie fragten sich auch, warum die Journalisten der Tatsache so viel Bedeutung zumaßen, daß der alte Whateley sein Vieh stets mit Goldstücken aus längst vergangenen Zeiten bezahlte. Die Whateleys hatten die Besucher mit schlechtverhohlenem Mißfallen empfangen, aber sie wollten nicht durch gewaltsamen Widerstand oder Weigerung zu reden noch mehr das Interesse der Öffentlichkeit auf sich lenken.

IV

Für die nächsten zehn Jahre versinkt die Geschichte der Whateleys im täglichen Leben einer morbiden Gemeinde, die sich mit ihrer sonderbaren Lebensweise und ihren Orgien in Mainächten und zu Allerheiligen abgefunden hatte. Zweimal im Jahr pflegten sie große Feuer auf dem Gipfel von Sentinel Hill anzuzünden, wobei das dumpfe Grollen in den Bergen mit immer größerer Gewalt wiederkehrte; und das ganze Jahr hindurch geschah Merkwürdiges und Unheilvolles auf der einsamen Farm. Im Lauf der Zeit erklärten Beobachter, sie hörten selbst dann Laute aus dem verschlossenen oberen Stockwerk, wenn die ganze Familie sich unten aufhielt, und man wunderte sich, wie schnell eine Kuh oder ein Ochse für gewöhnlich geopfert wurde. Man sprach schon davon, bei der »Gesellschaft zur Verhütung von Grausamkeiten an Tieren« Beschwerde einzureichen; aber daraus wurde nichts, weil die Bewohner von Dunwich noch nie besonders darauf aus waren, die Aufmerksamkeit der Außenwelt auf sich zu lenken.

Ungefähr im Jahre 1923, als Wilbur ein Junge von zehn Jahren war, dessen Intelligenz, Stimme, Statur und Bartwuchs alle Anzeichen von Reife zeigten, mußte das alte Farmgebäude einen zweiten Angriff von Restaurierung über sich ergehen lassen. Diesmal ging es um das Innere des festverriegelten ersten Geschosses, und aus den Holzteilen, die herumlagen, schloß man, daß der Junge und sein Großvater alle Zwischenwände und sogar den Boden zum Dach herausgenommen und so einen riesigen Raum zwischen dem Erdgeschoß und dem Spitzdach geschaffen hatten. Sie hatten selbst den großen Kamin entfernt und statt dessen ein dürftiges eisernes Herdrohr an der Außenseite angebracht.

Im Frühling nach diesem Ereignis bemerkte der alte Whateley die zunehmende Zahl der Ziegemelker, die aus der Cold-Spring-Schlucht kamen, um Abend für Abend vor seinem Fenster zu schreien. Er schien dem große Bedeutung zuzumessen und sagte den herumlungernden Dorfbewohnern vor Osborns, daß er glaube, seine Zeit sei gekommen.

»Sie schrein jetzt im Takt mit meinem Atem«, sagte er, »und ich wette, sie lauern bloß darauf, sich meine Seele zu schnappen. Sie wissen, daß ich bald dran bin, und sie wollen sie sich nicht entwischen lassen. Ihr wißt schon, Jungs, wenn ich nicht mehr da bin, ob sie sie gekriegt haben oder nicht. Wenn ja, dann singen sie und lachen sich eins bis zum Morgen. Wenn nicht, dann werden sie ganz still. O ja, ich glaube schon, daß sie und die Seelen, denen sie nachjagen, manchmal ganz schön harte Kämpfe austragen.«

Am 1. August 1924 in der Nacht wurde Dr. Houghton aus Aylesbury von Wilbur Whateley dringend verlangt, der mit seinem letzten Pferd durch die Dunkelheit galoppiert war und ihn von Osborns Store aus angerufen hatte.

Der Arzt fand den Zustand des alten Whateley sehr bedenklich; ein unregelmäßiger Herzschlag und sein rasselnder Atem deuteten auf ein nahes Ende hin. Die mißgestaltete Albinotochter und der seltsam behaarte Enkel standen an seinem Bett, während über ihren Köpfen aus der leeren Halle ein beunruhigendes gleichmäßiges Schleifen oder Schwingen zu hören war, als ob Wellen an einen Strand schlügen. Dem Doktor grauste jedoch noch mehr vor den schreienden Nachtvögeln draußen; anscheinend ein unendliches Heer von Ziegenmelkern, die unablässig ihre endlose Botschaft wiederholten, wobei sie in teuflischer Weise mit dem keuchenden Atem des Sterbenden Takt hielten. Es war unheimlich und unnatürlich, dachte Dr. Houghton, wie dieses ganze Gebiet, das er nur widerstrebend betreten hatte, da er so dringend gerufen worden war.

Gegen ein Uhr erlangte der alte Whateley das Bewußtsein wieder, und zwischen sein Keuchen mischten sich mühsam hervorgestoßene Worte an seinen Enkel.

»Mehr Platz, Willy, bald noch mehr Platz. Du wächst – und *das* wächst schneller. Es wird dich bald retten können, mein Junge. Öffne Yog-Sothoth mit dem langen Gesang von Seite 751 die Tore, du findest ihn in der vollständigen Ausgabe, und steck dann das Gefängnis an. Kein Feuer aus dem Diesseits kann ihm jetzt noch schaden.«

Offensichtlich hatte er vollständig den Verstand verloren. Nach einer Pause, während der die Ziegenmelker draußen ihre Schreie dem geänderten Rhythmus anglichen und Andeutungen von fernen Geräuschen aus den Bergen herüberdrangen, fügte er einen oder zwei Sätze hinzu.

»Gib ihm regelmäßig zu essen, Willy, aber paß auf, wieviel; laß es nicht zu groß werden; denn wenn es rausbricht, bevor du Yog-Sothoth aufgemacht hast, war alles umsonst. Nur sie von drüben können machen, daß es sich vermehrt und daß alles klappt... Nur sie, die *Alten,* die darauf warten, wiederzukommen...«

Aber wieder löste Keuchen seine Worte ab, und Lavinia stieß einen Schrei aus, als die Ziegenmelker den Wechsel mitmachten. Eine Stunde lang veränderte sich nichts, dann kam der letzte rasselnde Atemzug. Dr. Houghton zog schrumpfige Lider über die glasigen grauen Augen, als das Lärmen der Vögel unmerklich in Schweigen erstarb. Lavinia schluchzte, aber Wilbur kicherte bloß, während die Berge in der Ferne schwach grollten.

»Sie haben ihn nicht gekriegt«, stieß er mit seiner rauhen tiefen Stimme hervor.

Wilbur war zu dieser Zeit ein Schüler von erstaunlicher, aller-

254

dings absolut einseitiger Bildung; und er war durch seinen Briefwechsel vielen Buchhändlern an fernen Orten bekannt, wo seltene und verbotene Bücher aus alten Tagen aufbewahrt werden. Immer mehr wurde er in der Umgebung von Dunwich gehaßt und gefürchtet; man hatte ihn in Verdacht, daß er etwas mit dem Verschwinden mehrerer Jugendlicher zu tun habe, er aber konnte stets alle Untersuchungen zum Schweigen bringen, sei es durch die Furcht, die er verbreitete, sei es, daß er Gebrauch von den antiken Goldstücken machte, die wie zu Zeiten seines Großvaters trotz der Viehkäufe nie ausgingen. Er hatte nun ein erschreckend reifes Aussehen und sein Körper schien, da er die Größe eines normalen Erwachsenen besaß, noch über dieses Maß hinauswachsen zu wollen. Im Jahre 1925, als ein mit ihm korrespondierender Student der Miscatonic University ihn einmal aufsuchte und bleich und verwirrt wieder abreiste, war er ganze sechs dreiviertel Fuß groß.

All die Jahre hindurch hatte Wilbur seine verwachsene Albinomutter mit zunehmender Verachtung behandelt, verbot ihr, ihn in der Mainacht und zu Allerheiligen in die Berge zu begleiten; und im Jahre 1926 gestand das arme Geschöpf Mamie Bishop, sie habe Angst vor ihm.

»Mit ihm ist mehr als ich dir sagen kann, Mamie«, meinte sie, »und heute komm' ich selbst nicht mehr mit. Ich schwör bei Gott, ich weiß nicht, was er will oder worauf er aus ist.«

An diesem Abend vor Allerheiligen waren die Geräusche in den Bergen lauter als je zuvor, und das Feuer brannte wie jedes Jahr auf Sentinel Hill; aber die Leute achteten mehr auf das rhythmische Schreien der von der Nacht überraschten Ziegenmelker, die sich um die unbeleuchtete Whateley-Farm gesammelt zu haben schienen. Nach Mitternacht gingen ihre schrillen Laute in ein pandämonisches Gelächter über, das die ganze Gegend erfüllte, und erst gegen Morgen beruhigten sie sich. Dann verschwanden sie, flogen südwärts und wurden für einen ganzen Monat nicht gehört. Was das zu bedeuten hatte, wußte man erst einige Zeit später. Niemand von den Landbewohnern schien gestorben zu sein – aber die arme Lavinia, der mißgestaltete Albino, wurde niemals wiedergesehen.

Im Sommer 1927 reparierte Wilbur zwei Schuppen auf dem Hof und schaffte alle seine Bücher und seine Sachen hinüber. Kurz danach erzählte Earl Sawyer bei Osborns, daß schon wieder in der Whateley-Farm gezimmert werde. Wilbur vernagelte alle Türen und Fenster im Erdgeschoß und schien die Zwischenwände herauszunehmen, wie er und sein Großvater es schon vier Jahre zuvor im oberen Stockwerk getan hatten. Er lebte nun in einem der Schuppen, und Sawyer hielt ihn für ungewöhnlich bedrückt und nervös. Die Leute glaubten fest, er wisse etwas über das Verschwinden seiner Mutter, und sie mieden ihn, wo sie nur konnten. Er war jetzt über sieben Fuß groß, und nichts deutete darauf hin, daß sein Wachstum abgeschlossen sei.

V

Im nächsten Winter verließ Wilbur zum erstenmal die Gegend von Dunwich. Seine Korrespondenz mit der Widener Library in Harvard, der Bibliothèque Nationale in Paris, der Universität von Buenos Aires und der Bibliothek der Miscatonic University in Arkham war unbefriedigend verlaufen; es gelang ihm nicht, das Buch zu bekommen, das er so verzweifelt suchte. So machte er sich schließlich persönlich auf den Weg, abgerissen, schmutzig, bärtig und einen seltsamen Dialekt sprechend, um in eine Ausgabe in Miscatonic Einblick zu erhalten, das von ihm aus am wenigsten weit entfernt war. Fast acht Fuß groß, mit einem neuen billigen Handkoffer aus Osborns Store erschien diese dunkle bocksähnliche Chimäre eines Tages in Arkham und verlangte den schaudervollen Band, der in der College-Bibliothek hinter Schloß und Riegel aufbewahrt wurde – das grauenhafte *Necronomicon* des wahnsinnigen Arabers Abdul Alhazred in Olaus Wormius' lateinischer Ausgabe, die im siebzehnten Jahrhundert in Spanien gedruckt worden war. Er hatte nie zuvor eine Großstadt gesehen, fand aber sicher zum Universitätsgelände; hier ging er tatsächlich achtlos an dem großen scharfzähnigen Wachhund vorbei, der mit unnatürlicher Wut hinter ihm her bellte und wie wild an seiner Kette zerrte.

Wilbur hatte die unschätzbare, aber nicht vollständige Ausgabe von Dr. Dees englischer Version bei sich, die sein Großvater ihm hinterlassen hatte, und er hielt kaum die lateinische Kopie in seinen Händen, als er auch schon die beiden Texte verglich, um eine gewisse Passage zu entdecken, die in seinem eigenen unvollständigen Band auf Seite 751 hätte stehen müssen. So viel konnte er sich nicht enthalten, dem Bibliotheksleiter zu erzählen – eben demselben Gelehrten Henry Armitage (A. M. Miscatonic, Ph. D. Princeton, Litt. D. Johns Hopkins), der früher auf der Farm gewesen war und der ihn nun mit Fragen bedrängte. Er suche, gestand Wilbur, nach einer Art Formel oder Beschwörung, die den unheilvollen Namen *Yog-Sothoth* betreffe, und er sei verwirrt durch die Diskrepanzen und Zweideutigkeiten, die ihm die Suche alles andere als leicht machten. Als er die Beschwörungsformel abschrieb, die er schließlich wählte, warf Dr. Armitage unfreiwillig einen Blick über seine Schulter auf die offenen Seiten, die so furchtbare Bedrohungen auf den Frieden und die Gesundheit unserer Welt enthielten.

Man glaube auch nur nicht (so hieß es im Text, den Armitage für sich aus dem Lateinischen übersetzte), der Mensch sei der älteste oder der letzte der Weltbeherrscher oder Leben und Substanz könnten aus sich heraus bestehen. Die *Alten* waren, die *Alten* sind und die *Alten* werden sein. Nicht in den Räumen, die uns bekannt sind, sondern *zwischen* ihnen gehen sie gelassen und unbeirrt umher, ohne Dimension und für unsere Augen unsichtbar. *Yog-Sothoth* kennt das Tor. *Yog-Sothoth* ist das Tor. *Yog-Sothoth* ist Schlüssel und Wächter des Tores. Vergangenheit, Gegenwart, Zukunft, alles ist *Yog-Sothoth*. Er weiß, wo einst die *Alten* herausbrachen und wo *Sie* wieder herausbrechen werden. Er weiß, wo *Sie* die Felder der Erde beschritten haben, wo *Sie* sie noch heute beschreiten und warum niemand ihre Schritte wahrnehmen kann. An ihrem Geruch kann der Mensch *Sie* zuweilen um sich wissen, aber *Ihr* Aussehen kann kein Mensch kennen, *nur in den Zügen derer, die Sie auf Erden gezeugt haben;* diese besitzen mannigfache Gestalt, vom Ebenbild des Menschen bis zu jener unsichtbaren Masse ohne Anblick und ohne Substanz, die *Sie* ist. Unsichtbar und üble Gerüche verbreitend wandern *Sie* an verlassenen Orten umher, wo die *Worte* ausgesprochen und die *Riten* in *Ihre Zeiten* herübergerufen wurden. Der Wind heult mit *Ihren* Stimmen, und die Erde grollt durch *Ihr* Bewußtsein. *Sie* beugen Wälder und zermalmen Städte, wenn auch weder Wald noch Stadt die Hand wahrnimmt, die zuschlägt. Kadath in der kalten Einöde hat *Sie* gekannt, und welcher Mensch kennt Kadath? Die Eiswüsten im Süden und die versunkenen Inseln des Ozeans besitzen Steine, in die *Ihr* Siegel eingegraben ist, wer aber hat je die tiefe eisige Stadt oder den versiegelten Turm erblickt, der mit Seetang und Entenmuscheln geschmückt ist? Der *Große Cthulu* ist *Ihr* Vetter, doch kann er *Sie* nur schemenhaft erkennen. *Iä! Shub-Niggurath!* An ihrem Geruch sollt ihr *Sie* erkennen. *Ihre* Hand ist an eurer Kehle, und doch seht ihr *Sie* nicht; und *Ihre* Wohnung ist selbst hinter eurer behüteten Türschwelle. *Yog-Sothoth* ist der Schlüssel zu dem Tor, an dem sich die beiden Sphären begegnen. Der Mensch herrscht nun, wo *Sie* einst herrschten; *Sie* werden bald herrschen, wo der Mensch jetzt herrscht. Auf den Sommer folgt der Winter, und auf den Winter der Sommer. *Sie* warten geduldig und stark, denn hier sollen *Sie* wieder herrschen.

Dr. Armitage, der sich beim Lesen an das erinnerte, was er über Dunwich und seine brütenden geheimnisvollen Wesen, über Wilbur Whateley und seine dunkle, schauerliche Aura gehört hatte, die sich, bei einer rätselhaften Geburt angefangen, bis zu einem Gerücht möglichen Muttermordes verdichtete, fühlte, wie eine Woge von Furcht ihn wie ein Luftzug aus der klammen Kälte eines Grabes erfaßte. Der gebeugte, bocksgesichtige Riese vor ihm schien wie das Gezücht eines anderen Planeten oder einer anderen Dimension; wie etwas, das nur zum Teil der Menschheit angehört und mit schwarzen Abgründen eines Daseins verbunden ist, das titanischen Trugbildern gleich über alle Sphären von Kraft und Materie, Raum und Zeit hinausreicht. Da hob Wilbur den Kopf und begann in dieser seltsam resonanten Art zu sprechen, die auf einen besonderen widernatürlichen Bau seiner Stimmbänder schließen ließ.

»Mr. Armitage«, sagte er, »ich glaube, ich muß das Buch mit nach Hause nehmen. Da stehen Dinge drin, die ich unter bestimmten Bedingungen ausprobieren muß, die ich hier nicht habe, und es wäre ein verdammtes Verbrechen, wenn Sie sich an die pedantische Vorschrift halten. Lassen Sie es mich mitnehmen, Sir, und ich schwöre Ihnen, niemand wird es merken. Ich brauche Ihnen nicht zu sagen, daß ich gut drauf aufpassen werde. Meine Dee-Ausgabe ist nicht durch meine Schuld so ramponiert.«

Er unterbrach sich, als er die entschiedene Ablehnung auf dem Gesicht des Bibliothekars sah, und seine ziegenähnlichen Züge nahmen einen listigen Ausdruck an. Armitage, der eben im Begriff war, ihm anzubieten, er könne doch die Passagen herausschreiben, die er benötige, dachte plötzlich an die möglichen Konsequenzen und hielt sich zurück. Die Verantwortung war einfach zu groß, einer derartigen Kreatur den Schlüssel zu so blasphemischen äußeren Sphären zu übergeben. Whateley sah, was in dem anderen vorging, und er versuchte, leichthin zu antworten.

»Na ja, schön, wenn Sie meinen. Harvard stellt sich vielleicht

258

nicht so an wie Sie.« Und ohne ein weiteres Wort erhob er sich und verließ mit großen Schritten das Gebäude, wobei er in jeder Tür den Kopf einziehen mußte.

Armitage hörte das wilde Bellen des großen Wachhundes und verfolgte Whateleys gorillaähnlichen Gang, als er den Teil des Hofes überquerte, den er von seinem Fenster aus sehen konnte. Er dachte an die phantastischen Geschichten, die er gehört hatte, und erinnerte sich an die alten Sensationsartikel im *Advertiser;* daran und an die alte Sage, die er während seines Besuches in Dunwich bei Bauern und Dorfbewohnern gehört hatte. Unsichtbare Dinge, die nicht von dieser Welt waren – zumindest nicht von unserer dreidimensionalen Welt –, überfluteten übelriechend und schaurig Neu-Englands Täler und brüteten in widerlichen Haufen auf den Gipfeln der Berge. Geahnt hatte er es schon längst. Nun schien er dicht vor der nahen Gegenwart eines schrecklichen hereinbrechenden Grauens zu sein und einen Blick auf ein höllisches Vorrücken der schwärzesten Herrschaftsbereiche uralter Nachtmahre zu werfen. Er schloß das *Necronomicon* mit einem Gefühl des Ekels weg. Der Raum war von einem unheiligen und undefinierbaren Gestank erfüllt. »An ihrem Geruch sollt ihr sie erkennen!« zitierte er. Ja – der Geruch war der gleiche, der ihm schon vor etwas weniger als drei Jahren auf der Whateley-Farm übelwerden ließ. Noch einmal dachte er an Wilbur, den bocksgestaltigen, rätselhaften, und lachte voller Hohn über die Dorfgerüchte um seine Abstammung.

»Inzucht?« murmelte er halblaut vor sich hin. »Großer Gott, was für Dummköpfe! Zeige ihnen Arthur Machens *Großen Gott Pan,* und sie werden es für einen gewöhnlichen Dunwich-Skandal halten! Aber was für ein Ding – was für eine verfluchte Einwirkung auf oder außerhalb dieser dreidimensionalen Erde – war Wilbur Whateleys Vater? Zu Lichtmeß geboren – neun Monate nach der Mainacht im Jahre 1912, als das Gerede über die merkwürdigen Geräusche in der Erde bis Arkham gelangte – was ging in dieser Mainacht auf den Bergen umher? Welches Roodmas-Grauen wurde in halbmenschlichem Fleisch und Blut auf die Welt losgelassen?

Während der folgenden Wochen machte sich Dr. Armitage daran, alle möglichen Tatsachen über Wilbur Whateley und die gestaltlosen Erscheinungen um Dunwich zu sammeln. Er setzte sich mit Dr. Houghton aus Aylesbury in Verbindung, der dem alten Whateley in seinen letzten Stunden beigestanden war; und die letzten Worte des Alten, die der Arzt ihm zitierte, gaben ihm viel zu denken. Ein Besuch in Dunwich war enttäuschend; er konnte nicht viel Neues erfahren. Aber eine genauere Betrachtung der Kapitel des *Necronomicon,* in denen Wilbur so gierig gesucht hatte, schienen neue und schreckliche Hinweise auf Natur, Methoden und Verlangen der üblen Mächte zu geben, die so nebelhaft diesen Planeten bedrohten. Gespräche mit einigen Studenten der Urgeschichte in Boston und Briefe an alle möglichen Stellen ließen in ihm ein Erstaunen wachsen, das sich durch alle Grade der Bestürzung zu äußerster seelischer Furcht steigerte. Als der Sommer weiter vorschritt, fühlte er dunkel, daß wirklich etwas getan werden müsse, was den lauernden Terror im oberen Miscatonic-Tal und dieses Monstrum anging, das der menschlichen Welt als Wilbur Whateley bekannt war.

VI

Das Grauen von Dunwich trat in der Zeit zwischen dem ersten August und der Tag- und Nachtgleiche des Jahres 1928 auf, und Dr. Armitage war einer von denen, die das furchtbare Vorspiel bezeugen konnten. Er hatte in der Zwischenzeit von Whateleys grotesker Reise nach Cambridge gehört und von seinen wahnsinnigen Anstrengungen, das *Necronomicon* aus der Widener Library zu entleihen oder wenigstens Teile daraus abzuschreiben. Diese Bemühungen waren vergeblich, da Armitage alle Bibliothekare, die den schauerlichen Band besaßen, mit äußerster Eindringlichkeit gewarnt hatte. Wilbur hatte sich in Cambridge entsetzlich nervös gezeigt; begierig auf das Buch, doch fast in gleicher Weise unruhig, wieder nach Hause zu reisen, so als fürchte er irgendwelche Konsequenzen, wenn er zu lange abwesend war.

Zu Anfang des Monats trat ein, was Armitage halb erwartet hatte; in den frühen Morgenstunden des 3. August wurde er plötzlich durch das wilde, grimmige Bellen des wütenden Wachhundes auf dem College-Hof geweckt. Tiefes, furchtbares, halbwahnsinniges Grollen und Knurren folgte darauf; es steigerte sich, aber mit gräßlich bedeutungsvollen Pausen dazwischen. Dann erscholl ein Schrei aus einem ganz anderen Rachen – ein Schrei, der fast alle Schläfer in Arkham aufstörte und noch Wochen danach ihre

Träume heimsuchte; ein solcher Schrei, der nicht von einem Lebewesen dieser Erde, überhaupt nicht von dieser Erde stammen konnte.

Armitage, der sich hastig etwas überwarf und über die Straße und den Rasen zum College-Gebäude hinübereilte, sah, daß andere noch vor ihm da waren; und er hörte die Alarmglocke in der Bibliothek schrillen und bemerkte ein offenes Fenster schwarz und gähnend im Mondlicht. *Was* es auch war, es hatte sich jedenfalls Eintritt verschafft; denn das Bellen und Kläffen, das nun in ein schwaches Knurren und Stöhnen überging, kam zweifellos von drinnen. Irgendein Instinkt warnte Armitage, daß das, was hier vor sich ging, nichts für unvorbereitete Augen war, und er schob autoritär die Menge zurück, als er die Tür zur Vorhalle aufschloß. Er entdeckte Prof. Warren Rice und Dr. Francis Morgan, denen er beiden von seinen Vermutungen und bösen Ahnungen erzählt hatte; ihnen winkte er, ihm zu folgen. Die Laute da drinnen waren bis auf ein monotones Jaulen des Hundes fast gänzlich verstummt; aber Armitage nahm nun mit plötzlichem Stutzen den lauten Chor der Ziegenmelker im Gebüsch wahr, deren abscheuliches rhythmisches Kreischen wie im Gleichklang mit den letzten Atemzügen eines Sterbenden ertönte.

Das Gebäude war von einem fürchterlichen Gestank erfüllt, den Dr. Armitage nur zu gut kannte, und die drei Männer eilten durch die Halle auf den kleinen Lesesaal zu, aus dem das Jaulen kam. Für eine Sekunde wagte niemand, das Licht anzuknipsen; dann raffte Armitage seinen ganzen Mut zusammen und griff nach dem Schalter. Einer der drei – wer, ist nicht gewiß – schrie laut auf vor dem, was sich da zwischen umgestoßenen Tischen und Stühlen vor ihnen ausbreitete. Prof. Rice erklärt, daß er für einen Augenblick ganz das Bewußtsein verlor, obwohl er weder taumelte noch stürzte.

Das Ding, das gekrümmt in einer übelriechenden Lache grünlichgelben Bluts und teeriger Ekligkeit lag, war fast neun Fuß groß; der Hund hatte ihm alle Kleider und Teile der Haut heruntergerissen. Es war nicht tot, sondern zuckte schweigend und in Krämpfen, während seine Brust sich in schauerlichem Einklang mit den wahnsinnigen Schreien der wartenden Ziegenmelker draußen senkte und hob. Teile von Schuhleder und von Kleidung waren im ganzen Raum verstreut, und direkt unter dem Fenster lag ein leerer Segeltuchsack, der offensichtlich dort fallengelassen worden war.

Neben dem Tisch in der Mitte lag ein Revolver, der nicht abgefeuert worden war, auf dem Boden. Das Ding selbst jedoch verdrängte im Augenblick alle anderen Bilder. Es wäre übertrieben und nicht ganz richtig, wollte man sagen, daß keine menschliche Feder es beschreiben könnte; aber man kann guten Gewissens behaupten, daß derjenige sich kein lebendiges Bild davon machen kann, dessen Begriffe von Aussehen und Kontur zu eng mit den herkömmlichen Lebensformen dieses Planeten und der drei uns bekannten Dimensionen verknüpft sind. Es war ohne jeden Zweifel zum Teil menschlich, mit den Händen und dem Kopf eines Mannes, und das bocksähnliche, kinnlose Gesicht trug den Stempel der Whateleys. Aber der Rumpf und die unteren Teile des Körpers waren so ungeheuerlich mißgebildet, daß nur reichliche Kleidung ihm ermöglicht haben konnte, ungeschoren auf dieser Erde zu existieren.

Oberhalb der Taille war es halb-menschlich; obwohl seine Brust, auf der noch immer die aufgerissenen Klauen des Hundes wachsam ruhten, die lederähnliche, netzartige Haut eines Krokodils oder Alligators besaß. Der Rücken war gelb und schwarz gescheckt und erinnerte schwach an gewisse schuppige Schlangen. Unterhalb der Gürtellinie wurde es jedoch ganz grauenhaft; hier endete jede menschliche Verwandtschaft. Die Haut war dicht von zottigem schwarzen Fell bedeckt, und aus dem Unterleib hingen schlaff unzählige grünlichgraue Tentakeln mit roten schmatzenden Mündern. Sie waren seltsam angeordnet und schienen den Gesetzen einer kosmischen Geometrie zu folgen, die auf der Erde oder im Sonnensystem unbekannt ist. Auf jedem der Hüftknochen saß in einer mit Wimpernhärchen besetzten Höhle so etwas wie ein rudimentäres Auge, während anstelle eines Schwanzes eine Art Rüssel oder Fühler mit blutroten Ringmarkierungen herabhing, mit allen Anzeichen eines unterentwickelten Mundes oder Halses. Die Glieder ähnelten, abgesehen von ihrer schwarzen Behaarung, im groben den Hinterpranken prähistorischer Riesensaurier und endeten in furchigen dickadrigen Pfoten, die weder Hufe noch Klauen waren. Wenn das Ding atmete, wechselten der Schwanz und die Tentakeln rhythmisch ihre Farbe, was im Nicht-Menschlichen der grünlichen Tönung des Blutes begründet lag; während das Gelbliche des Schwanzes sich mit einem blassen Grauweiß in den Zwischenräumen der roten Kerben ablöste. Wirkliches Blut war nichts von allem; nur eine stinkende grünlichgelbe Flüssigkeit, die klebrig auf den gestrichenen Boden tropfte und ihn seltsam entfärbte.

Als die Gegenwart der drei Männer das sterbende Ding aufstörte, begann es zu murmeln, ohne den Kopf zu wenden oder zu heben. Dr. Armitage schrieb nicht mit, was es sagte, versichert aber glaubhaft, es sei nichts Englisches gewesen. Anfangs schienen die Silben fern von jeder Verwandtschaft mit irgendeiner Sprache der Erde, gegen Ende aber verstand man unzusammenhängende Fetzen, die offensichtlich aus dem *Necronomicon* stammten; dieser monströsen Blasphemie, auf deren Suche das Ding verendet war. Diese Fragmente, soweit Armitage sich erinnert, hießen etwa folgendermaßen: »*N'gai, n'ha'ghaa, bugg-shoggog, y'hah; Yog-Sothoth, Yog Sothoth*«... Sie endeten im Nichts, als die Ziegenmelker in rhythmischem Crescendo unheiliger Vorwegnahme kreischten.

Dann brach das Keuchen ab, und der Hund hob seinen Kopf in einem langgezogenen, traurigen Jaulen. Eine Veränderung ging mit dem gelben Bocksgesicht des gebrochenen Dings vor, die großen schwarzen Augen fielen in schrecklicher Weise ein. Vor dem Fenster waren die Schreie der Ziegenmelker plötzlich erstorben, und durch das Murmeln der wartenden Menge drang panisches Flattern und Flügelschlagen. Gegen das Mondlicht zeichneten sich große Wolken dieser Vögel ab, die vor dem, was sie sich als Beute erhofft hatten, in Todesfurcht flohen.

Plötzlich sprang der Hund mit einem Satz auf, gab ein erschrecktes Bellen von sich und stürzte durch das Fenster, durch das er hereingekommen war. Ein Schrei erhob sich aus der Menge, und Dr. Armitage rief den Männern zu, daß bis zum Eintreffen der Polizei oder eines Arztes niemand eingelassen werden dürfe. Er war erleichtert, daß die Fenster zu hoch waren, als daß man von draußen hätte hereinsehen können, und zog sorgfältig die Vorhänge zu. In der Zwischenzeit waren zwei Polizisten erschienen; und Dr. Morgan, der ihnen in der Vorhalle entgegenkam, bat sie dringend in ihrem eigenen Interesse, so lange nicht den gestankerfüllten Lesesaal zu betreten, bis der Arzt kam und das ausgestreckte Ding zugedeckt werden konnte.

Währenddessen gingen grauenvolle Veränderungen auf dem Boden vor sich. Es ist an dieser Stelle überflüssig zu beschreiben, in welchem *Maß* und *Verhältnis* das Ding vor den Augen von Dr. Armitage und Prof. Rice schrumpfte und sich auflöste; aber so viel sei gesagt, daß, von der äußeren Gestalt von Gesicht und Händen abgesehen, das menschliche Element in Wilbur Whateley tatsächlich sehr gering gewesen sein muß.

Als der Arzt kam, war bloß noch eine ekle weiße Masse am Boden, und der monströse Geruch hatte sich fast ganz verflüchtigt. Anscheinend hatte Whateley weder eine Schädeldecke noch ein Skelett besessen; zumindest nicht im wahren und unveränderlichen Sinn. Er war mehr seinem unbekannten Vater nachgeraten.

VII

Doch war all das nur der Prolog zu dem Grauen von Dunwich. Die Formalitäten wurden von verwirrten Beamten erledigt, abnorme Details wurden streng vor Presse und Öffentlichkeit geheimgehalten, und man entsandte Männer nach Dunwich und Aylesbury, die nach seinem Besitz sehen und etwaige Erben des verstorbenen Wilbur Whateley feststellen sollten. Sie trafen die Gegend in großer Aufregung an, zum einen wegen des zunehmenden Rumorens in den kuppelartigen Bergen, zum anderen wegen des ungewöhnlichen Gestanks und den schwingenden, schleifenden Lauten, die ohne Ende aus dem großen leeren Gehäuse drangen, Whateleys vernageltem Farmgebäude. Earl Sawyer, der während Wilburs Abwesenheit nach dem Pferd und dem Vieh gesehen hatte, war von einer bedauerlich ernsten Nervenkrisis befallen. Die Beamten ersannen alle möglichen Entschuldigungen, um nicht diesen geräuschvollen verriegelten Ort betreten zu müssen; und sie waren erleichtert, als sie die Untersuchung der Wohnräume des Verstorbenen, der reparierten Schuppen, auf einen einzigen Besuch beschränken konnte. Sie schickten einen schwerfälligen Bericht an den Gerichtshof in Aylesbury, und noch heute werden im oberen Miscatonictal zwischen den zahllosen Whateleys, den Dekadenten wie den Nichtdekadenten, Prozesse um die Erbschaft geführt.

Ein fast endloses Manuskript in seltsamen Zeichen, das in ein großes Hauptbuch geschrieben war und wegen der Zwischenräume und der verschiedenartigen Tinten und Schrift auf etwas wie ein Tagebuch schließen ließ, stellte für die, die es auf dem Schreibtisch fanden, ein verwirrendes Rätsel dar. Nach einer Woche sandte man es gemeinsam mit der Sammlung der merkwürdigen Bücher an die Miscatonic University, um es untersuchen und nach Möglichkeit übersetzen zu lassen; aber selbst die besten Linguisten sahen bald, daß es kein Leichtes sein würde, es zu entschlüsseln. Von dem alten Gold, mit dem Wilbur und der alte Whateley regelmäßig ihre Schulden bezahlt hatten, ist noch immer keine Spur entdeckt worden.

Am Abend des 9. Septembers brach das Grauen los. Die Geräusche in den Bergen waren ganz deutlich zu hören, und die Hunde bellten die Nacht durch wie toll. Frühaufsteher nahmen am 10. einen ganz speziellen Gestank in der Luft wahr. Gegen sieben Uhr wetzte Luther Brown, George Coreys gemieteter Viehbursche, wie vom Teufel gehetzt von der Ten-Acre-Wiese weg, wo er die Kühe gehütet hatte. Er war von Furcht verzerrt, als er in die Küche stolperte; und im Hof draußen brüllte und muhte die um nichts weniger erschreckte Herde erbärmlich, die dem Jungen in Panik gefolgt war. Unter Keuchen und Stammeln versuchte Luther seine Geschichte Mrs. Corey beizubringen.

»Da oben auf der Straße hinter dem Tal – da ist was gewesen, Mrs. Corey. Es riecht wie Schwefel, und die ganzen kleinen Bäume und Büsche sind zur Seite gedrückt, wie wenn dort ein Haus entlanggerutscht wäre. Aber das ist lang nicht das Schlimmste. Da sind Abdrücke auf dem Weg, Mrs. Corey – große runde Abdrücke, wie von Fässern, alle eingedrückt wie die Spuren von einem Elefanten – nur viel mehr, als ein Tier mit vier Füßen hinterlassen haben könnte! – Ich sah eine oder zwei, bevor ich wegrannte, und jede war von Linien bedeckt, die alle von einem Punkt ausgingen, wie wenn Fächer aus Palmblättern – aber zwei- oder dreimal so groß – in den Weg gedrückt worden wären. Und der Gestank war fürchterlich, wie auf der Farm vom Hexenwhateley...«

Hier stockte er und schien aufs neue unter der Furcht zu erschauern, die ihn in die Flucht gejagt hatte. Mrs. Corey, die nichts mehr aus ihm herausholen konnte, begann die Nachbarn anzutelefonieren; so eröffnete sie das Vorspiel zu jener Panik, die das Grauen begleiten sollte. Als sie Sally Sawyer an den Apparat bekam, die Haushälterin von Seth Bishop, der Nachbarfarm der Whateleys, war es an ihr, zuzuhören anstatt zu erzählen; denn Sallys Junge Chauncey, der einen leichten Schlaf hatte, war auf dem Hügel hinter der Whateley-Farm gewesen und war zu Tode erschreckt zurückgerannt, nachdem er einen Blick auf die Weide geworfen hatte, auf der Mr. Bishop Kühe die ganze Nacht gewesen waren.

»Ja, Mrs. Corey«, kam Sallys zitternde Stimme durch den Draht, »Chauncey ist grade nach Hause gekommen und hat vor Angst kaum ein Wort herausgebracht! Er behauptet, das Haus vom alten Whateley sei auseinandergeborsten und Balken lägen rundherum, wie wenn eine Ladung Dynamit drinnen hochgegangen wäre; nur der Fußboden im Erdgeschoß sei noch ganz; der sei von so was wie Teer bedeckt, der furchtbar stinkt und von oben heruntertropft. Und im Hof sollen Spuren sein – riesig runde Spuren, größer als ein Hundekopf, und klebrig sind sie, vom selben Zeug, das auch im gesprengten Haus war. Chauncey sagt, sie führen auf die Weide, und dort sei das Gras in den Boden gestampft und die Steinmauern seien eingedrückt, wo die Spuren entlanggingen.

Und, Mrs. Corey, er sagt, daß er nach Seths Kühen sehen wollte, erschrocken, wie er war; und daß er sie auf der oberen Weide, gleich daneben, *wo der Teufel tanzt,* in einem schrecklichen Zustand gefunden habe. Die Hälfte von ihnen ist einfach verschwunden, und beinah der ganze Rest hat Wunden und Verletzungen, als sei ihnen das Blut ausgesaugt worden; genau wie das Vieh vom Whateley, seit Lavinias schwarze Brut auf die Welt gekommen war. Seth ist jetzt gerade draußen, aber ich wette, er geht nicht zu nah an die verfluchte Hexenfarm heran! Chauncey hat nicht genau gesehen, wohin die Spuren nach der Weide gehen, aber er glaubt, daß sie zur Straße durch die Schlucht zum Dorf führen.

Ich sag Ihnen, Mrs. Corey, da draußen ist etwas, das es eigentlich gar nicht geben dürfte, und, wenn Sie mich fragen, ich glaube, daß der verfluchte Wilbur Whateley, der nur das Ende gefunden hat, das er verdient hat, die Ursache dazu war. Er war ja selbst kein richtiger Mensch, das sag ich immer wieder; und ich glaub jetzt wahrhaftig, er und der alte Whateley haben in dem zugenagelten Haus etwas aufgezogen, das noch weniger menschenähnlich ist als er. Es hat schon immer um Dunwich unsichtbare Dinge gegeben – lebende Dinge –, die nicht menschlich und für den Menschen nicht gut sind.

Letzte Nacht hat es wieder in den Hügeln rumort, und Chauncey konnte gar nicht schlafen, so laut haben die Ziegenmelker geschrien. Dann glaubte er, er höre ein entferntes Geräusch, aus der Richtung der Hexenwhateleys – ein Splittern und Krachen von Holz, als würde dort eine große Kiste geöffnet. Das war's, und er konnte die ganze Nacht nicht schlafen; und kaum war er heute morgen auf, hat er sich gleich auf den Weg zur Whateley-Farm gemacht, um zu sehen, was da los war. Er hat genug gesehen, das sage ich Ihnen, Mrs. Corey! Das bedeutet nichts Gutes, und ich finde, unsere Männer sollten sich zusammentun und etwas unternehmen. Ich bin sicher, daß etwas Schreckliches dort lauert – Gott allein weiß, was es sein mag – und daß meine Zeit gekommen ist!

Hat Ihr Luther bemerkt, wohin die Spuren führen? Nein? Wenn sie auf der Straße zur Schlucht waren und noch nicht bei Ihnen sind, Mrs. Corey, dann wette ich, daß sie in die Schlucht selbst hineingehen. Ja, das glaube ich bestimmt; ich sag ja immer, daß es in der Cold-Spring-Schlucht nicht mit rechten Dingen zugeht. Die Ziegenmelker und die Feuerfliegen kommen mir nicht so vor, als wären sie von Gott geschaffen, und man munkelt, man könne seltsames Umherhuschen und Murmeln in der Luft hören, wenn man an der richtigen Stelle zwischen dem Felsabhang und Bears Den steht.«

Bis Mittag waren drei Viertel der Männer und Burschen von Dunwich auf den Wiesen zwischen der Whateley-Farm und der Schlucht versammelt und betrachteten voller Grauen die monströsen Abdrücke, das verstümmelte Vieh, das merkwürdige ekle Wrack des Farmgebäudes und die geknickte verfilzte Vegetation auf den Feldern und an den Straßenrändern. Was immer auf die Welt losgebrochen war, es hatte sicherlich seinen Weg in die große finstere Schlucht genommen; denn auf dem Weg dahin waren die Bäume abgebrochen oder umgestürzt, und eine gewaltige Spur war in das Unterholz am Rande des Abgrunds eingedrückt. Es war, als wäre ein Haus, wie eine Lawine durch das Pflanzengewucher die fast senkrechte Böschung hinabgerutscht. Kein Laut drang von unten hoch, nur ein schwacher unbestimmter Gestank; und es ist nicht weiter zu verwundern, daß die Männer lieber am Rand der Schlucht haltmachten und sich berieten als hinunterstiegen und dem unbekannten zyklopischen Schrecken auf seinem Lager entgegentraten. Die drei Hunde, die die Männer begleiteten, hatten anfangs wütend gekläfft, wurden aber immer stiller, je mehr sie sich der Schlucht näherten. Irgend jemand rief die *Aylesbury Transcript* an und berichtete über die Vorfälle, aber der Herausgeber, der unglaubliche Stories aus Dunwich gewohnt war, verfaßte nur ein paar ironische Zeilen darüber; eine Notiz, die kurze Zeit später von der Associated Press übernommen wurde.

Am Abend trennten sie sich, und jeder verbarrikadierte so fest wie nur möglich sein Haus und seine Scheunen. Überflüssig zu erwähnen, daß das Vieh nicht auf den Weiden gelassen wurde. Gegen zwei Uhr morgens schreckte ein furchtbarer Gestank und das wilde Kläffen der Hunde die Bewohner von Elmer Fryes Farm auf, die am östlichen Rand der Schlucht liegt, und alle waren sich einig, draußen ein dumpfes Schwingen oder Schleifen zu vernehmen. Mrs. Frye schlug vor, die Nachbarn anzurufen, und Elmer wollte gerade zustimmen, als das Krachen von splitterndem Holz ihre Überlegungen abschnitt. Es kam offensichtlich von der Scheune; und gleich darauf folgte ein schreckliches Muhen und Stampfen des Viehs. Die Hunde geiferten und drängten sich an die schrekkensstarren Familienmitglieder. Frye zündete ganz gewohnheitsgemäß eine Laterne an, aber er wußte, daß es den Tod bedeutete, ginge er auf den dunklen Hof hinaus. Die Kinder und Frauen wimmerten leise vor sich hin; hüteten sich zu schreien aus irgendeinem dunklen Urinstinkt, der ihnen sagte, daß ihr Leben im Augenblick von Stillschweigen abhing. Schließlich ging das Schreien des Viehs in ein jämmerliches Stöhnen über, dann hörte man ein furchtbares Knacken, Knistern und Krachen. Die Fryes hockten eng aneinandergedrängt im Wohnzimmer und wagten nicht, sich zu rühren, bis die letzten Echos weit hinten in der Cold-Spring-Schlucht erstarben. Dann wankte Selina Frye unter dem elenden Jammern des Viehs und den dämonischen Schreien der Ziegenmelker in der Schlucht zum Telefon und verbreitete, was sie wußte, über die zweite Phase des Schreckens.

Am nächsten Tag befand sich die ganze Gegend in Panik; und die Leute betrachteten erschreckt den Ort, wo das teuflische Ding gewütet hatte. Zwei titanische Pfade der Zerstörung erstreckten sich zwischen der Schlucht und der Frye-Farm, monströse Spuren bedeckten den nackten Erdboden, und die eine Seite der alten roten Scheune war vollkommen eingedrückt. Von dem Vieh fand man nur ein Viertel, einen Teil davon in grauenhaftem Zustand, und die Tiere, die noch lebten, mußten erschossen werden. Earl Sawyer schlug vor, um Hilfe aus Aylesbury oder Arkham zu bitten, aber die anderen hielten das für zwecklos. Der alte Zebulon Whatley, aus einer Seitenlinie, die zwischen Gesundheit und Dekadenz schwankte, machte dunkle phantastische Andeutungen über Riten, die man oben auf den Hügeln praktizieren müsse. Er kam aus einem Zweig, in dem Tradition sehr stark war, und wenn er sich an Gesänge innerhalb der großen Steinkreise erinnerte, so war das unabhängig von Wilbur und seinem Großvater.

Dunkelheit senkte sich auf das Land, und die Menschen waren zu gelähmt, um wirkliche Verteidigungsmaßnahmen zu treffen. In einigen Fällen sammelten sich verwandte Familien unter einem Dach und wachten gemeinsam im Dunkeln; aber sonst beschränkte man sich darauf, wie in der Nacht zuvor alles zu verbarrikadieren und geladene Flinten und Mistgabeln bereitzulegen, obgleich jeder wußte, wie hilflos und ohne Wirkung das sein würde. Bis auf leises Rumoren in den Hügeln ereignete sich jedoch nichts; und als der Tag anbrach, gab es viele, die hofften, der Schrecken sei ebenso schnell wieder verschwunden wie er aufgetaucht war. Einige Beherzte machten sogar den Vorschlag, in die Schlucht hinabzusteigen, wagten dann aber nicht angesichts der widerstrebenden Majorität, das in die Tat umzusetzen.

Als der Abend wieder nahte, verbarrikadierten die Farmer abermals ihre Häuser; nur wenige suchten bei Verwandten Schutz. Am nächsten Morgen berichteten die Fryes und die Bishops über Unruhe unter den Hunden, seltsame Laute und entfernten Gestank, und die Männer entdeckten voll Grauen eine neue Fährte der monströsen Abdrücke auf der Straße, die um Sentinel Hill herumführt. Wie zuvor waren die grasbewachsenen Straßenränder von dem blasphemischen massiven Grauen gezeichnet; und die gewaltige Schleifspur nach zwei Richtungen ließ vermuten, daß der wandelnde Berg aus der Cold-Spring-Schlucht gekommen war und denselben Weg wieder zurück genommen hatte. Am Fuß des Hügels führte ein 30 Fuß breiter Pfad niedergemähten Gesträuchs und zerdrückter Schößlinge geradewegs in die Höhe, und die Männer waren starr vor Entsetzen, als sie sahen, daß selbst allersteilste Abhänge nicht von der unerbittlichen Spur verschont wurden. Was immer das Grauen sein mochte, es war imstande, eine glatte, fast senkrechte Felswand hinaufzusteigen; und als die Männer auf gefahrloseren Wegen zum Gipfel gelangten, sahen sie, daß die Spur dort endete – oder vielmehr umkehrte.

Hier hatten die Whateleys gewöhnlich ihre teuflischen Feuer entzündet und ihre satanischen Rituale um den tafelähnlichen Felsen vollzogen. Nun bildete eben dieser Stein den Mittelpunkt einer von dem gebirgigen Grauen niedergewalzten Fläche, und seine leicht konkave Oberfläche nahm eine zähe übelriechende Masse von derselben teerigen Klebrigkeit auf, wie man sie auf dem Boden der zerstörten Farm bemerkt hatte, von wo das Grauen seinen Ausgang genommen hatte. Die Männer blickten einander an und murmelten. Dann schauten sie den Hang hinunter. Offensichtlich hatte das Grauen fast den gleichen Weg wieder zum Abstieg genommen, auf dem es sich hinaufbewegt hatte. Überlegungen waren sinnlos. Verstand, Logik und die üblichen Begriffe von Motivierung waren auf den Kopf gestellt. Allein der alte Zebulon, der nicht mit dabei war, hätte die Situation annähernd begreifen oder eine plausible Erklärung liefern können.

Die Nacht zum Freitag fing an wie alle anderen, endete aber weitaus weniger glücklich. Die Ziegenmelker in der Schlucht hatten mit so ungewöhnlicher Eindringlichkeit gerufen, daß viele nicht in den Schlaf finden konnten, und gegen drei Uhr morgens schrillten plötzlich alle Telefone, die einen gemeinsamen Anschluß hatten. Die den Hörer abhoben, hörten eine vor Angst wahnsinnige Stimme schreien »Hilfe! O mein Gott…«, und einige glaubten, ein lautes Krachen vernommen zu haben, bevor die Stimme abbrach. Nichts darauf folgte. Niemand wagte etwas zu unternehmen, und bis zum Morgen rätselte man, woher der Anruf gekommen sein mochte. Dann telefonierten diejenigen, die ihn gehört hatten, einen Teilnehmer nach dem anderen an, und sie stellten fest, daß als einzige die Fryes nicht antworteten. Die grauenhafte Wahrheit stellte sich eine Stunde später heraus, als eine in aller Eile zusammengestellte Schar bewaffneter Männer zur Farm am Rand der Schlucht hinauseilte. Es war furchtbar, allein kaum eine Überraschung. Wieder gab es Schleifspuren und monströse Abdrücke, aber von einem Gebäude konnte keine Rede mehr sein. Es war eingedrückt wie eine Eierschale, und inmitten der Ruinen war nichts Lebendes oder Totes zu entdecken. Nichts als ekler Gestank und teerige Klebrigkeit. Die Elmer Fryes waren aus Dunwich ausgelöscht.

VIII

In der Zwischenzeit hatte sich hinter den verschlossenen Türen eines Arbeitszimmers in Arkham eine stillere, aber noch beunruhigendere Phase des Grauens gezeigt. Das merkwürdige Protokoll oder Tagebuch Wilbur Whateleys, das man der Miscatonic University übergeben hatte, um es übersetzen zu lassen, verursachte unter den Gelehrten alter wie neuerer Sprachen Aufregung und Verblüffung; denn obwohl die Buchstaben eine gewisse Ähnlichkeit mit einem groben Arabisch aufwiesen, das in Mesopotamien gebräuchlich war, wußten selbst Autoritäten auf diesem Gebiet nichts mit ihnen anzufangen. Schließlich einigten sich die Linguisten darauf, daß der Text in einem künstlichen Alphabet geschrieben sei, also eine Geheimschrift darstelle; aber keine der gewöhnlichen Methoden cryptographischer Entzifferung lieferte ein positives Ergebnis, selbst wenn man die verschiedensten Sprachen annahm, die der Verfasser möglicherweise benutzt hatte. Auch die alten Bücher aus Whateleys Besitz konnten kein Licht in die Angelegenheit bringen, obwohl sie äußerst interessant waren und in einigen Fällen neue, furchtbare Aspekte in der Forschung der Philosophen und Wissenschaftler zu eröffnen versprachen. Eines von ihnen, ein gewichtiger Band mit einer eisernen Klammer, war wieder in einem unbekannten Alphabet verfaßt – diesmal einem ganz anderen; es glich am ehesten noch dem Sanskrit. Das alte Tagebuch wurde schließlich Dr. Armitage anvertraut, nicht nur, weil er besonderes Interesse an dem Whateley-Fall hatte, sondern weil er auch im Rufe linguistischer Gelehrsamkeit und der Kenntnis mystischer Formeln aus früheren Zeiten stand.

Armitage kam der Gedanke, das Alphabet werde ausschließlich und geheim von gewissen verbotenen Kulten benutzt, die aus früheren Zeiten zu uns herabgestiegen sind und die die verschiedenartigsten Formen und Traditionen von den Hexenmeistern der sarazenischen Welt übernommen haben. Das jedoch hielt er gar nicht für wesentlich. Was sollte er mit dem Ursprung der Symbole, wenn sie, wie er vermutete, den Code einer modernen Sprache darstellten? Er war angesichts der Länge des Textes überzeugt, daß der Verfasser die Mühe gescheut haben würde, eine andere Sprache als seine eigene zu benutzen, von gewissen besonderen Formeln und Beschwörungen vielleicht abgesehen. Daher ging er an das Manuskript mit der Voraussetzung heran, daß der Hauptteil in Englisch verfaßt sei.

Dr. Armitage wußte nun, da seine Kollegen mehrfach gescheitert waren, daß das Rätsel äußerst schwierig und komplex war; und daß kein simpler Lösungsweg auch nur einen Versuch lohnte. Den ganzen August hindurch beschäftigte er sich mit nichts anderm als mit cryptographischer Kunde; er schöpfte die Quellen seiner Bibliothek bis aufs letzte aus und arbeitete sich Nacht für Nacht durch die Geheimnisse der *Poligraphia* des Trithemius, *De Furtivis Literarum Notis* von Giambattista Porta, De Vigénères *Traite des Chiffres,* Falconers *Cryptomenysis Patefacta,* Davys und Thickness' Abhandlungen aus dem 18. Jahrhundert und solcher neueren Autoritäten wie Blair, von Marten und Klüber; und er gelangte immer mehr zu der Überzeugung, er habe es mit einem jener scharfsinnigen, kunstvoll erdachten Cryptogramme zu tun, in denen viele verschiedene Listen einander entsprechender Buchstaben wie in einer Multiplikationstabelle angeordnet sind und bei dessen Entzifferung man eines willkürlichen Schlüsselwortes bedarf, das nur Eingeweihte kennen. Die älteren Werke erwiesen sich als nützlicher für sein Problem, und Armitage schloß daraus, daß der Code uralt sein müsse und zweifellos durch eine Kette von mystischen Benutzern weitergegeben worden war. Schon einige Male glaubte er sich kurz vor der Lösung, wurde dann aber durch irgendein unvorhergesehenes Hindernis wieder zurückgeworfen. Schließlich begannen sich Anfang September die Wolken zu lichten. Gewisse Buchstaben aus gewissen Stellen des Manuskripts traten klar und unmißverständlich hervor; und es wurde offenbar, daß der Text tatsächlich in Englisch verfaßt war.

Am Abend des 2. September war die letzte Schranke überwunden, und Dr. Armitage las zum erstenmal einen längeren Abschnitt aus den Annalen Wilbur Whateleys. Es handelte sich tatsächlich, wie alle vermutet hatten, um ein Tagebuch; und es war in einem Stil geschrieben, der deutlich die verwirrte okkulte Bildung und die allgemeine Unwissenheit des seltsamen Wesens zeigte, das es geschrieben hatte. Schon die erste lange Passage, die Armitage entzifferte – datiert vom 26. November 1916 –, war aufs äußerste erregend und beunruhigend. Sie war von einem dreieinhalbjährigen Kind geschrieben, das, wie sich der Gelehrte erinnerte, das Aussehen eines Zwölf- oder Dreizehnjährigen besaß.

»Heute den Aklo für Sabaoth gelernt«, hieß es. »Den ich nicht mag, weil die Antwort von dem Hügel kommt und nicht aus der Luft. Das Ding oben ist mir mehr voraus, als ich geglaubt hätte, und es sieht nicht so aus, als besäße es viel menschliches Gehirn. Elam Hutchins Collie Jack erschossen, als er mich beißen wollte. Elam hat gesagt, er würde mich töten, wenn ich es wagte. Ich wette, er wird es nicht tun. Großvater ließ mich letzte Nacht die Dho-Formel aufsagen, und ich habe, glaube ich, die innere Stadt mit den zwei magnetischen Polen gesehen. Ich werde diese Pole aufsuchen, wenn die Erde befreit ist und ich nicht mit der Dho-Hna-Formel durchkommen kann. Die aus der Luft haben mir am Sabbat gesagt, es werde noch Jahre dauern, bevor ich die Erde befreien kann, und ich wette, Großvater wird dann tot sein; so muß ich alle Winkel der Ebenen und alle Formeln zwischen dem Yr und dem Nhhngr auswendig lernen. Die von draußen werden mir helfen, aber sie können nicht ohne menschliches Blut Form annehmen. Das Ding oben sieht aus, als würde es die richtige Gestalt bekommen. Ich kann es schon erkennen; wenn ich das Voorish-Zeichen mache oder das Pulver des Ibn Ghazi darüberblase, dann schaut es beinahe aus wie *Sie* auf dem Hügel zu May Eve. Das andere Gesicht wird sich vielleicht noch abnutzen. Ich wüßte zu gerne, wie ich aussehen werde, wenn die Erde befreit ist und es keine menschlichen Wesen mehr darauf gibt. Der mit Aklo Sabaoth kam, sagt, ich bekomme vielleicht eine andere Gestalt.«

Der Morgen fand Dr. Armitage in kaltem Angstschweiß und dem Wahnsinn überwacher Konzentration. Er war die ganze Nacht nicht von dem Manuskript gewichen, sondern hatte an seinem Tisch unter dem elektrischen Licht mit zitternden Fingern Seite um Seite gewendet, und, so schnell er nur konnte, den kryptischen Text entziffert. Nervös hatte er seiner Frau telefoniert, er käme diese Nacht nicht heim, und als sie ihm von zu Hause ein Frühstück brachte, konnte er kaum einen Bissen herunterbringen. Den ganzen Tag hindurch las er, unterbrach sich nur dann und wann, wenn eine andere Anwendung des Schlüssels notwendig war. Man brachte ihm Lunch und Dinner, aber er stocherte daran nur herum. Gegen Mitternacht nickte er vor Erschöpfung ein, erwachte aber bald aus einem Gewirr von Nachtmahren, die beinahe so schauderhaft wie die Realität und die Bedrohungen der menschlichen Existenz waren, die er aufgedeckt hatte. Am Morgen des 4. September bestanden Professor Rice und Dr. Morgan darauf, ihn zu sprechen, und aschgrau und zitternd verließen sie ihn. Diese Nacht legte er sich nieder, schlief aber nur unruhig. Am nächsten Tag – einem Mittwoch – war er schon wieder über dem Manuskript und machte sich Notizen über den entzifferten wie über den noch nicht entschlüsselten Text. In den frühen Morgenstunden dieser Nacht schlief er ein bißchen in seinem Arbeitsstuhl, machte sich aber noch vor dem Morgengrauen wieder an die Arbeit. Kurz vor Mittag kam sein Arzt, Dr. Hartwell, vorbei und bestand darauf, daß er aufhöre und sich ausruhe; er wies das weit von sich und gab ihm zu verstehen, daß es für ihn von äußerster

Wichtigkeit war, das Tagebuch bis zum Ende zu lesen; er würde ihm später die Gründe dafür erklären. Noch an diesem Abend, als die Dämmerung anbrach, beendete er seine furchtbare Lektüre und sank erschöpft in den Stuhl zurück. Seine Frau, die ihm sein Dinner brachte, fand ihn in halbkomatischem Zustand; aber er war noch genug bei klarem Bewußtsein, sie mit einem Schrei zu warnen, als er sah, daß ihre Blicke auf seine Notizen fielen. Mühsam erhob er sich, sammelte die beschriebenen Blätter und steckte sie in einen großen Umschlag, den er sogleich in seiner inneren Jakkentasche verbarg. Er hatte noch genügend Kräfte, nach Hause zu wanken, bedurfte aber offensichtlich sofortiger ärztlicher Hilfe, daß nach Dr. Hartwell gerufen wurde. Als der Arzt ihn zu Bett brachte, murmelte er nur immer wieder vor sich hin: »Aber was, um Himmels willen, können wir nur tun?«

Dr. Armitage schlief, befand sich aber am nächsten Tag teilweise im Delirium. Er gab Hartwell keinerlei Erklärung, sagte aber in ruhigeren Augenblicken, er müsse dringend mit Rice und Morgan sprechen. Seine wilden Phantasien waren in der Tat erschreckend; sie handelten von einem Wesen in einem vernagelten Farmgebäude, das um jeden Preis vernichtet werden müsse, und von irgendeinem Plan, nach dem die ganze menschliche Rasse mitsamt allem tierischen und pflanzlichen Leben durch eine schreckliche uralte Rasse aus anderen Dimensionen ausgelöscht werden solle. Er schrie auf, die Welt sei in Gefahr, weil die uralten Dinge sie von allem Menschlichen entkleiden und aus dem Sonnensystem und dem Kosmos der Materie in eine andere Ebene oder Phase der Unendlichkeit zerren wollten, aus der sie einst vor Vigintillionen von Äonen gestürzt sei. Dann rief er auch nach dem gefürchteten *Necronomicon* und der *Daemonolatreia* des Remigius, in denen er irgendeine Formel zu finden hoffte, die die Gefahr bannen sollte, von der er phantasierte:

»Haltet sie auf, haltet sie auf!« rief er. »Diese Whateleys wollten sie hereinlassen, und das Schlimmste von allen lebt noch! Sagt Morgan und Rice, daß wir etwas unternehmen müssen – es ist nicht ganz aussichtslos, ich weiß, wie man das Pulver herstellt… Es ist seit dem 2. August nicht mehr gefüttert worden, als Wilbur hier den Tod fand, und unter diesen Umständen…«

Aber trotz seiner 73 Jahre besaß Armitage eine kräftige Konstitution, und in der nächsten Nacht überschlief er seine Krankheit, ohne irgendein Fieber zu entwickeln. Am Freitagnachmittag erwachte er mit klaren Sinnen und fühlte grauenhafte Angst und eine furchtbare Verantwortung. Am Samstag fühlte er sich imstande, zur Bibliothek hinüberzugehen und Rice und Morgan zu einer dringenden Unterredung zu bitten, und den ganzen Nachmittag und Abend zermarterten sich die Männer ihr Hirn mit wildesten und verzweifeltsten Überlegungen. Seltene und schreckliche Bücher wurden bändeweise aus den Regalen und sicheren Schränken gezerrt, Diagramme und Formeln von verwirrender Menge in fieberhafter Eile herausgeschrieben. Zweifel konnte es keine geben. Alle drei hatten den Körper Wilbur Whateleys gesehen, wie er in einem Raum dieses Gebäudes auf dem Boden gelegen hatte, und danach konnte keiner mehr von ihnen auch nur im geringsten das Tagebuch für die phantastische Ausgeburt eines Wahnsinnigen ansehen.

Zunächst gingen die Meinungen darüber auseinander, ob man die Massachusetts State Police einschalten solle, aber dann hielten sie es für besser, das nicht zu tun. Es ging hier um Dinge, die andere, die nicht Zeugen ihrer Auswirkungen gewesen waren, unmöglich glauben konnten; das sollte sich noch im Verlauf der folgenden Untersuchungen zeigen. Spät in der Nacht trennten sich die drei, ohne einen bestimmten Plan entwickelt zu haben. Den ganzen Sonntag über war Armitage damit beschäftigt, Formeln zu vergleichen und Chemikalien zu mischen, die er sich aus dem Laboratorium der Universität beschafft hatte. Je mehr er über das teuflische Tagebuch nachsann, desto mehr neigte er dazu, zu zweifeln, ob man mit materiellen Kräften dieses Wesen vernichten könne, das Wilbur Whateley zurückgelassen hatte – dieses erdbedrohende Ding, von dem er noch nicht wußte, daß es in einigen Stunden hervorbrechen und sich als Grauen von Dunwich einen Namen machen würde.

Am Montag wiederholte sich das gleiche wie am Sonntag, denn das Problem erforderte unermüdliche Versuche und endloses Experimentieren. Weiteres Studieren in dem monströsen Tagebuch veranlaßte ihn, seinen Plan mehrfach zu ändern, und er wußte genau, daß bis zum Ende alles ungewiß sein würde.

Bis Dienstag hatte er einen sorgfältigen Plan ausgearbeitet, wie vorzugehen sei, und er glaubte, in einer Woche die Reise nach Dunwich wagen zu können. Dann, am Mittwoch, kam der große Schock. Unauffällig in einer Spalte des *Arkham Advertiser* stand ein kurzer Artikel der Associated Press, der sich darüber lustig machte, was für ein alle Phantasie übersteigendes Ungeheuer der geschmuggelte Whiskey in Dunwich hervorgerufen hatte. Armitage fand halbbetäubt zum Telefonhörer und verständigte Rice und Morgan. Sie berieten sich bis in die Nacht, und der nächste Tag war ein Wirbel von Vorbereitungen. Armitage wußte, mit was für schrecklichen Mächten er sich da einließ, sah aber keinen anderen Weg, die entsetzlichen und unheilvollen Wirren aufzuhalten, die andere vor ihm in die Welt gerufen hatten.

IX

Am Freitagmorgen machten sich Armitage, Rice und Morgan auf den Weg nach Dunwich und kamen etwa gegen 1 Uhr mittags im Dorf an. Es war ein angenehmer Tag, aber selbst im strahlendsten Sonnenlicht schien versteckte Bedrohung und Unheil über den verfluchten Hügeln und den tiefen schattendunklen Schluchten der heimgesuchten Gegend zu lasten. Hier und da zeichneten sich auf einem Berggipfel unheimliche Kreise steinerner Säulen gegen den Himmel ab. Aus den Mienen versteckter Furcht bei Osborns schlossen sie, daß sich etwas Furchtbares ereignet hatte, und sie erfuhren nur zu bald von der Vernichtung der Elmer Frye-Farm und seiner Bewohner. Den ganzen Nachmittag fuhren sie im Ort umher; sie fragten die Einheimischen über alles aus, was vorgefallen war, und immer quälender wurde ihre Angst, als sie mit eigenen Augen die düsteren Ruinen der Frye-Farm sahen, die teerigen, klebrigen Spuren, die blasphemischen Abdrücke im Hof, die Verletzungen des verendeten Viehs und die gewaltigen Pfade niedergewalzter Vegetation an allen möglichen Stellen. Die Spur den Sentinel Hill hinauf und wieder hinunter hatte für Armitage unerhörte Bedeutung, und lange Zeit verbrachte er vor dem altarähnlichen Felsen auf dem Gipfel.

Nachdem die Besucher erfahren hatten, daß einige Polizisten diesen Morgen aus Aylesbury herübergekommen waren, um dem Verschwinden der Fryes nachzugehen, von dem sie durch Telefonanrufe wußten, beschlossen sie, die Beamten aufzusuchen und ihre Aufzeichnungen mit den ihren zu vergleichen, soweit das von Nutzen sein konnte. Das war jedoch leichter geplant als ausgeführt; denn nirgends war eine Spur der Polizisten zu entdecken. Sie waren zu fünft gewesen. Nun stand ihr Auto verlassen zwischen den

Ruinen der Frye-Farm. Die Einheimischen, die alle mit den Beamten gesprochen hatten, waren zuerst genauso ratlos wie Armitage und seine Begleiter. Dann kam dem alten Sam Hutchins plötzlich ein schrecklicher Gedanke; er wurde blaß, stieß Fred Farr an und deutete auf die dumpfe, dunkle Höhle, die da unter ihnen gähnte.

»O Gott«, stieß er hervor, »ich habe sie doch gewarnt, in die Schlucht zu gehen; ich hätte nie geglaubt, daß es jemand tun würde – bei den Spuren, diesem Gestank und den Ziegenmelkern, die da unten Tag und Nacht kreischen...«

Kalte Furcht überlief die Männer aus dem Dorf und die Besucher, und jeder schien instinktiv, unbewußt in die gleiche Richtung zu lauschen. Armitage, der sich nun dem Grauen selbst und seinen monströsen Auswirkungen gegenübersah, schauderte unter der Verantwortung, die er auf sich fühlte. In wenigen Stunden würde die Nacht hereinbrechen, und die blasphemische Masse würde sich wieder in Bewegung setzen. *Negotium perambulans in tenebris...* der alte Bibliothekar wiederholte bei sich die Formel, die er auswendig wußte, und seine Finger krampften sich um den Zettel, auf dem die Gegenformel notiert war. Er prüfte noch einmal, ob seine Taschenlampe in Ordnung war. Rice an seiner Seite holte aus einem kleinen Koffer einen metallenen Zerstäuber, wie er zur Insektenvertilgung benutzt wird; und Morgan packte seine Elefantenbüchse aus, auf die er trotz aller Warnungen, daß jede Waffe dieser Welt hier wirkungslos sei, vertraute.

Armitage, der das schauderhafte Tagebuch gelesen hatte, wußte nur zu gut, auf was sie sich gefaßt machen mußten; aber er hütete sich, durch irgendwelche Andeutungen die Furcht der Farmer noch mehr zu steigern. Er hatte die Hoffnung, dieses Wesen zu besiegen, ohne daß die Welt je erfuhr, von welchem monströsen Ding sie befreit worden war. Als die Dämmerung hereinbrach, machten sich die Einheimischen auf den Weg nach Hause; in aller Hast verbarrikadierten sie sich, obwohl doch offensichtlich menschliche Schlösser und Riegel einem Ding gegenüber machtlos waren, das Bäume knicken und Häuser eindrücken konnte, wenn es ihm gefiel. Sie schüttelten den Kopf, als sie erfuhren, daß die Fremden in den Frye-Ruinen bei der Schlucht wachen wollten, und als sie sie zurückließen, glaubten sie wenig Hoffnung zu haben, die drei jemals lebend wiederzuerblicken.

In dieser Nacht rumorte es in den Hügeln, und die Ziegenmelker kreischten bedrohlich. Gelegentlich trug der Wind aus der Cold-

Spring-Schlucht einen unbeschreiblichen Geruch in die träge Nachtluft; einen Gestank, wie ihn die drei Wissenschaftler bereits schon einmal bemerkt hatten, als sie sich über ein verendendes *Ding* beugten, das fünfzehneinhalb Jahre für ein menschliches Wesen gegolten hatte. Aber das Grauen, auf das sie warteten, zeigte sich nicht. Was immer dort unten in der Schlucht lauerte, wartete seine Zeit ab; und Armitage warnte seine Kollegen, daß es einem Selbstmord gleichkäme, wollten sie es im Dunkeln angreifen.

Der Morgen zog bleich herauf, und die Geräusche der Nacht verstummten. Es war ein grauer, frostiger Tag, und ab und zu nieselte es leicht; immer schwerere Wolken schienen sich über den Hügeln im Nordwesten zu ballen. Die drei Männer aus Arkham waren unschlüssig, was sie tun sollten. Vor dem beginnenden Regen in einem der unzerstörten Nebengebäude geschützt, berieten sie sich, ob sie warten oder lieber die Initiative ergreifen und auf der Suche nach dem unaussprechlichen Monster in die Schlucht hinuntersteigen sollten. Der Regen wurde immer heftiger, und in der Ferne vernahm man schwaches Donnern. Wetterleuchten begann, und plötzlich zuckte direkt vor ihnen ein gespaltener Blitz auf, als sei er geradewegs in die verfluchte Schlucht gefahren. Der Himmel schwärzte sich, und die drei Männer hofften, das Unwetter werde nur kurze Zeit anhalten.

Es war immer noch grausig dunkel, als etwa eine Stunde später babylonisches Stimmgewirr von der Straße erklang. Im nächsten Augenblick wurde eine erschreckte Schar von über zwölf Männern sichtbar, die durcheinanderrannten, brüllten oder hysterisch wimmerten. Einer von ihnen keuchte fast unverständliche Worte hervor, und die Wissenschaftler fuhren in die Höhe, als sie die Zusammenhänge dahinter erkannten.

»O mein Gott, mein Gott«, stieß er hervor. »Es geht wieder um – *und diesmal am hellichten Tag!* Es ist hier, es ist hier, es bewegt sich in dieser Minute, und nur Gott weiß, wann es über uns alle herfallen wird!«

Er schnappte nach Luft, und ein anderer sprach für ihn weiter.

»Ungefähr vor einer Stunde hörte Zeb Whateley das Telefon klingeln, und es war Mrs. Corey, die Frau von George, die unten an der Kreuzung wohnt. Sie sagt, daß Luther, ihr Viehhüter, die Kühe gerade wegen des Unwetters heimtreiben wollte, als er sah, wie sich die Bäume am Eingang der Schlucht – auf der hier entgegengesetzten Seite – bewegten; und er roch den gleichen fürchterlichen Gestank wie letzten Montag, als er die großen Spuren fand. Er sagt, er hat auch ein Rauschen gehört, lauter als daß es die schwankenden Bäume und Büsche hätten sein können, und mit einem Mal wurden die Bäume an der Straße zur Seite geknickt, und irgend etwas stampfte und platschte durch den Schlamm. Aber stellen Sie sich vor, Luther sah überhaupt nichts, nur die sich biegenden Bäume und Sträucher.

Dann hörte er weiter oben, bei der Brücke, ein Knarren und Schleifen, er schwört drauf, daß es Holz war, das knackt und splittert. Und die ganze Zeit über sieht er nichts! Und als sich das Schlurfen entfernte, in Richtung der Whateley-Farm und Sentinel Hill, hatte Luther die Nerven, hinaufzugehen, wo es gewesen war, und den Boden zu betrachten. Da war nur Schlamm und Wasser, und der Himmel war schwarz, und der Regen verwischte alle Spuren; aber am Eingang der Schlucht, wo die Bäume sich bewegt hatten, waren noch einige der gräßlichen Abdrücke, so groß wie Fässer; dieselben, die er schon am Montag gesehen hatte.«

Hier unterbrach ihn der erste Sprecher aufgeregt:

»Aber *das* ist nicht das Schlimmste – das war erst der Anfang. Zeb hier rief die Leute zusammen, und alle hörten ihm zu, als plötzlich ein Anruf von Seth Bishop kam. Seine Haushälterin Sally starb fast vor Angst – sie hatte gesehen, wie sich die Bäume an der Straße bogen, und sagte, sie hörte ein tappendes Geräusch, das sich dem Haus näherte, – wie ein schnaubender und stampfender Elefant. Dann sprach sie plötzlich von einem furchtbaren Gestank, und ihr Junge Chauncey habe aufgeschrien, genau dasselbe habe er in den Whateley-Ruinen am Montagmorgen gerochen. Und die Hunde bellten und winselten wie verrückt.

Und dann stieß sie einen entsetzlichen Schrei aus und sagte, die Scheune unten an der Straße wäre gerade eingedrückt worden, wie wenn der Sturm darüber hinweggefahren wäre – nur war der Wind nicht heftig genug, um das fertigzubringen. Und dann schrie sie wieder und sagte, der Holzzaun vor dem Hof sei niedergewalzt worden, und sie sähen nicht, wodurch. Dann hörten alle durch die Leitung Chauncey und den alten Seth Bishop durcheinanderschreien, und Sally kreischte, daß etwas Schweres das Haus getroffen habe – kein Blitz oder ähnliches, sondern etwas Schweres, das sich immer wieder gegen die Mauern werfe, obwohl man draußen nichts erkennen könne. Und dann... und dann...«

Das Entsetzen in den Mienen der Männer nahm immer mehr zu,

und Armitage war so erschüttert, daß er kaum noch die Kraft fand, den Mann zum Weitersprechen aufzufordern.

»Und dann... Sally kreischte, ›Zu Hilfe, das Haus stürzt ein!‹... und durch die Leitung hörten wir ein furchtbares Krachen und Geschrei wie aus der Hölle... wie damals, als es Elmer Fryes-Farm erwischte, nur noch viel schlimmer...«

Der Mann schwieg, und ein anderer aus der Gruppe ergriff das Wort.

»Das war alles – nicht ein einziger Laut kam danach durch das Telefon. Nichts als Stille. Wir, die das mit angehört haben, holten sofort unsere Fords und Trecker heraus und riefen alle verfügbaren Männer im Dorf zusammen. Bei Corey trafen wir uns und sind jetzt hier, damit Sie uns raten, was wir am besten tun sollen. Meiner Meinung nach ist das die Strafe des Himmels für unsere Schlechtigkeit, und keiner wird ihr entgehen.«

Armitage sah, daß jetzt gehandelt werden mußte, und entschlossen wandte er sich an die verängstigten Bauern.

»Wir müssen es verfolgen, Leute.« Er versuchte, seiner Stimme einen möglichst zuversichtlichen Klang zu geben. »Ich glaube, wir haben eine einzige Chance, es außer Gefecht zu setzen. Ihr wißt ja, daß die Whateleys Hexer waren – nun, dieses Ding verdankt seine Existenz der Hexerei und kann nur durch dieselben Mittel besiegt werden. Ich bin im Besitz von Wilbur Whateleys Tagebuch und habe einige seiner alten seltsamen Bücher studiert; und ich glaube, ich weiß jetzt die Zauberformel, die das Ding wieder verschwinden läßt. Natürlich bin ich nicht ganz sicher, aber wir müssen unsere Chance nutzen. Es ist unsichtbar – damit habe ich gerechnet –, aber dieser Sprühapparat hier enthält ein Pulver, das es möglicherweise eine Sekunde lang sichtbar machen wird. Wir werden es ausprobieren. Das Ding ist grauenhaft, aber noch nicht so schlimm, wie es geworden wäre, hätte Wilbur länger gelebt. Wir werden nie erfahren, was dadurch der Welt erspart blieb. Nun stehen wir nur diesem Wesen gegenüber, und es kann sich nicht vermehren. Es kann aber entsetzliches Unheil anrichten; und wir dürfen keinen Augenblick zögern, die Menschheit davon zu befreien.

Wir müssen ihm folgen – am besten von da aus, wo es eben gewütet hat. Einer müßte uns führen; ich kenne mich hier nicht sehr gut aus, und es gibt bestimmt eine Abkürzung. Na, wie ist es damit?«

Die Männer scharrten verlegen mit den Füßen; dann zeigte Earl

Sawyer mit seinem schmutzigen Finger in den ständig nachlassen-
den Regen.

»Ich glaube, am schnellsten kommen Sie hier über die untere
Weide zu Seth Bishop hinüber, über die Brücke und Carriers Felder und das Wäldchen wieder hoch. Dann sind Sie auf der Straße
ganz nah bei Seth.«

Armitage, Rice und Morgan machten sich in der angegebenen
Richtung auf den Weg; die meisten Einheimischen folgten ihnen
in einigem Abstand. Der Himmel lichtete sich, und es sah so aus,
als habe sich der Sturm ausgetobt. Als Armitage versehentlich die
falsche Richtung einschlug, machte ihn Joe Osborn darauf aufmerksam und führte nun selbst. Mut und Vertrauen wuchsen;
wurden jedoch durch den fast senkrechten bewaldeten Hügel
ernsthaft auf die Probe gestellt, durch dessen bizarre alte Bäume
sie sich mühsam hocharbeiteten.

Schließlich kamen sie auf einem schlammigen Weg heraus; die
Sonne brach gerade durch die Wolken. Sie befanden sich ein wenig
oberhalb der Bishop-Farm, und geknickte Bäume und schauderhafte unverwechselbare Spuren zeigten nur zu deutlich, was sich
hier entlangbewegt hatte. Nur wenige Augenblicke hielten sie sich
in den Ruinen hinter der Wegbiegung auf. Es war eine Wiederholung des Frye-Falles; nichts Lebendes oder Totes konnte in dem
geborstenen Gerippe entdeckt werden, das einst Bishops Wohnge-
bäude und Scheune gewesen war. Niemand wollte länger als nötig
in diesem Gestank und Ekel verweilen, und sie wandten sich bald
der schrecklichen Fährte zu, die an den Trümmern der Whateley-
Farm vorbei den altargekrönten Sentinel Hill hinaufging.

Als die Männer an die Stelle kamen, wo Wilbur Whateley gehaust hatte, schauderte ihnen, und wieder mischte sich Beklemmung in ihren Jagdeifer. Es war beileibe kein Spaß, ein Ding
aufzuspüren, das groß wie ein Haus ist, das man nicht sehen kann
und das dabei die Bösartigkeit eines Dämons besitzt. Am Fuß des
Sentinel Hill verließen die Abdrücke den Weg, und den Pfad entlang, den das Monster zuvor zum Hügel und zurück genommen
hatte, waren frische Spuren geknickter verfilzter Vegetation.

Armitage holte aus seiner Tasche ein kleines Fernrohr von beachtlicher Sehschärfe und suchte damit den grünbewachsenen
Steilhang des Hügels ab; dann reichte er es Morgan, der bessere
Augen hatte. Morgan blickte nur kurz hindurch, dann schrie er
leise auf und gab das Glas an Earl Sawyer weiter, wobei er mit dem

Finger auf eine bestimmte Stelle des Hangs wies. Sawyer, der wie die meisten nicht mit optischen Geräten umgehen konnte, fummelte zunächst etwas ungeschickt herum; dann schließlich gelang es ihm mit Armitages Hilfe, die Gläser scharf einzustellen. Sein Aufschrei war weniger beherrscht als der Morgans.

»Allmächtiger Gott, das Gras und die Büsche bewegen sich! Es geht hinauf – ganz langsam – kriecht – gleich ist es oben... weiß der Himmel, was es dort will!«

Panik verbreitete sich unter den Männern. Es war *eine* Sache, ein namenloses Wesen zu jagen, aber ein *ganz* andere, es auch zu finden. Beschwörungsformeln waren schön und gut – was, wenn sie aber nicht wirkten? Sie fragten durcheinander, was Armitage über das Ding wisse, und keine Antwort erschien ihnen ganz befriedigend. Jeder fühlte sich Erscheinungsformen der Natur gegenüber, die absolut verboten waren, und ganz außerhalb gesunder menschlicher Erfahrung lagen.

X

Schließlich kletterten die drei Männer aus Arkham – der alte, weißbärtige Dr. Armitage, der untersetzte, eisengraue Prof. Rice und der hagere junge Dr. Morgan – allein den Hügel hinauf. Das Fernrohr hatten sie der verängstigten Schar auf der Straße zurückgelassen, nachdem sie geduldig erklärt hatten, wie es einzustellen sei; und als sie hochstiegen, wurden sie aufs schärfste von unten beobachtet, wo das Teleskop von Hand zu Hand ging. Der Anstieg war hart, und Armitage mußte mehr als einmal die Hilfe seiner Freunde in Anspruch nehmen. Weit über der sich hocharbeitenden Gruppe bewegte sich das höllische Wesen mit schneckengleicher Bedächtigkeit durch das krachende Gehölz. Bald zeigte sich, daß die Verfolger schneller waren.

Curtis Whateley – aus einer der nicht dekadenten Seitenlinien – hatte gerade das Glas, als die drei Wissenschaftler plötzlich von dem Pfad abwichen. Er berichtete den anderen, daß die drei Männer offensichtlich einen kleinen Seitengipfel zu erreichen suchten, der beträchtlich über der Stelle lag, wo sich im Augenblick das Gesträuch bewegte. Diese Vermutung stellte sich als richtig heraus; sie beobachteten die drei, wie sie die Anhöhe erreichten, kurz nachdem die unsichtbare Blasphemie darunter vorbeigeglitten war.

Dann rief Wesley Corey, der das Glas übernommen hatte, daß Armitage sich an dem Sprühapparat zu schaffen mache, den Rice hielt, und daß gleich irgend etwas geschehen werde. Den Männern wurde unbehaglich zumute; sie erinnerten sich, daß dieses Gerät dem unsichtbaren Grauen einen Augenblick lang Gestalt verleihen sollte. Zwei oder drei von ihnen schlossen die Augen, aber Curtis Whateley griff beherzt nach dem Fernglas und starrte angestrengt hindurch. Er sah, daß Rice von seiner äußerst günstigen Position den Sprüher mit dem wirksamen Pulver mit den besten Aussichten auf Erfolg bedienen konnte.

Die nicht durch das Fernglas schauten, sahen für eine Sekunde lang unter der Bergkuppe eine graue Wolke – eine Wolke von der Größe eines mehrstöckigen Hauses. Curtis, der das Teleskop in den Händen hielt, ließ es mit einem schrillen Aufschrei in den knöcheltiefen Schlamm fallen. Er taumelte und wäre zu Boden gestürzt, hätten nicht zwei oder drei der Umstehenden ihn gehalten und gestützt. Er gab nur halblautes Stöhnen von sich.

»Oh, oh, großer Gott... *das... das...*«

Die anderen bestürmten ihn mit Fragen, und nur Henry Wheeler dachte daran, das Glas aufzuheben und vom Schmutz zu befreien. Curtis war noch halb betäubt, und selbst unzusammenhängende Antworten überstiegen fast seine Kräfte.

»Größer als eine Scheune... besteht nur aus Fäden, die sich winden... das ganze Ding sieht aus wie ein Ei, nur viel größer, mit Dutzenden Beinen, die wie Fässer sind... nichts daran ist massiv... alles eine weiche Masse... zusammengeschnürte bewegliche Fäden... und überall große hervorquellende Augen... zehn oder zwanzig Münder oder Rüssel, so groß wie Ofenrohre, kommen an allen Seiten heraus und bewegen sich ständig, öffnen und schließen sich... ganz grau, mit blauen oder violetten Ringen... *und, Gott im Himmel, dieses halbe Gesicht obendrauf...!*«

Diese letzte Schilderung war einfach zuviel für den armen Curtis; und er brach zusammen, bevor er noch ein Wort hinzufügen konnte. Fred Farr und Will Hutchins trugen ihn an den Straßenrand und betteten ihn ins feuchte Gras. Henry Wheeler richtete mit zitternden Händen das Fernglas auf den Berg. Er konnte drei winzige Gestalten erkennen, die allem Anschein nach, so schnell es der steile Anstieg erlaubte, zum Gipfel hasteten. Nur die drei – sonst nichts. Dann vernahmen alle einen ungewöhnlichen Lärm, der aus der Schlucht und aus dem Unterholz des Sentinel Hill kam. Es war das Kreischen zahlloser Ziegenmelker, und in ihrem schrillen Chor schien ein Unterton von gespannter, böser Erwartung verborgen zu sein.

Nun übernahm Earl Sawyer das Glas und berichtete, die drei befänden sich jetzt oben auf der Kuppe, auf gleicher Höhe mit dem steinernen Altar, aber ein gutes Stück davon entfernt. Der eine von ihnen, sagte er, schien die Hände über dem Kopf in rhythmischen Abständen zu heben; und sie hörten dabei in der Ferne ein schwaches Geräusch, als begleite er diese Bewegungen mit lautem Gesang. Die geisterhafte Silhouette drüben auf dem Gipfel muß unglaublich grotesk und eindrucksvoll ausgesehen haben, aber keiner der Beobachter war augenblicklich in der Stimmung für ästhetischen Genuß. »Ich wette, jetzt singt er die Formel«, flüsterte Wheeler, als er wieder nach dem Teleskop griff. Die Ziegenmelker schrien wie wahnsinnig in einem seltsamen, unregelmäßigen Rhythmus, der ganz verschieden von dem des Rituals auf dem Berge war.

Plötzlich schien das Strahlen der Sonne schwächer zu werden, obwohl keine Wolken aufgezogen waren. Es war ein sehr merkwürdiges Phänomen, und alle mußten es bemerken. Ein Grollen schien aus den Hügeln zu tönen und mischte sich furchterregend mit einem ähnlichen Rumoren, das offensichtlich vom Himmel kam. Blitze zuckten hoch oben auf, und der erstaunte Haufen sah sich vergeblich nach den Anzeichen eines Sturms um. Die Stimmen der drei Männer aus Arkham waren jetzt deutlich zu vernehmen, und Wheeler erkannte durch das Glas, daß sie alle ihre Arme unter rhythmischen Gesängen hoben und senkten. Von einer entfernten Farm drang das rasende Gebell der Hunde.

Das Tageslicht veränderte sich immer mehr, und die Menge starrte verwundert auf den Horizont. Ein violettes Dunkel, das nichts als eine spektrische Verstärkung des Blaus war, lastete über den rumorenden Hügeln. Dann zuckte wieder ein Blitz auf, dieses Mal heller als zuvor, und die Männer glaubten, um die Altarfläche etwas wie Nebel erkannt zu haben. Niemand hatte jedoch in diesem Augenblick durch das Fernglas geschaut. Die Ziegenmelker fuhren mit ihrem unregelmäßigen Kreischen fort, und die Männer aus Dunwich stemmten sich in hellwachem Zustand gegen eine unbekannte Bedrohung, mit der die Atmosphäre überladen schien.

Ganz plötzlich erklangen diese tiefen, heiseren, krächzenden

Laute, die keiner der Männer je vergessen wird, der sie hörte. Sie drangen aus keiner menschlichen Kehle, denn die Stimmbänder eines Menschen können nicht solche akustischen Perversionen hervorbringen. Man hätte eher annehmen können, sie kämen aus der Schlucht, wäre ihr Ursprung nicht so eindeutig der Altarstein auf dem Gipfel gewesen. Eigentlich waren sie kaum *Töne* zu nennen; ihr furchtbares baßtiefes Timbre sprach viel empfindlichere dunkle Teile des Bewußtseins an als das Ohr; und doch muß man es tun, denn sie hatten zweifellos die vage Gestalt halbartikulierter *Wörter*. Sie waren laut – so laut wie das Grollen und das Donnern, durch das sie hallten – und doch kamen sie von keinem sichtbaren Wesen. *Und da die Vorstellungskraft eine mutmaßliche Quelle für die Welt der unsichtbaren Wesen nahelegt,* drängten sich die Männer am Fuß des Berges in Erwartung eines vernichtenden Schlages noch enger zusammen.

»*Ygnaiih... ygnaiih... thflthkh'ngha... Yog-Sothoth...*«, klang das grauenhafte Krächzen aus dem Raum. »*Y'bthnk... h'ehye – n'grkdl'lh...*«

Hier schienen die Impulse zu stocken, als spiele sich ein giftiger psychischer Kampf ab. Henry Wheeler starrte durch das Fernglas, sah aber nichts als die drei grotesken Silhouetten auf dem Gipfel, die wie rasend ihre Arme in seltsamen Bewegungen hoben und senkten, als ihre Beschwörung sich dem Höhepunkt näherte. Aus welchen schwarzen Abgründen acherontischer Furcht oder Gefühle, aus welchen unergründlichen Strudeln außerkosmischen Bewußtseins oder dunkler, langverborgener Vererbung mochte dieses halbartikulierte, donnergleiche Krächzen herausgelockt sein? Jetzt ertönte es wieder laut und klar in völliger, äußerster, letzter Raserei:

»Eh-ya-ya-ya-yahaah---e'yayayayaaaa...   ngh'aaaaa... ngh'aaa... h'yuh... h'yuh... HILFE! HILFE!... ff-ff-ff-VATER! VATER! YOG-SOTHOTH!...«

Aber nichts mehr folgte. Die bleiche Gruppe auf der Straße, der es vor diesen *zweifellos englischen Silben* im Kopf wirbelte, die sich kehlig und donnernd von der furchtbaren Leere neben diesem ekelhaften Felsaltar entluden, sollte niemals wieder solche Laute vernehmen. Statt dessen fuhren sie unter der schauerlichen Antwort der Hügel zusammen; einem betäubenden erschütternden Krachen, das aus dem Erdinneren oder vom Himmel kommen mochte – keiner hätte sagen können, woher. Ein einziger Blitzstrahl schoß aus dem purpurfarbenen Zenit auf den Altarstein nieder, und eine gewaltige Flutwelle unsichtbarer Kräfte und unbeschreiblichen Gestanks ergoß sich von dem Hügel über das ganze Land. Bäume, Gras und Unterholz wurden förmlich in Wahnsinn gepeitscht; und die erschreckte Menge am Fuß des Berges, die der tödliche Geruch beinahe erstickte, riß es fast um. Hunde heulten in der Ferne, grünes Gras und Blätter verwelkten in ein seltsam ungesundes Gelbgrau, und über Felder und Wald wurden die Körper toter Ziegenmelker geschleudert.

Der Gestank verflog rasch, aber die Vegetation erholte sich nie wieder. Bis zum heutigen Tag liegt etwas Kränkliches und Unheiliges um die Pflanzen dieses furchterregenden Berges. Curtis Whateley gewann gerade das Bewußtsein zurück, als die Männer aus Arkham in hellem und ungetrübtem Sonnenlicht langsam den Berg herabkamen. Sie waren ernst und still und schienen von Erinnerungen und Reflexionen erschüttert, die noch grauenhafter sein mußten als die, die die Männer aus Dunwich in ein verängstigtes, zitterndes Häuflein verwandelt hatten. Als Antwort auf ein Durcheinander von Fragen schüttelten sie nur den Kopf und bestätigten nur die ungeheuer wichtige Tatsache:

»Das Ding wird *nie wiederkommen*«, sagte Armitage. »Es hat sich in das aufgelöst, woraus es ursprünglich bestand, und es wird *nie wieder* existieren. Es stellte eine Unmöglichkeit in einer normalen Welt dar. Nur ein winziger Bruchteil bestand aus Materie, so wie *wir* sie verstehen. Es war wie sein Vater – und der größte Teil von ihm ist in unbestimmte Bereiche und Dimensionen außerhalb unseres stofflichen Universums zu ihm zurückgekehrt; in nebelhafte Abgründe, aus denen nur die verfluchtesten Beschwörungen menschlicher Blasphemie es für einen Augenblick auf die Hügel herausrufen konnten.«

Einen Moment lang herrschte Schweigen, und in dieser Pause begann der verwirrte Geist des armen Curtis Whateley den Faden wieder aufzunehmen; er griff sich stöhnend mit beiden Händen an den Kopf. Seine Erinnerung setzte anscheinend da wieder ein, wo sie abgebrochen war, und das Grauen, das ihn niedergeworfen hatte, brach von neuem auf ihn los.

»*Oh, oh, mein Gott, dieses halbe Gesicht – dieses halbe Gesicht obendrauf... dieses Gesicht mit den roten Augen und dem krausen Haar eines Albino, und ohne Kinn, wie die Whateleys... Es war ein Tintenfisch, ein Tausendfüßler, eine Art Spinne – aber obendrauf war das halbe Gesicht eines Menschen, das sah aus wie einer der Hexen-Whateleys, nur war es hundertmal größer...«*

Er schwieg erschöpft, als die Männer um ihn herum ihn in Verwirrung anblickten, hinter der sich neue Furcht verbarg. Der alte Zebulon Whateley, der sich zerstreut an Dinge erinnerte, über die bis jetzt kein Mensch gesprochen hatte, unterbrach die Stille.

»Es ist jetzt fünfzehn Jahre her«, begann er, »daß der alte Whateley gesagt hat, wir würden eines Tages ein Kind von der Lavinia den Namen seines Vaters von Sentinel Hill rufen hören...«

Aber Joe Osborn unterbrach ihn, um die Wissenschaftler aus Arkham weiter auszufragen.

»*Was war es denn nun,* und wie konnte es der junge Hexen-Whateley aus der Luft auf die Erde rufen?«

Armitage wählte seine Worte sehr sorgfältig.

»Es war – nun, es bestand zum größten Teil aus einer Kraft, die nicht in unseren Teil des Alls gehört; eine Art Kraft, deren Wirkung, Wachstum und Form anderen als unseren Naturgesetzen unterworfen ist. Wir dürfen niemals diese Dinge von draußen zu uns rufen, und nur sehr gottlose Menschen und sehr verruchte Kulte haben es je versucht. Ein Teil von ihnen steckte in Wilbur Whateley selbst – genug, ihn zu einem Teufel und frühreifen Ungeheuer zu machen und ihm ein schreckliches Aussehen zu geben. Ich werde sein verfluchtes Tagebuch verbrennen, und wenn ihr klug seid, sprengt ihr diesen Felsaltar in die Höhe und reißt alle Steinsäulen auf den anderen Hügeln herunter. Dinge wie diese brachten die Wesen zu uns, mit denen diese Whateleys in Verbindung standen – Wesen, die sie bewußt hereinlassen wollten, damit sie die Menschen vernichteten und die Erde in namenlose Dimensionen zu unbeschreiblichen Zwecken hinüberziehen wollten.

Was aber dieses Wesen betrifft, das wir gerade zurückgeschickt haben – die Whateleys zogen es auf, weil es eine fürchterliche Rolle in ihren Plänen spielen sollte. Es wuchs aus demselben Grund so schnell, aus dem Wilbur so rasch in die Höhe schoß – aber es überflügelte ihn, weil es mehr von dieser *äußeren Welt* in sich hatte. Ihr braucht nicht zu fragen, wie Wilbur es aus der Luft rief. Er *rief* es nicht herunter. *Es war sein Zwillingsbruder – aber dem Vater ähnlicher als er.«*

Cthulhus Ruf

*Ein Überleben jener großen Mächte oder
Wesen ist durchaus vorstellbar, ein Überleben aus einer fernen Zeit, als das Bewußtsein sich vielleicht in Formen offenbarte, die
vor dem Heraufdämmern der Menschheit
wieder verschwunden sind, Formen, von
welchen allein Dichtung und Sage eine
flüchtige Erinnerung bewahrt haben, und
die von ihnen Götter, Monstren, mythische
Wesen genannt wurden.*

Algernon Blackwood

1 Das Basrelief

Die größte Gnade auf dieser Welt ist, so scheint es mir, das Nicht-
vermögen des menschlichen Geistes, all ihre inneren Geschehnisse
miteinander in Verbindung zu bringen. Wir leben auf einem fried-
lichen Eiland des Unwissens inmitten schwarzer Meere der Unendlichkeit, und es ist uns nicht bestimmt, diese weit zu bereisen. Die
Wissenschaften – deren jede in eine eigene Richtung zielt – haben
uns bis jetzt wenig gekümmert; aber eines Tages wird das Zusam-
menfügen der einzelnen Erkenntnisse so erschreckende Aspekte
der Wirklichkeit eröffnen, daß wir durch diese Enthüllung entweder dem Wahnsinn verfallen oder aus dem tödlichen Licht in den
Frieden und die Sicherheit eines neuen, dunklen Zeitalters fliehen
werden.

Theosophen haben die schreckliche Größe des kosmischen Zyklus geahnt, in dem unsere Welt und menschliche Rasse nur flüchtige Zufälle sind. Sie haben die Existenz merkwürdiger Überwesen
angedeutet in Worten, die unser Blut erstarren ließen, wären sie
nicht hinter einem schmeichelnden Optimismus versteckt. Aber
nicht durch sie wurde der einzelne flüchtige Blick in verbotene
Äonen ausgelöst, der mich frösteln macht, wenn ich daran denke,
und wahnsinnig, wenn ich davon träume. Dieser Blick, wie jede
furchtbare Schau der Wahrheit, blitzte aus einem zufälligen Zusammensetzen zweier getrennter Dinge auf – in diesem Fall einer
alten Zeitungsnotiz und der Aufzeichnungen eines verstorbenen
Professors. Ich hoffe, niemand mehr wird dieses Zusammensetzen
durchführen – ich für meinen Teil werde nicht wissentlich auch
nur ein Glied dieser grauenhaften Kette preisgeben. Ich glaube,

auch der Professor hatte vorgehabt, Schweigen zu bewahren über das, was er wußte, und er hätte seine Notizen vernichtet, wäre er nicht plötzlich vom Tod überrascht worden.

Meine Berührung mit dem *Ding* begann im Winter 1926/27, mit dem Tod meines Großonkels George Gammell Angell, emeritierter Professor für semitische Sprachen an der Brown-University, Providence, Rhode Island. Prof. Angell war eine Autorität für alte Inschriften gewesen, und oft letzter Ausweg für die Leiter prominenter Museen; viele werden sich an sein Hinscheiden im Alter von 92 Jahren erinnern. Am Orte selbst gewann der Todesfall durch seine seltsamen Begleitumstände an Bedeutung. Es traf den Professor, als er von der Newport-Fähre nach Hause zurückkehrte; er stürzte plötzlich zu Boden, nachdem er laut Aussage mehrerer Zeugen von einem seemännisch aussehenden Neger angerempelt worden war, der aus einem der obskuren Hinterhöfe auf der Steilseite des Hügels kam, die eine Abkürzung von der Anlegestelle zum Hause des Verstorbenen in der Wiliam-Street bildeten. Die Ärzte konnten keine sichtbare Verletzung feststellen; sie beschlossen nach langem Hin und Her, daß irgendein verborgener Herzschaden, verursacht durch den schnellen, steilen Anstieg des schon bejahrten Mannes, den Tod herbeigeführt haben müsse. Damals sah ich keinen Grund, warum ich mich mit dieser Darstellung nicht zufriedengeben sollte; aber in letzter Zeit neige ich dazu, mir Fragen zu stellen – und mehr als nur das...

Als Erbe und Testamentsvollstrecker meines Großonkels – denn er starb als kinderloser Witwer – hatte ich seine Papiere mit einiger Sorgfalt durchzusehen; zu diesem Zwecke schaffte ich seine ganzen Stapel von Zetteln und Schachteln in meine Wohnung nach Boston. Viel von diesem Material wird später durch die American Archeological Society veröffentlicht werden; aber da gab es eine Schachtel, die mir äußerst rätselhaft erschien, und es widerstrebte mir, sie anderen zu zeigen. Sie war verschlossen, und ich fand nicht den Schlüssel, bis ich auf den Gedanken kam, den privaten Schlüsselbund des Professors zu untersuchen, den er stets in seinen Taschen getragen hatte. Daraufhin gelang es mir tatsächlich, sie zu öffnen; aber ich sah mich nur einem größeren Hindernis gegenüber. Denn was konnte die Bedeutung jenes merkwürdigen Basreliefs sein, dieses unzusammenhängende wuchernde Gewirr, das ich vorfand? Sollte mein Onkel plötzlich, im hohen Alter, an irgendeinen oberflächlichen Schwindel geglaubt haben? Ich war fest

289

entschlossen, den exzentrischen Bildhauer herauszufinden, der für diese so offensichtliche Geistesverwirrung des alten Mannes verantwortlich war.

Das nahezu rechteckige Basrelief hatte ein Profil von weniger als einem Inch und eine Fläche von rund fünf mal sechs Inch; sehr wahrscheinlich stammte es aus jüngster Zeit. Die Zeichnungen darauf jedoch waren in Stimmung und Suggestion alles andere als modern; denn obwohl die Fantasien des Kubismus und Futurismus vielfältig und abenteuerlich sind, zeigen sie kaum diese geheime Regelmäßigkeit, die in prähistorischen Inschriften verborgen ist. Und irgendeine Schrift war diese Anhäufung von Zeichen sicherlich; aber obwohl ich sehr mit den Papieren und Sammlungen meines Onkels vertraut war, gelang es mir nicht, irgendeine besondere Zugehörigkeit herauszufinden, nicht einmal eine entfernteste Verwandtschaft.

Über diesen Hieroglyphen befand sich etwas, das allem Anschein nach ein Bild sein sollte, dessen impressionistische Ausführung jedoch ein genaues Erkennen verhinderte. Es schien eine Art Monster zu sein, oder ein Symbol, das ein Monster darstellte, von einer Gestalt, wie sie nur krankhafte Fantasie ersinnen kann. Wenn ich sage, daß meine irgendwie überspannte Vorstellungskraft gleichzeitige Bilder eines Tintenfisches, eines Drachen und der Karikatur eines Menschen lieferte, werde ich, glaube ich, dem Geist der Sache entfernt gerecht. Ein fleischiger, mit Fangarmen versehener Kopf saß auf einem grotesken, schuppigen Körper mit rudimentären Schwingen; aber es war die Anlage des Ganzen, die es so fürchterlich erschreckend machte. Hinter der Figur war die nebulose Andeutung einer zyklopischen Architektonik.

Die Notizen, die diese Wunderlichkeit begleiteten, waren, neben einer Menge Zeitungsartikel, in Prof. Angells eigener, letzter Handschrift und erhoben keinen Anspruch auf literarischen Stil. Was das Hauptdokument zu sein schien, war »Cthulhu Kult« überschrieben, in peinlich genau gemalten Buchstaben, wohl um ein falsches Buchstabieren dieses so fremdartigen Wortes auszuschließen. Das Manuskript war in zwei Abschnitte unterteilt, dessen erster »1925 – Traum und Traumresultate von H. A. Wilcox, 7 Thomas Street, Providence, R. I.« überschrieben war und der zweite »Darstellung von Inspector John R. Legrasse, 121 Bienville St., New Orleans, La, 1908 A. A. S. Mtg. – Bemerkungen eben darüber & Prof. Webbs Bericht.« Die anderen Manuskriptbögen enthielten durchweg kurze Notizen, einige von ihnen waren Berichte über merkwürdige Träume von verschiedenen Personen, andere Zitate aus theosophischen Büchern und Zeitschriften (bemerkenswert W. Scott-Elliotts *Atlantis und das Verlorene Lemuria*), und der Rest von ihnen Bemerkungen über langbestehende Geheimverbindungen und verborgene Kulte, mit Bezug auf Abschnitte in solchen mythologischen und anthropologischen Quellenwerken wie Frazers *Goldener Zweig* und Miss Murrays *Hexenkult in Westeuropa*. Die Zeitungsausschnitte wiesen größtenteils auf Fälle von extremem Wahnsinn und Auftreten von Massenpsychosen oder Manien im Frühjahr 1925 hin.

Die erste Seite des Manuskripts berichtete von einer sehr merkwürdigen Geschichte. Es scheint, daß am ersten März 1925 ein schmaler, dunkler Mann von überspanntem neurotischem Äußeren Prof. Angell besuchte und das eigenartige Basrelief mitbrachte, das ganz feucht und frisch war. Seine Karte trug den Namen Henry Anthony Wilcox, und mein Onkel hatte in ihm den jüngsten Sohn einer Upper-class-Familie erkannt, mit der er befreundet war. In letzter Zeit hatte er in der Rhode Island School of Design Bildhauerei studiert und wohnte in der Nähe des Instituts im Fleur-de-Lys-Gebäude. Wilcox war ein genialer, aber exzentrischer junger Mann. Von Kindheit an hatte er Aufmerksamkeit auf sich gelenkt durch die seltsamen Geschichten und merkwürdigen Träume, die er für gewöhnlich erzählte. Er selbst bezeichnete sich als psychisch hypersensitiv; die nüchternen Bewohner der alten Handelsstadt taten ihn als einfach verrückt ab. Nie hatte er sich sehr mit seinesgleichen abgegeben, ließ sich immer seltener in der Gesellschaft sehen und war nun nur noch einem kleinen Kreis von ästhetisch Interessierten aus anderen Städten bekannt. Selbst der Providence Art Club, der darauf bedacht ist, seine konservative Linie zu erhalten, hatte ihn eher hoffnungslos gefunden.

Bei diesem Besuch, so hieß es im Manuskript des Professors, erbat er sich abrupt die Vorteile des archäologischen Fachwissens seines Gastgebers und wollte von ihm die Hieroglyphen auf dem Basrelief entziffert wissen. Er sprach in abwesender, geschraubter Manier, die Pose vermuten ließ und Sympathien entzog; und mein Onkel antwortete mit einiger Schärfe, denn die augenfällige Frische der Tafel implizierte Verwandtschaft mit allem möglichen, nur nicht mit Archäologie. Des jungen Wilcox Erwiderung, die meinen Onkel immerhin so beeindruckte, daß er sich später an ihren genauen Wortlaut erinnerte, war von einem fantastischen poetischen Flair, das dieses ganze Gespräch gekennzeichnet haben muß und das ich seitdem so charakteristisch für ihn finde. Was er sagte, war: »Das Relief ist tatsächlich ganz neu, denn ich fertigte es heute nacht in einem Traum, der von fremdartigen Städten handelte; und Träume sind älter als der brütende Tyrus, oder Sphinx, die nachdenkliche, oder das gartenumkränzte Babylon.«

An dieser Stelle begann er also mit der verworrenen Erzählung, die auf schlummernde Erinnerungen zurückgeht und sofort das fieberhafte Interesse meines Onkels besaß. In der Nacht zuvor hatte es ein leichtes Erdbeben gegeben, seit Jahren die spürbarste Erschütterung in Neu England; und Wilcox' Imagination war in hohem Maße erregt worden. Nachdem er eingeschlafen war, befiel ihn ein noch nie dagewesener Traum von riesigen Zyklopenstädten aus titanischen Blöcken und vom Himmel gestürzten Monolithen, die vor grünem Schlamm troffen und unheilvolle Schrecken bargen. Wände und Säulen waren von Hieroglyphen bedeckt, und von unten, unbestimmbar, von wo, war eine Stimme erklungen, die keine Stimme war; eine chaotische Sensation, die nur der phantastischste Wahnsinn in Laute übersetzen konnte; die er durch die fast nicht aussprechbare Unordnung von Buchstaben, durch »Cthulhu fhtagn« wiederzugeben suchte. Dieses Lautgewirr war der Schlüssel zu dem ungeheuren Interesse, das den Professor packte und beunruhigte. Er fragte den Bildhauer mit wissenschaftlicher Genauigkeit aus und untersuchte mit nahezu panischer Intensität das Basrelief, das zu schaffen sich der junge Mann überraschte, fröstelnd, nur mit dem Pyjama bekleidet, als er das wache Bewußtsein langsam wiedererlangte. Mein Onkel entschuldigte es, wie mir Wilcox später sagte, mit seinem Alter, daß er nicht sofort die Hieroglyphen und die Zeichnung erkannt habe. Viele seiner Fragen schienen dem Besucher höchst fehl am Platze, vor allem jene, die die Figur mit fremdartigen Kulten und Gesellschaftsformen in Verbindung zu bringen suchten; und Wilcox verstand nicht das wiederholte Versprechen des Professors, Schweigen zu bewahren, wenn er dafür nur die Mitgliedschaft zu irgendeiner mystischen oder heidnischen Sekte erhielte. Als Prof. Angell endlich davon überzeugt war, daß der Bildhauer tatsächlich weder einen Kult kannte noch ein System kryptischer Überlieferung, bat er seinen Besucher eindringlich, ihm doch auch weiterhin über seine Träume zu berichten. Darauf ging Wilcox bereitwillig ein, und schon nach dem ersten Gespräch berichtet das Manuskript von täglichen Besuchen des jungen Mannes, während der er erregende Fragmente nächtlicher Bilderfolgen lieferte; gigantischer Terror türmt sich auf, von riesigen Monolithen tropft dunkler Schlamm, unterirdische Stimmen fressen sich quälend in das Gehirn...

Die beiden am häufigsten vorkommenden Laute sind durch die Buchstabierung »Cthulhu r'lyeh« annähernd wiedergegeben.

Am 23. März, so hieß es weiter im Manuskript, erschien Wilcox nicht wie üblich, und Nachfragen ergaben, daß ihn ein merkwürdiges Fieber befallen hatte, und er war zu seiner Familie in die Watermann Street gebracht worden. Er hatte in der Nacht mehrere andere Künstler im Hause durch einen Schrei geweckt und befand sich seitdem in einem Dämmerzustand zwischen Bewußtlosigkeit und Fieberphantasien.

Mein Onkel setzte sich sofort mit der Familie in Verbindung und überwachte von nun an den Fall aufs gewissenhafteste; oft rief er Dr. Tobey, der den Kranken betreute, in seiner Praxis in der Thayer Street an.

Der fiebernde Geist des jungen Bildhauers brütete offensichtlich über grauenvoll seltsamen Dingen; und hin und wieder schauderte der Arzt, wenn er von ihnen sprach. Sie schlossen nicht nur eine Wiederholung des zuvor Geträumten ein, sondern berührten ganz unzusammenhängend ein gigantisches Ding, »Meilen hoch«, ein Umhergepolter und Getapse. Nie beschrieb er genau diesen Gegenstand, aber gelegentlich hervorgestoßene Worte, die Dr. Tobey wiederholte, überzeugten den Professor, daß er mit der unaussprechlichen Monstrosität identisch sein müsse, die der junge Mann in seiner Traumskulptur bildlich darzustellen versucht hatte. Wenn er dieses Objekt erwähnte, so bedeutete das das Vorspiel für einen unweigerlichen Rückfall in Lethargie, fügte der Doktor hinzu. Es befremde, daß seine Körpertemperatur gar nicht viel über der normalen liege, aber sein ganzer Zustand ließe ansonst eher echtes Fieber vermuten als geistige Verwirrung.

Am 2. April, etwa gegen drei Uhr nachmittags, schwand plötzlich jede Spur von Wilcox' Krankheit. Er saß, erstaunt, sich zu Hause zu finden, aufrecht in seinem Bett und erinnerte sich nicht im leisesten, was, in Traum oder Wirklichkeit, seit der Nacht des 22. März geschehen war. Vom Arzt für gesund befunden, kehrte er nach drei Tagen in seine Wohnung zurück; für Prof. Angell aber konnte er nicht länger von Nutzen sein. Alle Spuren kosmischer Träume waren mit dem Augenblick seiner Genesung geschwunden, und nachdem mein Onkel eine Woche lang eine Reihe von sinnlosen und unbedeutenden Berichten über völlig normale Visionen aufgenommen hatte, ließ er es sein.

Hier endet der erste Teil des Manuskriptes; aber Hinweise auf gewisse einzelne Notizen gaben mir viel zu denken – so viel in der Tat, daß ich es nur auf das eingewurzelte Mißtrauen, das damals meine Philosophie ausmachte, zurückführen kann, daß ich dem jungen Künstler noch immer mißtraute. Die fraglichen Aufzeichnungen waren die, die Träume verschiedener Personen in der gleichen Periode beschrieben, in der der junge Wilcox seine nächtlichen Visionen hatte. Mein Onkel, so scheint es, hatte schnell einen erstaunlich weit gezogenen Kreis von Umfragen an diejenigen Freunde gerichtet, an die er sich ohne Ungehörigkeit wenden konnte; sie bat er um Berichte ihrer Traumgesichte und um die genauen Daten irgendwelcher bemerkenswerten Visionen in letzter Zeit. Seine Umfrage scheint verschieden aufgenommen zu sein; aber schließlich muß er doch mehr Antworten erhalten haben, als ein normaler Mensch sie ohne Sekretär hätte auswerten können. Die Originalkorrespondenz war zwar nicht erhalten, aber seine Notizen bildeten eine gründliche und wirklich umfassende Sammlung. Durchschnittliche Leute aus Gesellschaft und Geschäftsleben – Neu Englands traditionelles »Salz der Erde« – lieferten ein fast völlig negatives Ergebnis, obwohl vereinzelte Fälle von beängstigenden, aber formlosen Eindrücken hier und dort auftauchen, stets zwischen dem 23. März und dem 2. April – dem Zeitabschnitt also, in dem der junge Wilcox im Delirium versank. Wissenschaftler waren wenig mehr angegriffen, obgleich vier Fälle in vagen Beschreibungen flüchtige Eindrücke fremdartiger Landschaften erstellen, und in einem Fall ist von grauenhafter Angst vor etwas Übernatürlichem die Rede.

Die wichtigsten Antworten kamen von Malern und Dichtern, und ich bin überzeugt, daß Panik unter ihnen ausgebrochen wäre, hätten sie ihre Aussagen untereinander vergleichen können. Da ihre Originalbriefe fehlten, hatte ich den Kompilator halb im Verdacht, Suggestivfragen gestellt zu haben oder sich um die Korrespondenz nur zur Bekräftigung dessen bemüht zu haben, was er im Geheimen zu finden entschlossen war. Darum kam ich auch nicht von dem Gedanken los, daß Wilcox, wissend um die Unterlagen, die mein Onkel besaß, den greisen Wissenschaftler bewußt getäuscht hatte. Diese Antworten der Ästheten ergaben eine verwirrende, beunruhigende Geschichte. Zwischen dem 28. Februar und dem 1. April hatte ein großer Teil von ihnen höchst bizarre Dinge geträumt, und die Intensität dieser Träume steigerte sich während Wilcox' Delirium ins Unermeßliche. Über ein Viertel derer, die irgendwelche Angaben machten, berichteten von Szenen und wirren Lauten, nicht unähnlich denen, die Wilcox beschrieben hatte. Und einige der Träumer gestanden heftige Furcht vor dem gigantischen namenlosen Ding, das gegen Ende in Erscheinung trat. Ein Fall, dem sich die Anmerkungen mit Nachdruck widmeten, war tragisch. Das Objekt, ein sehr bekannter Architekt mit Neigungen für Theosophie und Okkultismus, wurde genau am gleichen Tag wie Wilcox von heftigem Wahnsinn befallen und starb einige Monate später nach endlosem Schreien, ihn doch vor ausgebrochenen Bewohnern der Hölle zu retten. Hätte sich mein Onkel in all diesen Fällen auf Namen bezogen anstatt auf bloße Zahlen, hätte ich zu ihrer Bestätigung einige private Nachforschungen unternommen; so aber gelang es mir, nur wenige ausfindig zu machen. Diese jedoch unterstützten die Notizen voll und ganz. Ich habe mich oft gefragt, ob wohl alle Objekte dieser Untersuchung so außer sich waren wie diese kleine Gruppe. Es ist jedenfalls gut, daß sie nie eine Erklärung erreichen wird.

Die Zeitungsausschnitte, wie ich schon andeutete, berührten Fälle von Panik, Manie und exzentrischem Verhalten während der fraglichen Zeit. Prof. Angell muß ein ganzes Büro beschäftigt haben, denn die Anzahl der ausgeschnittenen Artikel war überwältigend, und ihre Quellen waren über die ganze Erde verteilt. Hier ein nächtlicher Selbstmord in London, wo sich ein einsamer Schläfer nach einem grauenhaften Schrei aus dem Fenster gestürzt hatte; da ein weitschweifiger Brief an den Herausgeber eines Blattes in Südamerika, in dem ein Fanatiker ein gräßliches Zukunftsbild nach seinen Visionen entwirft; dort bringt eine Depesche aus Kalifornien eine Meldung über eine Theosophenvereinigung, die sich aus Anlaß einer »glorreichen Erfüllung«, die nie eintritt, mit weißen Gewändern schmückt, während verschiedene Notizen aus Indien gegen Ende Mai ernst zu nehmende Unruhen unter den Eingeborenen berühren. Vudu-Orgien nehmen in Haiti zu, und afrikanische Vorposten melden rätselhaftes Gemurre im Busch. Amerikanische Offiziere auf den Philippinen finden gewisse Dschungelstämme um diese Zeit aufrührerisch, und New Yorker Polizisten werden in der Nacht vom 22. zum 23. März von hysterischen Levantinern terrorisiert. Auch der Westen Irlands ist voll von wilden Gerüchten und Legenden, und ein Maler der phantastischen Schule namens Ardois-Bonnot hängt in die Pariser Frühlingsausstellung 1926 eine blasphemische Traumlandschaft. Und so zahlreich sind die gemeldeten Fälle in Nervenheilanstalten, daß es nur auf ein Wunder zurückzuführen sein kann, daß die Ärzteschaft nicht diese beunruhigenden Parallelen sah und dunkle Schlüsse zog. Alles in allem ein grausiger Haufen Zeitungsausschnitte; und heute kann ich mir kaum diesen dreisten Rationalismus mehr vorstellen, mit dem ich ihn beiseite schob. Damals aber war ich eben überzeugt, daß der junge Wilcox um die uralten verbotenen Dinge wußte, die der Professor erwähnte.

II Die Erzählung des Inspektors Legrasse

Die alten Dinge, die den Alptraum des Bildhauers und das Basrelief für meinen Onkel so bedeutungsvoll gemacht hatten, bildeten das Thema der anderen Hälfte seines langen Manuskriptes. Schon früher einmal, so scheint es, hatte Prof. Angell die infernalischen Umrisse der unaussprechlichen Ungeheuerlichkeiten gesehen, über den unbekannten Hieroglyphen gerätselt und die enigmatischen Silben gehört, die nur mit »Cthulhu« wiederzugeben sind; und all das in so aufregendem und schrecklichem Zusammenhang, daß es nicht wunder nimmt, wenn er den jungen Wilcox mit Fragen bedrängte.

Diese frühere Erfahrung stammte aus dem Jahre 1908, siebzehn Jahre zuvor, als die American Archeological Society ihren Jahreskongreß in St. Louis abhielt. Prof. Angell nahm als anerkannte Kapazität bei allen Beratungen eine erste Stellung ein; und er war auch einer der ersten, dem sich die zahlreichen Außenstehenden, die diese Versammlung zum Anlaß nahmen, sich Fragen und Probleme beantworten zu lassen, zuwandten. Deren Wortführer und innerhalb kurzer Zeit für alle Teilnehmer der Mittelpunkt des Interesses war ein durchschnittlich aussehender Mann mittleren Alters, der von New Orleans angereist war, um Erklärung zu suchen, die er von keiner anderen Seite erwarten konnte. Es war der Polizeiinspektor John Raymond Legrasse; er brachte den Gegenstand mit, um dessentwillen er gekommen war – eine groteske, ungeheuerlich abstoßende und augenscheinlich sehr alte Steinstatuette, deren Ursprung er nicht zu bestimmen vermochte.

Man glaube nur nicht, Inspektor Legrasse habe auch bloß das geringste Interesse für Archäologie gehabt. Im Gegenteil, sein Wunsch nach Aufklärung entsprang rein beruflichen Erwägungen. Die Statue, Idol, Fetisch oder was immer es sein mochte, war einige Monate zuvor in den dicht bewaldeten Sümpfen südlich New Orleans während eines Streifzuges sichergestellt worden; man hatte ein Vudu-Treffen vermutet. Die damit verknüpften Riten waren in ihrer Grausamkeit so einzigartig, daß die Polizei annahm, auf einen dunklen Kult gestoßen zu sein, der ihnen völlig unbekannt war und unglaublich diabolischer als selbst die schwärzesten der afro-amerikanischen Vudu-Zirkel. Der Ursprung der Figur war absolut nicht festzustellen – wenn man von den kargen und unglaubhaften Erzählungen, die man aus den Gefangenen herauspreßte, absieht; daher das Verlangen der Polizei nach irgendeiner Erklärung der Altertumsforscher, die ihnen dienlich sein könnte, das unheilvolle Symbol einzuordnen und daraufhin den ganzen Kult mit Stumpf und Stiel auszurotten.

Inspektor Legrasse hatte wohl kaum mit dem Aufsehen gerechnet, das seine Eröffnung machen würde. Ein einziger Blick auf die Statuette hatte genügt, um die versammelten Wissenschaftler in einen Zustand ungeheurer Spannung zu versetzen, und ohne Zeit zu verlieren, scharten sie sich um ihn und starrten auf die winzige Figur, deren Fremdartigkeit und Ausstrahlung wahrhaft unergründlichen Alters möglicherweise archaische, bisher ungeschaute Ausblicke eröffnete. Keine erkennbare Schule der Bildhauerkunst hatte diesen grauenvollen Gegenstand belebt; doch Jahrhunderte, ja sogar Jahrtausende schienen in dem Staub und der grünlichen Oberfläche des nicht einzuordnenden Steines festgehalten.

Die Figur, die schließlich herumgereicht wurde, damit sie jeder sorgfältig von nahem studieren könne, besaß eine Höhe von 7 bis 8 Inches und war künstlerisch vollkommen. Sie stellte ein Ungeheuer von entfernt menschenähnlichen Umrissen dar, hatte aber einen tintenfischgleichen Kopf, dessen Gesicht aus einem Wirrwarr von Tentakeln bestand; darunter ein schuppiger molluskenhaft aussehender Körper, eklige Klauen an Hinter- und Vorderfüßen und lange schmale Flügel auf dem Rücken.

Dieses Ding, in dem Naturtrieb mit fürchterlicher widernatürlicher Bösartigkeit gemischt zu sein schien, war von aufgedunsener Beleibtheit und hockte, ekelerregend, auf einem rechteckigen Block oder Podest, das mit unleserlichen Zeichen bedeckt war. Die Flügelspitzen berührten den hinteren Rand des Blocks, das Ding selbst nahm die Mitte ein, während die langen säbelartigen Klauen der gekrümmten Hinterpfoten die Vorderkante in den Griff genommen hatten und bis über ein Viertel des Sockels hinabhingen. Der kephalopode Kopf war nach vorne geneigt, so daß die Fühlarme des Gesichts die Rückseite der gewaltigen Vorderpranken streiften, die dessen ungeheures Knie umklammert hielten. Der Anblick des Ganzen hatte abnormerweise nichts Unnatürliches an sich und verbreitete um so mehr geheime Furcht, als der Ursprung der Statue völlig unbekannt war. Sein unermeßliches, nicht berechenbares Alter war unverkennbar; doch gab es nicht einen einzigen Hinweis, der auf eine Zugehörigkeit zu irgendeiner bekannten Kultur unserer jüngeren Zivilisation – oder irgendeiner anderen Epoche – hätte schließen lassen.

Ein Geheimnis für sich war das Material; denn der schmierige grünlich-schwarze Stein mit seinen goldenen oder irisierenden Flächen und Furchungen hatte mit Geologie oder Mineralogie nichts gemein. Rätselhaft waren auch die Zeichen auf dem Sockel; und keiner der Kongreßteilnehmer, obwohl sie etwa die Hälfte der Experten auf diesem Gebiet repräsentierten, konnte auch nur die entfernteste sprachliche Verwandtschaft feststellen. Die Zeichen gehörten, wie der Gegenstand und sein Material, zu etwas grauenhaft außerhalb Liegendem und von der Menschheit, wie sie uns bekannt ist, Getrenntem; etwas, das in schrecklicher Weise alte, unheilige Zusammenhänge des Lebens ahnen läßt, an denen unsere Welt und unsere Vorstellungen nicht teilhaben.

Und doch, als jeder der Teilnehmer den Kopf schüttelte und dem Inspektor eine Niederlage eingestehen mußte, gab es einen Mann in der Versammlung, der einen Schimmer von bizarrer Verwandtschaft in der monströsen Gestalt und Schrift erkennen wollte, und der, wenn auch mit einiger Schüchternheit, das merkwürdige Wenige erzählte, das er wußte. Dieser Mann war der nun verstorbene William Channing Webb, Prof. für Anthropologie an der Princeton University, ein Forscher von nicht geringem Ruf.

Prof. Webb war vor 48 Jahren auf einer Expedition in Grönland und Island auf der Suche nach Runenschriften gewesen, die er jedoch nicht fand; und hoch oben an der Küste Westgrönlands war er auf einen vereinzelten Stamm oder Kult degenerierter Eskimos gestoßen, deren Religion, eine seltsame Form der Teufelsanbetung, ihn durch ihre kalte Blutrünstigkeit und Widerwärtigkeit abstieß. Es war ein Glaube, der unter den übrigen Eskimos kaum bekannt war, den sie nur mit Schaudern erwähnten und behaupteten, er sei aus schrecklichen, uralten Äonen herabgestiegen, noch bevor die Welt geschaffen worden sei. Neben unaussprechlichen Riten und Menschenopfern gab es gewisse merkwürdige überlieferte Rituale, die an den höchsten ältesten Teufel oder *tornasuk* gerichtet waren; und davon hatte Prof. Webb durch einen alten *angekok* oder Teufelsschamanen eine sorgfältige phonetische Kopie, die die Laute, so gut es ging, in lateinische Buchstaben übertrug. Aber von größter Bedeutung war im Augenblick der Fetisch, den dieser Kult verehrt hatte und um den sie tanzten, wenn das Nordlicht hoch über den Eisklippen aufglühte. Er war, so berichtete der Professor, ein rohes Basrelief aus Stein, mit einem grauenerregenden Bildnis und kryptischen Schriftzeichen darauf. Und soviel er glaubte, war er in allen wesentlichen Zügen eine grobe Parallele dieses bestialischen Dinges, das da vor ihnen lag.

Diese Angaben, mit Spannung und Erstaunen von den versammelten Teilnehmern aufgenommen, schienen für Inspektor Legrasse doppelt aufregend zu sein; er begann sofort, seinen Informanten mit Fragen zu bedrängen. Da er ein Ritual der Kultverehrer aus dem Sumpf, die seine Leute festgenommen hatten, aufgezeichnet hatte, bat er den Professor inständig, sich so genau wie nur möglich an die Laute zu erinnern, die er bei den teuflischen Eskimos schriftlich niedergelegt hatte. Es folgte ein erschöpfender Vergleich von Details und ein Augenblick wahrhaft schauerergriffenen Schweigens, als der Detektiv und der Wissenschaftler übereinkamen, daß der Satz, der beiden höllischen Ritualen gemeinsam war – die doch Welten an Entfernung auseinander lagen –, tatsächlich identisch sei. Was im wesentlichen die Eskimozauberer und die Sumpfpriester aus Louisiana zu ihren gleichartigen Götzenbildern sangen, ähnelte folgendem (die Wortunterteilungen sind angenommen, nach den Pausen im Satz so wie sie ihn sangen):

»*Ph'nglui mglw'nafh Cthulhu R'lyeh wgah'nagl fhtagn.*«

Legrasse hatte Prof. Webb eines voraus – einige der Bastardpriester hatten ihm wiederholt, was ältere Zelebranten noch wußten, nämlich die Bedeutung dieser Worte. Der Text hieß, ihnen zufolge, etwa:

»In diesem Haus in R'lyeh wartet träumend der tote Cthulhu«. Und jetzt, da ihn alle bedrängten, erzählte Inspektor Legrasse so ausführlich wie möglich sein Abenteuer mit den Sumpfanbetern; eine Geschichte, der, wie ich sah, mein Onkel größte Bedeutung zumaß. Sie erfüllte die wildesten Träume der Mythenschöpfer und Theosophen und offenbarte ein erstaunliches Maß an kosmischer Vorstellungskraft unter solchen half-casts und Parias, wo man sie am wenigsten vermutet. Am 1. November 1907 hatten die Bewohner der Sümpfe und Lagunen im Süden von New Orleans ein dringendes Schreiben an die Polizei gerichtet. Die Ansiedler dieser Gegend, meist einfache, gutartige Nachkommen der Lafitte-Leute, befanden sich in einem Zustand nackter Angst vor einem Ding, das über Nacht gekommen war. Offensichtlich handelte es sich um Vudu, aber in einer schrecklicheren Form, als sie es je erfahren hatten; und einige ihrer Frauen und Kinder waren spurlos verschwunden, seit das bösartige tomtom mit seinem ununterbrochenen Getrommel in den schwarzen verfluchten Wäldern eingesetzt hatte, in die sich kein Mensch wagte. Da waren wahnsinnige Rufe und gehirnzermarternde Schreie, schaurige wilde Litaneien und irrlichternde Teufelsflammen; und, fügte der verschreckte Bote hinzu, das Volk könne es nicht länger ertragen.

So waren zwanzig Polizisten in zwei Pferdewagen und einem Automobil am späten Nachmittag mit dem zitternden Siedler als Führer ausgerückt. Als die passierbare Straße zu Ende war, stiegen sie aus und kämpften sich meilenweit unter Schweigen durch die schrecklichen Zypressenwälder, die niemals Tageslicht gesehen hatten. Widerwärtige Wurzeln und die feindseligen Schlingen des Spanischen Mooses behinderten auf Schritt und Tritt ihren Marsch, und hier und da verstärkten ein Haufen schleimigkühler Steine oder die Reste einer verfaulenden Mauer durch ihre Andeutung auf vergangene morbide Behausungen ein ungutes Gefühl, das jeder mißgebildete Baum, jedes weißschimmelige Pilznest schafft. Schließlich kam die Ansiedlung in Sicht, ein armseliger Haufen von Hütten, aus denen die hysterischen Bewohner herausstürzten, um sich um die flackernde Laterne zu scharen. Das dumpfe Trommeln der tomtoms war nun in der Ferne ganz schwach hörbar; und markerschütterndes Kreischen drang, wenn der Wind sich drehte, in unregelmäßigen Abständen herüber. Auch schien ein rötlicher Schimmer durch das mondbleiche Unterholz zu leuchten, jenseits des endlosen Nachtdunkels. Obwohl ihnen davor graute, wieder allein gelassen zu werden, wies es jeder einzelne der verschreckten Bewohner weit von sich, auch nur einen Schritt weiter in das Gebiet jener unheiligen Anbetung vorzudringen, so daß Inspektor Legrasse nichts anderes übrigblieb, als mit seinen neunzehn Kollegen führerlos in die schwarzen Gewölbe des Schreckens einzutauchen, in die nie jemand vor ihnen je den Fuß gesetzt hatte.

Das Gebiet, in das die Polizeitruppe jetzt drang, hatte schon seit jeher als unheilvoll gegolten. Es war völlig undurchforscht, kein Weißer hatte es je durchquert. Es spannen sich Legenden um einen verborgenen See, in dem, unberührt von den Augen Sterblicher, ein riesiges, formloses, fahles, tintenfischähnliches Ding mit glühenden Augen lebte; die Ansiedler flüsterten, daß fledermausflügelige Teufel aus Höhlen im Inneren der Erde kamen, um es um Mitternacht zu verehren. Sie sagten, es sei vor D'Iberville dagewesen, vor La Salle, noch vor den Indianern und selbst vor den Tieren und Vögeln des Waldes. Es war der Nachtmahr persönlich, und ihn sehen, hieß sterben. Aber er stieg hin und wieder in die Träume der Menschen, und so wußten sie sich vor ihm zu hüten. Die gegenwärtige Vudu-Orgie fand tatsächlich ganz am Rande dieser Schreckenszone statt; dieser Platz war schon schlimm genug; vielleicht hatte eben dieser Ort der Anbetung die Siedler mehr erschreckt als die entsetzlichen Schreie und die vorhergegangenen makabren Zwischenfälle.

Nur Dichtkunst oder Wahnsinn können den Geräuschen gerecht werden, die Legrasses Männer hörten, als sie sich durch den schmatzenden Morast in Richtung auf das rote Leuchten und das gedämpfte tomtom arbeiteten. Es gibt stimmliche Eigenheiten, die für Menschen charakteristisch sind, und andere, die auf Tiere hinweisen; und es macht einen schaudern, die einen zu hören, wenn ihr Ursprung der der anderen sein sollte. Hier übertrafen sich animalische Raserei und menschliche Ausschweifung, gipfelten in dämonischem Geheule und grellen Ekstasen, die diese nächtlichen Wälder zerrissen und in ihnen widerhallten, als wären es pestartige Stürme aus den Schlünden der Hölle. Hin und wieder pflegte das wahnsinnige Geheule abzubrechen, und ein geordneter Chor rauher Stimmen erhob sich in dem Singsang des schreckensvollen Satzes, des rituellen, »Ph'nglui mghv'nafh Cthulhu R'lyeh wgah'nagl fhtagn«.

Die Männer kamen nun in einen Teil des Waldes, wo sich die

Bäume lichteten, und plötzlich sahen sie sich dem Schauspiel selbst gegenüber. Vier von ihnen wankten, einer brach bewußtlos zusammen und zwei wurden von wahnsinnigen Schreikrämpfen geschüttelt, die durch die tolle Kakophonie glücklicherweise gedämpft wurden. Legrasse flößte dem Ohnmächtigen etwas Kentucky Bourbon ein, und alle standen zitternd und vor Schreck wie hypnotisiert.

In der Sumpflichtung befand sich eine grasbewachsene Insel von vielleicht einem *acre* Ausmaß, baumlos und relativ trocken. Darauf nun hopste und wand sich eine Horde von so unbeschreiblicher menschlicher Abnormität, wie sie niemand außer einem Sime oder Angarola malen könnte. Völlig unbekleidet wieherten, heulten und zuckten sie um ein riesiges kreisförmiges Feuer; gelegentliche Öffnungen in dem Flammenvorhang enthüllten in der Mitte einen gigantischen Granitmonolithen, einige acht Fuß hoch, auf dessen Spitze, grotesk in ihrer Winzigkeit, die unheilschwangere gemeißelte Statuette thronte. In einem großen Kreis waren zehn Gerüste in regelmäßigen Abständen mit dem flammenumgürteten Monolithen als Zentrum aufgebaut, an denen, mit dem Kopf nach unten, die grausig verzerrten Körper der hilflosen Siedler hingen, die als verschwunden gemeldet worden waren. Innerhalb dieses Kreises stampfte und brüllte die Kette der Götzenanbeter, wobei die Hauptrichtung der Bewegung von links nach rechts lief, in einem unendlichen Bacchanal zwischen dem Ring der Körper und dem Ring des Feuers.

Es mag nur Einbildung gewesen sein oder ein Echo, das einen der Leute, einen erregbaren Spanier, veranlaßte, sich einzubilden, er höre antiphonale Antworten auf das unheilige Ritual irgendwo aus der dunklen Ferne, tiefer in dem Wald des Grauens und der alten Legenden. Diesen Mann, einen gewissen Joseph D. Galvez, traf ich später und fragte ihn aus; und er zeigte sich in beunruhigender Weise phantasiereich, ging sogar so weit, ein entferntes Flügelrauschen, das Schimmern glänzender Augen und eine gebirgige fahlweise Masse hinter den Wipfeln der Bäume anzudeuten – aber ich glaube, er hatte wohl bloß zuviel von dem Aberglauben der Einheimischen gehört.

Tatsächlich dauerte die Erstarrung der Männer nur relativ kurze Zeit. Obwohl sich in der Menge etwa hundert dieser Bastardpriester befanden, vertrauten die Polizeibeamten auf ihre Waffen und stürzten sich entschlossen in die ekelhafte Meute. Für fünf Minuten herrschte ein unbeschreibliches Getöse und ein Chaos aus Schlägen, Schüssen und Fluchtversuchen; aber schließlich konnte Legrasse 47 trotzige Gefangene zählen, die sich ankleiden und zwischen zwei Reihen von Polizisten aufstellen mußten. Vier der Götzenanbeter lagen tot am Boden, und zwei Schwerverletzte wurden von ihren Mitgefangenen auf rasch improvisierten Bahren transportiert. Das Bildwerk auf dem Monolithen wurde vorsichtig heruntergeholt und Legrasse anvertraut.

Nach einem Marsch äußerster Anstrengung und Strapazen wurden die Gefangenen im Hauptquartier untersucht, und sie alle stellten sich als Menschen von sehr niedrigem Typus heraus, mischblütig und geistig unausgeglichen. Die meisten von ihnen waren Seeleute; und ein paar Neger und Mulatten, meist Leute von den Antillen oder Bravaportugiesen, brachten eine Spur von Vudu in den ursprünglich heterogenen Kult. Aber bevor noch viele Fragen gestellt wurden, zeigte sich bereits, daß es sich hier um etwas viel Tiefergehendes und Älteres handelte als um bloßen schwarzafrikanischen Fetischismus. Heruntergekommen und unwissend wie sie waren, hielten diese viehischen Kreaturen doch mit erstaunlicher Beharrlichkeit an der zentralen Idee ihres verabscheuungswürdigen Glaubens fest.

Sie verehrten, so sagten sie, die *Großen Alten,* die Äonen vor der Existenz des Menschen gelebt hätten, und die aus dem All in die junge Welt kämen. Die *Alten* hätten sich nun in das Erdinnere und in das Meer zurückgezogen; ihre toten Leiber jedoch hätten ihr Geheimnis einem Mann anvertraut, der daraus einen Kult schuf, der seither nicht ausgestorben ist. Das war eben dieser Kult, und die Gefangenen behaupteten, er habe immer existiert und werde immer existieren, in entlegenen Einöden und an dunklen Orten über die ganze Welt verstreut, bis der große Priester Cthulhu aus seinem dunklen Haus in der mächtigen Stadt R'lyeh vom Grund des Ozeans auftauche und die Erde wieder unter seine Herrschaft zwinge. Eines Tages würde er rufen, wenn die Gestirne günstig seien, und der geheime Kult wäre zu jeder Zeit bereit, ihn zu befreien.

Doch nichts weiteres durfte erzählt werden. Es bestand ein Geheimnis, das selbst die Folter nicht entlocken konnte. Der Mensch war nicht alleine inmitten der ihm bewußten Dinge auf der Erde, denn Schemen kamen aus dem Schatten, die wenigen Gläubigen aufzusuchen. Aber das waren nicht die *Großen Alten.* Kein Sterb-

licher hatte je die *Großen Alten* zu Gesicht bekommen. Das gemeißelte Idol war der *Große Cthulhu,* aber niemand hätte sagen können, ob die anderen gleich ihm waren. Heute konnte niemand
mehr die Schriftzeichen lesen, aber es wurden Dinge erzählt... Das
gesungene Ritual enthielt nicht das Geheimnis – das wurde nie laut
ausgesprochen, nur geflüstert. Der Gesang bedeutet nur »*In diesem Hause wartet träumend der große Cthulhu*«.

Nur zwei der Gefangenen wurden für gesund genug befunden,
gehängt zu werden; der Rest wurde verschiedenen Institutionen
übergeben. Alle leugneten hartnäckig, an den Ritualmorden beteiligt gewesen zu sein, und gaben vor, die Tötungen seien von den
Schwarzgeflügelten durchgeführt worden, die von ihrem Ver-
sammlungsort in den fluchbeladenen Wäldern zu ihnen gekommen seien. Aber über deren geheime Pfade konnte nichts Näheres
in Erfahrung gebracht werden. Was die Polizei überhaupt heraus-
finden konnte, das kam hauptsächlich von einem steinalten Mesti-
zen namens Castro, der behauptete, er sei in fremde, ferne Häfen
gesegelt und habe in den Gebirgen Chinas mit den todlosen Füh-
rern des Kults gesprochen.

Der alte Castro erinnerte sich schwach an schreckliche Legenden,
die die Spekulationen der Theosophen verblassen und den Menschen und seine Welt tatsächlich ganz jung und vergänglich erscheinen ließen. Es hatte Äonen gegeben, in denen andere Dinge
die Welt beherrschten, und *sie* hatten große Städte besessen: Überreste von denen, wie der todlose Chinese ihm erzählt habe, noch
als zyklopische Felsen auf Inseln im Stillen Ozean zu finden seien.
Sie alle starben ganze Zeitalter, bevor der Mensch kam, aber es
gab gewisse Künste, durch die *Sie* wiederbelebt werden konnten,
wenn die Gestirne wieder in die richtige Position in dem Zyklus
der Ewigkeit gelangten. *Sie* waren nämlich selbst von den Sternen
gekommen und hatten *Ihre* Abbilder mitgenommen.

Diese *Großen Alten* beständen nicht vollständig aus Fleisch und
Blut, fuhr Castro fort, sie besäßen Gestalt – bewies das denn nicht
dieses sterngeprägte Bildnis? –, aber die war nicht stofflich. Wenn
die Gestirne richtig standen, konnten *Sie* durch das All von Welt
zu Welt tauchen; standen sie aber falsch, konnten *Sie* nicht leben.
Aber obwohl *Sie* nicht länger am Leben waren, so würden *Sie* dennoch nie wirklich sterben. *Sie* alle ruhten in Felshäusern ihrer großen Stadt R'lyeh, geschützt durch den Zauber des mächtigen
Cthulhu bis zu *Ihrer* glorreichen Auferstehung, wenn Sterne und

Erde wieder für *Sie* bereit seien. Aber zu dem Zeitpunkt bedürften *Sie* einer Kraft von außerhalb, die *Ihre* Körper befreien mußte. Die Beschwörungen, die *Sie* behüteten, verhinderten gleichzeitig, daß *Sie* sich bewegten, und so konnten *Sie* nichts tun als wach im Dunkel zu liegen und nachzudenken, während ungezählte Jahrmillionen vorüberzogen. *Sie* wußten von allem, was im Universum vor sich ging, denn ihre Art zu sprechen bestand in der Vermittlung von Gedanken. Auch jetzt unterhielten *Sie* sich in *Ihren* Gräbern. Dann, flüsterte Castro, schufen die Menschen einen traumbefohlenen Kult um die kleinen Idole, die ihnen die *Großen Alten* gezeigt hatten; Bilder, die in den düsteren Zeiten von dunklen Sternen zu ihnen gebracht worden waren. Niemals würde dieser Kult sterben, bis die Gestirne die rechte Position zueinander hätten, und die geheimen Priester würden den großen Cthulhu aus seinem Grab holen, um seine Untertanen ins Leben zurückzurufen und wieder seiner Weltherrschaft zu dienen. Dieser Zeitpunkt wäre leicht zu erkennen, denn der Mensch sei dann wie die *Großen Alten* geworden: wild und frei jenseits von Gut und Böse; Gesetze und Moral wären dann niedergerissen, und alle Menschen brüllten, töteten und schwelgten in Lust. Dann würden ihnen die *Großen Alten* neue Wege zu brüllen, zu töten, zu schwelgen und zu genießen zeigen, und die Erde würde in Vernichtung, Ekstase und Freiheit flammen. In der Zwischenzeit müßte der Kult durch angemessene Riten die Erinnerung wachhalten und *Ihre* sichere Rückkehr prophezeien.

In früheren Zeiten hätten auserwählte Männer mit den eingeschlossenen *Alten* in ihren Träumen geredet, aber dann sei etwas geschehen. Die gewaltige Steinstadt R'lyeh sei mitsamt ihren Monolithen und Grabstätten im Meer versunken; und die tiefen Wässer, voller Urgeheimnisse, durch die nicht einmal Gedanken dringen, hätten die spektrischen Strahlen durchschnitten. Aber die Erinnerung lebte weiter, und hohe Priester sagten, die Stadt tauche wieder auf, sobald die Sterne günstig seien ... Hier aber unterbrach sich der alte Castro hastig, und keine Überredung oder List konnten ihm mehr in dieser Richtung entlocken. Auch die Größe der *Alten* weigerte er sich kurioserweise zu beschreiben. Er glaube, setzte er fort, das Zentrum des Kultes befände sich inmitten unwegsamer Wüsten Arabiens, wo Irem, die Stadt der Säulen, im Verborgenen träumt. Mit der europäischen Hexerei stünde der Kult nicht in Verbindung, und im Grunde genommen wisse man außerhalb seiner Mitglieder nichts Genaues über ihn.

In keinem Buch sei ein Hinweis auf ihn enthalten; aber der todlose Chinese habe gesagt, im *Necronomicon* des wahnsinnigen Arabers Abdul Alhazred seien gewisse Doppeldeutigkeiten enthalten, die die Eingeweihten so lesen konnten, wie sie mochten, vor allem der umstrittene Vers

>Das ist nicht tot, was ewig lie(lü)gen kann,
Da selbst der Tod als solcher sterben kann.«

Legrasse, zutiefst beeindruckt und nicht im geringsten erstaunt, hatte vergeblich nachgeforscht, worauf der Kult zurückzuführen sei. Castro schien zweifellos die Wahrheit gesagt zu haben, als er behauptete, das sei ganz und gar geheim. Die Autoritäten der Tulane University konnten kein Licht in die Angelegenheit bringen, weder was den Kult betraf noch das Götzenbild; und nun war der Detektiv zu der größten Autorität gekommen und stieß auf nichts Geringeres als auf die Grönlandgeschichte Prof. Webbs.

Das fieberhafte Interesse, das Legrasses Bericht bei der Versammlung weckte – den die Statue unterbaute –, spiegelt sich in der Korrespondenz derer wider, die damals zugegen waren; in der Öffentlichkeit allerdings fand diese Geschichte kaum Erwähnung. Vorsicht ist die erste Sorge derer, die gelegentlich Betrug und Scharlatanerie ausgesetzt sind. Legrasse lieh Prof. Webb für einige Zeit das Bildnis, aber nach dessen Tod wurde es ihm wieder ausgehändigt und befindet sich noch heute in seinem Besitz, wo ich es vor nicht langer Zeit selbst in Augenschein nahm. Es ist wirklich ein grauenhaftes Ding, und zweifellos der Traumskulptur des jungen Wilcox ähnlich.

Es erstaunte mich keineswegs, daß mein Onkel durch die Erzählung des Bildhauers so in Erregung versetzt wurde, denn was für Gedanken müssen auftauchen, wenn man, nachdem man weiß, was Legrasse über den Kult erfahren hatte, von einem jungen sensitiven Mann hört, der nicht nur die Figur und die genauen Hieroglyphen des im Sumpf gefundenen Bildnisses und der grönländischen Höllentafel träumt, sondern der sich in seinen Träumen an mindestens drei der exakten Worte der Formel erinnert, die die schwarzen Eskimoschamanen gleichermaßen aussprachen wie die Bastarde in Louisiana. Daß Prof. Angell sofort eine Untersuchung von allergrößter Genauigkeit begann, versteht sich von selbst; obwohl ich persönlich den jungen Wilcox im Verdacht hatte, daß er auf irgendeine Weise von dem Kult erfahren und eine Folge von

Träumen erfunden hatte, um das Geheimnis auf Kosten meines Großonkels zu steigern. Die Traumberichte und Zeitungsausschnitte, die der Professor gesammelt hatte, lieferten jedoch eine eindeutige Bestätigung; aber meine rationalistische Einstellung und die Ausgefallenheit der ganzen Geschichte ließen mich, wie ich glaubte, sehr vernünftige Schlußfolgerungen ziehen.

Nachdem ich also das Manuskript noch einmal gründlich studiert hatte und die theosophischen und anthropologischen Bemerkungen mit Legrasses Bericht über den Kult in Beziehung gebracht hatte, machte ich mich auf den Weg nach Providence, um den Bildhauer zu besuchen und ihn zu tadeln, daß er es gewagt habe, einen gelehrten alten Mann derart dreist hinters Licht zu führen.

Wilcox wohnte noch immer alleine in den Fleur-de-Lys-Gebäude in der Thomas Street, einer unschönen viktorianischen Nachahmung bretonischer Architektur des 17. Jahrhunderts, das mit seiner Stuckfront zwischen den hübschen Häusern im Kolonialstil auf dem alten Hügel prunkt, genau im Schatten des schönsten georgianischen Kirchturms von Amerika. Ich traf ihn in seinem Zimmer bei der Arbeit an und mußte sofort zugeben, daß er wirklich, nach den Plastiken zu urteilen, die herumstanden, außerordentliches Genie besaß. Er wird, glaube ich, sich in einiger Zeit als einer der großen *décadents* einen Namen machen; denn er hat jene Schemen und Phantasien in Ton geformt — und wird sie eines Tages in Marmor hauen —, wie sie Arthur Machen in Prosa beschwört und Clark Ashton Smith in Versen und Gemälden erstehen läßt.

Dunkelhaarig, schwächlich und etwas vernachlässigt sah er aus; müde drehte er sich auf mein Klopfen hin mir zu und fragte mich, ohne sich zu erheben, was ich denn wolle. Als ich ihm sagte, wer ich sei, zeigte er einiges Interesse; denn mein Onkel hatte seine Neugierde geweckt, als er seine befremdlichen Träume untersuchte, jedoch nie eine Begründung hierfür angab. Auch ich gab ihm, was diese Dinge betraf, keine Aufklärung, versuchte aber, ihn vorsichtig aus seiner Reserve zu locken.

Innerhalb kurzer Zeit war ich von seiner absoluten Aufrichtigkeit überzeugt, denn er sprach von seinen Träumen in nicht mißzuverstehender Weise. Sie und ihre unterbewußten Folgen hatten seine Kunst entscheidend beeinflußt, und er zeigte mir eine morbide Statue, deren Umrisse mich fast durch ihre Macht schwarzer Suggestion zittern machten. Er konnte sich nicht erinnern, ein Original dieses Dinges gesehen zu haben außer in seinem geträumten

Basrelief; die Konturen hatten sich selbst unmerklich unter seinen Händen geformt. Zweifellos handelte es sich um die riesenhafte Gestalt, von der er in seinem Delirium phantasiert hatte. Daß er tatsächlich nichts über den geheimen Kult wußte, außer dem, was die erbarmungslosen Fragen meines Großonkels angedeutet hatten, wurde mir bald vollständig klar; und wieder überlegte ich angestrengt, auf welchem möglichen Weg er zu den grausigen Eindrücken gekommen war.

Er sprach von seinen Träumen in einer merkwürdigen poetischen Weise; er zeigte mir mit schrecklicher Ausdruckskraft die düstere titanische Schattenstadt aus schleimigen grünen Blöcken – deren *Geometrie,* wie er seltsamerweise sagte, *gar nicht stimmte* –, und ich vernahm mit banger Erwartung das endlose Rufen aus der Unteren Welt:

»Cthulhu fhtagn, Cthulhu fhtagn.«

Diese Worte hatten zu dem schrecklichen Ritual gehört, das von der Traumvigilie des toten Cthulhu in seinem Steingewölbe in R'lyeh erzählt, und trotz meiner rationalistischen Auffassung der Dinge war ich sehr bewegt. Wilcox hatte, dessen war ich ziemlich sicher, in einem Gespräch etwas über den Kult aufgeschnappt, dann war es aber in der Masse seines schauerlichen Lesestoffes und Einbildungsvermögens untergegangen. Später hatte es dann, da es so aufwühlend war, unterschwellig in seinen Träumen, in dem Basrelief und in der fürchterlichen Statue, die ich jetzt in meinen Händen hielt, Ausdruck gefunden. Mithin war dieser Betrug meines Großonkels ein recht unschuldiger. Der junge Mann war von einem Typ, den ich nicht sonderlich leiden konnte; ein wenig blasiert und arrogant; aber ich erkannte jetzt durchaus seine Aufrichtigkeit und sein Genie an. Freundschaftlich verabschiedete ich mich von ihm und wünschte ihm den Erfolg, den sein Talent versprach.

Alles, was mit dem Kult zusammenhing, faszinierte mich noch immer, und zuweilen träumte ich, daß ich durch Untersuchungen über seinen Ursprung und seine Zusammenhänge zu Ruhm gelangte. Ich reiste nach New Orleans, suchte Legrasse und andere auf, die seinerzeit an der Razzia beteiligt gewesen waren, sah die grauenerregende Statue und befragte sogar die gefangengenommenen Mischlinge, soweit sie noch am Leben waren. Der alte Castro war leider vor einigen Jahren gestorben. Was ich nun so lebhaft, aus berufenem Mund, hörte – obwohl es tatsächlich nichts anderes war als eine genaue Bestätigung der Aufzeichnungen meines Großonkels –, erschreckte mich von neuem; ich war sicher, mich auf der Spur einer sehr ursprünglichen, sehr geheimen, sehr alten Religion zu befinden, deren Entdeckung mich zu einem Anthropologen von Ruf machen würde. Meine Einstellung war damals noch absolut materialistisch – *wie ich wünschte, daß sie es noch heute wäre* –, und mit unerklärlichem Eigensinn nahm ich das Zusammentreffen der Traumberichte und der Zeitungsausschnitte als ganz natürlich hin.

Was mir verdächtig zu sein begann und was ich jetzt fürchte zu *wissen,* ist, daß das Ableben meines Großonkels alles andere als natürlich war. Er stürzte in einer schmalen, engen Gasse, die vom Hafenkai den Berg hinaufführt und die von fremden Mischlingen wimmelte, nach dem rücksichtslosen Stoß eines schwarzen Seemannes. Ich habe nicht die Methoden der Kultanhänger in Louisiana vergessen, und es würde mich nicht wundern, von geheimen Tricks und vergifteten Nadeln zu hören, die ebenso alt und gnadenlos sind wie lichtscheue Riten und Aberglaube. Legrasse und seine Männer sind zwar gut davongekommen, aber ein Mann in Norwegen, der gewisse Dinge sah, ist tot. Können nicht die Nachforschungen meines Großonkels, nachdem sie durch die Träume des Bildhauers intensiviert worden waren, sinistren Mächten zu Ohren gelangt sein? Ich glaube, Prof. Angell mußte sterben, weil er zuviel wußte oder weil er auf dem Wege war, zuviel zu erfahren. Ob mir ein gleiches Schicksal wie ihm bestimmt ist, das wird sich zeigen; auch ich weiß jetzt eine ganze Menge.

III Der Wahnsinn aus der See

Wenn der Himmel mir je eine Gnade gewährte, so wünschte ich die Folgen eines reinen Zufalls vergessen zu können, der meinen Blick auf ein altes Zeitungsblatt, das als Unterlage diente, fesselte. Normalerweise hätte ich es überhaupt nicht beachtet, denn es war die alte Nummer einer australischen Zeitschrift, des »Sydney Bulletin«, vom 18. April 1925. Es muß dem Team entgangen sein, das zur Zeit dieses Erscheinungstermins eifrig Stoff für die Untersuchung meines Großonkels sammelte.

Ich hatte meine Nachforschungen über das, was Prof. Angell den

»Cthulhu-Kult« nannte, schon fast aufgegeben, und war bei einem gelehrten Freund in Paterson, New Jersey, zu Besuch; dem bekannten Mineralogen und Kurator des städtischen Museums. Ich schaute mir einige unausgestellte Exemplare an, die in einem Magazin des Museums ungeordnet in einem Regal aufgestellt waren, als mein Blick auf ein seltsames Bild in einer der alten Zeitungen fiel, die man unter den Steinen ausgebreitet hatte. Es war das schon erwähnte »Sydney Bulletin«; das Foto zeigte ein grauenvolles Steinbild, das fast mit dem identisch war, das Legrasse in den Louisianasümpfen gefunden hatte.

Fieberhaft entfernte ich die wertvollen Steine von dem Blatt und durchflog den Artikel; war aber enttäuscht, daß er nichts Ausführliches brachte. Was er jedoch enthielt, war von unerhörter Bedeutung für meine ins Stocken geratene Untersuchung, und ich riß ihn sorgfältig heraus. Er hieß wie folgt:

Geheimnisvolles Wrack im Meer

Vigilant läuft Hafen mit seeuntüchtiger Neuseelandyacht im Schlepptau an. Ein Überlebender und ein Toter an Bord gefunden. Bericht über verzweifelte Schlacht und Menschenverluste auf dem Meer. Geretteter Seemann verweigert Einzelheiten über Vorfälle. Rätselhaftes Götzenbild in seinem Besitz gefunden. Untersuchung folgt.

Der Morrisons-Companies-Frachter *Vigilant* erreichte heute morgen auf dem Rückweg von Valparaiso Darling Harbour und führte im Schlepptau die seeuntüchtig gewordene, aber schwer bestückte Dampfyacht *Alert* aus Dunedin, Neuseeland, mit sich, die zuletzt am 12. April in 34°21' südl. Breite und 152°17' westl. Länge gesichtet wurde; an Bord befanden sich ein lebender und ein toter Mann.

Die *Vigilant* hatte Valparaiso am 25. März verlassen und wurde am 2. April durch ungewöhnlich schwere Stürme und Brecher von ihrem Kurs beträchtlich nach Süden abgetrieben. Am 12. April wurde sie als Wrack gesichtet. An Bord wurde ein halb irrsinniger Überlebender und ein Mann, der allem Anschein nach seit über einer Woche tot war, aufgefunden. Der Überlebende hielt in seinen Händen ein steinernes Idol unbekannten Ursprungs umklammert, über das die Autoritäten der Sydney University, der Royal Society und das College Street Museum keinerlei Aufschluß zu geben vermochten. Der Überlebende behauptete, er habe es in einer Kabine der Yacht in einem geschnitzten Kästchen gefunden.

Der Mann erzählte eine außerordentlich merkwürdige Geschichte von Piraterie und Gemetzel. Er nennt sich Gustaf Johansen, ist Norweger, ziemlich intelligent, und fuhr als zweiter Maat auf dem Zweimastschoner *Emma* aus Auckland, der am 20. Februar mit einer Besatzung von 11 Mann nach Callao in See stach.

Die *Emma,* so sagte er, wurde am 1. März durch die stürmische Wetterlage weit von ihrem Kurs abgetrieben und traf am 22. März 49°51′ südl. Breite und 128°34′ westl. Länge auf die *Alert,* die mit einer ziemlich übelwirkenden Crew aus Kanaken und Half-casts bemannt war. Auf ihre kategorische Forderung hin umzukehren, weigerte sich Capt. Collins, worauf die *Alert* ohne Vorwarnung aus allen Rohren zu schießen begann. Die Männer der *Emma* setzten sich zur Wehr, und obwohl der Schoner durch Schüsse leckgeschlagen war und zu sinken drohte, gelang es ihnen dennoch, ihr Schiff an die feindliche Yacht zu manövrieren und sie zu entern. An Bord entspann sich ein Kampf mit der wilden Besatzung, und man sah sich gezwungen, sie alle zu töten – es handelte sich bei ihnen um nahezu tierische Menschen, die, obgleich in der Überzahl, nicht richtig zu kämpfen verstanden. Drei Leute, darunter Capt. Collins und der erste Maat Green, fielen im Kampf; und die restlichen acht unter Befehl des zweiten Maats Johansen navigierten mit der gekaperten Yacht weiter, und zwar mit gleichem Kurs, um festzustellen, warum man sie an der Weiterfahrt hatte hindern wollen.

Am nächsten Tag legten sie an einer Insel an (in diesem Teil des Ozeans ist keine Insel bekannt, Anm. d. Red.), und sechs der Männer kamen in der Folge auf irgendeine Weise um. Johansen gibt an, sie seien in eine Felsspalte gestürzt und verweigert jede weitere Aussage über ihren Tod.

Später seien er und ein anderer zur Yacht zurückgekehrt und hätten sie zu steuern versucht, sie seien aber durch den Sturm am 2. April verschlagen worden.

Von diesem Zeitpunkt bis zu seiner Bergung am 12. weist der Mann eine Gedächtnislücke auf; er erinnert sich auch nicht, wann sein Gefährte William Briden starb. Bridens Todesursache ist nicht festzustellen; wahrscheinlich beruht sie auf Erschöpfung.

Aus Dunedin wird gekabelt, daß die *Alert* als Inselfrachter bekannt ist und entlang der Küste in üblem Ruf steht. Sie gehörte einer merkwürdigen Gruppe Half-casts, deren häufige Zusammenkünfte und nächtliche Streifereien durch Wälder nicht geringe Neugier weckte; sie habe sofort nach dem Sturm und dem Erdbeben vom 1. März in großer Hast Segel gesetzt.

Unser Korrespondent in Auckland bestätigt der Mannschaft der *Emma* ihren hervorragenden Ruf und schildert Johansen als einen achtbaren und besonnenen Mann.

Die Admiralität wird morgen mit der Untersuchung der Angelegenheit beginnen, und man wird nichts unversucht lassen, um Johansen zum freieren Reden zu veranlassen, als er es bisher getan hat.

Das war alles; das und das teuflische Bildnis; aber was für Gedanken löste es nicht in mir aus! Hier waren neue Angaben über den Cthulhu-Kult enthalten und Beweise, daß man sich auf dem Wasser wie auf dem Festland intensiv mit ihm beschäftigte. Was hatte die Mannschaft der *Alert,* die mit ihrem schrecklichen Götzenbild an Bord herumkreuzte, veranlaßt, die *Emma* an der Weiterfahrt zu hindern? Was hatte es mit dem unbekannten Eiland auf sich, auf dem sechs Leute der *Emma* umgekommen waren und über das der Maat Johansen so hartnäckig schwieg? Was hatte die Untersuchung der Vizeadmiralität ergeben, und wieviel war über den verderblichen Kult in Dunedin bekannt? Und, am erregendsten von allem, was für eine hintergründige und mehr als natürliche Verkettung von Daten war das, die nun eine unheilvolle und unleugbare Bedeutung der verschiedenen Ereignisse ergab, die mein Onkel so sorgfältig notiert hatte?

Am 1. März – unserem 28. Februar – hatte das Erdbeben stattgefunden, und Sturm war aufgekommen. Aus Dunedin brach ganz plötzlich die *Alert* auf, als hätte sie einen Befehl von oben erhalten, und auf der anderen Seite der Erdkugel begannen Dichter und Künstler von einer merkwürdigen dumpfen Zyklopenstadt zu träumen, und der junge Bildhauer formte im Traum die Gestalt des furchtbaren Cthulhu. Am 23. März landete die Mannschaft der *Emma* auf einer unbekannten Insel, ließ dort sechs Tote; und genau zu diesem Zeitpunkt steigerten sich die Träume der sensitiven Künstler zu ihrem Höhepunkt und schwärzten sich in Furcht vor der grauenhaften Verfolgung eines titanischen Ungeheuers, und ein Architekt war wahnsinnig geworden, und ein Bildhauer war plötzlich im Delirium versunken! Und was hatte es mit diesem

Sturm vom 2. April auf sich – dem Datum, da alle Träume von der feuchtkalten Stadt mit einem Male abbrachen und Wilcox unversehrt aus der Knechtschaft seines seltsamen Fiebers zurückkehrte? Was hatte all das zu bedeuten – und was die Andeutungen des alten Castro über die versunkenen, sterngeborenen *Alten* und ihre kommende Herrschaft; deren gläubige Verehrung und ihre *Beherrschung der Träume?* Wankte ich am Rande kosmischer Schrecken, die weit über die Kraft des Menschen hinausgehen? Wenn es so sein sollte, mußte das Grauen allein im Bewußtsein liegen, denn auf irgendeine Weise war die infernalische Bedrohung plötzlich abgebrochen, die begonnen hatte, von den Menschen Besitz zu ergreifen.

Noch am selben Abend, nachdem ich eiligst alles Nötige arrangiert hatte, sagte ich meinem Gastgeber Lebewohl und nahm den Zug nach San Francisco. Nach knapp einem Monat war ich in Dunedin: Dort jedoch fand ich kaum etwas über die eigenartigen Kultanhänger heraus, die in den kleinen Hafenspelunken herumgelungert waren; doch stieß ich auf Andeutungen über eine Fahrt ins Landesinnere, die die Mischlinge gemacht hatten, während der man auf entfernten Hügeln schwaches Trommeln und rötliches Leuchten bemerkte.

In Auckland erfuhr ich, daß Johansen weißhaarig aus einem ergebnislosen Verhör in Sydney zurückgekehrt war, seine Wohnung in der West Street aufgegeben hatte und mit seiner Frau nach Oslo gereist war. Von seinen Erfahrungen wollte er auch Fremden nicht mehr als das erzählen, was er bereits der Admiralität zu Protokoll gegeben hatte, und alles, was man für mich tun konnte, war, mir seine Osloer Adresse zu nennen.

Danach reiste ich nach Sydney und führte fruchtlose Gespräche mit Seeleuten und Mitgliedern des Admiralsgerichtes. Ich besichtigte die *Alert,* die verkauft worden war und nun Handelszwecken diente, fand aber nichts, was mich interessiert hätte. Die hockende Statue mit dem Tintenfischkopf wurde im Hyde Park Museum aufbewahrt; ich studierte sie lange und sorgfältig und fand, daß sie von schrecklicher Vollkommenheit war, von eben dem gleichen Geheimnis, dem grausigen Alter und dem außerirdisch fremden Material, das mir bei Legrasses kleinerem Exemplar aufgefallen war. Geologen, so sagte mir der Museumsdirektor, war das ein völliges Rätsel; sie schworen, auf der Erde gebe es keinen Stein, der diesem gleiche. Mit Schaudern entsann ich mich, was der alte

Castro Legrasse über die *Frühen Alten* erzählt hatte: »*Sie* kamen von den Sternen, und *Sie* brachten *Ihre* Bildnisse mit sich.«

Von innerem Aufruhr geschüttelt, wie ich ihn nie zuvor gekannt hatte, beschloß ich endlich, Johansen in Oslo aufzusuchen. Ich fuhr nach London, schiffte mich unverzüglich nach der norwegischen Hauptstadt ein und betrat an einem Herbsttag den schmucken Hafenkai im Schatten des Egebergs. Ich legte den kurzen Weg in der Droschke zurück und klopfte an die Tür eines hübschen kleinen Hauses. Eine traurig blickende Frau in Schwarz beantwortete meine Fragen, und ich war bitter enttäuscht, als ich hörte, daß Johansen tot sei.

Er habe seine Ankunft nicht lange überlebt, sagte seine Frau, denn die Geschehnisse auf See im Jahre 1925 hätten ihn zugrunde gerichtet. Auch ihr habe er nicht mehr erzählt als den anderen; er habe aber ein langes, auf englisch geschriebenes Manuskript hinterlassen, das sie nicht verstünde. Auf einem Spaziergang durch eine enge Gasse nahe den Göteborgdocks habe ihn ein Ballen Papier, der von einem Dachfenster herunterfiel, zu Boden gerissen. Zwei Lascer-Matrosen hätten ihm sofort wieder auf die Beine geholfen, aber noch vor dem Eintreffen der Ambulanz war er tot. Die Ärzte konnten keinen plausiblen Grund für sein Ableben entdecken und führten es auf Herzschwäche zurück.

Ich überzeugte die Witwe von meiner engen Beziehung zu ihrem toten Gatten, so daß sie mir das Manuskript zu treuen Händen übergab; ich nahm das Dokument mit mir und begann es gleich während der Überfahrt nach London zu lesen.

Es war eine einfache, eher zusammenhanglose Geschichte – der naive Versuch eines nachträglichen Tagebuchs –, und sie bemühte sich, jeden Tag dieser letzten schrecklichen Reise zurückzurufen. Ich will nicht versuchen, sie wörtlich in ihrer ganzen Unklarheit und Weitschweifigkeit wiederzugeben, aber ich werde das Wesentliche daraus zusammenfassen, um zu zeigen, warum das Klatschen des Wassers gegen die Wände der Yacht für mich so unerträglich wurde, daß ich mir die Ohren verstopfte.

Johansen wußte Gott sei Dank nicht alles, obwohl er die Stadt und das Ding erblickt hatte; ich aber werde nie wieder ruhig schlafen können, wenn ich an das Grauen denke, das unaufhörlich hinter dem Leben in Zeit und Raum lauert, und an jene unerhörten Blasphemien von den alten Sternen, die im Ozean träumen; verehrt und angebetet durch einen Alptraum von Kult, der jederzeit bereit ist, es zu befreien und auf die Welt loszulassen, wenn je wieder ein Erdbeben seine monströse Felsstadt zu Sonne und Licht erhebt.

Johansens Reise hatte begonnen, wie er es der Admiralität berichtet hatte. Die *Emma* hatte mit Fracht am 20. Februar Auckland verlassen und war in die volle Gewalt des erdbebengeborenen Sturmes geraten, der aus dem Grunde des Meers die Schrecken emporgeholt hatte, die sich in die Träume der Menschen fraßen. Als man das Schiff wieder unter Kontrolle bekommen hatte, segelten sie auf neuem Kurs weiter, bis sie am 22. März von der *Alert* aufgehalten wurden. Von den dunkelhäutigen Kultteufeln spricht der Maat nur mit äußerstem Ekel. Irgendeine Scheußlichkeit war um sie, die ihre Vernichtung fast zur Pflicht machte, und Johansen zeigt aufrichtiges Erstaunen, als man ihm im Lauf der Verhandlung Grausamkeit vorwirft. Dann, als Neugierde sie unter Johansens Kommando auf der gekaperten Yacht weitersegeln läßt, erblicken die Männer eine große steinerne Säule, die aus dem Meer herausragt, und in 47°9′ südl. Breite und 126°43′ westl. Länge stoßen sie auf die Umrisse schlamm-, schlick- und tangverwesten Quaderwerks zyklopischer Ausmaße, das nichts anderes ist als das greifbare Grauen, das die Erde nur einmal aufzuweisen hat – die schreckgespenstische Leichenstadt R'lyeh, die unabsehbare Äonen vor der Geschichte von jenen grausenhaften Riesen errichtet wurde, die von dunklen Sternen zur Erde stiegen. Hier ruhten der große Cthulhu und seine Horden in grünschleimigen Gewölben, und von hier aus sendeten sie schließlich nach unmeßbaren Jahrtausenden jene Gedanken, die in den Träumen der Empfindsamen Furcht und Grauen verbreiteten und die Gläubigen gebieterisch zur Pilgerschaft zu ihrer Befreiung und Wiedereinsetzung befahlen. All das ahnte Johansen nicht, aber, weiß Gott, er sah genug!

Ich vermute, daß tatsächlich nur eine einzelne Bergkuppe, die grausige monolithgekrönte Zitadelle, in der der große Cthulhu begraben lag, aus den Fluten herausragte. Wenn ich an die Ausmaße all dessen denke, was da unten im Verborgenen schlummern mag, wünschte ich fast, mich auf der Stelle umzubringen. Johansen und seine Leute waren vor der kosmischen Majestät dieses triefenden Babels alter Dämonen von panischer Furcht ergriffen, und sie ahnten, daß dies nicht von diesem oder irgendeinem anderen heilen Planeten stammen konnte. Horror vor der unglaublichen Größe der grünlichen Steinblöcke, vor der schwindelerregenden Höhe des großen gemeißelten Monolithen und vor der verblüffenden Ähnlichkeit der mächtigen Statuen und Basreliefs mit dem befremdlichen Bildnis, das sie auf der *Alert* gefunden hatten, ist in jeder Zeile der angstvollen Beschreibung nur zu deutlich spürbar.

Ohne zu wissen, was Futurismus ist, kam Johansen dem sehr nahe, als er von der Stadt sprach; denn anstatt irgendeine präzise Struktur oder ein Gebäude zu beschreiben, verweilt er nur bei Eindrücken weiter Winkel und Steinoberflächen – Oberflächen, die zu groß waren, um von dieser Erde zu sein; unselig, mit schauderhaften Bildern und blasphemischen Hieroglyphen bedeckt. Ich erwähne seine Bemerkung über die Winkel deshalb, weil sie auf etwas hinweist, das Wilcox mir aus seinen Schreckensträumen erzählt hatte. Er hatte gesagt: Die Geometrie der Traumstädte, die er sah, sei abnorm, un-euklidisch und in ekelhafter Weise von Sphären und Dimensionen erfüllt gewesen, die fern von den unseren seien. Nun fühlte ein einfacher Seemann dasselbe, da er auf die schaudervolle Realität blickte.

Johansen und seine Leute gelangten über eine ansteigende Sandbank in diese monströse Akropolis, und sie erklommen titanische, von schlüpfrigem, grauenhaft grünem Tang überwucherte Blöcke, die niemals eine Treppe für Menschenmaß gewesen sein konnten. Sogar die Sonne am Himmel schien verzerrt, als sie durch das polarisierte Miasma strahlte, das aus diesen widernatürlichen Wässern wie Gift hochstieg; und fratzenhafte Bedrohung und Spannung grinste boshaft aus diesen trügerischen Ecken und Winkeln der behauenen Felsen, die auf den ersten Blick konkav erschienen und auf den zweiten konvex.

Furcht hatte alle Abenteurer ergriffen, noch bevor sie etwas anderes als nur Felsen, Schlick und Tang erblickt hatten. Jeder von ihnen wäre lieber geflüchtet, hätte er nicht die Verachtung der anderen gescheut; und nur mit halbem Herzen suchten sie – vergeblich, wie sich herausstellte – nach irgendeinem beweglichen Objekt, das sie als Andenken hätten mitnehmen können.

Rodriguez der Portugiese war es, der den Sockel des Monolithen erkletterte und herunterrief, was er entdeckt habe. Die übrigen folgten ihm und schauten neugierig auf die gewaltige gemeißelte Tür mit dem nun schon bekannten Oktopus – oder drachenähnlichen als Basrelief gehauenen Bildwerk. Sie war, so berichtet Johansen, wie ein großes Scheunentor; und alle fühlten, daß es sich um eine Tür handeln müsse wegen der verzierten Schwellen und Pfosten, die sie umgaben, doch sie konnten sich nicht klar darüber werden, ob sie flach wie eine Falltüre oder schrägliegend wie eine im Freien befindliche Kellertür war. Wie Wilcox gesagt haben würde: die Geometrie dieses Ortes war völlig verkehrt. Sie wußten nicht genau, ob das Meer und der Grund, auf dem sie sich bewegten, in der Horizontale lagen, infolgedessen war die relative Position alles übrigen auf phantastische Weise variabel.

Briden drückte an mehreren Stellen auf dem Stein herum, doch ohne Ergebnis. Dann tastete Donovan sorgfältig die Ränder ab und befühlte jeden einzelnen Punkt. Er kletterte an diesem grotesken Steingebilde unendlich hoch – das heißt, wenn man es klettern nennen wollte – vielleicht war das Ding am Ende doch horizontal? –, und alle Männer fragten sich, wie es eine so hohe Tür im Universum überhaupt geben könne. Da begann plötzlich die mehrere *acres* große Tür ganz sanft und leise am oberen Ende nachzugeben; und sie sahen, daß sie ausbalanciert war. Donovan glitt die Pfosten herunter und beobachtete zusammen mit seinen Kameraden das unheimliche Zurückweichen des monströsen Portals. In dieser verrückten prismatischen Verzerrung bewegte sie sich völlig pervers, in einer Diagonale, und alle Regeln von Materie und Perspektive schienen auf dem Kopf zu stehen.

Die Öffnung war tiefschwarz, von einer Dunkelheit, die fast stofflich war. Diese Finsternis war tatsächlich von *positiver Qualität;* sie quoll wie Rauch aus ihrem jahrtausendealten Gefängnis heraus und verdunkelte sichtbar die Sonne, als sie mit schlagenden häutigen Flügeln dem zurückweichenden Himmel entgegenkroch. Der Geruch, der aus den frischgeöffneten Tiefen drang, war unerträglich. Schließlich glaubte der feinhörige Hawkins ein ekelhaft schlurfendes Geräusch dort unten zu vernehmen. Jeder lauschte, lauschte noch immer, als ES sabbernd hervortappte und tastend seine gallertartige grüne Masse durch die schwarze Öffnung in die durchgiftete Luft dieser wahnsinnigen Stadt preßte.

Die Handschrift des armen Johansen versagte fast, da er dies beschrieb. Zwei der sechs Männer, die das Schiff nie wieder erreichten, starben in diesem verfluchten Augenblick, wahrscheinlich aus reinem Grauen. Das *Ding* kann unmöglich beschrieben werden – es gibt keine Sprache für solche Abgründe brüllenden unvorstellbaren Irrsinns, für diese Verneinung von Materie, kosmischer Gültigkeit und Ordnung. Ein Berg bewegte sich wie eine Qualle, stolperte schlingernd einher. O Gott! war es da zu verwundern, daß auf der anderen Seite der Erde ein großer Architekt verrückt wurde und der unglückliche Wilcox in diesem telepathischen Augenblick im Fieber raste? Das *Ding* der Idole, das schleimgrüne klebrige Gezücht der Sterne, war aufgestanden, um sein Recht zu beanspruchen. Die Planeten standen wieder in der richtigen Position, und was ein jahrtausendealter Kult vergeblich beabsichtigt hatte, das hatte durch Zufall ein Haufen nichtsahnender Seeleute vollbracht. Nach Vigintillionen Jahren erblickte der große Cthulhu zum erstenmal wieder das Licht, und er raste vor Lust.

Drei der Leute wurden von den glitschigen Fängen verschlungen, noch bevor sich jemand bewegte. Gott möge ihnen Frieden schenken – wenn es irgendeinen Frieden im Universum gibt! Es waren Donovan, Guerrera und Angström. Parker glitt aus, als die übrigen drei in panischem Schrecken über endlose Flächen grünverkrusteter Felsen zum Boot stürzten, und Johansen geht jeden Eid ein, daß er von einem Winkel in dem Quaderwerk verschluckt wurde, den es eigentlich gar nicht hätte geben dürfen; einem Winkel, der spitz war, aber alle Eigenschaften eines stumpfen besaß. So erreichten nur Briden und Johansen das Boot, und sie ruderten verzweifelt auf die *Alert* zu, als sich das gebirgige monströse Schleimding die glitschigen Felsen herunterplumpsen ließ und zögernd im seichten Wasser umherwatete. Es war nur das Werk von ein paar Sekunden, fieberhaftes Hin- und Hertasten zwischen Dampfkesseln und Steuerhaus, um die *Alert* flottzumachen; langsam begann sie inmitten dieser grauenhaften unbeschreiblichen Szene die lethalen Gewässer aufzuwühlen; während auf den Felsblöcken dieser Leichenküste, die nicht von dieser Welt war, das *Ding* von den unseligen Sternen geiferte und sabberte und grunzte wie Polyphem, der das fliehende Boot des Odysseus verfluchte. Dann glitt der große Cthulhu, verwegener als der historische Kyklops, schleimig ins Wasser und machte sich mit wellenaufwühlenden Schlägen von kosmischer Gewalt auf die Verfolgung. Briden verlor den Verstand, als er zurückschaute, und wurde von wildem Lachen geschüttelt, das erst sein Tod eines Nachts beendete, während Johansen wie im Delirium auf dem Schiff herumirrte.

Aber Johansen hatte noch nicht aufgegeben. Er wußte, daß das *Ding* die *Alert* leicht überholen konnte, auch wenn die Yacht das Letzte hergab; er wußte, daß er nur eine einzige Chance hatte; und er ging mit dem Schiff auf volle Geschwindigkeit und riß das Steuer herum. Da die aufgewühlte See schäumte und wirbelte und der Dampf höher und höher stieg, lenkte der wackere Norweger den Bug des Schiffes geradewegs gegen die ihn verfolgende Gallertmasse, die sich aus diesem unreinen Schaum wie das Heck einer grausigen Galleone erhob. Der scheußliche Tintenfischkopf mit den wühlenden Armen berührte schon fast den Bugspriet der Yacht, aber Johansen steuerte unnachgiebig weiter. Es folgte ein Bersten wie von einer Blase, die birst, eine schlammige eitergelbe Ekligkeit wie die eines geplatzten Mondfisches, ein Gestank wie aus Millionen offenen Gräbern und ein Geräusch, das zu beschreiben sich die Feder des Chronisten sträubt. Für einen Augenblick war das Schiff von einer beißenden und blindmachenden grünen Wolke eingehüllt; dann wallte es achterwärts giftig auf, wo – Gott im Himmel – die versprengte Plastizität dieser namenlosen Himmelsbrut sich nebelhaft wieder zu seiner verhaßten ursprünglichen Gestalt zusammensetzte, während sich die Distanz mit jedem Augenblick vergrößerte und die *Alert* neuen Antrieb aus dem hochsteigenden Dampf erhielt.

Das war alles. Danach brütete Johansen bloß noch über dem Götzenbild in der Schiffskabine, nahm kaum etwas zu sich und schenkte dem lachenden Irren an seiner Seite wenig Aufmerksamkeit. Er versuchte gar nicht mehr, das Schiff zu steuern, denn der Umschwung hatte irgend etwas in seinem Inneren zerstört. Dann kam der Sturm vom 2. April, und hier verdichteten sich die Wolken in seinem Erinnerungsvermögen. Er weiß nur von gespenstischem Wirbeln durch die Strudel der Unendlichkeit, von schwindelerregenden Ritten auf Kometenschweifen durch schwankende Welten und von hysterischen Stürzen vom Mond in die höllischen Abgründe und zurück aus den Tiefen auf den Mond; all das begleitet vom brüllenden Gelächter der ausgelassenen *Alten Götter* und der grünen fledermausflügeligen spottenden Teufel des Tartarus.

Rettung aus diesen Träumen kam durch die *Vigilant,* das Admiralitätsgericht, die Straßen von Dunedin und die lange Reise heimwärts, in sein Haus am Egeberg. Er konnte einfach nichts erzählen – man würde ihn für verrückt halten. Er wollte aufschreiben, was er wußte, bevor der Tod zu ihm kam; aber seine Frau durfte nichts erfahren. Der Tod war ja eine Gnade, wenn er nur diese Erinnerungen auslöschen konnte.

Das war das Dokument, das ich las, und nun liegt es in der Kassette neben dem Basrelief und Prof. Angells Papieren. Meine eigene Niederschrift werde ich hinzufügen – diesen Beweis meiner Zurechnungsfähigkeit, in dem ich aneinanderfügte, was, wie ich hoffe, nie wieder jemand aneinanderfügen wird. Ich habe gesehen, was das Universum nur an Grauenvollem besitzt, und danach müssen mir selbst der Frühlingshimmel und die Sommerblumen vergiftet sein. Aber ich glaube nicht, daß ich noch lange leben werde. Wie mein Großonkel ging, wie Johansen ging, so werde auch ich gehen. Ich weiß zuviel, und der Kult ist noch lebendig.

Und Cthulhu lebt noch – wie ich annehme –, wieder in dem steinernen Abgrund, der ihn schützt seit der Zeit, da die Sonne jung war. Seine verfluchte Stadt ist wieder versunken, denn die *Vigilant* segelte nach dem Aprilsturm über die Stelle hinweg; aber seine Diener auf Erden heulen, tanzen und morden noch immer in abgelegenen Wäldern um götzengekrönte Monolithen. *Er* muß beim Untertauchen wieder in seiner schwarzschlündigen Versenkung verschwunden sein, sonst würde jetzt die Welt in Furcht und Schrecken rasen. Wer weiß das Ende? Was aufstieg, kann wieder untergehen, und was versank, kann wieder erscheinen. Grauenvolles wartet und träumt in der Tiefe, und Fäulnis kommt über die wankenden Städte der Menschen. Es wird eine Zeit geben – aber ich darf und kann daran nicht denken! Ich bete darum, daß, falls ich das Manuskript nicht überleben sollte, meine Testamentsvollstrecker Vorsicht und Wagemut walten lassen und dafür sorgen, daß kein anderes Auge es je erblickt.

Der Schatten aus der Zeit

Nach zweiundzwanzig Jahren alptraumhaften Schreckens, vor dem Schlimmsten nur durch den verzweifelten Versuch bewahrt, bestimmte Wahrnehmungen auf mythische Ursprünge zurückzuführen, bin ich nicht willens, mich für die Wahrheit dessen zu verbürgen, was ich in der Nacht vom 17. auf den 18. Juli 1935 in West-Australien gefunden zu haben glaube. Es gibt Anhaltspunkte für die Hoffnung, daß mein Erlebnis ganz oder teilweise ein Hirngespinst war – wofür tatsächlich Ursachen genug vorhanden gewesen wären. Und doch war es so schauderhaft real, daß mir bisweilen jede Hoffnung vergeblich scheint.

Wenn es sich wirklich so zugetragen hat, dann muß der Mensch sich bereitfinden, Kenntnis zu nehmen vom Kosmos und von seinem eigenen Platz innerhalb des brodelnden Strudels der Zeit, dessen bloße Erwähnung lähmendes Entsetzen verbreitet. Und muß auch von nun an auf der Hut sein vor einer besonderen, geheimnisvollen Gefahr, die, wenn sie auch nie die ganze Rasse verschlingen wird, doch zumindest fürchterliche, ungeahnte Schrecken über einige ihrer wagemutigsten Mitglieder bringen könnte.

Aus diesem letzteren Grund dränge ich mit der ganzen Kraft meines Seins auf die endgültige Einstellung aller Versuche, diese Fragmente unbekannter, urzeitlicher Bauwerke auszugraben, die zu erforschen meine Expedition ausgezogen war.

Wenn man annimmt, daß ich bei Verstand und wachen Sinnes war, so habe ich ein Erlebnis gehabt, wie es nie zuvor einem Menschen widerfahren ist. Es war überdies eine fürchterliche Bestätigung all dessen, was ich bis dahin als Traum und Mythos hatte abtun wollen. Gottlob gibt es keinen Beweis, denn in meinem Schreck verlor ich den furchteinflößenden Gegenstand, der – wenn er echt war und ich ihn aus diesem verderblichen Abgrund mitgebracht hätte – ein unwiderlegbares Beweismittel darstellen würde.

Als ich auf dieses Schreckbild stieß, war ich allein – und bis jetzt habe ich niemandem davon erzählt. Ich konnte die anderen nicht davon abhalten, in seiner Richtung weiterzugraben, aber der Zufall und der Treibsand haben sie bisher davor bewahrt, es zu finden. Jetzt muß ich eine endgültige Erklärung abgeben – nicht nur meinem eigenen seelischen Gleichgewicht zuliebe, sondern auch zur Warnung all derer, die sie ernsthaft lesen werden.

Diese Seiten – was auf den ersten von ihnen steht, wird den aufmerksamen Lesern der allgemeinen Presse und der wissenschaftlichen Zeitschriften großenteils bekannt sein – schreibe ich in der Kabine des Schiffes, das mich nach Hause bringt. Ich werde sie meinem Sohn, Professor Wingate Peaslee von der Miskatonic-Universität geben, der als einziges Mitglied meiner Familie nach der merkwürdigen Amnesie, die mich vor vielen Jahren befiel, zu mir hielt und der am besten über die Hintergründe meines Falles informiert ist. Von allen lebenden Personen muß ich bei ihm am wenigsten befürchten, daß er ins Lächerliche ziehen wird, was ich über diese schicksalhafte Nacht berichten werde.

Ich habe ihn nicht mündlich aufgeklärt, bevor ich mich einschiffte, denn ich glaube, daß ihm diese Enthüllung besser in schriftlicher Form zuteil werden sollte. Wenn er sie mit Muße liest, wird er ein überzeugenderes Bild gewinnen, als ich ihm mit meinen wirren Worten zu vermitteln hoffen könnte.

Er kann mit diesem Bericht tun, was er für richtig hält, kann ihn, mit den nötigen Erklärungen, überall herzeigen, wo er Gutes vollbringen könnte. Denjenigen Lesern zuliebe, die nicht mit den früheren Phasen meines Falles vertraut sind, schicke ich der eigentlichen Enthüllung eine recht umfangreiche Zusammenfassung ihrer Hintergründe voraus.

Ich heiße Nathaniel Wingate Peaslee, und diejenigen, die sich an die Zeitungsberichte erinnern, die vor nunmehr einer Generation erschienen sind – oder an die Briefe und Artikel in psychologischen Zeitschriften vor sechs oder sieben Jahren –, werden wissen, wer und was ich bin. Die Presse war voll von Einzelheiten über meine sonderbare Amnesie in den Jahren 1908 bis 1913, und es wurde viel Aufhebens von den Greueln, dem Wahnsinn und der Hexerei gemacht, die man der alten Stadt in Massachusetts nachsagt, die heute wie damals mein Wohnsitz ist. Doch lege ich Wert auf die Feststellung, daß in meiner Abstammung und meiner Jugend weder Irrsinn noch andere dunkle Veranlagungen eine Rolle gespielt haben. Das ist von größter Bedeutung im Hinblick auf den Schatten, der so plötzlich *von außen* auf mich fiel.

Es mag sein, daß Jahrhunderte dunklen Grübelns das zerbröckelnde, von unheimlichem Raunen erfüllte Arkham für solche Schatten besonders anfällig werden ließen – obwohl selbst dies zweifelhaft scheint im Licht jener anderen Fälle, die ich später untersuchen sollte. Aber der Kernpunkt ist, daß meine Abstammung und mein Hintergrund durchaus normal sind. Was kam, kam von *woanders,* – woher, das wage ich auch jetzt noch nicht geradeheraus zu sagen.

Ich bin der Sohn von Jonathan und Hanna (geborene Wingate) Peaslee, die beide aus gesunden Haverhill-Familien stammten. Ich kam in Haverhill zur Welt und wurde dort auch großgezogen – auf dem alten Familiensitz in der Boardman Street am Golden Hill; ich zog erst nach Arkham, als ich im Jahre 1895 als Lektor für Nationalökonomie an die Miskatonic-Universität ging.

Die folgenden dreizehn Jahre verlief mein Leben ungestört und glücklich. Im Jahre 1896 heiratete ich Alece Keezar aus Haverhill, und meine drei Kinder Robert, Wingate und Hannah kamen 1898, 1900 und 1903 zur Welt. Im Jahre 1898 wurde ich außerordentlicher Professor und 1902 ordentlicher Professor. Zu keiner Zeit interessierte ich mich auch nur im geringsten für Okkultismus oder die Psychologie des Abnormen.

Die sonderbare Amnesie kam am Donnerstag, dem 14. Mai 1908. Alles ging ganz plötzlich, obwohl mir später klar wurde, daß gewisse kurz aufglimmende Visionen – chaotische Visionen, die mich sehr aus der Fassung brachten, weil sie so beispiellos waren – Frühsymptome gewesen sein mußten. Mein Kopf schmerzte, und ich hatte das undefinierbare Gefühl – zum erstenmal in meinem Leben –, daß jemand anderer versuchte, sich meiner Gedanken zu bemächtigen.

Der Zusammenbruch ereignete sich ungefähr um 10 Uhr 20 vormittags, als ich eine Vorlesung über Nationalökonomie VI – Geschichte und Gegenwartstendenzen der Wirtschaft – vor unteren Semestern hielt. Seltsame Formen begannen vor meinen Augen zu tanzen, und ich hatte das groteske Gefühl, nicht mehr in dem Hörsaal, sondern in einem anderen Raum zu sein.

Meine Gedanken und meine Worte irrten vom Thema ab, und meine Studenten bemerkten, daß mit mir etwas nicht in Ordnung war. Dann sackte ich bewußtlos in meinem Stuhl zusammen und versank in eine Betäubung, aus der mich niemand aufwecken konnte. Auch sollten meine naturgegebenen Fähigkeiten für fünf Jahre, vier Monate und dreizehn Tage nicht wieder ans Licht unserer normalen Welt emportauchen.

Was dann folgte, weiß ich natürlich nur von anderen. Ich kehrte sechzehneinhalb Stunden nicht ins Bewußtsein zurück, obwohl man mich in mein Haus in der Crane Street Nr. 27 gebracht hatte und mir die beste ärztliche Behandlung angedeihen ließ.

Am 15. Mai um 3 Uhr morgens schlug ich die Augen auf und begann zu sprechen, aber es dauerte nicht lange, und meine Familie und meine Ärzte erschraken zutiefst über die Art meines Ausdrucks und meiner Sprache. Es war klar, daß ich nicht wußte, wer ich war, und mich nicht an meine Vergangenheit erinnern konnte, obwohl ich aus irgendeinem Grund bemüht schien, diesen Mangel zu verbergen. Meine Augen blickten verstört auf die Umstehenden, und die Reflexe meiner Gesichtsmuskeln waren völlig anders als sonst.

Sogar meine Sprache schien plump und fremdartig. Ich bediente mich meiner Sprechorgane unbeholfen und tastend, und meine Diktion hatte etwas merkwürdig Gestelztes an sich, so als hätte ich die englische Sprache mühsam aus Büchern erlernt. Die Aussprache war barbarisch fremdartig, während die Sprache selbst sowohl einzelne, kuriose Archaismen als auch völlig unverständliche Ausdrücke enthielt.

An einen dieser Ausdrücke erinnerten sich die jüngsten meiner Ärzte zwanzig Jahre später besonders lebhaft – und mit Bestürzung. Denn zu dieser viel späteren Zeit bürgerte sich eine solche Redensart tatsächlich ein – erst in England und dann in den Vereinigten Staaten –, und obwohl sie sehr kompliziert und unbestreitbar neu war, enthielt sie bis in die kleinste Einzelheit die mysteriösen Worte des sonderbaren Patienten von Arkham im Jahre 1908.

Die physischen Kräfte kehrten sofort zurück, aber ich mußte seltsamerweise erst wieder lernen, meine Hände, Beine und den ganzen übrigen Körper richtig zu beherrschen. Wegen dieser und anderer Behinderungen, die der Gedächtnisverlust mit sich gebracht hatte, stand ich einige Zeit unter strenger ärztlicher Aufsicht.

Als ich einsah, daß meine Versuche, den Gedächtnisverlust zu verheimlichen, fehlgeschlagen waren, gab ich ihn offen zu und war von da an begierig nach Informationen aller Art. Die Ärzte hatten sogar den Eindruck, daß ich das Interesse an meiner eigentlichen Persönlichkeit verlor, als ich herausgefunden hatte, daß dieser Fall von Amnesie als eine natürliche Sache angesehen wurde.

Sie bemerkten, daß ich hauptsächlich versuchte, mir bestimmte Kenntnisse der Geschichte, der Wissenschaften, der Kunst, der Sprache und der Volkskunde wieder anzueignen, von denen manche fürchterlich abstrus, andere kindisch einfach waren, und die mir alle – was teilweise sehr erstaunlich war – entfallen waren.

Gleichzeitig bemerkten sie, daß ich über unerklärliches Wissen auf vielen fast unbekannten Gebieten verfügte – ein Wissen, das ich eher zu verbergen als zur Schau zu stellen versuchte. Es kam vor, daß ich unabsichtlich und mit beiläufiger Selbstverständlichkeit bestimmte Ereignisse aus vergangenen Zeiten lange vor Beginn der Geschichtsschreibung erwähnte – und diese Äußerungen dann als Scherze hinstellte, wenn ich bemerkte, welche Überraschung sie hervorriefen. Und über die Zukunft sprach ich in einer Art und Weise, die mehrmals regelrechtes Entsetzen auslöste.

Diese unheimlichen Entgleisungen hörten jedoch bald auf, was allerdings einige Beobachter mehr auf eine gewisse vorsichtige Verschlagenheit meinerseits als auf das Verschwinden des Wissens zurückführten, auf dem sie beruhten. In der Tat schien ich eifrig darauf bedacht, mich mit der Sprache, den Bräuchen und dem Geist des Zeitalters, in dem ich mich befand, vertraut zu machen; so als sei ich ein lernbegieriger Gast aus einem fernen, fremden Land.

Sobald es mir erlaubt wurde, suchte ich zu jeder erdenklichen Tageszeit die College-Bibliothek auf; und bald darauf begann ich mit den Vorbereitungen zu jenen exzentrischen Reisen und Sonderkursen an amerikanischen und europäischen Universitäten, die in den folgenden Jahren so viel Aufsehen erregten.

Zu keiner Zeit litt ich an einem Mangel an gelehrten Verbindungen, denn mein Fall hatte unter den Psychologen jener Zeit eine gewisse bescheidene Berühmtheit erlangt. Ich diente als Schulbeispiel einer Persönlichkeitsspaltung – obwohl es schien, daß ich die Professoren hin und wieder mit irgendwelchen bizarren Symptomen oder mit dem Anschein, mich insgeheim über sie lustig zu machen, aus dem Konzept brachte.

Echter Freundlichkeit jedoch begegnete ich kaum. Irgend etwas in meinem Aussehen und meiner Sprache schien in allen Leuten, mit denen ich in Berührung kam, instinktive Angst und Abneigung hervorzurufen, so als ob ich unendlich weit von allem Normalen und Gesunden entfernt sei. Dieses Gefühl eines dunklen, heimlichen Grauens – stets von dem Eindruck begleitet, ich sei auf unerklärliche Weise *entrückt* – schien sonderbar verbreitet und beständig zu sein.

Meine eigene Familie bildete keine Ausnahme. Vom Augenblick

meines merkwürdigen Erwachens an hatte mich meine Frau mit unverhohlenem Entsetzen und Abscheu betrachtet, und sie schwor, daß irgend etwas zutiefst Fremdes vom Körper ihres Gatten Besitz ergriffen habe. Im Jahre 1920 ließ sie sich scheiden, und sie lehnte es auch nach 1913, als ich mein Gedächtnis wiedererlangt hatte, stets ab, mich wiederzusehen. Diese Gefühle teilten auch mein älterer Sohn und meine kleine Tochter, die ich beide seither nicht wiedergesehen habe.

Nur mein zweiter Sohn, Wingate, schien imstande, das Grauen und den Ekel, die meine Verwandlung hervorrief, zu überwinden. Zwar fühlte auch er, daß ich ein Fremder war; aber obwohl er erst acht Jahre alt war, glaubte er fest daran, daß mein wirkliches Selbst zurückkehren würde. Als es dann zurückgekehrt war, kam er zu mir, und die Gerichte stellten mich unter seine Obhut. In den folgenden Jahren half er mir bei den Studien, zu denen ich mich gedrängt fühlte, und heute, im Alter von fünfunddreißig Jahren, ist er Professor für Psychologie an der Miskatonic-Universität.

Aber ich wundere mich nicht über das Grauen, das ich verbreitete – denn zweifellos waren der Verstand, die Stimme und der Gesichtsausdruck des Wesens, das am 15. Mai 1908 erwachte, nicht die von Nathaniel Wingate Peaslee.

Über mein Leben in den Jahren 1908 bis 1913 will ich nicht viel erzählen, denn meine Leser können alle wichtigen äußerlichen Ereignisse alten Jahrgängen von Zeitungen und wissenschaftlichen Zeitschriften entnehmen – was auch ich in beträchtlichem Umfang tun mußte.

Ich durfte frei über meine Geldmittel verfügen und gab sie im großen ganzen langsam und überlegt für Reisen und Studienaufenthalte in verschiedenen Zentren der Gelehrsamkeit aus. Meine Reisen waren jedoch im höchsten Grade abenteuerlich; sie führten mich in die entlegensten und ödesten Gegenden der Erde.

Im Jahre 1909 verbrachte ich einen Monat im Himalaya, und 1911 erregte ich großes Aufsehen mit einem Kamelritt in die unerforschten Wüsten Arabiens. Was auf diesen Reisen geschah, konnte ich nie in Erfahrung bringen.

Im Sommer 1912 charterte ich ein Schiff und fuhr in die Arktis, nördlich von Spitzbergen; nach meiner Rückkehr zeigte ich mich jedoch enttäuscht.

Im selben Jahr verbrachte ich später mehrere Wochen alleine in den gewaltigen Kalksteinhöhlen von West-Virginia, wobei ich weiter in sie vordrang als je ein Mensch vor oder nach mir. Diese schwarzen Labyrinthe sind so weit verzweigt, daß man nicht daran denken konnte, meinen Spuren nachzugehen.

Meine Studienaufenthalte an den Universitäten waren dadurch gekennzeichnet, daß ich den Wissensstoff mit abnorm hoher Geschwindigkeit aufnahm, so als verfügte mein zweites Ich über eine weit höhere Intelligenz als ich selbst. Ich habe auch erfahren, daß das Ausmaß meiner Lektüre und meiner einsamen Studien enorm war. Ich konnte jede Einzelheit in einem Buch erfassen, wenn ich nur beim Durchblättern einen kurzen Blick auf jede Seite warf, und ich verstand schwierige Passagen in geradezu unheimlich kurzer Zeit.

Hin und wieder erschienen recht unschöne Berichte über meine Fähigkeit, die Gedanken und Handlungen anderer Menschen zu beeinflussen, doch scheint es, daß ich sehr darauf bedacht war, diese Begabung nicht erkennen zu lassen.

Andere unschöne Berichte befaßten sich mit meinen engen Beziehungen zu okkultistischen Kreisen und zu Gelehrten, die der Verbindung mit namenlosen Gruppen widerwärtiger, vorsintflutlicher Hierophanten verdächtigt wurden. Obwohl diese Gerüchte damals nie bestätigt wurden, verbreiteten sie sich zweifellos deshalb, weil bekannt war, welcher Art ein Teil meiner Lektüre war – denn man kann seltene Bücher in öffentlichen Büchereien nicht unbemerkt ausleihen.

Es gibt sichtbare Beweise – in Form von Randbemerkungen – dafür, daß ich sorgfältig so abstruse Werke studierte wie die *Cultes des Goules* des Comte d'Erlette, Ludvig Prinns *De Vermis Mysteriis*, von Junzts *Unaussprechliche Kulte*, die erhaltenen Fragmente des rätselhaften *Buch von Eibon* und das gefürchtete *Necronomicon* des verrückten Arabers Abdul Alhazred. Außerdem kann man nicht bestreiten, daß ungefähr zu der Zeit meiner sonderbaren Verwandlung eine ungute Welle geheimer kultischer Umtriebe einsetzte.

Im Sommer 1913 ließ ich allmählich Langeweile und nachlassendes Interesse erkennen und deutete mehreren Bekannten gegenüber an, daß für die nächste Zeit eine Änderung bei mir zu erwarten sei. Ich sprach von wiederkehrenden Erinnerungen an mein früheres Leben, aber die meisten Zuhörer hielten mich für unaufrichtig, weil die Ereignisse, an die ich mich angeblich erinnerte, meistens belanglos und so geartet waren, daß ich Hinweise darauf in meinen Aufzeichnungen von früher gefunden haben konnte.

Gegen Mitte August kehrte ich nach Arkham zurück und bezog wieder mein Haus in der Crane Street, das lange leergestanden hatte. Hier installierte ich einen höchst seltsamen Apparat, der Stück für Stück von verschiedenen Herstellern wissenschaftlicher Geräte in Europa und Amerika konstruiert worden war, und verbarg ihn sorgfältig vor jedem Menschen, der intelligent genug gewesen wäre, seinen Zweck zu durchschauen.

Diejenigen, die ihn zu Gesicht bekamen – ein Arbeiter, ein Dienstmädchen und die neue Haushälterin –, berichteten, er habe aus einem seltsamen Durcheinander von Wellen, Rädern und Spiegeln bestanden, obwohl er nur etwa zwei Fuß hoch, einen Fuß breit und einen Fuß tief gewesen sei. Der zentrale Spiegel sei kreisförmig und konvex gewesen. All das wurde von den Herstellern der Einzelteile, soweit sie noch ausfindig zu machen waren, bestätigt.

Am Freitag, dem 26. September, gab ich abends der Haushälterin und dem Dienstmädchen bis zum nächsten Mittag frei. Die Lichter brannten im Haus bis spät in die Nacht, und ein magerer, dunkler, seltsam ausländisch aussehender Mann besuchte mich mit dem Auto.

Ungefähr um ein Uhr nachts wurde zum letzten Mal Licht in meinem Haus gesehen. Um 2 Uhr 15 beobachtete ein Polizist, daß alles dunkel war, aber das Auto des Fremden noch immer vor dem Haus stand. Um 4 Uhr war der Wagen mit Sicherheit nicht mehr da.

Gegen 6 Uhr bat eine zögernde, ausländische Stimme Dr. Wilson am Telefon, mich in meinem Haus zu besuchen, weil ich eine merkwürdige Ohnmacht erlitten habe. Dieser Anruf – ein Ferngespräch – kam, wie später festgestellt wurde, aus einer öffentlichen Telefonzelle im Nordbahnhof von Boston, aber von dem mageren Ausländer fand man keine Spur.

Als der Doktor in meinem Haus eintraf, fand er mich bewußtlos im Wohnzimmer – in einem Sessel dicht vor einem Tisch. Auf der polierten Platte waren Kratzer, die darauf hindeuteten, daß ein schwerer Gegenstand darauf gestanden hatte. Die seltsame Maschine war verschwunden und wurde auch nie wieder gesehen. Ohne Zweifel hatte sie der dunkle, magere Ausländer fortgeschafft.

Im Kamin der Bibliothek lag ein Haufen Asche, der offensichtlich von der Verbrennung aller Schriftstücke herrührte, die ich seit Beginn der Amnesie verfaßt hatte. Dr. Wilson fand meinen Atem sehr unregelmäßig, aber er normalisierte sich, nachdem er mir eine Spritze gegeben hatte.

Um 11 Uhr 15 am 27. September schlug ich heftig um mich, und mein bisher maskenhaftes Gesicht begann einen Ausdruck zu zeigen. Dr. Wilson bemerkte hinterher, daß dieser Ausdruck nicht der meines zweiten Ichs gewesen sei, sondern eher meiner wirklichen Persönlichkeit entsprach. Gegen 11 Uhr 30 murmelte ich einige äußerst seltsame Silben – Silben, die offenbar keine Beziehung zur menschlichen Sprache hatten. Auch schien es, als ob ich gegen irgend etwas ankämpfte. Dann, kurz nach Mittag – die Haushälterin und das Dienstmädchen waren inzwischen zurückgekehrt –, begann ich englische Worte zu stammeln.

»– unter den orthodoxen Nationalökonomen dieser Zeit Jevons die vorherrschende Tendenz zu wissenschaftlicher Korrelation symbolisiert. Sein Versuch, den wirtschaftlichen Zyklus von Konjunktur und Krise mit dem Zyklus der Sonnenflecken in Verbindung zu bringen, bildet vielleicht den Höhepunkt der –«

Nathaniel Wingate Peaslee war zurückgekehrt – ein Mensch, in dessen Zeitplan es immer noch Donnerstagmorgen im Jahre 1908 war, der immer noch vor seiner Volkswirtschaftsklasse saß, die zu seinem ramponierten Katheder aufschaute.

Meine Wiedereingliederung in das normale Leben war ein schmerzhafter und schwieriger Prozeß. Eine Lücke von über fünf Jahren schafft mehr Komplikationen, als man sich vorstellen kann, und in meinem Fall mußten zahllose Dinge neu geregelt werden.

Was ich über meine Tätigkeit seit 1908 erfuhr, erstaunte und verwirrte mich, aber ich bemühte mich, die Angelegenheit möglichst gleichmütig hinzunehmen. Unter der Obhut meines Sohnes Wingate ließ ich mich wieder in meinem Haus in der Crane Street nieder und bereitete mich darauf vor, meine Lehrtätigkeit wieder aufzunehmen – das College hatte mir freundlicherweise meinen früheren Lehrstuhl wieder angeboten.

Ich nahm meine Arbeit zu Beginn des Semesters, das im Februar 1914 begann, wieder auf, und blieb genau ein Jahr dabei. So lange hatte ich gebraucht, um einzusehen, wie schwer mein Erlebnis mich in Mitleidenschaft gezogen hatte. Obwohl bei klarem Verstand und – so hoffte ich wenigstens – wieder ganz ich selbst, hatte ich doch nicht mehr dieselben starken Nerven wie früher. Düstere Träume und abstruse Vorstellungen quälten mich ständig, und als der Ausbruch des Weltkriegs mein Augenmerk auf die Geschichte lenkte, fand ich mich bisweilen in die absonderlichsten Gedanken über geschichtliche Perioden und Ereignisse verstrickt.

Mein *Zeitgefühl* – die Fähigkeit, zwischen gleichzeitigen und aufeinanderfolgenden Vorgängen zu unterscheiden – schien fast unmerklich gestört, denn ich hegte die phantastische Vorstellung, man könne in einem Zeitalter leben, mit seinem Verstand jedoch die ganze Ewigkeit umfassen und über Vergangenheit und Zukunft Bescheid wissen.

Während des Krieges hatte ich manchmal das seltsame Gefühl, mich an seine späteren Folgen erinnern zu können – als wüßte ich, wie er zu Ende gehen würde, und könnte im Licht zukünftigen Wissens auf ihn *zurückblicken*. Alle diese Schein-Erinnerungen waren von starkem Schmerz und von dem Gefühl begleitet, sie seien durch eine künstliche psychologische Sperre blockiert.

Als ich den anderen gegenüber zaghafte Andeutungen über diese Wahnvorstellungen machte, stieß ich auf unterschiedliche Reaktionen. Manche musterten mich mit unbehaglichen Blicken, während die Leute von der mathematischen Fakultät von neuen Erkenntnissen auf dem Gebiet der bis dahin nur unter Gelehrten diskutierten Relativitätstheorie sprachen, die später so berühmt werden sollte. Dr. Albert Einstein, so sagten sie, sei drauf und dran, die Zeit auf den Status einer bloßen Dimension zu reduzieren.

Aber die Träume und die verwirrenden Vorstellungen befielen mich immer häufiger, so daß ich im Jahre 1915 meine regelmäßige Tätigkeit aufgeben mußte. Manche der Vorstellungen nahmen beängstigende Formen an; ich kam nicht mehr los von dem Gedanken, daß meiner Amnesie ein schrecklicher Tausch zugrunde gelegen hatte, daß mein anderes Ich tatsächlich eine aus unbekannten Regionen eingedrungene Macht gewesen war und meine wirkliche Persönlichkeit verdrängt hatte.

So trieb es mich zu unsicheren und angstvollen Vermutungen darüber, wo mein wirkliches Selbst in den Jahren gewesen war, während denen ein anderer meinen Körper mit Beschlag belegt hatte. Das merkwürdige Wissen und das absonderliche Betragen dieses anderen Wesens beunruhigten mich mehr und mehr, während ich aus Erzählungen, Schriftstücken und Zeitschriften immer neue Einzelheiten erfuhr.

Merkwürdigkeiten, die andere verblüfft hatten, schienen auf schreckliche Weise mit dem dunklen Wissen übereinzustimmen, das in den Abgründen meines Unterbewußtseins schwelte. Ich begann, fieberhaft nach jedem geringsten Anhaltspunkt zu suchen, der mir Aufschluß über die Studien und Reisen jenes anderen Wesens geben konnte.

Nicht alle meine Sorgen waren so abstrakt wie diese. Ich hatte Träume – und diese schienen zunehmend lebhafter und konkreter zu werden. Weil ich wußte, was die meisten anderen Leute davon gehalten hätten, erwähnte ich sie kaum, außer gegenüber meinem Sohn und einigen vertrauenswürdigen Psychologen, doch schließlich begann ich eine wissenschaftliche Untersuchung über andere Fälle, um zu sehen, wie typisch oder atypisch solche Visionen bei Opfern eines Gedächtnisverlustes waren.

Bei meinen Nachforschungen halfen mir erfahrene Psychologen, Historiker, Anthropologen und Nervenärzte, und ich konnte außerdem eine Studie zu Rate ziehen, die Unterlagen über alle Fälle von Persönlichkeitsspaltung enthielt – von der Zeit, da man diese Menschen noch von Dämonen besessen glaubte, bis in die medizinisch rationale Gegenwart. Die Ergebnisse, zu denen ich dabei gelangte, waren eher beunruhigend als tröstlich.

Ich entdeckte bald, daß sich tatsächlich bei der überwältigenden Mehrzahl echter Amnesie-Fälle keine Parallelen zu meinen Träumen fanden. Es blieb jedoch ein kümmerlicher Rest von Berichten, die mich jahrelang durch ihre erstaunliche Ähnlichkeit mit meinen eigenen Erfahrungen erschreckten. Manche von ihnen gingen auf alte Volkssagen zurück, bei anderen handelte es sich um Fallstudien aus den Annalen der Medizin, und zwei oder drei hatte ich aus allgemeinen Geschichtswerken ausgegraben.

Es schien also, daß meine Erkrankung zwar äußerst selten, aber in langen Abständen seit Beginn der menschlichen Geschichtsschreibung immer wieder einmal aufgetreten war. In manchem Jahrhundert mochte es einen, zwei oder auch drei Fälle gegeben haben, in anderen keinen einzigen – jedenfalls keinen, der irgendwo verbürgt gewesen wäre.

Der Verlauf war immer derselbe – eine mit einem scharfen Verstand begabte Person erfuhr eine plötzliche Veränderung ihrer Existenz und führte für kürzere oder längere Zeit ein völlig anderes Leben, das zuerst durch befremdliche Veränderung der Stimme und des ganzen Körpers und später durch den Erwerb fast unbegrenzten wissenschaftlichen, historischen, kunsthistorischen und anthropologischen Wissens gekennzeichnet war, wobei der Lernprozeß sich mit fieberhaftem Eifer und übermenschlicher Aufnahmefähigkeit vollzog. Dann kehrte plötzlich das richtige Bewußtsein zurück, aber der Betreffende wurde für den Rest seines Lebens von verschwommenen, undeutbaren Träumen heimgesucht, in denen sorgfältig ausgelöschte Fragmente irgendwelcher schrecklicher Erinnerungen auftauchten.

Die starke Ähnlichkeit dieser Alpträume mit den meinen – sogar in einigen der feinsten Einzelheiten – hinterließ in mir keinen Zweifel über ihre kennzeichnende und typische Bedeutung. Ein oder zwei Fälle hatten noch einen zusätzlichen Beiklang undeutlicher, blasphemischer Vertrautheit, so als hätte ich schon früher einmal von ihnen durch irgendwelche kosmischen Kanäle gehört, die zu schauerlich und furchterregend waren, als daß ich mich näher mit ihnen hätte befassen wollen. In drei Fällen wurde ausdrücklich eine solche unbekannte Maschine erwähnt, wie ich sie vor meiner zweiten Verwandlung in meinem Haus gehabt hatte.

Was mich während meiner Nachforschungen ebenfalls beunruhigte, war die etwas größere Häufigkeit von Fällen, in denen sich ein flüchtiger Blick auf die typischen Traumbilder auch solchen Personen eröffnet hatte, die nicht unter einer Amnesie im strengsten Sinne gelitten hatten.

Diese Personen waren größtenteils nur mit durchschnittlichen oder noch geringeren Verstandeskräften begabt; einige waren so primitiv, daß sie kaum als Träger abnormer Gelehrsamkeit und übernatürlicher geistiger Leistungen angesehen werden konnten. Für eine Sekunde wurden sie von einer fremden Kraft beflügelt, dann sanken sie zurück und behielten nur eine schwache, schnell verblassende Erinnerung an unmenschliche Schrecken.

Solche Fälle hatte es während des letzten halben Jahrhunderts drei gegeben – einer hatte sich vor nur fünfzehn Jahren ereignet. War irgend etwas aus einem ungeahnten Abgrund der Natur blind in der Zeit herumgetappt? Waren diese Fälle monströse, düstere Experimente, deren Art und Urheber für einen normalen Menschenverstand unvorstellbar waren?

Das waren einige der ziellosen Grübeleien meiner schwächeren Stunden – Phantasievorstellungen, denen die bei meinen Studien entdeckten Mythen Vorschub leisteten. Denn es gab keinen Zweifel, daß gewisse Legenden aus undenklicher Zeit, die offenbar den Opfern neuerer Fälle von Amnesie und deren Ärzten unbekannt waren, beklemmend zutreffende Schilderungen von Gedächtnisverlusten, wie ich einen erlitten hatte, darstellten.

Die Art der Träume und Vorstellungen, die immer aufdringlicher wurden, wage ich auch jetzt noch kaum zu beschreiben. Sie hatten einen Beigeschmack des Wahnsinns, und manchmal glaubte ich, ich würde tatsächlich den Verstand verlieren. Gab es eine besondere Art von Wahnvorstellungen bei Menschen, die einen Gedächtnisverlust erlitten hatten? Denkbar war, daß das Unterbewußtsein eine störende Lücke mit Pseudo-Erinnerungen zu füllen versuchte und dadurch die seltsamen Phantastereien auslöste.

Das war tatsächlich – obwohl mir selbst eine andere, der Volkskunde entstammende Theorie plausibler erschien – die Meinung vieler Psychiater, die mir bei der Suche nach Parallelfällen halfen und meine Verwunderung über die bisweilen genau übereinstimmenden Merkmale teilten.

Sie nannten diesen Zustand nicht schlankweg Wahnsinn, sondern rechneten ihn zu den neurotischen Störungen. Meine Bemühungen, seine Hintergründe aufzuspüren und ihn zu analysieren, anstatt vergeblich zu versuchen, ihn auf die leichte Schulter zu nehmen und zu vergessen, hießen sie nachdrücklich gut, weil sie den besten psychologischen Grundsätzen entsprächen. Besonders hoch schätzte ich den Rat derjenigen Ärzte, die mich beobachtet hatten, als jenes andere Wesen von mir Besitz ergriffen hatte.

Meine ersten beunruhigenden Eindrücke waren keineswegs visuell, sondern betrafen mehr die abstrakten Dinge, die ich erwähnt habe. Außerdem hatte ich ein Gefühl tiefen und unerklärlichen Abscheus vor mir selbst. Allmählich fürchtete ich mich davor, meine eigene Gestalt zu sehen, so als ob meine Augen etwas völlig Fremdes und unsagbar Abstoßendes wahrnehmen könnten.

Wenn ich an mir hinabschaute und die vertraute menschliche Gestalt in ruhiger grauer oder blauer Kleidung sah, fühlte ich mich immer sehr erleichtert, obwohl ich eine unendliche Furcht überwinden mußte, um zu dieser Erleichterung zu gelangen. Ich vermied es sooft ich konnte, in den Spiegel zu schauen, und ließ mich immer beim Friseur rasieren.

Lange Zeit verging, bevor ich irgendeines dieser enttäuschten Gefühle mit den flüchtigen visuellen Eindrücken in Verbindung brachte, die sich nach und nach einstellten. Am Anfang hatte diese Verbindung etwas mit dem merkwürdigen Gefühl einer von außen kommenden, künstlichen Behinderung meines Gedächtnisses zu tun.

Ich glaubte zu spüren, daß die kurzen Visionen, die ich erlebte, eine tiefe und schreckliche Bedeutung hatten und in einem fürchterlichen Zusammenhang mit mir selbst standen, daß aber irgendein willkürlicher Einfluß mich daran hinderte, diese Bedeutung und diesen Zusammenhang zu erfassen. Dann kam die seltsame Störung meines Zeitgefühls, und mit ihr die verzweifelten Versuche, die bruchstückhaften Traumgesichte in eine chronologische und räumliche Reihenfolge zu bringen.

Die flüchtigen Visionen waren zunächst eher merkwürdig als schrecklich. Ich schien mich in einem riesigen, überwölbten Raum zu befinden, dessen hohe steinerne Gratbogen sich fast im Dunkel verloren. In welcher Zeit oder an welchem Ort die Szene auch spielen mochte, das Prinzip des Bogens schien ebensogut bekannt zu sein und ebensooft verwandt zu werden wie bei den Römern.

Der Raum hatte kolossale, runde Fenster und hohe, überwölbte Türen, und in ihm standen Sockel oder Tische, von denen jeder so hoch war wie ein normales Zimmer. Lange Regale aus dunklem Holz zogen sich an den Wänden entlang und waren anscheinend mit Büchern von riesigem Format und mit seltsamen Hieroglyphen auf den Rücken gefüllt.

Die freiliegenden Steinwände waren mit kuriosen, eingemeißelten Mustern aus mathematischen Kurven bedeckt, und außerdem gab es Inschriften in denselben Hieroglyphen, die sich auf den Büchern fanden. Das dunkle, granitene Mauerwerk war von monströser, megalithischer Art und so gebaut, daß die konvexen Oberseiten der einzelnen Blöcke genau in die konkaven Unterseiten der darüberliegenden Schicht von Steinen paßten.

Es gab keine Stühle, aber die Oberseiten der riesigen Sockel waren mit Büchern, Papier und mit Gegenständen bedeckt, die offensichtlich Schreibgerät waren – kurios geformte Fäßchen aus einem leicht purpurnen Metall und Stäbe mit verschmierten Spitzen. So hoch diese Sockel waren, schien ich doch manchmal imstande, sie von oben zu sehen. Auf manchen von ihnen standen große Kugeln aus leuchtendem Kristall, die als Lampen dienten, sowie undefinierbare Maschinen mit Glasröhren und Metallstangen.

Die Fenster waren verglast und mit groben Stäben vergittert. Ob-

wohl ich es nicht wagte, an eines heranzutreten und hinauszu-
schauen, sah ich die wehenden Wipfel einzigartiger Farngewächse.
Der Boden bestand aus massiven, achteckigen Fliesen, während
Teppiche und Vorhänge völlig fehlten.

Später träumte ich, daß ich durch zyklopische Korridore aus
Stein schwebte und mich auf gigantischen Rampen derselben
monströsen Bauart auf und ab bewegte. Nirgends gab es Treppen,
und keiner der Gänge war weniger als dreißig Fuß breit. Manche
der Gebäude, durch die ich schwebte, mußten sich mehrere tausend Fuß in den Himmel erheben.

Weiter unten waren zahlreiche Stockwerke mit dunklen Gewölben sowie nie geöffneten Falltüren, die mit Metallbändern verschlossen waren und undeutlich von einer bestimmten Gefahr
umgeben schienen.

Ich war anscheinend ein Gefangener, und düsteres Grauen hing
über allem, was ich sah. Ich spürte, daß die irritierenden, krummlinigen Hieroglyphen an den Wänden mit ihrer Botschaft meine
Seele verbrennen würden, wenn mich nicht barmherzige Unwissenheit davor bewahrt hätte, sie zu verstehen.

In noch späteren Träumen blickte ich aus den großen runden
Fenstern und von dem gigantischen flachen Dach mit seinen wun-
derlichen Gärten, seinem großen dürren Gebiet und seiner hohen,
geschwungenen Brustwehr aus Stein, zu dem die oberste Rampe
führte.

Es gab fast endlose Ansammlungen riesiger Gebäude, aufgereiht
an Straßen von vollen hundert Fuß Breite, jedes mit einem eigenen
Garten. Sie unterschieden sich im Aussehen beträchtlich, aber nur
wenige waren kleiner als fünfhundert Fuß im Quadrat oder niedriger als tausend Fuß. Viele schienen so endlos, daß ihre Front mehrere tausend Fuß lang sein mußte, während manche zu gewaltigen
Höhen in den grauen, dunstigen Himmel emporragten.

Sie schienen vorwiegend aus Stein oder Beton erbaut, und bei den
meisten war die seltsame Bauweise angewendet worden, die ich an
dem Gebäude bemerkt hatte, in dem ich mich befand. Die Dächer
waren flach und mit Gärten bedeckt und hatten meistens geschwungene Brüstungen. Manchmal waren inmitten der Gärten
Terrassen und erhöhte Plateaus sowie weite, offene Flächen. Die
großen Straßen schienen von Bewegung erfüllt, aber in den anfänglichen Träumen konnte ich diese Eindrücke nicht in erkennbare Einzelheiten auflösen.

An bestimmten Stellen sah ich riesige, dunkle, zylindrische Türme, die alle anderen Bauwerke weit überragten. Sie waren absolut einzigartig und wiesen Anzeichen von unermeßlichem Alter und beginnendem Verfall auf. Sie waren aus bizarren Basaltquadern erbaut und verjüngten sich gegen ihre abgerundeten Spitzen. An keinem konnte ich die geringsten Anzeichen von Fenstern oder irgendwelchen anderen Öffnungen entdecken, abgesehen von riesigen Türen. Ich bemerkte auch einige niedrige Gebäude – alle von jahrtausendelanger Verwitterung gezeichnet –, die in der grundlegenden Bauweise diesen dunklen, zylindrischen Türmen ähnelten. Über all diesen Anhäufungen rechteckiger Bauwerke lag eine unerklärliche Aura konzentrierter Furcht und Bedrohung, ähnlich der, die von den verschlossenen Falltüren ausging.

Die allgegenwärtigen Gärten waren beinahe furchterregend in ihrer Seltsamkeit; bizarre, ungewohnte Arten von Vegetation hingen über breite Wege, die von sonderbar behauenen Monolithen eingesäumt waren. Abnorm große, farnartige Gewächse herrschten vor – manche grün und manche von einer geisterhaften, schwammigen Blässe.

Dazwischen wuchsen große, gespenstische Pflanzen, die wie Kalamiten aussahen und deren bambusartige Stämme in schwindelnde Höhen aufragten. Dann gab es auch buschige Formen – legendäre Zykaden, und groteske, dunkelgrüne Sträucher und Bäume, die wie Nadelhölzer aussahen.

Die Blumen, die in geometrisch angelegten Beeten und verstreut zwischen den anderen Pflanzen blühten, waren klein, farblos und unbestimmbar.

In einigen der Terrassen- und Dachgärten waren größere und lebhaftere Blüten, die fast abstoßende Formen hatten und künstlich gezüchtet schienen. Pilze von unerklärbarer Größe, Form und Farbe wuchsen verstreut in den Gärten und bildeten ein scheckiges Muster, das auf eine fremdartige, aber gut entwickelte gärtnerische Tradition schließen ließ. In den größeren Gärten zu ebener Erde hatte man versucht, die Unregelmäßigkeiten der Natur zu bewahren, aber auf den Dächern waren die Pflanzen sorgfältig ausgesucht und kunstvoll beschnitten.

Die Luft war fast immer feucht und der Himmel bewölkt, und manchmal glaubte ich gewaltige Regengüsse mitzuerleben. Hin und wieder jedoch kamen die Sonne – die unnatürlich groß schien – und der Mond durch, dessen Zeichnung in einer Art vom Normalen abwich, die ich mir nie erklären konnte. Wenn der Himmel – was selten geschah – wenigstens teilweise aufklarte, sah ich Sternbilder, die fast nicht zu erkennen waren. Die Umrisse ähnelten manchmal denen der bekannten Sternbilder, deckten sich aber fast nie mit ihnen; aus den wenigen Sternbildern, die ich erkannte, glaubte ich schließen zu können, daß ich mich auf der südlichen Hemisphäre der Erde befand, nahe beim Wendekreis des Steinbocks.

Der ferne Horizont war immer dunstig und verschwommen, aber ich konnte sehen, daß große Dschungel unbekannter Baumfarne, Kalamiten, Schuppen- und Siegelbäume die Stadt umgaben; ihr phantastisches Laub wogte gleichsam spöttisch im wechselnden Wind hin und her. Ab und zu glaubte ich hoch über der Erde zu fliegen, aber in meinen ersten Träumen konnte ich bei diesen Visionen keine Einzelheiten erkennen.

Vom Herbst 1914 an träumte ich hin und wieder von seltsam schwebenden Flügen über die Stadt und die umliegenden Gegenden. Ich sah endlose Straßen, die durch Wälder von furchterregenden Pflanzen mit gesprenkelten, geriffelten und gestreiften Stämmen und an anderen, ebenso seltsamen Städten vorbeiführten.

Ich sah monströse Bauwerke aus schwarzem oder glitzerndem Stein in Schneisen und Lichtungen, wo ewiges Zwielicht herrschte, und lange Dämme in Sümpfen, die so dunkel waren, daß ich nur wenig von ihrer feuchten, hoch aufragenden Vegetation erkennen konnte.

Einmal sah ich ein riesiges Gebiet, das mit verwitterten Basaltruinen übersät war. Diese glichen in der Bauweise den wenigen fensterlosen und oben abgerundeten Türmen in der Geisterstadt.

Und einmal sah ich das Meer – eine weite, dunstige Fläche jenseits der kolossalen Steinmolen einer riesigen Stadt mit Kuppeln und Türmen.

Wie ich schon sagte, waren diese Visionen nicht von Anfang an so beängstigend. Sicherlich haben viele Menschen schon wesentlich seltsamere Träume gehabt – Träume, die aus unzusammenhängenden, aber von den unberechenbaren Launen des Schlafes in einen phantastischen neuen Zusammenhang gebrachten, bruchstückhaften Erinnerungen an Alltagserlebnisse, Bilder und Bücher bestehen.

Eine Zeitlang nahm ich die Visionen als natürlich hin, obwohl ich vorher nie außergewöhnliche Träume gehabt hatte. Viele der undeutlichen Wahnvorstellungen, so redete ich mir ein, mußten belanglose Ursachen haben, die zu zahlreich waren, als daß man jeder von ihnen hätte nachgehen können; andere wiederum schienen allgemeines Schulwissen über Pflanzen und andere Lebensformen der primitiven Welt vor fünfzig Millionen Jahren widerzuspiegeln – der Welt des permischen oder triassischen Zeitalters.

Im Verlauf einiger Monate trat jedoch das Element der Furcht in zunehmendem Maße in Erscheinung. Das war zu dem Zeitpunkt, als die Träume so unverkennbar den Charakter von Erinnerungen annahmen und als ich begann, sie in meiner Vorstellung mit meinen wachsenden abstrakten Besorgnissen in Verbindung zu bringen – dem Gefühl der Gedächtnishemmung, dem seltsam gestörten Zeitbegriff, der Ahnung eines abscheulichen Tausches mit meiner zweiten Persönlichkeit während der Jahre 1908 bis 1913 und, wesentlich später, dem Abscheu vor meiner eigenen Person.

Als bestimmte erkennbare Einzelheiten in den Träumen aufzutauchen begannen, verstärkte sich tausendfach das Grauen, das sie in mir erregten, bis ich im Oktober 1915 das Gefühl hatte, etwas dagegen tun zu müssen. Da begann ich mit meinem intensiven Studium anderer Fälle von Amnesie und Sinnestäuschungen, weil ich glaubte, ich könnte dadurch mein Leiden objektivieren und mich aus seiner emotionalen Umklammerung befreien.

Das Ergebnis war jedoch, wie schon oben erwähnt, fast genau das Gegenteil. Es verwirrte mich zutiefst zu entdecken, daß es Träume gegeben hatte, die den meinen fast vollständig glichen; um so mehr, als einige der Berichte zu alt waren, als daß die Betroffenen irgendwelche geologischen Kenntnisse – und deshalb irgendeine Vorstellung von primitiven Landschaften – gehabt haben konnten.

Schlimmer noch, viele dieser Berichte enthielten schaurige Einzelheiten und Erklärungen im Zusammenhang mit den Visionen von großen Gebäuden und dschungelartigen Gärten – und anderen Dingen. Die tatsächlichen Traumgesichte und vagen Vorstellungen waren schon schlimm genug, was aber die anderen von diesen Alpträumen geplagten Menschen beschrieben oder behauptet hatten, deutete auf Wahnsinn und Blasphemie. Das Allerschlimmste aber war, daß mein eigenes Pseudo-Gedächtnis dadurch zu noch wilderen Träumen und zu Ahnungen bevorstehender Enthüllungen angeregt wurde. Aber trotzdem hielten die meisten Ärzte meine Therapie im großen ganzen für ratsam.

Ich studierte systematisch Psychologie, und mein Sohn Wingate wurde dadurch angeregt, mir nachzueifern – sein Studium führte schließlich zu seiner gegenwärtigen Lehrtätigkeit als Professor. In den Jahren 1917 und 1918 belegte ich Sonderkurse an der Miskatonic-Universität. Währenddessen durchforschte ich unermüdlich alle erreichbaren medizinischen, historischen und anthropologischen Unterlagen, suchte Bibliotheken an weit entfernten Orten auf und las schließlich sogar die grauenhaften Bücher über verbotene Geheimlehren, für die sich mein zweites Ich so merkwürdig stark interessiert hatte.

Bei einigen dieser Bücher handelte es sich um dieselben Exemplare, die ich in meinem veränderten Zustand konsultiert hatte, und ich geriet in höchste Verwirrung über einige Randbemerkungen und *Korrekturen* in den fürchterlichen Texten; denn die Zusätze waren in einer Schrift und einer Sprache geschrieben, die auf merkwürdige Weise unmenschlich schienen.

Diese Anmerkungen waren jeweils in der Sprache des betreffenden Buches abgefaßt; der Schreiber schien all diese Sprachen mit gleicher, wenn auch offenbar theoretisch erlernter Geläufigkeit zu beherrschen. Eine Randbemerkung in von Junzts *Unaussprechlichen Kulten* war jedoch auf erschreckende Weise anders. Sie bestand aus bestimmten krummlinigen Hieroglyphen, die in derselben Tinte wie die deutschsprachigen Anmerkungen geschrieben waren, aber keinerlei Ähnlichkeit mit menschlichen Schriftzeichen hatten. Und diese Hieroglyphen entsprachen genau und unverkennbar den Schriftzeichen, denen ich ständig in meinen Träumen begegnete – Schriftzeichen, von denen ich mir manchmal einen Augenblick lang einbildete, daß ihre Bedeutung mir bekannt sei oder gleich wieder einfallen würde.

Um das Maß meiner Verwirrung vollzumachen, versicherten mir viele Bibliothekare, daß diese Bücher regelmäßig überprüft würden und es deshalb aufgrund der Unterlagen über die Ausleihe feststehe, daß ich all diese Anmerkungen in meinem veränderten Zustand selbst angebracht hatte. Und dies trotz der Tatsache, daß ich drei dieser Sprachen nie beherrscht habe. Als ich die verstreuten alten und modernen, anthropologischen und medizinischen Unterlagen zusammenfügte, fand ich eine ziemlich konsequente Mischung aus Mythen und Halluzinationen, über deren furchtbare Tragweite ich zutiefst bestürzt war. Nur eines tröstete mich: die Tatsache, daß diese Mythen schon so früh existiert hatten.

Durch welches verlorene Wissen Bilder von paläozoischen und mesozoischen Landschaften in diese primitiven Fabeln gekommen waren, darüber konnte ich keine Vermutungen anstellen; aber die Bilder hatten tatsächlich existiert. Daraus ergab sich ein Anhaltspunkt für die Entstehung einer fixierbaren Art von Wahnvorstellungen.

Fälle von Amnesie bildeten zweifellos den allgemeinen Hintergrund für die Mythen, aber später mußten die phantastischen Hinzufügungen der Mythen eine Rückwirkung auf die unter Amnesie Leidenden ausgeübt und ihre Schein-Erinnerungen gefärbt haben. Ich selbst hatte all die alten Sagen während meiner Amnesie gehört und gelesen – meine Nachforschungen hatten dies hinreichend bestätigt. War es deshalb nicht natürlich, daß meine späteren Träume und Vorstellungen von dem geformt und gefärbt wurden, was mir unklar aus jenem sekundären Zustand im Gedächtnis geblieben war?

Einige der Mythen wiesen bedeutsame Parallelen zu anderen nebelhaften Legenden über die vormenschliche Welt auf, besonders zu jenen Hindu-Erzählungen, die ungeheuere Zeiträume umschließen und einen Bestandteil der Lehre der modernen Theosophen darstellen.

Urzeitliche Mythen und moderne Wahnvorstellungen stimmten überein in der Annahme, daß die Menschheit nur eine – und vielleicht die geringste – der hochentwickelten, dominanten Rassen in der langen und weitgehend unerforschten Geschichte dieses Planeten sei. Wesen von unvorstellbarer Gestalt, so deuteten sie an, hatten in den Himmel ragende Türme gebaut und jedes Geheimnis der Natur enträtselt, bevor der erste amphibische Vorfahr des Menschen vor drei Millionen Jahren aus der heißen See gekrochen war.

Manche dieser Wesen seien von den Sternen herabgekommen; einige wenige seien so alt wie das Universum selbst; andere hätten sich rasch aus irdischen Mikroben entwickelt, die so weit hinter den ersten Mikroben unseres Lebenszyklus zurück waren, wie diese Mikroben wiederum hinter uns zurück sind. Über Zeitspannen von Tausenden von Millionen Jahren und Verbindungen zu anderen Galaxien und Universen wurde berichtet. Nach diesen Legenden gab es tatsächlich keine Zeit im menschlichen Sinn.

Aber die meisten der Legenden und Vorstellungen betrafen eine verhältnismäßig späte Rasse von Lebewesen, die eine sonderbare und komplizierte Gestalt hatten und keiner der Wissenschaft bekannten Formen des Lebens ähnelten. Diese Rasse habe bis vor nur fünfzig Millionen Jahren vor dem Erscheinen des Menschen gelebt. Und sie sei die größte aller Rassen gewesen, weil nur sie das Geheimnis der Zeit enträtselt habe.

Diese Wesen hätten alles gelernt, was jemals auf der Erde bekannt gewesen sei oder in Zukunft bekannt sein würde, dank der Fähigkeit ihres überragenden Geistes, sich in die Vergangenheit und die Zukunft zu versetzen, sogar über Zeiträume von Millionen von Jahren hinweg, und das Wissen jedes beliebigen Zeitalters zu studieren. Aus den Errungenschaften dieser Rasse seien alle Legenden von Propheten entstanden, einschließlich derer in der menschlichen Mythologie.

In ihren gewaltigen Bibliotheken befänden sich Bände mit Texten und Bildern, in denen die Annalen der Erde in ihrer Gesamtheit festgehalten seien – Geschichte und Beschreibungen jeder Spezies, die jemals existiert habe oder existieren würde, mit lückenlosen Unterlagen über ihre Künste, ihre Errungenschaften, ihre Sprachen und ihre Psychologie.

Mit diesem die Ewigkeit umfassenden Wissen suche sich die Große Rasse aus jeder Epoche und jeder Lebensform diejenigen Gedanken, Künste und Verfahren heraus, die ihrer eigenen Natur und Situation entsprächen. Das Wissen über die Vergangenheit, das durch eine Umstellung des Geistes auf andere Sinne gewonnen werden mußte, sei schwieriger zu erlangen als das Wissen über die Zukunft.

Im letzteren Fall war das Verfahren einfacher und konkreter. Mit geeigneter mechanischer Hilfe müsse sich der Geist in eine zukünftige Zeit versetzen, indem er sich auf dunkle, außersinnliche Art seinen Weg bahne, bis er die gewünschte Periode erreicht hätte. Dann, nach einigen Versuchen, müsse er von dem besten auffindbaren Vertreter der am höchsten entwickelten Lebensform dieses Zeitalters Besitz ergreifen. Er dringe in das Gehirn dieses Organismus ein und erfülle es mit seinen eigenen Schwingungen, während der verdrängte Geist mit einem Schlag in das Zeitalter des Eindringlings zurückversetzt würde und in dessen Körper verbliebe, bis der umgekehrte Prozeß in Gang gesetzt würde.

Der projizierte Geist im Körper des zukünftigen Organismus nehme dann das Verhalten eines Mitglieds der Rasse an, dessen äußere Gestalt er trage, und erlerne in kürzester Zeit alles, was es über das gesamte allgemeine und technische Wissen des gewählten

Zeitalters zu lernen gebe.

Währenddessen würde der verdrängte, in den Körper des Eindringlings zurückversetzte Geist sorgfältig bewacht. Er würde daran gehindert, den Körper, in dem er sich befände, zu verletzen, und all sein Wissen würde ihm durch geschickte Fragen entlockt. Oft könne er sogar in seiner eigenen Sprache befragt werden, wenn nämlich aus früheren Vorstößen in die Zukunft Unterlagen über diese Sprache vorhanden seien.

Wenn der Geist aus einem Körper stamme, dessen Sprache die Große Rasse nicht physisch reproduzieren könne, dann würden sinnreiche Maschinen konstruiert, auf denen diese Sprache wie auf einem Musikinstrument gespielt werden könne.

Die Mitglieder der Großen Rasse hätten die Gestalt riesiger, runzliger Kegel von zehn Fuß Höhe, an deren Spitze der Kopf und andere Organe mittels fußdicker, dehnbarer Glieder befestigt seien. Sie sprächen durch das Klicken oder Kratzen der riesigen Pfoten oder Klauen am Ende von zweien ihrer vier Glieder, und bewegten sich fort durch das Ausdehnen und Zusammenziehen der klebrigen Schicht an ihrer riesigen, zehn Fuß breiten Unterseite.

Sobald die Verwunderung und der Unwille des gefangenen Geistes nachgelassen hätten und er – falls er aus einem Körper stamme, der von denen der Großen Rasse sehr verschieden sei – sein Entsetzen über seine ungewohnte, vorübergehende körperliche Form überwunden hätte, würde ihm gestattet, seine neue Umgebung zu studieren und Wunder und Weisheiten zu erfahren, welche denen, die der in seinen eigenen Körper eingedrungene Geist erlebte, fast gleichkämen.

Unter angemessenen Vorsichtsmaßregeln und im Austausch gegen angemessene Gegenleistungen sei es ihm erlaubt, in gigantischen Luftschiffen oder den riesigen, bootartigen, atomgetriebenen Fahrzeugen, die auf den großen Straßen verkehrten, die ganze bewohnbare Welt zu bereisen; er dürfe auch ungehindert in den Bibliotheken herumstöbern, in denen das gesamte Wissen über die Vergangenheit und die Zukunft archiviert sei.

Dies versöhne viele der Gefangenen mit ihrem Schicksal; denn es seien ausschließlich Wesen mit scharfem Verstand, und für einen solchen Geist stelle die Enthüllung verborgener Geheimnisse der Erde – abgeschlossene Kapitel unvorstellbar früher Vergangenheit und schwindelerregende Ausblicke in die Zukunft, sogar über ihr eigenes Zeitalter hinaus – immer, trotz der dabei oft enthüllten abgründigen Schrecken, das großartigste Abenteuer ihres Lebens dar.

Hin und wieder dürfe ein gefangener Geist mit einem anderen Geist aus der Zukunft zusammentreffen – um mit einem intelligenten Wesen, das hundert oder tausend Jahre vor seinem eigenen Zeitalter gelebt hatte, Gedanken austauschen zu können. Und alle würden dazu gedrängt, viel in ihrer eigenen Sprache über ihre jeweiligen Zeitalter zu schreiben; diese Dokumente würden dann in den großen Zentralarchiven aufbewahrt.

Es muß noch erwähnt werden, daß es eine besondere Art von Gefangenen geben sollte, deren Privilegien weit größer als die der Mehrheit seien. Dabei handelte es sich um die *permanent* Verbannten; ihre Körper seien in der Zukunft von scharfsinnigen Mitgliedern der Großen Rasse mit Beschlag belegt worden, die sich angesichts des körperlichen Todes dem geistigen Untergang entziehen wollten.

Von diesen melancholischen Gefangenen gebe es nicht so viele, wie man annehmen könne, da die Langlebigkeit der Großen Rasse ihre Liebe zum Leben vermindere – besonders bei jenen überragenden Geistern, die sich in andere Zeitalter versetzen konnten. Aber auf solche Fälle permanenter Projektionen seien die bleibenden Persönlichkeitsveränderungen zurückzuführen, die in der späteren Geschichte – einschließlich der menschlichen – beobachtet wurden.

In den normalen Fällen jedoch baue sich der Geist aus der Vergangenheit, wenn er genug über die Zukunft erfahren habe, einen Apparat ähnlich dem, der ihm die Versetzung in die Zukunft ermöglicht hatte, und vollzöge die umgekehrte Projektion. Danach sei er wieder in seinem eigenen Körper und seinem eigenen Zeitalter, während der eben noch gefangene Geist in den zukünftigen Körper zurückkehre, aus dem er verdrängt worden war.

Nur wenn einer der beiden Körper während des Tausches gestorben sei, könne diese Wiederherstellung des ursprünglichen Zustandes nicht vollzogen werden. In solchen Fällen müsse natürlich der Geist aus der Vergangenheit – wie jene Mitglieder der Großen Rasse, die dem Tod entfliehen wollen – bis zum Tod in dem fremden Körper in der Zukunft bleiben; oder aber der gefangene Geist müsse – wie die permanent Verbannten – seine Tage in der Gestalt und dem vergangenen Zeitalter der Großen Rasse beenden.

Dieses Schicksal sei weniger furchtbar, wenn der gefangene Geist ebenfalls zu der Großen Rasse gehöre – was nicht selten vorkäme, da diese Rasse in allen Epochen sehr an ihrer eigenen Zukunft interessiert sei. Die Zahl der sterbenden permanent Verbannten der Großen Rasse sei sehr gering – hauptsächlich wegen der fürchterlichen Strafen, die für die Verdrängung eines zukünftigen Mitglieds der Großen Rasse durch einen Sterbenden verhängt würden.

Durch Projektion würde dafür gesorgt, daß den Geist, der das Verbot übertreten hatte, in seinem neuen, zukünftigen Körper die gerechte Strafe ereile – und manchmal sei auch die Rückkehr erzwungen worden.

Komplizierte Fälle, in denen ein forschender oder schon gefangener Geist durch einen Geist aus irgendeinem Stadium der Vergangenheit verdrängt wurde, seien bekanntgeworden und sorgfältig korrigiert worden. In jeder Epoche seit der Entdeckung der Geistprojektion bestünde ein winziges, aber genau überwachtes Element der Bevölkerung aus Mitgliedern der Großen Rasse aus der Vergangenheit, die sich für kürzere oder längere Zeit in der Zukunft aufhielten.

Wenn ein gefangener Geist einer fremden Rasse in seinen eigenen Körper in der Zukunft zurückversetzt würde, sorge eine sinnreiche mechanische Hypnose dafür, daß er alles vergesse, was er im Zeitalter der Großen Rasse gelernt habe – dies wegen bestimmter und unerwünschter Auswirkungen einer allgemeinen Übertragung großer Wissensmengen.

Die wenigen Fälle, in denen solches Wissen klar übertragen worden sei, hätten große Katastrophen ausgelöst – und würden es zu bestimmten zukünftigen Zeiten noch tun. Und es sei weitgehend auf zwei dieser Fälle zurückzuführen – so behaupteten die alten Mythen –, daß die Menschheit erfahren habe, was es mit der Großen Rasse auf sich habe.

Alles, was direkt und physisch aus diesen Urzeiten übriggeblieben war, seien bestimmte Ruinen großer Steine an fernen Orten unter dem Meer sowie Teile der furchtbaren Pnakotischen Manuskripte.

So erreiche der zurückkehrende Geist sein eigenes Zeitalter mit nur ganz geringen und fragmentarischen Visionen von seinen Erlebnissen während der Gefangenschaft. Alle Erinnerungen, die ausgelöscht werden könnten, würden ausgelöscht, so daß sich in den meisten Fällen nur ein von Träumen überschatteter leerer

Raum zwischen der ersten und zweiten Verwandlung erstrecke. Manchmal erinnere sich ein Geist deutlicher als die anderen, und die zufällige Verbindung verschiedener Erinnerungen habe bei ganz seltenen Gelegenheiten Andeutungen über die verbotene Vergangenheit in zukünftige Zeitalter gebracht.

Es habe wahrscheinlich nie eine Zeit gegeben, zu der nicht irgendwelche Gruppen oder Kultgemeinschaften dieses Geheimwissen gehütet hätten. Im *Necronomicon* fänden sich Andeutungen über die Existenz eines solchen Kultes unter menschlichen Wesen – einer Kultgemeinschaft, die manchmal einem Geist, der durch die Jahrmillionen aus der Epoche der Großen Rasse gekommen sei, Hilfe gewähre. Und inzwischen werde die Große Rasse selbst beinahe allwissend und wende sich der Aufgabe zu, Geistprojektionen mit den Bewohnern anderer Planeten zu ermöglichen und deren Vergangenheit und Zukunft zu erforschen. Ebenso sei sie bemüht, die Vergangenheit und den Ursprung jenes seit Urzeiten toten, schwarzen Gestirns zu ergründen, von dem ihr eigener Geist abstammte – denn der Geist der Großen Rasse sei älter als ihre körperliche Form.

Die Wesen einer sterbenden alten Welt hätten, im Besitz der letzten Geheimnisse, nach einer neuen Welt und einer neuen Spezies Ausschau gehalten, in denen sie weiterleben konnten, und hätten ihre Geister *en masse* in diejenige Rasse verpflanzt, die am besten geeignet war, sie zu beherbergen – die kegelförmigen Wesen, die unsere Erde vor einer Milliarde Jahren bevölkerten.

So sei die Große Rasse entstanden, während die Myriaden von Geistern, die zurückversetzt wurden, einem grauenhaften Tod in seltsamen körperlichen Gestalten überantwortet worden seien. Später würde die Rasse erneut dem Tod gegenüberstehen, würde aber wiederum überleben durch eine Projektion ihrer größten Geister in die Körper von anderen Wesen mit einer längeren Spanne physischen Lebens vor sich.

Dies war der Hintergrund der ineinander verwobenen Legenden und Halluzinationen. Als ich um 1920 die Ergebnisse meiner Forschungen in übersichtlicher Form zusammengestellt hatte, spürte ich ein leichtes Nachlassen der Spannung, die im anfänglichen Stadium noch gewachsen war. Waren schließlich nicht trotz der von blinden Gefühlen hervorgerufenen Wahnvorstellungen die meisten Erscheinungen leicht zu erklären? Irgendein seltsamer Zufall konnte während der Amnesie meine Aufmerksamkeit auf dunkles

Geheimwissen gelenkt haben – und dann las ich die verbotenen Legenden und traf mich mit den Anhängern uralter, verrufener Kulte. Das lieferte offenbar den Stoff für die Träume und verwirrenden Gefühle, die mich nach der Rückkehr meines Gedächtnisses ergriffen hatten.

Was die Randbemerkungen betraf, die in Traum-Hieroglyphen und mir unbekannten Sprachen abgefaßt waren, mir aber von den Bibliothekaren in die Schuhe geschoben wurden, so konnte ich ohne weiteres während meines sekundären Zustands einige Brokken dieser Sprachen aufgeschnappt haben, während die Hieroglyphen zweifellos von meiner Phantasie nach Beschreibungen in alten Legenden geformt worden waren und sich später in meine Träume eingeschlichen hatten. Ich versuchte, bestimmte Punkte durch Gespräche mit den Oberpriestern bekannter Kulte zu verifizieren, aber es gelang mir nie, die richtigen Verbindungen anzuknüpfen.

Bisweilen beunruhigte mich die Parallelität so vieler Fälle in so vielen, weit auseinanderliegenden Zeitaltern genauso wie zu Anfang, aber andererseits überlegte ich, daß die phantastischen Volkssagen zweifellos in der Vergangenheit verbreiteter gewesen waren als in der Gegenwart.

Wahrscheinlich waren allen anderen Opfern einer Erkrankung wie der meinigen seit langem die Geschichten vertraut gewesen, von denen ich erst in meinem sekundären Zustand erfahren hatte. Wenn diese Opfer ihr Gedächtnis verloren hatten, brachten sie sich selbst mit den Gestalten aus ihren Alltagsmythen in Verbindung – jenen Fabelwesen, von denen man glaubte, daß sie den Geist der Menschen verdrängten – und gingen deshalb auf die Suche nach einem Wissen, das sie in eine nur in der Phantasie existierende, unmenschliche Vergangenheit zurückzubringen gedachten.

Wenn dann ihr Gedächtnis zurückkehrte, drehten sie den Assoziationsprozeß um und hielten sich selbst nicht mehr für die Eindringlinge, sondern für die wiedergekehrten Gefangenen der fremden Rasse. Daher die Träume und Schein-Erinnerungen, die mit den überlieferten Mythen übereinstimmten.

Trotz ihrer scheinbaren Schwerfälligkeit verdrängten diese Erklärungen alle anderen aus meinem Bewußtsein – größtenteils infolge der noch größeren Schwächen der übrigen Theorien. Und eine beträchtliche Anzahl bedeutender Psychologen und Anthropologen kam nach und nach zu derselben Auffassung.

Je länger ich überlegte, um so überzeugender wirkte meine Beweisführung; bis ich schließlich einen wirksamen Schutzwall gegen die Visionen und Vorstellungen errichtet hatte, die noch immer auf mich einstürmten. Ich sah in der Nacht seltsame Dinge? Das war nur, was ich gehört und gelesen hatte! Ich hatte seltsame Abneigungen, Ansichten und Schein-Erinnerungen? Auch diese waren nur der Widerhall von Mythen, die ich in meinem sekundären Zustand in mich aufgenommen hatte! Was immer ich auch träumte, was immer ich fühlte, nichts konnte wirklich von Bedeutung sein.

Mein früherer Lehrstuhl für Nationalökonomie war schon vor längerer Zeit von einem fähigen neuen Mann übernommen worden, und zudem hatten sich die Lehrmethoden in den Wirtschaftswissenschaften seit meinen besten Jahren wesentlich gewandelt. Mein Sohn war zu dieser Zeit gerade dabei, sich zu habilitieren, und wir arbeiteten sehr viel gemeinsam.

Ich fuhr jedoch fort, meine extravaganten Träume sorgfältig aufzuschreiben, die mich in solcher Dichte und Lebhaftigkeit bedrängten. Solche Aufzeichnungen, so argumentierte ich, würden einen echten Wert als psychologisches Dokument haben. Die Traumgesichte hatten noch immer den beunruhigenden Charakter von Erinnerungen, aber ich setzte mich mit beträchtlichem Erfolg gegen diese Anwandlungen zur Wehr.

Bei meinen Aufzeichnungen behandelte ich die Phantasmata wie Dinge, die ich wirklich gesehen hatte; aber ansonsten schob ich sie stets als nichtssagende Nachtgesichte verächtlich beiseite. Ich hatte diese Dinge nie in Gesprächen mit anderen Leuten erwähnt, aber irgendwie sickerte doch etwas durch, und verschiedene Gerüchte über meinen Geisteszustand machten die Runde. Recht amüsant war, daß diese Gerüchte nur unter Laien kursierten und kein einziger Arzt oder Psychologe sie ernst nahm.

Von meinen Visionen nach 1914 will ich hier nur wenige erwähnen, da dem ernsthaft Interessierten vollständigere Berichte und Unterlagen zur Verfügung stehen. Es war offensichtlich, daß die seltsamen Hemmungen ein wenig nachließen, denn der Umfang meiner Visionen vergrößerte sich gewaltig. Sie waren jedoch nie mehr als zusammenhanglose Fragmente, scheinbar ohne klare Motivation.

In den Träumen schien ich nach und nach eine größere Bewegungsfreiheit zu erlangen. Ich glitt durch seltsame, steinerne Bau-

werke, wobei ich durch gewaltige unterirdische Gänge, welche die
normalen Verbindungswege darzustellen schienen, aus dem einen
in das andere gelangte. Manchmal stieß ich auf jene gigantischen
verschlossenen Falltüren auf der untersten Ebene, denen diese
Aura des Furchterregenden und Verbotenen anhaftete.

Ich sah gewaltige, mit Mosaiken ausgelegte Teiche sowie Räume
mit sonderbaren, unerklärlichen Geräten in unendlich vielen verschiedenen Formen. Dann waren da auch kolossale Gewölbe mit
komplizierten Maschinen, deren Bau und Verwendungszweck mir
völlig unbegreiflich waren und deren Geräusche erst in viel späteren Träumen hörbar wurden. Ich möchte hier bemerken, daß Sehen und Hören die einzigen Sinne sind, über die ich je in dieser
visionären Welt verfügt habe.

Das wirkliche Grauen kam im Mai 1915, als ich zum ersten Mal
die lebenden Wesen sah. Das geschah noch, bevor meine Nachforschungen mich gelehrt hatten, was mich aufgrund der Mythen und
der Fallgeschichten erwartete. Als die psychischen Hemmungen
sich allmählich verloren, sah ich große Schwaden feinen Nebels in
den verschiedenen Teilen des Gebäudes und in den Straßen unter
mir.

Diese Nebelschwaden wurden zusehends konkreter und deutlicher, bis ich schließlich mit beunruhigender Leichtigkeit ihre ungeheuerlichen Umrisse wahrnehmen konnte. Sie sahen aus wie riesige, glitzernde Kegel, etwa zehn Fuß hoch und an der Basis zehn
Fuß im Durchmesser, aus einer zerfurchten, schuppigen, halbela-
stischen Masse. Aus ihren Spitzen wuchsen vier flexible, zylindrische Glieder, jedes etwa einen Fuß stark, aus einer zerfurchten
Substanz ähnlich der, aus welcher die Kegel selbst bestanden.

Diese Glieder wurden manchmal fast ganz eingezogen, und
manchmal dehnten sie sich bis zu einer Länge von ungefähr zehn
Fuß. Zwei davon liefen in riesige Klauen oder Scheren aus. Am
Ende des dritten befanden sich vier rote, trompetenartige Anhängsel. Das vierte trug an seinem Ende eine unregelmäßig geformte,
gelbliche Kugel von etwa zwei Fuß Durchmesser, auf der sich,
ringförmig entlang der zentralen Umfangslinie angeordnet, drei
große, dunkle Augen befanden.

Auf diesem Kopf wuchsen vier schlanke, graue Stengel mit blumenartigen Anhängseln, während von der Unterseite des Kopfes
acht grünliche Fühler oder Tentakel herabhingen. Die ausge-
dehnte Unterseite des zentralen Kegels wurde von einer gummiar-

tigen, grauen Substanz eingesäumt, die das ganze Wesen bewegte, indem sie sich abwechselnd zusammenzog und ausdehnte.

Die Tätigkeit dieser Wesen schien harmlos, erschreckte mich aber trotzdem mehr als ihr Aussehen – denn es ist befremdlich, monströse Objekte bei Handlungen zu beobachten, die man bisher nur bei Menschen gekannt hat. Diese Objekte bewegten sich verständig in den großen Räumen, holten Bücher aus Regalen, trugen sie zu den großen Tischen und stellten sie später wieder zurück, und manchmal schrieben sie eifrig mit einem sonderbaren Stab, den sie in den grünlichen Kopftentakeln hielten. Die riesigen Scheren wurden beim Transport der Bücher und im Gespräch benutzt – wobei die Sprache in einer Art Klicken bestand.

Die Wesen trugen keine Kleider, aber Ranzen oder Tornister, die von der Spitze des konischen Rumpfes herabhingen. Gewöhnlich trugen sie den Kopf und das dazugehörige Glied in Höhe der Kegelspitze, oft aber auch höher oder niedriger.

Die drei anderen großen Glieder hingen meist auf ungefähr fünf Fuß Länge zusammengeschrumpft an den Seiten des Kegels herab, wenn sie nicht benutzt wurden. Aus der Geschwindigkeit, mit der sie schrieben, lasen und ihre Maschinen bedienten – die Apparate auf den Tischen hatten offenbar etwas mit dem Denken zu tun –, schloß ich, daß ihre Intelligenz unermeßlich höher war als die des Menschen.

Später sah ich sie dann überall; sie liefen scharenweise in den großen Zimmern und Korridoren umher, bedienten fürchterliche Maschinen in tiefen Gewölben und rasten in gigantischen, bootsförmigen Wagen die unglaublich breiten Straßen entlang. Ich verlor meine Angst vor ihnen, denn sie erschienen mir als ein völlig natürlicher Bestandteil ihrer Umgebung.

Allmählich konnte ich einzelne Individuen auseinanderhalten, und manche schienen einer Beschränkung zu unterliegen. Obwohl diese Exemplare sich von der Gestalt her nicht von den anderen unterschieden, hoben sie sich durch ihr Verhalten und ihre Gebärden deutlich von der Mehrheit, aber auch voneinander ab. Sie schrieben sehr viel, und zwar – soweit ich dies mit meinem trüben Blick erkennen konnte – in unzähligen verschiedenen Schriftarten, aber nie in den typischen, krummlinigen Hieroglyphen der Mehrheit. Ein paar von ihnen, so bildete ich mir ein, verwendeten unser vertrautes Alphabet. Die meisten arbeiteten wesentlich langsamer als die überwiegende Mehrzahl der Wesen.

In all den Träumen dieser Periode schien meine eigene Rolle die eines entkörperlichten Bewußtseins mit einem abnorm weiten Gesichtskreis zu sein, das frei umherschwebte, sich aber doch an die normalen Wege und Geschwindigkeiten halten mußte. Erst im August 1915 begannen mich Anzeichen für eine körperliche Existenz zu quälen. Ich sage quälen, weil die erste Phase eine rein abstrakte, jedoch unendlich furchterregende Verflechtung des schon früher aufgetretenen Abscheus vor meinem eigenen Körper mit den Szenen aus meinen Traumgesichten darstellte.

Eine Zeitlang war ich in meinen Träumen ängstlich darauf bedacht, nicht an mir selbst hinabzuschauen, und ich erinnere mich, wie dankbar ich für das völlige Fehlen großer Spiegel in den sonderbaren Räumen war. Ich war äußerst beunruhigt über die Tatsache, daß die großen Tische, die nicht niedriger als zehn Fuß sein konnten, mit ihrer Oberfläche ungefähr meine Augenhöhe erreichten.

Und dann wurde die morbide Versuchung, an mir selbst hinabzuschauen, größer und größer, bis ich ihr eines Nachts nicht mehr widerstehen konnte. Zunächst sah ich, als ich nach unten blickte, überhaupt nichts. Einen Augenblick später wurde mir klar, daß dies daher kam, daß mein Kopf sich am Ende eines enorm langen Halses befand. Als ich diesen Hals einzog und sehr steil nach unten blickte, sah ich die schuppige, runzlige, glitzernde Masse eines riesigen Kegels von zehn Fuß Höhe und zehn Fuß Basisdurchmesser. Das war in jener Nacht, als ich mit einem solchen Schrei aus den Tiefen des Schlafes emporfuhr, daß halb Arkham davon aufwachte. Erst nachdem sich das entsetzliche Schauspiel wochenlang wiederholt hatte, fand ich mich mit dem Anblick meiner selbst in dieser fürchterlichen Gestalt halbwegs ab. Im Traum bewegte ich mich jetzt körperlich inmitten der unbekannten Wesen, las in furchtbaren Büchern aus endlosen Regalen und schrieb stundenlang an den großen Tischen mit einem Griffel, den ich mit den von meinem Kopf herabhängenden grünen Tentakeln führte.

Bruchstücke von dem, was ich las und schrieb, fielen mir tagsüber wieder ein. Da gab es schreckliche Annalen anderer Welten und anderer Universen, Berichte von den Regungen formlosen Lebens außerhalb aller Universen. Es gab Aufzeichnungen über seltsame Gattungen von Lebewesen, welche unsere Welt in vergessenen Urzeiten bevölkert hatten, und furchtbare Chroniken über intelligente Wesen mit grotesken Körpern, die Millionen Jahre nach dem Tod des letzten menschlichen Wesens die Erde bevölkern würden.

Ich erfuhr von Epochen der Menschheitsgeschichte, deren Existenz kein lebender Gelehrter auch nur erahnen könnte. Die meisten dieser Schriften waren in der Sprache der Hieroglyphen abgefaßt, die ich auf kuriose Weise mit Hilfe dröhnender Maschinen erlernte und die offenbar eine agglutinierende Sprache war, mit Wortstämmen wie sie in keiner menschlichen Sprache zu finden sind.

Andere Bände waren in anderen unbekannten Sprachen geschrieben, die ich auf dieselbe merkwürdige Art erlernte. Nur sehr wenige waren in Sprachen, die ich kannte. Äußerst aufschlußreiche Bilder, sowohl als Illustrationen in den Büchern als auch in gesonderten Bildbänden, halfen mir sehr viel. Und während der ganzen Zeit schien ich eine Geschichte meines eigenen Zeitalters in englischer Sprache niederzuschreiben. Wenn ich aufwachte, konnte ich mich nur an winzige, bedeutungslose Fragmente der Sprachen erinnern, die mein Traum-Ich beherrscht hatte, obwohl ich andererseits ganze Sätze aus meinem Geschichtswerk behielt.

Ich erfuhr – noch bevor mein waches Selbst die Parallelfälle oder die alten Mythen studiert hatte, denen die Träume ohne Zweifel entsprangen –, daß die Wesen um mich herum zu der größten Rasse der Welt gehörten, welche die Zeit überwunden und forschende Geister in jedes Zeitalter entsandt hatte. Auch wußte ich, daß ich aus meinem Zeitalter herausgerissen worden war, während ein anderer meinen Körper in jenem Zeitalter benutzte, und daß manche der anderen seltsamen Gestalten ebenfalls solch einen gefangenen Geist beherbergten. Ich schien – in einer seltsamen, durch das Klicken meiner Klauen gebildeten Sprache – mit verbannten Intellekten aus allen Ecken des Sonnensystems zu sprechen.

Da gab es einen Geist von dem bei uns als Venus bekannten Planeten, der in unberechenbar fernen Epochen leben würde, und einen von einem äußeren Mond des Jupiter, der vor sechs Millionen Jahren gelebt hatte. Von den irdischen Geistern waren einige aus der geflügelten, sternköpfigen, halb pflanzlichen Rasse der paläogenen Antarktis vertreten; einer von einem Reptilienmenschen aus dem sagenhaften Valusia; drei von den bepelzten, vormenschlichen, hyperboreischen Anbetern des Tsathoggua; einer von den

351

absolut widerwärtigen Tcho-Tchos; zwei von den arachnidischen Wesen der letzten Erdepoche; fünf aus der robusten Coleopterus-Rasse, die unmittelbar dem menschlichen Zeitalter folgen und auf die die Große Rasse eines Tages angesichts furchtbarer Gefahr *en masse* ihre größten Geister übertragen würde; und mehrere aus verschiedenen Stadien der Menschheitsgeschichte.

Ich sprach mit dem Geist von Yiang-Li, einem Philosophen aus der Zeit der grausamen Herrschaft des Tsan-Chan, die im Jahre 5000 n. Chr. beginnen wird; mit dem eines Generals der großköpfigen braunen Menschen, die 50000 v. Chr. Südafrika beherrschten; mit dem eines Florentiner Mönchs namens Bartolomeo Corsi aus dem zwölften Jahrhundert; mit dem eines Königs von Lomar, der dieses schreckliche Polarland einhunderttausend Jahre vor der Zeit regierte, in der die untersetzten, gelben Inutos von Westen kamen und es eroberten.

Ich sprach mit dem Geist von Nug-Soth, einem Zauberer der finsteren Eroberer 16000 n. Chr.; mit dem eines Römers namens Titus Cempronius Blaesus, der zu Sullas Zeiten Quaestor gewesen war; mit dem von Khephnes, einem Ägypter der 14. Dynastie, der mich über das furchtbare Geheimnis des Nyarlathotep aufklärte; mit dem eines Priesters aus dem mittleren Königreich von Atlantis; mit dem eines Adligen aus Suffolk, James Woodville mit Namen, aus der Zeit Cromwells; mit dem eines Hofastronomen aus Peru aus der Zeit vor der Herrschaft der Inka; mit dem des australischen Physikers Nevel Kingston-Brown, der im Jahre 2518 n. Chr. sterben wird; mit dem eines Erzzauberers aus dem versunkenen Yhe im Pazifik; mit dem von Theodotides, einem graecobaktrischen Beamten 200 v. Chr.; mit dem eines alten Franzosen aus der Zeit Ludwigs des Dreizehnten namens Pierre-Louis Montagny; mit dem von Crom-Ya, einem cimmerischen Häuptling aus der Zeit 15000 v. Chr.; und mit so vielen anderen, daß mein Gehirn die erschreckenden Geheimnisse und schwindelerregenden Wunder nicht zu fassen vermochte, die sie mir anvertrauten.

Ich erwachte jeden Morgen wie im Fieber und versuchte manchmal verzweifelt, Beweise für oder gegen diejenigen Informationen zu finden, die in den Bereich des modernen menschlichen Wissens fielen. Überlieferte Tatsachen sah ich in einem neuen, zweifelhaften Licht, und ich staunte über die Phantasie des Traums, die so überraschende Nachträge zu Geschichte und Wissenschaft erfinden konnte.

Ich schauderte vor den Geheimnissen, welche die Vergangenheit bergen mochte, und zitterte vor den Bedrohungen, welche die Zukunft bringen konnte. Was die nachmenschlichen Wesen über das Schicksal der Menschheit andeuteten, übte eine solche Wirkung auf mich aus, daß ich es hier nicht wiedergeben möchte.

Nach dem Menschen würde die mächtige Käferzivilisation die Erde bevölkern, und in die Körper dieser Wesen würde die Elite der Großen Rasse sich versetzen, wenn die alte Welt dem schrecklichen Untergang anheimfiel. Später, wenn die Zeitspanne der Erde abgelaufen war, würden die übertragenen Geister wiederum durch Zeit und Raum wandern – zu ihrem neuen Zufluchtsort in den knolligen Pflanzenwesen des Merkur. Aber es würde auf der Erde auch nach ihnen noch Rassen geben, die sich pathetisch an den erkalteten Planeten klammern und sich in seinen von Greueln erfüllten Kern wühlen würden, bevor das unwiderrufliche Ende nahte.

Währenddessen schrieb ich in meinen Träumen unablässig an der Geschichte meines eigenen Zeitalters, die ich – teils freiwillig und teils aufgrund von Versprechen größerer Freiheit und weiter Reisen – für die zentralen Archive der Großen Rasse verfaßte. Die Archive befanden sich in einem kolossalen unterirdischen Bau in der Nähe des Stadtzentrums, den ich gut kannte, weil ich dort oft arbeitete und nachschlug. Erbaut, um so lange bestehen zu bleiben wie die Rasse und auch den gewaltigsten Erdbeben zu widerstehen, übertraf dieses titanische Gewölbe alle anderen Bauwerke in der massiven, felsengleichen Stärke seiner Mauern.

Die Texte, auf große Bogen eines sonderbar zähen, zellulosen Gewebes geschrieben oder gedruckt, waren in Bücher gebunden, die man von oben aufschlug. Diese wurden in einzelnen Behältern aus einem seltsamen, extrem leichten, rostfreien Metall von grauer Farbe aufbewahrt, die mit mathematischen Zeichen verziert und auf denen die Titel in den krummlinigen Hieroglyphen der Großen Rasse vermerkt waren.

Diese Behälter wurden in Reihen rechteckiger Kammern – geschlossenen Regalen ähnlich – aufbewahrt, die aus demselben rostfreien Metall geschmiedet und durch einen sinnreichen Mechanismus verschlossen waren. Meinem Geschichtswerk wurde ein Platz in der für Vertebraten vorgesehenen, untersten Reihe der Kammern zugewiesen – jener Abteilung, die den Kulturen der Menschheit und der behaarten und reptilischen Rassen, die unmittelbar vor dem Menschen die Erde beherrscht hatten, vorbehalten war.

Aber keiner der Träume vermittelte mir ein vollständiges Bild vom täglichen Leben der Großen Rasse. Es waren alles nebelhafte, zusammenhanglose Fragmente, und diese Fragmente wurden mir offensichtlich nicht in der richtigen Reihenfolge enthüllt. So habe ich zum Beispiel nur eine sehr vage Vorstellung von meinen eigenen Lebensumständen in der Traumwelt; es schien aber, daß ich ein großes Zimmer mit steinernen Wänden für mich allein hatte. Die Beschränkungen, denen ich als Gefangener unterlag, wurden nach und nach aufgehoben; meine Visionen erstreckten sich deshalb allmählich auch auf schnelle Fahrten über die ungeheueren Dschungelstraßen, Aufenthalte in seltsamen Städten und Forschungsreisen zu den gewaltigen, dunklen, fensterlosen Ruinen, von denen die Große Rasse sich so sonderbar ängstlich fernhielt. Ich erlebte auch lange Seereisen auf riesenhaften, unglaublich schnellen Schiffen mit zahlreichen Decks sowie Flüge über wilde Gegenden in geschlossenen, projektilartigen Luftschiffen, die mit elektrischer Kraft emporgehoben und angetrieben wurden. Jenseits des weiten, warmen Ozeans lagen andere Städte der Großen Rasse, und auf einem fernen Kontinent sah ich die primitiven Dörfer der schwarzschnäuzigen, geflügelten Kreaturen, die sich zu einer dominanten Spezies entwickeln würden, sobald die Große Rasse ihre hervorragenden Geister in die Zukunft versetzt hatte, um den unterirdischen Ungeheuern zu entkommen. Flaches Land und üppige Vegetation waren überall die beherrschenden Merkmale. Nur selten sah ich ein paar niedrige Berge, die meistens Anzeichen vulkanischer Tätigkeit aufwiesen.

Die Beschreibung der Tiere, die ich sah, würde Bände füllen. Sie waren alle wild, denn die technisierte Kultur der Großen Rasse hatte schon vor langer Zeit die Haustiere abgeschafft, und die Nahrung bestand ausschließlich aus pflanzlichen oder synthetischen Stoffen. Plumpe, massige Reptilien krochen in dampfenden Morasten herum, flatterten schwer durch die Luft oder spien in den Meeren und Seen Fontänen aus; unter all diesen Tieren glaubte ich niedere, archaische Prototypen vieler Arten zu erkennen, die mir aus der Paläontologie vertraut waren – Dinosaurier, Pterodaktylen, Ichthyosaurier, Labyrinthodonten, Plesiosaurier und ähnliche. Vögel oder Säugetiere konnte ich keine entdecken. Auf dem Boden und in den Sümpfen wimmelte es überall von

Schlangen, Eidechsen und Krokodilen, während in der üppigen Vegetation unablässig Insekten summten. Und weit draußen auf dem Meer spien unsichtbare, unbekannte Monstren turmhohe Dampfsäulen in den dunstigen Himmel. Einmal brachte mich ein gigantisches Unterseeboot mit Suchscheinwerfern in die Tiefen des Ozeans, und ich erspähte Ungeheuer von furchteinflößenden Ausmaßen. Auch sah ich Ruinen von unvorstellbaren versunkenen Städten und die allgegenwärtige Fülle krinoider, brachiopodischer, korallen- und fischartiger Lebewesen.

Über die Physiologie, die Psychologie, die Bräuche und die ausführliche Geschichte der Großen Rasse erfuhr ich nur wenig aus meinen Träumen, und auf die wenigen Einzelheiten, die ich hier wiedergebe, stieß ich nicht in den Träumen, sondern bei meinem Studium der alten Legenden und der Krankheitsgeschichten.

Denn mit der Zeit holte ich natürlich mit meiner Lektüre und meinen Nachforschungen die Träume ein oder gelangte sogar über sie hinaus, so daß manche Traumfragmente schon erklärt waren, bevor sie auftraten, und im nachhinein bestätigten, was ich gelesen hatte. Das bestärkte mich in der tröstlichen Annahme, daß die Lektüre und die Nachforschungen, die mein zweites Selbst genau wie ich betrieben hatte, das ganze schreckliche Gewebe von Schein-Erinnerungen hervorgebracht hatten.

Das Zeitalter meiner Träume lag offenbar etwas weniger als 150 Millionen Jahre zurück, am Übergang des Paläozoikums in das Mesozoikum. Die Körper der Großen Rasse stellten keine überlebende oder wenigstens der Wissenschaft bekannte Linie der irdischen Evolution dar, sondern waren organische Gebilde einer eigenen, völlig homogenen und hochspezialisierten Art, die ebenso viele Merkmale pflanzlichen wie tierischen Lebens aufwies.

Die Zelltätigkeit war so geartet, daß fast nie Ermüdung auftrat und Schlaf gänzlich unnötig war. Die Nahrung, die durch die roten, trompetenartigen Anhängsel an einem der großen flexiblen Glieder aufgenommen wurde, war immer halb flüssig und unterschied sich in vielerlei Hinsicht grundlegend von der existierender Lebewesen.

Die Wesen hatten nur zwei der uns bekannten Sinne – Gesichts- und Gehörsinn –, wobei der letztere seinen Sitz in den blumenartigen Anhängseln der grauen Stengel auf ihrem Kopf hatte. Dafür verfügten sie über viele andere, erstaunliche Sinne – derer sich jedoch ein in einem solchen Körper gefangener Geist aus einer anderen Epoche kaum bedienen konnte. Der besonderen Anordnung ihrer Augen verdankten sie einen übernatürlich weiten Gesichtskreis. Ihr Blut war ein dunkler, grünlicher und sehr dickflüssiger Saft.

Sie hatten kein Geschlecht, sondern vermehrten sich durch Samen oder Sporen, die an ihrer Unterseite gebildet wurden und sich nur unter Wasser entwickeln konnten. In großen, seichten Wasserbehältern entstanden ihre Jungen, von denen aber wegen der Langlebigkeit der Wesen – sie wurden normalerweise vier- bis fünftausend Jahre alt – nur sehr wenige aufgezogen wurden.

Offensichtlich mißgebildete Individuen wurden beseitigt, sobald die Mißbildungen bemerkt wurden. Krankheit und herannahender Tod wurden – da die Wesen keinen Tastsinn besaßen und keinen physischen Schmerz empfinden konnten – an rein visuellen Symptomen erkannt.

Die Toten wurden in feierlichen Zeremonien verbrannt. Wie schon erwähnt, entging hin und wieder ein überragender Geist dem Tod, indem er sich in eine zukünftige Epoche versetzte; aber solche Fälle waren nicht zahlreich. Wenn es doch geschah, so wurde der verbannte Geist aus der Zukunft bis zum Untergang des fremden Körpers, der ihn beherbergte, mit größter Freundlichkeit behandelt.

Die Große Rasse schien einen einzigen, lose zusammenhaltenden Staat oder Bund zu bilden, in dem die wichtigsten Institutionen zentralisiert waren, obwohl er aus vier selbständigen Teilen bestand. Das politische und wirtschaftliche System jeder Einheit war eine Art faschistischer Sozialismus; die wichtigen Güter wurden vernünftig verteilt und alle politische Macht einem Regierungsausschuß übertragen, der von allen Bürgern, die bestimmte wissensmäßige und psychologische Prüfungen bestanden hatten, gewählt wurde. Der Familie wurde keine allzu große Bedeutung beigemessen, obwohl persönliche Bindungen zwischen Individuen gemeinsamer Abstammung anerkannt und die Jungen von ihren Erzeugern aufgezogen wurden.

Ähnlichkeiten mit menschlichen Verhaltensweisen und Institutionen waren natürlich besonders dort stark ausgeprägt, wo es sich entweder um sehr abstrakte Elemente handelte oder wo grundlegende, nicht modifizierte Triebe vorherrschten, die allem organischen Leben gemeinsam sind. Einige zusätzliche Gemeinsamkeiten ergaben sich daraus, daß die Große Rasse bestimmte

Dinge, die sie durch ihre Vorstöße in die Zukunft kennengelernt hatte, für gut befand und bewußt imitierte.

Die weitgehend automatisierte Industrie beanspruchte nur einen kleinen Teil der Zeit eines jeden Bürgers; die reichliche Freizeit wurde mit intellektuellen und ästhetischen Beschäftigungen unterschiedlicher Art ausgefüllt.

Die Wissenschaften waren auf einem unglaublich hohen Entwicklungsstand, und die Kunst war ein wesentlicher Bestandteil des Lebens, obwohl sie zu der Zeit meiner Träume ihren Höhepunkt überschritten hatte. Die Technologie wurde enorm angeregt durch den unablässigen Kampf um das Überleben und die physische Erhaltung der großen Städte, den die ungeheuren geologischen Umwälzungen jener Urzeit der Großen Rasse auferlegten. Verbrechen waren erstaunlich selten und wurden mit höchst wirksamer Polizeiarbeit bekämpft. Strafen reichten von dem Entzug von Privilegien und der Gefangenschaft bis zum Tod oder der gewaltsamen Veränderung der Persönlichkeit; sie wurden nie verhängt, ohne daß vorher die Beweggründe des Verbrechers sorgfältig untersucht wurden.

Kriege – die während der letzten Jahrtausende größtenteils ziviler Natur gewesen waren, manchmal aber gegen die Mitglieder der geflügelten, sternköpfigen Rasse geführt wurden, die in der Antarktis lebten – kamen nicht häufig vor, hatten aber verheerende Folgen. Eine riesige Armee mit Waffen, die wie Kameras aussahen und eine furchtbare elektrische Wirkung hatten, wurde für Zwecke unterhalten, über die kaum gesprochen wurde, die aber irgend etwas mit der unablässigen Furcht vor den dunklen, fensterlosen, alten Ruinen und den großen, versiegelten Falltüren tief unter der Erde zu tun haben mußten.

Diese Furcht vor den Basaltruinen und den Falltüren war höchstens Gegenstand unausgesprochener Andeutung – oder bestenfalls verstohlenen Geflüsters. Es war offenkundig, daß die allgemein zugänglichen Bücher keinerlei Aufschluß darüber gaben. Dies war das eine Thema, das bei der Großen Rasse mit einem vollkommenen Tabu belegt war, und es schien gleichermaßen mit furchtbaren früheren Kämpfen wie auch jener zukünftigen Gefahr zusammenzuhängen, die eines Tages die Rasse zwingen würde, ihre überragenden Geister *en masse* in die Zukunft zu projizieren.

So unvollständig und bruchstückhaft all die anderen Dinge schon waren, die in den Träumen und den Legenden auftauchten – diese

Sache war noch geheimnisvoller. Die verschwommenen alten Mythen erwähnten nichts davon – vielleicht waren alle Andeutungen darauf aus irgendeinem Grunde ausgemerzt worden. Und in meinen Träumen und denen anderer Menschen waren die Hinweise merkwürdig spärlich. Mitglieder der Großen Rasse sprachen nie absichtlich davon, und was ich darüber erfahren konnte, stammte ausschließlich von scharf beobachtenden gefangenen Geistern.

Nach diesen unzulänglichen Berichten war der Gegenstand dieser Furcht eine grauenhafte ältere Rasse von halb polypenartigen, fremden Wesen, die durch das All aus unermeßlich fernen Universen gekommen waren und die Erde und drei andere Planeten unseres Sonnensystems vor ungefähr sechshundert Millionen Jahren beherrscht hatten. Sie waren nur zum Teil aus Materie – was wir unter Materie verstehen –, und ihr Bewußtsein und ihre Mittel der Wahrnehmung unterschieden sich stark von denen irdischer Organismen. So hatten sie zum Beispiel keinen Gesichtssinn; ihre geistige Welt war ein seltsames, nicht-visuelles Muster von Eindrücken.

Sie waren jedoch stofflich genug, um Geräte aus normaler Materie zu benützen, wenn sie sich in kosmischen Gegenden befanden, in denen Materie vorhanden war; und sie benötigten Wohnungen – wenn auch solche von einer besonderen Art. Obwohl ihre Sinne alle materiellen Hindernisse überwinden konnten, war dies ihnen selbst nicht möglich; und mit bestimmten Arten elektrischer Energie konnten sie völlig vernichtet werden.

Sie besaßen die Fähigkeit zu fliegen, obwohl sie keine Flügel oder andere sichtbaren Schwebewerkzeuge hatten. Ihr Geist war so beschaffen, daß die Große Rasse keinen Austausch mit ihnen zuwege brachte. Als diese Wesen auf die Erde gekommen waren, hatten sie mächtige Basaltstädte von fensterlosen Türmen erbaut und fürchterlich unter den Lebewesen gehaust, die sie vorfanden. So sah es aus, als die Geister der Großen Rasse durch das All aus jener finsteren, transgalaktischen Welt geflogen kamen, die in den verwirrenden und umstrittenen Eltdown-Fragmenten als Yith bezeichnet wird.

Für die Neuankömmlinge war es dank der Instrumente, die sie schufen, ein leichtes gewesen, die räuberischen Wesen zu unterwerfen und sie in jene Höhlen im Innern der Erde hinabzutreiben, die sie schon vorher ihren Gebäuden angefügt und bewohnt hatten.

Dann hatte die Große Rasse die Eingänge versiegelt und sie ihrem Schicksal überlassen; später hatte sie dann die meisten ihrer großen Städte besetzt und einzelne bedeutende Bauwerke stehen gelassen, aus Gründen, die mehr mit Aberglauben als mit Gleichgültigkeit, Mut oder wissenschaftlichem und historischem Interesse zu tun hatten.

Aber als die Äonen vergingen, tauchten undeutliche, schlimme Anzeichen dafür auf, daß die älteren Wesen im Innern der Welt stark wurden und sich vermehrten. Es gab sporadische Ausbrüche grauenhafter Art in bestimmten kleinen und entfernten Städten der Großen Rasse sowie in einigen der verlassenen alten Städte, welche die Große Rasse unbewohnt gelassen hatte – Orte, in denen die Zugänge zu den darunterliegenden Abgründen nicht hinreichend versiegelt oder bewacht worden waren.

Danach wurden strengere Vorsichtsmaßregeln ergriffen, und viele der Zugänge wurden für immer zugemauert; an einigen ließ man jedoch die versiegelten Falltüren, um sie für strategische Zwecke nutzen zu können, sollten die älteren Wesen jemals an unerwarteten Orten hervorbrechen.

Die Ausbrüche der älteren Wesen mußten über alle Maßen entsetzlich gewesen sein, denn sie hatten die Psychologie der Großen Rasse für immer beeinflußt. So sehr hatte sich dieses Angstgefühl festgesetzt, daß sogar über das Aussehen der Kreaturen nie gesprochen wurde. Nie ist es mir gelungen, eine klare Auskunft darüber zu bekommen, wie sie aussahen. Es gab vage Andeutungen über eine widernatürliche Plastizität und temporäre Unsichtbarkeit, während anderem bruchstückhaften Geflüster zu entnehmen war, daß sie mächtige Stürme beherrschten und für militärische Zwecke einsetzten. Merkwürdige Pfeifgeräusche und kolossale Fußspuren, die aus fünf kreisförmigen Zehenabdrücken bestanden, wurden anscheinend auch mit diesen Wesen in Verbindung gebracht.

Es war offenkundig, daß die bevorstehende Katastrophe, vor der die Große Rasse so panische Angst hatte – die Katastrophe, die eines Tages Millionen hervorragender Geister über Abgründe der Zeit in die seltsamen Körper einer sicheren Zukunft schicken würde –, etwas mit dem endgültigen, erfolgreichen Ausbruch der älteren Wesen zu tun hatte.

Geistprojektionen in alle zukünftigen Epochen hatten unwiderleglich dieses grauenhafte Ereignis prophezeit, und die Große

Rasse hatte beschlossen, daß niemand, der ihm entgehen könne, sich ihm aussetzen solle. Daß der Ausfall ein Racheakt – und nicht etwa ein Versuch, die äußere Welt zurückzuerobern – sein würde, wußten sie aus der späteren Geschichte des Planeten; denn ihre Projektionen zeigten das Kommen und Gehen späterer Rassen, die nicht von diesen gräßlichen Wesen belästigt wurden.

Vielleicht waren diese Wesen dahin gelangt, daß sie die inneren Abgründe der Erde der veränderlichen, sturmumtobten Oberfläche vorzogen, da das Licht ihnen nichts bedeutete. Vielleicht wurden sie im Laufe der Äonen auch allmählich schwächer. Tatsächlich war bekannt, daß sie im Zeitalter der Käfer-Rasse, in die sich die projizierten Geister flüchten würden, völlig ausgestorben sein würden.

In der Zwischenzeit verharrte die Große Rasse in ihrer vorsichtigen Wachsamkeit und hielt ständig mächtige Waffen in Bereitschaft, trotz der ängstlichen Verbannung des Themas aus den normalen Gesprächen und den zugänglichen Schriften. Und immer lag der Schatten namenloser Furcht über den versiegelten Falltüren und den dunklen, fensterlosen Türmen aus vergangenen Zeiten.

Dies ist die Welt, aus der meine Träume mir jede Nacht schwache, verstreute Echos brachten. Ich kann nicht hoffen, das Grauen und den Schrecken dieser Echos wahrheitsgetreu zu beschreiben, denn diese Gefühle entsprangen größtenteils einer gänzlich unbestimmbaren Erscheinung – der beunruhigenden Ahnung, daß es sich dabei um Erinnerungen handelte.

Wie ich schon sagte, boten meine Studien mir nach und nach in Form rationaler psychologischer Erklärungen Schutz vor diesen Gefühlen; und dieser heilsame Einfluß wurde verstärkt durch den leisen Anflug von Vertrautheit, den die verrinnende Zeit mit sich bringt. Aber trotz allem kehrte diese vage, schleichende Angst immer wieder für kurze Augenblicke zurück. Aber sie überwältigte mich nicht mehr, so wie sie es früher getan hatte; und nach 1922 lebte ich ein sehr normales Leben der Arbeit und der Erholung.

Im Laufe der Jahre gelangte ich zu der Meinung, daß mein Erlebnis – zusammen mit den ähnlichen Fällen und den damit verwandten Volkssagen – zum Nutzen ernsthafter Studenten abschließend zusammengefaßt und veröffentlicht werden sollte; deshalb schrieb ich eine Artikelserie, in der ich das ganze Gebiet umriß und die ich mit groben Skizzen von einigen der Formen, Szenen, dekorativen

Muster und Hieroglyphen illustrierte, an die ich mich aus meinen Träumen erinnerte.

Diese Artikel erschienen in unregelmäßigen Abständen in den Jahren 1928 und 1929 im *Journal der Amerikanischen Psychologischen Gesellschaft,* erregten aber nicht sonderlich viel Aufsehen. Währenddessen fuhr ich fort, meine Träume mit äußerster Sorgfalt aufzuschreiben, obwohl der wachsende Stapel von Aufzeichnungen allmählich einen beunruhigenden Umfang annahm.

Am 10. Juli 1934 wurde mir von der Psychologischen Gesellschaft der Brief zugeleitet, der die kulminierende und schrecklichste Phase dieser wahnwitzigen Zerreißprobe einleitete. Er war in Pilbarra in West-Australien abgestempelt und trug die Unterschrift eines Mannes, der, wie Nachforschungen ergaben, ein Bergbauingenieur von beachtlicher Reputation war. Einige sehr merkwürdige Photos lagen dem Brief bei. Ich will den Text vollständig wiedergeben, und keinem Leser wird das Verständnis dafür mangeln, welch ungeheure Wirkung er und die Photos auf mich hatten.

Ich war eine Zeitlang fast betäubt und konnte nicht glauben, was ich las; denn obwohl ich oft gedacht hatte, daß bestimmte Phasen der Legenden, die meine Träume beeinflußt hatten, einen wahren Kern haben müßten, war ich doch nicht auf irgendwelche greifbaren Überreste aus einer Welt gefaßt, die so unvorstellbar weit in der Vergangenheit lag. Am verheerendsten waren die Photographien – denn hier standen in nackter, unbestreitbarer Realität vor einem sandigen Hintergrund gewisse verwitterte, von Regen und Sturm zerklüftete Steinblöcke, deren leicht konvexe Ober- und leicht konkave Unterseite für sich selbst sprachen.

Und als ich sie mit einem Vergrößerungsglas betrachtete, konnte ich nur zu deutlich zwischen Schrunden und Rissen die Spuren jener ausgedehnten krummlinigen Zeichnungen und gelegentlichen Hieroglyphen entdecken, die für mich eine so grauenhafte Bedeutung erlangt hatten. Aber hier nun der Brief, der für sich selbst spricht:

Prof. N. W. Peaslee,   49 Dampier St.,
c/o Am. Psychological Society, Pilbarra, W. Australia,
30 E. 41st St.   18. Mai 1934
New York City, USA

Sehr geehrter Herr Professor,

ein noch nicht lange zurückliegendes Gespräch mit Dr. E. M. Boyle aus Perth und einige Zeitschriften mit Ihren Artikeln, die er mir soeben geschickt hat, lassen es mir ratsam erscheinen, Ihnen von gewissen Dingen zu berichten, die ich in der Großen Sandwüste östlich unserer hiesigen Goldfelder gesehen habe. Es scheint, daß ich im Hinblick auf die von Ihnen beschriebenen, eigenartigen Legenden über alte Städte mit riesigen Steinbauten und seltsamen Zeichnungen und Hieroglyphen auf etwas sehr Wichtiges gestoßen bin.

Die Schwarzen haben schon immer viel über die »großen Steine mit den Zeichen« geredet und scheinen vor diesen Dingen schreckliche Angst zu haben. Sie bringen sie irgendwie mit ihren Stammeslegenden über Budai in Verbindung, den riesigen alten Mann, der seit Urzeiten mit dem Kopf auf seinem Arm unter der Erde schläft und eines Tages aufwachen wird, um die ganze Welt aufzufressen.

Es gibt einige sehr alte und halb vergessene Geschichten über gewaltige unterirdische Hütten aus großen Steinen, mit unendlich weit hinabführenden Gängen, in denen schreckliche Dinge geschehen sind. Die Schwarzen behaupten, daß einmal ein paar Krieger, die aus einer Schlacht geflohen waren, in eine solche Hütte hinabgestiegen und nie wieder aufgetaucht seien, daß aber furchtbare Winde von dieser Stelle aus zu wehen begannen, kurz nachdem sie hinabgestiegen waren. Allerdings darf man auf das Gerede dieser Eingeborenen gewöhnlich nicht viel geben.

Aber ich habe Ihnen noch mehr zu berichten. Vor zwei Jahren, als ich ungefähr fünfhundert Meilen östlich von hier in der Wüste nach Goldvorkommen suchte, stieß ich auf eine Menge seltsamer, behauener Steine, von ungefähr 3 mal 2 mal 2 Fuß Größe, die fast bis zum endgültigen Zerfall verwittert waren.

Zunächst konnte ich keine der Zeichen finden, von denen die Schwarzen sprachen, aber als ich genauer hinsah, bemerkte ich trotz der Verwitterungsspuren einige tief eingemeißelte Linien. Sie bildeten eigenartige Kurven, genau wie die Schwarzen sie zu beschreiben versucht hatten. Ich glaube, es waren ungefähr dreißig bis vierzig Blöcke, manche fast völlig im Sand begraben, und alle in einem Umkreis von vielleicht einer Viertelmeile im Durchmesser.

Als ich die ersten entdeckt hatte, suchte ich angestrengt nach weiteren und vermaß den Platz sorgfältig mit meinen Instrumenten.

Ich machte auch Aufnahmen von zehn oder zwölf der typischsten Blöcke und lege Ihnen Abzüge davon bei, damit Sie sich selbst ein Bild machen können.

Ich berichtete der Regierung in Perth über meine Entdeckung und schickte ihr die Bilder, aber es wurde nichts unternommen.

Dann traf ich Dr. Boyle, der Ihre Artikel im *Journal der Amerikanischen Psychologischen Gesellschaft* gelesen hatte, und erwähnte ihm gegenüber die Steinblöcke. Er war äußerst interessiert und geriet in helle Aufregung, als ich ihm meine Photos zeigte; er sagte, daß die Steine und die Zeichen genau denen glichen, von denen Sie geträumt und deren Beschreibungen Sie in den Volkssagen gefunden hätten.

Er wollte Ihnen schreiben, kam aber noch nicht dazu. Inzwischen hat er mir die meisten der Zeitschriften mit Ihren Artikeln geschickt, und ich sah sofort, aufgrund Ihrer Zeichnungen und Beschreibungen, daß meine Steine bestimmt von der Art sind, die Sie meinen. Später wird Mr. Boyle Ihnen noch selbst schreiben.

Nun, ich kann mir vorstellen, wie wichtig das alles für Sie sein wird. Ohne Frage haben wir es mit den Überresten einer unbekannten Zivilisation zu tun, die älter ist, als man sich je hat träumen lassen, und die die Grundlage für Ihre Legenden abgibt.

Als Bergbauingenieur weiß ich ein wenig in der Geologie Bescheid, und ich kann Ihnen sagen, diese Blöcke sind so alt, daß ich darüber erschrocken bin. Sie sind größtenteils aus Sandstein und Granit, obwohl einer davon zweifellos aus einer merkwürdigen Art von Zement oder Beton hergestellt ist.

Sie weisen Spuren von Erosion durch Wasser auf, so als sei dieser Teil der Welt einst versunken gewesen und nach langer Zeit wieder aufgetaucht – alles nach der Epoche, in der diese Steine behauen und benutzt wurden. Es ist eine Angelegenheit von Hunderttausenden von Jahren – oder weiß der Himmel welchen noch längeren Zeitspannen. Ich denke nicht gerne darüber nach.

Angesichts der vielen Arbeit, die Sie sich bis jetzt mit der Erforschung der Legenden und aller Begleiterscheinungen gemacht haben, kann ich nicht daran zweifeln, daß Sie den Wunsch haben werden, eine Expedition in die Wüste zu unternehmen und einige archäologische Ausgrabungen zu machen. Sowohl Dr. Boyle als auch ich selbst sind bereit, uns an solchen Arbeiten zu beteiligen, falls Sie – oder Ihnen bekannte Organisationen – die nötigen Mittel bereitstellen können.

Ich könnte ein Dutzend Bergarbeiter für die schwere Ausgrabungsarbeit zusammenbekommen – die Schwarzen würden dazu nicht taugen, denn ich habe herausgefunden, daß sie vor diesem Ort fast irrsinnige Angst haben. Boyle und ich sprechen mit niemand anderem darüber, denn selbstverständlich gebührt Ihnen das Vorrecht, dort Ausgrabungen zu machen und die Anerkennung für eventuelle Funde zu bekommen.

Der Ort ist von Pilbarra aus in ungefähr vier Tagen mit einem Traktor zu erreichen – der zu unserer Ausstattung gehören müßte. Er liegt etwas westlich und südlich von Warburtons Expeditionsroute von 1873, und hundert Meilen südöstlich von Joanna Spring. Wir könnten die Ausrüstung auch in einem Boot den De Grey River hinaufschaffen, anstatt in Pilbarra loszufahren – aber über all das können wir noch später sprechen.

Die Steine befinden sich etwa an einem Punkt von 22°3′14″ südlicher Breite und 125°0′39″ östlicher Länge. Das Klima ist tropisch, und der Aufenthalt in der Wüste ist beschwerlich. Ich würde mich über jede weitere Korrespondenz über dieses Thema freuen und brenne darauf, Sie bei jeder Unternehmung, zu der Sie sich entschließen mögen, zu unterstützen. Nach der Lektüre Ihrer Artikel bin ich von der tiefen Bedeutung der ganzen Sache überzeugt. Dr. Boyle wird Ihnen etwas später schreiben. Wenn eine eilige Benachrichtigung vonnöten ist, kann ein Telegramm nach Perth per Funk durchgegeben werden.

In der Hoffnung auf eine baldige Nachricht bin ich
Ihr sehr ergebener
Robert B. F. Mackenzie

Über die unmittelbaren Auswirkungen dieses Briefes kann viel den Zeitungen entnommen werden. Ich hatte großes Glück bei der Sicherstellung der finanziellen Unterstützung durch die Miskatonic-Universität, und sowohl Mr. Mackenzie als auch Dr. Boyle erwiesen mir unschätzbare Dienste bei den Vorbereitungen auf der australischen Seite. In der Öffentlichkeit machten wir keine allzu genauen Angaben über unser Vorhaben, denn die ganze Angelegenheit hätte sich für eine sensationelle und mysteriöse Aufmachung in den billigeren Blättern geradezu angeboten. Deshalb erschienen nur spärliche Berichte in den Zeitungen; aber die Leser erfuhren immerhin von unserem Vorhaben, angeblich existierende australische Ruinen auszugraben, und von den einzelnen

Phasen unserer Vorbereitungen.

Professor William Dyer von der geologischen Fakultät der Universität – der Leiter der Antarktis-Expedition der Miskatonic-Universität in den Jahren 1930 und 1931 –, Ferdinand C. Ashley von der anthropologischen Fakultät sowie mein Sohn Wingate begleiteten mich.

Mein Briefpartner Mackenzie kam Anfang 1935 nach Arkham und half uns bei den abschließenden Vorbereitungen. Er erwies sich als ein ungemein tüchtiger und umgänglicher Mann um die fünfzig, bewundernswert belesen und aufs beste mit den Bedingungen für eine Expedition in Australien vertraut.

Er hatte Traktoren in Pilbarra bereitstehen, und wir charterten einen Frachtdampfer, der klein genug war, um bis an diese Stelle den Fluß hinauffahren zu können. Wir waren dafür ausgerüstet, äußerst sorgfältige und wissenschaftliche Ausgrabungen zu machen, wobei wir jedes Sandkorn sieben und nichts antasten würden, was sich noch ganz oder teilweise in seinem ursprünglichen Zustand befand.

Am 28. März 1935 liefen wir an Bord der schnaufenden *Lexington* aus und erreichten nach einer geruhsamen Fahrt über den Atlantik und das Mittelmeer, durch den Suezkanal, das Rote Meer und über den Indischen Ozean unser Ziel. Ich brauche nicht zu erzählen, wie sehr der Anblick der flachen, sandigen Küste West-Australiens mich bedrückte und wie ich die unwirtliche Goldgräberstadt mit ihren öden Goldfeldern verabscheute, in der die Traktoren beladen wurden.

Dr. Boyle, der zu uns stieß, war ein älterer, angenehmer und intelligenter Mann – und seine psychologischen Kenntnisse verleiteten ihn zu langen Gesprächen mit meinem Sohn und mir.

Eine seltsame Mischung von Unbehagen und erwartungsvoller Neugier erfüllte die meisten von uns, als unsere aus achtzehn Mitgliedern bestehende Gruppe Meile für Meile über die ausgedörrten Sand- und Steinwüsten dahinratterte. Am Freitag, dem 31. Mai, durchwateten wir einen Seitenarm des De Grey und betraten das Reich äußerster Einsamkeit. Ein deutliches Gefühl der Furcht bemächtigte sich meiner, während wir immer weiter zu dem tatsächlichen Schauplatz der Legenden aus der alten Welt vordrangen – einer Furcht, die natürlich noch verstärkt wurde durch die Tatsache, daß meine verwirrenden Träume und Schein-Erinnerungen mich mit unverminderter Heftigkeit verfolgten.

Am Montag, dem 3. Juni, sahen wir die ersten, halb unter dem Sand begrabenen Blöcke. Ich kann die Gefühle nicht beschreiben, mit denen ich zum ersten Mal in der objektiven Wirklichkeit ein Stück zyklopischen Mauerwerks berührte, das in jeder Hinsicht den Steinblöcken in den Wänden meiner Traumgebäude glich. Der Block war offenbar mit einem Meißel bearbeitet worden, und meine Hände zitterten, als ich einen Teil des krummlinigen, dekorativen Musters erkannte, das mir in Jahren quälender Alpträume und erstaunlicher Entdeckungen so verhaßt geworden war.

Ausgrabungsarbeiten von einem Monat förderten insgesamt etwa 1250 Blöcke in unterschiedlichen Stadien der Zerstörung und des Zerfalls zutage. Die meisten davon waren behauene Megalithen mit gewölbten Ober- und Unterseiten. Einige wenige waren kleiner, flacher, mit ebenen Flächen und viereckig oder achteckig geschnitten – wie die Steine auf den Fußböden und Pflastern in meinen Träumen –, während wieder andere einzigartig massiv und gewölbt oder abgeschrägt waren, so daß man den Eindruck hatte, sie seien in Tonnen- oder Kreuzgewölben verwendet worden oder als Teile von Bögen oder runden Fenstereinfassungen.

Je tiefer – und je weiter nord- und ostwärts – wir gruben, um so mehr Blöcke fanden wir, obwohl es uns nicht gelang, irgendein Anzeichen für eine bestimmte Ordnung zu entdecken. Professor Dyer war bestürzt über das unermeßliche Alter der Fragmente, und Freeborn fand Spuren von Symbolen, die auf geheimnisvolle Weise mit gewissen uralten papuanischen und polynesischen Legenden übereinstimmen. Der Zustand und die Lage der Blöcke erzählten stumm von schwindelerregenden Zeitspannen und geologischen Umwälzungen von kosmischen Ausmaßen.

Wir hatten ein Flugzeug dabei, und mein Wohn Wingate suchte oft aus verschiedenen Höhen die Sand- und Steinwüste nach Anzeichen für schwer erkennbare, großflächige Umrisse ab – nach Bodenerhebungen oder Verbindungslinien zwischen verstreuten Blöcken. Er hatte jedoch keinen Erfolg; denn sooft er glaubte, eine bedeutsame Anordnung entdeckt zu haben, bekam er am nächsten Tag einen anderen, ebenso unwirklichen Eindruck – eine Folge der ständigen Sandverwehungen.

Ein oder zwei dieser vergänglichen Spuren übten eine seltsame, beunruhigende Wirkung auf mich aus. Sie schienen auf eine ganz bestimmte Art mit irgend etwas übereinzustimmen, das ich geträumt oder gelesen hatte, woran ich mich aber nicht mehr erinnern konnte. Sie waren von einer schrecklichen Vertrautheit – die mich verstohlen und ängstlich über das furchteinflößende unfruchtbare Gelände blicken ließ.

Ungefähr von der ersten Juliwoche an erregte der nordöstliche Teil des Gebietes, in dem wir uns befanden, seltsam gemischte, unerklärliche Gefühle in mir. Ich empfand Angst und Neugier – aber ich unterlag auch der hartnäckigen und verwirrenden Illusion, daß diese Gegend mich an etwas erinnerte. Ich nahm Zuflucht zu allen möglichen psychologischen Hilfsmitteln, um diese Vorstellungen aus meinem Kopf zu verdrängen, aber ohne Erfolg. Auch litt ich zunehmend unter Schlaflosigkeit, was mir jedoch eher angenehm war, weil dadurch meine Träume verkürzt wurden. Lange, einsame Spaziergänge in der Wüste spät in der Nacht wurden mir zur Gewohnheit – ich ging meistens nach Norden oder Nordosten, wohin mich meine neuen Impulse mit vereinter Kraft zu ziehen schienen.

Manchmal stolperte ich bei diesen Wanderungen über fast zugewehte Fragmente alter Bauwerke. Obwohl hier weniger sichtbare Blöcke waren als an der Stelle, wo wir mit unseren Ausgrabungen begonnen hatten, war ich mir sicher, daß es unter der Oberfläche große Mengen von ihnen gab. Der Boden war nicht so eben wie in der Umgebung unseres Lagers, und der fast unablässig wehende Wind türmte den Sand hin und wieder zu phantastischen, vergänglichen Hügeln auf – wobei manche tieferliegenden Steine freigelegt und andere wieder zugeschüttet wurden.

Mir lag merkwürdig viel daran, die Ausgrabungen auch auf dieses Gelände auszudehnen, aber gleichzeitig fürchtete ich mich vor dem, was dabei zutage kommen würde. Offenbar verfiel ich in einen sehr unangenehmen Zustand – um so mehr, als ich ihn mir nicht erklären konnte.

Wie sehr meine Nerven in Mitleidenschaft gezogen wurden, mag man aus meiner Reaktion auf eine seltsame Entdeckung ersehen, die ich auf einer meiner nächtlichen Exkursionen machte. Es war in der Nacht des 11. Juli, als der Mond die geheimnisträchtigen Sandhügel in ein gespenstisch bleiches Licht tauchte.

Ich hatte mich etwas weiter als sonst von unserem Lager entfernt und stieß plötzlich auf einen großen Stein, der sich deutlich von allen anderen unterschied, die wir bis jetzt gefunden hatten. Er war fast ganz bedeckt, aber ich bückte mich, scharrte mit meinen Händen den Sand weg und untersuchte das Objekt genau im zusätzlichen Licht meiner Taschenlampe.

Anders als die anderen überdurchschnittlich großen Blöcke war dieser vollkommen rechteckig behauen und hatte keine konvexen oder konkaven Flächen. Er schien auch aus einem dunklen, basaltartigen Material zu sein, ganz und gar unähnlich dem Granit, Sandstein und gelegentlichen Beton der jetzt schon vertrauten anderen Bruchstücke.

Plötzlich stand ich auf, wandte mich um und rannte so schnell ich konnte zum Lager zurück. Es war eine völlig unbewußte und irrationale Flucht, und erst als ich kurz vor meinem Zelt war, wurde mir wirklich klar, warum ich davongelaufen war. Der sonderbare dunkle Stein war etwas, wovon ich geträumt und gelesen hatte und das mit den schlimmsten Greueln der uralten Legenden zusammenhing.

Es war einer der Steine aus jenen älteren Basaltgebäuden, vor denen sich die legendäre Große Rasse so fürchtete – die riesigen, fensterlosen Ruinen, zurückgelassen von jenen heckenden, halbstofflichen, fremdartigen Wesen, die in den innersten Schlünden der Erde dahindämmerten und gegen deren windartige, unsichtbare Macht die Falltüren versiegelt und die schlaflosen Wächter aufgestellt wurden.

Ich blieb die ganze Nacht wach, aber im Morgengrauen kam mir zum Bewußtsein, wie töricht ich gewesen war, mich von diesem Schatten eines Mythos aus der Fassung bringen zu lassen. Anstatt mich zu fürchten, hätte ich die Begeisterung des Entdeckers haben müssen.

Am folgenden Vormittag berichtete ich den anderen von meinem Fund, und Dyer, Freeborn, Boyle, mein Sohn und ich machten uns auf den Weg, um den anomalen Block in Augenschein zu nehmen. Jedoch vergebens. Ich hatte keine genaue Vorstellung von der Lage des Steins, und der Wind hatte die Sandhügel völlig verändert.

Ich komme jetzt zu dem entscheidenden und schwierigsten Teil meiner Erzählung – er ist um so schwieriger, als ich mir nicht ganz sicher bin, ob er der Realität entspricht. Manchmal fühle ich die beunruhigende Gewißheit, daß ich nicht geträumt habe und keiner Wahnvorstellung zum Opfer gefallen bin; und es ist dieses Gefühl, das mich – angesichts der ungeheuerlichen Folgerungen, die aus der objektiven Wahrheit meines Erlebnisses zu ziehen wären – dazu drängt, diese Niederschrift zu vollenden.

Mein Sohn – ein ausgebildeter Psychologe, der meinen Fall besser kennt als alle anderen und Verständnis dafür hat – soll als erster sein Urteil über das abgeben, was ich zu erzählen habe.

Lassen Sie mich zunächst die äußeren Umstände schildern, so wie sie den Leuten im Lager bekannt sind: In der Nacht vom 17. auf den 18. Juli – der Tag war windig gewesen – legte ich mich früh zur Ruhe, konnte aber nicht schlafen. Als ich kurz vor elf aufstand und wie gewöhnlich von jenem seltsamen Gefühl im Zusammenhang mit dem nordöstlichen Gebiet befallen wurde, brach ich zu einem meiner typischen nächtlichen Spaziergänge auf; beim Verlassen des Lagers sah und grüßte ich nur einen einzigen Mann – einen australischen Bergarbeiter namens Tupper.

Der Mond, der gerade abzunehmen begann, schien von einem klaren Himmel herab und tauchte die uralten Sandfelder in einen weißen, leprösen Glanz, der mir irgendwie unendlich bösartig schien. Kein Lüftchen regte sich mehr, und für fast fünf Stunden kam auch kein Wind mehr auf, wie Tupper und andere hinreichend bezeugt haben, die mich über die bleichen, geheimnisträchtigen Hügel rasch in nordöstlicher Richtung davongehen sahen.

Gegen 3 Uhr 30 erhob sich ein furchtbarer Sturm, der alle aufweckte und drei unserer Zelte umriß. Der Himmel war wolkenlos, und die Wüste glänzte noch immer unter diesem leprösen Mondlicht. Als man sich um die zusammengebrochenen Zelte kümmerte, wurde meine Abwesenheit bemerkt, aber angesichts meiner früheren Spaziergänge versetzte dieser Umstand niemanden in Besorgnis. Und doch fühlten nicht weniger als drei Männer – alles Australier – etwas Bedrohliches in der Luft.

Mackenzie erzählte Professor Freeborn, daß diese Angst auf den Sagen der Schwarzen beruhe – die Eingeborenen hätten ein kurioses Netz bösartiger Mythen um diese starken Winde gesponnen, die in langen Abständen immer wieder einmal bei klarem Himmel über die Sandwüste wehen. Diese Winde, so erzähle man sich, kämen aus den großen Steinhütten unter der Erde, in denen schreckliche Dinge passiert seien, und wehten nur in den Gegenden, wo die großen Steine mit den Zeichen verstreut seien. Kurz vor vier legte sich der Sturm so unvermittelt, wie er losgebrochen war, und ließ die Dünen in veränderten, ungewohnten Formen zurück.

Es war gerade fünf Uhr vorbei, und der aufgeblähte, schwammige Mond versank im Westen, als ich in das Lager gestolpert kam – ohne Hut, zerlumpt, mit zerkratztem, blutverschmiertem Gesicht und ohne meine Taschenlampe. Die meisten waren wieder zu

Bett gegangen, aber Professor Dyer rauchte vor seinem Zelt eine Pfeife. Als er sah, in welchem erschöpften und halb wahnsinnigen Zustand ich mich befand, rief er Dr. Boyle, und die beiden brachten mich zu meinem Feldbett und versorgten mich. Mein Sohn, der von den Geräuschen aufgewacht war, kam auch dazu, und alle redeten mir gut zu, ich solle ruhig liegenbleiben und zu schlafen versuchen.

Aber von Schlafen konnte jetzt keine Rede sein. Mein psychischer Zustand war ganz ordentlich – anders als alles, was ich bis dahin erlitten hatte. Nach einer Weile bestand ich darauf, zu sprechen – nervös und unter umständlichen Erklärungen für meinen Zustand.

Ich erzählte ihnen, ich sei müde geworden und hätte mich für ein Nickerchen in den Sand gelegt. Ich hätte, so sagte ich, schlimmere Träume als sonst gehabt – und als ich von dem plötzlichen Sturm wach geworden sei, hätten meine überreizten Nerven versagt. Ich sei in panischer Angst geflohen und oft über halb begrabene Steine gefallen, was der Grund für mein zerlumptes und beschmutztes Aussehen sei. Ich müsse lange geschlafen haben – daher meine mehrstündige Abwesenheit.

Ich deutete in keiner Weise an, daß ich etwas Seltsames gesehen oder erlebt hätte – in dieser Hinsicht übte ich strikte Selbstbeherrschung. Aber ich sprach davon, daß ich meine Meinung über die ganze Expeditionsarbeit geändert habe und beschwor die anderen, auf keinen Fall in nordöstlicher Richtung weiterzugraben.

Meine Argumente waren ausgesprochen schwach – denn ich behauptete, es seien zu wenig Steine vorhanden, ich wolle die abergläubischen Bergarbeiter nicht kränken, die Universität werde uns möglicherweise die Mittel kürzen und ähnliche entweder unwahre oder belanglose Dinge. Natürlich nahm keiner im geringsten auf meine neuen Wünsche Rücksicht – nicht einmal mein Sohn, der offensichtlich um meine Gesundheit besorgt war.

Am folgenden Tag stand ich auf und ging im Lager umher, beteiligte mich aber nicht an den Ausgrabungen. Ich beschloß, so bald wie möglich meinen Nerven zuliebe nach Hause zurückzukehren, und ließ mir von meinem Sohn versprechen, daß er mich im Flugzeug nach Perth – tausend Meilen südwestlich – bringen würde, sobald er sich das Gebiet, in dem nach meinem Willen keine Ausgrabungen mehr stattfinden sollten, aus der Luft angeschaut hatte.

Wenn, so überlegte ich, das Ding, das ich gesehen hatte, noch zu sehen war, dann könnte ich die anderen noch einmal ausdrücklich warnen, auch auf die Gefahr hin, ausgelacht zu werden. Es war durchaus denkbar, daß die Bergarbeiter, die über die Sagen der Eingeborenen Bescheid wußten, mich unterstützen würden. Um mir meinen Willen zu lassen, überflog mein Sohn noch am selben Nachmittag das ganze Gebiet, in dem ich mich bei meiner Exkursion bewegt haben konnte. Aber nichts von dem, was ich gesehen hatte, war zu entdecken.

Es war dasselbe wie bei dem Basaltblock – der Treibsand hatte alle Spuren verwischt. Einen Augenblick lang tat es mir fast leid, daß ich in meiner Panik ein bestimmtes unheimliches Objekt verloren hatte – aber jetzt weiß ich, daß der Verlust eine Gnade war. So kann ich noch immer glauben, daß mein ganzes Erlebnis eine Sinnestäuschung war – besonders wenn, was ich inständig hoffe, der Höllenschlund nie gefunden wird.

Wingate brachte mich am 20. Juli nach Perth, lehnte es jedoch ab, die Expedition im Stich zu lassen und mit mir nach Hause zurückzukehren. Er blieb bei mir bis zum 25., als der Dampfer nach Liverpool auslief. Jetzt, in der Kabine der *Empress,* denke ich lange und krampfhaft über die ganze Angelegenheit nach, und ich bin zu dem Schluß gekommen, daß zumindest mein Sohn alles erfahren soll. Bei ihm soll die Entscheidung darüber liegen, ob die Sache bekanntgemacht werden soll.

Um allen möglichen Einwänden vorzubeugen, habe ich diese zusammenfassende Darstellung meines Falles – wie er anderen in Einzelheiten bereits bekannt ist – zu Papier gebracht und will jetzt so knapp wie möglich berichten, was mir während meiner Abwesenheit vom Lager in jener fürchterlichen Nacht zustieß – mag es nun Wirklichkeit oder Einbildung gewesen sein.

Mit bis zum äußersten gespannten Nerven und von jenem unerklärlichen, mit Furcht vermischten, dämonischen Impuls in nordöstliche Richtung getrieben, stolperte ich unter dem bösartigen, brennenden Mond dahin. Hier und dort sah ich, halb vom Sand verhüllt, jene urzeitlichen, zyklopischen Blöcke, Reste aus namenlosen, vergessenen Äonen.

Das unermeßliche Alter und das schleichende Grauen dieser schaurigen Wüste bedrückten mich wie nie zuvor, und ich mußte unwillkürlich an meine entnervenden Träume, an die schrecklichen Legenden, die ihren Hintergrund bildeten, und an die Ängste der heutigen Eingeborenen und Bergarbeiter im Zusammenhang mit der Wüste und den behauenen Steinen denken.

Und doch stolperte ich weiter, als sei ich unterwegs zu einem gespenstischen Rendezvous – während mich verwirrende Illusionen, Zwangsvorstellungen und Schein-Erinnerungen immer heftiger attackierten. Ich dachte an einige der schwachen Konturen, die mein Sohn aus der Luft gesehen zu haben glaubte, und fragte mich, warum sie mir so unheilvoll und vertraut zugleich vorkamen. Irgend etwas rüttelte und kratzte am Schloß meines Gedächtnisses, während eine andere unbekannte Macht versuchte, das Tor verschlossen zu halten.

Die Nacht war windstill, und der bleiche Sand hob und senkte sich wie gefrorene Wellen des Meeres. Ich hatte kein Ziel, aber ich bahnte mir irgendwie meinen Weg, als sei er vom Schicksal vorgezeichnet. Meine Träume stiegen in die Welt der Wachenden herauf, so daß jeder sandbedeckte Megalith ein Teil endloser Räume und Gänge vormenschlicher Bauwerke zu sein schien, bedeckt mit Symbolen und Hieroglyphen, die ich nur zu gut aus jahrelangem Umgang mit ihnen als gefangener Geist der Großen Rasse kannte.

Manchmal bildete ich mir ein, ich sähe jene allwissenden, kegelförmigen Ungeheuer, wie sie sich bewegten und ihren gewohnten Beschäftigungen nachgingen, und ich vermied es, an mir hinabzuschauen, aus Angst, ich könnte entdecken, daß ich ihnen gleichsah. Doch die ganze Zeit sah ich die sandbedeckten Blöcke ebenso wie die Räume und Korridore; den bösartigen, brennenden Mond ebenso wie die Lampen aus leuchtendem Kristall; die endlose Wüste ebenso wie die wehenden Farne vor den Fenstern. Ich war wach, und doch träumte ich.

Ich weiß nicht, wie lange oder wie weit – oder auch nur in welcher Richtung – ich gegangen war, als ich den Haufen von Blöcken sah, den tagsüber der Wind freigeblasen hatte. Es war die größte Gruppe an einer Stelle, die ich bisher gesehen hatte, und sie beeindruckte mich derart, daß die Visionen aus sagenhafter Urzeit plötzlich verschwanden.

Ich war wieder allein mit der Wüste, dem bösartigen Mond und den Scherben einer ungeahnten Vergangenheit. Ich ging näher hin, blieb stehen und erhellte den wirren Haufen mit dem zusätzlichen Licht meiner Taschenlampe. Eine Düne war weggeblasen worden und hatte einen niedrigen, unregelmäßig runden Haufen von Megalithen und kleineren Fragmenten freigegeben, der ungefähr vierzig Fuß im Durchmesser und zwei bis acht Fuß hoch war.

Von Anfang an spürte ich, daß es mit diesen Steinen eine ganz besondere Bewandtnis hatte. Nicht nur ihre Anzahl war absolut einmalig, auch irgend etwas in den vom Treibsand abgeschliffenen Resten früherer Zeichnungen zog mich in seinen Bann, als ich sie im Licht des Mondes und meiner Taschenlampe betrachtete.

Zwar unterschieden sich diese Spuren nicht wesentlich von denen, die wir bisher gefunden hatten. Die Besonderheit hatte tiefere Gründe. Ich hatte diesen Eindruck nicht, wenn ich nur einen einzelnen Block ansah, sondern nur, wenn ich meine Augen über mehrere gleichzeitig gleiten ließ.

Dann endlich kam mir die Erleuchtung. Die krummlinigen Muster auf vielen dieser Blöcke hingen eng zusammen – sie waren Teile eines riesigen dekorativen Entwurfs. Zum ersten Mal war ich in dieser die Zeiten erschütternden Wüste auf ein Stück Mauerwerk gestoßen, das in seiner ursprünglichen Form erhalten war – zerborsten zwar und bruchstückhaft, aber trotzdem in einem sehr eindeutigen Sinn existent.

An einer niedrigen Stelle stieg ich hinauf und kletterte mühsam über den Haufen; hier und dort wischte ich mit den Händen den Sand weg, und ständig versuchte ich, Abweichungen in der Größe, der Form und dem Stil sowie Gemeinsamkeiten in den Zeichnungen zu interpretieren.

Nach einer Weile hatte ich eine vage Vorstellung von der Art des einstigen Gebäudes und der Ornamente, die einmal die riesigen Flächen dieses urzeitlichen Mauerwerks bedeckt hatten. Die völlige Übereinstimmung mit einigen meiner Traumgesichte erschreckte und entnervte mich. Dies war einmal ein zyklopischer Korridor gewesen, dreißig Fuß breit und dreißig Fuß hoch, mit einem Fußboden aus achteckigen Steinblöcken und einem massiven Gewölbe als Decke. Auf der rechten Seite hatte sich der Korridor in Räume geöffnet, und am anderen Ende hatte sich eine der sonderbaren Rampen noch tiefer hinabgewunden.

Ich erschrak heftig, als mir diese Vorstellungen kamen, denn sie enthielten mehr, als ich aus den übriggebliebenen Blöcken schließen konnte. Woher wußte ich, daß diese Fläche weit unter der Erde gelegen hatte? Woher wußte ich, daß die aufwärts führende Rampe hinter mir war? Woher wußte ich, daß der lange unterirdische Gang zum Platz der Säulen auf der linken Seite eine Etage über mir hätte verlaufen müssen?

Woher wußte ich, daß der Maschinenraum und der nach rechts

in die zentralen Archive abzweigende Tunnel zwei Etagen tiefer liegen mußten? Woher wußte ich, daß vier Etagen unter mir eine jener schrecklichen Falltüren mit den Metallbändern sein würde? Bestürzt über diesen Übergriff aus meiner Traumwelt spürte ich, wie ich zitterte und in kalten Schweiß ausbrach.

Und dann bemerkte ich – was die Sache vollends unerträglich machte – jenen schwachen, heimtückischen, kühlen Luftstrom, der aus einer Vertiefung ungefähr in der Mitte des riesigen Trümmerhaufens heraufdrang. Augenblicklich verschwanden, wie schon einmal zuvor, meine Visionen, und ich sah wieder nur das bösartige Mondlicht, die bedrohliche Wüste und den breiten Hügel urzeitlicher Mauerreste. Ich stand vor einer realen und greifbaren, aber dennoch mit unendlichen Ahnungen finsterer Geheimnisse erfüllten Erscheinung. Denn dieser kalte Luftzug konnte nur eines bedeuten – unter den durcheinandergeworfenen Blöcken auf der Oberfläche verbarg sich ein riesiger Hohlraum.

Ich dachte gleich an die finsteren Eingeborenen-Legenden von den riesigen unterirdischen Hütten unter den Megalithen, wo schreckliche Dinge geschahen und starke Winde geboren wurden. Dann kehrten die Gedanken an meine eigenen Träume zurück, und ich fühlte, wie die Schein-Erinnerungen an meinem Gehirn zerrten. Was für ein Raum befand sich unter mir? Welche unvorstellbare, urzeitliche Quelle alter Sagenkreise und bedrückender Alpträume sollte ich entdecken?

Ich zögerte nur einen Moment, denn mehr als Neugier und wissenschaftlicher Eifer trieb mich vorwärts und kämpfte gegen meine wachsende Furcht an.

Ich schien mich fast automatisch zu bewegen, wie unter dem Zwang eines unausweichlichen Schicksals. Ich steckte meine Taschenlampe ein, und mit einer Kraft, die ich mir nie zugetraut hätte, wälzte ich erst eines der titanischen Bruchstücke zur Seite und dann noch eines, bis ein starker Luftstrom heraufstieg, dessen Feuchtigkeit in einem merkwürdigen Gegensatz zu der trockenen Wüstenluft stand. Eine schwarze Kluft begann sich aufzutun, und schließlich – als ich jeden Stein, der klein genug war, beiseite geräumt hatte – schien das fahle Mondlicht auf eine Öffnung, die weit genug war, um mich hindurchzulassen.

Ich zog meine Taschenlampe hervor und leuchtete in die Öffnung. Unter mir war ein Chaos eingefallenen Mauerwerks, das nach Norden in einem Winkel von etwa fünfundvierzig Grad abfiel und offensichtlich das Ergebnis eines vor langer Zeit erfolgten Einbruchs von oben war.

Zwischen ihm und der Erdoberfläche klaffte ein undurchdringlich finsterer Abgrund, an dessen oberem Rand Reste eines gigantischen Gewölbes zu erkennen waren. An dieser Stelle, so schien es, lag der Wüstensand direkt auf dem Boden eines titanischen Bauwerks aus den Anfängen der Erdgeschichte; wie es sich durch die Äonen geologischer Umwälzungen erhalten hatte, konnte ich weder damals noch kann ich heute auch nur zu erahnen versuchen.

Rückblickend erscheint mir der bloße Gedanke an einen plötzlichen, einsamen Abstieg in einen so zweifelhaften Abgrund – noch dazu zu einem Zeitpunkt, da niemand wußte, wo ich mich befand – als der Gipfel des Wahnsinns. Vielleicht war er es – doch in dieser Nacht wagte ich diesen Abstieg ohne Zögern.

Wieder spürte ich diesen schicksalhaften, lockenden Drang, der mich schon an diesen Ort geführt hatte. Ich ließ die Taschenlampe nur ab und zu aufleuchten, um die Batterie zu schonen, und kletterte halsbrecherisch die finstere, zyklopische Schräge unterhalb der Öffnung hinab – manchmal mit dem Gesicht nach vorne, wenn meine Hände und Füße genügend Halt fanden, und manchmal den Megalithen zugewandt, wenn es schwieriger wurde, einen Weg zu ertasten.

Zu beiden Seiten sah ich im Licht der Taschenlampe Wände behauenen, zerbröckelnden Mauerwerks düster aufragen. Vor mir aber war Finsternis.

Ich achtete nicht darauf, wieviel Zeit während meines Abstiegs verging. So viele Ahnungen und Bilder bedrängten mich, daß alle objektiven Dinge in eine unermeßliche Entfernung zurückzutreten schienen. Die körperlichen Empfindungen waren betäubt, und sogar die Furcht war zu einem gespenstischen, unbeweglichen Wasserspeier geworden, der mich ohnmächtig anglotzte.

Schließlich erreichte ich einen ebenen Grund, der mit herabgestürzten Blöcken, formlosen Gesteinsbrocken und mit Sand und Schutt jeder erdenklichen Art übersät war. Zu beiden Seiten – vielleicht dreißig Fuß voneinander entfernt – ragten massive Wände auf, die von riesigen Kreuzgewölben gekrönt waren. Daß sie mit eingemeißelten Mustern bedeckt waren, konnte ich erkennen, aber die Art dieser Muster war nicht auszumachen.

Was mich am meisten fesselte, war das Gewölbe hoch über mir. Der Strahl meiner Taschenlampe erreichte nicht den Scheitelpunkt, aber die unteren Teile der ungeheueren Bögen waren deutlich zu sehen. Und so vollkommen war ihre Identität mit dem, was ich in zahllosen Träumen von der alten Welt gesehen hatte, daß ich zum ersten Mal wirklich zitterte.

Hinter mir zeugte weit oben ein schwacher heller Schimmer von der Existenz der monderleuchteten Außenwelt. Ein undeutliches Gefühl sagte mir, daß ich diesen Schimmer nicht aus den Augen lassen durfte, weil ich sonst den Rückweg nicht mehr finden würde.

Ich ging jetzt auf die Wand auf der linken Seite zu, an der die Spuren der Zeichnungen am deutlichsten zu erkennen waren. Auf dem mit Gesteinsbrocken übersäten Boden kam ich fast genauso schwer vorwärts wie auf der von oben herabführenden Schräge, aber irgendwie bahnte ich mir einen Weg.

An einer Stelle wälzte ich einige Blöcke zur Seite und scharrte den Schutt weg, um festzustellen, wie der Fußboden aussah, und ich schauderte über die unbezweifelbare, schicksalhafte Vertrautheit der großen, achteckigen Steine, deren aufgeworfene Oberfläche noch einigermaßen zusammenhielt.

Als ich nahe genug an die Wand herangekommen war, ließ ich das Licht der Taschenlampe langsam über die verwaschenen Spuren der einstigen Ornamente gleiten. Irgendwann mußte Wasser eingedrungen sein und die Oberfläche des Sandsteins angegriffen haben; außerdem stellte ich eine sonderbare Krustenbildung fest, die ich mir nicht erklären konnte.

An manchen Stellen war das Mauerwerk sehr gelockert und verformt, und ich fragte mich, für wie viele weitere Epochen dieses urzeitliche, verborgene Gebäude die restlichen Spuren seiner einstigen Form inmitten der Zuckungen der Erdkruste noch würde bewahren können.

Aber es waren die Zeichnungen selbst, die mich am meisten faszinierten. Trotz ihres schlechten Zustands waren sie aus der Nähe noch verhältnismäßig gut zu erkennen; und die vollständige, innige Vertrautheit mit jeder Einzelheit betäubte mich beinahe. Daß mir diese uralten Bilder in groben Zügen vertraut waren, überstieg nicht die menschliche Vorstellungskraft. Sie hatten wohl die Urheber gewisser Mythen stets tief beeindruckt und waren so in einen Strom kryptischer Sagen eingebettet worden, der wiederum – nachdem ich während meiner Amnesie mit ihm in Berührung gekommen war – in meinem Unterbewußtsein lebhafte Bilder hervorgerufen hatte.

Aber wie sollte ich mir die genaue, bis in die kleinsten Einzelheiten perfekte Übereinstimmung jeder Linie und jeder Spirale dieser seltsamen Zeichnungen mit dem, was ich seit mehr als zwanzig Jahren träumte, erklären? Welch eine obskure, vergessene Ikonographie konnte jede der feinsten Schattierungen und Nuancen reproduziert haben, die mich so hartnäckig, genau und unwandelbar Nacht für Nacht in meinen Traumgesichten verfolgten?

Denn hier konnte von einer entfernten Ähnlichkeit nicht die Rede sein. Endgültig und absolut war der jahrtausendealte, seit Äonen verborgene Korridor, in dem ich stand, derselbe Raum, den ich im Schlaf genausogut kannte wie mein eigenes Haus in der Crane Street in Arkham. Zwar zeigten meine Träume den Raum in seinem ursprünglichen, unzerstörten Zustand; aber die Übereinstimmung war deshalb nicht weniger frappierend. So erschreckend es war – ich hatte all das schon vorher gesehen.

Das Gebäude, in dem ich mich befand, war mir bekannt. Bekannt war mir auch seine Lage in jener schrecklichen alten Traumstadt. Daß ich unfehlbar jede Stelle in diesem Bauwerk und dieser Stadt, die den Veränderungen und Verheerungen ungezählter Epochen entgangen war, finden würde, kam mir mit grauenhafter, instinktiver Gewißheit zum Bewußtsein. Was um Himmels willen konnte all das bedeuten? Woher hatte ich all das erfahren, was ich wußte? Und welche furchtbare Realität lag hinter jenen uralten Geschichten über die Wesen, die in diesem Labyrinth aus urzeitlichem Gestein gewohnt haben sollten?

Worte können nur unzulänglich den Aufruhr von Furcht und Verwirrung wiedergeben, der in meinem Gemüt tobte. Ich kannte diesen Ort. Ich wußte, was unter mir lag und was über mir gelegen hatte, bevor die Myriaden hoch aufragender Stockwerke zu Staub, Schutt und Wüstensand zerfallen waren. Es war jetzt nicht mehr nötig, so dachte ich schaudernd, diesen schwachen Schimmer von Mondlicht im Auge zu behalten.

Ich wurde hin- und hergerissen zwischen dem Wunsch zu fliehen und einer fieberhaften Mischung aus brennender Neugier und schicksalhaftem Antrieb. Was war mit dieser monströsen Metropole in den Millionen von Jahren seit der Zeit meiner Träume geschehen? Wie viele von den unterirdischen Labyrinthen, die damals unter der Stadt lagen und alle die gigantischen Türme verbanden, hatten die Zuckungen der Erdkruste überdauert?

War ich auf eine ganze, begrabene Welt von unheimlichem Alter gestoßen? Würde ich noch das Haus des Schreiblehrers finden und den Turm, in dem S'gg'ha, der gefangene Geist von den sternköpfigen, pflanzlichen Fleischfressern der Antarktis, Bilder in freie Stellen an der Wand eingemeißelt hatte?

Würde der Gang auf der zweiten Ebene hinunter in die Halle der fremden Geister noch immer frei und passierbar sein? In dieser Halle hatte der gefangene Geist eines unvorstellbaren Wesens – eines halb-plastischen Bewohners des inneren Hohlraums eines unbekannten, transplutonischen Planeten achtzehn Millionen Jahre in der Zukunft ein Ding aufbewahrt, das er aus Lehm geformt hatte.

Ich schloß meine Augen und legte mir die Hand auf die Stirn, in einem vergeblichen, jämmerlichen Versuch, diese irrsinnigen Traumfragmente aus meinem Bewußtsein zu verscheuchen. Dann fühlte ich zum ersten Mal deutlich die Kühle, die Bewegung und die Feuchtigkeit der mich umgebenden Luft. Schaudernd erkannte ich, daß eine lange Reihe seit Urzeiten toter, schwarzer Abgründe irgendwo vor und unter mir gähnen mußte.

Ich dachte an die schrecklichen Kammern und Korridore und die Rampen, die ich aus meinen Träumen kannte. Würde der Weg zu den zentralen Archiven noch offen sein? Wieder zerrte dieser schicksalhafte Antrieb hartnäckig an meinem Gehirn, als ich mich der unheimlichen Schriften entsann, die einst in ihren rechteckigen Behältern aus rostfreiem Metall gelegen hatten.

Dort, so sagten die Träume und die Legenden, sei die gesamte Geschichte, Vergangenheit und Zukunft, des kosmischen Raum-Zeit-Kontinuums aufbewahrt worden – geschrieben von gefangenen Geistern von jedem Stern und aus jeder Epoche des Sonnensystems. Wahnsinn, natürlich – aber war ich nicht in eine finstere Welt gestolpert, die genauso wahnsinnig war wie ich?

Ich dachte an die verschlossenen Metallbehälter und die merkwürdigen Handgriffe, mit denen jeder einzelne von ihnen geöffnet werden mußte. Mein eigenes Werk kam mir lebhaft in Erinnerung. Wie oft hatte ich diese verwickelte Routine von verschiedenen Drehungen und Stößen absolviert, in der Abteilung für irdische Vertebraten auf der untersten Ebene! Jede Einzelheit war mir frisch im Gedächtnis.

Wenn es diese Kammern, von denen ich geträumt hatte, wirklich gab, würde ich sie auf der Stelle öffnen können? Und dann ergriff mich schierer Wahnsinn. Im nächsten Augenblick sprang und stolperte ich über die felsigen Trümmer auf die wohlbekannte Rampe zu, die in die Tiefe führte.

Von diesem Punkt an sind meine Eindrücke kaum noch verläßlich – tatsächlich bewahre ich mir noch immer eine letzte, verzweifelte Hoffnung, daß sie alle die Bestandteile eines dämonischen Traums oder einer aus dem Delirium geborenen Sinnestäuschung sind. In meinem Gehirn wütete ein Fieber, und alles erreichte mich durch eine Art Schleier – und mit gelegentlichen Unterbrechungen.

Die Strahlen meiner Taschenlampe drangen nur schwach durch die alles verschlingende Finsternis und enthüllten mir phantastische Anblicke fürchterlich bekannter Wände und Muster, alle vom Jahrtausende währenden Verfall gekennzeichnet. An einer Stelle war ein riesiges Gewölbe zusammengebrochen, so daß ich über einen mächtigen Wall von Steinen klettern mußte. Er reichte bis fast an die zerklüftete Decke, von der groteske Stalaktiten herabhingen.

All das war der äußerste Gipfel alptraumhaften Grauens, das noch durch jenes widernatürliche Zerren der Schein-Erinnerungen verschlimmert wurde. Nur eines war ungewohnt, nämlich meine eigene Größe im Verhältnis zu dem gigantischen Gemäuer. Ein Gefühl ungewohnter Kleinheit bedrückte mich, als ob der Anblick dieser aufragenden Mauern von einem menschlichen Körper aus etwas völlig Neues und Abnormes sei. Wieder und wieder blickte ich nervös an mir selbst hinab, leicht verwirrt über meine menschliche Gestalt.

Ich sprang, stürmte und stolperte weiter durch die Finsternis des Abgrunds – oft fiel ich hin und verletzte mich, und einmal zerschlug ich fast meine Taschenlampe. Jeder Stein und jede Ecke dieses dämonischen Abgrunds waren mir bekannt, und an vielen Stellen blieb ich stehen, um in verschüttete und zerbröckelnde, aber stets vertraute Bogengänge zu leuchten.

Manche Räume waren völlig in sich zusammengesunken; andere waren leer oder mit Trümmern angefüllt. In einigen sah ich Gebilde aus Metall – manche fast unversehrt, andere zerbrochen oder völlig zerquetscht und zertrümmert –, in denen ich die kolossalen Sockel oder Tische aus meinen Träumen wiedererkannte. Was sie in Wirklichkeit gewesen waren, wagte ich mir nicht vorzustellen.

Ich fand den nach unten führenden Gang und begann hinabzusteigen. Aber nach einer Weile kam ich an einen gähnenden, zackigen Spalt, der an seiner schmalsten Seite kaum weniger als vier Fuß breit sein konnte. Hier war der Steinfußboden nach unten durchgebrochen und hatte unermeßliche, pechschwarze Abgründe freigegeben.

Ich wußte, daß noch zwei weitere Kellergeschosse in diesem titanischen Gebäude sein mußten, und zitterte erneut vor Angst, als ich mich der mit Metallbändern verschlossenen Falltür im tiefsten dieser Keller entsann. Davor würden jetzt keine Wächter mehr stehen – denn was sich darunter verborgen hatte, mußte längst seine fürchterliche Arbeit verrichtet haben und einem langsamen Niedergang anheimgefallen sein. Im Zeitalter der nachmenschlichen Käfer-Rasse würden diese Wesen längst tot sein. Und doch, als ich an die Eingeborenen-Legenden dachte, begann ich wieder zu zittern.

Es kostete mich eine gewaltige Anstrengung, diesen klaffenden Spalt zu überwinden, denn die überall verstreuten Steinbrocken machten einen Anlauf unmöglich; aber mich trieb der Wahnsinn. Ich entschied mich für eine Stelle an der linken Wand – wo die Kluft am schmalsten war und auf der anderen Seite nicht allzuviel gefährliche Trümmer herumlagen – und nach einer bangen Sekunde erreichte ich wohlbehalten die andere Seite.

Schließlich gelangte ich auf die untere Ebene und stolperte an dem überwölbten Eingang des Maschinenraumes vorbei, in dem phantastische Ruinen aus Metall halb unter den eingestürzten Gewölben begraben waren. Alles war dort, wo ich es erwartet hatte, und ich kletterte zuversichtlich über die Trümmerhaufen, die den Zugang zu einem riesigen Seitenkorridor versperrten. Dieser Korridor, das wußte ich, würde mich unter der Stadt in die zentralen Archive bringen.

Die Zeit schien stillzustehen, während ich mir springend, stolpernd und kriechend in diesem mit Trümmern vollgestopften Korridor einen Weg bahnte. Hin und wieder konnte ich an den modrigen Wänden Zeichnungen ausmachen – manche davon kannte ich, andere schienen seit der Zeit meiner Träume hinzugekommen zu sein. Da dies einer der unterirdischen Verbindungsgänge zwischen mehreren Häusern war, gab es hier keine überwölbten Seitengänge, außer wenn der Tunnel durch die unteren Stockwerke eines Hauses führte.

An einigen dieser Quergänge drehte ich mich lange genug zur Seite, um in wohlbekannte Räume hineinzuschauen. Nur zweimal entdeckte ich wesentliche Änderungen gegenüber dem, was ich im Traum gesehen hatte – und in einem dieser Fälle erkannte ich noch die Umrisse des später zugemauerten Eingangs, an den ich mich erinnerte.

Ich schauderte heftig und fühlte eine merkwürdige bleierne Schwäche in mir aufsteigen, als ich eilig und mit Widerwillen die Krypta eines der großen, fensterlosen, verfallenen Türme durchquerte, dessen fremdartige Basaltbauweise von seinem geheimnisvollen, schrecklichen Ursprung zeugte.

Dieses urzeitliche Gewölbe war rund und volle hundert Fuß im Durchmesser, ohne irgendwelche in die dunklen Wände eingemeißelten Zeichen oder Muster. Der Boden war hier nur mit Staub und Sand bedeckt, und ich konnte die Öffnungen sehen, die aufwärts und abwärts führten. Es gab keine Treppen und keine Rampen – tatsächlich waren die Türme auch in meinen Träumen völlig von der legendären Großen Rasse unangetastet gewesen. Die Wesen, von denen sie erbaut worden waren, hatten weder Treppen noch Rampen gebraucht.

In meinen Träumen war die Öffnung nach unten fest verschlossen und streng bewacht gewesen. Jetzt stand sie offen – schwarz und gähnend, und ein kühler, feuchter Luftstrom wehte aus ihr heraus. In was für Höhlen ewiger Nacht dieser Schacht führte, daran wagte ich nicht zu denken.

Später, als ich mir mühsam einen Weg durch ein besonders stark verschüttetes Stück des Korridors gebahnt hatte, erreichte ich eine Stelle, wo die Decke ganz durchgebrochen war. Die Trümmer türmten sich zu einem Berg auf; ich kletterte darüber und kam durch einen riesigen, leeren Raum, wo ich im Licht meiner Taschenlampe weder Wände noch Deckengewölbe erkennen konnte. Dies, so überlegte ich, mußte der Keller des Hauses der Metall-Lieferanten sein, das an dem dritten Platz gestanden hatte, nicht weit von den Archiven. Was mit ihm geschehen war, konnte ich mir nicht vorstellen.

Jenseits des Trümmerhaufens fand ich den Korridor wieder, aber schon bald stieß ich auf eine völlig zugeschüttete Stelle, wo die eingestürzten Gewölbe beinahe die bedenklich durchhängende Decke berührten. Wie es mir gelang, soviel Trümmer aus dem Weg zu wälzen und zu zerren, daß ich mich schließlich hindurchzwängen konnte, und woher ich den Mut nahm, die übereinandergestapelten Blöcke zu verschieben, da doch bei der geringsten Störung des

Gleichgewichts all die Tonnen darüberliegenden Mauerwerks hätten herabstürzen und mich zermalmen können, das weiß ich nicht mehr.

Schierer Wahnsinn trieb und leitete mich, wenn nicht – was ich hoffe – mein ganzes unterirdisches Abenteuer eine höllische Sinnestäuschung oder ein Alptraum gewesen ist. Traum oder Wirklichkeit – ich schuf mir jedenfalls eine Öffnung, durch die ich mich hindurchwinden konnte. Als ich so über den Trümmerhaufen kroch – die brennende Taschenlampe zwischen den Zähnen – spürte ich, wie die phantastischen Stalaktiten, die von der zerklüfteten Decke herabhingen, mir den Rücken zerkratzten.

Ich konnte jetzt nicht mehr weit von den großen unterirdischen Archiv-Gewölben sein, die offenbar mein Ziel waren. Ich rutschte und kletterte auf der anderen Seite des Trümmerhaufens hinab, und nachdem ich mich mit der zeitweise ausgeschalteten Taschenlampe in der Hand durch das letzte Stück des Korridors gekämpft hatte, kam ich schließlich in eine niedrige, kreisförmige Krypta, die sich nach allen Seiten in erstaunlich gut erhaltene, überwölbte Gänge öffnete.

Die Wände, oder jedenfalls die Teile davon, die in der Reichweite meiner Taschenlampe lagen, waren über und über mit eingemeißelten, charakteristischen Symbolen und Hieroglyphen bedeckt – von denen einige seit der Zeit meiner Träume neu hinzugekommen waren.

Dies, so erkannte ich, war mein vom Schicksal vorgegebenes Ziel, und ich wandte mich sofort einem vertrauten Bogengang auf der linken Seite zu. Daß ich ungehindert über die Rampen alle erhalten gebliebenen Geschosse erreichen würde, das bezweifelte ich merkwürdigerweise kaum. Dieses gigantische, von der Erde selbst geschützte Gebäude, das die Annalen des ganzen Sonnensystems beherbergte, war mit überirdischer Geschicklichkeit und Kraft erbaut worden, um so lange zu dauern wie das System selbst.

Blöcke von ungeheuerer Größe, nach genialen mathematischen Berechnungen zusammengefügt und mit einem unglaublich zähen Kitt verbunden, bildeten eine Masse so fest wie der felsige Kern des Planeten. Hier, nach unvorstellbar langen Zeiträumen, stand dieses mächtige Bauwerk noch immer, begraben, aber praktisch unversehrt; auf seinen weiten, sandverwehten Fußböden nur hie und da einer der Steinbrocken, die sich anderswo zu Bergen türmten.

Die Leichtigkeit, mit der ich von dieser Stelle aus weitergehen konnte, stieg mir zu Kopf. Ich ließ meiner brennenden Ungeduld nach so vielen Hindernissen jetzt endlich freien Lauf und rannte buchstäblich wie im Fieber den niedrigen, nur allzu vertrauten Gang entlang.

Ich wunderte mich schon längst nicht mehr über die Vertrautheit dessen, was ich sah. Zu beiden Seiten tauchten gespenstisch die großen, mit Hieroglyphen versehenen Türen der Metallregale auf, manche noch an ihrem Platz, andere aufgesprungen und wieder andere verbeult und verbogen durch lange zurückliegende geologische Belastungen, die aber nicht stark genug gewesen waren, das zyklopische Gemäuer zu zerstören.

An einigen Stellen schien ein staubbedeckter Haufen unter einer gähnend leeren Kammer anzudeuten, daß die Behälter durch ein Erdbeben herausgeschleudert worden waren. An vereinzelten Säulen waren große Symbole und Buchstaben, die auf Gruppen und Untergruppen von Büchern hinwiesen.

Einmal blieb ich vor einer offenen Kammer stehen, in der noch die vertrauten Behälter unter dem allgegenwärtigen, sandigen Staub an ihrem Platz standen. Ich langte hinauf, holte mit einiger Mühe eines der dünneren Exemplare heraus und legte es auf den Boden, um es anzuschauen. Sein Titel war in den krummlinigen Hieroglyphen geschrieben, obwohl etwas in der Anordnung der Zeichen mir ein bißchen ungewohnt vorkam. Der kuriose Mechanismus des Verschlußhakens war mir völlig vertraut, und ich ließ den noch immer rostfreien und beweglichen Deckel aufschnappen und zog das Buch heraus. Wie erwartet, hatte es ein Format von etwa zwanzig mal fünfzehn Zoll und war zwei Zoll dick; die dünnen Metalldeckel ließen sich an der Oberseite öffnen.

Die festen Seiten aus dem zelluloseartigen Stoff hatten offenbar die Jahrtausende ihrer Existenz ohne Schaden überstanden, und ich studierte die seltsam pigmentierten, mit einem Pinsel gezeichneten Buchstaben des Textes – Symbole, die weder den gewohnten krummlinigen Hieroglyphen, noch irgendeinem der menschlichen Wissenschaft bekannten Alphabet ähnelten – unter dem Eindruck einer wiedererwachenden Erinnerung.

Es fiel mir ein, daß diese Sprache von einem gefangenen Geist verwendet worden war, den ich in meinen Träumen flüchtig gekannt hatte – einem Geist von einem großen Asteroiden, auf dem sich viel von den archaischen Sitten und Gebräuchen des Mutterplaneten erhalten hatte, von dem er sich losgerissen hatte. Gleichzeitig entsann ich mich, daß dieses Stockwerk der Archive den Büchern über die nichtirdischen Planeten vorbehalten war.

Als ich von diesem unfaßlichen Dokument aufblickte, sah ich, daß das Licht der Taschenlampe schwächer zu werden begann, und legte schnell die Ersatzbatterie ein, die ich immer dabei hatte. Sodann, bewaffnet mit dem helleren Lichtschein, setzte ich meinen fieberhaften Lauf durch die endlosen Labyrinthe von Hallen und Gängen fort – hin und wieder ein bekanntes Regal wiedererkennend und leicht beunruhigt durch die herrschende Akustik, die meine Tritte grotesk in diesen Katakomben widerhallen ließ.

Die bloßen Abdrücke meiner Schuhe hinter mir in dem seit Jahrtausenden unberührten Staub machten mich schaudern. Nie zuvor hatte – wenn an meinen verrückten Träumen etwas Wahres war – der Fuß eines Menschen diese urzeitlichen Steine betreten.

Das eigentliche Ziel dieser wahnwitzigen Hetzjagd war mir nicht bewußt. Aber irgendeine böse Macht zerrte an meinem benommenen Willen und meinen verschütteten Erinnerungen, so daß ich das vage Gefühl hatte, ich liefe nicht einfach ziellos umher.

Ich gelangte an eine Rampe und folgte ihr in die Tiefe. Im Vorbeilaufen sah ich die einzelnen Stockwerke, blieb aber nicht stehen, um sie zu untersuchen. In meinem schwindelnden Gehirn hatte ein bestimmter Rhythmus zu schlagen begonnen, der sich auf meine rechte Hand übertrug. Ich wollte etwas aufschließen und fühlte, daß ich alle die komplizierten Drehungen und Stöße kannte, die dazu nötig waren. Es würde wie bei einem modernen Safe mit einem Kombinationsschloß sein. Ob ich nun träumte oder wachte – ich hatte es einmal gewußt und wußte es noch immer. Wie irgendein Traum – oder irgendein Hinweis aus einer unbewußt aufgenommenen Legende – mich eine so nebensächliche und doch so knifflige Einzelheit hatte lehren können, versuchte ich mir erst gar nicht zu erklären. Ich war jenseits allen zusammenhängenden Denkens. Denn war nicht dieses ganze Erlebnis – diese erschreckende Vertrautheit mit einer Ansammlung unbekannter Ruinen und diese groteske Identität aller vor mir liegenden Dinge mit dem, was ich nur aus Träumen und bruchstückhaften Mythen hatte erahnen können – ein Schreckbild jenseits aller Vernunft?

Wahrscheinlich war es damals meine innerste Überzeugung – wie sie es jetzt in meinen lichteren Momenten auch ist –, daß ich überhaupt nicht wach und die ganze begrabene Stadt die Ausgeburt einer fiebrigen Halluzination war.

Schließlich erreichte ich das unterste Geschoß und bog von der Rampe aus nach rechts ab. Aus irgendeinem schleierhaften Grund versuchte ich, meine Tritte zu dämpfen, obwohl ich deshalb langsamer laufen mußte. Es gab in diesem letzten, tief begrabenen Geschoß eine Stelle, vor der ich mich fürchtete.

Als ich mich ihr näherte, fiel mir wieder ein, was die Ursache meiner Angst war. Es war eine jener mit Metallbändern verschlossenen, scharf bewachten Falltüren. Jetzt würden dort keine Wächter stehen, und deshalb ging ich auf Zehenspitzen, so wie ich es getan hatte, als ich das schwarze Basaltgewölbe durchquert hatte, in dem ähnliche Falltüren gegähnt hatten.

Ich spürte einen kühlen, feuchten Luftzug, wie ich ihn auch dort gespürt hatte, und wünschte, daß mein Weg mich nicht daran vorbeigeführt hätte. Warum ich gerade diesen Weg gehen mußte, wußte ich nicht.

Als ich die Stelle erreicht hatte, sah ich, daß die Falltüre gähnend weit offenstand. Weiter vorne begannen wieder die Regale, und vor einem bemerkte ich auf dem Boden einen Haufen herabgefallener Behälter, der nur mit einer sehr dünnen Staubschicht bedeckt war. Im selben Augenblick überlief mich eine neue Welle panischer Angst, obwohl ich eine Weile nicht wußte, weshalb.

Solche Haufen herabgefallener Behälter waren nicht selten, denn Jahrtausende hindurch war dieses lichtlose Labyrinth von Erdbeben erschüttert worden und hatte vom ohrenbetäubenden Dröhnen umstürzender Objekte widergehallt. Erst als ich näherkam, wurde mir klar, warum ich so heftig zitterte.

Nicht dieser Haufen, sondern etwas im Staub auf dem ebenen Fußboden beunruhigte mich. Im Licht meiner Taschenlampe schien es, als sei diese Staubschicht nicht so flach wie sonst – es gab Stellen, wo sie dünner aussah, so als sei sie erst vor einigen Monaten aufgewühlt worden. Ich war mir aber nicht sicher, denn auch die anscheinend dünneren Stellen waren genügend staubbedeckt; doch der Argwohn einer gewissen Regelmäßigkeit in diesen eingebildeten Unebenheiten war höchst beunruhigend.

Als ich eine der seltsamen Stellen aus nächster Nähe beleuchtete, sah ich etwas, das mir gar nicht gefiel – denn der Eindruck der Unebenheit verstärkte sich beträchtlich. Es war mir, als sähe ich regelmäßige Reihen von zusammengesetzten Abdrücken – von denen immer drei beieinander lagen, jeder über einen Fuß im Durchmesser und aus fünf annähernd kreisförmigen, drei Zoll großen Abdrücken bestehend, von denen jeweils einer vor den übrigen vier lag.

Diese von den großen Abdrücken gebildeten Linien schienen in zwei Richtungen zu führen, als ob etwas irgendwohin gegangen und dann zurückgekehrt sei. Die Spuren waren natürlich sehr schwach und konnten auf Einbildung oder Zufall beruhen; aber ein unheimliches, tastendes Grauen erfüllte mich, als ich zu sehen glaubte, woher sie kamen und wohin sie führten. Denn an ihrem einen Ende war der Haufen von Behältern, die vor nicht allzu langer Zeit herabgefallen sein mußten, und an ihrem anderen Ende war die ominöse Falltüre mit dem kühlen, feuchten Wind, die sich in unvorstellbare Abgründe öffnete.

Wie tief und überwältigend das seltsame Gefühl des Zwanges war, zeigt die Tatsache, daß es sogar meine Furcht überwand. Kein vernünftiges Motiv hätte mich weiterziehen können nach dieser fürchterlichen Entdeckung und angesichts der schleichenden Traumerinnerungen, die sie weckte. Und doch machte meine rechte Hand, obwohl sie vor Angst zitterte, weiter diese rhythmische Bewegung, war sie weiter darauf erpicht, an einem Schloß zu drehen, das sie zu finden hoffte. Bevor ich wußte, was ich tat, war ich an dem Haufen herabgefallener Behälter vorbeigegangen und rannte auf Zehenspitzen weiter durch die von völlig unberührtem Staub bedeckten Gänge auf eine Stelle zu, die ich grauenhaft gut zu kennen schien.

Insgeheim stellte ich mir Fragen, deren Herkunft und Bedeutung ich erst allmählich zu erahnen begann. Würde die Kammer für einen menschlichen Körper erreichbar sein? Konnte meine Menschenhand all die aus Urzeiten erinnerten Drehungen des Schlosses beherrschen? Würde das Schloß unbeschädigt und funktionsfähig sein? Und was würde ich tun – zu tun wagen –, wenn ich das gefunden hatte, was ich – wie mir jetzt klar wurde – zu finden gleichzeitig hoffte und fürchtete? Würde es die unheimliche, sinnverwirrende Wahrheit von etwas beweisen, das jenseits aller Vorstellungskraft lag, oder würde es nur zeigen, daß ich träumte?

Das nächste, woran ich mich erinnere, ist, daß ich plötzlich zu laufen aufgehört hatte, wie angewurzelt vor einer Reihe von Regalen stand und auf die unheimlich vertrauten Hieroglyphen starrte. Sie waren fast völlig erhalten, und nur drei Türen waren in dieser Umgebung aufgesprungen.

Meine Empfindungen beim Anblick dieser Regale kann ich nicht beschreiben – so intensiv und hartnäckig war das Gefühl alter Bekanntschaft. Ich schaute hoch hinauf zu einer Reihe dicht unter der Decke, die völlig außer Reichweite lag; ich fragte mich, wie ich wohl am besten an diese Reihe herankäme. Eine offene Tür in der vierten Reihe von unten würde von Nutzen sein, und die Schlösser der anderen Türen würden Händen und Füßen Halt geben. Ich würde die Taschenlampe zwischen die Zähne nehmen, wie ich es schon an anderen Stellen getan hatte, wo ich beide Hände frei haben mußte, und vor allem durfte ich keinen Lärm machen.

Es würde schwierig sein, das Buch, das ich herausholen wollte, sicher auf den Boden zu bringen, aber vielleicht konnte ich die bewegliche Verschlußklammer an meinem Jackenkragen einhaken und es wie einen Rucksack tragen. Wieder fragte ich mich, ob das Schloß intakt sein würde. Daß ich jeden der vertrauten Handgriffe wiederholen konnte, bezweifelte ich nicht im geringsten. Aber ich hoffte, das Ding würde nicht knarren oder quietschen und nicht zu groß für meine Hand sein.

Noch während ich das dachte, hatte ich mir die Taschenlampe in den Mund gesteckt und hinaufzuklettern begonnen. Die vorstehenden Schlösser boten nur wenig Halt, aber wie erwartet erwies sich die offene Kammer als große Hilfe. Ich stützte mich gleichzeitig auf die bewegliche Tür und den Rand der Öffnung selbst und konnte so jedes laute Geräusch vermeiden.

Auf der Oberkante der Tür balancierend und weit nach rechts gelehnt konnte ich das gewünschte Schloß gerade erreichen. Meine Finger, von der Kletterei fast gefühllos, waren zunächst etwas ungelenk, aber ich stellte bald fest, daß ich mit ihnen das Schloß umspannen konnte. Und der Rhythmus der Erinnerung steckte tief in ihnen.

Aus unermeßlichen Urzeiten hatte die Kenntnis der komplizierten, geheimen Bewegungen irgendwie mein Gehirn korrekt und in jeder Einzelheit erreicht – denn nach weniger als fünf Minuten vernahm ich ein Klicken, dessen Vertrautheit mich um so mehr erschreckte, als ich mich nicht bewußt darauf vorbereitet hatte. Im nächsten Augenblick ging die Tür langsam und ganz leise knirschend auf.

Benommen schaute ich auf die so freigelegte Reihe grauer Behälter und spürte ein völlig undefinierbares Gefühl in mir aufsteigen. Gerade noch in der Reichweite meiner Hand stand ein Behälter, dessen geschwungene Hieroglyphen mich unter einem stechenden Schmerz zusammenzucken ließen; dieser Schmerz war unendlich vielfältiger, als wenn Angst seine einzige Ursache gewesen wäre. Noch immer bebend, gelang es mir, ihn in einer Wolke flockigen Staubs herauszuziehen und ohne ein störendes Geräusch zu mir herüberzuwuchten.

Wie der andere Behälter, den ich in der Hand gehabt hatte, war auch dieser etwas über zwanzig mal fünfzehn Zoll groß und trug eingeprägte Hieroglyphen. Die Dicke betrug etwas mehr als drei Zoll.

Ich klemmte ihn mühsam zwischen mich und die Regalfläche, nestelte an dem Verschluß herum und bekam schließlich den Haken frei. Ich öffnete den Deckel, hob den schweren Behälter auf meinen Rücken und befestigte den Haken an meinem Kragen. So bekam ich beide Hände frei, hangelte mich mühsam auf den Fußboden hinab und machte mich daran, meine Beute zu inspizieren.

In dem sandigen Staub kniend, holte ich den Behälter nach vorne und legte ihn vor mich hin. Meine Hände zitterten, und ich fürchtete mich fast ebensosehr davor, das Buch herauszuziehen, wie ich darauf brannte – und mich gezwungen fühlte –, es zu tun. Ganz allmählich war mir klargeworden, was ich finden würde, und diese Erkenntnis ließ mich beinahe erstarren.

Wenn das Ding da war – und ich nicht träumte –, dann würden die Folgerungen das Fassungsvermögen des menschlichen Geistes übersteigen. Am meisten quälte mich, daß ich in diesem Augenblick überhaupt nicht den Eindruck hatte, ich befände mich in einem Traum. Ich hatte vielmehr ein scheußliches Gefühl der Realität – und habe es auch jetzt noch, wenn ich an diese Situation zurückdenke.

Schließlich zog ich zitternd das Buch aus dem Behälter und schaute fasziniert auf die wohlbekannten Hieroglyphen auf dem Deckel. Es schien völlig unversehrt, und die krummlinigen Buchstaben des Titels übten einen so hypnotischen Zauber auf mich aus, als hätte ich sie lesen können. Fast möchte ich meinen, daß ich sie in einer Anwandlung abnormer Erinnerungsfähigkeit wirklich lesen konnte.

Ich weiß nicht, wie lange ich brauchte, bis ich diesen dünnen Metalldeckel aufzuschlagen wagte. Um den schrecklichen Augenblick hinauszuzögern, erfand ich alle möglichen Ausreden. Ich nahm die Taschenlampe aus dem Mund und schaltete sie aus, um die Batterie zu schonen. Jetzt, in der Dunkelheit, nahm ich meinen Mut zusammen und schlug den Deckel auf, ohne dabei die Lampe anzuknipsen. Dann endlich ließ ich das Licht auf die aufgeschlagene Seite fallen – nachdem ich mir fest vorgenommen hatte, auf keinen Fall zu schreien, was immer ich auch finden sollte.

Ich sah einen Moment lang hin, dann brach ich zusammen. Aber mit zusammengebissenen Zähnen gelang es mir, jeden Laut zu unterdrücken. Ich sank vollends zu Boden und schlug mir in der undurchdringlichen Finsternis mit der Hand an die Stirn. Was ich erwartet und befürchtet hatte, war da. Entweder träumte ich, oder Zeit und Raum waren zur Farce geworden.

Ich mußte träumen – aber ich würde das Trugbild auf die Probe stellen und dieses Ding mitnehmen und es meinem Sohn zeigen, wenn es wirklich ein realer Gegenstand war. Mir wurde furchtbar schwindelig, obwohl in der ungebrochenen Finsternis keinerlei Objekte sichtbar wurden, die sich vor meinen Augen hätten drehen können. Gedanken und Bilder von äußerster Schrecklichkeit – ausgelöst von den Perspektiven, die der eine kurze Blick eröffnet hatte – drangen auf mich ein und raubten mir fast die Sinne.

Ich dachte an die vermeintlichen Spuren im Staub und zitterte vor dem Geräusch meines eigenen Atems. Ich schaltete die Lampe wieder ein und sah die Seite an, wie das Opfer einer Schlange seinem Mörder in die Augen und den aufgerissenen Rachen blickt.

Dann, mit klammen Fingern und im Dunkeln, klappte ich das Buch zu, steckte es in seinen Behälter zurück und ließ den Deckel und den seltsamen Hakenverschluß zuschnappen. Das war es, was ich an die Außenwelt bringen mußte, wenn es wirklich existierte – wenn dieser ganze Abgrund wirklich existierte – wenn ich und die Welt selbst wirklich existierten.

Wann ich mich schwankend erhob und den Rückweg antrat, kann ich nicht genau sagen. Es berührt mich seltsam, daß ich – ein Maßstab für den Grad meiner Entrücktheit von der Außenwelt – während dieser grauenhaften Stunden unter der Erde nicht ein einziges Mal auf die Uhr sah.

Die Taschenlampe in der Hand und den ominösen Behälter unter dem Arm, sah ich mich schließlich auf Zehenspitzen und in einer Art lautloser Panik an dem zugigen Loch und den unheimlichen Spuren vorüberschleichen. Ich dämpfte meine Vorsicht, während ich die endlosen Rampen hinaufstieg, konnte aber nicht den Schatten einer Angst abschütteln, die ich beim Herabsteigen nicht empfunden hatte.

Ich fürchtete mich davor, abermals die schwarze Basaltkrypta zu durchqueren, die älter war als die Stadt selbst und in der kalte Luftströme aus unbewachten Tiefen heraufstiegen. Ich dachte an die Wesen, vor denen sich die Große Rasse gefürchtet hatte, und die vielleicht noch immer dort unten hausten, mochten sie auch noch so schwach und todgeweiht sein. Ich dachte an jene fünfteiligen, kreisförmigen Abdrücke und an das, was ich aus meinen Träumen über derartige Abdrücke wußte – an die seltsamen Winde und Pfeifgeräusche, von denen sie begleitet waren. Und ich dachte an die Geschichten der Eingeborenen, in denen schreckliche Stürme und namenlose Ruinen eine so wichtige Rolle spielten.

Ein in die Wand gemeißeltes Symbol sagte mir, auf welcher Höhe ich von der Rampe abbiegen mußte, und schließlich kam ich – vorbei an dem anderen Buch, das ich untersucht hatte – in den großen, kreisförmigen Raum mit den nach allen Richtungen ausstrahlenden Gängen. Zu meiner Rechten erkannte ich sofort den Gang, durch den ich hergekommen war. Dort hinein ging ich, in dem Bewußtsein, daß der Rückweg von hier an beschwerlicher sein würde wegen der vielen Trümmerhaufen außerhalb des Archivgebäudes. Ich hatte an meiner neuen Last in dem Metallbehälter schwer zu tragen und fand es immer schwieriger, keinen Lärm zu machen, während ich über Schutt und Trümmer jeder erdenklichen Art hinwegstolperte.

Dann gelangte ich an den bis zur Decke reichenden Trümmerberg, in den ich das enge Schlupfloch gewühlt hatte. Unendliche Angst ergriff mich bei dem Gedanken, daß ich mich dort wieder hindurchzwängen mußte, denn beim ersten Mal war es nicht ohne Geräusch abgegangen, und jetzt, nachdem ich diese vermeintlichen Spuren gesehen hatte, fürchtete ich mich vor nichts so sehr wie vor dem geringsten Lärm. Daß ich diesmal auch den Behälter durch den engen Spalt zerren mußte, verstärkte noch meine Besorgnis.

Aber ich erklomm das Hindernis recht und schlecht und schob zuerst den Behälter durch die Öffnung. Dann, mit der Taschenlampe im Mund, kroch ich selbst durch – wobei mir wieder die Stalaktiten den Rücken zerkratzten.

Als ich versuchte, den Behälter wieder an mich zu nehmen, entglitt er mir und schlug ein Stück weiter unten auf die Steine auf; das Gepolter weckte Echos, die mich in kalten Schweiß ausbrechen ließen. Ich sprang ihm sofort nach und bekam ihn zu fassen, ohne noch mehr Lärm zu machen. Aber einen Augenblick später verursachten die unter meinen Füßen wegrutschenden Steinbrokken ein plötzliches, beispielloses Getöse.

Dieses Getöse war mein Verderben. Denn gleich darauf glaubte ich zu hören, wie es irgendwo hinter mir auf fürchterliche Art beantwortet wurde. Ich meinte einen schrillen, pfeifenden Ton zu hören, der keinem irdischen Geräusch glich und mit Worten nicht zu beschreiben ist. Falls ich mir diesen Ton nur eingebildet hatte, so lag eine grimmige Ironie in den gleich darauffolgenden Ereignissen; denn ohne meine Panik über diese erste Erscheinung hätte all das, was ihr folgte, nicht zu passieren brauchen.

So aber verfiel ich in grenzenlose, durch nichts gemilderte, rasende Angst. Ich packte die Taschenlampe, umklammerte mit letzter Kraft den Behälter und stürzte Hals über Kopf los, unfähig, an etwas anderes zu denken als an meinen verzweifelten Wunsch, so schnell wie möglich aus diesen gespenstischen Ruinen hinauszukommen in die greifbare Welt der Wüste und des Mondscheins, die so weit über mir lag.

Ich merkte es kaum, als ich den Trümmerberg erreichte, der in den ungeheuren dunklen Raum über dem eingestürzten Dach emporragte, und stieß und schnitt mich mehrmals, während ich den steilen, aus scharfkantigen Blöcken und Splittern gebildeten Abhang erklomm.

Dann kam das Desaster. Als ich in blinder Hast den Gipfel erreicht hatte, bemerkte ich nicht, daß es gleich wieder schroff abwärts ging, glitt aus und war augenblicklich in einer rapide anwachsenden Lawine abwärts polternder Steinbrocken, deren donnerndes Getöse in der schwarzen Kellerluft in einer ohrenbetäubenden Serie erdbebenhafter Erschütterungen nachhallte.

Ich kann mich nicht daran erinnern, wann und wie ich diesem Chaos entfloh, aber in einem flüchtigen Augenblick des Bewußtseins sehe ich mich inmitten des Höllenlärms durch den Korridor stürzen und stolpern und klettern – noch immer mit Taschenlampe und Behälter.

Dann, gerade als ich auf jene urzeitliche Basaltkrypta zukam, vor der ich mich so fürchtete, faßte schiere Raserei mich an. Denn als der Nachhall der Steinlawine verklungen war, hörte ich wieder dieses unheimliche, fremdartige Pfeifen. Diesmal gab es keinen Zweifel – und was das Schlimmste war, es kam nicht von hinten, sondern aus irgendeiner Richtung *vor mir*.

Wahrscheinlich habe ich in diesem Moment laut aufgeschrien. Verschwommen sehe ich mich durch das höllische Basaltgewölbe fliehen, verfolgt von dem widerwärtigen, fremdartigen Pfeifton, der aus der offenen, unbewachten Tür zu den endlos tiefen schwarzen Abgründen heraufdrang. Es wehte auch ein Wind – nicht bloß ein kühler, feuchter Luftzug, sondern ein starker, tückischer Sturm, der aus diesem widerwärtigen Loch hervorbrach, aus dem auch die unheimlichen Pfeiftöne kamen.

Ich erinnere mich, wie ich über Hindernisse aller Art hinwegtaumelte, während hinter mir der tobende Sturm und das schrille Pfeifen immer mehr anschwollen und zielbewußt und bösartig nach mir zu schnappen schienen.

Obwohl er von hinten kam, hatte dieser Wind die merkwürdige Eigenschaft, meinen Lauf zu behindern, anstatt ihn zu beschleunigen, gerade so, als hätte jemand von hinten eine Schlinge oder ein Lasso über mich geworfen. Ohne auf den Lärm zu achten, den ich verursachte, kletterte ich über eine Barriere aus Steinblöcken und befand mich wieder in dem Gemäuer, aus dem der Weg zur Oberfläche führte.

Ich entsinne mich, daß ich den Seitengang zu dem Maschinenraum sah und beinahe aufschrie, als ich die Rampe bemerkte, die zu der Stelle zwei Geschosse weiter unten hinabführte, wo eine dieser blasphemischen Falltüren offenstehen mußte. Aber anstatt laut zu schreien, stammelte ich immer wieder vor mich hin, daß dies alles ein Traum sei, aus dem ich bald erwachen müsse. Vielleicht war ich im Lager – vielleicht war ich zu Hause in Arkham. Während ich mich mit solchen Hoffnungen zu beruhigen versuchte, begann ich, die Rampe zu dem oberen Geschoß hinaufzusteigen.

Ich wußte natürlich, daß ich noch den vier Fuß breiten Spalt überqueren mußte, war aber zu sehr von anderen Ängsten gepeinigt, um mir dieses Schreckens voll bewußt zu werden – bis ich fast davor stand. Beim Abstieg war der Sprung über den Spalt leicht gewesen – aber konnte ich ihn jetzt ebenso leicht überwinden, da ich aufwärts springen mußte und außerdem durch das Gewicht des Metallbehälters, durch meine Furcht, meine Erschöpfung und das widernatürliche Zerren des dämonischen Windes behindert war? An all diese Dinge dachte ich erst im letzten Moment, und ich dachte auch an die namenlosen Wesen, die in den schwarzen Tiefen unter dem Spalt lauern konnten.

Meine Taschenlampe begann zu flackern, doch irgendeine dunkle Erinnerung sagte mir, daß ich mich dem Spalt näherte. Die eisigen Windstöße und die ekelerregenden Pfeiftöne hinter mir wirkten einen Augenblick lang fast wie ein barmherziges Beruhigungsmittel, das meine Sinne für die Schrecken des vor mir klaffenden Spalts betäubte. Und dann bemerkte ich die zusätzlichen Windstöße und Pfeiftöne, die von vorne kamen – Wellen des Abscheus, die durch eben diesen Spalt aus nie erahnten und nie zu erahnenden Tiefen heraufdrangen.

Jetzt fürwahr packte mich nacktes Entsetzen. Jegliche Vernunft verließ mich – und ohne irgend etwas anderes zu beachten als den animalischen Trieb zur Flucht, stürmte und kletterte ich über die Trümmer des Abhangs nach oben, als gebe es den Spalt überhaupt nicht. Dann sah ich den Rand der Kluft, sprang mit aller Kraft – und versank augenblicklich in einem pandämonischen Strudel widerwärtigster Geräusche und äußerster, physisch spürbarer Finsternis.

Dies ist das Ende meines Erlebnisses, soweit meine Erinnerung reicht. Alle weiteren Eindrücke gehören eindeutig in das Reich deliriöser Phantasmagorien. Traum, Wahnsinn und Erinnerung verschmolzen wild zu einer Reihe phantastischer, bruchstückhafter Wahnvorstellungen, die keine Beziehung zu irgendwelchen realen Dingen haben können.

Ich fiel durch unermeßliche Tiefen zähflüssiger, fühlbarer Dunkelheit und ein Gewirr von Geräuschen, die völlig anders waren als alle, die wir von der Erde und ihrem organischen Leben kennen. Ruhende, verkümmerte Sinne schienen in mir zu neuem Leben zu erwachen und berichteten mir von Höhlen und Schlünden, die von schwebenden Ungeheuern bevölkert waren und zu sonnenlosen Klippen und Ozeanen und wimmelnden Städten fensterloser Basalttürme führten, die nie ein Lichtstrahl getroffen hat.

Geheimnisse des urzeitlichen Planeten und seiner unermeßlichen Äonen durchzuckten mein Gehirn ohne die Hilfe von Gesicht oder Gehör, und ich wußte Dinge, die ich auch in den wildesten meiner früheren Träume nicht erahnt hätte. Und die ganze Zeit umklammerten mich die kalten Finger feuchten Dampfes, und dieses unheimliche, abscheuliche Pfeifen schrillte dämonisch durch all die Wechsel von Höllenlärm und Stille in den Strudeln der Dunkelheit.

Später kamen Visionen von der zyklopischen Stadt meiner

Träume – nicht in Ruinen, sondern so, wie sie in meinen Träumen gewesen war. Ich war wieder in meinem kegelförmigen, nichtmenschlichen Körper und mischte mich unter die Scharen der Großen Rasse und der gefangenen Geister, die in den hohen Korridoren und auf den riesigen Rampen Bücher hin und her trugen.

Dann erschienen, diesen Bildern überlagert, schreckliche, flüchtige Momente nichtvisuellen Bewußtseins, mit verzweifelten Kämpfen, einem Losreißen von krallenden Tentakeln eines heulenden Windes, einem wahnwitzigen, fledermausartigen Flug durch halbstoffliche Luft, einem fieberhaften Wühlen durch zyklongepeitschte Finsternis und einem wilden Stolpern und Klimmen über eingestürztes Mauerwerk.

Einmal kam eine merkwürdige, blitzartige Andeutung von etwas Sichtbarem – ein schwacher, diffuser Schimmer bläulichen Lichts weit oben. Dann kam ein Traum von windverfolgtem Kriechen und Klimmen – und ich tauchte in den Glanz eines sardonischen Mondlichts ein, während hinter mir der Haufen von Trümmern, über den ich heraufgekrochen war, in einem gewaltigen Wirbelsturm zusammenbrach und verschwand. Es war das bösartige, monotone Klopfen dieses sinnverwirrenden Mondlichts, das mir schließlich meine Rückkehr in eine Welt anzeigte, die ich einmal als die reale, wachende Welt gekannt hatte.

Ich kroch auf allen vieren durch den Sand der australischen Wüste, und um mich herum tobte ein Sturm, wie ich ihn nie zuvor auf unserem Planeten erlebt hatte. Meine Kleider hingen in Fetzen, und mein Körper war über und über mit Beulen und Kratzern bedeckt.

Das volle Bewußtsein kehrte nur langsam wieder, und nie werde ich wissen, wo der phantastische Traum aufhörte und die wirkliche Erinnerung begann. Da war ein Hügel titanischer Blöcke gewesen, ein Abgrund unter ihm, eine monströse Enthüllung der Vergangenheit und zum Schluß entsetzliches Grauen – aber wieviel davon war Wirklichkeit?

Meine Taschenlampe war verschwunden und ebenso der Metallbehälter, den ich entdeckt haben konnte. Hatte es diesen Behälter wirklich gegeben – und den Abgrund – und den Hügel? Ich hob meinen Kopf und blickte zurück, aber ich sah nur die sterilen, welligen Dünen der Wüste.

Der dämonische Wind legte sich, und der aufgedunsene, schwammige Mond ging rot im Westen unter. Schwankend erhob ich mich und machte mich taumelnd in südwestlicher Richtung auf den Weg zum Lager. Was war mir wirklich geschehen? War ich nur einfach in der Wüste zusammengebrochen und hatte einen von Träumen gepeinigten Körper meilenweit über Sand und verwehte Steinblöcke geschleppt? Wenn nicht, wie konnte ich es dann ertragen, noch weiterzuleben?

Denn in diesem neuen Zweifel löste sich all mein Glaube an die mythische Unwirklichkeit meiner Visionen wieder in die höllischen früheren Zweifel auf. Wenn dieser Abgrund real war, dann war auch die Große Rasse real – und ihre blasphemischen Projektionen und Übergriffe in dem kosmosweiten Strudel der Zeit waren keine Mythen und Alpträume, sondern furchtbare, seelenvernichtende Wirklichkeit.

War ich, in voller, fürchterlicher Wirklichkeit, in eine vormenschliche Welt hundertfünfzig Millionen Jahre vor unserer Zeit zurückversetzt worden, in jenen dunklen, verwirrenden Tagen der Amnesie? Hatte mein eigener Körper einen schrecklichen, fremden Geist aus unermeßlichen Urzeiten beherbergt?

Hatte ich, als gefangener Geist jener watschelnden Ungeheuer, wirklich diese fluchbeladene Stadt in ihrer urzeitlichen Blüte gekannt und war ich in der abscheulichen Gestalt meines Fängers diese vertrauten Korridore entlanggeglitten? Waren diese quälenden Träume aus über zwanzig Jahren das Ergebnis widernatürlicher Erinnerungen?

Hatte ich einst wirklich mit Geistern aus unerreichbaren Winkeln von Raum und Zeit gesprochen, die Geheimnisse des Universums, vergangene und zukünftige, erfahren und die Annalen meiner eigenen Welt für die metallenen Behälter jener titanischen Archive geschrieben? Und waren jene anderen – diese erschreckenden Wesen der widernatürlichen Stürme und dämonischen Pfeiftöne – wirklich eine lauernde, fortlebende Bedrohung, wartend und langsam schwächer werdend in dunklen Schlünden, während die verschiedenen Formen des Lebens ihren vieltausendjährigen Lauf auf der vom Alter gezeichneten Oberfläche des Planeten nahmen?

Ich weiß es nicht. Wenn dieser Abgrund und das, was er barg, Wirklichkeit ist, dann gibt es keine Hoffnung. Dann liegt wahrhaftig über dieser Welt der Menschen ein beunruhigender, unfaßbarer Schatten aus der Vergangenheit. Aber gottlob gibt es keinen Beweis dafür, daß diese Dinge mehr sind als eine neue Phase meiner aus Mythen geborenen Träume. Ich brachte nicht den metallenen Behälter mit, der ein Beweis gewesen wäre, und bis jetzt sind jene unterirdischen Gänge nicht gefunden worden.

Wenn die Gesetze des Universums gnädig sind, werden sie auch nie gefunden werden. Aber ich muß meinem Sohn sagen, was ich sah oder zu sehen glaubte, und ihn mit seiner Urteilskraft als Psychologe darüber entscheiden lassen, wieviel von meinen Erlebnissen Wirklichkeit war und ob dieser Bericht anderen zugänglich gemacht werden soll.

Ich habe gesagt, daß die Wahrheit meiner jahrelangen qualvollen Träume mit der Wirklichkeit des Gegenstandes steht und fällt, den ich in jenen zyklopischen, begrabenen Ruinen gesehen zu haben glaube. Es ist mir wirklich schwergefallen, diese entscheidende Entdeckung zu Papier zu bringen, obwohl sich der Leser sicherlich denken kann, worin sie bestand. Sie lag natürlich in jenem Buch in dem Metallbehälter – dem Behälter, den ich aus seiner mit dem Staub von einer Million Jahrhunderten bedeckten Kammer geholt hatte.

Dieses Buch war seit dem Erscheinen des Menschen auf diesem Planeten von keinem Auge gesehen, von keiner Hand berührt worden. Und doch sah ich, als ich in diesem schrecklichen Gewölbe das Licht meiner Taschenlampe einschaltete, daß die seltsam pigmentierten Buchstaben auf den spröden, von Äonen gebräunten Zellulose-Seiten nicht irgendwelche undeutbaren Hieroglyphen aus den Anfängen der Erdgeschichte waren. Es waren statt dessen die Buchstaben unseres vertrauten Alphabets, und der Text war in englischer Sprache, geschrieben in meiner eigenen Handschrift.

Barton Levi St. Armand
H. P. Lovecraft: Anhänger der Dekadenz
aus Neu-England

I

Die landläufige Vorstellung von Lovecraft und das Bild, das HPL in späteren Jahren von sich bewußt in Umlauf setzte, ist das des standhaften Gentlemans aus Neu-England, eines Gentlemans von eindeutig puritanischer Abstammung. »Ich danke den Mächten des Kosmos, daß ich Engländer alter Herkunft aus Rhode Island bin!« versicherte er oft in seinen Briefen an jüngere Freunde, obwohl die Wahrheit so aussieht, daß Lovecraft von seinen wohlhabenderen und berühmteren Yankee-Verwandten abgelehnt wurde, die ihn für einen »seltsamen Kauz«, »toll wie eine Bettwanze« und einen unverbesserlichen Tunichtgut hielten. Selbst im Rahmen seiner aufdringlich betonten Genealogie war Lovecraft ein Außenseiter, und das Vergnügen, das es ihm bereitete, seinen Namen mit den ersten Familien von Providence in Verbindung zu bringen, war in gewissem Maße eine Kompensation der eigenen »sehr realen« Unbekanntheit und Bedeutungslosigkeit in der kosmischen Weltordnung. In Zeiten des Zweifels und der Enttäuschung diente Lovecraft die Genealogie zur Errichtung eines Schutzwalls gegen alle Menschen, die nicht zu den weißen angelsächsischen Protestanten gehörten und die er als bedrohlich empfand; in Zeiten relativen Friedens und relativer Sicherheit aber dehnte er dieselbe Genealogie zu einem so weiten Netz aus, daß es alle »Enkel« und »Vettern« einschloß, die er um sich zu scharen gedachte (darunter den eigenen künftigen literarischen Nachlaßverwalter Robert H. Barlow). Zur Abwehr dachte sich Lovecraft eine Welt aus, in der er, wie Roderick Ascher, der letzte Sproß eines edlen Geschlechts war, verurteilt zu dem fragwürdigen Vorzug eines überaus empfindsamen Naturells und einer allzu verfeinerten Sensibilität. »Selbst vor dem Tod meines Großvaters [1904]«, schrieb er 1931 an Maurice W. Moe, »war in mir das Gefühl der Gefahr und des Abstiegs mächtig, so daß ich mich Poes düsteren Helden mit ihrem zerstörten Lebensglück verwandt fühlte.«[1] Vincent Starrett nannte Lovecraft einen »um ein Jahrhundert zu spät auf die Welt gekommenen C. Auguste Dupin« und stellte scharf-

sinnig fest, daß »er sich, wie seine Helden in Poes gigantischem
Alptraum, für eine leichenblasse, geheimnisvolle Gestalt der
Nacht hielt – einen bleichen, gelehrten Nekrologen – und die
natürliche Ähnlichkeit kultivierte, bis sie beinahe Wirklichkeit
wurde«.[2]

Lovecraft gefiel sich darin, den Familienstammbaum (mit einem
Stolz, der fast auf die primitive Anbetung der Altvorderen hinaus-
lief) entlang der mütterlichen und der väterlichen Linie zurückzu-
verfolgen, wobei eine lange Liste von angeblich außergewöhnlichen Vorfahren zutage trat: Landedelleute aus Devonshire auf der
Lovecraft-Seite; puritanische Richter, Geistliche und Gelehrte auf
der Phillips-Seite.[3] Er wies besonders auf »den Geistlichen George
Phillips« hin, »der 1630 mit Mr. Winthrops Kolonie aus Norfolk
zuzog, im selben Jahr in Salem seine Frau zu Grabe trug und sich
schließlich in Watertown niederließ, wo er zahllose Nachkommen
großzog, und dem Cotton Mather verdientermaßen die keineswegs übertriebene Grabinschrift widmete: ›Hic Jacet GEORGIUS
PHILLIPP, Vir Incomparabilis, nisi SAMUELUM genuisset‹« (*SL*,
1, S. 296). Daran schloß Lovecraft jedoch die Klage an: »Der Kummer meines Lebens frißt an mir, daß ich von einem anderen Sohn
als dem unvergleichlichen Samuel abstamme!« Trotzdem schätzte
er sein »einem Ahnen gehörendes Exemplar« von Mathers um-
fangreichem Werk *Magnalia Christi Americana*. Ein Abschnitt
daraus wurde zum Keim der Erzählung »Das Unnennbare«, und
dem Kapitel über Sir William Phips entnahm er das Motto, das er
in *Der Fall Charles Dexter Ward* Borellus zuschreibt.[4] In einem
langen und aufschlußreichen autobiographischen Brief an Edwin
Baird vom Februar 1924 gab Lovecraft zu:

> Wenn ich für die aufgeblasene und theokratische Philosophie
> der Puritaner auch nur abgrundtiefe Verachtung übrig habe, so
> glaube ich doch an den Ehrbegriff und den strengsten Verhal-
> tenskodex, die mich wie einen Puritaner handeln lassen und mir
> die Bezeichnung Puritaner von allen eintragen, die selbst nicht
> dieser langweiligen Rasse von Viehzeug angehören. Ich bin ich
> selbst – allein – wie der Barde den buckligen Richard sagen läßt.
> Alle Schulen des Denkens sind mir gleichermaßen verächtlich.
> (*SL*, 1, S. 298)

Und doch hatte Lovecraft unmittelbar vor dieser *Apologia pro*

Vita Sua ebenso geschrieben: »Ich verabscheue das Menschengeschlecht und seine Anmaßungen und sein schweinisches Verhalten – für mich ist das Leben eine schöne Kunst, und obwohl ich der Meinung bin, daß das Universum ein automatisch ablaufendes sinnloses Chaos ist, das letzter Werte oder Unterscheidungen von Recht und Unrecht bar ist, halte ich es doch für im höchsten Maße künstlerisch, das Gefühlserbe unserer Kultur zu berücksichtigen und Verhaltensmustern zu folgen, die äußerst empfindsamen Gemütern am wenigsten Schmerz bereiten.« Dieser merkwürdigen Verbindung von Ästhetizismus und Puritanismus möchte ich nachgehen, insbesondere dem Umstand, daß Lovecraft, während er sich oft (wie Oliver Alden in Santayanas Roman) als »Letzter Puritaner« gefiel, ebenso die Rolle des alleinstehenden amerikanischen Ästheten spielte, eines Oscar Wilde von Rhode Island oder eines provinziellen Algernon Swinburne. Diese Haltung führte letztlich dazu, daß HPL nicht nur das Ästhetische, sondern auch das Dekadente schätzte, das schließlich Eingang in seine Kunst fand, da es sein Leben und seine Auffassungen über den fortschreitenden Untergang der abendländischen Kultur mitprägte.

Die Nachahmung Edgar Allan Poes und Lovecrafts Bewunderung für diesen seinen »Gott der Dichtung«, der seinerseits größten Einfluß auf den ganzen Kreis der Fin-de-siècle-Künstler hatte, veranlaßte Lovecraft dazu, die Haltung des Ästheten anzunehmen. Wir vergessen oft, daß es Poe war, der die Vorstellung von der Schönheit des Verfalls in seinem »Haus Ascher« bündig ausdrückte. Er lieferte auch das Bild, das durch so viele präraffaelitische Gedichte und Gemälde geistert, als er in seinem Essay »Die Methode der Komposition« (1846) verkündete, daß »folglich der Tod einer schönen Frau unzweifelhaft das allerdichterischste Motiv der Welt ist«. Dante Gabriel Rossetti schrieb »The Blessed Damozel« als Fortsetzung des Gedichts »Der Rabe« (das er in der Jugend illustriert hatte), in dem er das Gedicht vom Standpunkt der verlorenen Lenore aus präsentierte, und der französische symbolistische Maler Odilon Redon fertigte später eine Serie von Lithographien an, die die in die Katastrophe mündenden Schlußfolgerungen von Poes *Heureka* illustrierten, worauf Philippe Jullian in seinem Buch *Dreamers of Decadence* hinweist. Jullian fügt dann bezeichnenderweise hinzu: »Hier können wir die Kontinuität der phantastischen Literatur bis zu Lovecraft erkennen.«[5] Poe war es auch, der die Vision eines künstlichen Paradieses in seinem

»Das Gut zu Arnheim« perfektionierte, ein Paradies, das nur vage von dem orientalischen Überschwang von William Beckfords *Vathek* (1786) vorweggenommen wurde. *Vathek* seinerseits ist letztlich der literarische Einfluß hinter Lovecrafts berühmtem »verrückten Araber Abdul Alhazred« und dessen lästerlichem *Necronomicon,* einem Werk, das durchaus zu den »entsetzlichen Kuriositäten«, die im Turm der Carathis aufbewahrt werden, gehören oder zwischen den brüchigen Lederfolianten von Roderick Aschers Bibliothek stehen könnte. Beckford erbaute seine prächtige Fonthill Abbey, Scott das beeindruckende Abbotsford und Walpole sein bezauberndes Strawberry Hill, während der bescheidenere Lovecraft, dessen einziger Schatz sein Name war, das pittoreske viktorianische Pfarrhaus seines Großvaters aus der Angell Street zum Schauplatz seines eigenen, exklusiven Traumreichs machte. Und HPL verwandelte sein heimatliches Providence so ziemlich auf dieselbe Weise in eine versunkene Nekropolis wie Georges Rodenbach eine bezauberndе belgische Provinz in das dekadent schillernde Bruges-la-Morte verwandelt, die nordische Spielart dieses allgemein verbreiteten Archetyps des Fin de siècle, der Stadt der Grauenvollen Nacht. Lovecrafts andere Spielarten dieses feuchten gotischen Labyrinths, einer Stadt am Meer, die nur allzu oft zu einer Poeschen »Stadt im Meer« wird, waren die Städte Salem, Newburyport und Marblehead in Neu-England, die er transformierte, zusammenfügte und wiedererrichtete als die Traumreiche Arkham, Innsmouth und Kingsport.

Schließlich übernahm Lovecraft von Poe letztlich auch seine Philosophie kosmischen Verfalls und Untergangs, die er auf demselben *Heureka* aufbaute, das die Anhänger der Dekadenz durch die Vision eines in sich zusammenstürzenden Universums und der ekstatischen Vernichtung der Materie, wie wir sie kennen, faszinierte. Gewiß, Poe (wie Lovecraft ihn schätzte) war durch den späteren kosmischen Pessimismus Schopenhauers und Nietzsches deformiert. Hinzu kam die Verstärkung von Poes aristokratischer Verachtung der Menge zu einer ausgewachsenen Xenophobie, die eher für einen Anhänger des Grafen Gobineau typisch wäre. Mit grimmigem Vergnügen malte Lovecraft in seinen Briefen den Rückfall der Menschheit in die ursprüngliche Art und eine Zeit aus, da »die Menschen mit ihren alten Weibern über die Sagen staunen und Medizinmänner zwischen den Ruinen der Betonbrücken, Untergrundbahnen und Gebäudefundamente scharwenzeln werden«. »Wir sind bei weitem nicht so gut zum Kampf gegen die verschiedensten Umwelten gerüstet wie die Gliederfüßler«, fuhr er fort, »und ein Klimaumschwung wird uns eines Tages beinahe so sicher ausrotten wie die Dinosaurier ausgestorben sind – und Platz machen für den Aufstieg und die Herrschaft einer zähen und behauptungsfähigen Insektenart.« (*SL*, III, S. 43)

Das war HPLs Vision vom Einfall der Barbaren, dem Triumph der Fremden, für den sich Jean Lorrain und Gabriele D'Annunzio so begeistern konnten. In Lovecrafts Dekadenzphilosophie kam der Feind jedoch gleichzeitig von innen und von außen – man ist nie weit von dem Affen oder Anthropoiden entfernt, dem darwinschen Vorfahren des Menschen. Unter den entsprechenden Umständen konnte der innerhalb der Mauern der menschlichen Psyche verborgene Wilde losbrechen, um rachsüchtig das unglückselige Kind der modernen Kultur zu verwüsten, wie es anschaulich dem unglücklichen Delapore in »Die Ratten im Gemäuer« zustößt.[6] Lovecraft sah seine eigene persönliche »Geschichte langsamer Verarmung« als ungemilderte Chronik des Verfalls und Untergangs, in der »die ganze Luft vor Fäulnis stank und sogar der Mond in Fäulnis übergegangen war«. Es kommt daher nicht überraschend, daß er dieser Vorstellung einen solchen Rang einräumte, daß sie nicht nur seine persönliche Familiengeschichte umfaßte, sondern die gesamte evolutionäre Entwicklung des Menschengeschlechts, die in seinen Fiktionen immer einer überraschenden und unausweichlichen Entartung zum Primitiven und Bestialischen ausgesetzt ist.

Doch fürchtete Lovecraft auch das Fremde von draußen, die Mischlingsbevölkerung der Einwanderer, die untergraben hatte, was er für seinen rechtmäßigen Platz in der Gesellschaft hielt. Neu-England war ein heiliges Gebiet, das allmählich von diesen fremden Horden »italo-semitisch-mongoloider« Auswüchse überlaufen wurde: »affenähnlichen« Portugiesen, »hämisch grinsenden gelben« Orientalen, »brabbelnden« Französisch-Kanadiern, »unsäglichen« Süditalienern und »rattengesichtigen« Juden. Das Ungeziefer befindet sich innerhalb und außerhalb der gebrechlichen Mauern seines geschwächten Yankee-Bewußtseins; die Belagerung hatte viele Seiten und war unaufhaltsam. Er sah eine Zeit voraus, da nur noch eine weiße Enklave übrigbleiben würde, und wird damit zu einem Echo des Shreve McCannon aus Faulkners neo-gotischem Schauerroman *Absalom! Absalom!* (1936), der dem zitternden Quentin Compson (eine Gestalt wie aus Lovecrafts Werk, im Südstaaten-Stil) erklärt, daß verblödete Mulatten die Erde erben werden, »so daß in einigen tausend Jahren auch ich, der ich dich ansehe, ebenfalls den Lenden afrikanischer Könige entsprungen sein werde«. Noch grausamer vielleicht, sah Lovecraft ein gewaltiges rassisches Harmageddon voraus, in dem die Nichtweißen mit ihren arischen Herren im Entscheidungskampf um die armseligen Überreste der Kultur lägen:

New York wird zu einem ungeheuren Marktplatz für von weit her kommende weiße Pendler werden – und für die namenlose Brut. Wenn im Lauf der Zeit die Macht der letzteren zu gefährlichen Höhen des Konkurrenzneides ansteigt, sehe ich nichts Geringeres voraus als einen Krieg oder einen Abfall von der Union. Hierin liegt ein überaus ernstes und gewaltiges Problem, im Vergleich zu dem das Negerproblem ein Witz ist – denn in diesem Fall bekommen wir es nicht mit kindähnlichen Halbgorillas zu tun, sondern mit gelben, seelenlosen Feinden, deren abstoßende Kadaver gefährliche geistige Maschinen beherbergen, die kulturlos allein auf materiellen Gewinn durch heimliche Umtriebe ausgerichtet sind, koste es, was es wolle. Ich hoffe, daß diese Entwicklung in den Krieg *münden wird* – aber erst dann, wenn unser eigenes Gemüt völlig von den humanitären Hemmnissen des syrischen Aberglaubens befreit ist, der uns von Konstantin aufgezwungen wurde. Dann werden wir unsere ganze Macht als Männer und Arier unter Beweis stellen und eine Massendeportation auf wissenschaftlicher Grundlage durchführen, vor der es kein Zurückweichen und von der es kein Abgehen gibt. (*SL* II, S. 68)

Wiederum zeigt Lovecraft hier den unverkennbaren Zusammenhang mit den Ästheten und Dekadenten des späten neunzehnten Jahrhunderts in Europa, denn seine Spenglersche Auffassung vom Untergang des Abendlandes und dem Aufstieg des Morgenlandes fügt sich ganz exakt in jene Haltung, die Philippe Jullian als Fixierung auf »Byzanz« charakterisiert. »Byzanz« ist die überwältigende Empfindung, daß eine Kultur, die sich überlebt hat, in den letzten Zuckungen einer gewaltsamen, orgasmischen Auflösung liegt. Jullian schreibt:

Das fin de siècle, das Wilhelm II. mit dem Schreckgespenst der gelben Gefahr aufzurütteln suchte, war besessen vom Untergang der eigenen Kultur. Wie Cioran in der *Lehre vom Verfall* schreibt: »Die die Augen blendende Verdorbenheit eines jeden historischen Herbstes wird durch die Nähe des Skythen verdunkelt... der Liebhaber von Sonnenuntergängen macht sich Gedanken über das Scheitern jedweder verfeinerten Lebensart und das bevorstehende Vordringen des Vitalen.« Das Wort ›verdunkelt‹ ist nicht ganz zutreffend, wenn man die großartigen Zuckungen betrachtet, die das Reich durchbeben, während es auf die Barbaren wartet, seine letzten Freuden genießt und ungeduldig das Ende herbeisehnt.

(*Dreamers of Decadence*, S. 150)

Wegen seinem Abscheu für das Christentum, jenen »syrischen Aberglauben, der uns von Konstantin aufgezwungen wurde«, war Lovecraft eines Sinnes mit dem Swinburne der »Hymne an Proserpina«:

Du hast obsiegt, O bleicher Galiläer; dein
    Odem hat die Welt mit Grau verhangen,
Wir haben getrunken von dem Wasser der Lethe,
    und die Fülle des Todes ist uns aufgegangen.

Denn wenn er auch in seinen wahnwitzigen Ausbrüchen und rassistischen Jeremiaden den schließlichen Triumph der arischen Rasse prophezeite, in deren Zerrspiegel er sich selbst als »nahezu zwei Meter großen, kalkweißen nordischen Typus, den Typus der siegreichen Herrenrasse und des Mannes der Tat« sah, gibt es gleichzeitig eine melancholische Unterströmung, die auf die letztliche Vergeblichkeit sogar des Kampfes hinweist. Im September 1931 schrieb Lovecraft an Robert E. Howard, die Mendelschen Gesetze von dominanten und rezessiven Vererbungsmerkmalen ignorierend: »Was die Vererbung im allgemeinen angeht – es ist merkwürdig, wie eine dunkle Erbanlage unter blonden Charakteristiken hervorbricht, während eine blonde Erbanlage in der dunklen Rasse völlig aufgeht. Das beweist, daß der dunkelhäutige Typus weitaus grundlegender und normaler für die Gattung ist, und daß der nordische Typ das Ergebnis einer außergewöhnlichen und sehr feinen Spezialisierung ist – deren Folgen höchst unsicher sind und

jederzeit von jedem Einfluß umgestoßen werden können, der die
ursprüngliche Anordnung begünstigt.« (*SL*, III, S. 412) Und wirklich wurde HPL persönlich von der überlegenen Lebenskraft und
dem Fleiß der »namenlosen Brut«, die er so verabscheute, besiegt,
denn er wurde aus der »räudigen Mischlingsstadt New York« in
die friedliche Traumzuflucht Providence vertrieben. In einem Brief
an Ferdinand Morton vom Oktober 1929 sprach er von einem
strategischen Rückzug und von »Menschen mit größerer Empfindsamkeit«, die »es fertigbringen, sich selbst in einer Weise
wichtig zu nehmen, daß sie beim Gedanken an den Untergang der
eigenen Kultur keinen Schmerz empfinden«. »Es gibt vielleicht
solche«, fährt er fort:

> – wie die französischen Dekadenten des 19. Jahrhunderts –, die
> eine Art angenehme tragische Aufwertung daraus herleiten, daß
> sie sich als Besatzung eines untergehenden Schiffes fühlen – ein
> Schiff, das untergeht, gleich wie viele andere Schiffe später von
> anderen Häfen aus in See stechen. Ein Psamattickus im sterben-
> den Ägypten, ein Lukian in der vergehenden hellenischen Welt,
> ein Boethius oder ein Venantius Fortunatus im zum Untergang
> verurteilten Rom – diese Vorstellung birgt einen gewaltigen
> Lustgewinn für diejenigen, die so etwas mögen. (*SL*, III, S. 41)

Alles in allem fand Lovecrafts faszinierende Vorliebe für die Dekadenz nicht in der Sado-Erotik eines Werkes wie Delacroix' *Tod des
Sardanapal* (1827) Ausdruck, sondern vielmehr in einem kosmischen Bewußtsein, das ständig über den fortschreitenden Verfall
der Menschheit und der Milchstraße, die sie bewohnt, nachbrütet.
»Ich glaube, kein redlicher ästhetischer Kanon«, schrieb HPL,
»kann das höchste organische Vermögen ausschließen – die reine,
eiskalte Vernunft; die dem Menschen den einzigen Kontakt mit
den Dingen außerhalb seiner selbst ermöglicht, und die dem Gefühl aufgeprägt werden muß, bevor so etwas wie *Phantasie* entstehen kann.« (*SL*, I, S. 172-173)
  Weniger fleischliche Neugierde als vielmehr kosmischer Schauder regte seine puritanische Einbildungskraft an, eine Einbildungskraft, die uns zuweilen an Predigten wie Jonathan Edwards'
Sünder in der Hand eines zornigen Gottes oder *Die künftige Be-
strafung der Bösen ist unvermeidlich und unerträglich* erinnert,
die ähnlich trübsinnig die Nähe der Hölle und das drohende

Nichts betonen. In einem Brief an Frank Belknap Long aus dem Jahre 1923, in dem Lovecraft die Puritaner verteidigte, schrieb er:

Puritanismus? Ich bin keineswegs geneigt, ihn im Schauge-pränge dieser Welt ganz und gar zu verurteilen, denn ist das Le-ben nicht eine Kunst und Kunst nicht eine *Auswahl?* Die Puritaner strebten, ohne es selbst zu wissen, die höchstvollen-dete Kunst an – ihr Ziel war es, alles Leben in ein dunkles Ge-dicht zu verwandeln; ein makabres Gewebe mit altmodischen Arabesken und Mustern aus den Ebenen des alten Palästina… des antiken Palästina mit seinen bärtigen Propheten, vieltorigen Stadtmauern und abgeflachten Kuppeln. Das sinnlose Sich-Ab-mühen des Affen und Neandertalers verwarfen sie – das und die anmutigen Formen, auf die sie in ihrer Mühsal unverhofft gesto-ßen waren – und anstelle der schlampigen Natur richteten sie ihr Leben nach gotischem Vorbild ein, mit formvollendeten Bö-gen und präzisem Maßwerk, strengen Spitztürmchen und drei interessanten kleinen Wasserspeiern mit ernsten Grimassen, ge-nannt der Vater, der Sohn und der Heilige Geist. Der wankel-mütigen Menschheit erlegten sie eine Verjüngungskur auf, und einem ziel- und sinnlosen Kosmos lieferten sie künstliche Werte, die echte Autorität besaßen, da sie nicht wahr waren. Wahrhaf-tig, die Puritaner waren die einzigen echt wirkungsvollen Teu-felsanbeter und Dekadenten, die die Welt kennt; weil sie das Leben haßten und die Platitüde verachteten, es sei lebenswert. Können Sie sich etwas Großartigeres vorstellen als die massen-weise Abschlachtung der Indianer – ein wahres Epos –, verübt durch unsere Vorfahren aus Neu-England im Namen des Lam-mes? Aber von all dem abgesehen – diese Puritaner waren ein-fach wunderbar. (*SL, 1, S. 275*)

Es war just solch ein Gemetzel, das sich der nordische Lovecraft erträumte, davon abgesehen, daß es für HPL nicht den Gott der Puritaner gibt, sondern bloß die entsetzliche kosmische Panto-mime von Poes »Der Sieger Wurm«:

Aus – aus gehen die Lichter allaus. –
Genug ward gelebt; und alsbald
kommt stürmisch (ein Bahrtuch, oh Graus!)
der Vorhang herniedergewallt.

Und die Engel stehn auf; bleich, gedrückt,
bestätigen sie den Verhalt:
»MENSCH« hieß das gesehene Stück,
und »DER WURM« war die Siegergestalt.
(Übersetzt von Arno Schmidt)

An Lovecrafts Kunst bleibt folglich bemerkenswert, wie er Puritanismus, Dekadenz und Ästhetik in einem einzigartigen Paradigma
auf die gleiche Stufe stellt – und die Quellen dieses Paradigmas be-
dürfen einer genaueren Untersuchung.

II

Lovecrafts Reaktion auf die Aussicht eines zum Untergang verurteilten und verfallenden Universums war also genau dieselbe wie
die der Patrizierjugend der achtziger und neunziger Jahre des 19.
Jahrhunderts, nämlich Ästhetizismus, »l'art pour l'art«, ein Begriff, der mit Oscar Wilde und seiner raffiniertesten Schöpfung,
dem Dorian Gray, verbunden ist, der den Fluch »jenes entsetzlichen taedium vitae, das diejenigen überfällt, denen das Leben alle
Wünsche erfüllt«, dadurch begegnet, daß er abwechselnd der tatsächlich körperlichen Dekadenz von Sinnesüberreizung und den
raffiniertesten Vergnügungen des Sammlers und Connoisseurs
nachgeht. Bei der Betrachtung seltener, gebrechlicher und flüchtiger Schönheit verband sich Lovecraft (ziemlich nervös zugegeben)
dem Geiste Wildes, denn der Puritaner in HPL war stets vor dem
Unziemlichen und Fleischlichen auf der Hut. Nur zu Beginn seiner
Laufbahn erwählte Lovecraft sich Wilde als das höchste Vorbild
für die mißliche Lage des modernen Künstlers, und schloß seine
Ausführungen in dem Essay »In Defense of Dagon« (die Apologie
einer Schauergeschichte, die wegen ihrer »kranken« und »unge-
sunden« Aspekte kritisiert worden war) mit der Behauptung:

Ich könnte nicht über »gewöhnliche Menschen« schreiben, weil
ich nicht im geringsten an ihnen interessiert bin. Ohne Interesse
kann es keine Kunst geben. Die Beziehung des Menschen zum
Menschen schlägt meine Phantasie nicht in den Bann. Das Verhältnis des Menschen zum All – zum Unbekannten – ist es, das
allein in mir den Funken kreativer Phantasie entzündet. Die hu-

manozentrische Pose ist mir unmöglich, denn ich kann mir nicht die primitive Kurzsichtigkeit zu eigen machen, die die Erde aufbauscht und den Hintergrund ignoriert. Lust ist für mich Staunen – über das Unerforschte, das Unerwartete, das Verborgene und das Unveränderliche, das sich hinter oberflächlicher Veränderlichkeit verbirgt. Das Ferne im Unmittelbaren aufzuspüren; das Ewige im Vergänglichen; die Vergangenheit in der Gegenwart; das Unendliche im Endlichen: das sind für mich die Quellen der Lust und der Schönheit. Wie der verstorbene Mr. Wilde »lebe ich in der Angst, nicht mißverstanden zu werden«.[7]

Das Beispiel Wildes blieb verlockend, aber verboten, wobei Lovecraft versuchte, Wildes augusteischen Witz von seinem ruchlosen persönlichen Ruf und seiner nicht geleugneten Homosexualität abzutrennen. Als wohlerzogener Sproß einer langen Reihe von angeblich makellosen Damen und Herren machte HPL eine strikte Unterscheidung zwischen tragbarer literarischer Dekadenz und sexueller Verworfenheit oder Degeneration, die für seine Begriffe die Grenze des Respektablen überschritt. Ebenso jedoch, wie Lovecraft seine Auffassung vom Untergang einer bestimmten Kultur wie Byzanz zu kosmischer Dekadenz ausweitete, so wandelte er auch den dünkelhaften Egoismus Wildes und der Ästheten zu kälterer und gebrechlicherer Selbstzentriertheit. Da er sich immer seiner letztlichen Bedeutungslosigkeit als Individuum bewußt war, konnte »er sich nicht die primitive Kurzsichtigkeit zu eigen machen, die die Erde aufbauscht und den Hintergrund ignoriert«. So sieht Lovecraft seine Rolle als die eines vergänglichen Impressionisten, dessen Impressionen nur für ihn selbst von Wert sind und dessen Illusionen mit dem Erlöschen seiner eigenen, einmaligen Persönlichkeit verschwinden, die wiederum nur ein zufälliges Konglomerat diverser Atome ist. Der unterdrückte Wille zur Macht seines Egos flüchtet auf dieselbe Weise in Traumphantasien von der Rache an den fremden Horden eingewanderter Eindringlinge, die Neu-Englands uralte Vorherrschaft bedrohen (z. B. in »Der Schreckliche Alte Mann«), wie sich Poe seiner Feinde entledigte, indem er sie in »Hopp-Frosch« zu affenähnlichen grotesken Gestalten verkommen ließ oder in »Das Faß Amontillado« in stygischen Katakomben einmauerte. Ein langgezogenes, pathetisches und schmerzvolles Seufzen hallt im Hintergrund dieser ästhetischen Verkündigung wider, so in HPLs Rechtfertigung des »Malers von Stimmungen und Gemütsbildern« in der Verteidigung »Dagons«, wo er vom phantasiebegabten Künstler behauptet:

> Er ist der Dichter von Zwielichtvisionen und Kindheitserinnerungen, singt jedoch nur für die Empfindsamen. Alle Stimmungen stehen ihm zur Wiedergabe zu Gebote, die hellen wie die dunklen. »Gesundheit« und »Nützlichkeit« sind unbekannte Wörter für ihn. Er spiegelt die Strahlen, die auf ihn fallen, und fragt nicht nach ihrer Quelle oder Wirkung. Er ist nicht praktisch, der arme Kerl, und stirbt manchmal in Armut, denn seine Freunde wohnen alle in der Stadt Niemals jenseits des Sonnenuntergangs oder in den antiken Felsentempeln von Myzenä oder in den Grabgewölben und Katakomben Ägyptens und Meroes. Die meisten Menschen verstehen nicht, was er sagt, und die meisten von denen, die es verstehen, protestieren dagegen, weil seine Aussagen und Bilder nicht immer angenehm und manchmal *ganz unmöglich* sind. Er ist jedoch nicht auf Lob aus und denkt auch nicht an seine Leser. Er möchte nur die Szenen darstellen, die vor seinem Auge vorüberziehen. (S. 118)

Lovecrafts Ästhetizismus tastet die engen Grenzen der amerikanischen gentilen Tradition nicht an, die ihrerseits nur die neueste Form der alten puritanischen Orthodoxie war. Um das Jahr 1927, als HPL den jungen August Derleth in einem *Who's Who* der besten Autoren der Weltliteratur unterwies, hatte er sich von der Faszination, die Wilde früher auf ihn ausgeübt hatte, weitgehend befreit, er kam zu dem Schluß, daß »er immer sich seiner selbst zu bewußt war, um wirklich groß zu sein«, und daß »es irgendwie ironisch ist, daß derjenige, dem es eine Zeitlang gelang, sich zum Fürsten der Dandys aufzuschwingen, niemals in einem grundlegenden Sinn das war, was man einen *Gentleman* nennen möchte«. Das ist weit entfernt von den Zeiten in den späten Zehnerjahren des 20. Jahrhunderts, als Freunde wie Rheinhart Kleiner Lovecraft in seiner überfüllten, stickigen und die Hypochondrie fördernden Wohnung in Providence aufsuchten und ihn antrafen, wie er sich im Schlafrock rekelte und blasierte Posen mimte, die er mal Wildes Dorian Gray, mal Huysmans Des Esseintes oder Conan Doyles Sherlock Holmes entlehnt hatte. Lovecraft bewunderte Wildes *Das Bildnis des Dorian Gray* (1891) weiterhin und widmete dem Roman in seinem *Supernatural Horror in Literature* einige Zeilen, auch wenn er daran festhält: »Analysiert man, was er [Wilde] tatsächlich schrieb, so findet man mehr Geistreiches als wirkliches Genie und mehr an geschicktem Manierismus als eine wahrhaft umfassende und durchdringende Sicht.« (*SL*, ii, S. 97) Immer kam er auf Poe als dem Ahnherrn aller dekadenten und wahrhaft ästhetischen Literatur zurück. In einem langen Lobgesang, den er 1922 an Frank Belknap Long schrieb, bezog Lovecraft ein für allemal Stellung:

Für mich ist Poe der Höhepunkt phantastischer Kunst – er hatte eine ungeheure und kosmische Vision, der es kein Nachahmer gleichtun konnte. Es ist kein Wunder, daß sein Werk völlig des Sinnlichen ermangelte, denn sein Hauptstimulans lag überhaupt außerhalb des Bereichs menschlicher Beziehungen. Er hatte die wahre Ehrfurcht des Atoms angesichts des Unendlichen – das grundlegend *intellektuelle* Staunen dessen, der auf die umherwirbelnden, grotesken und unauslotbaren Abgründe blickt, welche die ganze Welt umhüllen, von denen die sinnlich Orientierten aber keine Ahnung haben. Bei Baudelaire muß ich, so groß er im Bereich des imaginierten Grauens war, erst Spuren dieser schrecklichen Erkenntnis der Geheimnisse aus Sphären jenseits der Sterne entdecken. Ich finde sie bei Dunsany, wenn auch in weit schwächerer Form und verwässert mit einer gewissen gehemmten Pfiffigkeit, die Poe auf erhabene Weise abging. Meine intensive und unwandelbare Verehrung für Poe mag etwas Schwärmerisches haben; eine Verehrung, die mehr als fünfundzwanzig Jahre überdauert hat, ohne zu erlahmen; ich halte das jedoch für nicht so abseitig, wie es der durchschnittliche Ultramoderne flugs hinstellen würde. Poe stand über allem, was dieses Zeitalter hervorzubringen imstande wäre, und bislang ist er Amerikas einziger Beitrag zum allgemeinen Strom der Weltliteratur. Er ist der Vater der versöhnendsten Züge der Dekadenzliteratur und unterscheidet sich von den wahren Dekadenten dadurch, daß sie den großartigen und außermenschlichen Gesichtspunkt nicht verstehen können, auf dem seine einzigartigen Schöpfungen beruhen... (*SL*, i, S. 173)

Der polierte stählerne Brustharnisch des Puritaners schimmert durch die Falten der Pfauenrobe des Dekadenten. Und wirklich klingen die Äußerungen Lovecrafts, ihre Erheiterung über die unerforschliche Macht des Universums, als sei er ein Anhänger jener exzentrischen Form des amerikanischen Pietismus, der als Hopkinscher Calvinismus bekannt ist, in dem der arme Sünder die ekstatische Bereitschaft zur ewigen Verdammnis ausdrückte, weil seine Verdammnis bloß die absolute Allmacht der Gottheit versinnbildlichte. In einem scheinbaren Paradoxon konnte Lovecraft ebenso schreiben, daß »A. C. Swinburne der einzige echte Dichter seit dem Tod Mr. Poes war, in England wie in Amerika« (*SL*, i, S. 73). Was für HPL wichtig blieb, war die gesamte *Tradition* dekadenter Schriftsteller und Künstler, Visionäre und Ästheten, denen er uneingeschränkte Gefolgschaft zu leisten behauptete. In einer Erörterung seiner »Bande« von Schriftstellern und Dichtern des Unheimlichen, zu denen Frank Belknap Long, der »das reine Ästhetentemperament in phänomenalem Ausmaß aufweist« und Samuel Loveman gehörten, dessen »umfangreiche *Hermaphrodite* eine erstaunliche Geistesverwandtschaft mit der Welt der Antike & seine spontane Meisterschaft einer sehnsüchtigen, hellenistischen Art von Schönheit zeigt«, schrieb Lovecraft an Elizabeth Toldridge:

> Wir gehören zu der gänzlich ästhetisch-heidnischen Tradition von Keats, Poe, Swinburne, Walter Pater, Oscar Wilde, Baudelaire & so weiter, deswegen mag sie auch vom Standpunkt der milderen Tennyson-Browning-Matthew Arnold & Co.-Tradition, der Ihre eigene Lyrik in den meisten Fällen anzuhängen scheint, ein bißchen bizarr wirken. Kunst allein um der Kunst willen ist unser Motto – dennoch schätzen wir alles, was Kunst *ist*, ungeachtet, was ihre Quelle & Stimmung & ihr Zweck sein mag. (*SL*, ii, S. 276)

Es ist also kein Zufall, daß Lovecraft die Tage seines sogenannten New Yorker Exils mit der Lektüre von Werken wie Wildes *The Critic as Artist* und Walter Paters *Marius the Epicurean* (*SL*, i, S. 341) verbrachte, denn die Dekadenten und Ästheten eröffneten ihm eine Welt, in der er aus der gefürchteten Gegenwart zurück »Zum Glanz, der Griechenland/und der Größe, die Rom war« flüchten konnte. Seine ganze neoklassische Pose als Gentleman des 18. Jahrhunderts, der in die falsche Welt hineingeboren wurde, verweist ebenso auf seine Flucht aus dem Chaos des modernen Lebens wie seine von Scheu gekennzeichnete Verehrung eines erstaunlich geordneten (aber letzten Endes sinnlosen) Universums, was verstohlen an den neuerweckten Georgismus der ästhetischen achtziger Jahre erinnert. Selbst in dieser Beziehung bleibt Lovecraft ein Purist, denn seine phantasievolle Rückkehr in diese Epoche ist eine vergeistigte Vorliebe für die Werte des *frühen* achtzehnten Jahrhunderts, das noch nicht von den skandalösen Exzessen der Regentschaftszeit kontaminiert war. Seine große Wunschphantasie war es, »im Jahre 1690 in Devonshire geboren worden zu sein, genau zweihundert Jahre, ehe ich tatsächlich in Providence das Licht der Welt erblickte« (*SL*, iii, S. 413). Jerome Buckley schreibt in seinem Buch *The Victorian Temper:* »Der Witz, der Charme, die leichte Anmut der späteren Georgier, die sich während der frühen und mittleren viktorianischen Jahre in fest geschlossenen Zirkeln versteckt gehalten hatte, tauchte zu guter Letzt aus langer Verborgenheit auf und wurde zur auffälligsten Erbschaft von Arnolds ›Barbaren‹.« Der große Vertreter dieser Wiedergeburt der Eleganz und des Rokoko-Charmes des späten 18. Jahrhunderts war Austin Dobson, dessen zarte Gedichte so kompliziert und so vergänglich wie Sèvres-Porzellan waren. Buckley stellt fest:

> Wenn Dobson künstlerisch zu »wohlerzogen« war, um sich auf die persönliche Exzentrizität der Ästheten einzulassen, so verrieten seine Verse doch eine völlig »ästhetische« Hingabe an die Technik. Kompakt und von höchster Kunst, war jedes Rondeau und jede Ballade als exquisite Miniatur angelegt, abgeschlossen, sich selbst genügsam, nur um der eigenen Bilder und des eigenen Klanges willen existierend, des eigenen zarten Dekors. Wie die formalistischen Stücke, die Henley Nippsachen nannte, wichen beinahe alle Gedichte Dobsons unziemlichen Gefühlen und dem Druck gesellschaftlicher oder ethischer Konflikte aus. Als Produkte einer »spezialisierten« Kunstfertigkeit stellten sie einen unaufdringlichen und doch klar abgesonderten Beitrag zu der Strömung »l'art pour l'art« der achtziger Jahre dar.[8]

Das klingt beinahe wie eine Beschreibung von Lovecrafts Pseudo-18.-Jahrhundert-Versen, abgesehen davon, daß HPLs unzählige heroische Reimpaare, auch wenn es darunter gelegentlich ein oder zwei gefühlvolle Balladen gibt, auf früheren Vorbildern aufbauen und häufig durch einen Zug kräftiger Swiftscher Satire gekennzeichnet sind. Lovecrafts Augusteismus war keine *fête galante,* sondern echte geistige Sehnsucht, wieder eine Welt, die einzige Welt, in der er ein echter Aristokrat sein könnte, zu erschaffen. Wie die Ästheten, die in Gilberts und Sullivans Operette *Patience* (1881) satirisch dargestellt werden, war HPLs »Lobpreisung der erzlangweiligen Tage, die schon längst vergangen sind«, höchst eloquent, da er der Überzeugung war, daß die »Regierungszeit der guten Königin Anne die glorreichste Epoche der Kultur war«. Das frühe achtzehnte Jahrhundert war die Zeit, da seine Familie, die Lovecrafts und die Phillips, ihre Blütejahre gehabt zu haben schien und sowohl an Einfluß wie Respekt gewonnen hatte, und das einzige Zeitalter, in dem Lovecraft, als Grundbesitzer in Rhode Island, seinen Namen völlig legitim mit dem Titel »Gentleman« oder »Esquire« hätte schreiben können. In seinen Briefen berichtet er, daß er sich als Kind aus dem sonnigen und vollgeräumten Erdgeschoß in die Dachkammer des großväterlichen Hauses in der Angell Street 454 hinwegstahl, um sich einer imaginierten Existenz zwischen den »vergilbten und längst geheiligten Bänden« von Pope, Dryden und Addison und Steele hinzugeben. Er schwor, an keinem Ort existieren zu können, der nicht erkennbare Spuren des achtzehnten Jahrhunderts trage, was an sich nicht so sehr ein Beweis für seine Sehnsucht ist, den Tonfall des Zeitalters der Vernunft anzunehmen, als es vielmehr wirklich wiedererstehen zu lassen und aufs neue zu leben.

Dieselben Briefe sind mit Selbstporträts übersät, Skizzen, die HPL, angetan mit der Perücke und den Kniehosen von 1715, zeigen, ein Bild der Autorität, in dem die aristokratische Verachtung des Pöbels und ein dünkelhafter mechanistischer Materialismus nicht völlig lächerlich wären (siehe *SL,* II, Illustration gegenüber S. 9). Dieses Bild vereint auf merkwürdige Weise den Kosmopoliten, den Abenteurer und den Philosophen, ausnahmslos Existenzmöglichkeiten des achtzehnten Jahrhunderts, die durch seine Geburt im 19. Jahrhundert und sein Aufwachsen im 20. zunichte gemacht worden waren. Lovecraft schrieb dazu im September 1931 an August Derleth:

> Ich glaube, ich bin vielleicht der einzige lebende Mensch, für den die alte Sprache des 18. Jahrhunderts in Prosa und Lyrik wirklich die Muttersprache ist... die natürlich akzeptierte Norm und die grundlegende Sprache der Wirklichkeit, zu der ich in-

stinktiv trotz aller objektiv erlernten Tricks zurückkehre. Für andere, wie Austin Dobson, ist der Georgismus eine elegante Pose. Für mich ist er natürlich und unbewußt – und andere Stile sind etwas künstlich Erworbenes… Kein Ausmaß an zeitgenössischem Unterricht könnte meine süchtige Hingabe an das 18. Jahrhundert brechen – das Gefühl, daß mein natürlicher Platz dort ist. (*SL,* III, S. 407)

Trotz seiner häufigen Beteuerung, daß »nichts von irgendeiner Bedeutung sei«, gab es gewisse Dinge, die H. P. Lovecraft, diesem Gentleman aus Providence, heilig waren. Poe schreibt in »Die Maske des Roten Todes«: »Selbst in den leichtfertigsten, frivolsten Herzen gibt es Saiten, bei deren Berührung der Mensch erbebt. Und selbst für die Verlorenen, denen Leben und Tod nur noch ein Spott ist, gibt es Dinge, die sie nicht zu ihrem Gespött machen wollen.« Gleichermaßen war es mit Lovecrafts Augusteismus und seiner Auffassung vom Kosmos als ungeheurem, selbstregelndem Uhrwerksmechanismus bestellt. Materialismus und Nihilismus waren die außer Frage stehenden Glaubensartikel seiner Orthodoxie; sie anzuzweifeln hieß, gerade auf Lovecrafts ureigenem heiligem Terrain die Möglichkeit äußerster Anstößigkeit und Gotteslästerung einzuräumen. Der wahre Dekadente kann kein Vergnügen aus der Anschauung der Perversität beziehen, ohne an gewissen Grundregeln oder Prämissen, die den bestehenden Zustand ausmachen, festzuhalten: das Eingeführte, Rechtmäßige, Normale. Gerade der Umsturz dieser Normen – ihre Zertrümmerung, Überwindung, Transzendierung – ist es schließlich, der in seiner erschöpften, übersättigten Seele die vage Möglichkeit einer neuen Weise des Sehens, Seins oder Fühlens auslöst. Denn damit es das Profane geben kann, muß zuerst das Heilige existieren. Abweichung ist folglich die Quintessenz der Dekadenz, und bei Lovecraft ist diese Abweichung zugleich puritanisch und kosmisch und verwandelt den Schauder ob des Überschreitens gewöhnlicher moralischer Schranken in galaktisches Grauen ob der Subversion der natürlichen Kategorien von Zeit und Raum.

In *Supernatural Horror in Literature* verkündete Lovecraft, daß »die entsetzlichste Vorstellung des Menschengeistes die bösartige und spezifische Aufhebung oder Überwindung jener feststehenden Naturgesetze ist, die unsere einzige Sicherung gegen den Ansturm des Chaos und der Dämonen des unerforschten Weltraums sind«, und er riet Wilfred Blanch Talman in bezug auf dessen unheimliche Geschichte »Chetwode Arms«: »Falls irgendwelche Anregungen oder Vorschläge angebracht sind, so glaube ich, Ihnen eine bizarrere, kosmisch ferne und völlig nichtmenschliche Fülle von Motiven und Phänomenen anraten zu müssen – damit jene Wirkung ›des unbekannten Draußen, das am Rand des Bekannten scharrt‹ entstünde, die gespenstisches Grauen in seiner höchsten Form ausmacht.« (*SL*, II, S. 41-42) Lovecraft schaffte es, die Vorstellung, die J. K. Huysmans *Gegen den Strich* beseelt – die nahezu mystische Erweiterung der Möglichkeiten menschlicher Empfindsamkeit – aufs Universum auszurichten, weg von einer »humanozentrischen« Orientierung. So wird das erforschte exotische psychische Gebiet »zum Sonnensystem, zum sichtbaren Milchstraßenuniversum außerhalb des Sonnensystems oder den *völlig unausgeloteten* Abgründen noch weiter draußen – die namenlosen Wirbel einer Fremdartigkeit, von der man sich nie träumen ließ, in denen Form und Symmetrie, Licht und Wärme, selbst Materie und Energie undenkbar verwandelt sein mögen oder völlig fehlen« (*SL*, II, S. 150-151). Lovecrafts Grauen, wie das Poes, stammt entschieden nicht aus Deutschland, entspringt aber auch nicht der Seele. Das Grauen wird vielmehr durch den Zusammenstoß des nackten menschlichen Bewußtseins mit einem ganzen All fremder Empfindungen und unbekannter, unbegrenzter Möglichkeiten erzeugt.

Ein eiskalter Wind, der von den Gletscherfernen des Weltraums herabweht, kristallisiert also Lovecrafts Ästhetizismus in phantastische Arabesken aus Frostfarnen und Eisorchideen, auf dieselbe Art und Weise, wie ein kalter Neu-England-Wind – der Wind, von dem Edwin Arlington Robinson spöttisch schrieb, daß er »immer Nordnordost« wehe und seine puritanischen Kinder »auf erfrorenen Zehen gehen ließ« – seine kosmische Dekadenz vereisend steigert. Wenn »die Dekadenz eine seelische Erkrankung war und die einzige Kur der Mystizismus«[9], wie Holbrook Jackson von der *Maladie fin de siècle* behauptet, dann war auch Lovecraft ein Mystiker, aber ein Mystiker von ausgeprägt nordischer Spielart. Der Schauplatz von Lovecrafts Mystik und seines berühmten »Cthulhu-Mythos« ist Poes »Ultima Thule« – Worte, deren Silbenklang sogar nicht zu überhörende lautliche Assoziationen aufweist. Cthulhu ist Lovecrafts Version der allgegenwärtigen Chimäre des Dekadenten und ebenso ein Beispiel, wie sehr das Primitive HPL faszinierte, eine Faszination, die er mit Sir James George Frazer *(The Golden Bough)* als dem einen und Igor Strawinsky *(Sacre du Printemps)* als anderem Extrem teilte. Phillipp Jullian schreibt dazu: »Die große Anzahl von Feen, die man in der Kunst des fin de siècle findet, war nur ein Symptom weitverbreiteter Rückkehr zu primitiven Göttern: hauptsächlich zu den Göttern Deutschlands, was Wagner zu verdanken ist, aber auch zu denen des klassischen Altertums, denn Schliemanns Entdeckungen (auf der Ausgrabungsstätte von Troja) hatten es möglich gemacht, sie mit einem weniger akademischen und dafür mehr archaischem und bizarrem Aussehen als früher auszustatten.« (*Dreamers of Decadence*, S. 164) Gewiß, Lovecrafts Pantheon war gelehrt-eklektisch. Seine monströse Gottheit Azathoth (ein Name, den Lovecraft ursprünglich in einem »vathekähnlichen Roman« benutzen wollte) hat nicht nur orientalische Wurzeln (*azif*, »das Gebrüll der Dämonen«, wie in Henleys Anmerkungen zu *Vathek* definiert), sondern verbindet auch das ägyptische Thoth, das hebräische Azazel und das syrisch-phönizische Astaroth – und spielt überdies auf den Titel von Basil Valentines alchimistischer Abhandlung aus dem Jahr 1659, *Azoth,* an.

Trotzdem blieb Lovecraft, als eingeschworener Neoklassizist, den heidnischen Göttern der antiken römischen und griechischen Mythologie treu; erst im späteren Leben huldigte er den bedrohlicheren nordischen Ikonen des großen Thor und Wotans. »Niemand weise uns zurück, denn unsere Götter sind mächtige Götter, und unsere Arme und Schwerter sind stark! Brrrr!« (*SL,* 1, S. 274) Als Kind hatte er, »das ist die buchstäbliche Wahrheit, Altäre für Pan, Apollo, Diana und Athene errichtet« und »in der Dämmerung in Wald und Flur nach Dryaden und Satyren Ausschau gehalten«. Er schrieb über sein frühes Interesse für seltsame Mächte (das schließlich durch sein rationales und pragmatisches System der Erprobung verschiedener Pantheons zerstört wurde, so daß er die ganze Skala abgetakelter Götter von Allah bis Zeus durchlief): »Einst war ich fest davon überzeugt, einige dieser Geschöpfe des Waldes unter herbstlichen Eichen tanzen gesehen zu haben; eine Art ›religiösen Erlebens‹, das auf seine Weise so wahr ist wie die subjektiven Ekstasen eines jeden Christen – dessen phantasielose Gefühlsseligkeit von einem intellektuellen Standpunkt aus gleichermaßen wertlos ist wie meine ganz ungefühlsduselige Phantasie. Wenn mir solch ein Christ weismachen will, daß er die Wirklichkeit seines Jesus oder Jahweh *empfunden* hat, so kann ich ihm entgegenhalten, daß ich den behuften Pan und die Schwestern der hesperischen Phaëtusa *gesehen* habe.« *(SL,* 1, S. 300)

Die Götter des späteren Cthulhu-Mythos sind jedoch weder so zart noch so sylvanisch; sie sind Wagners Kriegergöttern verwandt, Kriegern, die die Schlacht verloren und kein ihnen zusagendes Walhalla gefunden haben, in dem sie die Ewigkeit bechernd ertragen könnten. Lovecrafts Götter bewohnen die dunklen, einsamen Wälder des Universums oder seine tiefen, nassen Meere, und sie sind von ihrem Kampf mit einer überlegenen Macht entsetzlich narbenübersät und verunstaltet, zernagt und invalid. Sie sind immer bereit zurückzukehren, die Grenze zum »Draußen« zu überschreiten und die Kultur zu vernichten, die sich auf ihrem verlorengegangenen Gebiet eingenistet hat, heulend und brabbelnd wie gereizte Goten, Vandalen oder Berserker. »Ich bin meinem Wesen nach Teutone und Barbar«, erklärte Lovecraft 1921: »Ein blondhaariger nordischer Mensch aus den feuchten Wäldern Deutschlands oder Skandinaviens, verwandt mit den riesigen kalkweißen Siegern über die verfluchten, verweichlichten Kelten... Man reiche mir heißes Blut zum Trinken, im Schädel eines keltischen Feindes als Pokal!« *(SL,* 1, S. 156) Lovecrafts Bewunderung für dieses teutonische Ideal war auch der Grund, warum er die üppigere und tropische Dekadenz des Südens verabscheute, so daß er murmelte: »Teile von Huysmans *Gegen den Strich* und *Tief unten* hätten auf eine Art gestaltet werden können, die für Angelsachsen erträglicher wäre, ohne Abstriche bei der Substanz oder den Proportionen.« *(SL,* III, S. 155) So schreibt er im Jahre 1923 an Frank Belknap Long:

Insbesondere möchte ich Ihre Aufmerksamkeit auf etwas lenken, was Ihnen in Wahrheit bereits aufgefallen ist; der Umstand nämlich, daß es den Franzosen, auch wenn sie ungeschminktes Entsetzen geschickt darstellen können, doch an der ästhetischen, mystischen Kraft fehlt, die dem Werk solcher Genies wie Mr. Poe, Mr. Machen und meines Lord Dunsany den rasenden und kosmischen Wahnsinn gibt. Diese Kraft übernatürlichen Staunens – das kaum vernehmbare Scharren schwarzer unbekannter Welten am äußeren Rand des Weltraums, wie ich es in meiner rohen, anspruchslosen Art ausdrücke – ist eine rein *teutonische* Eigenschaft, die Sie bei Ihrer Vergötterung lateinischer

Finesse und Geckenhaftigkeit erkennen und respektieren sollten. Hier sollten Sie, als Beobachter des Ästhetischen, deutliche
Beweise für die *nordische* Überlegenheit finden; und daraus
sollte sich eine geziemende Wertschätzung für die Ihnen natürliche statt einer angenommenen rassischen Herkunft ergeben.
Was mich angeht, so bin ich stolz, Teutone zu sein, und möchte
um nichts in der Welt für eine andere Art Mensch gehalten werden. Schätzten Sie die Erbschaft Ihrer wahren Rasse gerechter
ein, so erlangten Sie das Vergnügen an alten Geheimnissen wieder, das Ihnen die kitzelnden Blasiertheiten von Petit-maître-
Franzosen und italienischen Friseuren und Tanzmeistern zeit-
weilig geraubt haben. Seien Sie stolz, mein Junge, daß Sie Engländer sind; und vergessen Sie nicht, daß gegenwärtig kein
edlerer Menschenschlag auf Erden wandelt. In uns verbindet
sich die Mystik der gewaltigen Wälder des Nordens, in denen
wir entstanden sind, mit der lateinischen Verfeinerung der Nor-
mannen, die sich mit uns vermischt haben. (*SL, 1,* S. 260)

Daher Lovecrafts beinahe vergötternde Bewunderung für Machen, Dunsany (der eine eher wehmütige keltische Richtung des
Ariertums verkörpert), Algernon Blackwood und Montague
Rhodes James, die seiner Auffassung nach alle die Vollblüte der
englisch-nordischen »mystischen« Empfindsamkeit schilderten.
Aber zu suchen ohne sichere Hoffnung, das Kunstprodukt Schauergeschichte im sicheren Wissen um seine völlige Absurdität zu gestalten, zumindest beurteilt nach den Maßstäben des modernen
wissenschaftlichen und rationalistischen Denkens, war gewiß ein
Antrieb, den alle diese Schriftsteller mit dem fin de siècle und Lovecraft selbst teilten. Die Strategie seiner Schauergeschichten wie der
Blackwoods, Machens und James', besteht genau darin, das Schattenhafte und Ätherische nicht mehr gegenstandslos, sondern
phantasievoll und symbolisch zu gestalten. In diesem Sinn kann
der Schriftstellerkreis, dem HPL angehörte, als letzter, schon extrem verwässerter Ausläufer der Romantiker gelten, der eine Tradition fortführte, die in den Ästheten und Dekadenten und ihren
eng verwandten Zeitgenossen, den französischen Symbolisten,
gipfelte. Das Unbeschreibliche auszudrücken, das Unsagbare zu
äußern, das Unnennbare im Gegensatz zur Langeweile des Daseins
und der Zustimmung der gültigen Tradition offenkundig zu machen, war nicht bloß die Sehnsucht Lovecrafts, sondern auch der

anderen poètes maudits Rossetti, Swinburne, Verlaine und Mallarmé. Daß er sie in zwei feindliche Lager, das nordländische und das südländische, das teutonische und das lateinische unterteilte, war eine weitere Folge der Besonderheit seines Temperaments (siehe *LS,* III, S. 208). Auf dieser Suche nach einer dekadenten Symbolik des Grauens, die die bedrohlichen Aspekte einer fremden oder anstößigen Natur betont, sowohl innerhalb wie außerhalb des Menschen, findet jedoch jeder einzelne dieser Künstler seine wahre und »mystische« Bruderschaft.

III

Lovecraft muß als Künstler des Nachglühens der Dekadenz, der Götterdämmerung, beurteilt werden. Hier waltet ein Paradoxon in bezug auf Lovecrafts Verbindung mit der Tradition unheimlicher und phantastischer Kunst, von der er bis spät in seiner Laufbahn keine oder fast keine Kenntnis hatte. Die Brillanz von Lovecrafts Smaragdstädten und nicht-euklidischen Welten resultierte vielmehr aus der Lebhaftigkeit seiner Träume und dem tatsächlichen kosmischen Grauen seiner Alpträume, die zwischen Szenen schwankten, die einerseits an Coleridges »Kubla Khan« erinnerten und an die apokalyptischen Bilder eines Hieronymus Bosch andererseits. Er schrieb einmal an Rheinhart Kleiner, daß er sich wundere, warum manche Menschen gezwungen waren, zu Rauschmitteln zu greifen, um »eine ideale Welt von Pracht und Erhabenheit« wahrzunehmen, denn es schien ihm, daß »ein Mensch von tätiger Vorstellungskraft imstande sein sollte, jede beliebige Vision lebendig vor geschlossenen Augen entstehen zu lassen, die sich sein Geist ausdenken kann, unabhängig von äußeren Anregungen«. Er hatte »Visionen, so seltsam, so schrecklich und so großartig gesehen« wie die meisten der Rauschgiftträume, die ihm geschildert worden waren, »ohne daß er je zu Rauschgift oder einem Stimulans gegriffen hätte« (*SL,* 1, S. 206). In Wahrheit brauchte Lovecraft nur die Augen zu schließen, um das poeähnliche Traumland zu betreten, das »außerhalb des Raumes« und »außerhalb der Zeit« lockte.

Dennoch war Lovecraft von Kindesbeinen an verzweifelt, weil er nicht die Begabung seiner Mutter als Landschaftsmaler geerbt hatte, und er beklagte sich: »Ich wollte immer zeichnen können, doch habe ich kein Talent, und auf einem meiner Bilder kann man eine Kuh nicht von einer Lokomotive unterscheiden.« (*LS*, I, S. 18) »Ich hätte bildender Künstler anstatt angehender Schriftsteller werden sollen«, gestand er in einem Augenblick der Selbstzerfleischung ein, und er wurde erst von anderen in der Geschichte der Dekadenz-Kunst unterwiesen, die, wie er zu seinem großen Erstaunen entdeckte, dem eigentümlichen kosmischen Charakter seiner eigenen Alptraumlandschaften parallel lief, sie aber nicht genau abbildete. Diese ästhetische Erziehung wurde ihm von seiner »Bande« von reaktionären (»Wir sind wahrhaftig eine Galerie von Anachronismen«) und weitgehend autodidaktischen amerikanischen Dekadenten zuteil: Frank Belknap Long, der »als Dichter offensichtlich zu den ästhetischen neunziger Jahren gehört«; Samuel Loveman, der »wirklich einen Teil der romantischen Bewegungen des vorigen Jahrhunderts bildet – er ähnelt Keats & Walter Savage Landor«; und, am wichtigsten, der kalifornische Bildhauer und Prosadichter Clark Ashton Smith, der »bis auf Rasse & Sprache ein französischer Symbolist oder Parnassier des mittleren 19. Jahrhunderts ist – Baudelaire ähnlicher als jeder andere Amerikaner, den ich kenne« (*SL,* II, S. 276). Loveman war es, der Lovecraft auf die unheimlichen Zeichnungen und Schriften Smiths aufmerksam machte, über den HPL an die gentile Elizabeth Toldridge schrieb:

Er hat Baudelaire in englische Prosa übertragen & schreibt Gedichte auf französisch, die selbst von französischen Kritikern ausnehmend gelobt worden sind. Ein Pariser Lektor sagte zu ihm, daß er kaum glauben könne, daß Französisch nicht seine Muttersprache sei. Smiths Zeichnungen & Gemälde reichen von realistischen Themen mit einer Aura von Seltsamkeit bis zu den Höhepunkten & Tiefen lebendigen Alptraums, der Haschisch-Ekstase & polychromatischen Wahnsinns. (*SL,* II, S. 276)

Lovecrafts Entdeckung von Smiths Talent im Jahre 1922, als er in den seltenen Büchern und Bildern in Lovemans Wohnung in Cleveland blätterte, war von entscheidender Wirkung auf seine eigene Kunst, denn Smith war ein Eklektiker, der, über Aubrey Beardsley und andere, die gesamte Tradition der abendländischen und neodekadenten Groteskkunst in sich aufgenommen hatte.

HPLs umgehende (und uncharakteristische) Reaktion bestand darin, daß er an Smith in Kalifornien einen »Verehrerbrief« losließ, in dem er bekannte: »Mir fehlt das entsprechende Vokabular, um meine enthusiastische Bewunderung für die Zeichnungen und Aquarelle auszudrücken.«

> Welche Welt rauschhafter Phantasie & rauschhaften Grauens wird hier enthüllt & welche einzigartige Kraft und Perspektive muß dahinterliegen! Ich sage das mit besonderer Ehrlichkeit & besonderem Enthusiasmus, denn meine eigenen speziellen Vorlieben kreisen fast ausschließlich um das Groteske und Arabeske. Ich habe versucht, Kurzgeschichten & Skizzen zu schreiben, die flüchtige Blicke in unbekannte Abgründe des Grauens eröffnen, die jenseits der Grenzen des Bekannten lauern, aber es ist mir nie gelungen, auch nur einen Bruchteil der völligen Abscheulichkeit auszudrücken, die von jedem Ihrer ghoulisch wirkenden Entwürfe ausgeht. (*SL*, 1, S. 193-194)

Infolge seines überwältigenden bildhaften Talents, von dem Lovecraft glaubte, daß es ihm völlig abginge, bewunderte HPL Smith fast bis zur Vergötzung und sandte ihm schließlich seine Erzählung »Die lauernde Furcht«, damit er sie illustriere, und bekannte: »Sie sind ein Genie im Ausdenken und in der Darstellung schädlicher, verderblicher, giftiger Vegetation, & ich glaube wahrhaftig, daß meine Beschreibungen durch einige Ihrer Zeichnungen angeregt wurden, die mir Loveman zeigte.« (*SL*, 1, S. 202)[10] Im gleichen Jahr lenkte Loveman Lovecrafts Aufmerksamkeit auf einige Illustrationen des britischen Künstlers des Großartigen, Erhabenen und Katastrophischen aus dem 19. Jahrhundert, John Martin. Lovecraft war »in den Bann geschlagen von der dunkel-donnerhaften, apokalyptisch-majestätischen und kataklysmisch-unirdischen Kraft von jemandem, der, für mich, die Quintessenz kosmischen Geheimnisses zu enthalten schien, ungeachtet der höflich geringschätzigen Beurteilung, die seinem Werk durch die zahmen & urban korrekten Künstler & Kritiker seiner Zeit zuteil wurde« (*SL*, 11, S. 218). Während Smith Lovecrafts geläuterten Sinn für das Numinos-Dekadente ansprach, befriedigte Martin, »der Milton unter den Malern«, den kälteren Hunger nach den »Andeutungen ungeheurer Räume« und den »kolossalen Wirkungen der antiken Architektur«, die er in seinen eigenen Träumen erlebte. So fand Lovecraft gleichermaßen Gefallen an Martins »dämonisch inspirierter Meisterschaft in der Darstellung zarter und unirdischer Lichteffekte inmitten allumfassender Düsternis – der verzehrenden Düsternis der Leere des Weltraums, deren fluctus decumanus so gefährlich gegen die gebrechlichen Deiche unserer eigenen kleinen Welt des Lichts anbrandet« (*SL*, ii, S. 220).

Lovecrafts Kunstgeschmack weist also typische Polarisationen in warm und kalt, weich und hart, dekadent und puritanisch auf, die abwechselnd phantasmagorische Einzelheiten eines künstlichen Paradieses und »traumhafte Blicke auf andere Welten« liefern. Diese Koordinaten legen auch die Grenzen des Künstlers wie die ihm drohenden Gefahren fest, wie sie Lovecraft in drei seiner besten Erzählungen darstellt: »Grauen in Red Hook«, »Pickmans Modell« und »Die Musik des Erich Zann«. Thomas Malone aus der ersten Geschichte ist ein New Yorker Detektiv in der Tradition von Poes C. Auguste Dupin und Doyles Sherlock Holmes. Wie diese großen Spürnasen ist er jemand, der bizarren und anregenden Spielarten des Verbrechens nachgeht, ein Liebhaber der Möglichkeiten menschlicher Sünden und Verfehlungen, dessen Persönlichkeit zwischen dem verträumten Phantasieren des Ästheten und dem aktiven Untersuchen des logischen Schlußfolgerns gespalten ist. Malone ist daher ebenso Mystiker wie Rationalist – Absolvent der Dublin University, der sich ein bißchen mit dem Okkulten befaßt hat, und von dem es heißt: »Er besaß den Weitblick der Kelten für das Unheimliche und Verborgene«, aber auch »das Auge des Logikers für das nach außen hin Unwahrscheinliche«.[11] Wie Lovecraft selbst glaubt Malone an die Möglichkeit des Rückfalls in die ursprüngliche Art und ist ein Lehnsessel-Anthropologe, der davon überzeugt ist, daß tierische Verhaltensformen in den dunklen Riten und kultischen Praktiken der genetisch Minderwertigen sich am Leben erhalten haben. Malone ist ein Des Esseintes, der sein frisson nouveau im Abschaum menschlichen Grauens gefunden hat; ein dekadenter Visionär, der als Rohstoff für seine Kunst die Spielarten der Verderbtheit benutzt, die er an seinen Mitmenschen beobachtet. Ein Ästhet, der am satanischen Altar betet, wo »die grüne Flamme geheimer Wunder« brennt, und er bekundet gebührende Vorliebe für geistesverwandte Maler des Grauenhaften und Anstößigen:

Bei Malone war der Sinn für die verborgenen Geheimnisse, die es gibt, stets gegenwärtig. In der Jugend hatte er die verborgene

Schönheit und Verzückung der Dinge empfunden und war Dichter geworden, aber Armut, Sorgen und Exil hatten seinen Blick auf dunkle Regionen gerichtet, und es hatte ihn angesichts des Anteils des Bösen in der Welt um uns geschaudert. Das tägliche Leben war für ihn ein Blendwerk makabrer Schatten-Studien geworden, das jetzt in verborgener Vollkommenheit glitzerte und nach bester Beardsley-Manier höhnisch blickte, und dann wieder auf Schreckliches hinter den gewöhnlichsten Formen und Gegenständen wie in den subtileren und nicht so offenkundigen Arbeiten eines Gustave Doré hindeutete. (»Grauen in Red Hook«, S. 73-74)

Als Leser von Margaret Murrays Buch *The Witch-Cult in Western Europe* (das Lovecraft Clark Ashton Smith als »ein Werk, das voller Anregungen für Sie sein sollte«, empfohlen hatte) hat Malone die Verbindung zwischen Satanismus und sexueller Freizügigkeit erkannt – den Zusammenbruch aller Grenzen des Herkömmlichen –, die auch den nach außen hin gentilen Lovecraft so faszinierte. Es handelt sich um eine Auseinandersetzung mit dieser satanischen Vision, die Malone gleichzeitig abstößt und anlockt: er hegt das heidnische Verlangen, den nackten Körper des Dunklen Gottes zu betrachten, dies eine Umkehrung der jüdisch-christlichen Blasphemie, Jehova von Angesicht zu Angesicht gegenüberzustehen, und den romantisch-faustischen Drang, verbotenes Wissen von unsagbaren Dingen zu erlangen. Malones Widersacher ist Robert Suydam, ein Genie des Verbrechens wie Doyles Moriarty oder Poes »Der Mann in der Menge«. Er ist auch der oberste Priester, der Malone in die Tiefen unaussprechlicher Geheimnisse einweiht. Suydam, der gealterte Sproß eines alten holländischen Kolonialgeschlechts, hat mit der fremdländischen Bevölkerung im Bezirk Red Hook von Brooklyn eine unheilige Allianz geschlossen, und er hat sich auch auf einen Pakt mit den fremden Geistern des Universums eingelassen, verkörpert in der Lilith der Kabbalisten – der Sage nach die böse erste Frau Adams. Für seinen Anteil bei der Wiederbelebung des Lilith-Kults wurde Suydam faustisch mit dem Lebenselixier belohnt (das Thema, das Nathaniel Hawthornes späte, unvollendete amerikanische Romane beherrscht), aber für diese Auszeichnung muß er schließlich auf sein irdisches Dasein verzichten und sich auf eine ruchlose Heirat mit dem Sukkubus einlassen.

Es gibt also eine eigentümliche Verbindung zwischen Malone, dem suchenden Ästheten, und Suydam, dem ausgewachsenen Dekadenten, ähnlich wie es in Poes Detektivgeschichten von Verfolger und Verfolgtem eine gespiegelte Doppelläufigkeit von Temperament und selbst Geistesverfassung gibt.[12] Malone, der »viele prickelnde Dinge in der *Dublin Review* geschrieben hat«, bewunderte Suydams dunkleren Okkultismus, insbesondere »ein vergriffenes Pamphlet über die Kabbala und die Faustsage... aus dem ein Freund nach dem Gedächtnis zitiert hatte«. Es ist denkbar, daß beide, wie Algernon Blackwood, William Butler Yeats, Arthur Machen oder Aleister Crowley Mitglieder einer okkulten Geheimgesellschaft wie des »Order of the Golden Dawn« sind, abgesehen davon, daß Malone sich damit begnügt, von der Dekadenz zu träumen und ihre Perversitäten als merkwürdiger Voyeur zu verfolgen, während Suydam (wie Crowley, »die Bestie 666«) zum aktiven Teilnehmer am zerstörerischen Zauber der Sünde geworden ist. Suydam illustriert auch, am Rande, Jullians Hinweis, daß bei den Dekadenten, »dank Péladan und Villiers de l'Isle-Adam, die alten Geschlechter den Ruf erlangten, Aufbewahrungsorte seltsamer Geheimnisse zu sein« und daß »die Vorstellung der Aristokratie mit der Vorstellung des Todes verknüpft wurde« (*Dreamers of Decadence*, S. 181). Die alten holländischen Familien aus den Kaatskills, die Washington Irving wegen ihrer altmodischen und malerischen Eigenschaften so schätzte, sind bei Lovecraft unanständig, durch Inzucht erzeugt und von der Welt abgekapselt worden, symbolisch mit der fortwährend abnehmenden Nachkommenschaft von Poes Haus Ascher verknüpft.

Es ist ferner typisch, daß der Ort, an dem diese teuflischen Zeremonien gefeiert werden, eine alte Kirche ist, die man in einen Tanzsaal umgewandelt hat. So wie »Der leuchtende Trapezoeder« in der gleichnamigen Geschichte in einem verlassenen Dom in Providence haust, verlegt Lovecraft sein Grauen ebenfalls in die Topographie und siedelt es an Orten an, die entweiht und dann umgekehrt durch ausgedehnten Kontakt mit den Mächten der Perversität dem Unheiligen geweiht worden sind. »Es gibt um uns Mysterien des Guten wie des Bösen« – diese Worte Arthur Machens zitiert Lovecraft als Motto zu »Grauen in Red Hook«. HPLs Profanierung des Heiligen ähnelt dem Herunterbeten des Vaterunsers von hinten nach vorn, einem Zentralmotiv der Schwarzen Messe[13], folgt aber auch einer langen Tradition gotischer Schauerliteratur, die Zufluchtsorte, die angeblich der Anbetung des Lichts geweiht sind, mit dekadenter Dunkelheit ausstattet (z. B. M. G. Lewis verfluchte Männer- und verruchte Frauenklöster in *Der Mönch*). Lovecrafts Entweihung des Heiligen zieht jedoch immer puritanische Folgen nach sich. Der profane Akt löst kosmische Schwingungen aus, die in »Grauen in Red Hook« nicht nur die Möglichkeit einer speziellen Rückartung, sondern auch der Enthüllung epischen Wissens eröffnet, das ganz allgemein die Bedeutung der Menschheit verkleinert und herabsetzt. So kommt die Leere, der sich Thomas Malone gegenübersieht, nicht völlig von draußen, sondern eher auch von innen und von unten. Lovecraft selbst erklärte in einem unveröffentlichten Brief an Elizabeth Toldridge, in dem er Einsteins Relativitätstheorie erläuterte, daß es die Stelle unter unseren Füßen sei, die sich schließlich als der weiteste Ausläufer der Unendlichkeit erweise. Als er die versperrte Kellertür unter der verfallenen Kirche aufbricht, sieht Malone: »Es bildete sich ein Sprung, dann gab die ganze Tür nach – aber von der *anderen Seite,* von wo ein heulender Tumult eiskalten Windes mit all dem Gestank unergründlicher Tiefen heraufdrang, und als er eine Saugkraft erreichte, die weder irdischen noch himmlischen Ursprungs war, die sich gefühlvoll um den wie gelähmten Detektiv wickelte, ihn durch die Öffnung hinunter in unergründliche Räume zerrte, die mit Flüstern und Wehklagen und Ausbrüchen von Spottgelächter erfüllt waren.« (»Grauen in Red Hook«, S. 92)

Diesen Wind haben wir schon früher erwähnt: Es handelt sich um den kalten Wind Neu-Englands, der das dunkle Gewebe des puritanischen Bewußtseins peitscht und schlägt, und die unergründlichen Tiefen sind die »entsetzlichen Tiefen der lodernden Flammen des Zorns Gottes«, »der klaffende Schlund der Hölle«, von denen Jonathan Edwards in *Sünder in der Hand eines zornigen Gottes* (1741) mit Donnerstimme kündete und seine Zuhörer warnte, »daß ihr auf nichts stehen und euch an nichts klammern könnt; zwischen euch und der Hölle befindet sich nur die Luft; lediglich die Macht und das Wohlwollen Gottes hindern euch am Fall«. Diese Tiefen sind auch die Schattenabgründe, die Jung »das kollektive Unbewußte« nannte, die in der Psyche eines jeden Menschen verborgene Finsternis. Kein zorniger Gott steht Lovecrafts Spielart dieser Alptraumlandschaft vor, denn statt dessen herrscht über sie die kichernde, nackte, schimmernde Gestalt der verführe-

rischen Braut des Bösen, Lilith, die Königin der Succubae. Der Anblick, der sich Malone bietet, ist eine handgreifliche Teufelslitanei:

> Breite Strahlen unendlicher Nacht schienen nach allen Seiten
> abzuzweigen, bis man sich hätte vorstellen können, daß hier die
> Wurzel der Ansteckung lag, dazu bestimmt, Städte krank zu
> machen und zu verschlingen und ganze Völker mit dem Gestank
> der Mischlingspest zu umgeben. Hier ist die allumfassende
> Sünde eingeflossen und hat, zerfressen von unheiligen Riten, ih-
> ren grinsenden Todesmarsch begonnen, die uns alle zu
> schwammartigen Abnormitäten verrotten lassen wird, die zu
> schrecklich sind, als daß das Grab sie halten könnte. Hier hielt
> Satan hof, wie in Babylon, und im Blut fleckenloser Kindheit
> wurden die aussätzigen Glieder Liliths gebadet. Incubi und Suc-
> cubae heulen Hekate Lob, und kopflose Mondkälber blöken die
> große Mutter an. Ziegen hüpften beim Klang dünner, verfluch-
> ter Flöten und Aegypane jagten mißgestaltete Faune über Fel-
> sen, verformt wie geschwollene Kröten. Moloch und Ashtaroth
> fehlten nicht; denn in dieser Quintessenz der Verdammung sind
> die Bewußtseinsgrenzen aufgehoben, und der menschlichen
> Einbildungskraft liegen Ausblicke auf jedes Reich des Schrek-
> kens und jeder verbotenen Dimension offen, die das Üble zu for-
> men vermag. Welt und Natur waren hilflos gegen solche An-
> griffe aus den aufgebrochenen Brunnen der Nacht, auch konnte
> kein Zeichen oder Gebet den Walpurgisaufstand des Grauens
> aufhalten, der eintrat, als ein Weiser mit dem abscheulichen
> Schlüssel zufällig auf die Horde mit dem versperrten und rand-
> vollen Kasten überlieferter Dämonenlehre stieß. (»Grauen in
> Red Hook«, S. 93-94)

Das ist nicht das prächtige Hieros gamos oder die heilige Ehe von
Isis und Osiris, des Vollmondes und der strahlenden Sonne, sondern vielmehr die anstößige Hochzeitsfeier von Luzifer und Lilith
oder von Asmodeus und Nahemah, des falschen Sterns und des toten Planeten. Solcherart ist die dekadente Vision, die Malones Bewußtsein versengt und verdorrt, ehe der glasäugige, brandige
Leichnam Suydams das geschnitzte goldene Piedestal, den leibhaf-
tigen Thron des Bösen, von seiner Onyxbasis stürzt, und damit
den schließlichen Einsturz der Grotte und das Ende der entsetzlichen Riten bewirkt. Aber genau dieses Wissen um eine ganze an-

dere Welt übelwollender Geister, die kalt gegen unsere Welt preßt, muß, zum Wohl der Menschheit, geheim und wahrhaft *okkult,* wirklich verborgen bleiben. Wenn ein solches Wissen den abgebrühten Malone in den Wahnsinn, die Phobie und die Neurasthenie treibt, so würde es im Falle des Bekanntwerdens unter dem Menschengeschlecht insgesamt eine verheerende Massenpsychose und Hysterie auslösen. Das ist die Moral der Geschichte »Grauen in Red Hook«, denn trotz Lovecrafts oft angeführtem ethischen Relativismus hat sie eine Moral – ebensosehr wie die Predigt *Der wahre Anblick der Sünde* (1659) des Puritaners Thomas Hooker, die an uns die Warnung richtet: »Und hörtest du auch das Gebrüll des Teufels und sähest die Hölle sich auftun und die Flammen des ewigen Feuers vor deinen Augen flackern! Gewiß wäre es besser für dich, in diese unvorstellbaren Qualen gestürzt zu werden als die geringste Sünde gegen den Herrn zu begehen.« Malone erfährt: »Uraltes Grauen ist wie eine Hydra mit tausend Köpfen, und die Kulte der Finsternis sind in Gottlosigkeiten verwurzelt, tiefer als der Brunnen des Demokrit«; diese Schlußmetapher hat Lovecraft bei Poe entliehen (»Ligeia« und »Im Strudel des Maelstroms«), der sie seinerseits bei Glanvill entlehnte. Das Bild der Tiefe ist einfach eine Erweiterung des alten Neu-England-Glaubens an das, was Jonathan Edward »die Hölle im Menschen in seinem natürlichen Zustand« nennt oder die Sünde, von der wiederum Hooker behauptete, daß sie »selbst die Prinzipien der Vernunft, der Natur und der Moral ruiniert und devastiert und den Menschen zum Schrecken für sich selbst gemacht hätte«. Oder, wie Lovecrafts Zeitgenosse aus Neu-England, Robert Frost, von demselben »unversiegelten Brunnen der Nacht« sagte:

... Mit ihren leeren Räumen können sie mich nicht schrecken zwischen den Sternen – auf Sternen, wo es kein Menschengeschlecht gibt.
Ich habe sie in mir, soviel näher daheim
Kann mich erschrecken mit meinen eigenen Wüstenstrecken.[14]

Diese zwiespältige Weisheit über die eigenen Wüstenstrecken verwandelt Malone in den ewigen Alten Matrosen, der unter dem Zwang steht, unaufhörlich über das Grauen nachzubrüten, das er erlebt hat. Das Gegenstück zu diesem Grauen bildet der Umstand, daß »die Seele des Tiers allgegenwärtig und siegreich ist«, aber dieses »Tier« hat ebenfalls eigentümlich dekadente Nebenbedeutungen. Im Werk eines Schriftstellers, der sich gewöhnlich überhaupt nicht mit weiblichen Figuren abgibt, ist Lovecrafts Vision der wollüstigen Lilith doppelt interessant. Wenn die Geschichte als ganzes auch überzeugend HPLs paranoiden Haß auf New York, die »polyglotte Tiefe« und ihre fremden Horden verkörpert, kann sie nicht auch, verhüllt und unterschwellig, sein damit verbundenes Grauen vor der Ehe ausdrücken, die ihn erst dorthin führte? Die wiederholten Anspielungen auf die Kabbala erinnern uns daran, daß Lilith in erster Linie ein hebräischer Sukkubus ist, und ferner, daß der asexuelle, xenophobe Lovecraft in den Armen seiner jüdischen Frau Sonia Haft Greene so manches anomales Gefühl empfunden haben muß. Darüber hinaus befindet sich die Lilith von »Grauen in Red Hook« in der langen Tradition der Anbetung des Dekadenten zu Füßen einer zerstörerischen Huren-Göttin. Swinburnes Faustine, Wildes Salomé und Rossettis Lady Lilith sind nur ein paar der Vorläufer von Lovecrafts »Großer Bestie«, einer babylonischen Hure, die all die fragwürdigen Phantasievorstellungen in der ikonoklastischen Seele des Puritaners ausdrückt, selbst wenn sie Huysmans Verkündigung erfüllt, daß »die Frau das große Gefäß der Ungerechtigkeit und des Verbrechens, das Schlachthaus des Elends und der Schande und die Zeremonienmeisterin ist, die in unsere Seele die Botschaften all unserer Laster hineinsenkt« (*Dreamers of Decadence,* S. 105-106).

IV

Was Lovecraft auch weiterhin in seiner erzählenden Prosa betont, trotz der phantasievollen Orgien, die uns hier vorgesetzt werden, ist genau die Auswirkung dieser Konfrontation mit dem uralten Bösen. Lovecrafts Auffassung vom nahen Bevorstehen des Unsäglichen besitzt eine entsetzliche Wirklichkeit, ein puritanisches Grauen, dem Cotton Mather in *Wonders of the Invisible World* (1692) oder *Discourse on Witchcraft* Ausdruck verlieh, jener Predigt, die er im Winter 1688 hielt, »nachdem die Ehefrau Glover aus Boston gehängt worden war, weil sie John Goodwins Kinder verhext hatte«, und in der Mather an seine Zuhörer die Warnung richtet: »Christen, es gibt *Teufel:* und sogar so viele von ihnen, daß manchmal eine *Legion* von ihnen abgestellt wird, *um einen einzi-*

gen Menschen zu quälen. Die *Luft,* die wir atmen, ist voll von ihnen. Bedenkt das, ihr, die ihr *Gott gehorsam* seid: rings um euch gibt es Heerscharen von Versuchern.« Thomas Malone, der mit diesen Legionen zusammenstößt, merkt ihre Auswirkungen daran, daß er einen Nervenzusammenbruch erleidet und eine Phobie entwickelt, die ihn schon beim Anblick von Ziegelbauten zusammenbrechen läßt, was Mathers weitere Behauptung beweist: »Die Auswirkungen [der Hexerei] sind entsetzlich real. Unsere lieben Nachbarn werden höchst real gequält. Sie werden wirklich ermordet & kommen wirklich mit verborgenen Dingen in Berührung, von denen sich später eindeutig erweist, daß sie Wirklichkeit waren.« Lovecraft versuchte auch wirklich, so authentisch wie möglich zu sein, was die Einzelheiten dieser Art übernatürlicher Wirklichkeit anging. Über »seine neue Geschichte ›Grauen in Red Hook‹« schreibt er an Clark Ashton Smith:

> Bei mir gibt es in einer heruntergekommenen Gegend in Brooklyn ein Nest von Teufelsanbetern & Lilithverehrerinnen, & ich beschreibe die Wunder & das Grauen, die sich ergeben, als diese nichtswissenden Erben entsetzlicher Zeremonien einen gebildeten & eingeweihten Menschen fanden, um sie anzuführen. Ich schmücke meine Geschichte mit Beschwörungen aus, die ich dem Essay »Zauberei« in der 9. Auflage der *Britannica* entnehme, ich würde aber gern auf unbekanntere Quellen zurückgreifen, wüßte ich nur, wie die richtigen Reservoire anzuzapfen. Kennen Sie irgendwelche guten Bücher über Magie & dunkle Mysterien, die mir passende Ideen & Formeln liefern könnten? (*SL,* ii, S. 28)

Malone, der zunächst ein zeitgenössischer Dorian Gray ist, wird durch seine Auseinandersetzung mit dieser puritanischen Realität zu einer späteren Ausgabe von Hawthornes »Jungem Ehemann Brown«. Wie Brown wird Malone in seelenzerstörendes Wissen von universeller Bösartigkeit eingeführt. Sein dekadenter Sinn für das Böse (und wir erinnern uns hier an Lovecrafts Behauptung, daß die Puritaner »die einzigen echt wirkungsvollen Teufelsanbeter und Dekadenten waren, die die Welt kennt«), von anstekkender und übernatürlicher Erbsünde, ausgelöst durch die »Scharen einfältiger, pockennarbiger junger Leute«, die in den dunklen Morgenstunden »mit unbekanntem Ziel singend vorbeiziehen«, bestimmt ihn im voraus zur Niederlage und zum Unglück. Alle Helden Lovecrafts sind puritanisch vorbelastet; ihr Geschick wird unwandelbar durch ihre exotische Veranlagung und unstillbare faustische Wißbegier besiegelt. Die Rationalisten unter ihnen werden zu Emblemen menschlicher Vernunft, ergriffen vom irrationalen Alptraum der ungewissen und vergänglichen Stellung des Menschen in einer Welt, die man bestenfalls dunkel durch eine Linse sieht. Malone sucht über diese Linse hinaus vorzustoßen, aber was er erblickt, ist lediglich das Spiegelbild der grundlegend dämonischen Natur des Menschen – um Arthur Machens Worte aus dem Motto zu verwenden, »ein Ort, wo es Höhlen und Schatten und Bewohner im Zwielicht gibt« – und des menschenleeren Nichts draußen, das Néant »unheiliger Dimensionen und unauslotbarer Welten«. Das ist Lovecrafts letzte Realität, und wie Poe ist Lovecraft einfach deswegen Realist, weil jeder Blick in die Zeitungen überzeugende Belege dafür liefert, daß es für jeden anonymen John Doe auch einen Roderick Ascher, einen Robert Suydam oder einen Thomas Malone gibt.

In »Pickmans Modell«, der anderen Erzählung von Kunst, Grauen und Realität, die Lovecraft »eine meiner zahmsten und mildesten Ergüsse« nannte (*SL*, II, S. 170), ist der dekadente Künstler auch im Vollsinn des Wortes Realist, während Thurber, der Erzähler, der gentile Ästhet ist, dessen vage Notizen für eine Monographie über die unheimliche Malerei zu einem traumatischen Verständnis für die Allgegenwart eines höchst greifbaren Bösen führen. Von Richard Upton Pickman, dem Meister des Makabren, bemerkt der Erzähler zum Beispiel: »Das Morbide in der Kunst schockiert mich keineswegs, und wenn ein Mensch so genial veranlagt ist, wie Pickman es war, fühle ich mich durch seine Bekanntschaft nur geehrt, ganz gleich in welcher Richtung sich sein Werk bewegt. Boston hat niemals einen größeren Maler... besessen.«[15] Was Thurber wirklich bewundert, ist die Exaktheit, mit der Pickman seine grotesken Visionen schildert, zu denen er bemerkt:

Du weißt, es bedarf einer großen, wirklichen Begabung und einer profunden Einsicht in die Natur vieler Dinge, um *solche* Themen wie ein Pickman malen zu können. Ist doch heutzutage jeder lausige Titelillustrator imstande, Farbe auf die Leinwand zu klatschen, um dann das Ganze meinetwegen ›Nachtmahr‹,

›Hexenritt‹ oder gar ›Porträt des Satans‹ zu nennen; aber nur ein Genie vermag so zu malen, daß das Bild wirklich Furcht erregt und einfach stimmt. Denn nur der wahre Künstler kennt die tatsächliche Anatomie des Grauens oder die Psychologie der würgenden Furcht, deren genaue Linien und entsprechende Farbkontraste und Lichtwirkungen unserem Unterbewußten eine unerklärliche Angst einflößen. Ich brauche dir wohl nicht zu sagen, warum uns ein Füßli zutiefst erschauern läßt, während die billige Titelillustration zu einer Geistergeschichte bloß lächerlich wirkt. Es gibt da irgendwas, was diese Burschen einfangen, etwas aus einer anderen Sphäre, das uns, wenn auch vielleicht nur für einen Aujgenblick, Einsicht in eben diese andere Sphäre vermittelt. (»Pickmans Modell«, S. 17)

Hier beschreibt Lovecraft in Wirklichkeit sein eigenes Herangehen an »die Physiologie der Furcht«, denn ließ er sich in *Supernatural Horror in Literature* nicht auf Vermutungen über die Natur und die Evolution des Grauenhaften ein, und war er nicht ebenso wie Poe ein Anatom der Phantasie, der die Erzählung des Grauens auf die grundlegenden Elemente zurückführte, Theorien über Wirkung und Zusammenbruch kosmischer Grenzen aufstellte? Der dekadente Künstler, besessen von einem ins Verderben führenden Teufel und begnadet mit einem ruchlosen Talent, ist ein wiederkehrendes Thema in seiner Dichtung, und schon die Macht der Kunst selbst, teuflische Folgen auszulösen, ist immer eine seiner zentralen Ideen (z. B. »Das Bild im Haus«). Gewiß identifizierte sich Lovecraft mit diesen dem Untergang geweihten Phantasten, deren Vorbild wieder einmal der Musiker und Dichter Roderick Ascher ist, und er gefällt sich darin, in »Pickmans Modell« Anspielungen nicht nur auf Füßli, Doré und Goya (der »es vermocht hatte, in ein Antlitz den Ausdruck der schieren Hölle zu setzen«) einzustreuen, sondern auch auf zeitgenössische Maler – »Angarola in Chicago«, Sidney Sime und Clark Ashton Smith. Selbst die fratzenhaften Bilder, die Pickman malt, zeigen zum Beispiel Lovecrafts neuerworbene Bildung auf dem Gebiet der phantastischen und dekadenten Malerei, denn: »Häufig kamen diese grauenhaften Wesen des Nachts durch offene Fenster gesprungen, ja, kauerten grinsend auf der Brust schlafender Menschen, zermarterten mit abscheulichen Gebissen deren Kehle«, was offensichtlich von Füßlis »Der Nachtmahr« inspiriert ist, während die »kolossale und grauenhafte Blasphemie, ein unsäglich verbotenes Ungeheuer mit infernalisch glühenden roten Augen«, das »in seinen skeletthaften Krallen einen lebenden Menschen umklammert, dessen Kopf es, wie ein Kind, das sich an einer Zuckerstange gütlich tut, abknabberte«, unmittelbar Goyas erschreckendem »Chronos verschlingt seine Kinder« entlehnt ist. Falls er den Empfehlungen Longs folgte (siehe *LS,* I, S. 228), konnte er einen Druck des zweiten Werkes in den Sammlungen des Athenaeums von Providence sehen, einer Privatbibliothek, die zu Lovecrafts beliebtesten dortigen Aufenthaltsorten zählte, denn diese Stätte war doppelt geheiligt durch das Gedenken an die Werbung Edgar Allan Poes um Sarah Helen Whitman (siehe *SL,* I, S. 292).

Solche Gemälde beginnen Thurbers zahme Behauptung über den Haufen zu werfen: »Es gibt da irgend etwas, was diese Burschen einfangen, etwas aus einer anderen Sphäre – Tja, ich würde sagen, der wahre Maler des Makabren besitzt eine Art Sehergabe, die Modelle anzufertigen, in denen er die gespenstische Welt, in der er lebt, nachvollzieht«, denn Pickmans »Modell« *ist* die wirkliche Welt und nicht ein phantasievolles *moi intérieur* der Einbildungskraft. Pickman selbst, der aus Salem stammt (»und eine seiner weiblichen Vorfahren wurde 1692 als Hexe hingerichtet«), bewohnt bezeichnenderweise das dekadente North End in Boston, wo im Verlauf der Jahrhunderte ein Bodensatz des Bösen heimtückisch und ungehindert wachsen konnte und zum Bestandteil der krummen Gäßchen, »vermodernden Giebel, eingeschlagenen uralten Fensterscheiben und rußdunklen, unwirklich hohen Schornsteine« geworden ist. Viele dieser schiefen Bauten, die wir bei Lovecraft finden, wie Pickmans Atelier im North End (das Ultima Thule Bostons) oder das alte Hexenhaus in Salem (in »Träume im Hexenhaus«) mit ihren Giebeldächern und verfaulten Balken und Räumen, die in verrückten oder unmöglichen Winkeln geneigt sind, sind natürlich psychische Allegorien dekadenter und hinfälliger Gemüter, verdreht von den schwer lastenden Mächten des Alters und der Vererbung zu erlesenem und malerischem Wahnsinn. Hier befindet sich das Traumland, welches das »Neu-England der Kolonialzeit als eine Art Vorhof der Hölle« erscheinen läßt oder das moderne Boston mit Ghoulen und lebenden Wasserspeiern bevölkert, kein Einfall einer ins Alte verliebten Phantasie mehr, sondern es liegt vielmehr unmittelbar hinter der Kellertür oder um die nächste Ecke:

Hier war nicht ein Künstler am Werk gewesen, der das von ihm
Gesehene in ihm gemäße Formen übertragen hatte; es war ein
schieres Pandämonium, objektiv klar wie Kristall. Bei Gott, das
war es. Dieser Mann war weder ein Phantast noch ein Romantiker – er versuchte keineswegs, uns die schäumenden, prismatischen Ephemera des Traums zu oktroyieren, nein, er schilderte
mit eiskalter Überlegung eine wohlfundierte Welt des Horrors,
die er ohne Beschönigungsversuche oder barmherzige Abstriche
in klaren Formen ausdrückte. Weiß der Teufel, wo diese Welt
gelegen oder wo er diese heillosen, verdammten Wesen, die da
schlurften, hopsten, madenhaft krochen, erschaut haben mag!
Eine Tatsache war jedenfalls evident: Pickman war – gemessen
an Beobachtung und Ausführung – in jeder Beziehung ein durch
und durch genauer, ja fast wissenschaftlich vorgehender *Realist.* (»Pickmans Modell«, S. 31)

Die Realität, die Richard Upton Pickman malt, ist Lovecrafts me-
chanistisches, materialistisches Universum, vereint mit seiner
Traumwelt von Schauder erweckenden unnennbaren Wesen und
nachtmahrischen kosmischen Landschaften. Der Erzähler Thurber bezahlt für seinen Blick in dieses wüste Land mit derselben Art
psychologischer Verunstaltung, die Thomas Malone aus Red
Hook befällt – er entwickelt eine besondere Form von Speläopho-
bie – die wahnsinnige Angst vor Höhlen und Kellern, von der auch
HPL befallen war (siehe *SL*, v, S. 418), nachdem er entdeckt hat,
daß Pickmans *unmittelbare* Modelle unstrittig real sind und das
Stückchen Papier, das an einem besonders dämonischen Gemälde
angebracht war, sich als »Blitzlichtaufnahme nach dem Leben…«
erweist. Lovecrafts Erzählungen von Kunst und Künstlern unter-
streichen seine im wesentlichen puritanische Moral, denn während der zufällige Beobachter lediglich ein seelisches Trauma
erleidet, besteht der Preis, den der Künstler selbst dafür bezahlen
muß, sich mit der Dekadenz der Unterwelt eingelassen zu haben,
darin, daß er zu einem Teil der Unterwelt wird, daß er mit den
Wühlmäusen aus der Tiefe hinter der Kellertür eingesperrt wird,
gegen die sie ständig anrennen. Einen Weg zu finden, »um die verbotene Pforte zu öffnen«, bedeutet auch, zu ihrer Durchschreitung
verurteilt zu sein. Sie öffnet sich aber nur in einer Richtung, wie
so viele von Lovecrafts »schwarzen Helden« entdecken müssen.
Richard Pickman, Randolph Carter und Walter Gilman aus

»Träume im Hexenhaus« zerreißen die Bande des Naturgesetzes, aber dieses Vergehen wird von einer karmischen Strafe begleitet. Alle erkaufen sich die Gabe übermenschlicher Macht und die Befriedigung ihrer faustischen Neugier um den Preis, daß sie eins werden mit der »jenseitigen Welt, die kein Sterblicher, so er sich nicht dem Teufel verschrieben hat«, kennen soll; das ist der Preis äußerster Verderbtheit, den Wildes Dorian Gray für sein langes Schäkern mit Sünde und Ausschweifung willig bezahlt.

Das gleiche ist schließlich mit dem alten Musiker Erich Zann der Fall, tatsächlich das erste Künstlerportrait Lovecrafts, 1921 niedergeschrieben, ehe HPL von der Hauptrichtung dekadenter Malerei wirklich Kenntnis erlangt hatte. Hier erkennen wir am deutlichsten den kosmischen Hintergrund der instinktiven Faszination, die die Dekadenz auf Lovecraft ausübte, denn sein stummer Pariser Geigenspieler, ein im Exil lebender Emigrant, der in der verfallenen Rue d'Auseil wohnt (für die zum Teil die steile Meeting Street oder die alte »Gaol Lane« von Lovecrafts Geburtsstadt Providence als Vorbild gedient haben), hat unnatürlichen Kontakt mit der verbotenen Sphärenmusik aufgenommen. Auch Zann hat gegen das Naturgesetz verstoßen, indem er etwas gehört und selbst gespielt hat, was keinem Sterblichen gestattet ist, und sein Schicksal besteht darin, daß er zum Bestandteil des kosmischen, atonalen, kakophonen Orchesters der äußeren Finsternis wird, wo, wie uns die Heilige Schrift warnt, »Heulen und Zähneknirschen« sein wird (Matth. 8:12). Wie E. T. A. Hoffmanns dämonischer Geigenspieler »Rat Krespel« (1818) ist auch Zann »nur der Magnetiseur, der die Somnambule zu erregen vermag, daß sie selbsttätig ihre innere Anschauung in Worten verkünde«.[16] HPLs Erzähler wird wiederum nur ein Blick auf das Nichts zuteil, zu dem sich Zann selbst verurteilt hat:

Wieder stieg in mir mein alter Wunsch hoch, einmal durch dieses Fenster zu spähen, durch das einzige Fenster, das von hier aus den Blick auf den Abhang hinter der Mauer, auf die sich ausbreitende Stadt freigeben mußte. Es war sehr dunkel draußen, aber die Lichter der Stadt würden immerhin brennen, jedenfalls hoffte ich sie durch Wind und Regen zu sehen. Als ich aber durch dieses höchste aller Giebelfenster blickte, bot sich mir kein freundlich schimmerndes Licht, ich sah keine Stadt, die sich unter mir ausbreitete, sondern die Lichtlosigkeit eines unermeßlichen Alls, ein schwarzes unvorstellbares Chaos, das von einer völlig außerirdischen Musik erfüllt war. Ich stand da und blickte in namenlosem Grauen in die Nacht hinaus. Der Wind hatte nun die beiden Kerzen gelöscht, ich befand mich in einer tobenden, undurchdringlichen Finsternis: vor mir das dämonische Chaos, hinter mir der infernalische Wahnsinn der rasend gewordenen Violine.[17]

Selbst Paris, die Stadt des Lichts, kommt zum Erlöschen, sogar durch die Rue d'Auseil (eine Straße, die sehr der Rue de la Vielle-Lanterne ähnelt, wo der visionäre französische Dichter Gérard de Nerval 1855 durch Erhängen Selbstmord verübte) spukt ein Neu-England-Bewußtsein von der drohenden Höllenstrafe. Wir haben gesehen, daß Lovecraft mit zunehmender Reife in der Tat die literarische Pose aufgab, die er als junger Mann zur Schau getragen hatte, so daß er schon 1923 an Frank Belknap Long schrieb: »Ich glaube, Mortonius [Ferdinand Morton] hat recht, wenn er mich nicht für einen Dekadenten hält, denn viel von dem, was die Dekadenten lieben, kommt mir entweder absurd oder bloß abstoßend vor« und: »Ich verachte Bohemiens, die es als grundlegenden Bestandteil der Kunst halten, daß sie ein zügelloses Leben führen.« (SL, I, S. 228-229) HPL wollte, koste es, was es wolle, seine gentile Herkunft bewahren – die vielleicht größte aller seiner Einbildungen. Zunehmend sah er in den modernistischen englischen Schriftstellern, die er verabscheute, die wahren Erben der Traditionen des fin de siècle, und er prophezeite: »Dieser kranke, dekadente Neomystizismus – ein Protest nicht nur gegen den Materialismus der Maschine, sondern gegen die reine Wissenschaft mit ihrer Zerstörung des Geheimnisses und der Würde menschlichen Gefühls und menschlichen Erlebens – wird zum beherrschenden Glaubensbekenntnis der Ästheten des zwanzigsten Jahrhunderts, worauf die Halbschatten Eliot und Huxley sehr wohl hinweisen.« (SL, III, S. 53) Ohne es zu wissen, hatte er jedoch bereits alles aufgesogen und verarbeitet, was ihn der fin de siècle lehren konnte. In einem Brief an Maurice W. Moe aus dem Jahr 1932 erklärte er in einem merkwürdigen Aufwallen von Selbstenthüllung: »Wilde, Flaubert, Gautier und viele andere waren Sensualisten-Extravertierte. Ich neige zu der Ansicht, ich auch...« (SL, IV, S. 31) In seiner Kunst ein »Sensualist-Extravertierter«, machte sich HPL in seinem introvertierten Alltagsdasein die dichterische Strategie seiner

Vorfahren zu eigen »und richtete sein Leben nach gotischem Vorbild ein, mit formvollendeten Bögen und präzisem Maßwerk« und »strengen Spitztürmchen«. In Summe blieb HPL bis zu seinem Tod die bemerkenswerteste und anomalste Dreifaltigkeit des 20. Jahrhunderts: ein Ästhet aus Providence, ein Neu-England-Dekadent und ein kosmischer Puritaner.

ANMERKUNGEN

1 H. P. Lovecraft: *Selected Letters,* Band III, hrsg. von August Derleth und Donald Wandrei (Sauk City, Wisconsin: Arkham House 1971), S. 367. Hinfort werden alle Verweise auf dieses Werk, Band I (1965) oder spätere Bände der *Selected Letters* im Text als *SL,* I, II, III, IV, V angeführt.

2 Vincent Starrett, zitiert von Winfield Townley Scott in *Exiles and Fabrications* (Garden City, N. Y.: Doubleday & Company, Inc., 1961), S. 50.

3 Siehe *SL,* II, S. 178-185. Lovecrafts Versuch, seinen Namen mit den Stiftern der Phillips-Andover- und der Phillips-Exeter-Akademie in Verbindung zu bringen, ist laut Professor Henry L. Beckwith Jr. an den Haaren herbeigezogen. Zwar war die Familie Phillips ein angesehenes Geschlecht, aber Lovecrafts unmittelbare Vorfahren mütterlicherseits waren zwar achtenswerte, jedoch wenig bemerkenswerte kleine Gutsbesitzer und Bauern, und seine Behauptung, »Der Name ›Phillips‹ wirkt im westlichen Rhode Island als Zauberwort« (*SL,* I, S. 40), ist mit Vorsicht zu genießen. Was die Geschichte der Familie Lovecraft angeht, so weist R. Alain Evert in seinem Aufsatz »The Lovecraft Family in America«, *Xenophile,* Nr. 18 (Oktober 1975) darauf hin, »daß die Familienangehörigen vor dem Umzug nach Amerika in dem größeren Ort Newton-Abbot als einfache Bauern eingetragen waren«, während sie sich »nach der Niederlassung in Amerika in verschiedenen Berufen betätigten, die nicht der Würde von Adeligen mit Grundbesitz entsprachen« (S. 7).

4 Siehe meinen Artikel »The Source for Lovecraft's Knowledge of Borellus in *The Case of Charles Dexter Ward*«, *Nyctalops* 13 (Mai 1977), S. 16-17.

5 Philippe Jullian: *Dreamers of Decadence: Symbolist Painters of the 1890s* (New York: Praeger Publishers 1971), S. 26. Erstmals veröffentlicht als *Esthètes et Magiciens* (1969), Librairie académique Perrin, Paris.

6 Für eine erschöpfende Untersuchung der Symbolik dieser Erzählung siehe mein Buch *The Roots of Horror in the Fiction of H. P. Lovecraft* (Elizabethtown, N. Y.: Dragon Press, 1977).

7 »The Defense Remains Open«, *In Defense of Dagon,* ein Teil von Lovecrafts Briefwechsel innerhalb des »The Transatlantic Circulator«, einer losen Gruppierung von Amateurkritikern; April 1921, nachgedruckt in *Leaves* II (Lakeport, Calif.: Futile Press, 1938), hrsg. Robert H. Barlow, S. 118-119.

8 Jerome Hamilton Buckley, *The Victorian Temper: A Study in Literary Culture* (New York: Vintage Books 1964), S. 215.

9 Holbrook Jackson, *The Eighteen Nineties* (Harmondsworth: Penguin Books 1950 [1913]), S. 131.

10 Am 1. Mai 1926 schrieb Lovecraft an Frank Belknap Long: »Beiliegend einige Smithiana, und in Kürze sende ich Ihnen expreß eine Sammlung von xx Ashtonsmithischen Bildern, die Sie *ganz aus dem Häuschen geraten lassen werden!* GOTT! DIESE FARBEN!! Der entfesselte Opiumrausch... aber warten Sie, bis Sie sie sehen! Sobald Sie sich sattgesehen haben, zeigen Sie sie der Bande, und bitten Sie Samuelus, sich darum zu kümmern, daß sie sicher Benjamin De Casseres erreichen. Dann sorgen Sie dafür, daß sie unbeschädigt an Clericus Ashtonius zurückgelangen – der würde sterben, wenn ihnen etwas zustieße. Ach Junge! ›Dämmerung‹ – ›Sonnenuntergang in Lemurien‹ – ›Hexenwald‹ – und das Dunsany-Bild. Sancta Pegana, ich weiß aber wirklich nicht, ob es richtig ist, eine solch teuflische Herausforderung auf einen jungen Menschen loszulassen, den der ekstatische Überschwand des Ausdrucks bereits süchtig gemacht hat!« (*SL,* 11, S. 45) Man fragt sich, wie wohl HPLs Reaktion gewesen wäre, hätte er Gelegenheit gehabt, Max Ernsts surreale Landschaften aus der Mitte der dreißiger Jahre zu sehen, etwa *Abendlied* und *Die ganze Stadt,* wo wir, nach den Worten Suzi Gabliks, »in dichte Labyrinthe knorrigen Wachstums eingehüllt sind, eine verklumpte Mischung von Gräsern und Wasserpflanzen... Da gibt es die klebrigen Wurzeln wildwuchernder halluzinogenischer und psychotropischer Pflanzen, Grotten und Überhänge, die Flecken des Mondes.« (»The Snake Paradise: Evolutionism in the Landscapes of Max Ernst«, *Art in America,* Heft 63 [Mai-Juni 1975], S. 35.) Es lohnt sich, den Verbindungen zwischen Ernst und Lovecraft nachzugehen, insbesondere ihrem kulturbedingten Gefühl von Apokalypse, Isolation und Entartung. Zu Lovecrafts Verhältnis zur Malerei, siehe Frank Belknaps Erwähnung von Goya, Rops und Bosch in *Howard Phillips Lovecraft: Dreamer on the Nightside* (Sauk City, Wisconsin: Arkham House 1975), S. 96-98. Long kommentiert auch Lovecrafts Begeisterung für die Gemälde von Nicholas Roerich. »Sie waren im Riverside Museum untergebracht, ein paar Häuserblocks von meiner Wohnung entfernt, und er pflegte vor jedem der Gemälde zwei oder drei Minuten zu verweilen, ohne ein Wort zu sagen. Dann verfiel er in eine Art lyrischen Begeisterungstaumel und ging zu einem anderen Bild weiter.« (S. 99) Doch noch im Jahr 1926 hatte HPL keine Ahnung vom Werk Ryders und Redons (siehe *SL,* 11, S. 78). Roerich, der die Kulissen und Kostüme für Diaghilevs Produktion von Strawinskys »Sacre du Printemps« im Jahr 1913 entwarf, war ebenso ein gutbekannter Forschungsreisender, Autor und Utopist. Er wurde 1874 in St. Petersburg geboren, und seine Kunst wurde stark von skandinavischen, byzantinischen und morgenländischen Vorbildern beeinflußt. Der Wirkung nach symbolisch, sind Roe-

richs eindringliche, brütende, primitive oder apokalyptische Bergland-
schaften (viele von ihnen die Darstellung tibetanischer Szenen) in der
Komposition stilisiert, grell in den Farben, mystisch der Bedeutung
und surreal der Wirkung nach und erinnern den Betrachter an Gau-
guins Spätwerk. Ihre traumähnlichen Anblicke und rätselhaften Figuren ähneln Lovecrafts Beschreibungen seiner eigenen Nachtvisionen,
und HPL hätte sich von Roerichs Stolz in »die nordischen Eigenschaften seiner Vorfahren väterlicherseits« angezogen gefühlt. Siehe zum
Beispiel den *Roerich Museum Catalogue: Sixth Edition* (1930), vor allem die biographische Anmerkung und Chronologie (S. 39-42) und
Roerich Museum: A Decade of Activity 1921-1931 (New York: Roerich Museum Press 1931). Farbabbildungen siehe bei V. P. Kniazeva,
N. Rerih [Roerich] (Moskau: Iskusstvo 1968).

11 H. P. Lovecraft, »Grauen in Red Hook«, in: *Stadt ohne Namen*
(Frankfurt: Suhrkamp 1981), S. 72.

12 Siehe Richard Wilbur, »The Poe Mystery Case«, *Responses: Prose Pie-
ces, 1953-1976* (New York und London: Harcourt Brace Jovanovich
1976), S. 127-138.

13 Siehe H. T. F. Rhodes, *The Satanic Mass: A Sociological and Crimino-
logical Study* (New York: Citadel Press 1955), S. 59-65). Für sein Bild
der Schwarzen Messe in »Grauen in Red Hook« hatte Lovecraft zweifellos Huysmans *Tief unten* vor Augen, aber seine tolle Vision satanischen Zeremoniells weist auch Parallelen zu der von Bataille unter
Pseudonym veröffentlichten Beschreibung der gotteslästerlichen »Af-
fenhochzeit« in *Der Teufel im 19. Jahrhundert* (Paris 1892) auf; vgl.
Rhodes, S. 172-175.

14 Robert Frost, »Desert Places«, in *Complete Poems of Robert Frost*
(New York: Holt Rinehart and Winston 1964), S. 386.

15 H. P. Lovecraft, »Pickmans Modell«, in *Cthulhu. Geistergeschichten*
(Frankfurt: Suhrkamp 1972), S. 42.

16 E. T. A. Hoffmann, »Rat Krespel«, in *Der unheimliche Gast* (Berlin:
Verlag Neues Leben, 1980), S. 125.

17 H. P. Lovecraft, »Die Musik des Erich Zann«, in *Cthulhu*, S. 83-84.

Copyrightvermerke

»Celephais« (Celephais); »Die Katzen von Ulthar« (The Cats of Ulthar), © 1939, 1943 by August Derleth and Donald Wandrei, © 1965 by August Derleth. Aus: Lovecraft, *Dagon and other Macabre Tales*. Aus: Lovecraft, *Die Katzen von Ulthar,* 1980. Übersetzt von Michael Walter.

»Das Verderben, das über Sarnath kam« (The Doom that Came to Sarnath); »Iranons Suche« (The Quest of Iranon), © 1939, 1943 by August Derleth and Donald Wandrei, © 1965 by August Derleth. Aus: Lovecraft, *Dagon and other Macabre Tales*. Aus: Lovecraft, *In der Gruft,* 1982. Übersetzt von Michael Walter.

»Stadt ohne Namen« (The Nameless City); »Arthur Jermyn« (Arthur Jermyn); »Das merkwürdig hochgelegene Haus im Nebel« (The Strange High House in the Mist); »Grauen in Red Hook« (The Horror at Red Hook), © 1939, 1943 by August Derleth and Donald Wandrei, © 1965 by August Derleth. Aus: Lovecraft, *Dagon and other Macabre Tales*. Aus: *Stadt ohne Namen,* 1973. Übersetzt von Charlotte Gräfin von Klinckowstroem.

»Träume im Hexenhaus« (The Dreams in the Witch-House), © 1939, 1943 by August Derleth and Donald Wandrei, © 1964 by August Derleth. Aus: Lovecraft, *At the Mountains of Madness and other Novels*. »Der Schatten aus der Zeit« (The Shadow Out of Time), © 1936 by Street and Smith Publishing Co. for *Astounding Stories;* © 1939 by August Derleth and Donald Wandrei; © 1962, 1963 by August Derleth. Aus: Lovecraft, *The Dunwich Horror and Others*. Aus: Lovecraft, *Das Ding auf der Schwelle,* 1969. Übersetzt von Rudolf Hermstein.

»Der Flüsterer im Dunkeln« (The Whisperer in Darkness), © 1939 by Popular Fiction Publishing Co. for *Weird Tales;* © 1939, 1945 by August Derleth and Donald Wandrei, © 1963 by August Derleth. Aus: Lovecraft, *The Dunwich Horror and Others*. Aus: Lovecraft, *Berge des Wahnsinns,* 1970. Übersetzt von Rudolf Hermstein.

»Pickmans Modell« (Pickman's Model), © 1927; »Die Musik des Erich Zann« (The Music of Erich Zann), © 1925; »Das Grauen von Dunwich« (The Dunwich Horror), © 1929; »Cthulhus Ruf« (The Call of Cthulhu), © 1928 by the Popular Fiction Publishing Co. for *Weird Tales*. Aus: Lovecraft, *The Dunwich Horror and Others*. Aus: Lovecraft, *Cthulhu,* 1968. Übersetzt von H. C. Artmann.

Barton Levi St. Armand: »H. P. Lovecraft: Anhänger der Dekadenz aus Neu-England« (H. P. Lovecraft: New England Decadent), © 1979 by Barton L. St. Armand.

ÜBERSETZERNACHWEISE

Celephais, Die Katzen von Ulthar, Das Verderben, das über Sarnath kam und Iranons Suche. Deutsch von Michael Walter.

Stadt ohne Namen, Arthur Jermyn, Das merkwürdige hochgelegene Haus im Nebel und Grauen in Red Hook. Deutsch von Charlotte Gräfin von Klinckowstroem.

Träume im Hexenhaus, Der Flüsterer im Dunkeln und Der Schatten aus der Zeit. Deutsch von Rudolf Hermstein.

Pickmans Modell, Die Musik des Erich Zann, Das Grauen von Dunwich und Cthulhus Ruf. Deutsch von H. C. Artmann.

Phantastische Bibliothek
in den suhrkamp taschenbüchern

*»Phantastische Bibliothek« – das ist Verzauberung der Phantasie, keine Betäu-
bung der Sinne, sondern Öffnen der Augen als Blick über den nächsten Horizont ins Hypothetisch-Virtuelle. Das Zukünftige verbindet sich mit dem Zeitlosen, rationales Kalkül steht neben poetischer Vision, denkbare Wirklichkeit
und analytischer Blick in menschliche Abgründe neben Wunsch- und Alptraum.
Anregend und unterhaltsam ist es immer.*

Abe, Kōbō: Die Entdeckung des R62. Vier Erzählungen. Aus dem Japa-
  nischen von Michael Noetzel. PhB 333. st 2559
– Die vierte Zwischeneiszeit. Roman. Aus dem Japanischen von Sieg-
  fried Schaarschmidt. PhB 331. st 2530
Benson, E. F.: Der Mann, der zu weit ging. Gespenstergeschichten. Aus
  dem Englischen von Michael Koseler. PhB 310. st 2305
Bester, Alfred: Die Hölle ist ewig. Science-fiction-Erzählungen. Aus
  dem Amerikanischen von Michael Koesler. PhB 293. st 2517
Blackwood, Algernon: Rächendes Feuer. Phantastische Erzählungen.
  Ausgewählt von Kalju Kirde. Aus dem Englischen von Friedrich Pola-
  kovicz. Erstausgabe. PhB 301. st 2227
Boye, Karin: Kallocain. Utopischer Roman. Aus dem Schwedischen
  von Hermine Clemens. PhB 303. st 2260
Carroll, Jonathan: Ein Kind am Himmel. Roman. Aus dem Amerikani-
  schen von Michael Walter. PhB 286. st 1969
– Das Land des Lachens. Roman. Aus dem Amerikanischen von Rudolf
  Hermstein. Mit Illustrationen von Hans-Jörg Brehm. PhB 284. st 1954
– Vor dem Hundemuseum. Roman. Aus dem Amerikanischen von
  Mechthild Kühling. PhB 316. st 2387
Eliade, Mircea: Die drei Grazien. Phantastische Erzählung. Aus dem
  Rumänischen von Edith Silbermann. PhB 302. st 2234
Franke, Herbert W.: Die Glasfalle. Science-fiction-Roman. PhB 295.
  st 2169
– Sirius Transit. PhB 30. st 535
Hammerschmitt, Marcus: Der Glasmensch. Und andere Science-fiction-
  Geschichten. PhB 324. st 2473
Irwin, Robert: Der arabische Nachtmahr oder die Geschichte der 1002.
  Nacht. Roman. Übersetzt und vorgestellt von Annemarie Schimmel.
  PhB 304. st 2266
Kazic, Mihajlo: Die unterbrochene Reise. Roman. PhB 334. st 2566
Kiss, Ady Henry: Manhattan II. Roman. PhB 319. st 2416
Künstliche Menschen. Dichtungen und Dokumente über Golems,
  Homunculi, lebende Statuen und Androiden. Herausgegeben von
  Klaus Völker. PhB 308. st 2293

252/1/11.95

Phantastische Bibliothek
in den suhrkamp taschenbüchern

Lem, Stanisław: Also sprach GOLEM. Aus dem Polnischen von Friedrich Griese. PhB 175. st 1266

– Altruizin und andere kybernetische Beglückungen. Der Kyberiade zweiter Teil. Mit Zeichnungen von Daniel Mróz. Aus dem Polnischen von Jens Reuter. Die Übersetzung wurde vom Autor autorisiert. PhB 163. st 1215

– Die Astronauten. Aus dem Polnischen von Rudolf Pabel. PhB 16. st 441

– Frieden auf Erden. Science-fiction-Roman. Aus dem Polnischen von Hubert Schumann. PhB 220. st 1574

– Imaginäre Größe. Aus dem Polnischen von Caesar Rymasowicz und Jens Reuter. PhB 335. st 2580

– Irrläufer. Erzählungen. Aus dem Polnischen von Hanna Rottensteiner. PhB 285. st 1890

– Die Jagd. Neue Geschichten des Piloten Pirx. Aus dem Polnischen von Roswitha Buschmann, Kurt Kelm, Barbara Sparing. PhB 18. st 302

– Das Katastrophenprinzip. Die kreative Zerstörung im Weltall. Aus Lems Bibliothek des 21. Jahrhunderts. Aus dem Polnischen von Friedrich Griese. PhB 125. st 999

– Lokaltermin. Science-fiction-Roman. Aus dem Polnischen von Hubert Schumann. PhB 200. st 1455

– Mehr phantastische Erzählungen des Stanisław Lem. Herausgegeben von Franz Rottensteiner. PhB 232. st 1636

– Memoiren, gefunden in der Badewanne. Mit einer Einleitung des Autors. Aus dem Polnischen von Walter Tiel. Autorisierte Übersetzung. PhB 25. st 508

– Der Mensch vom Mars. Science-fiction-Roman. Aus dem Polnischen von Hanna Rottensteiner. PhB 291. st 2145

– Eine Minute der Menschheit. Eine Momentaufnahme. Aus Lems Bibliothek des 21. Jahrhunderts. Aus dem Polnischen von Edda Werfel. PhB 110. st 955

– Mondnacht. Hör- und Fernsehspiele. Aus dem Polnischen übersetzt von Klaus Staemmler, Charlotte Eckert, Jutta Janke und I. Zimmermann-Göllheim. PhB 57. st 729

– Nacht und Schimmel. Erzählungen. Aus dem Polnischen von I. Zimmermann-Göllheim. PhB 1. st 356

– Die phantastischen Erzählungen. Herausgegeben von Werner Berthel. PhB 210. st 1525

– Die Ratte im Labyrinth. Ausgewählt von Franz Rottensteiner. PhB 73. st 806

Phantastische Bibliothek
in den suhrkamp taschenbüchern

Lem, Stanisław: Robotermärchen. Herausgegeben von Franz Rotten-
steiner. Aus dem Polnischen von I. Zimmermann-Göllheim und Cae-
sar Rymarowicz. PhB 85. st 856
– Der Schnupfen. Kriminalroman. Autorisierte Übersetzung aus dem
Polnischen von Klaus Staemmler. PhB 33. st 570
– Sterntagebücher. Mit Zeichnungen des Autors. Aus dem Polnischen
von Caesar Rymarowicz. PhB 20. st 459
– Die Stimme des Herrn. Roman. Aus dem Polnischen von Roswitha
Buschmann. PhB 311. st 2494
– Terminus und andere Geschichten des Piloten Pirx. Aus dem Polni-
schen übersetzt von Caesar Rymarowicz. PhB 61. st 740
– Der Unbesiegbare. Roman. Aus dem Polnischen von Roswitha
Dietrich. PhB 322. st 2459
– Die Untersuchung. Kriminalroman. Aus dem Polnischen von Jens
Reuter und Hans Juergen Mayer. PhB 14. st 435
– Vom Nutzen des Drachen. Erzählungen. Aus dem Polnischen von
Hubert Schumann und Hanna Rottensteiner. PhB 297. st 2199
– Wie die Welt noch einmal davonkam. Der Kyberiade erster Teil. Mit
Zeichnungen von Daniel Mróz. Aus dem Polnischen von Jens Reuter,
Caesar Rymarowicz, Karl Dedecius und Klaus Staemmler. PhB 158.
st 1181
Lovecraft, Howard Phillips: Azathoth. Vermischte Schriften. Ausge-
wählt von Kalju Kirde. Aus dem Amerikanischen von Franz Rotten-
steiner. PhB 230. st 1627
– Cthulhu. Geistergeschichten. Deutsch von H.C. Artmann. Vorwort
von Giorgio Manganelli. Übersetzung des Vorworts von Gerald Bis-
singer. PhB 19. st 29
– Das Ding auf der Schwelle. Unheimliche Geschichten. Mit einem Nach-
wort von Kalju Kirde. Deutsch von Rudolf Hermstein. PhB 2. st 357
– Das Grauen im Museum und andere Erzählungen. Ausgewählt von
Kalju Kirde. Aus dem Amerikanischen von Rudolf Hermstein.
PhB 136. st 1067
– In der Gruft und andere makabre Erzählungen. Deutsch von Michael
Walter. PhB 71. st 779
– Die Katzen von Ulthar und andere Erzählungen. Herausgegeben von
Kalju Kirde. Deutsch von Michael Walter. PhB 43. st 625
– Die Literatur der Angst. Zur Geschichte der phantastischen Literatur.
PhB 320. st 2422
– Lovecraft-Lesebuch. Herausgegeben von Franz Rottensteiner. Mit
einem Essay von Barton Levi St. Armand. PhB 184. st 1306

Phantastische Bibliothek
in den suhrkamp taschenbüchern

Lovecraft, Howard Phillips: Der Schatten aus der Zeit. Erzählung. Aus dem Amerikanischen von Rudolf Hermstein. PhB 281. st 1939
– Stadt ohne Namen. Horrorgeschichten. Mit einem Nachwort von Dirk W. Mosig. Deutsch von Charlotte Gräfin von Klinckowstroem. PhB 52. st 694
– Die Traumsuche nach dem unbekannten Kadath. Eine Erzählung. Aus dem Amerikanischen von Michael Walter. PhB 287. st 1556
Lovecraft, Howard Phillips / August Derleth: Die dunkle Brüderschaft. Unheimliche Geschichten. Aus dem Amerikanischen von Franz Rottensteiner. PhB 173. st 1256
– Das Tor des Verderbens. Aus dem Amerikanischen von Michael Koseler. PhB 307. st 2287
Der Einsiedler von Providence. H. P. Lovecrafts ungewöhnliches Leben. Herausgegeben von Franz Rottensteiner. PhB 290. st 1626
Morselli, Guido: Licht am Ende des Tunnels. Roman. Aus dem Italienischen von Arianna Giachi. PhB 298. st 2207
Neuwirth, Barbara: Dunkler Fluß des Lebens. Erzählungen. PhB 318. st 2399
Pakleppa, Fabienne: Die Himmelsjäger. Roman. PhB 299. st 2214
Phantastisches aus Österreich. Herausgegeben von Franz Rottensteiner. PhB 325. st 2479
Pieyre de Mandiargues, André: Schwelende Glut. Erzählungen. Aus dem Französischen von Ernst Sander. PhB 323. st 2466
Quiroga, Horacio: Weißer Herzstillstand. Erzählungen. Aus dem Spanischen von Astrid Schmidt-Böhringer. PhB 317. st 2393
Riedler, Heinz: Brot und Spiel. Roman. PhB 327. st 2502
Der Riß am Himmel. Science-fiction von Frauen. Herausgegeben von Karin Ivancsics. Übersetzt von Peter Hiess. PhB 296. st 2175
Schwarze Messen. Herausgegeben von Ulrich K. Dreikandt. PhB 313. st 2317
Soyka, Otto: Die Traumpeitsche. Ein phantastischer Roman. PhB 326. st 2486
Strugatzki, Arkadi / Boris Strugatzki: Die bewohnte Insel. Roman. Aus dem Russischen von Erika Pietraß. PhB 282. st 1946
– Die dritte Zivilisation. Roman. Aus dem Russischen von Aljonna Möckel. PhB 294. st 2163
– Der ferne Regenbogen. Erzählung. Aus dem Russischen von Aljonna Möckel. PhB 330. st 2516
– Der Junge aus der Hölle. Roman. Aus dem Russischen von Erika Pietraß. PhB 238. st 1658

252/4/11.95

Phantastische Bibliothek
in den suhrkamp taschenbüchern

Strugatzki, Arkadi / Boris Strugatzki: Ein Käfer im Ameisenhaufen.
Science-fiction-Roman. Aus dem Russischen von Erik Simon.
PhB 314. st 2323
– Eine Milliarde Jahre vor dem Weltuntergang. Aus dem Russischen von
Welta Ehlert. PhB 186. st 1338
– Mittag. 22. Jahrhundert. Erzählungen. Aus dem Russischen von
Aljonna Möckel. PhB 305. st 2272
– Montag beginnt am Samstag. Roman. Aus dem Russischen von Her-
mann Buchner. PhB 321. st 2452
– Picknick am Wegesrand. Utopische Erzählung. Mit einem Nachwort
von Stanisław Lem. Aus dem Russischen von Aljonna Möckel.
PhB 49. st 670
– Die Schnecke am Hang. Mit einem Nachwort von Darko Suvin. Aus
dem Russischen von H. Földeak. PhB 309. st 2299
– Troika. Phantastischer Roman. Aus dem Russischen von Helga Gut-
sche. PhB 300. st 2221
– Die Wellen ersticken den Wind. Phantastische Erzählung. Aus dem
Russischen von Erik Simon. PhB 206. st 1598
– Die zweite Invasion der Marsianer. Erzählung. PhB 315. st 2381
Von den Vampiren und Menschensaugern. Dichtungen und Dokumen-
te. Herausgegeben von Dieter Sturm und Klaus Völker. PhB 306.
st 2281
Werwölfe und andere Tiermenschen. Dichtungen und Dokumente.
Herausgegeben von Klaus Völker. PhB 312. st 2311